U0438224

邬国平 著

中國文學批評自由釋義傳統研究

复旦大学古代文学研究书系

陈尚君 主编

图书在版编目(CIP)数据

中国文学批评自由释义传统研究 / 邬国平著. —上海：上海古籍出版社，2020.7
(复旦大学古代文学研究书系)
ISBN 978-7-5325-9654-6

Ⅰ.①中… Ⅱ.①邬… Ⅲ.①中国文学—文学批评史 Ⅳ.①I206.09

中国版本图书馆 CIP 数据核字(2020)第 101183 号

复旦大学古代文学研究书系
中国文学批评自由释义传统研究
邬国平 著
上海古籍出版社出版发行
(上海瑞金二路 272 号 邮政编码 200020)
(1) 网址：www.guji.com.cn
(2) E-mail：guji1@guji.com.cn
(3) 易文网网址：www.ewen.co
常熟新骅印刷有限公司印刷
开本 635×965 1/16 印张 30.5 插页 5 字数 435,000
2020 年 7 月第 1 版 2020 年 7 月第 1 次印刷
印数：1—1,300
ISBN 978-7-5325-9654-6
I·3494 定价：138.00 元
如有质量问题，请与承印公司联系

目　录

绪 论

研究中国文学批评史，除了探讨古人的文学观念和主张，还应关注研究普遍的文学批评现象，前者着重叙述文学思想的形成和发展，后者则是考察文学批评的实际生态及其结果，寻究构成此生态现象之原因。学者长期研治主要关乎前者，相比之下，对后者的研究则显薄弱。以释义为重要纽带绾联起来的读者与文学的接受关系斑驳复杂，是文学批评普遍现象之一，关系文学功能之全面实现。自从引入接受文学理论后，历史上读者完整的文学接受现象开始真正为研究者所重视，有关的接受学说渐见发掘，情况有所改观。现象透示事物本质。注重研究文学批评史上这一普遍而重要的现象，以及古人对这些现象的认识，无疑能帮助我们把握中国文学批评史的特征及核心。

读者阅读理解作品既有共同性，又充满差异性，这反映读者主体的同和异，而相异才连缀起接受史参差的丰富性。批评家作为相对专门的读者，非但没有减少存在于普通读者阅读理解中的差异，而且还使差异痕迹扩大化、深刻化。普通读者此类差异多为无意识形成，批评家则在差异理解中留下故意的镌刻，每每引发争论，从而使阅读差异化和释义自由不仅成为文学批评史上的普遍现象，同时也构成文学批评史的一脉传统，绵延数千年而不绝。这怎样影响了中国文学批评史面貌的形成？正是本书欲予探讨的问题。

《左传·僖公二十三年》载重耳出奔，经过卫国，“乞食于野人，野人与之块，公子怒，欲鞭之。子犯曰：‘天赐也。’稽首受而载之”。乡人馈乞食的重耳泥块，其本意究竟为何，作者未言。从重耳的反应看，觉得自己受到了侮辱，所以感到愤怒，要惩罚他。这是对此事的一种解释。然而子犯对乡人赠泥所作的解释全然不同，以为这是天赐给重耳土地和国家，是“得土有国之祥”（杜预注）①。重耳因此转怒为喜，高兴地携带泥块走了。从这个例子可见解释特点之一斑，说明同一件事可以引出不一样的，甚至相反的解释，解释不同，结果也迥然不同，解释对于接受者能够发挥很大作用。日常生活尚且如此，何况文学是以语言为载体的人类思想情感的微妙结晶，留待读者解释的空间自然是更加宽绰馀裕。

狭义的“释义”一词，是指解释作品或对象的含义；狭义的“自由释义”，是指读者本于各自认识解释作品或对象，形成丰富的差异性。而实际的文学阅读和文学批评，释义往往并非孤立的活动，还会经常伴随释义者对作品的评价和审美判断。本书使用“自由释义”一词，充分顾及释义活动这种活泼性，不限于在狭义上使用这个词，而是将读者、批评者和研究者（一）对作品含义的自由解读，（二）对作品审美性的自由理解，（三）对作家和作品的自由评价，都纳入研究范围。故本书研究文学批评史上的自由释义，实际上统涵了读者接受活动的主要方面。

文学自由释义活动如何而存在？大约说，有显性和隐性两种方式。

显性的自由释义是指普遍存在且显而易见的读者对接受对象产生认识差异，执持不同结论。小而一个作者、一篇作品，大而一个文人集团、一代文学创作，一旦进入读者的阅读环节，都会得到不同的解读、感应、认知和评价，读者对这些对象的认识永远不会凝滞，其间的差别只有变化幅度和频度不同。被接受的作者和作品越著名、越流行，读者聚焦越集中，则认识分歧也越大。文学批评史上有些作者、作品似乎很少留下不同解读和评价的材料，甚至完全没有（姑且不考虑材料散佚的原因），这类情况并不意味读者释义高度近似或一致，而是说明这些作者和作品还没有实质地进入读者的接受过程，仍然处在前接受的状态。文学是否为读者有效接受，接受是否充分，虽然是和时间成正比，但是又并非绝对如此，当被发现的机遇尚未降临到某一接受对象之前，等待接受可能需要一个漫长的历程。真正被接受的对象，其得到的反馈意见总是呈现出各种差异的

① 《春秋左传正义》卷十五，阮元校刻《十三经注疏》，第 1815 页，中华书局 1980 年影印本。

状态。这种现象在文学批评史上比比皆是，为众目之所易睹，无须多举例证。

以隐性方式存在的自由释义活动不同。表面上，批评家或研究者对于释义对象只是选择性地做一些他们认为真确的学问，弄清楚确凿的事实，提供可靠的知识，为理解作品确然性所用，他们在主观上似乎未涉及具体释义的随意性，其实与自由释义依然没有脱离关系。古人有“诗有可解，不可解，不必解”之说①。可解者谓诗歌体式、声律、作法，诗歌文字和典实的含义，以及关于诗人身世经历及作品的写作背景等，多属于诗歌作品的史实根据、规矩格式和其他知识性内容。不可解者谓诗歌含蕴的微妙之处、美感特征，以及关于作品优劣、是非的品评。概而论之，言可解，意不可解；义可解，韵不可解；形可解，神不可解；真可解，美不可解；常可解，奇不可解。当然，上述这些所谓可解不可解的区分也只是在相对意义上说的。不必解者，实际上就是指诗歌不可解者，因为诗歌之妙和美，谁优谁劣，对此言人人殊，往往难有确切、统一的认识，所以被认为不必对这些加以评议，评议也无法得出一致结论，不像对待“可解者”，通过检验其对错是非的硬质性类项可以作出一锤定音的判断。所以，诗歌其实不是不可解，而是解释无一定之论。研究者对诗歌持可解者解之、不可解者不解的态度，这恰好说明在文学批评和文学研究的对象中存在一片神奇而难驭的自由释义场域。人们仅仅对其可解者感兴趣，不想参与到属于自由释义场域“不可解、不必解”，即解释无定论方面的论争中去，刻意地避开之，这虽有出于警惕自由释义可能引发弊端而作出的保留，倒是也恰恰显示他们认可了自由释义，只是感到无能为力，带着几分无奈而已。诗歌如此，其他体式的文学作品也是如此。这种隐性的自由释义活动以非主动的方式配合了显性自由释义敷衍。

古人不仅将自由释义付诸文学研究和文学批评，而且早已试图从理论和方法上对自由释义现象作出某种说明。这方面先秦儒家和道家都有创始之功，他们这方面的有关认识和观点经过后人不断引述和发挥，广被

---

① 谢榛《四溟诗话》卷一，丁福保《历代诗话续编》，第1137页，中华书局1983年。

典籍解释和文学批评，或者形成儒家经典和其他典籍的阅读解释理论，或者形成接受文学理论，在思想史和文学理论史实际展开过程中产生持久影响。开展中国文学批评自由释义传统研究，古人所作出的这些思想贡献非常值得整理、总结，这也是自由释义传统自我证实确然存在于中国文学批评史全部过程的一种充足的信据。

不过，一个稍令人感到沮丧的事实是，思想史和文学批评史上无所不在的自由释义现象经常又是人们非议的对象，很多学者、文学批评家都以明确反对自由释义相标榜，真正坦诚宣称自己是自由释义的批评家很少。有些批评家或许意识到自由释义无可避免，自己有时也乐在其中，有所作为，不过他们以为径直承认这一路学理，或许会降低自己论说的身价和可靠性，于是采取以客观之名行主观之实的释义策略，言行分隔。这些都对自由释义形成堵截之势。自由释义批评家本于起兴说而归向读者自言其意，强调由此（读者）及彼（作品），以此为主，而彼此之间未必一致。反对者强调本于认知说而归向对作者或作品之意的认同，强调由彼（作品）及此（读者），以彼为主，对作者之意或作品之意作出准确判断，准确把握，通过"圆照"之术得出与对象相一致的结论，从而达到客观释义和公允评价的要求。这是两种相逆的释义观。从先秦"起兴"说到晚明诗为"活物"说，是在第一种释义方向上不断延展；从孟子"知人论世"、"以意逆志"到刘勰"知音"说，是在第二种释义方向上持续展开①。前者趋向于释义多样性、变动性。当然，肯定释义差异性并不是说读者理解和评价全无相通和一致可言，而是表示他们特别重视差异。后者趋向于释义唯一性、稳定性，排斥多义共存。这形成中国文学批评两种不同的释义传统。

归向对作者或作品之意唯一认同的释义传统构成了文学批评主要的话语体系，在文学批评史的显性层面上，以及在两种释义传统长期缠磨中，明显占主导地位，是支配的一方。一种看法以为，"述"与"作"的区别是绝对的，"作"乃作者写自己之意，"述"则是述者传作者之意，而非见述

---

① 孟子"以意逆志"说后来也被解释为随读者之"意"理解作者或作品之"志"，成为自由释义理论的一部分，此非孟子本意。详见本书第一章第一节《孟子"以意逆志"、"知人论世"》部分的论述。

者之意。如清人钱澄之《重刻昌谷集注序》说:“甚矣,注书之难难于著书也。著书者,欲自成一家言耳,其有言也,己为政。注书者,己无心而一以作者之心为心,其有言也,役焉而已。故曰:‘著书者无人,注书者无我。’”①此类说法得到许多人认同。若不考虑释义活动的复杂性,谁会对此产生疑问?所以在两种释义传统对话中,自由释义论处于下风,优势传统则因其有目共睹的、丰硕的文学释义业绩而获得坚实支撑,受到人们尊重,这确实有其理由。然而不可否认,客观释义、唯一释义、稳定释义并不足以涵盖一部文学批评释义史,“四家之《诗》,经同而说异”②,这在经学史和文学批评史上都十分普遍。如果忽视文学批评史上自由释义传统的存在,不加以深入研究,我们所谓的“文学批评史”就不可能是完整的。当然,研究文学批评自由释义传统不仅是为了充实过去研究的薄弱部分,而且也在于使我们对文学释义的复杂性、开放性、变动性,人的精神及其活动的丰富多样,获充分认识。同时,研究文学批评自由释义传统,可以让我们对自由释义本身加深理解,知其利,悉其过当之失,以更加严谨的治学,善于利用自由释义积极的质性,不滞于一隅,让文学可能的意义世界充分、绚丽地敞开。

---

① 钱澄之《田间文集》卷十二,《清代诗文集汇编》第40册,第121页,上海古籍出版社2010年。

② 王祎《王忠文集》卷二十《丛录》,嘉靖元年刻本。

第一章　古代解释学说与自由释义思想

文学批评之对象是文学，其呈现之根本则是批评者的思想和观念。中国古代存在一脉相承的自由释义思想，这滋润着文学批评的自由释义传统绵延发展。先秦儒家和道家学说包含对解释物、解释、解释者、语言及其相互关系的认识，启迪后人对解释自由作深入思考。宋明理学和心学诸大家对此也有论述，影响人们思维，也影响古代的文学批评。古代一些重要的思想家往往也是文学批评家，他们灵活解读文学作品，思考文学释义生生不穷现象之所得，也是构成其自由释义思想的重要来源。

第一节　先秦儒家论知言与解释

文学作品是人类自己创造的语言世界的一个重要部分，以其为评说对象的文学批评，首先遇到的问题是，语言表达的世界能不能被认知？如何认知？对这些问题的回答深刻影响着中国古代文学批评自由释义传统的形成及其特色的呈现。先秦至汉魏宋明哲人有关这方面的认识对后人产生了深远影响，因此弄清楚他们有关的思考对于理解文学批评自由释义传统甚有必要。先秦大儒的思想主导了后世认识的主流，先从他们说起。

一、孔子“一以贯之”、“举一反三”

先秦哲人已经认识到语言在人类认知活动中的重要作用和复杂性。孔子将人作为重要的认识对象，他从这一角度提出解读语言对于获得认识的重要性。他说:“不知言,无以知人也。”[①]《论语》将这句话与“不知命,无以为君子也”、“不知礼,无以立也”相并列,作为全书结束,这种结构安排显示“知言”在孔子一派学说中具有异常的重要性[②]。他肯定“人”通过语言而呈现,所谓“不言谁知其志”(《左传·襄公二十五年》),又通过语言而被知,离开对语言的解读,就谈不上对“人”的认识。这也说明认识对象其实就是识别对象的语言。“将叛者其辞惭,中心疑者其辞枝,吉人之辞寡,躁人之辞多,诬善之人其辞游,失其守者其辞屈”[③],刘宝楠《论语正义》引《易·系辞下》这段话,以为可以作为“不知言,无以知人”合适的注释[④]。后人所谓“言者心之著,非言无以知其中之存”[⑤],也正是循此得来的以言知人的一种认识。后人这些说明诚然有道理,然而孔子的话能指又显然远大于刘宝楠谈到的所指范围。如果将孔子这句话里的“人”当作泛指性的对象,作为一种广义的文本符号来理解(包括由语言组成的文本),与孔子思想应当是不相背离的。而依孔子表述的逻辑,语言表述的对象是可知的。所以孔子是言可知论者。如他说:“《诗》三百,一言以蔽之,曰思无邪。”[⑥]“思无邪”就是孔子所知的《诗》。以此类推,孔子自然也会认为别的文学作品或别的文本同样是可知的。

“思无邪”说出现,说明孔子时代已经存在对《诗》有邪抑或无邪认识的分歧,而不是到宋朝人才产生。这种分歧的认识与双方对《诗》所抱的不同态度有关。若读者对《诗》所抱的态度和所怀的知《诗》目的不同,则

---

① 《论语·尧曰》,程树德《论语集释》,第1379页,中华书局1990年。

② 按:朱熹《论语集注》引尹氏曰:“知斯三者,则君子之事备矣。弟子记此以终篇,得无意乎?”然元人陈天祥认为尹氏这种说法不可取:“君子当知之事非止三者而已,知斯三者,岂可便以为备乎?果如尹氏之说,则三者不可相离,阙一则为不备也。然三者其实各自为用,未尝不可相离也。夫子之言亦只是泛举学者之急务,非以三者总包君子之事也。又所谓弟子记此以终篇者,亦为过论。《论语》一书皆其诸弟子集记圣人之言,记尽则已,非如特作一篇文字,前有帽子,后有结尾也。尹氏之论断不可取。”(《四书辨疑》卷八,影印文渊阁《四库全书》第202册,第447页,台湾商务印书馆1986年)陈天祥指出“三知”不是孔子对“君子”的全部要求,这诚然有道理,可是尹氏认为“三知”是孔子的重要学说,这一点难以动摇。又《论语》虽是一部众人集录之书,其经过精心整理编纂,开篇收束并非泛泛排列,这一点也是不能否认的。

③ 《周易正义》卷八,阮元校刻《十三经注疏》,第91页。

④ 《论语集释》,第1379页。

⑤ 朱右《白云稿》卷四《交山文集序》,《续修四库全书》第1326册,第261页,上海古籍出版社1995年。

⑥ 《论语·为政》,《论语集释》,第65页。

其所知的《诗》是什么也就随之不同。孔子多次谈到读《诗》的必要，说："不学《诗》，无以言。"①"小子何莫学夫《诗》？《诗》可以兴，可以观，可以群，可以怨。迩之事父，远之事君，多识于鸟兽草木之名。"②又说："诵《诗》三百，授之以政，不达；使于四方，不能专对，虽多亦奚以为？"③他肯定学《诗》可以提高言谈能力，增加知识，读者借助《诗》可以开展兴观群怨的精神活动，读《诗》能成为对国对家有用的人，如果为国服务，无论执政、做出国使节都足以胜任。这些都反映了孔子对读《诗》目的的认识。他为此提倡读《诗》，故强调《诗》是一部"思无邪"的典籍，给予充分重视和肯定。所以在孔子看来，《诗》是可知的，《诗》是有用、有益的，而《诗》之益用正是以它可被读者所知为前提。孔子所知的《诗》是什么，取决于他作为读者的主观质状。

孔子学生子贡说："文武之道，未坠于地，在人。贤者识其大者，不贤者识其小者。"他接着还说孔子无所不学，没有常师④。识大识小云云，这也是孔子本人的看法。识的意思是记忆，在这里它又不限于记忆，还包括理解、掌握。这句话说明识大识小，不仅取决于被认识的对象，更取决于认识者自己的主体条件。这犹如大叩大鸣、小叩小鸣。读者素所具有的质性决定他能够从语言文本中获得什么认识，这与求道者识大识小的道理相同。

这也是孔子与子贡以下对话所涉及的问题。孔子问子贡："女以予为多学而识之者与？"子贡不知道该怎么回答，便说："然，非与？"孔子告诉他："非也，予一以贯之。"⑤孔子不希望别人仅将他当作一个"多学而识之者"（学得多记得多），他用"一以贯之"来概括自己所长。此"一"是指什么？有的说是"本"（如朱熹《论语集注》）、"道"（如陈祥道《论语全解》），有的说是"忠恕"（如阮元《揅经室集》之《一贯说》），也有的说是践

① 《论语·季氏》，《论语集释》，第1168页。
② 《论语·阳货》，《论语集释》，第1212页。
③ 《论语·子路》，《论语集释》，第900页。
④ 《论语·子张》，《论语集释》，第1335页。
⑤ 《论语·卫灵公》，《论语集释》，第1055页。

行(如刘宝楠《论语正义》)①。相对而言,以上诸说以用"本"、"道"解释"一"为妥善。"本"、"道"也即是"理",宋濂谈到他老师吴莱研读《春秋》众多著作,"各随言而逆其意,一以理折衷之"②,正是这意思。而将"一"落实为某一种具体的意识和态度,皆与孔子对子贡讲这番话时的情境不甚吻合。《礼记·中庸》引孔子语:"思知人,不可以不知天。"③"天"代表普遍之理,掌握了理方能了解、认识"人",这也是肯定"一以贯之"对"知"和解释具体现象的作用及意义。

顾炎武说:

> "好古敏求,多见而识",夫子之所自道也,然有进乎是者。六爻之义至赜也,而曰:"知者观其彖辞,则思过半矣。"三百之《诗》至泛也,而曰:"一言以蔽之,曰:思无邪。"三千三百之仪至多也,而曰:"礼,与其奢也宁俭。"十世之事至远也,而曰:"殷因于夏礼,周因于殷礼,虽百世可知。"百王之制至殊也,而曰:"道二,仁与不仁而已矣。"此所谓"予一以贯之"者也。其教门人也,必先叩其两端,而使之以三隅反。故颜子则闻一以知十,而子贡切磋之言、子夏礼后之问,则皆善其可与言《诗》,岂非天下之理殊途而同归,大人之学举本以该末乎?彼章句之士,既不足以观其会通,而高明之君子,又或语德性而遗问学,均失圣人之指矣。④

依照顾炎武解说,孔子"一以贯之"是指在知本明理前提下进行"举一反三"式的推求活动,以"德性"通融"问学(知识)"。"举一反三"每为孔子所提倡,这是肯定理解须伴随联想和推求活动。《论语·公冶长》:"子谓子贡曰:'女与回也孰愈?'对曰:'赐也何敢望回?回也闻一以知十,赐也闻一以知二。'子曰:'弗如也,吾与女弗如也。'"⑤《论语·述

---

① 《论语集释》,第1055—1057页。
② 宋濂《渊颖先生碑》,《宋文宪公全集》卷四十一,嘉庆十五年吴县严氏刻本。
③ 《礼记正义》卷五二,阮元校刻《十三经注疏》,第1629页。
④ 黄汝成《日知录集释》卷七"予一以贯之"条,第246页,岳麓书社1994年。
⑤ 《论语集释》,第307页。

而》:“子曰……举一隅不以三隅反,则不复也。”①“不复”谓不再相告,对不能展开联想者表示失望。将“举一反三”与“一以贯之”相合,说明理解中的联想活动宜以“一”为引领,也就是顾炎武指出的以知本明理为前提,其结果是,理解不仅表现为认识的量的增加,更是质的深化。这反映了孔子对知言活动的认识和要求。顾炎武在论证中举孔子与弟子论《诗》的两个例子以说明问题,一则见于《论语·学而》,所谓“告诸往而知来者”,一则见于《论语·八佾》,所谓“起予者商也,始可与言《诗》已矣”。孔子在这两处地方都强调,阅读《诗》以及知言活动,不应当只限于对文本作表面解说、就事论事,而是要由此及彼,进行合理地、深入地推求,使文本中隐含的或似乎可以引申的意义不断呈现和繁衍(对孔子与弟子讨论《诗经》所关乎接受文学理论的分析,见第二章第一节《作为阅读理论和方法的“兴”》)。

孔子、子贡、子夏谈《诗》不囿于诗句的此义,这与他们自己怀有的“道”意识有关,而论《诗》所得结论则是他们“道”意识活动的结果,“道”意识犹如深邃的目光,让他们看到了《诗》可能的寓意。而这正是“一以贯之”的“一”对阅读理解的牵导、统领作用,也就是“举一反三”。顾炎武以此作为孔子用“一以贯之”的方法理解《诗》及其他经典文本的实践,并将其概括为“天下之理殊途而同归,大人之学举本以该末”。孔广森《经学卮言》也说:“‘予一以贯之’,言予之多学,乃执一理以贯通所闻,推此而求彼,得新而证故,必如是然后学可多也。若一一识之,则其识既难,其忘亦易,非所以为多学之道矣。”②所以,就阅读、理解方面说,“一以贯之”的“一”确实包括了读者的意识在内,用今人的话说,这些意识就是读者在阅读具体文本之前已经形成和具有的视野,或曰前见,正是由于“一”的作用,读者在阅读和理解活动中才会得到“告诸往而知来者”的丰硕收获。而为孔子所不满的单纯“多学而识之者”,他们所缺乏的或者是“一”,或者是将“一”贯通到阅读、知言活动中去的自觉和能力,所以他们

① 《论语集释》,第448页。
② 《论语集释》,第1059页。

的知言活动只能驻足于文本表面的意思、狭窄的含义，或许他们的知识闻见数量也不少，新质却是贫乏的。

"夔一足"是孔子与人解释殊异的著名例子。文献对夔有不同记载。《今文尚书·尧典》说夔是虞舜时管理音乐教诲胄子的大臣（《古文尚书》这一内容出现在《舜典》篇），《山海经》说夔是兽，"状如牛，苍身而无角，一足。出入水则必风雨，其光如日月，其声如雷"（《大荒东经》），因而又称夔牛（《中山经》）。《国语·鲁语》韦昭注也记载"夔，一足，越人谓之山獉"，"人面猴身，能言"，与蝄蜽一样都是山里的精怪。这些文献记载的夔其身份实有两种：一是人，一是神兽精怪。前者的解释充满人文色彩，后者的解释则是神话方式。以上两种不同说法并存，使人们对如何理解"夔一足"这句话产生困惑，《韩非子》记载鲁哀公就这一疑惑询问孔子，以及孔子所作的解释：

> 鲁哀公问于孔子曰："吾闻古者有夔一足，其果信有一足乎？"孔子对曰："不也，夔非一足也。夔者忿戾恶心，人多不说喜也。虽然，其所以得免于人害者，以其信也。人皆曰：独此一，足矣。夔非一足也，一而足也。"哀公曰："审而是，固足矣。"
>
> 一曰：哀公问于孔子曰："吾闻夔一足，信乎？"曰："夔，人也，何故一足？彼其无他异，而独通于声。尧曰：'夔一而足矣。'使为乐正。故君子曰'夔有一足'非一足也。"①

出现在《韩非子》一书中的这两条记载，内容细节略有不同，这些不同的细节叙述对于此处所论述的问题来说可以忽略，故不对其作论析。孔子认为"夔一足"的意思是，夔的才能如此卓异有一个就足够了，而不是说夔只长了一足（独脚）。他对于之前流行的说法，选择了人文主义的解释，对充满神话色彩的故事则予以完全摒弃，这是因为人文主义的解释合情入理，而神话色彩的解释荒诞离奇。若联系孔子"不语怪力乱神"、

① 陈奇猷《韩非子集释》卷十二《外储说左下》，第686页，上海人民出版社1974年。按：这类记载也见于孔鲋《孔丛子》卷上《论书第二》，文字详略有所不同，大意一致。

“敬鬼神而远之”的思想态度①,对他解释“夔一足”取此舍彼就不费理解了②。具有强烈的人文理性精神的孔子与超人性的神话传说自觉保持距离,不轻易接受,若遇到两者相纠缠,他就用人文理性精神对神话传说作合理化解释,使神话内容转化为人们的常识所能够接受的历史和社会的事理。一个信仰人文理性精神的人与一个服膺原始神话思维的人不可能对一样的文本抱同样看法,所以,“夔仅一足”抑或“夔一而足”,在这种殊异的解释背后,反映出的是解释者不同的精神和意识,意识不同,解释的结果自然也不同。孔子思想后来被人们广泛接受,成为社会的正统和主流。这不仅压抑了文学创作中的神话题材,也影响到对神话作品的阅读、理解和评价,或者是经过解释使神话作品变得世俗和凡常,或对其采取压抑式评价乃至排斥,导致这一类文学作品在文学史和文学批评史上没有受到应有重视,对其特殊的价值也缺乏深刻认识。

孔子关于为何要守丧三年的解释,也说明以上问题。《论语·阳货》载:宰我向孔子抱怨说,守丧三年太长。孔子问他,不这样,你享受佳肴、穿着华美,心会安逸吗?不料宰我回答当然安逸。孔子气愤地说,那你就这么做吧!宰我走后,孔子严厉诟病他“不仁”,发过火以后孔子说出为什么需要守丧三年的道理,“子生三年,然后免于父母之怀。夫三年之丧,天下之通丧也”③。据后人研究,孔子时代三年守丧制度已经不被普遍遵守,孔子对这种礼制崩坏极不满,主张严格遵守,后来此制度在很长时期内没有废除,也没有普遍推行,随着儒家成为社会意识的主流,逐渐广泛推行,至晋武帝强行执行,才成为一项定制,在后世长期沿袭(见康有为《论语注》)。孔子认为三年守丧是对父母三年怀抱婴幼儿的一种道义上的必要回报。这一解释比较牵强,因为三岁的婴幼儿还是离不开父母照料,父母对子女的恩情难用时间来计算,子女总觉得报答不尽,所谓“谁言寸草心,报得三春晖”(孟郊《游子吟》)。若从这个角度说明三年守丧制

---

① 《论语·述而》《论语·雍也》,《论语集释》,第480、406页。

② 《国语·鲁语》载:“丘闻之木石之怪,曰夔、蛧蜽。”据此,孔子也知道夔是山里一种精怪。由于《国语》本身没有说明夔是否只长一足,所以无法了解孔子此处说的夔形状如何,因而也无法据此认为孔子同时承认神话中的夔只长一足。

③ 宰我与孔子讨论守丧事,参见《论语集释》,第1231—1237页。

度的起源，三年显然是不够的，那么孔子的思想就出现了自我矛盾。孔子主张子守孝道，守丧三年是孝道形式之一。他为了把这种制度说成是人人必尽的义务，就将婴幼儿不能自理作为理由，孔子对制度作出这种解释，受到了他自己高度重视孝道的思想主观很大影响。

知言在许多时候无法一蹴而就，孔子于是提出"学而时习之，不亦说乎"，"温故而知新，可以为师"等说①，肯定复习、温故是知言的良好途径，而知言又是与从读者温习的文本中不断获取新知相联系②。杨万里对"温故知新"这么诠释：

> 或问："孔子曰：'温故而知新，可以为师。'何也？"杨子曰："温故而知新，岂特可以为一时之师哉，为百世之师可也。""然则其谁能之？"曰："其惟孔子乎！""然则温故为难乎？"曰："温故非难也，温故而知新则难也。""然则孰为故？孰为新？"曰："古人已往之迹之谓故，出古人故迹之外神而明之之谓新。"③

从"温故"、反复阅读、连续的接受活动中，重点去不断地"知新"、发掘文本新的含义。杨万里对孔子"温故知新"的阐述，道出了接受文学活动的重要特点。

言可知，不等于所有的言和用语言表述的思想皆能被别人理解。孔子深知事不易晓，言不易解，人心相隔，理解和下判断困难重重，好比"人莫不饮食也，鲜能知味也"④。所以他感慨："知我者，其天乎！"⑤这是孤独的思者发自内心深处的浩叹。他用"人不知而不愠"劝慰自己⑥，也用

① 《论语·学而》《论语·为政》，《论语集释》，第1、94页。

② 按："温故"之温有两解，一指复习（郑玄），二指寻绎（朱熹）（见《论语集释》，第95页），这与本处所述皆不矛盾。

③ 杨万里《诚斋集》卷九十三《庸言》十四，毛氏汲古阁抄本。

④ 《礼记·中庸》引孔子语，阮元校刻《十三经注疏》，第1625页。按：《中庸》所引孔子的话，未必都是孔子所说，有些是别人从孔子思想出发拟出来的。

⑤ 《论语·宪问》，《论语集释》，第1019页。李贽认同人难知之说，《复焦弱侯》："世间人谁不说我能知人，然夫子（孔子）独以为患（意思是担心做不到），而帝尧独以为难，则世间自说能知人者，皆妄也。"（《焚书》卷二，第47页，中华书局1975年）

⑥ 《论语·学而》，《论语集释》，第8页。

以劝慰所有的君子。不知不愠,正说明言不可知确实是会发生的,而言可知则不是绝对的。言不可知除了人心相异,故意抵御,故而一方之言难以为另一方受纳之外,还因为读者与文本之间有时会横亘一道无法穿透的墙,此时读者的理解力并不是无限的。孔子谈到,应该重视文献材料对阅读、理解所起的证据作用,当文献材料不足,得不出结论的时候不应当勉强。《论语·八佾》:"子曰:夏礼吾能言之,杞不足征也。殷礼吾能言之,宋不足征也。文献不足故也,足则吾能征之矣。"朱熹解释说:"杞,夏之后。宋,殷之后。征,证也。文,典籍也。献,贤也。言二代之礼我能言之,而二国不足取以为证,以其文献不足故也。文献若足,则我能取之以证君言矣。"①孔子还提出"多闻阙疑"的主张,认为这样可以避免立言犯错,减少后悔②。所以他向往从前"史之阙文"的传统,对后人不知其真而任意穿凿的风气不以为然③。说明当文献资料方面出现具体问题(如文献不足、文字残阙)给阅读和理解设置了难以跨越的障碍时,孔子是反对用任意联想和推断的方式将读者理解的含义叠加到被解释的文本中去。他反对强不知以为知④,强调"毋意,毋必(必,以为必然如此),毋固,毋我"⑤,都是与以上的态度有关。这一点为后世注重通过考辨立说的学者津津乐道,也对古代的解释学产生了深远影响。

孔子关于什么样的作品有利于在后世流传的看法,也与读者接受有关。他说:"言之无文,行而不远。"⑥对此,一种理解是,不用文字记录的言谈,无法长时期保存。另一种理解是,过于质朴或鄙直的书写,不加文饰,难以在空间和时间上广泛而持久地流传。这部分地解释了为什么中国古代实用性文体也具有美感的原因。孔子主要是讲第二种情形。这两种情形在接受活动中都很重要。法国学者保罗·利科《诠释学的间距化功能》说,书写使话语"固定化","免于毁灭",但是"更重要"的是,"书写

---

① 朱熹《论语集注》,《四书章句集注》,第63页,中华书局1983年。
② 《论语·为政》,《论语集释》,第115页。
③ 《论语·卫灵公》,《论语集释》,第1112页。
④ 《论语·为政》:"由,诲女知之乎?知之为知之,不知为不知,是知也。"(《论语集释》,第110页)
⑤ 《论语·子罕》,《论语集释》,第573页。
⑥ 《春秋左传正义》卷三十六引,阮元校刻《十三经注疏》,第1985页。

使文本对于作者意图的自主性成为可能。文本所指的意义和作者的意思不再一致了；从此以后，文本的意义和心理学的意义就有了不同的命运”①。“心理学的意义”是指作者寓于作品的意图。这是文字与声音语言、作品文本形式与口耳相承文本之间的区别。文字之作品被自由释义的可能条件充分得多，因而对相同文本理解的变异可能性也更大。孔子强调书写文本，而且是修饰性文本对流传的重要，这对后世接受文学批评有启示，也引发了对文本在“远行”过程中产生后人接受变化的复杂现象的思考。

二、孟子“以意逆志”、“知人论世”

孟子也肯定言可知。他说孔子修《春秋》以行道，行施天子维护天下秩序的权利，“是故孔子曰：‘知我者其惟《春秋》乎？罪我者其惟《春秋》乎？’”②无论“知我者”还是“罪我者”，他们都能了解孔子修《春秋》的真意和苦衷。也就是说，孔子所修《春秋》之“言”为读者所知。孟子肯定性地引用孔子的话，表示他承认言是可知的。孟子说他自己擅长“知言”③，能通过一个人说话，从他的语言以及伴随言说的肢体、器官辅助动作识别该人的真实心思。比如齐宣王吩咐以羊易牛作衅钟之用，百姓对此事的解释是，齐宣王小气，不舍得用牛。孟子则说，这是因为齐宣王看到了牛临死之前恐惧的样子，产生不忍之心，才改变了主意。并以此臆推齐宣王有仁怀，努力的话可以成就王道。齐宣王听后心悦诚服，说：“《诗》云‘他人有心，予忖度之’，夫子之谓也。夫我乃行之，反而求之，不得吾心；夫子言之，于我心有戚戚焉。”④说者、施行者有时还不如听者、观察者更明白他言说和行为的心理及包含的真实信息，这与后来文学批评所谓读者比作者更理解作品的说法相近。孟子与百姓对齐宣王的话和做法理解不同，是因为百姓以他们自己的日常生活经验或态度作为揣度的根据，孟子则以仁义、王道为理解的前提，这导致他们解读“文本”得出不同结论。

---

① 文章载于《中国诠释学》第 7 辑，引文见第 7 页，洪汉鼎译，山东人民出版社 2010 年。
② 焦循《孟子正义・滕文公章句下》，第 452 页，中华书局 1987 年。
③ 《孟子正义・公孙丑章句上》，第 199 页。
④ 《孟子正义・梁惠王章句上》，第 84 页。

孟子善于“知言”还表现在他自己说的，当一个人说话居心叵测，或故意夸张，或言谈不正，或语言隐遁躲闪的时候，他都能明白说话者当时的心理活动状况和真实的意图①。程颐以为，孟子论“知言”其实是论知“道”，唯有知“道”者才能“知言”②。这是对孟子“知言”说合适的诠释，犹如孔子“知天”方能“知人”的说法。而与孔子相比，孟子对知言的自信有过之而无不及。

《孟子》的《万章》《尽心》两篇涉及如何“知言”和“知言”与心的关系问题。在《万章》篇，万章向孟子提出一连串问题，或者是对历史人物的传说和议论表示疑惑，内容涉及人们应当如何理解和解释。万章问：舜为什么要向昊天哀哭，是什么让他如此痛苦？为什么舜不禀告父母就娶了尧女儿为妻？舜异母弟象一直想害死舜，舜为什么不杀他，还封他做官，这与舜流放共工、欢兜，杀三苗，殛鲧，做法怎么如此迥别？对此，孟子从舜与父亲、异母、异母弟的人伦关系以及他们各自不同的品质引起冲突去作出解释，突出婚姻、孝悌观念对理解这些问题的引导性意义和作用。如他说假使舜成婚前预先禀告父亲、异母，定会招致他们反对而导致婚姻失败，从而使人之大伦不得不阙失，所以在无奈之下选择了不告知。万章又问：尧是否将天下让给了舜？禹是不是因为道德衰薄，才将帝位传给儿子而不传给贤者？伊尹是否以善于烹调而取悦于汤，并且受到重用？孔子是不是通过君主近臣去接近君主？百里奚真的是把自己当作佣人才获得秦穆公信任的机会吗？孟子直斥这些传言和议论出于好事者随意编造，是齐东野人之语，与实际不符，他以自己坚信的理念（如唯有天能够以天下与人，天子则无权这么做）和他所了解的历史知识一一加以辩驳。这些说明，孟子强调在理解和解释活动中需要重视义理和事实的作用，只有得到义理指导经过思辨，得到事实佐证确有根据，这样的理解和解释才是可靠可取的。而义理对理解和解释活动的引导作用尤其突出，因为对传说中的历史人物，读者所能知道的东西非常少，有关对他们的理解和解释

---

① 孟子原话是：“诐辞知其所蔽，淫辞知其所陷，邪辞知其所离，遁辞知其所穷。”《孟子正义·公孙丑章句上》，第209页。

② 程颐《答朱长文书》，程颢、程颐《二程集》，第601页，中华书局1984年。

不得不借助意理的帮助①。

孟子在《万章上》提出的"以意逆志"、"知人论世"之说，被后人奉为阅读之法、读《诗》之宗，并被当作是"知言"和理解的重要方法，在文学批评史上具有广泛影响。

先说"以意逆志"。《万章》载：孟子学生咸丘蒙听到一种说法，舜做君主时，尧和舜父皆向他称臣，于是问老师这说法是否可信。孟子认为不可信，因为舜是先摄政，尧死后才继位。该文接着写道：

> 咸丘蒙曰："舜之不臣尧，则吾既得闻命矣。《诗》云：'普天之下，莫非王土；率土之滨，莫非王臣。'而舜既为天子矣，敢问瞽瞍之非臣，如何？"曰："是诗也，非是之谓也（此诗不能被这么解释）。劳于王事，而不得养父母也。曰此莫非王事，我独贤劳也。故说诗者，不以文害辞，不以辞害志，以意逆志，是为得之。如以辞而已矣，《云汉》之诗曰：'周馀黎民，靡有孑遗。'信斯言也，是周无遗民也。"②

"普天之下"四句出自《诗·小雅·北山》，咸丘蒙以这些诗句为根据向孟子献疑："既然天下每一个人都是君主的臣，为什么舜父亲（瞽瞍）可以不向舜称臣呢？"孟子分两层意思作解释：首先指出《北山》诗的内容与舜与瞽瞍是否以父子关系相称无关。孟子这种说法可以得到该作品内容印证，《北山》诗在咸丘蒙所引句子后犹有"大夫不均，我从事独贤"两句，共同构成完整的诗意。"贤"谓劳苦，也可以指多。诗句意思是说，大夫承担事务不公平，唯独自己最劳苦，这是抱怨。《小序》曰："《北山》，大夫刺幽王也。役使不均，己劳于从事，而不得养其父母焉。"③孟子对诗义的解释与《小序》的说明一致。尽管如此，咸丘蒙此处引《诗》其实是采取西

① 崔述认为，《孟子》中关于舜"完廪"、"浚井"、"不告而娶"等内容，"其言未必无因，然其初事断不如此，特传之者递加称述，欲极力形容，遂不觉其过当耳"（顾颉刚编订《崔东壁遗书·考信录提要》卷上《释例》"《孟子》不可信处"条，上海古籍出版社 1983 年）。孟子之所以相信有关说法，是因为受到了他自己信仰的影响。

② 《孟子正义·万章章句上》，第 637—638 页。

③ 《毛诗正义》，第 796 页，《十三经注疏》（标点本），北京大学出版社 1999 年。

周春秋以来盛行的断章取义方法，并非是直接对《北山》诗本身的解释，所以孟子用诗作原意纠正咸丘蒙的说法没有对准榫头。其次，孟子提出应当用“以意逆志”的方法阅读和理解诗歌，而不能“以文害辞”、“以辞害志”。孟子没有说明何谓“以文害辞”，对“以辞害志”则作了举例性地解说。他用“如以辞而已矣”句表示，读者若拘泥于《诗·大雅·云汉》“周馀黎民，靡有孑遗”表面的意思，将诗句理解为“周无遗民”（周宣王时人民在酷旱中全部死去，无一幸存），这就是“以辞害志”。同样道理，咸丘蒙将“普天之下，莫非王土；率土之滨，莫非王臣”理解为天下每一个人都是君主之臣，因而得出舜父亲当然也是舜之臣的结论，这也是“以辞害志”。依孟子的理解，以上所引诗句“莫非”、“靡有”，其句式虽然表示无一例外，然而这只是诗句的表面意思，即诗人运用夸张手法来表达的“辞”意，诗句的真实意思是在强调涉及的人数很多，而并非真的指向所涉的每一个人①。这说明，读者对于诗歌作品中的夸张表达重在得其意，不必胶着于其迹。如果取孟子这种阅读态度，即使是断章取义地引用“普天之下”诗句，也决然得不出舜与瞽瞍的父子关系被君臣关系所取代的结论。由上可知，“以辞害志”的“辞”是指诗句。依次类推，“以文害辞”的“文”当指比“辞”小一级的单位，即文字词语。孟子用这两句话否定以刻板的态度解说诗歌的词语和句子，以夸张为如实之言，而要求尊重诗歌修辞手段的特点，强调阅读诗歌要体会作者所表达的真实意思，不必专注于字眼丝丝入扣，诚如后人指出：“孟子以意逆志，观大略而已。”②可见“以意逆志”与庄子所谓“得鱼忘筌”（《庄子·外物》）之说约略相近，而“以文害辞”、“以辞害志”无异于得筌忘鱼。

孟子与弟子公孙丑讨论《小弁》《凯风》两首诗的情感寓意，实际上也与“以意逆志”相关：

---

① 赵岐《孟子注疏题辞解》说：“孟子长于譬喻，辞不迫切，而意以独至。”（《孟子注疏》卷首，阮元校刻《十三经注疏》，第2663页）孟子文风如此，所以他深悉“譬喻”的特点，知道应当以怎样的方法和态度阅读作品才是恰当的，可见“以意逆志”、“不以文害辞，不以辞害志”的阅读要求，正融入了他自己行文的体会和经验。

② 陈三立《读荀子》，潘益民、李开军《散原精舍诗文集补编》，第124页，江西人民出版社2007年。

公孙丑问曰："高子曰：《小弁》，小人之诗也。"孟子曰："何以言之？"曰："怨。"曰："固哉，高叟之为诗也。有人于此，越人关弓而射之，则己谈笑而道之，无他，疏之也。其兄关弓而射之，则己垂涕泣而道之，无他，戚之也。《小弁》之怨，亲亲也。亲亲，仁也。固矣夫，高叟之为诗也。"曰："《凯风》何以不怨？"曰："《凯风》，亲之过小者也；《小弁》，亲之过大者也。亲之过大而不怨，是愈疏也；亲之过小而怨，是不可矶也。愈疏，不孝也；不可矶，亦不孝也。"①

《小弁》写周幽王受褒姒挑拨，黜申后、废太子，关系事大，故情辞激愤。《凯风》写一位多子母亲因故不安心其家室，诗人称赞其子以自责宽慰母亲，词语温顺。孟子认为，（一）《小弁》写亲亲之怨，怨声发自诗人仁心，值得肯定。高子不能从亲者之痛的角度理解这首诗歌，指责诗人怨错了，是"小人之诗"，这样解释诗意是拘泥、鄙陋的，不足取。（二）《小弁》和《凯风》虽然都是因诗人有感于亲人过错而作，然而《凯风》所写的亲人过小，《小弁》所写的亲人过大。孟子用"越人关弓而射之"和"其兄关弓而射之"加以形容。关弓，拉满弓的意思，关与弯相通。一个人遭到陌生人打击不如遭到亲人打击产生的悲痛程度强烈，哀怨也自然会轻缓一些。孟子认为，亲人过大，故诗人怨之，不怨则愈见互相疏远；亲人过小，故诗人不怨，怨则不能使亲人重新安心②。公孙丑不分《小弁》《凯风》所涉亲人过之大小，所以也就无法区别这两首诗歌的作者在表达情感上的微妙不同。孟子对《小弁》《凯风》所作分析是"以意逆志"的示范，批评高子说诗"固哉"，正是批评他"以文害辞"、"以辞害志"。

"以意逆志"不仅是探取诗歌真意的方法，也是阅读和理解其他形式文本的方法。孟子在《尽心下》举《尚书·武成》"血流漂杵"例子，也说明

① 《孟子正义·告子章句下》，第817—820页。

② 矶，赵岐解释为"激"。他认为此句的意思是："（母亲）过小耳，而孝子感激，辄怨其亲，是亦不孝也。"此说若成立，当谓"矶，亦不孝也"，而不当谓"不可矶，亦不孝也"。阮元《校勘记》引段玉裁说，"矶"谓"摩"，不是"水激石"的意思（以上详见阮元校刻《十三经注疏·孟子注疏》，第2756、2758页）。摩的意思是平，"不可矶"，"亦即不可平"（《孟子正义》，第822页）。这样释义通顺。

若胶着地理解作者用夸张手法表达的文章句子难免会偏离原意,所以提出"尽信书则不如无书"①。一首诗、一篇文章都有其含义,读者需从整体上去把握和理解,断章取义则难以契合作品本意,因为词意并不简单等同于句意,句意也并不简单等同于诗文之意。就此而言,"以意逆志"说确实反映了先秦读《诗》从断章取义到整体理解的变化②。又孟子强调,要充分认识作者运用修辞手段的表意作用,不能胶着地理解作品中的夸张句,否则会偏离原意。孟子在中国文学批评史上明确提出修辞手段与诗歌、文章的语言同样具有表意功能,读者若仅仅知道诗歌的语言意思,不知道修辞手段的作用,他可能仍然无法真正了解作品,甚至会误解作品③。此外,孟子还指出即使了解一首诗歌大致的含义(如《小弁》是怨诗),在判断它的价值时也应当根据作品的具体内容,而对两首含义相似的诗歌,则应当谨慎地辨别它们细微之处的不同,因为有些细微的不同可能意味着重要差异。以上说明,孟子提倡"以意逆志"说重在追求理解作品的正确性,包括正确索解作品的本旨和诗人写作的意图,反对离开篇旨,刻板拘泥于字句去揣摩、解说诗意。如此来看,这一主张与注重读者主观融入于作品的阅读态度可以说没有关系。宋人张栻称孟子是说为"读诗之法",并加以解释道:"文者,错综其语以成辞者也。以文害辞,谓泥于文而失其立辞之本也;以辞害意,谓执其辞而迷其本意之所在也。故必贵于以意逆志。以意逆志者,谓以其意之见于辞者而逆夫其志之存于中者,如此则其大指可得也。"④除了对"文""辞"的说明比较含糊外,这一分析应当还是符合孟子"以意逆志"本来意思的。清朝经学家如戴震主张,"由文字以通乎语言,由语言以通乎古圣贤之心志",反对"缘词生

---

① 《孟子正义·尽心章句下》,第959页。

② 朱自清《诗言志》:"以意逆志"之"志","是全篇的意义,不是断章的意义";"不以文害辞,不以辞害志","是反对断章的话"。孟子所重"在全篇的说解"(《诗言志辨》,第29页,凤凰出版社2008年)。

③ 刘勰认为,"不以文害辞,不以辞害意"是孟子针对夸张手法提出的阅读态度和理解方法。他说,写作之所以要用夸饰手法,是因为"神道难摹,精言不能追其极;形器易写,壮辞可得喻其真",因此"文辞所被,夸饰恒存"。虽然这种夸饰之辞言过其实,但是"其义无害"。可是,读者如果不了解夸饰手法,以"过"辞为实际,就无法正确领会作者之意。(《文心雕龙·夸饰》)按:"不以辞害意"之"意",《孟子》作"志"。

④ 张栻《南轩先生孟子说》卷五,同治十二年粤东书局刻本。

训”、“凿空以为经”①。他说的“缘词生训”与孟子“以文害辞”、“以辞害志”意思相近，而他强调逐次经由文字、语言之阶梯而通往文本和作者之意，较孟子“以意逆志”的方法似更加切实可循。然而，戴震此处不谈诗法、修辞手段等对表达诗意的作用，反而又显出孟子说法的合理性。因为，虽然戴震等经学家重视语言本身并没有错，但是如果不同时强调诗法、修辞手段的表意作用，依然会留下“以文害辞”、“以辞害志”误读的可能。有些经学家、学问家解释作品虽然言辞凿凿，却依然未能探得诗歌“玄珠”，与此有关，这好像是对某些经学家普遍嘲笑诗法、文法的一种惩罚②。

后人对“以意逆志”说有不同理解。赵岐说：“意，学者之心意也。孟子言说诗者当本之（按：一本“之”后有“志”字），不可以文害其辞，文不显乃反显也；不可以辞害其志……人情不远，以己之意逆诗人之志，是为得其实矣。”③朱熹说：“意，谓己意。志，谓诗人之志。”④他们认为“以意逆志”的“意”是指读者方面的主观而言。这一派的意见后来影响很大，这就决定了“以意逆志”说在流传过程中引起了对解释者、接受者因素的重视，从而使这一主张脱离孟子本意而成为我国古代解释理论和接受文

① 戴震《古经解钩沈序》，《戴震文集》卷十，第146页，中华书局1990年。

② 在中国文学批评史上，解释诗歌过于受文、辞束缚反而不得诗意的例子很多。陈善《扪虱新话》曾对郑玄以《周礼》解说《诗经》、沈括死板地理解杜甫诗句提出批评，有一定代表性，可与这里所谈的问题互相参看，故引录如下：“诗人之语，要是妙思逸兴所寓，固非绳墨度数所能束缚，盖自古如此。予观郑康成注《毛诗》，乃一一要合《周礼》。《定之方中》云‘騋牝三千’，则云：‘国马之制，天子十有二闲，马六种，三千四百五十六匹；邦国六闲，马四种，千二百九十六匹。卫之先君，兼邶、鄘而有之，而马数过制。’《采芑》云‘其车三千’，则云：‘《司马法》：兵车一乘，甲士三人，步卒七十二人。宣王承乱，羡卒尽起。’《甫田》云‘岁取十千’，则以为井田之法，一成之数。《棫朴》云‘六师及之’，则必为殷末之制，未有《周礼》，《周礼》五师为军，军万二千五百人。如此之类，皆是束缚太过，不知诗人本一时之言，不可一一牵合也。康成盖长于礼学，以礼而言《诗》，过矣。近世沈存中论诗，亦有此癖，遂谓老杜‘霜皮溜雨四十围，黛色参天二千尺’为太细长。而说者辨之曰：‘只如杜诗有云“大城铁不如，小城万丈馀”，世间岂有万丈城哉，亦言其势如此尔。’予谓周诗云：‘崧高维岳，峻极于天。’岳之峻亦岂能极天，所谓不以辞害意者也。”（明抄本）

③ 《孟子注疏·万章章句上》，阮元校刻《十三经注疏》，第2735页。

④ 丘濬《大学衍义补》卷七十四引，万历刻本。按：丘濬《大学衍义补》卷七十四集中论述诗歌创作和诗歌解释的原理。尤其是论诗歌的解释，肯定自由释义，值得注意。如他说：“是知读诗之法，在随文以寻意；用诗之妙，又在断章而取义也。学者诚以是而求诸《三百篇》，则《雅》无大小，《风》无正变，《颂》无商、周、鲁。苟意会于心，言契乎理，事适其机，或施之政事，或发于语言，或用之出使，与凡日用施为之间，无往而非诗之用矣，固不拘拘于义例、训诂之末也。”这与晚明锺惺《诗》为“活物”说已经相当接近了。

学批评的一个重要的思想构成。这虽然不是孟子本人提出观点时的主观所在,却提供了一种让后人积极填充和发挥的潜在的思想形式,这方面对中国文学批评史的贡献也是重要的。"以意逆志"在被后人实践过程中,其意义和作用也不再限于对《诗经》的阅读和批评,而是逐渐向经学的其他著作、史学、广义的诗学、艺术等门类延展。孙廷铨说:"说《春秋》如说《诗》,皆以意逆志之书也。"①郭允蹈说:"读史者以意逆志可也。"②孙承泽说,观画者"以意逆志,斯得之矣"③。它几乎成为一种普遍的诠解典籍的方法。

再说"知人论世"。

> 孟子谓万章曰:"一乡之善士,斯友一乡之善士;一国之善士,斯友一国之善士;天下之善士,斯友天下之善士。以友天下之善士为未足,又尚论古之人。颂其诗,读其书,不知其人,可乎?是以论其世也。是尚友也。"④

他是说,当一个人交了天下朋友还嫌不够满足,就会产生与古人交朋友的愿望,这就需要"知人论世"。具体来说,"知人论世"的意思是,后人神交书中写到的古代先哲,阅读书中写到的一些人的诗歌和著述⑤,应当结合他们的时代社会和个人生平,这样才能真正了解他们,唯其如此才能与古人成为旷世相契的朋友。而说到底,论世是为了知人,所以知人又最是根本。孟子这段话的侧重点主要在尚友古人,文学批评仅是它略微含

---

① 引自朱彝尊《经义考》卷二百七,中华书局 1998 年。

② 郭允蹈《蜀鉴》卷四,嘉靖三十四年刻本。

③ 孙承泽《庚子销夏记》卷二"钱舜举山居图"条,清宁埜堂抄本。

④ 《孟子正义·万章章句下》,第 725—726 页。

⑤ 对于孟子"知人论世"这段话,大家都把"其诗""其书""其人""其世"的"其",解读为是书的作者。然而,我国"周秦古书,皆不题撰人,俗本有题者,盖后人所妄增"(余嘉锡《古书通例》,第 18 页,上海古籍出版社 1985 年)。既然如此,孟子怎么可能对读者提出知书之作者"其人""其世"的要求?基于这种怀疑,我以为孟子说的"其人""其世"之"其"不是指书的作者,而是指书里写到的人物,"其书"则是指书中提及的作品。"知人论世"意思是说,读书中所写的人物和写到的作品(正是读者尚友的对象),需要了解他们的一生和他们的时代,方能够对此有适妥理解。

带的意思，而后人理解这段话多集中在它所指涉的读书和文学批评方面，影响深远。明人王志坚《四六法海·凡例》："知人论世，分明拈出千古读书要旨。吾辈读前人著作，于其生平颠末茫然不知，当必有夷犹不自快者。至文中用语，或有所指，如贡甫'李代桃僵'、厚之'横水明光'之句，若不知其由，竟作何理会？"①肯定阅读作品既要知道典故含义，又要知道此典故具体所指是何人何事，认为这样的"知人论世"是阅读和理解作品切实有益的方法和途径，否则读者就会对作品茫茫然不知所解。这大略相当于后人所谓了解作者及其生活的时代背景，方能懂其作品。人们大量的阅读经验可以证明这是非常有效的方法。然而也不能以为把作品的背景事实一摆，作品旨趣就会不言而明。事实上解释作品并不这么简单，即使作品的背景事实清楚，得到读者一致认可，不同读者对作品旨趣的理解和领会仍然可以各有差别，依旧会遇到解释的主观性乃至随意性的考验。所以将"知人论世"等同于客观性批评，或唯一正确的批评，并不妥当。

"知人论世"既然是着眼于保障阅读和理解活动凿然有据，重在强调阅读和批评的客观性，所以当后人利用孟子"以意逆志"为随读者之意而解说作品的主观文学批评张目时，有人想到了用"知人论世"之说对它加以牵制。阎若璩说："以意逆志，须的知某诗出于何世，与所作者何等人，方可施吾逆之之法。"②顾镇对此作了更加详细的分析：

> 《书》曰："诗言志，歌永言。"而孟子之诏咸丘蒙曰："以意逆志，是为得之。"后儒因谓吟哦上下，便使人有得；又谓少间推来推去，自

① 王志坚《四六法海》卷首，辽海出版社 2010 年。"李代桃僵"，意谓代人受过。刘攽（字贡父）因反对新法被贬，所撰《知襄州谢上表》说："泾以渭浊，故常畏于后生；李代桃僵，窃自悲于薄命。""横水明光"，谓驻守在横水的军队。明光，铠甲名。唐武宗时，太原横水戍兵作乱，拥杨弁为主，朝廷派使者前去侦探，使者被杨弁收买，向朝廷谎称杨弁兵马极多，列兵十五馀里，明光甲曳地，被李德裕识破，唐朝派兵将杨弁消灭。以后，"横水明光"成为武装叛乱的典故。宋神宗时，传广西侬智高馀党扰乱，元绛（字厚之）被派去平息，到任后才知道是误传，因改知越州。他在《越州谢上表》中说："忽闻羽檄之音，谓有龙编之警。横水明光之甲，得自虚声；云中赤白之囊，倡为危事。"

② 阎若璩《尚书古文疏证》卷五下，乾隆十年阎学林眷西堂刻本。

> 然推出那道理。此论读书穷理之义则可耳，诗则当知其事实，而后志可见，志见而后得失可判也。……然则所谓逆志者何？他日谓万章曰：“颂其诗，读其书，不知其人可乎？是以论其世也。”正惟有世可论，有人可求，故吾之意有所措，而彼之志有可通。今不问其世为何世，人为何人，而徒吟哦上下，去来推之，则其所逆者，乃在文辞，而非志也，此正孟子所谓“害志”者，而乌乎逆之？而又乌乎得之？孟子之论《北山》也，惟知为行役者之刺王，故逆之而得其叹贤劳之志；其论《凯风》也，惟知七子之母未尝去其室，故逆之而得其过小不怨之志。不然，则“普天”“率土”特悉主悉臣之恒谈耳；“凯风自南，吹彼棘心”，亦“蓼蓼者莪，匪莪伊蒿”之同类耳。何由于去古茫茫之后，核事考情，而得其所指哉？夫不论其世，欲知其人，不得也；不知其人，欲逆其志，亦不得也。孟子若预忧后世将秕糠一切，而自以其察言也，特著其说以防之。故必论世知人，而后逆志之说可用也。①

他们以为将孟子“以意逆志”与“知人论世”两种方法结合起来，就可以防止和杜绝过度释义，提高文学解释和文学批评的有效性。顾镇更是强调，文章（“书”）与诗歌不同，读文章单纯通过精细地研求文本而获得其义理并非不可能，读诗歌如果不了解作品的本事就无法明白诗人抒发的是什么情志。可能他认为，文章相对诗歌而言，文字较为具体、清楚，作者对写作缘起也可能有一定交代，诗歌则往往略去所涉事实和形迹，只给读者虚化的情志，所以不辅之以人、世的背景，就难解诗意。这固然有一定道理。然而阅读诗歌即使真能结合“知人论世”，在实际进行解释和开展批评时，是否能实现他们这种阐释理想依然是一个问题。包括文学释义在内的解释活动通常情况是，当人们纯粹是为理解而理解时，或许只需要借助“知人论世”方法的帮助；当理解承担了更多其他考虑和寄托，解释者着重于诗之比喻义时，“以意逆志”式的解释就会努力地去挣脱来自作家作品背景事实的羁绊，追求别开生面的意义。孟子自己引《诗》有两

---

① 顾镇《虞东学诗》卷首《诗说·序下》“以意逆志说”条，乾隆三十三年诵芬楼刻本。

种情况，一种与《诗》意比较切近，如引《诗经·大雅·灵台》“经始灵台，经之营之。庶民攻之，不日成之。经始勿亟，庶民子来。王在灵囿，麀鹿攸伏。麀鹿濯濯，白鸟鹤鹤。王在灵沼，于牣鱼跃”，解释说：“文王以民力为台为沼，而民欢乐之，谓其台曰灵台，谓其沼曰灵沼，乐其有麋鹿鱼鳖。”孟子以此向梁惠王讲述道理，君主若能够与民同乐，则玩赏苑囿、奇禽不但毫无妨碍，而且也唯此能够从中真正感受到快悦；若不能与民同乐，这些都将会遭到毁灭①。按：《灵台》全诗歌颂周文王，先写庶民乐意为文王建台，继写台及周围鸟兽肥盛，最后写演乐情景。孟子未引第三部分内容，符合当时引《诗》断章取义的习惯。尽管如此，孟子此处引《灵台》与他想表达的意见之间比较一致。有时候孟子引《诗》也不免远离《诗》的本义，如齐宣王说自己不能施行王政，因为自己好货好色，孟子便引《诗·大雅·公刘》“乃积乃仓”等句，说公刘也好货，又引《诗·大雅·绵》“爰及姜女，聿来胥宇”等句，说太王也好色，所以好货好色并非缺点，关键是要与百姓同好②。这虽然是孟子循循善诱的一种技巧和策略，说的道理也不能算错，然而两处引《诗》以为公刘好货、太王好色，这样解释诗意显得牵强，说明孟子本人也难以保证做到使理解客观如实。

“知人论世”不仅是解释作者作品的方法，也是解释文本接受者及其观点立场的方法，所以在后世它又成为一种解释接受过程中出现评价分歧现象的理论。不同时代的人和所处具体境况不相同的人，对于历史事件和历史人物往往会持不同看法，作出差异很大甚至相反的评价。对此，若结合评价者所处之时代和他们自身之情况，往往能够得到合理的说明。譬如陈寿《三国志》、司马光《资治通鉴》尊魏为正统，而习凿齿《汉晋春秋》、朱熹《通鉴纲目》一反其意，尊蜀为正统，两种说法形同水火。章学诚认为，对此不能从个人的是非之心或识力高低去作解释，“是非之心，人皆有之，不应陈氏误于先，而司马再误于其后，而习氏与朱子之识力偏居于优也”。他认为，应当结合评价者所处不同的时代去解释产生分歧的原

① 参见《孟子正义·梁惠王章句上》，第44—51页。“不日成之”，意谓不限以日程。麀鹿，雌鹿。伏，通包，怀妊。鹤鹤，《诗经》作“翯翯”，肥盛貌。牣，满。

② 参见《孟子正义·梁惠王章句下》，第133—139页。

因:“陈氏生于西晋,司马生于北宋,苟黜曹魏之禅让,将置君父于何地?而习与朱子则固江东、南渡之人也,惟恐中原之争天统也(原注:此说前人已言)。诸贤易地则皆然,未必识逊今之学究也。”解释是时代的声音,时代不同,发出的声部也不同。以此为例,章学诚得出结论,应当以“知人论世”的态度去认识历史上类似的解释和评价的变化:“是则不知古人之世,不可妄论古人文辞也。知其世矣,不知古人之身处,亦不可以遽论其文也。身之所处,固有荣辱、隐显、屈伸、忧乐之不齐,而言之有所为而言者,虽有子不知夫子之所谓,况生千古以后乎?”①章学诚对孟子“知人论世”说的运用,进一步扩大了它作为接受和解释理论的意义。

在后世,“知人论世”还转化成为一个创作命题,要求作者表现自己的真实性情,以便读者通过其作品可以知其人而识其世。沈德潜说:“从来读古人书者,贵乎知人论世,而古人之书必有不可腐坏澌灭者,使人据以为知人论世之实。如读李太白诗,如见其芥视六合;读杜子美诗,如见其忧时爱国;读韩退之诗,如见其怜才若渴,与世龃龉;读苏子瞻诗,如见其不合时宜,风流尔雅。即下至贾岛、马戴、魏野、真山民之流,无不有性情面目存乎其间。苟其人无君形者存,而断断焉求工于章句,彼其所求者,非必不工也,然欲使后世读其书想见其为人,吾恐性情面目隐而不见也久矣。”②这说明阅读、理解与文学创作理论是可以兼通和转化的。

除以上主张,孟子以下的看法虽然与理解、释义和文学批评无直接关系,其中包含的认识却可以给后人以启发。

孟子认为,人性根本是相同的:“恻隐之心人皆有之,羞恶之心人皆有之,恭敬之心人皆有之,是非之心人皆有之……非由外烁我也,我固有之也,弗思耳矣。”“口之于味也有同耆焉,耳之于声也有同听焉,目之于色也有同美焉,至于心独无所同然乎?心之所同然者何也?谓理也、义也,圣人先得我心之所同然耳。故理义之悦我心,犹刍豢之悦我口。”③这决

---

① 章学诚《文史通义·文德》,《章氏遗书》,吴兴刘氏嘉业堂刻本。

② 沈德潜《东隅兄诗序》,潘务正、李言编辑校点《沈德潜诗文集》,第1337页,人民文学出版社2011年。

③ 《孟子正义·告子章句上》,第757、765页。

定不同的人会对事物产生相同的理解和认识。他又指出，人会受后天环境条件影响而使良心放失，偏离乃至改变天赋人性，就像长在城郊路旁的树木遭到樵夫砍伐、牛羊啮嚼，而失去其天性之美一样①。此即孔子所谓“性相近也，习相远也”②。后天对人的改变自然也会反映到他们的主观中，从而形成对事物不同的理解和认识。孟子关于人性同异的论述有助于了解读者阅读、理解何以会产生同然性和差异性。

孟子很重视心的作用，说：“心之官则思。”③又指出，心有时会陷入迷境，失去辨别能力。他说：“饥者甘食，渴者甘饮，是未得饮食之正也，饥渴害之也。岂惟口腹有饥渴之害，人心亦皆有害。人能无以饥渴之害为心害，则不及人不为忧矣。”④认为饥渴的人出于生理上急切的需要对所获饮食是否甘美其实无法判断，甚至以不美为美，以不甘为甘，“饥渴”使他们丧失了判断力。人的心也一样，一旦为偏好所支配，变得不健全，也会失去判断力，所以应当消除“心害”，使精神的君主（心）健全。这对于阅读、理解中出现的读者受自己主观偏好支配，形成千差万别的看法，甚至出现一些特别奇异、远离常情的意见，其原因也可以得到部分解释。不过，它们是否应当一概被视为心之“害”、完全属于消极的结果，则又未必。这个问题在荀子那里被概括为“蔽”，他主张用“去蔽”来解决（见《荀子·去蔽篇》）。

不真实的语言陈述为什么会被人们接受？孟子对此提出了一个有意思的解释：“君子可欺以其方。”他举例说，舜异母弟象以为舜已经被他们（舜的父亲、后母、象）害死，便高兴地来到舜屋里看究竟，谁知舜好好地在弹琴，象便撒谎说：“我心里不开心，想念你，就来看你。”样子忸怩很不自然。舜却表现得非常高兴。孟子以为，舜其实知道象真实的想法，可是他的高兴又并不是假装出来的。他又举例子说，有人送一条活鱼给郑子产，子产让管鱼池的小吏将鱼养在池里，小吏却将鱼烹吃了，还诓骗子产

① 《孟子正义·告子章句上》，第 775 页。
② 《论语集释·阳货》，第 1177 页。
③ 《孟子正义·告子章句上》，第 792 页。
④ 《孟子正义·尽心章句上》，第 920—921 页。

这条鱼在水池快乐地游着，子产听后说："得其所哉，得其所哉。"小吏对别人说，大家都称赞子产有智慧，我看他一点也不聪明，很容易受骗。孟子认为这两个例子都说明"君子可欺以其方，难罔以非其道"①。说明他人若用符合道理(方、道意思相近)的方式陈述，君子会乐意接受他们所说的内容，真实与否并不重要。金圣叹称小说是作者"凭空造谎出来"②，读者明知作者说谎还愿意接受、相信、欣赏他们的作品，是因为小说家的才华以及小说的思想内涵和艺术成就将读者征服了，这也是"君子可欺以其方"的一种表现。不仅是小说，其他虚构性的文学作品和笔涉玄幻、超然真实之上的描写为读者接受，大略情况也与此相仿佛。孟子以上所作的解释对于文学批评、文学接受史也是有启发作用的。

孟子还认为，能不能从所求中得到不仅取决于求者，还取决于求者自身之外的其他条件。他说："求则得之，舍则失之，是求有益于得也，求在我者也。求之有道，得之有命，是求无益于得也，求在外者也。"③他说了两种情况，一是得到或失去关乎"我"求与不求，二是求得与否受"道"支配，由"命"决定，与"我"无关，此时"外者"的因素比"我"更具有决定作用。我们可以将阅读看成是读者向作品有所"求"的行为，那么，孟子这段话就可以给我们以下启示：读者在阅读和理解时，当然需要努力从文本中去寻找，读者的主观能够决定从文本获得意义、获得什么意义，然而有时读者的努力几乎对此没有作用，需要由"外者"来决定从文本中能得到什么意义，这其实就是关乎已经存在的整体的社会阅读视野以及它发生转移将会给阅读带来深刻影响，使文本产生某种或别的可能意义，当读者普遍处在某种阅读视野之下，个人再努力也无法消除阅读盲点，面对文本表现出视而不见的无奈，而在"外者"改变后，原来的文本似乎会涌现出新的意义，这其实是"外者"变了，"我"也随之改变，结果文本也似乎不同了。孟子这段话使我们对认识这种理解、阐释的思想产生一定联想，尽

① 《孟子正义·万章章句上》，第627页。
② 金圣叹《读第五才子书法》，《金圣叹全集·贯华堂第五才子书水浒传》，第19页，江苏古籍出版社1985年。
③ 《孟子正义·尽心章句上》，第882页。

管这不是孟子本来的意思。

三、荀子"当理"、"去蔽"

荀子崇信孔子,批判孟子,扬雄称孟、荀"同门而异户"①。荀学的核心是尚礼。他发展了先秦名辨学说,《正名篇》是论述名实关系的著名作品。在荀子看来,名是实的代称,也是实的概括,名是对对象的一种概括性反映,名实必须相副。他论立言、知言,从积极方面讲是强调以礼、道(二者是一致的)为标准,与实际相符,可以验证;从消极方面讲则提出去"蔽"的要求,消除偏见。所以,他的知言论依其实质而言是一种认识论,然而这样的认识论又是以他自己信奉的思想为指导。

他说:"先王之道,仁之隆也,比中而行之。曷谓中? 曰:礼义是也。"②"凡言不合先王,不顺礼义,谓之奸言,虽辩,君子不听。"③"辩说譬谕、齐给便利(杨倞注:谓言辞敏捷)而不顺礼义,谓之奸说。"④"说不贵苟察……唯其当之为贵。"⑤"当"也称为"当理"、"中说"⑥,意思是立言要符合先王之道和礼义。一切与之不符的说法,即使善辩,也是"苟察"。据此他在《非十二子篇》说,诸家之说虽然"其持之有故,其言之成理",都应该被否定。他在同一篇又提出人应当"信信、疑疑",而信什么、疑什么,则需要根据礼、道来决定。他非常重视"辨",说人之所以为人是因为具有"辨"的能力,能够判断和评价是非曲直美丑,辨别能力使人具有了知识和智慧。天下广大,历史悠久,人又如何辨别万物万事? 他提出"以近知远,以一知万,以微知明"的原则⑦。"众人"无法对远古事情和流传的有关知识作出判断,往往陷于迷惑,"圣人"则能够历历了然。这除了

① 汪荣宝《法言义疏·君子篇》,第499页,中华书局1997年。按:扬雄称荀子为"异",带有对他学说的讥刺,所以他又说"唯圣人为不异"。

② 王先谦《荀子集解·儒效篇》,第121—122页,中华书局1997年。按:王念孙解释荀子这句话的意思是:"先王之道乃仁道之至隆者也,所以然者,以其比中而行之也。""比,顺也,从也。"(见王先谦引,第122页)使至高之仁适于中,立为礼义,是为了让大多数人都能够遵从。

③ 《荀子集解·非相篇》,第83页。

④ 《荀子集解·非十二子篇》,第98页。

⑤ 《荀子集解·不苟篇》,第37页。

⑥ 《荀子集解·儒效篇》,第124页。

⑦ 《荀子集解·非相篇》,第81页。

他是圣人之外,还因为世界在差别中具有同一性,古今变化万千,实际根本无殊,所谓“千人万人之情,一人之情是也”①,“千举万变,其道一也”②,所以圣人能够以己度古(杨倞注:以己意度古人之意),得一而知万③。这也是他主张“法后王”的理由④。他也看到人性、人的认识有同有异,说:“天下之人,唯各特意哉,然而有所共予也。”杨倞注:“特,意谓人殊意。予,读为与。”⑤尽管如此,他更加强调和突出人性同的重要性,强调确定相同认识的重要性,肯定知言是要服从共同、共通的一面,这集中表现为他以自己之思想解释他者、统摄他者。荀子这些论述,从知言的角度看,实际上也是肯定以一释多、以今释古、以己释人。这种立言、知言论有很强烈的个人和学派的主观色彩,带有鲜明的倾向性和排他性。

他指出,立说“未可直至”,应当援引古今的例子加以论证,这就存在一个释古诠今的问题。诠释的立场是什么?他提出:“亦必远举而不缪,近世而不佣(引者按:佣,鄙陋的意思),与时迁徙,与世偃仰,缓急嬴绌(杨倞注:嬴,馀也。嬴绌,犹言伸屈也),府然若渠匽隐栝之于己也,曲得所谓焉,然而不折伤。”⑥立言必须不谬妄,不鄙陋,应当随时势变化,自然自如,像水在沟渠流淌,又像竹木经过工具的作用之后改变形状,委曲皆得其理,然而对道毫无损伤。这当然也是对“远举”古例的要求,实际上就是站在道或礼义的立场上释古,使作出的解释“与时迁徙,与世偃仰”。

如他在《正论篇》中对不认可的种种说法加以辩驳,其中也有关系知言的问题,反映他的解释思想。如他反驳“尧舜擅让(即禅让)”、尧“死而擅(禅)之”或“老衰而擅(禅)”,认为世俗流传的这些说法都没有根据,所传内容都未曾在历史上发生过,构不成信史。然而荀子并不是以历史事实为证据来驳斥这些说法(其实相信此说与否定此说者都拿不出什么

① 《荀子集解·不苟篇》,第48页。
② 《荀子集解·儒效篇》,第138页。
③ 参见《荀子集解·非相篇》,第81—82页。
④ 在荀子思想中,“法后王”并非与“法先王”相对立,他认为后王的主张中已经包含了先王合理主张的因素,且比先王的主张更加详尽、明白,有更多的可行性。而且他说的“后王”是指周朝贤君,“先王”是指周朝以前首领。
⑤ 《荀子集解·大略篇》,第518页。
⑥ 《荀子集解·非相篇》,第85页。

证据)，而是依靠他自己的历史观念，也就是他所信奉的道理对这些传说中的历史往事做出自己的解释。他说，尧作为天子集道德、智慧于一身，不需要将帝位禅让给谁。尧死后，舜继位，这乃是当时"量能授官"自然的权力过渡，谈不上是什么禅让。至于尧"老衰"的说法，荀子以为天子的"血气筋力则有衰，若夫智虑取舍则无衰"，所以尧终生精神健康，不会出现因精神"衰老"无法治理天下而需要禅让的情形。他得出的结论是，以上世俗的传说"是虚言也，是浅者之传，陋者之说也，不知顺逆之理，小大、至不至之变者也，未可与及天下之大理者也"①。荀子用自然权力过渡论否定尧舜禅让说，这与孟子天子不能以天下与人的观点很相近，两人见解的相似性从其产生的根源说，主要表现为他们解释思想和据以作解释的依据的相似，都是用儒家的道理对历史传说加以解释。

荀子认为，一个人学识达到何等程度，对别人的了解才能达到何种程度。"短绠不可以汲深井之泉，知不几者不可与及圣人之言。"②"几"的意思是接近，只有与圣人相差不远的人才能懂得圣人的思想。他又说，同类之间才能相应而共鸣，"君子絜其辩而同焉者合矣，善其言而类焉者应矣。故马鸣而马应之，非知也，其势然也"③。简明、恰当的语言表达也只能够引起一部分人共鸣，却不能引起所有的人共鸣，原因是各人所属之类不相同，所以他们各自的接受取向和接受效果也就不同。

他强调，对于言说应当加以验证，只有得到验证的言说才是可靠的。"凡论者，贵其有辨合，有符验。故坐而言之，起而可设，张而可施行。今孟子曰'人之性善'，无辨合符验，坐而言之，起而不可设，张而不可施行，岂不过甚矣哉！"④"是非疑则度之以远事，验之以近物，参之以平心，流言止焉，恶言死焉。"⑤而这样的验证真正追求的是与他自己的思想、学说相一致，融化或排斥不同的其他学说，是为了证明自己学说的正确，以及他者不同学说的错谬。

---

① 以上见《荀子集解·正论篇》，第331—336页。
② 《荀子集解·荣辱篇》，第69页。
③ 《荀子集解·不苟篇》，第45页。辩，卢文弨、王先谦认为当作"身"。
④ 《荀子集解·性恶篇》，第440—441页。
⑤ 《荀子集解·大略篇》，第516页。

从消极方面讲,荀子对立言、知言提出去“蔽”的要求。他认为,世上除了“道”是完全和满足的之外,其他事物和主张皆属于“一偏”,“万物为道一偏,一物为万物一偏,愚者为一物一偏,而自以为知道,无知也”①。所以像慎子、老子、墨子、宋子(钘)等学说在荀子眼中皆只是一偏之见,得道之一隅而已。他认为,他们之所以见偏不见全,是因为他们的心智各有所蔽。在《解蔽篇》中他对此作了专门论述。该文开宗明义:“凡人之患,蔽于一曲而暗于大理。”②认为,一切不符合道、不符合圣人之心的主张和见解,其产生的根源都是各人“蔽于一曲而失正求”,这好比“心不使焉,则黑白在前而目不见”。“蔽”指人被各种偏见所左右,心灵失明。他列举了十种,“欲为蔽,恶为蔽,始为蔽,终为蔽,远为蔽,近为蔽,博为蔽,浅为蔽,古为蔽,今为蔽”。这十种“蔽”由五组相对的概念组成,思考问题如果局限于一个方面,不顾及另一方面,就会遮蔽真相,陷于错谬。杨倞注:“此其所知所好滞于一隅,故皆为蔽。”得荀子此说之正解。荀子说:“凡万物异则莫不相为蔽,此心术之公患也。”不同的事物互相编织起遮蔽的网,只见自物,不见他物,所以说“蔽”产生于普遍的“异”。人心有“蔽”就会做出种种荒唐、错误、危殆的事情,提出片面不全的主张。他批评诸子各派:

> 墨子蔽于用而不知文,宋子蔽于欲而不知得,慎子蔽于法而不知贤,申子蔽于势而不知知,惠子蔽于辞而不知实,庄子蔽于天而不知人。故由用谓之道,尽利矣;由俗(欲)谓之道,尽嗛矣;由法谓之道,尽数矣;由势谓之道,尽便矣;由辞谓之道,尽论矣;由天谓之道,尽因矣。此数具者,皆道之一隅也。夫道者,体常而尽变,一隅不足以举之。曲知之人,观于道之一隅而未之能识也。故以为足而饰之,内以自乱,外以惑人,上以蔽下,下以蔽上,此蔽塞之祸也。③

---

① 《荀子集解·天论篇》,第319页。
② 《荀子集解·解蔽篇》,第386页。按:杨倞注:“一曲,一端之曲说。是时各蔽于异端曲说,故作此篇以解之。”
③ 《荀子集解·解蔽篇》,第392—393页。

他认为，诸子各派纷纷立说，无一不蔽于一隅，是因为他们心有所障、观道不周，以这种蔽于一隅的眼光观察事物，思考问题，解释别家思想以定去取，都会引起混乱。所以立说者、知人之言者保持心智的健全十分重要。荀子提出，健全的心智应当保持"大清明"状态，具体而言，就是要"虚、壹、静"：

> 人何以知道？曰心。心何以知？曰虚壹而静。心未尝不臧（通"藏"，下同）也，然而有所谓虚；心未尝不满也，然而有所谓一；心未尝不动也，然而有所谓静。人生而有知，知而有志（同"记"，意思是记忆）。志也者，臧也。然而有所谓虚，不以所已（作"己"亦通）臧害所将受谓之虚。心生而有知，知而有异。异也者，同时兼知之。同时兼知之，两也，然而有所谓一，不以夫（代词，同"彼"）一害此一谓之壹。心，卧则梦，偷则自行，使之则谋。故心未尝不动也，然而有所谓静，不以梦剧乱知谓之静。未得道而求道者，谓之虚壹而静……虚壹而静，谓之大清明。①

"大清明"就是人的心"无有壅蔽者"②，能不断接受新知识而不与他原有的思想相冲突（"虚"），能兼知不同的东西并使它们保持统一而不生龃龉（"壹"），心思保持活力却又不会胡乱活动失去规范（"静"）。这种"大清明"的心是一种无蔽的精神状态和意识，具有这种精神状态和意识才能知道、合礼义，立言和知言才不会偏于一隅。

荀子以为，人克服了各种"蔽"就能够正确获得认识，包括对语言世界意义的认识，这是以求真实、求确然、求唯一的解答为知言最完善的理想。显然他认为，对知言提出这样的要求是非常正常的，也是可以实现的。然而，荀子衡量是非曲直美丑的标准是他自己所坚持的礼义，而礼义是圣人制定出来的，"圣人积思虑，习伪故，以生礼义而起法度，然则礼义法度者，是生于圣人之伪，非故生于人之性也……故圣人化性而起伪，伪

---

① 《荀子集解·解蔽篇》，第395—397页。
② 杨倞注，见王先谦《荀子集解·解蔽篇》，第397页。

起而生礼义,礼义生而制法度。然则礼义法度者,是圣人之所生也"①。礼义既然是人为制定出来的东西,不是人类的天性所具有的,荀子赋予礼义"道"的形式,强调其神圣性,只能说明荀子信奉的"道"与圣人制定的礼义一样,也是人的创造物。这与他列举的种种"蔽"相比,偏于一隅的实质其实并没有根本改变。因为以礼义、道衡量包括言在内的事物的是非、曲直、美丑,仍然是以特定的意识为背景作出的评判,不过荀子自己将这种特定的意识普遍化、客观化,以为它超越于所有的"隅"之上、不带任何"蔽",是将相对性当成了普遍性。

第二节　道家论自然和言语文本的解释

一、老子"有生于无"

老子并无直接关乎阅读和解释作品文本的论述,然而在他以存在为文本的基础上形成的、用诗化语言表达的有无学说,其中又潜存着可供他人体悟关于人为的语言文本的阐释旨趣的思想。后人引用、发挥老子思想,往往有借用他的学说作为自由解释之根据者,特别是对于高度集中了文学性特点的古代诗歌的解释而言,老子"有生于无"②的思想每每启发批评者对作品进行创造性地意义建构,并借重老子学说在古代思想史上的显要地位而使这种意义建构取得了似乎无可置否的合法性。所以,探寻《老子》这方面潜在的旨趣实为研究中国文学批评自由释义传统之所必要。

老子的根本思想是以道为体、以德为用的道德学说,以此其书又名《道德经》,或《德道经》。在"道、德"关系中,"道"无疑是核心。研究者或将老子的道区分为"生成之道"和"本体之道"两类,其实"生成之道"即是"本体之道","本体之道"是生成他物的根源。老子的思想又经常用有无概念来表述。研究者或认为老子主张的"无",可以区分为"有生于无"

---

① 《荀子集解・性恶篇》,第437—438页。

② 《老子》四十章。本书所引老子的话,据朱谦之《老子校释》(中华书局1984年)。已注明引文章序的,检核方便,不再另注页码。

之“无”和“有无相生”之“无”，前者是万物产生的根本之源，后者只是构成互相依存、互相呈现的双方关系中的一方，如《老子》十一章说：“三十辐共一毂，当其无，有车之用。埏埴以为器，当其无，有器之用。凿户牖以为室，当其无，有室之用。”其实在老子论述的有无对待关系中，可以清楚看到“无”仍然是主要一方，因此与“有生于无”之“无”依然是相通的。本体的道、生成的道、有无学说中的“无”，这些在老子的思想体系中大体可以视为同一种思想内涵的不同用语和不同表述。

存在（包括宇宙、世界、社会）对于老子来说是一种特殊的“文本”，“有生于无”则是老子解读这一特殊“文本”之后总结出的万物生成之理，也是他对这一特殊“文本”加以解释的根据。在先秦缺乏典籍的时代，哲人们往往是以存在（道家的“无”也是一种存在）为“文本”提出他们的各种看法，作出种种解释，其中会包含一部分解释的原理。如《周易·系辞上》说：“天生神物，圣人则之；天地变化，圣人效之。天垂象，见吉凶，圣人象之；河出图，洛出书，圣人则之。”①则之、效之、象之，其中就包括对自然现象所作的解释，而伴随这种解释活动自有其解释的思想，所以解释学的思想不仅是来自对语言文本的解释实践。对存在的解释转化为对典籍的解释是随着写作的出现、展开而发生和发展的，而作为解释原理，对存在的解释与对典籍的解释实有相通之处。这可以为发掘先秦解释学库藏提供启示，寻到更多有关资料，不至于因为那时哲人的学说很少直接关涉阅读和解释作品文本的论述而使开展相关的研究感到局促难以入手。若这么看待老子“有生于无”学说，便无疑会使它获得现代意义：它不仅是一种关于自然、世界的本体论意义上的存在论和生成论，而且也是一种可以延伸到阅读、理解领域的解释学理论。

依照老子的认识，无是蓄藏和衍生万物的根本之源，无孕育一切，凡有皆生于无。无生有是一个没有终点，又不会终止的永远持续的过程，无可以被无限具体化，生成无数事物，所以无是根本的存在，也可以说是无所不有，恰似“天网恢恢，疏而不漏”（七十三章）。从这个意义上说，无也

① 《周易正义》，阮元校刻《十三经注疏》，第 82 页。

就是道。《老子》四十章:“天下万物生于有,有生于无。”四十二章:“道生一,一生二,二生三,三生万物。”六十二章:“道者,万物之奥。”老子善于用形象化的语言表达哲理概念,为了使自己的学说更易于被大家理解,他经常使用母亲一词形容道和无。一章:“无名天地始,有名万物母。”二十五章:“有物混成,先天地生,寂漠,独立不改,周行不殆,可以为天下母。”河上公认为老子的道就是无,“天地神明,蜎飞蠕动,皆从道生。道无形,故言生于无”①。苏辙用母亲生子解释老子无生有的道理:“盖天下之物,闻有母制子,未闻有以子制母者也。”②焦竑说:“天下之物生于有,所谓‘有名万物之母’是已。有生于无,所谓‘无名天地之始’是已。”③这些解说都有助于对老子学说的理解。显然,老子说的无(道)并不是零,也不是空,十四章:“绳绳不可名,复归于无物。是谓无状之状,无物之象,是谓忽恍。”二十一章:“道之为物,唯恍唯忽,忽恍中有象,恍忽中有物。”这即肯定无、道是恍惚的存在,而不是一种空白状态。所以从无到有,不是从零到有,从空到实,而是由微达著,从无形到有形,正如宋人陈经所指出:“盖有生于无,著生于微,自无而至有,由微而至著。”④

老子揭示的这一无生有不停运动的原理,也很好地说明了一部典籍、一篇作品通过意义转生化身千万的现象。在作品文本的阐释过程中,文本的元意义微忽而又确实存在,它们通过一次次具体化显现自己,而每一次显现又都伴随着新意义的生成,好比微忽的元意义(“无”)源源不断地化为新的理解(“有”)。正是这种“有”与“无”的永久对话构成了作品阅读和阐释历史。“有”与“无”每一次对话的结果都会增加“有”,成为“无”的新成员,好像一个氏族繁衍后裔,子子孙孙人数增加再多,都可以冠以同一个姓氏。所以“无”具有无限的阐释性,也具有无限的容纳性。

---

① 河上公章句《老子道德经》之《德经》卷下《去用第四十》,嘉靖三十二年刻本。

② 苏辙《老子道德经》卷下之《老子》四十章“天下万物生于有,有生于无”,万历二年刻本。

③ 焦竑《老子翼》卷二引《焦氏笔乘》,明刻本。按:焦竑《老子翼》所列“采摭书目”有《焦氏笔乘》,曰:“余旧读书所札记,间及《老子》者,今悉附入。”然今本《焦氏笔乘》没有这一条内容,《老子翼》其他所引《焦氏笔乘》也多不见于此书,则今所流传的《焦氏笔乘》已非作者自编本。

④ 陈经《尚书详解》卷二十四,乾隆三十九年武英殿聚珍本。

不竭地无生有使作品文本尽显魅力。换一个角度看，相对于“无”来说，“有”永远只是局部，只是瞬间，且离不开“无”，而没有具体的“有”，“无”却依然存在。《老子》开宗明义：

道可道，非常道；名可名，非常名。

“可道”、“可名”之“道”、“名”二字在句子中是动词，意思接近于理解、解释和说明。“常道”即“道”、“常名”即“名”，也即是“无”。经过解释的“道”和“名”，也即是“有”。关于老子的这句话主要有两种不同理解，一种理解以为，道和名一经解释就会失去其本然性，第二种理解以为，道、名都是可以被解释的，而道、名本身与理解又都变动不居，双方在变化中发生互动。从老子无生有、有永远不会是完整的无本身的观点来看，理解的完全可能只有在假设无限理解的前提下才能够实现，才能够与“无”保持相称的关系，因为全部理解的总和实际上就是“无”本身，否则，有限的理解都只能实现“无”的一部分。然而全部的“有”还应当包括尚未出现的理解，这就形成一种悖论，从而使全部的“有”这种说法幻化为一个无法实现的愿景。所以尽管老子总体上还是倾向于肯定人类的理解力，但是如果人们确定的目标是去追求解释（“可道”）与被解释者（“道”）二者的完全一致、吻合，那可能注定会落空，因为老子认为解释与被解释对象先验的差异是难以逾越的①。

尽管老子以无生有解释万物生成，然而他很少涉及无如何生有的问题。或许在他看来这是自然而然的事，并不是一个问题；或许他认为自己提出本体生成论就已经足够，如何生成的问题相比之下不算太重要，不需要他来解决。然而对于一个大思想家来说，这总不免令人感到遗憾。

当涉及解释的时候，老子偶尔也会谈到如何生成的问题，这时他提出的看法很有洞见性。如“道可道，非常道”之说就包含了对人类语言局限性的认识。《老子》十四章说：

---

①　有关《老子》“道可道”这句话的两种理解、解释与被解释对象先验的差异难以逾越的相关论述，参见邬国平《中国古代接受文学与理论》，第20—21页，黑龙江人民出版社2005年。

执古之道，以语（一作御）今之有。以（一作能）知古始，是谓道已（一作纪）。

王弼注："无形无名者，万物之宗也。虽今古不同，时移俗易，故莫不由乎此以成其治者也，故可执古之道以御今之有。上古虽远，其道存焉，故虽在今，可以知古始也。"①"无形无名"、"此"都是指道。王弼是说，古道可以施之于今，今人也可以通过道了解远古。这是肯定老子说的道具有永恒性，因此具有指导认识的作用，能帮助人们鉴古识今。这应当比较接近《老子》本来的意思。

朱谦之的解释与众不同，他说："《素问·气交变大论》第六十九曰：'余闻之，善言天下者，必应于人；善言古者，必验于今；善言气者，必彰于物。'《老子》此章，盖即善于言气者也。而'执古之道，以语今之有'则是言古而有验于今。执古语今，可见柱下史乃善用历史之术者。"②唐景龙二年（708）《易州龙兴观道德经碑》"御"作"语"，他以此为根据，用"执古语今"解释老子的话。若然，老子此处肯定用古今结合的方式来理解和解释古道，含有解释学古今视界相融的意思，也可以算是对解释学的无生有途径的一种思考。五十四章："故以身观身，以家观家，以乡观乡，以国观国，以天下观天下。吾何以知天下之然？以此。"同样说明观察者与被观察者的视界融合是认识事物和求得知识的方法。老子还提出：

吾言甚易知，甚易行。天下莫能知，莫能行。言有宗，事有君。夫唯无知，是以不我知。（七十章）

意思是，接受者若没有与立言者相称的"知"，对于"言"不抱共同的宗趣，就无法理解立言者的思想，也不可能加以履行。这是从接受者主体来说明理解的可能性。以上都是有关接受和解释有益的意见。

"无"自在自由，无生有只是增加形而下物，若执著于"有"就会对自

① 楼宇烈《王弼集校释》，第32页，中华书局2009年。
② 朱谦之《老子校释》，第55页。

在自由的形而上的“无”形成切割。老子反对局部对整体、有对无的束缚，所以从他无生有的思想出发，一方面接受从无到有、从少到多、从晦到明、从不确定到确定的衍化事实，另一方面又维护“无”的绝对重要性，强调有无二者的反向运动，肯定从有到无、从多到少、从明到晦、从确定到不确定的回归，以此制衡“有”。他因此呼吁复、反(返)、归，充分体现要在尊重“有”的同时，更应当尊重“无”。“不言之教”(四十三章)、“大巧若拙，大辩若讷”(四十五章)、“见素抱朴”(十九章)、“知者不博，博者不知”(八十一章)、“知者不言，言者不知”(五十六章)等老子的格言，都是说明返回“无”，护持“无”，不固囿于“有”的道理。焦竑说：“无必生有，是故贵其反。反者，反于无也。”①老子的愚民说是一种被严重误会的思想。六十五章：“古之善为道者，非以明人，将以愚之。”他所谓的“愚”，实际上就是指能够持守“无”，不偏离“无”，与拘执于“有”、知“有”不知“无”相反。“愚”者也即老子说的拙者、讷者，他们其实是得到“无”的真髓的人，是大智者。所以，尚愚是老子尚无思想的不同表述，并非是他欣赏一般意义上的愚昧。四十七章：“不出户，知天下；不窥牖，见天道。其出弥远，其知弥近。”认为一个人离开“无”，刻意去追求“有”，结果适得其反，求之越甚，得之越鲜，所谓“为学日益，为道日损”(四十八章)。鉴于此，老子提出复归于道，复归于无，不随着“有”一起飘荡，以此克服认识上的迷惑，也就显得十分重要。解释与被解释对象之间的关系亦复如此，解释越多、越具体、越确实，越以为已有的解释已经获得了解释对象的全部要义，以至可以替代原作，而此时恰恰离开解释对象的本然也越远，因此要求解释经常向被解释对象回归，以求得双方意义的平衡。从阐释思想方面说，守愚就是回归朴实，从繁缛的解释回到原典，归之朴实的学问，以“无”为起点重新开始释义旅程，这种循环是典籍和对典籍的解释二者构成的不变的关系。

二、庄子“言未始有常”、存差异去是非

庄子喜欢幻想，这种幻想既是思想寻究，又是文学想象和陶醉。《庄

---

① 《老子翼》卷二引《焦氏笔乘》。

子》一书以浓郁的文学味和不寻常的见解迥异于同时代其他典籍，显示作者把握自然、社会、人生的思维方式和特点。庄子哲学是怀疑论。怀疑论可能走向自由释义，也可能走向科学主义。庄子的怀疑论不是走向科学主义，而是走向相对主义，这从根本上导致他的自由释义思想的形成。《庄子》直接或间接涉及的自由释义思想较多地反映在《齐物论》《秋水》《逍遥游》等文章中，它们（特别是《齐物论》）正是以相对主义为其阐释学说的思想基础。其阐释学说包括：阐释对象的存在是有条件的还是无条件的？是非是绝对的还是相对的？语言会给阐释带来怎样的影响？偏见在解释活动中的意义是什么？等等。

与老子一样，庄子关于解释的一些认识也是与思考自然、社会现象密切相关，主要是建立在以非文字形式的存在为“文本”的基础之上，当然，他比老子对言语和书写文本的涉及有明显增多。

《逍遥游》说：“天之苍苍，其正色邪？其远而无所至极邪？其视下也，亦若是则已矣。”①庄子的意思是：天空看上去是深蓝色的，这是天空本然的颜色呢，还是由于天空渺然无际才形成的？他实际上是问，天空究竟有无“正色”？他说：如果换一个位置从天上往大地这边看，颜色同样也是深蓝的。这是他的推断和假设，也是对以上问题的回答。显然，人们居住的大地并不是深蓝色的，觉得它像深蓝色，这是由于光、空气、浮物、距离等条件共同作用而形成的现象，尤其与观察者所处的位置有关，并随着观察者与被观察对象之间距离的改变而改变。庄子通过这个例子说明，天空本来就不是深蓝色的，它其实没有什么“正色”，所谓的“正色”是由别的条件构成的一幅虚幻景象，不是固定的实有。其他如“正处”“正味”“正色”（指美色）也都是如此②。这反映了庄子对阐释对象及阐释活动的认识，即阐释对象是无定的、相对的、可塑的，阐释是孕生性的活动，阐释得出什么结论取决于阐释者与被阐释对象的关系。

这与庄子对道的认识相一致。庄子认为事物经常处于变化之中，出现旋又改变、消失，不停地进行着有无幻化运动，从来就是不固定的。他

① 郭庆藩《庄子集释》，第4页，中华书局1982年。
② 见《庄子·齐物论》，《庄子集释》，第93页。

推崇道，道不是心的创造物，不是一个具体的对象，也不是抽象的变化概念，而是将对象的变化与变化的对象合而为一又永无止境地处于运动之中的“物自然”，对于这种“物自然”人们需要用淡然漠然的态度去接受①。庄子后学所谓“芴漠无形，变化无常，死与生与，天地并与，神明往与！芒乎何之，忽乎何适，万物毕罗，莫足以归，古之道术有在于是者，庄周闻其风而悦之”②，道出了庄子上述思想特点。

当阐释的对象由“物自然”（道）转到语言构成的文本时，庄子认为其特点同样也是如此。《齐物论》说：“道未始有封，言未始有常。”③成玄英疏曰：“道理虚通，既无限域，故言教随物，亦无常定也。”④说明道决定语言的运用，语言及语言构成的文本的无定性与道的无定性相似。这决定了用语言构建对象以及对象构成以后必然具有很大的不确定性，具有充分的阐释空间。

事实上，人们的语言表达往往会落实到具体的对象上，经常会停息在某种止境，从而与无定性的道的关系出现某种脱离。有鉴于此，庄子指出，语言不能将“意之所随”的道如实地、直接地表现出来，语言的表达物无法消除它与道的间距，无法与道重合，因此语言不能与道结伴而行。由此，他断定语言直接说明道的能力是不足凭恃的。《天道》篇说：

> 世之所贵道者，书也。书不过语，语有贵也。语之所贵者，意也。意有所随，意之所随者不可以言传也。而世因贵言传书，世虽贵之，我犹不足贵也，为其贵非其贵也。故视而可见者，形与色也；听而可闻者，名与声也。悲夫，世人以形色名声为足以得彼之情。夫形色名声果不足以得彼之情，则知者不言，言者不知，而世岂识之哉？⑤

---

① 见《庄子·应帝王》，《庄子集释》，第294页。

② 《庄子·天下》，《庄子集释》，第1098页。按：根据学者一般的认识，《庄子》内篇是庄子本人的作品，外篇是庄子和他弟子的作品，杂篇则是庄子后学的作品。《天下》是全书最后一篇，列在杂篇，出自庄子后学之手。

③ 《庄子集释》，第83页。

④ 《庄子集释》，第84页。

⑤ 《庄子集释》，第488—489页。

该文接着以轮扁不能将“得之于手而应于心，口不能言”的精妙的斫轮术传授给他儿子为例，说明桓公读的书不过是古人“糟粕”，因为留在书里的只不过是文字，道并没有在其中。《天运》也说：“使道而可以告人，则人莫不告其兄弟。”①庄子对书的批判，对语言的失望，反映了语言“未始有常”的无定性与语言往往会胶柱于具体的表达、离异于道因而不能传道之间的矛盾，这是庄子理想的语言世界与人们运用语言的实际状况之间的矛盾。语言最终让庄子感到不满，正是缘于他对克服这一矛盾的悲观。

尽管如此，庄子并没有放弃对语言所怀有的理想，“言未始有常”依然是他对语言重要的认识和坚持。可以说这也是老庄及其追随者共同的认识，《老子》五千精妙之言，《庄子》整部无端崖之辞，正是他们尽力地为向往“未始有常”的理想的语言境界做出的努力。何况，庄子认为语言难以直接复述精微的意和道，并不等于说语言没有能力言说对象，也并不等于说语言在间接说明精微的意和道方面无法胜任。《外物》篇说：“荃（也作筌）者所以在鱼，得鱼而忘荃；蹄者所以在兔，得兔而忘蹄；言者所以在意，得意而忘言。吾安得夫忘言之人而与之言哉？”②筌可以得鱼，蹄可以得兔，以此类推，则语言可以得意，只不过因为语言与意可以分离，而且意比语言更为重要，所以人们必须以求意为首要之务，不必执著于语言，避免掉入言筌而失去言中之意。他期待能够与认识语言局限性的人用语言交流思想（“与之言”），正说明他没有简单否定语言的功能。

我们对于老庄究竟在哪个认识层面上表示了对语言的失望这一个问题，还需要作重新思考。

老庄认为，语言不能直接传递精微的意，语言更无法直接表现道，表明老庄对语言在这些方面的工具性作用确实不抱有信心。然而，如果由此得出语言与精微的意、与道之间连间接的表达关系也建立不起来，则违背了老庄的思想。庄子说：“可以言论者，物之粗也；可以意致者，物之精也；言之所不能论，意之所不能察致者，不期精粗焉。”③人们一般将“物之

① 《庄子集释》，第517页。
② 《庄子集释》，第944页。
③ 《庄子·秋水》，《庄子集释》，第572页。

粗"者理解为是普通的事物,表面的现象,认为语言仅仅对说明简单、粗浅的东西有作用。这固然也有道理,然而庄子的话又不限于这层意思。"可以意致者"、"意之所不能察致者",这些精微的东西(精微之至则为道),虽然非语言所能够直接说明,但是能否用语言对其作间接的形容呢?老庄对此并没有否定。比如,老子说"道可道非常道",这句话虽然没有直接说明道是什么,却间接地说明了道超越语言而存在、难以被准确表述的性质。他又说:"道之为物,唯恍唯忽,忽恍中有象,恍忽中有物。"(《老子》二十一章)庄子也说:"藐姑射之山,有神人居焉,肌肤若冰雪,绰约若处子,不食五谷,吸风饮露,乘云气,御飞龙,而游乎四海之外,其神凝,使物不疵疠而年谷熟。"①两段话都是形容道,而不是直接说明道,通过老庄这些形容,道难以被切实认识和把握的自然性得到了一定说明。《庄子》一书以卮言、寓言、重言形容道,传递意,也不是用文字直接写道和传递精微的意,这与前面老庄形容精微的意和道而不是直接指出其所形容的对象,情形很相似,此时语言依然是极其有用和有效的工具。这些例子告诉我们,老庄本想传递意,论说道,落实在语言上面却只能是对精微的意和道作各种形容,都是间接地呈现,而无法作直接地说明,这正是"可以言论者物之粗也"的道理。

其实,孔子一派对这个问题的认识也有相似之处。《论语·公冶长》:"子贡曰:'夫子之文章,可得而闻也;夫子之言性与天道,不可得而闻也。'"②可闻者与不可闻者,也表示对象粗精的不同。后来王守仁也说:"人心天理浑然,圣贤笔之书,如写真传神,不过示人以形状大略,使之因此而讨求其真耳,其精神意气、言笑动止,固有所不能传也。后世著述,是又将圣人所画摹仿誊写,而妄自分析加增,以逞其技,其失真逾远矣。"③这与庄子言意粗精论一致。

老庄对语言在直接言说精微的意和道方面的工具性能力提出质疑,显然不是对语言全部工具性能力的否定。幸运的是,恰恰因为老庄对精

---

① 《庄子·逍遥游》,《庄子集释》,第28页。
② 《论语集释》,第318页。
③ 王守仁《传习录》上,《王阳明全集》卷一,第11—12页,上海古籍出版社2006年。

微之意和道不作直接说明(不是他们主观上不愿意,而是客观上不可能),而是用文学性的、诗一般的语言加以形容,见之若粗而又与精相联系,反而为读者提供了可以从多种视角去阅读的十分佳妙的文本,产生对道和精微之意获得丰富体悟的可能性,使语言的魅力得到充分展示。对语言抱着怀疑态度的老庄,恰恰又发现了语言奇妙的特征。我们大概可以这么说:老庄在语言能不能传意的问题上,视意之质性而定,若是指一般含义的意,语言可以表达;若是指高深精微的道,语言无法直接传递,可以间接形容;若是指介乎于一般含义的意与道之间的意,语言在胜任与不胜任之间。这样看庄子的语言观或许比较符合他的实际思想,也能够对刘勰发现的一个事实,所谓"老子疾伪,故称美言不信,而五千精妙,则非弃美矣"①,作出合适的解释。所以,语言构成的对象的无定性与事物的无定性之间的基本对应关系依然普遍存在,语言构成的对象的阐释空间依然向读者敞开。

庄子认为,语言构成的对象具有无定性,还与接受语言构成对象的人有很大关系。《齐物论》说:"言者有言,其所言者特未定也。果有言邪?其未尝有言邪?"郭象注曰:"我以为是而彼以为非,彼之所是我又非之,故未定也。未定也者,由彼我之情偏。""以为有言邪,然未足以有所定。以为无言邪,则据已已有言。"②说明同样的语言文本会引起接受者不同的阐释,从而使语言构成的对象呈现为不确定的状态。以为语言所构成的对象具有确定的含义,那是指从肯定的一方去看对象,如果兼顾相反一方的意见,对象的意义就是未确定的。

庄子关于人们对阐释对象(包括语言构成的对象)何以会态度迥异,作过许多论述。他认为,人们接受或者不接受某一种描述和解释是有条件的。《逍遥游》写道:肩吾听接舆讲述藐姑射山神人的故事,认为"大而无当","不近人情",表示无法相信。连叔以为肩吾智不及此,这才是他接受困难的原因,故由此而感慨:"瞽者无以与乎文章之观,聋者无以与乎

① 詹锳《文心雕龙义证》之《情采》篇,第1154页,上海古籍出版社1989年。
② 以上见《庄子集释》,第63页。

钟鼓之声。岂唯形骸有聋盲哉，夫知（智）亦有之。”①《秋水》北海若对河伯说：“井蛙不可以语于海者，拘于虚也；夏虫不可以语于冰者，笃于时也；曲士不可以语于道者，束于教也。今尔出于崖涘，观于大海，乃知尔丑，尔将可与语大理矣。”②两则寓言都说明相同的道理，人们的“智”存在盲点，所以对问题的看法不会一致，也不会用一样的态度去接受一种解释和结论。

庄子把人们“智”的盲点分成两类，一类由非自然原因形成，主要是指实施片面的“教”对人造成的结果，在崇尚“天道”的庄子看来，一切以“人道”为施教内容的做法都必然使人产生束缚，限于他们接受的教育之一隅而无法周知事理，这为庄子所反对。教育把人导向一致，好的教育则让人各安于自然的不同状态，保持个性，庄子肯定后者。另一类是自然原因造成的差异，虽然也是知此而不知彼，但由于这并非人为因素对认知力划出的沟壑，而是天然的差异，合于天道，故为庄子所肯定。比如《逍遥游》写到，蜩、莺鸠不能理解鲲鹏为何要展巨翼远飞，此乃是它们生性不同造成的隔阂，所谓“小知不及大知，小年不及大年”，“朝菌不知晦朔，蟪蛄不知春秋”③。又比如关于美的感受，庄子说：毛嫱、丽姬（一说西施）是名闻遐迩的大美女，可是，鱼从水里见到她们，则因为畏惧而潜入河底，鸟则高高地飞到天空，麋鹿远远地逃走，都不敢与她们接近④。说明在鱼、鸟、麋鹿的眼里，这些人不但不美，而且可畏可怖。所以美不美主要是由观者与被观物二者之间是否存在同类关系决定的，类不相同的主体很难有相同的美丑观。庄子所谓的类不同，显然不仅是指鱼、鸟、麋鹿和人之间的不同，而且更是指各抱殊异观点的人相互隔阂形成的分区。郭象以“彼我之情偏”来说明庄子关于阐释对象何以“未定”的原因，这是非常确切的。

是非的相对性是事物无定性的一个重要方面，对阐释和评价产生显著影响，庄子对此屡有论述。《齐物论》说：

---

① 《庄子集释》，第 30 页。
② 《庄子集释》，第 563 页。
③ 《庄子集释》，第 11 页。
④ 《庄子·齐物论》，《庄子集释》，第 93 页。

物无非彼,物无非是。自彼则不见,自知则知之。故曰彼出于是,是亦因彼,彼是方生之说也。虽然,方生方死,方死方生,方可方不可,方不可方可;因是因非,因非因是。是以圣人不由,而照之于天,亦因是也。是亦彼也,彼亦是也。彼亦一是非,此亦一是非,果且有彼是乎哉?果且无彼是乎哉?彼是莫得其偶,谓之道枢。枢始得其环中,以应无穷。是亦一无穷,非亦一无穷也,故曰莫若以明。①

庄子认为,事物有彼此,又滋生出是非,是非不是事物本身固有的属性,而是彼此持不同观念、标准、立场的人对事物作出的不同判断又加之于事物,使人觉得事物仿佛本来就存在是非,其实人们的是非观念无关乎事物本身的质性。各人在是非问题上固执己见,争执不休,相持不下,出现“彼亦一是非,此亦一是非”扰扰攘攘现象,庄子指出,这种是非的相对性恰好说明事物原本并不存在什么是非。所以,庄子是非相对性的说法,依其实质而言就是宣言无是无非,所谓“彼是莫得其偶”,是说彼此都不固执一己之见,而能圆圜周转,以合于道,这就是“道枢”。庄子提出从两个角度去思考问题和解决问题:一是“照之于天”,“不由”是非,以自然的、无所附属的态度对一切不同事物,平等相待;二是“莫若以明”,让各持是非相反立场的双方进行换位思考,因为既然是非的主张来自不同的立场,所谓“自彼则不见,自知则知之”,那就让大家在换位思考中使各自原先坚持的是是非非的各种理由自动地烟消云散②。他说:“是以圣人和之以是非而休乎天钧,是之谓两行。”③我们也可以将“两行”理解为是与“莫若以

① 《庄子集释》,第66页。

② 庄子“莫若以明”意谓换位思考,以消解是非,郭象、成玄英的注疏对此有说明。《齐物论》说:“故有儒墨之是非,以是其所非而非其所是。欲是其所非而非其所是,则莫若以明。”郭象注:“夫有是有非者,儒墨之所是也;无是无非者,儒墨之所非也。今欲是儒墨之所非而非儒墨之所是者,乃欲明无是无非也。欲明无是无非,则莫若还以儒墨反复相明。反复相明,则所是者非是,而所非者非非矣。非非则无非,非是则无是。”他用“反复相明”解释庄子“莫若以明”,意思正是将双方对立的理由互相易换,对是非重新作思考,达到消解是非的目的。成玄英疏:“世皆以他为非,用己为是。今欲翻非作是,翻是作非者,无过还用彼我,反复相明。反复相明,则所非者非非则无非,所是者非是则无是。”成玄英引家世父语:“莫若以明者,还以彼是(引者按:是,此)之所明,互取以相证也。”他们说的“还用彼我,反复相明”,“互取以相证”,将换位思考的意思说得更加清楚。以上引文见《庄子集释》,第63、65页。

③ 《庄子·齐物论》,《庄子集释》,第70页。

明”的实际意思相近的另一种说法。

庄子提出的上述两点,第一点是根本性的意见。在道家看来,天道本无是非,人道才有是非。庄子认为只有破除人为的拘囿,与天地同为广大,与自然化为一体,智光才能超越差异,遍照无遗,人们才不会执著于是非。差异和是非是两个不同的概念,彼此有差异的东西一旦被人的价值观念所投射和判断,就产生了是非,是非是差异被价值化的结果。在庄子看来,每个人都是有差别的,所以他们都不相同,认识因此难以归向一致,也不必寻求一致。他坚称人与人这种天然的差异应当得到承认和尊重,所谓“无物不然,无物不可”①,而企图通过确立是非观念,强行将自然的差异人为地统一起来,这种做法就是挠性,是必须反对的。将庄子在这个问题上的看法归纳起来就是:存差异、去是非。

《齐物论》的核心思想是“齐”,肯定以自然之眼观物,以自然的态度对待种种不同的物议,强调凡一切存在的自然差异皆合理,须一律加以容受,犹如“天府”之待物②,而不得对它们随意褒贬或扬弃。这种“齐”不是指通过人为修剪去建立整齐划一的秩序,而是强调要尊重和维护事物普遍的差异性,让不齐之物、不同之理并存。所以庄子“齐”的思想实质,就是尊重差异,泯灭是非。当人间已经处在普遍标榜各式各样是非价值观念的时代,庄子主张去价值,使是非化的东西重新回到只保留它们天然差异的朴素阶段,这就是道家主张的“归朴”、“还淳”,这也是庄子是非相对论的真实含义。他说人籁、地籁都不如天籁,人籁依靠乐器,地籁依靠洞穴,都受制于一定的器物,也就是受制于一定的条件和标准,唯有天籁任其大块众窍唱于唱喁,咸由自取,不需要谁来充当制约者③。而正因为天籁是自然界最自由的声音,所以最美妙动听。他又说:“以指喻指之非指,不若以非指喻指之非指也;以马喻马之非马,不若以非马喻马之非马也。天地一指也,万物一马也。”④“以指喻指”、“以马喻马”是以某“指”

① 《庄子·齐物论》,《庄子集释》,第69页。
② 《庄子·齐物论》,《庄子集释》,第83页。
③ 见《庄子·齐物论》,《庄子集释》,第50页。
④ 《庄子·齐物论》,《庄子集释》,第66页。

某“马”为辨别“指”和“马”的标准;“以非指喻指之非指”、“以非马喻马之非马”,其中“指之非指”、“马之非马”意思就是非指、非马。庄子这两句是说,不设“指”和“马”的标准,任由“非指”、“非马”(不符合所谓标准的“指”和“马”)依其本来的样子呈现,被人们按其原状作出说明。庄子这一比喻的实质也是强调必须毁弃定于一尊的标准。他认为天地万物的道理都是如此,不需要制订衡量是非的标准让大家都信从、恪守。以上都是庄子存差异、去是非思想的具体表现。他这种“道通为一”的思想固然与儒家希图用自己的思想将众人想法统合为一根本不同①,与其他诸子各种求同的企求也分明有别。《齐物论》开篇写南郭子綦“隐机(几)而坐,仰天而嘘,荅焉似丧其耦”,形若槁木,心如死灰,与从前相比判若两人。南郭子綦将这归之为“今者吾丧我”,对于这种今昔之变,他用人籁、地籁、天籁的比喻向弟子颜成子游作了生动的说明。这则故事的寓意是,昔日的南郭子綦有待,犹如人籁和地籁,今日的南郭子綦无待,犹如天籁,“今者吾丧我”,表示他的精神已经走向成熟,进入了“齐”即“至一”的最高境地,完全超越了是是非非的俗界。“似丧其耦”(与“今者吾丧我”意思同)即表示从是非界进入无是无非界,从人道走入天道,与“彼是莫得其偶,谓之道枢”的意思一样,“耦”与“偶”相通。庄子希望人们都能够如此回归到自然状态中,所以“今者”的南郭子綦实际是庄子本人思想的化身。

庄子这种存差异、去是非的天道观,意在破除世俗人为的一统论思维方式和评价态度,代之以“吹万不同,而使其自己”的自主自由立场②,肯定多样性和丰富性,肯定自然的容受性,反对趋同,反对不合自然的排异性,权威主宰和多数优势的说法因此皆失去其立足的根基,沦为无理的理由。这无疑为丰富阐释、开展多元评价提供了重要依据,也为后来文学批评开展积极的自由释义和丰富多彩的评价清除了认识上的障碍。从文学批评实际情况看,人们固守成见,以一种标准是非一切,是导致释义过度集中、评价趋于单一的重要原因,许多个性化的、不合主流意识的理解和

---

① 《庄子·齐物论》,《庄子集释》,第70页。
② 《庄子·齐物论》,《庄子集释》,第50页。

评价，往往就在这种情况下被视为异端而遭冷落、抛弃或扼杀。庄子说，人之所知远远不如所未知的东西多，人拥有生命的时间又远远不如失去生命的时间长，"以其至小求穷其至大之域，是故迷乱而不能自得也"①。既然如此，又怎么能够凭着个人一己之是非立场而优劣天下无穷的事物？按照庄子的看法，作为个人提出一己之见，完全可以拘于一隅，而并不需要承担代表他人的义务，别人也没有权利去要求他协调与众论的关系，只要意见是自然、真实的，就有权利提出并使其存在，只有在这种充分尊重"不齐"的基础上出现的"齐"，才是交谈各种不同意见的健全的平台。因此，庄子反对人们的偏见，反对一己之私，其意思并不是反对偏见和私本身，而是反对将个人的偏见和私推而广之，成为一种普遍的标准而将别人的偏见和私排除殆尽，凌驾于一切他者之上。在这个问题上，每个人只要在各是其所是的合法线内往前跨越半步，强求别人趋同，合理就会马上变成非法。这也说明，凡是理解和解释都无可避免地带有局限。认识到这一点，可以抑制自命不凡的理解和解释主体盲目的傲慢自大，使视自己为普遍知识的代表或尺度变得可笑。

按照庄子思想，自然不同实际上是指天然形成的差异，所以承认各人的不同其实只是承认他们天然的差异，而不包括受人为施教影响所形成的差别。然而，庄子一派的思想存在一个无法克服的矛盾。他们一方面肯定各人本于自己个人立场提出意见皆应得到尊重，认为这出于自然，符合天道；另一方面有时候又批评人们为"成心"所左右，"夫随其成心而师之，谁独且无师乎？奚必知代而心自取者有之？愚者与有焉。未成乎心而有是非，是今日适越而昔至也，是以无有为有。无有为有，虽有神禹且不能知，吾独且奈何哉"②。所谓"成心"若是出于个人天然的原因而形成，按照庄子的思想它应当受到尊重；若是他舍己从人，以别人的主见代替自己的想法，以别人的判断代替自己的结论，那当然违反了庄子的自然观念，应当予以排除。这些在理论上是可以区别清楚的。问题在于，每个人都是在一定的环境里成长，都会接受来自现实和传统各方面的熏陶，以

---

① 《庄子·秋水》，《庄子集释》，第568页。
② 《庄子·齐物论》，《庄子集释》，第56页。

上两部分在一个人身上浑然一体,无法截然剖分,不存在所谓纯粹天然的个人,这不过只是一种理念。既然如此,庄子肯定纯粹出于个人原因形成的偏见,否定受他人影响形成的“成心”,不免过于理想化。实际是,世上并不存在能够完全摆脱他者意识影响的纯粹个体意识,所以肯定个人必然也会包括对一部分并非由个人自然差异形成的意识的肯定。也就是说,在个人的偏见中,总难免会带有他人的“成心”,完全地存此去彼,事实上是不可能的。所以在解释和评价活动中,追求去社会、传统之成见的纯粹个人意识表达,不得不使人产生怀疑,而庄子一派对阐释的认识是带着浪漫色彩的。他们对各家阐释典籍发生的差异性在总体上也不抱多少兴趣,因为阐释者多是被他们后天接受的“教”所造就,而并非是天然形成的,这种冷淡源于他们对阐释所抱的浪漫情怀与人们实际的阐释之间存在的辽阔间距。尽管如此,庄子关于人的差异导致解释和理解的差异这一见地对于认识古代自由释义活动本身是富有意义的,庄子思想对抵御集体意识不受约束地侵犯个人思想,维护个人相对的自主自由评说的权利,仍然有它的积极意义和有效性。当人们在一种思想意识中沉湎已久,积弊日重情形下,庄子的怀疑论学说,也可以起到某种思想解放的作用。在河边行走,有经验的向导虽然无法保证你鞋子不被沾湿,却可以帮助你不陷进泥淖。

第三节　以理释义的理学解释观念

一、二程“优游玩味”、“要不为文字所梏”

宋、明两朝释义思想新气象,一言以蔽之,就是对汉唐训诂章句释义传统的反逆。“天下之习,皆缘世变。秦以弃儒术而亡不旋踵,故汉兴,颇知尊显经术,而天下厌之,故有东晋之放旷。”①程颐揭示的这种因拨转前世学风而产生新变异的现象,对说明中国思想学术史上此起彼伏的嬗变具有普遍意义,宋明之学对汉唐之学的改变也是一个显然例证。宋明人

① 《二程集》,第70页。

在转变汉唐释义传统和习惯的过程中，主要形成以理释义和以心释义两大派，前者以程朱为代表，后者以陆王为代表，两派或以理，或以心为主轴建立起各自的释义学说，形成汉唐训诂章句之学以后释义学的新格局。这对宋以后的思想文化产生深刻影响，也广泛渗透到文学批评中，形成文学批评的自由释义传统在新的思想学术背景下进一步延续和开展的新趋势。

程颢、程颐是北宋道学代表人物，他们的思想标志着古代道学传统的形成，给南宋道学家尤其是朱熹思想以直接影响，后人合称“程朱”。长期以来，人们一般将二程思想视为一家之学说，二程自己也没有表示过两人的思想互相有什么显然不同①，而他们密切的兄弟关系无疑又加强了人们对两家思想一体化的印象。不过，有一种意见认为，二程对后人产生的影响不同。如陆九渊说：“元晦似伊川，钦夫似明道。伊川蔽固深，明道却通疏。”②即以为，朱熹（元晦）近似于程颐（伊川），张栻（钦夫）近似于程颢（明道）。张栻是胡宏弟子，其学说带有某种心学倾向，他当时与朱熹、吕祖谦齐名，合称“东南三贤”。陆九渊的话明显流露出对程颢、张栻一脉的褒扬。今人治中国哲学史和思想史，也有主张程颢偏重于对陆王心学的影响，程颐才主要影响了朱子学③。本节旨在探究二程关于解释的主张，两人道学的异同不是笔者所关注的问题，所以一般不区分他们的主张彼此之间的差异。而且，他们的重要著作《二程遗书》之《二先生语》十卷，大多未注明语录分属于谁，故以两人共同之主张相对待，这可能也

① 程颐在《祭李端伯文》一文中曾提到“自予兄弟倡明道学”，就受到众多世人的怀疑，信从者很少。文章认为信从者李端伯、刘质夫的去世，是道的不幸，故而浩叹：“天于斯文，何其艰哉。”（《二程集》，第643页）他显然是将自己与程颢共同归在相同的“道学”和“斯文”传统中，没有稍显差异之义。

② 陆九渊《象山先生全集》卷三十四《语录》上，上海商务印书馆《四部丛刊初编》缩印本，第247册，第270页。《象山先生全集》《四部丛刊初编》缩印本凡二册，246册至二十一卷止，247册至三十六卷止，下不再标注册数。

③ 如冯友兰《中国哲学史》说：“但二人之学，开此后宋明道学中所谓程朱、陆王之二派，亦可称为理学、心学之二派。程伊川为程朱，即理学一派之先驱也；而程明道则陆王，即心学一派之先驱也。”（第345页，生活·读书·新知三联书店2009年）日本学者岛田虔次更通过分析程颢《识仁篇》“仁者，浑然与物同体”，以及“良知良能”之说，具体明确了程颢为陆王心学先驱的根据（见《中国思想史研究》，邓红译，第10—20页，上海古籍出版社2009年）。

是较为适宜的[①]。与程颢相比，程颐对解释的问题谈得较多也较集中，此处引用他的话因此也相对多。从这一点也可以说，这里主要是探讨程颐的解释思想。

程颢、程颐解释思想的核心是以理释义。有人曾向程颐请教："圣人之经旨，如何能穷得？"程颐回答："以理义去推索可也。"[②]他还说："且须于学上格物，不可不诣理也。"[③]"夫心通乎道，然后能辨是非，如持权衡以较轻重，孟子所谓'知言'是也。揆之以道，则是非了然，不待精思而后见也。学者当以道为本。心不通乎道而较古人之是非，犹不持权衡而酌轻重，竭其目力，劳其心智，虽使时中，亦古人所谓'亿则屡中'，君子不贵也。"[④]说明解读儒家经典，或者从典籍中去求知，需要本诸义理才能推寻和说明其文本的旨意。这是程颐对以理释义解释思想的夫子自道，其意义不仅适合于读者解读儒家经典，而且也适合于普遍的阅读和解释活动。

所谓以理释义，就是从一种被他们认可和接受的义理思想出发，阅读、理解、解释、评判文本，掂量其内容的是非、优劣、虚实、真伪，由此决定对作品的取舍或抑扬。下面三个例子，反映出二程以理释义的解释思想的一般特点。

第一个例子是，程颐对《论语·述而》中孔子"加我数年，五十以学《易》，可以无大过"这句话的解释：

> 问："'加我数年，五十以学《易》，可以无大过矣。'不知圣人何以因学《易》后始能无过？"曰："先儒谓孔子学《易》后可以无大过，此大段失却文意。圣人何尝有过？如待学《易》后无大过，却是未学《易》

① 牟宗三以程颢语气活泼、语句简约等为依据，将前人记录二程语录未分别作者的部分，加以鉴别，分类辑录程颢语为《天道篇》《天理篇》《辨佛篇》《一本篇》《生之谓性篇》《识仁篇》《定性篇》《圣贤气象篇》，见其所著《新体与性体》。这虽然有一定参考作用，不过证据毕竟薄弱，尚难以为定论。

② 《二程集》，第205页。

③ 《二程集》，第175页。引者按：程颐这句话为"人要明理，若只一物上明之，亦未济事……"的注。从前人编《河南程氏遗书》的体例看，原注也是程氏的话。由于不同的本子，记载或有详略的差别，故编者对有些内容用注的方式予以保存。

④ 程颐《答朱长文书》，《二程集》，第601页。原注："或云：明道先生之文。"

前尝有大过也。此圣人如未尝学《易》，何以知其可以无过？盖孔子时，学《易》者支离，《易》道不明，仲尼既修它经，惟《易》未尝发明，故谓弟子曰：'加我数年，五十以学《易》。'期之五十，然后赞《易》，则学《易》者可以无大过差，若所谓赞《易》道而黜《八索》是也。"①

从前一般理解孔子这句话，是说他自己学了《易》，可以避免犯大的过错。比如何晏《论语集解》说："《易》穷理尽性，以至于命。年五十而知天命，以知命之年读至命之书，故可以无大过。"②这种理解很有代表性。程颐则认为，孔子这句话是说他想在五十岁学《易》，赞明《易》义，以改变当时《易》说支离淆杂的状况，给读者提供一个可信的解说《易》义的文本，从而使读者在阅读、理解《易》时不至于发生大的舛误③。

第二个例子是，二程对同样是见于《论语·述而》"子在齐闻《韶》，三月不知肉味"这句话的辩证和解释：

"子在齐闻《韶》，三月不知肉味，曰：'不图为乐之至于斯也。'"曰："圣人不凝滞于物，安有闻《韶》虽美，直至三月不知肉味者乎？'三月'字误，当作'音'字。此圣人闻《韶》音之美，当食不知肉味，乃叹曰：'不图为乐之至于斯也。'"门人因以记之。④

若按照二程的分析和理解，《论语》这句话就变成了"子在齐闻《韶》音，不知肉味"，其文字和意思与流传的本子都出现了较大不同，与第一个例子仅仅表现在对文本意思理解方面的差异又不完全相同。

第三个例子是，二程对《孟子·万章章句上》记载舜修仓、浚井而遭

---

① 《二程集》，第 209 页。引者按：《二程集》记载程颐这段话后，原注曰："前此学《易》者甚众，其说多过。圣人使弟子俟其赞而后学之，其过鲜也。"

② 《论语注疏》，阮元校刻《十三经注疏》，第 2482 页。

③ 按：二程对"五十以学《易》"的解释还见于《二程集》第 94 页："当孔子时，传《易》者支离，故言'五十以学《易》'，言学者谦辞。学《易》可以无大过差，《易》之书惟孔子能正之，使无过差。"可以互相参观。

④ 《二程集》，第 107 页。

到亲人暗算之事的解释①：

> 《孟子》言舜完廪、浚井之说，恐未必有此事，论其理而已。尧在上而使百官事舜于畎亩之中，岂容象得以杀兄，而使二嫂治其栖乎？学《孟子》者，以意逆志可也。②

他们认为，载入《孟子》一书中这些具体事情未必真实可信，所以阅读《孟子》这一段话只要能够理解作者在文中讲述的道理就行，不必太在意这些事情本身，更没有必要去求究细节。他们经常要求读者对书中记叙的事与寄寓的理采取这样的态度。程颐说："凡书载事，容有重轻而过其实，学者当识其义而已。苟信于辞，则或有害于义，曾不若无书之为愈也。"③这也是他所理解的"以意逆志"道理。

以上列举二程解释《论语》《孟子》的三个例子，其得出的结论都与此前流行的看法大相径庭，是二程的一家之言，而由于他们的释义过于新奇（其中像"子在齐闻《韶》音，不知肉味"的说法根本就得不到文献的支持），所以他们这些意见在《论语》《孟子》的接受史上并没有产生多大影响。不过二程由此显示出他们对待文本释义的态度，无疑对形成宋明普遍的自由释义风气起到了推波助澜的作用。

支持二程如此释义的理据是让人感兴趣的。第一个例子，他们判断历来读者的理解"大段失却文意"，是因为"圣人何尝有过"，因此从圣人有过的方面去理解《论语》那一句话显然是错的。第二个例子，他们认为孔子数月沉湎于某种音乐中（哪怕这种音乐再美），这样的行为肯定不符

---

① 《孟子·万章章句上》："万章曰：'父母使舜完廪，捐阶，瞽瞍焚廪。使浚井，出，从而掩之。象曰："谟盖都君，咸我绩。牛羊父母，仓廪父母，干戈朕，琴朕，弤朕，二嫂使治朕栖。"象往入舜宫，舜在床琴，象曰："郁陶思君尔。"忸怩。舜曰："惟兹臣庶，汝其于予治。"不识舜不知象之将杀己与？'"象是舜的异母弟。二嫂，舜的妻子娥皇、女英。《孟子正义》，第619页。

② 《二程集》，第71页。按：欧阳修已经否定了"涂廪、浚井"的说法，他说："舜之涂廪、浚井，不载于六经，不道于孔子之徒，盖俚巷人之语也。及其传也久，孟子之徒道之。"（《居士集》卷十八《易或问》，《欧阳修全集》，第302页，中华书局2001年）程颐承欧阳修之说，然又认为，其事虽不可信，其理则可以理解。

③ 《二程集》，第1204页。

合圣人“不凝滞于物”的情操，因此不可信。第三个例子，他们认为帝尧既然已经有意禅让于舜，让他在基层“挂职锻炼”，在这种情况下发生舜被他的家人（象是舜的异母弟）谋害未遂的事件是不可思议的。虽然二程否定历来解读上述文本内容的理由各不相同，可是这三条理由的指向都相当一致，都在于说明历来的解释违背了常识和常理。因为，若按照常识和常理，圣人应该是不会有过错的，圣人也不会凝滞于物，而舜遭到家人暗算从当时的情理上说显然也没有必然性。正是本诸这样一些常识和常理，二程颠覆了旧解，代之以他们自己的新说。这很容易与孔子对“夔一足”的解释相联系，孔子认为夔是人，当然不会只有一只脚，这句话的正确解释应该是，尧舜欲厘正音乐，依靠夔一个人就足够了（见第一章第一节）。孔子凭借常识和常理，通过解释将可能是属于古代神话传说的内容排除在外，这种释义的立场和态度完全符合《论语》“子不语怪力乱神”的记载。二程上述释义的例子，其思维方式和释义习惯与相传孔子解释“夔一足”，如出一辙。类似这样从常识常理出发解释、判断文献，得出的结论或言之成理的例子，如《中庸》“小人之中庸也，小人而无忌惮也”句，历来流传的本子都如此，唯王肃本作“小人之反中庸也”。程颐说：“小人更有甚中庸？脱一‘反’字。小人不主于义理，则无忌惮，无忌惮，所以反中庸也。”①这约略与校勘学上的理校相似。朱熹《四书集注》认为王、程之说有理，信而从之。不过在很多情况下，类似这样的解释往往会启人许多疑窦。

二程以理释义的解释思想是他们理学体系的一部分。

二程认为，理（又常常称为“道”）无所不在，自然世界和人类社会，万事万物，一切生灵，都包含理。从表面看，似乎天下万物各有其理，而从抽象意义上说，“万物皆只是一个天理”②。天理是普天下共通之理，是理的最高抽象形式，一切有生命意识的物种和无生命意识的物质，以及物种的一切类别和个体，都一律受这唯一的理支配，天理不会因为对象不同而发生改变。“理则天下只是一个理，故推至四海而准。”“道未始有天人之别，但在天则为天道，在地则为地道，在人则为人道。”“一人之心即天地

① 《二程集》，第160—161页。
② 《二程集》，第30页。

之心，一物之理即万物之理。”“物我一理。”“天人无间。”“理与心一。”①好比大地各处照到的都是来自同一源头的阳光。将这种普遍存在的理用文字表述出来就形成了著作文本，著作是为明理而存在。他们认为儒家经典就是这样一类纯粹表达理的作品，这方面除五经之外，《论语》《孟子》《大学》《中庸》尤其受到高度重视②，所以，以理的眼光从儒家经典中习得其涵义，是对读者阅读一种必然的要求。他们同时又认为，世上的著作并非都能明理，如所谓异端之作，对此也需要以理的眼光去加以分析和批判。总之，无论是对于正面价值的著作还是负面价值的著作，以理释义对于阅读、理解、取舍而言，都十分必要。

理是程颢、程颐思想体系中一个核心观念。二程说的理，很难将它定义为是客体性的，或者是主体性的。从理是存在的“所以”来看，它似乎是客体性的，比如配药治病，“若理不契，则药不应”③。这个治病之理是客体性的。从理是由人判断而得到的“当然”来看，它无疑又与主体有许多染指，因而又是与主体性相联系的，比如他们认为唯有儒家思想才是真理，这样的判断显然带有很强的主观性。所以二程说的天理除了其客体性一面之外，它实际上也是人的判断的结果，不可避免地烙下了判断者的价值观念。但是“理”这样的不纯粹的特征，在程颢、程颐自己看来是不存在的，他们之所以将儒家思想奉为具有普世意义的理，是因为他们认为儒家思想像万物自然之理一样客观，二者浑然为一，意义相等，完全没有必要去区别它们何者为客体性的理，何者为主体性的理。尽管如此，他们

---

① 《二程集》，分别见第 38、282、13、193、33、76 页。

② 宋人在流传下来的儒家经典中普遍重视《论语》《孟子》《大学》《中庸》，赵普自谓以半部《论语》佐宋太祖定天下，宋仁宗嘉祐六年（1061）石刻儒家九经，包括《孟子》，宋神宗元丰七年（1084）朝廷以孟子配享孔庙，仁宗时分别以《中庸》《大学》赐进士，这些都反映了四部典籍特别受世人尊崇的情况。程颢、程颐极力推崇《论语》《孟子》，说：“学者先须读《论》《孟》，穷得《论》《孟》，自有个要约处，以此观他经甚省力。《论》《孟》如丈尺权衡相似，以此去量度事物，自然见得长短轻重。”（《二程集》，第 205 页）又说《礼记》中，《中庸》《大学》《乐记》“最近道”（第 323 页），他们实际引用以《中庸》为多，而论《大学》则曰：“学者由是而学，则不迷于入德之门也。”（第 1204 页）可见其对《大学》的高度重视。故《宋史·道学·程颐传》说他“以《大学》《语》《孟》《中庸》为标指，而达于六经”（第 12720 页，中华书局 1977 年）。这些对朱熹编著《四书集注》都有直接的影响。唐以前重五经，宋以后更重四书，这是唐宋经学史上一个显著的变化。

③ 《二程集》，第 52 页。

所说的这个“理”一部分是主体性的，具有鲜明的价值倾向，这一点又显而易见。而且，在二程理学体系中，儒家思想真理论是非常突出和重要的内容，这也决定了主体性的理是二程构建其理学体系最主要的思想支点。如在圣人与天地的关系上，程颐对扬雄的观点作了纠正。“杨子曰：‘观乎天地，则见圣人。’伊川曰：‘不然。观乎圣人，则见天地。’”①程颐认为，只有借助于圣人思想才能够真正认识天地自然，而不是相反。他又说：“由《孟子》可以观物。”“由经穷理。”②也是说明这道理。将主体性的理当成帮助正确认识其他自然物理不可或缺的拐杖，一些主体的价值观念因此被形式化，客观化，普遍化，视同普遍的真理。这些非常清楚地说明他们对主体性的理的推崇，也表明他们的理学体系具有突出的人理化倾向。

天理与人理被当作一体化的对象，主客区分为主客汇通所代替，这种情况下，一方面人理被天理化，另一方面天理又被人理化，它们好像两个自由旋转的轮子，穿梭在主观与客观之间。这为程颢、程颐阐述理学带来诸多自由，使他们以理释义成为一种自由的意志活动。如他们认为，人为物命名（例如古人用“天”字指称苍苍然的天空）完全是一种自然的天理，而不是人任意的或偶然的行为③。他们肯定儒家学说是天理，应当弘扬；佛道学说是异端，应当排抑（二程思想实际上对佛道学说有所吸收，这是另外的问题），这些都是天经地义。都说明他们将人理等同天理往往是随意的推定，这使他们摆脱了许多约束，可以去自由地思考。可以说，道学的创立在很大程度上是与他们自由思想、自由释义联系在一起的。所以在某种意义上，以理释义相当于以我释义。正如二程所说：“格物之理，不若察之于身，其得尤切。”④“善学者，取诸身而已，自一身以观天地。”⑤

---

① 《二程集》，第414页。按：程颐引用扬雄的话，出自《扬子法言》卷二《吾子篇》。

② 《二程集》，分别见第1204、158页。

③ 《河南程氏遗书》载二程语录云：“凡物之名字，自与音义气理相通。除其他有体质可以指论而得名者之外，如天之所以为天，天未名时，本亦无名，只是苍苍然也，何以便有此名？盖出自然之理，音声发于其气，遂有此名此字。如今之听声之精者便知人性，善卜者知人姓名，理由此也。”（《二程集》，第9页）

④ 《二程集》，第175页。

⑤ 《二程集》，第411页。

"知其皆我,何所不尽。不能有诸己,则其与天地万物岂特相去千万而已哉?"①他们发挥孟子"知其性则知天"之说,指出:"只心便是天,尽之便知性,知性便知天……更不可外求。"若遗弃各人的心性向外求理,就好比身在京师而别求长安②。这种重"我"重"己"的观念,无疑会突出和提高个人在认识、理解、解释活动中的主体性地位和意义,而赋予这种认识和解释活动以高度的自由。不过,他们尽管肯定"我"在解释活动中是合法存在者,而显然又认为"我"必须融进天理,成为天理的一部分,"我"才能成为真正的合法者。也就是说,在尊尚天理的前提下,"我"才有意义,才能够发挥出合理的作用,否则"我"就会成为坐井观天不见其大的平庸者③,或者成为完全不受束缚的湍流激川,干扰释义活动的进行。"万物皆只是一个天理,己何与焉?"④这句话用来说明二程关于"我"与释义之间的关系也是合适的。在这种理、"我"互相交融的释义观念中,"我"难免会受到"天理"的牵控,从而对释义构成一定约束。比如他们认为"至当归一,精义无二",而"私心"则产生"万殊",所以是不足取的⑤。这与陆九渊以心释义、"六经注我"的思想不同,后者更有可能给释义带来缤纷的个性。

汉唐以降的训诂章句之学是程颢、程颐经常诟病的对象。二程认为它如当时的"文章之学"一样有害于道学,他们将"牵于训诂"、"溺于文章"与"惑于异端"概括为当时存在于学者中的三大弊端⑥。"异端"与道学是不同思想体系之争,"文章之学"则被二程认为是颠倒了文与道的关系,三者各自的界面分得很清楚,二程站在道学的立场上对异端之学和文

① 《二程集》,第1179页。

② 《二程集》,第15页。

③ 程颢、程颐打过一个坐井观天的比喻:人坐在井里,觉得天只有一点儿大,这似乎是井限制了人的眼界,其实还是人受了自己的限制,因为他若知道天很大,"却入井中也不害"。(《二程集》,第100页)这个比喻也可以说明个人与理的关系。

④ 《二程集》,第30页。

⑤ 《二程集》,第144页。

⑥ 程颐反复指出:"古之学者一,今之学者三,异端不与焉。一曰文章之学,二曰训诂之学,三曰儒者之学。欲趋道,舍儒者之学不可。""今之学者有三弊:一溺于文章,二牵于训诂,三惑于异端。苟无此三者,则将何归?必趋于道矣。""今之学者,歧而为三:能文者谓之文士,谈经者泥为讲师,惟知道者乃儒学也。"(《二程集》,第187、95页)由此足见这是程氏评价其当时学风的重要意见。

章之学进行抨击也就很自然。训诂章句之学的对象主要是经学，这与道学推崇经学并无二致，二程为什么也要如此严重地对它大加挞伐？这里牵涉到应当以什么态度和方法解释儒家经典，而态度和方法又决定想从儒家经典中得到什么，可以得到什么，这就关系到如何认识儒家经典价值的问题，所以在二程看来，这无疑是关系着大是大非，万不能马虎的事情。而且，训诂章句之学与道学之间的界面区分不像道学与异端之学、文章之学那样清晰，而是容易混淆的，所以二程认为更有必要向训诂章句之学主动出击以正视听，减少来自儒学内部对创立道学的非议。

在程颐的批评语汇中，“牵于训诂”的学者与“谈经者泥为讲师”是一样的意思，都是指采用训诂章句方法解释儒家经典的人，既包括汉唐训诂章句传统意义上的学者，也包括北宋对这一传统的承袭者。在二程看来，宋人用训诂章句的方法治经的风气依然盛行，仍在严重地影响着人们的读经态度和结果，所以他们又以这些承袭者为主要抨击对象。所谓训诂章句之学，指通过对作品文本所涉名物、典章、事义等进行解诂，以及通过对词、句、段、章支判节解式的分析，明白典籍的文义。紧扣著作文本的文义是这种解释方法的重要特点。然而，汉唐训诂章句之学在弄清作品的文义之后，作为释义的一个重要组成部分，解释者往往也会采用类比的方法，在作品文义的基础上腾跃一大步，高扬文本的微言大义，实现解释向思想的自由翱翔，他们解释《诗经》将这一点作了淋漓尽致的发挥。所以在汉唐学者运用训诂章句方法解释儒家经典的实际过程中，释义的自由是与之相伴而存，并非完全是就文释文。当然，在运用这种方法解释经典文本时也普遍存在只限于作狭义的训诂章句、就文释文的情况，而有的即使通过类比进一步对著作文本的思想含义作由此及彼的发挥，其结论也往往多是陈陈相因。程颢、程颐对此（尤其是将训诂章句当作狭义的就文释文的手段）非常不满，他们以创立道学为高远的目标，所以无论是就文释文，还是重复前人陈陈相因的结论，都不能满足他们对建设性的经典释义的期待，而这种建设性的经典释义的核心就是以理释义。

程颢、程颐建设性的经典释义与传统的训诂章句之学的分歧并不在于是否需要尊重文本的“文义”，事实上，他们也是肯定要“留心于文义”，反对“全背却远去”尽弃起码的释义规范的极端做法。程颐说：

不知言无以知道也。①

凡看文字，先须晓其文义，然后可求其意，未有文义不晓而见意者也。②

读书而不留心于文义，则荒忽其本意；专精于文义，则必固滞而无所通达矣。③

学者不泥文义者，又全背却远去；理会文义者，又滞泥不通。如子濯孺子为将之事，孟子只取其不背师之意，人须就上面理会事君之道如何也。又如万章问舜完廪、浚井事，孟子只答它大意，人须要理会浚井如何出得来，完廪又怎生下得来，若此之学，徒费心力。④

凡看文字，非只是要理会语言，要识得圣贤气象。⑤

今之治经者亦众矣，然而买椟还珠之蔽，人人皆是。经所以载道也，诵其言辞，解其训诂，而不及道，乃无用之糟粕耳。⑥

程颐是说，被表述的道存在于语言中，所以文本义确实首先需要弄清楚，可是仅仅满足于文本义又远远不够，因为道并非简单地等同于文义。他反对训诂章句之学正是针对其“专精于文义”，“滞泥”胶柱，“无所通达”而言，认为这无异于“寻行数墨”⑦，以这样的态度读书、释义，将治学视同单纯的训诂章句，将解释变成就事论事，或沦为对枝节琐事喋喋不休，若以此为认知手段，其结果也只是得言忘意，于道无所收获，必然使释

① 《二程集》，第289页。

② 《二程集》，第296页。

③ 《二程集》，第1203页。

④ 《二程集》，第205页。按：子濯孺子为将之事，见《孟子·离娄章句下》。郑大夫子濯孺子率兵入侵卫国，被卫大夫庾公之斯追捕，因为孺子是教之斯箭术老师的老师，所以之斯追上孺子后，将箭镞卸掉，虚发四箭而退，以此表示尊师，又表示卫国的尊严。程颐说：“庾公之斯遇子濯孺子，虚发四矢，甚无谓也。国之安危在此举，则杀之可也；舍之而无害于国，权轻重可也。何用虚发四矢乎？”（《二程集》，第312页）问舜完廪、浚井事，已见于前面的说明。

⑤ 《二程集》，第284页。

⑥ 《与方元寀手帖》，《二程集》，第671页。

⑦ 《二程集》，第427页。

义的境界大大降格。他对汉朝大毛公(相传是《毛诗序》的作者)、董仲舒、扬雄比较心仪①,肯定他们与汉儒不知要的学问不同,体现出"儒者气象"。他说:"汉儒之谈经也,以三万馀言明'尧典'二字,可谓知要乎?惟毛公、董相有儒者气象。东京士人尚名节,加之以明礼义,则皆贤人之德业矣。本朝经典,比之前代为盛,然三十年以来,议论尚同,学者于训传言语之中不复致思,而道不明矣。"②追求释义以明道,还是沉溺在"训传言语之中",这是二程与承袭训诂章句传统之学者根本分歧所在。用训诂章句之法解释文本,对单纯的"文义"的训读可能比较客观,可是二程并不认为这是释义所追求的目的。他们要求以理释义,努力打开释义空间,主张阅读应该直接切入文本的核心要义,与道相契合,相对于这一深刻、高远的寻求,训诂、章句等手段除了必需的之外,能省略都应该省略之,所以人们不应在这前面久久徘徊,驻足不前。他们甚至提出:"善学者,要不为文字所梏。故文义虽解错,而道理可通行者不害也。"③这简直可以说是对汉唐训诂章句传统的革命宣言。所以,二程以理释义与汉唐训诂章句之学的冲突一部分是属于方法之争,更多则是双方从两个不同的层次探寻文本意义造成的——训诂章句之学关心的是文本说了什么,二程以理释义则更关心文本可以为道学构建提供什么。

对训诂章句之学的不满不自程颢、程颐始。陶渊明"好读书,不求甚解"④,杜甫"读书难字过"⑤,已见读书态度、兴趣与训诂章句一派相异。李白"鲁叟谈五经,白发死章句。问以经济策,茫如坠烟雾"⑥,又从经世济邦的立场嘲笑训诂章句之学无益世用。从经学思想本身批评训诂章句之学主要发生在中唐古文运动(也是儒家思想运动)时期。柳宗元《柳常

① 程颐说:"汉儒近似者三人:董仲舒、大毛公、杨雄。"(《二程集》,第68页)按:"杨雄"后来通常写作"扬雄"。

② 《二程集》,第1202页。按:这段话也见于《二程集》第232页,文字略有不同,如说西汉经术"只是以章句训诂为事",又说:"东汉士人尚名节,只为不明理,若使命理,却皆是大贤也。"对两汉人治学不知要即不知理的批评更加直截了当。

③ 《二程集》,第378页。

④ 陶渊明《五柳先生传》,逯钦立校注《陶渊明集》,第175页,中华书局1982年。

⑤ 杜甫《漫成二首》之二,浦起龙《读杜心解》,第413页,中华书局1978年。

⑥ 李白《嘲鲁叟》,安旗《李白全集编年注释》,第382页,巴蜀书社1990年。

侍行状》:“凡为学,略章句之烦乱,采摭奥旨,以知道为宗。”①这既是对传主柳氏的赞美,也是柳宗元对自己为学好尚之表白。《答严厚舆秀才论为师道书》:“今世固不少章句师,仆幸非其人。”②柳宗元在推动训诂章句之学向取道求理学风转化过程中有其作用和地位③。随着宋人疑经思潮的出现和经学新变时代的到来,一些学术精英对汉唐训诂章句之学的批评更加频繁,程颢、程颐是他们中的杰出者,代表了宋人当时新的学风。然而,二程等人的新学术还是引来一部分人怀疑,原因是它与“笺传旧本”所作出的阐说不同,叶适说:“昔周(敦颐)、张(载)、二程考古圣贤微义,达于人心,以求学术之要。世以其非笺传旧本,有信有不信。”④程颢、程颐一生不断重复强调训诂章句之学不足产生可靠、可信的学术,也是为了争取这些“不信”者,使他们转而接受新学。

表情、口语、文字,都是承载意义的符号。程颢、程颐认为,在这三者中,直接可信的程度以人的面貌表情为最高,其他依次递降。“盖察言不如观貌,言犹可以所闻强勉,至于貌则不可强。”⑤“以书传道,与口相传,煞不相干。相见而言,因事发明,则并意思一时传了;书虽言多,其实不尽。”⑥这说明人们理解文字记载的文本所遇到的困难也最多。所以,到底能在多大程度上信赖文字记载的事实和思想,二程在这个问题上有不少保留。“古之学者,皆有传授。如圣人作经,本欲明道。今人若不先明义理,不可治经,盖不得传授之意云尔。”⑦“古之学者先由经以识义理,盖

① 柳宗元《柳河东集》卷八,第 114 页,上海人民出版社 1974 年。

② 《柳河东集》卷三十四,第 546 页。

③ 柳宗元不满训诂章句之学,与他受佛家治学方法影响也有一定关系。他在《送巽上人赴中丞叔父召序》中说:“或问宗元曰:悉矣!子之得于巽上人也。其道果何如哉?对曰:吾自幼好佛,求其道,积三十年,世之言者罕能通其说,于零陵,吾独有得焉。且佛之言,吾不可得而闻之矣,其存于世者,独遗其书,不于其书而求之,则无以得其言,言且不可得,况其意乎?今是上人穷其书,得其言,论其意,推而大之,逾万言而不烦,总而括之,立片辞而不遗。与夫世之析章句,征文字,言至虚之极,则荡而失守,辩群有之伙,则泥而皆存者,其不以远乎?”(《柳河东集》卷二十五,第 423—424 页)重巽,居永州龙兴寺。柳宗元贬永州后,与巽上人多有交往。巽上人谈佛着重“论其意”,与“析章句”不同,柳宗元从中受到启发。

④ 《叶适集》卷十三《郭府君墓志铭》,第 246 页,中华书局 1961 年。

⑤ 《二程集》,第 63 页。

⑥ 《二程集》,第 26 页。

⑦ 《二程集》,第 13 页。

始学时，尽是传授。后之学者却先须识义理，方始看得经。"①说明古代圣人直接将理通过口耳传承的方式授予弟子们，弟子们能够从圣人的传授中晓然其理，后人由于无法得到圣人的传授，只能通过阅读流传下来的儒家经典去揣摩圣心，这样就未必能够真正明白圣人的思想，可见文字书写的传意功能是有限的。用训诂章句的方法治经，由词、句、段、章而进入经义，无论怎么说，都是在书写语言上用功夫，即使将文本的语言都疏通了（这并不容易达到），与口语传授毕竟还是隔着一层。所以用训诂章句之法释义终究无法摆脱勉为其难的尴尬，而这正是他们坚持必须以理释义的根据。他们认为，文本的情况各异，有的"意在言表"②，有的借事"论其理"，而叙述的事实未必真实③，有的"珠玉"与"泥沙"相互掺杂④，有的存在不同句读的可能⑤，而有的又需要读者怀疑旧说，提出新解⑥，等等，在这些方面，用训诂章句的方法往往难以解决问题，而以理释义，即用理决定释义的适当性，反而能够烛幽阐微，显出在解

① 《二程集》，第164页。按：原注这段话另一种本子作："古之人得其师传，故因经以明道；后世失其师传，故非明道不能以知经。"

② 《二程集》，第128页。

③ 《二程集》，第71页。

④ 如程颐说："《礼记》之文，亦删定未了，盖其中有圣人格言，亦有俗儒乖谬之说。乖谬之说本不能混格言，只为学者不能辨别，如珠玉之在泥沙。泥沙岂能混珠玉？只为无人识，则不知孰为泥沙，孰为珠玉也。"（《二程集》，第240页）二程又说："孟子论三代之学，其名与《王制》所记不同，恐汉儒所记未必是也。""孟子之时，去先王为未远，其学比后世为尤详，又载籍未经秦火，然而班爵禄之制，已不闻其详。今之礼书，皆掇拾于煨烬之馀，而多出于汉儒一时之傅会，奈何欲尽信而句为之解乎？然则其事固不可一二追复矣。"（《二程集》，第71、70页）

⑤ 如《孟子·公孙丑章句上》："必有事焉而勿正心，勿忘勿助长也。"这是通行的标点。程颢、程颐认为也可以"必有事焉而勿正"七字为一句，与汉赵岐注相同（《二程集》，第12页），朱熹《孟子集注》也同意两读。陆九渊《孟子说》则说："'必有事焉而勿正心'是一句，'勿忘勿助长也'是一句，下句是解上句。"（《象山先生全集》卷二十一，第175页）这虽是重复通行的句读，似也寓有与程朱立异的用意。

⑥ 二程说："观书者，亦须要知得随文害义。如《书》曰：'汤既胜夏，欲迁其社，不可。'既处汤为圣人，圣人不容有妄举。若汤始欲迁社，众议以为不可而不迁，则是汤先有妄举也。不可者，汤不可之也。汤以为国既亡，则社自当迁；以为迁之不若不迁之愈，故但屋之。屋之，则与迁之无以异。既为亡国之社，则自王城至国都皆有之，使为戒也。"（《二程集》，第36页）又比如《孟子·公孙丑章句上》："宰我、子贡善为说辞，冉牛、闵子、颜渊善言德行，孔子兼之，曰：'我于辞命，则不能也。'"汉赵岐认为"我于辞命，则不能也"是孟子的话（见《孟子注疏》）。程颢则肯定这是孔子说的话："问：'我于辞命，则不能'，恐非孟子语。盖自谓不能辞命，则以善言德行自居矣，恐君子或不然。曰：然。孔子兼之，而自谓不能者，使学者务本而已。"（《二程集》，第71页）

释学上的优势，而在客观上给解释者提供了更多的怀疑成见旧说的可能，以及更大的自由释义馀地。他们主张重新回到孟子“以意逆志”的解释时代去①，而他们对“以意逆志”的理解与孟子本意显然又不完全一样，实际上是要求人们沿着他们经过对汉唐训诂章句传统反思之后形成的以理释义的诠释路线去解读儒家经典，推广道学。

据载，程颢“善言《诗》，它又浑不曾章解句释，但优游玩味，吟哦上下，便使人有得处”②。“优游玩味”是指读者精神与天地之理、作品之意发生感应，达到浑然浃洽的状态。以“优游玩味”取代训诂章句，很能表示二程与汉唐经学家的区别。虽然诗歌文体有一定特殊性，但是，二程以“玩味”的态度对待阅读和理解，却是不限文体的③。二程非常强调读者在阅读和理解时必须“自得”，要有“自见”④。并且不为形迹障目，而要真正求得圣贤的“气象”，也即经典文本的神髓⑤。按照程颢、程颐的看法，明白经典文本的真意，不是依靠逐字逐句的证明，而是需要通过不断揣摩，透过文字，直抵真理，顿生觉悟。唐代书法家张旭观公孙大娘舞剑而悟笔法，草书因此精进。古人津津乐道这一则传说，说明各类艺术可以触类旁通，也说明在学习中悟思的重要。程颐重道轻艺，对张旭草书不以为然，但是对于这一传说中包含的重视触类旁通和思悟的见解十分认可：“须是思方有感悟处，若不思怎生得如此？然可惜张旭留心于书，若移此心于道，何所不至？”⑥他肯定读书识理也应当如此地去求思，求感悟，求获得，“觉悟便是信”⑦。二程在解释学方面带有某种直觉倾向，强调透过语言层面直达内质而把握其精神，省略可以省略的在文字上的一切周旋，

---

① 程颢、程颐说：“学孟子者，以意逆志可也。”“可以意得而不可以言传也。”（《二程集》，第71、316页）

② 《二程集》，第425页。

③ 如他们说：“读书要玩味。”“《论语》《孟子》，只剩读着便自意足，学者须是玩味。”第一条程颢语，第二条不知二人中何人所说（《二程集》，第140、375页）。

④ 《二程集》第2、122、145、174、178、187—188页。

⑤ 《二程集》第159、283—284页。按：二程读书观“气象”之说，也是他们辨别文本的内容可靠与否的一种参照。程颐说：“《礼》‘“我战则克，祭则受福。”盖得其道。’此语至常浅，孔子固能如此，但观其气象，不似圣人之言。”（《二程集》，第159页）就是一个例子。

⑥ 《二程集》，第186页。

⑦ 《二程集》，第82页。

这种直觉式的解释观就是悟。阅读兴会中爆发的悟顿然使阴翳褪去,剔透出文本中思想的光芒。而很自然,像这样因悟得到的"珠",也会因读者而相异。

二、朱熹尊重经本义与"只是将意思想象去看"

朱熹的接受观和阐释观在宋人中有很大代表性,而朱熹的《诗经》学又最足以反映他这方面的见解。他对自己为何是这样而不是那样解释《诗经》曾作出过种种表述,这些表述直接反映出他的接受观和阐释观,《诗集传》正是这些想法的结晶。作为对他接受理论的考察,自然会更关心这部分资料。它们散见于朱熹各类著作中,后来朱熹孙朱鉴将它们汇编成《诗传遗说》六卷,于使用很见方便,此处主要材料引自该书①。

唐以前《诗经》的意义积累过程,大致可以划分为《诗》本义、经本义、传疏义这样三个阶段。其中经本义阶段由于对《诗序》作者认识不同,又可以分为两种情况,一种以为《诗序》是得孔子之传的学生所作,毫无疑义是经义的一部分,另一种以为《诗序》是汉人所作,但是所说有依据,可以相信是经义的一部分,二者在视《诗序》为经本义这一点上并无根本区别。在汉唐学者尤其是经学家眼里,《诗》本义、经本义、传疏义三者是相一致的,即《诗》三百篇本义等于孔子所肯定的经义,而据"传不破经,疏不破传"的家法,自然后来经学家对《诗经》所作的传疏释义皆是符合圣人经义的,因此构成了三位一体、一脉相沿的意义传承关系。

---

① 《诗传遗说》一名《朱氏诗说补遗》(见《千顷堂书目》卷一)。永瑢等撰《四库全书总目》提要云:"宋朱鉴编。鉴有《朱文公易说》已著录。是编乃理宗端平乙未,鉴以承议郎权知兴国军事时所成,盖因重槧《朱子集传》,而取《文集》《语录》所载论《诗》之语足与《集传》相发明者,汇而编之,故曰《遗说》。其书首纲领,次序辨,次六义,继之以《风》《雅》《颂》之论断,终之以逸诗、诗谱、叶韵之义。以朱子之说,明朱子未竟之义,犹所编《易传》例也。"(第125页,中华书局1981年影印本)朱鉴《诗传遗说序》:"抑鉴昔在侍旁,每见学者相与讲论是书,凡一字之疑,一义之隐,反复问答,切磋研究,必令心通意解而后已。今《文集》《书问》《语录》所记载无虑数十百条,汇次成编,题曰《遗说》。后之读《诗》者,能兼考乎此而尽心焉,则无异于亲承诲诱,可以得其意而无疑于其言矣。"本节引《诗传遗说》,据康熙十九年《通志堂经解》本。

但是，这样的认识主要是到了宋代以后发生了很大改变[①]，人们普遍怀疑《诗序》的可靠性，也怀疑汉唐注疏家解释《诗》义的权威性。朱熹在前人疑《序》、疑传疏的基础上继续发难，他认为：（一）“《诗》本义”与“经本义”之间不能够简单地画等号；（二）《诗序》并非当然地包含在“经本义”之中；（三）汉唐人对《诗经》所作的传疏不是必须遵循的定论。

关于第一点，虽然朱熹认为“《诗》本义”与“经本义”在一般情况下是相一致的，但是二者又并非一个概念。这最好的证明是他提出的“淫诗说”。朱熹对汉人《诗》说的颠覆最集中体现于不包括“二南”的十三《国风》，即“变风”部分。他说：“凡诗之所谓风者，多出于里巷歌谣之作，所谓男女相与咏歌，各言其情者也。……自《邶》而下，则其国之治乱不同，人之贤否亦异，其所感而发者，有邪正是非之不齐。”[②]这样就将十三《国风》的作品分成了两部分，一部分是贤人感于治世之风而作，抒发的是人之正情；一部分是不肖者感于乱世之风而作，抒发的是人之邪情。他认为抒发邪情的诗有《静女》《溱洧》《桑中》等，都是所谓“淫诗”，淫情邪思是这些诗歌的本义。而孔子删《诗》不废“淫诗”，则是着眼于“恶者可以惩创人之逸志”[③]，利用其为反面教材。因此，其《诗》本义是“宣淫”，经义则是“戒淫”，经义与本义适为相反。

关于第二点，可以从两方面来看：一是他在整体上判定《小序》不是孔子学生所撰，而是出于汉人之手，因此不是经义，只可归属于汉儒对《诗经》的解释义；二是在《诗集传》里完全改变了先《小序》后诗歌的《毛诗》定本形式，代之以正文部分仅保留诗歌作品，这也就是后人常说的“废《序》”新文本。在这之前，《毛诗》先《小序》后诗的形式已经被长期、广泛地接受，其实就是认可了《小序》是《诗经》有机的组成部分，

① 对《诗序》的怀疑和废黜主要形成于宋朝，然疑《序》思想在此之前已有萌生。林庆彰先生《〈毛诗序〉在〈诗经〉解释传统的地位》一文说：“反《诗序》的运动，早在唐末即已萌芽。成伯玙的《毛诗旨说》云：‘《小序》，子夏唯裁初句耳，至“也”字而止。……其下皆是大毛公自以诗中之意而系其辞也。’这段话是说，子夏仅作《诗序》的首句，即到‘也’的地方而已，以下是大毛公以诗意增加。这分明将《诗序》为子夏所作的说法，否定掉一半。这也启导了宋人反《诗序》的运动。”文章载《经学今诠续编》，《中国哲学》第23辑，第99页，辽宁教育出版社2001年。

② 朱熹《诗集传序》，《诗集传》，第2页，上海古籍出版社1980年。

③ 《诗传遗说》卷三。

《小序》义是经义的重要一部分。朱熹《诗集传》将经与《小序》相剥离，这在《诗经》史上是一次很大改变。后来明初胡广等修《诗传大全》将大小序集中移置卷首，同时在前面冠以一篇《朱子辨说》，论述《小序》“有不得诗人之本意而肆为妄说者”，借以减弱《小序》的影响，再到朝鲜刻本《诗传大全》尽删大小序，从中都可以看到朱熹“废《序》”的影响。朱熹将《小序》从《诗经》剥离后，一方面坚决摈弃一部分《小序》对《诗》义的解说，另一方面又较多地将《小序》的内容吸收、保留在《诗集传》的注解和诠讲中，后一种情况显示出朱熹在对待《小序》问题上不失谨慎、时而矛盾的态度，但是我们不能因为这一点而降低他在疑《序》、废《序》方面的重要作为，况且《小序》的一部分内容作为注解出现在《诗集传》，这本身就是将经的文本义转化为读者的理解义，二者的权威性是不相等的。

关于第三点，朱熹说：“《诗》自齐、鲁、韩氏之说不得传，而天下之学者尽宗毛氏，毛氏之学传者亦众，而王述之类今皆不存，则推衍其说者，又独郑氏之笺而已。唐初诸儒为作疏义，因讹踵陋，百千万言，而不能有以出乎二氏（引者按：指毛公、郑玄）之区域。”①汉唐《诗经》学家根据《毛诗·小序》解说诗义，朱熹以为《小序》自已不可遵信，更何况后人在《小序》基础上的进一步衍演，因此对于这些汉唐人的注疏释义著作，他很不以为然。

本于以上第一点，可以得出如下结论：朱熹肯定《诗》三百的“经本义”高于“《诗》本义”，从而从积极的方面肯定了读者接受活动对文本意义和价值可能作出的贡献。因为《诗》从早期流传到经过孔子删述上升成为儒家经典，这实际上是发生在接受环节中的一个显著改变，是作品经过被理解、接受之后形成的结果，虽然这一点被儒家神圣化了，但依其实质而言，读者理解和接受仍然是问题的中心，最多只可以说，孔子是一个特殊的读者或接受者。本于以上第二、三点，朱熹则又表现出重文本、反前人阐释接受的姿态，否定了从汉至唐长期的《诗经》接受史所累积的一

① 《诗传遗说》卷二。

些重要认识和根本结论。将以上两方面结合起来看，朱熹既非单一的文本中心论者，又非单一的读者中心论者，而是二者兼而有之，在兼有中使阅读和阐释表现出灵活的变化而又不远逸作品本有意义的牵引。这是朱熹接受观一个重要的特点。

先说非单一的读者中心。

阐说者尽管都将《诗》奉为“经”，但是人们依然可以意见相左而发生争论，大而论之，汉儒是一派意见，宋儒又是一派意见，细而究之，诸家立论就更加总杂斑驳。我们不能说宋儒的理解体现了自由，汉儒的理解则迥别于自由，其实，所谓汉、宋《诗经》学之争，更是经学内部不同的自由理解之争，而不是什么自由理解与反自由理解之争。朱熹反对汉儒《小序》，否定“美刺说”，正是因为他认为立说者貌似站在尊重历史的立场，实是对《诗经》臆想的、远离作品真义的诠解，他们将自己的这些理解视为“经义”的一部分强加给读者，要求读者用他们的定义来解读作品，这是对读者严重的误导。朱熹认为读者需要带着自己的“意”阅读作品，肯定阅读中存在“诗之善恶方赖我以决择”的情况，其中“我”指读者，但是他反对汉儒为读《诗》者所提供的前见。因此，朱熹并不是无条件地肯定任何先入的阅读期待，以及受其染指而先于阅读存在的读者个人之“意”，也就是说，读者不可能当然的成为接受环节的中心因素。

他反对汉儒对《诗经》所作的过度诠释。反对《小序》，否定“美刺说”，集中反映了他这方面的认识。他坚持认为《诗》是《诗》，《序》是《序》，二者不容混淆。“《诗序》多是后人妄意推想诗人之美刺，非古人之所作也。”“今但信《诗》，不必信《序》。”“看《诗》不当只管去《序》中讨，只当于《诗》辞中吟咏，看教活络贯通方得。”“《诗小序》全不可信，如何定知是美刺那人？”“熹尝病今之读《诗》者，知有《序》而不知有《诗》也。”有学生向他表示这样的疑惑：“去《诗序》似使学者难晓。”朱熹回答道：“正为有《序》，则反糊涂。”他认为《诗序》的要害是“指实其人姓名”，《诗》的历史内容被解释得越具体就越不可信，“《小序》大故是后世陋儒所作，但既是千百年已往之诗，今只见得大意便了，又何必要指实其人姓名，于看

《诗》有何益也”①。所谓过度诠释不一定是指解释者喋喋不休地谈论《诗》旨，漫无所归，《小序》一般写得比较简短，但是它将《诗》的每一篇历史旨义都坐实了，仿佛原本就是如此，而实际却未必是这么一回事，不少只是汉儒拟想出来的所谓历史内容，以历史的名义兜售个人臆见，用这样的方式解释作品也叫作过度诠释②。

历来关于《诗小序》的作者有许多说法，有诗人自制说（王安石）、孔子说（王得臣）、子夏与毛公合作说（陆德明）、卫宏说（《后汉书》）、不知名汉儒撰作说（朱熹），等等。要而言之，以上种种说法可以分成两大类：诗人自制与读者撰作。若是前者则肯定《小序》是《诗》本义，若是后者则肯定《小序》是读者理解之《诗》义。其实持诗人自制说的人极少③，无论汉儒抑或绝大多数宋儒，还是后来元明清学者，几乎全是持子夏、毛公、卫宏或不知名汉儒撰作的说法，也即持读者撰作说，肯定《小序》是读者对《诗》义的理解。说子夏得孔子之传作《序》，这其实也证明《诗序》不是诗人而是读者所作，因为子夏不是诗的作者。至于持孔子、子夏撰作说者，其本意更多是想极大地提高《小序》的权威性，不容他人置疑，而究其实，仍然是肯定《诗序》为读者所撰写。所以，将后人根据自己对《诗》义的理解撰成的《小序》视为诗人创作之本义，这无法不令人产生怀疑，朱熹及许多宋儒对此纷纷表示诘问和否定，颇有道理。朱熹认为，以读者撰写之《小序》为《诗经》的本旨和原义，结果导致后人知《序》而不知《诗》，被汉儒牵着鼻子转，离开了《诗》本义也离开了经本义，反而越读越糊涂。可

---

① 以上引自《诗传遗说》卷二。

② 明初张以宁《春秋经说序》说：“《诗》有序乎？古无有也。《春秋》有传乎？古无有也。为无有也，《诗》有序，《春秋》有传，则定于一矣。四《诗》三《传》，何其言人人若是殊乎？古者诗以诵不以读，以声歌不以文义，其无序故也。”他认为，《诗经》《春秋》经历了从无序到有序，从无传到有传的变化，序、传出现以后，作品释义“定于一”，变得狭窄了。他肯定未经阐释的经典所体现的“天地之心”和“圣人之心”，因为“天地之心，无心也，至仁焉耳矣”；“圣人之心，无情也，至公焉耳矣”。（《翠屏集》卷三，明成化十六年刻本）这受到朱熹等宋人学风的影响。

③ 《小序》若是诗人所作，则三家《诗》与《毛诗》所录之《序》当一致。三家《诗》已佚，仅存片段，其中有序，《毛诗》独存，而《序》完好，两相对照，却多不相同，乃至有相反者。此可证《诗》原无《序》，《序》实为后来说《诗》者所增入。晁公武云：“其（引者按：指《毛诗》）《序》，萧统以为卜子夏所作，韩愈尝以三事疑其非，王介甫独谓诗人所自制。……《韩诗》序《芣苢》曰‘伤夫也’，《汉广》曰‘悦人也’，《序》若诗人所自制，《毛诗》犹《韩诗》也，不应不同若是。况文意繁杂，其出二人手甚明。不知介甫何以言之，殆臆论欤？”（孙猛《郡斋读书志校证》卷二《毛诗故训传二十卷》，第 61 页，上海古籍出版社 1990 年）

见他反对《小序》,实质是反对单方面以阐释者为中心控制《诗经》的接受系统。

针对以阐释者单方面为中心的《诗经》接受现象,朱熹提出“唯本文本意是求”的阅读观和接受观。他说:

> 如《诗》《易》之类,则为先儒穿凿所坏,使人不见当来立言本意。此又是一种工夫,直是要人虚心平气,本文之下打叠交空荡荡地,不要留一宗先儒旧说,莫问他是何人所说,所尊所亲,所憎所恶,一切莫问,而唯本文本意是求,则圣贤之指得矣。若于此处先有私主,便为所蔽,而不得其正,此夏虫井蛙所以卒见笑于大方之家也。①

这是朱熹对如何阅读《诗经》等经典的重要见解,矛头直指“穿凿坏”经本义的汉唐先儒,也讽刺了以这些先儒之说为“私主”、受其遮蔽而迷失作品真义的读者,要求阅读重新回到《诗》本义和经本义上来。如果仅就该说表面意思而言,朱熹似乎是在主张排除读者主观介入的客观阅读,是一种反对任何带前见(“私主”)的接受观,似乎是作品本旨决定论。其实事情远不是这么简单。只有结合他反汉人《小序》的立场,同时又结合他阐释“以意逆志”而肯定读者主观之于阅读的能动作用的思考,才可能对以上看似强调客观阅读,其实是肯定读者适当挟裹自己主观于阅读的接受观作出全面理解。

再说非单一的文本中心。

朱熹对《孟子》“以意逆志”的诠解是一条常为人们所引用的权威意见。他说这是“言说《诗》之法,不可以一字而害一句之义,不可以一句而害设辞之志,当以己意迎取作者之志,乃可得之”②。朱彝尊指出,这导致朱熹在解释《诗经》时“畅所欲言”③,堪谓一语中的。一篇作品其字句的表面意思可能会将读者带入一座意义的迷宫,若要走出这座迷宫,发现作

① 《诗传遗说》卷一。
② 《孟子集注》,《四书章句集注》,第306—307页。
③ 朱彝尊《雪山王氏质诗总闻序》,《曝书亭集》卷三十四,康熙四十七年刻本。

品的真义,需要向导指引,读者自己的“意”就是负着这种责任的“向导”。朱熹肯定阅读和理解《诗》是读者与诗人的精神交相融通的活动,这无异于说阅读并非只是“作者之志”单方面地向读者敞开,在阅读、理解的过程中,读者不是一个消极的受众,而是拥有自主性的“迎”者,对透过字句深入抉发作品意义表现主动的向往。这种阅读、接受观直接来自赵岐《孟子章句》:“人情不远,以己之意逆诗人之志,是为得其实矣。”站在这一立场看问题,作品和读者在阅读、接受的系统中是两个“同心圆”,虽然直径不同,皆居于中心的位置,所以文本唯一中心论是难以成立的。

对此朱熹每有论述。他说:“读书之法,既先识得他外面一个皮壳了,又须识得他里面骨髓方好。如公看《诗》,只是识得个模象如此,他里面好处全不曾见得,自家此心都不曾与他相粘,所以眊燥无汁浆,如人开沟而无水,如此读得何益?”①意思是:书由二层组成,一是外在的“皮壳”,二是内在的“骨髓”,读书则需要由外入内,并且用读者“自家此心”与书的内在“骨髓”“相粘”,才能有得。

这一层意思朱熹在下面一段话里说得更加清楚:“先生问:学者诵《诗》,每篇诵得几遍?对曰:也不曾记,只觉得熟便止。曰:便是不得。须是熟读了,文义都晓得了,却涵泳读取百来遍,方见得那好处,那好处方出,方见得精怪。见公每日说得来干燥,元来不曾熟读,若读到精熟时,意思自说不得。如人下种子,既下得种子了,须是讨水去灌溉他,讨粪去培壅他,与他耘锄,方正是下工夫养他处。今却只下得个种子了便休,都无耘治培养工夫,如人相见,才见了便散去,都不曾交一谈,如此何益?所以意思都不生,与自家都不相入,都恁地干燥。”②熟读作品、晓得文义,这些还只是了解和认识作品,属于客观的阅读收获。这是阅读的初步阶段。然后需要进入第二阶段,即反复“涵泳”的阶段。在这个阶段,不单是认识作品,而且是与作品发生互相启迪,他将这比喻为给“种子”培养、浇水、施肥。“种子”是作品之意,培养、施肥指读者运用自己的主观,与作品互相交融启发。“种子”经过农圃栽培而变成植物,结出果实,植物和

① 《诗传遗说》卷一。
② 《诗传遗说》卷一。

果实不再是原先的“种子”，而是“种子”与农圃心血的合成物。阅读、理解所得结果，其道理一样，也是文本与读者相互作用的结晶。朱熹又将这种阅读和接受观比喻为与人“交谈”，说明阅读和接受是读者与文本展开“对话”，是一次双向的交流，而不是机械地一说一听、一予一受。以为这样才能得书之“好处”，“方见得精怪”，否则“意思都不生，与自家都不相入”，只是“无益”的行为。

朱熹认为，《诗》的含义非常丰富，读者不应该死读作品，将作品旨义看得简陋了。他说：“看《诗》不要死杀看了，看了见得无所不包。今人看《诗》无兴底意思。”孔子有“兴于《诗》”之说，朱熹理解这句话的意思是，要求读者通过反复涵泳，到作品中去发现丰富的含义，产生广泛的道德联想：“如分别是非到感慨处，有以兴起其善心，惩创其恶志，便是‘兴于《诗》’之功也。”“问：《诗》如何可以兴？曰：读《诗》见其不美者，令人羞恶；见其美者，令人兴起。”因此读《诗》是一个催唤道德体悟和反思的过程，也是一个读者之意与作品互相交融而衍化出丰富的扬善抑恶念想的过程。“‘《诗》可以兴’，须是反复熟读，使书与心相乳入，自然有感发处。”①

以上都说明，阅读、理解是作品和读者两个直径不同的同心圆互相包容、互相涵盖的关系，没有作品或读者，当然完全谈不上阅读和接受；即使具备了这两项阅读的必需条件，倘若读者主观之“意”与作品不相“乳入”，不相粘沾，或者读者不从自己心灵“兴”起丰富联想而使作品的潜义流溢沛滂，也不能说是完成了对文本的阅读和接受。“意思都不生，与自家都不相入，都恁地干燥”，这样的阅读和接受必然无法发现作品的精蕴潜义，作品蕴义“干燥”贫瘠，从某种意义上说可能恰好反照出读者本人的浅薄或功夫不足。

《史记》有孔子删《诗》的记述，但是没有说明删《诗》所包含的意义创造的问题。汉唐经学家喜欢谈论诗的本事本义，如“美某某”、“刺某某”，把这样一些诗义视为作品先天具有的质性，实际上是肯定《诗》的经典性

① 以上引自《诗传遗说》卷一。

来自它被创作出来的一天。朱熹的看法不同。他认为不能简单地以为《诗》的经典意义来自诗人赋予,或者经典性是《诗》与生俱有的天然质性,实际上,它主要形成于读者接受过程中,是孔子加以提升、为后来读者不断体悟才得以实现的,不经过孔子整理及读者在孔子言说的启发下从容涵泳,《诗》只是一些作品而不会是"经"。《诗》从作品上升到经典,这本身就包含读者对作品意义的贡献和创造,孔子虽然不是《诗》的作者,却是其经典意义的创造者,因而又是最重要的"作者"。

他对"思无邪"的解释颇足以说明这个问题。《论语·为政》:"子曰:《诗》三百,一言以蔽之,曰思无邪。""思无邪"是孔子对《诗》旨高度宏观的概括,影响深远,毫无疑问它是《诗》三百重要的经典意义之一。朱熹以为,若"思无邪"是指作品本身的旨趣,或是指诗人写诗所追求的动机,那一定是指《诗经》中的"中格"诗而言;然而《诗经》也包含"许多不正诗",对这些作品来说,"思无邪"则是指读者读《诗》的态度,意谓诗或有邪者,读者若能以无邪之心读之,则也能从邪诗中获益。他特别对后面一种"思无邪"的意思作了反复阐说:

> 问:思无邪,子细思之,只是要读《诗》者思无邪。曰:旧人说似不通,中间如许多淫乱之风,如何要思无邪?得如止乎礼义,中间许多不正诗也,如何得会止乎礼义?只怕他当时大约说许多中格诗,却不指许多淫乱底说。熹看来,《诗》三百篇其说好底也要教人思无邪,说不好底也要教人思无邪。

> 问:《诗》三百,程子曰:"思无邪,诚是也。"其言简矣,未审其意谓作诗者以诚而作耶,抑谓读诗者当诚其意以读之耶?案程子之说,特以训"思无邪"之义云尔。以《诗》考之,《雅》《颂》、二《南》之外,辞荡而情肆者多矣,则诚之为言,固不可概以为作诗者之事也。若谓使学者先诚其意而后读之,则是诗之善恶方赖我以决择,而我之于《诗》反若无所资焉者,又何取于《诗》之教耶?以此观程子之言虽简,然诚之一字,施之必得其当可也。

至于《桑中》《溱洧》之篇，则雅人庄士有难言之者矣。孔子之称思无邪也，以为《诗》三百篇劝善惩恶，虽其要归不出于正，然未有若此言之约且尽者耳，非以作诗之人所思皆无邪也。今必曰彼以无邪之思铺陈淫乱之事，而闵惜惩创之意自见于言外，则曷若曰彼虽以有邪之思作之，而我以无邪之思读之，则彼之自状其丑者，乃所以为吾警惧惩创之资邪？而况曲为训说，而求其无邪于彼，不若反而得之于我之易也；巧为辨数，而归其无邪于彼，不若反而责之于我之切也。

看《诗》大体要得无邪，盖三百篇中，善可为法，恶可为戒耳，不是言作诗者皆无邪思也。

问："《诗》三百一言以蔽之，曰思无邪。"不知如何蔽之以思无邪？曰：前辈多就诗人上说"思无邪"、"发乎情，止乎礼义"。熹疑不然。不知教诗人如何得思无邪？谓如文王之诗，称颂盛德盛美处，皆吾所当法；如言邪僻失道之人，皆吾所当戒，是使读诗者求无邪思。①

总之，朱熹认为"思无邪"之说重要的一个方面是孔子对读《诗》者提出的道德要求，是为读者提供一种阅读视角，着眼于读者一方和接受行为，用我们今天的话来说，它属于读者"期待视野"范围的问题，要求读者以不淫之心读淫诗，引起诗歌在被阅读、理解过程中其本来的含义朝相反的方向转化，使淫诗产生积极的效果。朱熹对孔子"思无邪"一语的理解和解释是很个人化的，或许难得学者认同②。可是，问题不在于他对"思无邪"的解释是否符合孔子原意，而在于他借这样的解释提出了什么见解，有没有理论意义。显然，他借此说明《诗经》的接受环节在确定作品的实际意义及获得阅读效果方面存在着可变性，读者拥有较多的主动权，

---

① 以上各条引自《诗传遗说》卷三。

② 如明末许孚远曰："《诗》三百而约之以一言，曰思无邪，必此三百篇皆本于无邪之思，皆出于性情之正，故可兴可观、可群可怨，迩之事父，远之事君，有益于人伦，有裨于风化，不可不学也。……孔子删定诗篇，皆可施于礼乐，合于《韶》《武》《雅》《颂》之音，其必无邪思可知也。若朱注'善者可以感发人之善心，恶者可以惩创人之逸志'，彼恶者既思邪矣，读《诗》者即有意于惩创，安得遽谓之无邪思耶？且以思无邪一言而属望读《诗》之人，又安可谓此足蔽三百篇义也？"（引自朱彝尊《经义考》卷九十九，中华书局 1998 年）

说明唯一的文本中心论是片面的,这些见地无疑带有睿智的色彩。

由上可见,朱熹一方面严厉批评《小序》及汉唐注疏家在《小序》基础上的详繁发挥,认为这些诠释穿凿牵合,不符作品原旨,应予拒绝(他实际上也吸收了汉儒不少意见,这不足以减弱他非议《小序》的意义和作用),表现出尊重《诗经》"本意",限制读者权利的倾向;另一方面他又认为读者将自己的主观浸润于作品,二者水乳相融是阅读行为中必然的程序,容许在接受环节读者与作品通过"交谈"引发意义的某种变异,从而对读者理解作品的差别抱宽容的态度。以上两方面看似有某些凿枘不合处,究其实反映了解释学中后来的读者应该如何对待历史前见的问题。

解释学主张阅读和接受总是无法摆脱读者或接受者个人主观的因素,所以结果总是因人而异,又肯定阅读和接受为一定的历史前见所支配,而历史前见包括人们积累起来的阅读经验。人们公共的阅读经验与具体读者个人的阅读主观在这里难免发生矛盾,所以解释学又将自己最重要的理论支点建立在个人基础之上,排斥他物对个人的遮蔽。现代解释学开创者海德格尔一方面肯定解释总是根植于人们的前见中,另一方面又说:"当我们要认识或谈论物时,必须首先排除任何有可能介入我们和物之间的东西。只有这样,我们才能深入到物的无遮蔽的显现中。"①将两方面结合起来,说明解释理所当然地不能离开早于解释者存在的人类前见,然而解释的累积又不是一部简单的人类前见的循环史,而是表现为不断地发现和突破,在释义方面最终实现创新,作出读者个人的贡献。所以前见是起点,不是终点,后人的接受相对于前人的接受总是别开生面的,怀疑和否定实难避免,"小疑则小进,大疑则大进",古人的治学经验其精神也适合于接受理论,拒绝释义的因循是新的自由释义的开始。

对于宋人来说,汉唐人《诗》学构成了他们前见的重要组成部分,宋人受其影响而又亟欲摆脱,别求新的释义途径,这正是由解释的起点通往解释的终点新的过程的展开。所谓"六经皆厄于传疏,《诗》为甚"②,表

---

① 海德格尔著,张月等译《诗·语言·思》,第33页,黄河文艺出版社1989年。
② 林希逸《诗缉序》,严粲《诗缉》卷首,明赵府味经堂刻本。

达了希望摆脱汉唐旧说的宋人比较一致的意见。朱熹不承认汉人《小序》的本义说，这种反历史前见的态度从根本上说是为别求本义、实现他个人自由说《诗》张目，其接受观和阅读观根源于完善自由释义的主观，其精神在本质上是一种对自由释义的追求。如果单凭他批评“今人不以《诗》说《诗》，却以《序》解《诗》，是以委曲牵合必欲如《序》者之意，宁失诗人之本意不恤也”①，“知有《序》而不知有《诗》”，这些看似强调作品本意的话，就以为他否定属于读者之见的《小序》就是普遍否定读者自由的接受观，那是将问题简单化了。解释往往是通过后人一次次返回原作以询问意义，来达到对前此流行的解释的叛逆，从而一次次地实现释义跃进，实现释义的不断累积。朱熹否定《小序》，要求在弃《序》的情况下重新阅读和认识《诗经》作品，其结果不仅是发现了诗的意义，而且还创造了诗的意义，在重现原意的旗号下重建了作品新的意义系统。他说，阅读《诗经》“切忌先自布置立说”②，是指读者不要预先记着汉儒说《诗》的遗训，要尽力摆脱某些前见对自己阅读的左右，直接面对原文，去感受作品的含义，以有效激活自己的悟性。所以朱熹非单一的读者中心与非单一的文本中心的接受观有时看似凿枘不合，实际上它基本的理论倚重支点还是自由理解，而拒绝带有束缚倾向的历史前见则是为了使这个理论倚重支点发挥更有效的功用。他主张读《诗》得其“大意”（引文见前），认为“千百年”以前传下来的诗歌，对后人来说，诗的某些具体历史含义已经消失，或者说某些曾经存在过的历史意义已经不再重要，不仅具体“指实其人姓名”未必准确，而且许多这样的做法也失去了必要性，而约莫的“大意”方才有意义，读《诗》者借助诗的“大意”而生发归善的自省，这才是有益的，因而也显出其重要性。朱熹的“大意”说将一首诗歌作品看作是具有含义扩充可能性、又能被读者具体化的文本。这样的“大意”是作品开放的意义结构，“读《诗》只是将意思想象去看”③，它容纳后人的“想象”，允许读者不断地阐发和推衍，并非一成不变。他说的尊重作品本义，

① 《诗传遗说》卷二。
② 《诗传遗说》卷一。
③ 《诗传遗说》卷四。

即是尊重这种开放的作品“大意”，于是尊重读者自由理解就成了其接受理论的题中应有之义，作品本意与读者自由自然地构成了二而一关系，而历史前见若不能与这种理想的作品—读者的和谐关系共处则将遭到无情淘汰。

第四节　以心释义的心学解释学说

一、陆九渊“六经注我”、“贵于有所兴起”

陆九渊少时所作《大人诗》抒发他自己不可一世的气概和抱负，末两句云：“万古不传音，吾当为君宣。”①将他说的万古不传之音理解为中国思想史长河中上游的先秦儒家之学，不同于下游的汉唐儒学，应该符合陆九渊一生的学术蕲向②。此音既然久已失传，陆九渊则又何从获得？这个问题关系到他的解释思想。像其他先哲一样，陆九渊也是主要通过对儒家典籍的重新理解和解释来表达他自己的思想，并传播给世人。可是他一生没有注释过一部儒家经典，他在世时，有人曾问他：“先生何不著书？”他不直接回答，而是绕一个弯子说：“六经注我，我注六经。”③好似禅家机锋，他表达出这样的意思：六经都成了我的注脚，当然也就意味我注疏了六经。其中第一句话是关键。按照逻辑可以将他这两句话理解为“六经注我，就是我注六经”④。可见陆九渊并不承认他没有著书，相反，他认为自己用化六经为“我”的方式，使儒家经典充满“我”的色彩，以此

① 《象山先生全集》卷三十四《语录》上：“先生（陆九渊）感叹时俗汩没，未有能自拔者……诵少时自作《大人诗》（略）。”（第281页）按：卷二十五载这首诗，题目为《少时作》，见第198页。

② 陆九渊尊扬先秦儒家和宋朝理学，贬低汉唐儒学。他说，“道脉”至汉朝而“大坏”（《语录》上，《象山先生全集》卷三十四，第264页）。又说，汉唐贤君也无志于道，“因陋就简，何大何重之有”（《删定官轮对札子》其二，《象山先生全集》卷十八，第150页）。“汉病于经，唐病于文，长才异能之士，类多沦溺于训诂声律之间。”（《问制科》，《象山先生全集》卷三十一，第237页）“秦汉以来，学绝道丧。……惟本朝理学，远过汉唐。”（《与李省幹》其二，《象山先生全集》卷一，第24页）类似这样对汉唐学术的批评，在《象山先生全集》里俯拾皆是。

③ 《语录》上，《象山先生全集》卷三十四，第261页。

④ “六经注我”的意思相当于六经是我的注脚。《语录》上：“学苟知本，六经皆我注脚。”（《象山先生全集》卷三十四，第258页）以陆注陆，其义自见。今人往往将“六经注我，我注六经”理解为两种互相对立的注疏、解释经籍的方法，谓前者尊重主观，后者尊重客观，这并不是陆九渊的意思。

完成了对六经的诠释。也就是说,他日常的个人化的言语动静无不都是诠解儒家六经之"书",虽无表面的著作形式(如章句训诂),却有著作之实,他不认为著作的表面形式是重要的。所谓"六经注我",并非是将"我"消失在六经中,而是强调"我"固有的"此理此心"与六经相互渗透交融,从而突出和强调在阅读、理解、解释活动中"我"(读者)的重要性,实质是以我求义、以我释义。明人郑善夫说:"象山(陆九渊)见道甚分明,然气质终是个有我的人。"①道破了这一层关系。他正是用以我求义、以我释义的方式获得了对先秦儒家之学的理解和认识,自立于汉唐章句训诂学问之外,也不同于宋代的程朱一派,而能够自立一家。历来将"六经注我"视为陆九渊如何传承思想学问之态度和治学方法的自述,颇为恰当。他这种解释思想是我国自由释义传统的重要组成部分,借助心学的影响在我国文学批评史上发挥着持久的作用。

说到陆九渊的解释思想,先得说他对"人"的理解,而对"人"的理解,在他思想体系中其实也是对"我"的理解。我们由此可窥见他对接受者主体的认识。他幼年时就产生了非常之想,非常之悟。据《年谱》载:他四岁为"天地的尽头在哪里"的问题所困扰,可是无人能为他解惑。十三岁,因读古人关于"宇宙"的字义,所谓"四方上下曰宇,往古来今曰宙",恍然明白,天地原来没有边际,无法穷尽。他由此而联想到,"人与天地万物皆在无穷之中",所以,宇宙与吾心是同位的,存在于宇宙中的理与吾心中的理也是相一致的。"宇宙内事乃己分内事,己分内事乃宇宙内事。""宇宙便是吾心,吾心即是宇宙。"②"万物森然于方寸之间,满心而发,充塞宇宙,无非此理。"③这是陆九渊哲学的核心。它萌芽于他幼年的心灵,依靠默悟而最终衍成一家之学说。他由这一根本思想,获得了对于"人"的两点重要认识:

(一)"须大做一个人"。他说,若仅仅认为人相对于"草木禽兽"是灵长,这便是将人渺小化了。人之所以杰出,是因为人在宇宙中得天命赋

---

① 郑善夫《子通论道》,《郑少谷集》卷二十,影印文渊阁《四库全书》第1269册,第292页。
② 参见《年谱》,《象山先生全集》卷三十六,第313、314页。
③ 《语录》上,《象山先生全集》卷三十四,第276页。

性,如同宇宙一般的深邃、巨伟,宇宙有多辽阔,人就有多宏大,“天之所以命我者不殊乎天”,所以人人应当“放教规模广大”,自立自主,不受拘束,要听则听,要看则看,不要听则不听,不要看则不看,全凭由自己,不凭由他者①。他说的“人”,不仅是指人类,更是指人的个体:“若某则不识一个字,亦须还我堂堂地做个人。”②这“堂堂”之人正是指个人,个人是陆九渊所关注的人的学说的一个焦点。

（二）“此理此心”人人相同,大家都应“尽我之心”。他说:“东海有圣人出焉,此心同也,此理同也。西海有圣人出焉,此心同也,此理同也。南海北海有圣人出焉,此心同也,此理同也。千百世之上至千百世之下有圣人出焉,此心此理亦莫不同也。”③“心只是一个心,某之心,吾友之心,上而千百载圣贤之心,下而千百载复有一圣贤,其心亦只如此。心之体甚大,若能尽我之心,便与天同,为学只是理会此。”④不仅不同时空的圣贤们“此理此心”相同,圣人与众人也都无不相同。在圣人与众人的关系上,一般以为,圣人把众人原本不具备的许多品质、精神传授给了他们,圣人是施与者,大众是受施者,大众因圣人授予而使自己的精神变得富裕、高尚。陆象山说这是一种错误的观念。他认为,“天之所以予我者至贵至厚”,这对每一个人来说都一样,决不会厚此薄彼,圣人的作用只是为你除去覆在你心灵的阴翳,把人人固有的“此理此心”发明出来,这不是什么赠与行为,你也没有因此增加什么。他说:“圣贤垂教,亦是人固有,岂是外面把一件物事来赠吾友?但能悉为发明天之所以予我者如此其厚,如此其贵,不失其所以为人者耳。”⑤

在陆九渊意识中,人天生资禀裕如,至高至贵,而且人人一律。他呼吁“须大做一个人”,一方面是因为他看到社会上存在将人特别是将普通人视为渺小者的强大习惯势力,这种渺小化尤其突出地表现在对人特别是对普通人的精神能力的低估上;另一方面是由于“我”在后天会“被人

---

① 《语录》下,《象山先生全集》卷三十五,第287页。
② 《语录》下,《象山先生全集》卷三十五,第292页。
③ 《年谱》绍兴二十一年谱,《象山先生全集》卷三十六,第314页。
④ 《语录》下,《象山先生全集》卷三十五,第290页。
⑤ 《语录》下,《象山先生全集》卷三十五,第287页。

闲言语所惑”,以致迷失自己本然,所以需要将各种先入的“垢污”涤除,使人人“能知天之予我者”无上高贵①。他力倡“大人”之学②,是着眼于世间的每一个人,而且特别强调人人未被阴翳遮蔽的精神能力(“心”)具有无限积极的能量,希望人人“尽其心”,将自己具有的这种精神能量发挥到极致。他认为凡每个人尽力发挥的“心”,即是宇宙间普遍的“理”,“我”则集会了“心”与“理”,相当于另一个“宇宙”。

陆九渊以上关于个人的论述,也包含了对接受者、理解者、解释者的认识。他特别强调,接受者、理解者、解释者是独立的主体。如他谈到《中庸》“博学、审问、谨思、明辨”时说,学、问、辨都与“读书亲师友”有关,思则是属于每个人自己的事,四者中最属要紧。“读书亲师友是学,思则在己,问与辨皆须即人。自古圣人亦因往哲之言、师友之言乃能有进,况非圣人?岂有任私智而能进学者?然往哲之言,因时乘理,其指不一。方册所载,又有正伪纯疵,若不能择,则是泛观。欲取决于师友,师友之言亦不一,又有是非当否,若不能择,则是泛从。泛观泛从,何所至止?”③说明圣贤的言指不尽一致,典籍的记载有正有讹,师友之言有是有非,所以对于接受者来说,关键是他们自己要懂得思考,学会选择,避免“泛观泛从”。所以他强调“自得自成自道,不倚师友载籍”④。显然在陆九渊看来,“思则在己”是一条接受的原则。于是“自明”在陆九渊思想中就有了重要的意义:“自明然后能明人。”⑤“本心若未发明,终然无益。”⑥“此理本天所以与我,非由外铄,明得此理,即是主宰。”⑦因此“明理”首先是指求质于自己,“从里面出来”,而不是相反去求质于他物,从“外面入去”⑧。这决

---

① 《语录》下,《象山先生全集》卷三十五,第287页。
② 陆九渊说:“大世界不享,却要占个小蹊小径子;大人不做,却要为小儿态,可惜。”(《语录》下,《象山先生全集》卷三十五,第293页)
③ 《语录》上,《象山先生全集》卷三十四,第268页。
④ 《语录》下,《象山先生全集》卷三十五,第295页。
⑤ 《语录》上,《象山先生全集》卷三十四,第274页。
⑥ 《与潘文叔》,《象山先生全集》卷四,第51页。
⑦ 《与曾宅之》,《象山先生全集》卷一,第17页。
⑧ 《语录》下,《象山先生全集》卷三十五,第290页。

定了陆九渊学说的要义是“说内”而非“说外”①，是要人们“内思其本”②。只有认识自己，理解自己，才能认识他物，理解他物，才能使自己在解释活动中处在一个合适的位置上。

总之，“我”备有万物，若又能够排除后天的各种迷惑，这样的“我”就既是创造的主体，又是判断的主体，它独立、完足、伟岸，在理解和解释活动中可以而且应当得到充分信赖，而相反，“我”一旦消失也即意味理解、解释和认识随之消失。陆九渊解释思想的基本立足点在此。

像宋代多数思想家一样，陆九渊的解释思想也集中地反映在他对儒家经学的理解和解释中，而他的经学解释思想又是与他疑经意识水乳交融的。其实，宋朝不少学者都是将疑经与释经结合在一起，边疑边释，边释边疑，而疑经的态度又在总体上决定了他们的释经方法、解释特点，以及取得的治经成就。相对于汉唐学者，他们表现出以一种探索性的态度对待儒家经学文本的倾向，使经学成为一门相对开放的思想和学问③。唯其如此，明道、征圣、宗经的思想传统在宋人疑经意识影响下发生了一些微妙变化，增添了几分释义的可变性④。陆九渊在这方面有代表性。在道、圣人、儒家经典关系上，陆九渊

---

① 《语录》上，《象山先生全集》卷三十四，第280页。

② 《语录》下，《象山先生全集》卷三十五，第286页。

③ 张舜徽《论宋代学者治学的博大气象及替后世学术界所开辟的新途径》一文说：“孟子在周末即已提出：‘尽信书不如无书。’暗示人们对于古代遗书，不宜轻信；应该合理地去怀疑它。《汉书·艺文志》诸子略对几部远古的子书，也都注明它们是‘依托’，或是‘晚出’。唐代刘知幾、柳宗元，对于治学也极富于怀疑精神，假设了或考定了许多古书的真伪。但这究竟还是一种启蒙工作；至于使它成为有系统有条理的工作，方法渐臻缜密，范围渐见广阔，造成学术上浓厚的疑古空气，直到宋代学者才开始。”（收入作者《中国史论文集》，第79页，湖北人民出版社1956年）指出宋人疑古与前人疑古的异同，颇为中肯，可以参考。

④ 原道、征圣、宗经观念初步形成于荀子，汉朝将其全面确立为一种重要的思想传统，从此长期成为我国古代社会的主流思想意识，宋人也未改变。宋濂说：“是故天地未判，道在天地；天地既分，道在圣贤；圣贤之殁，道在六经。”（《宋文宪公全集》卷二十六《徐教授文集序》）陆陇其说：“六经者，圣人代天地言道之书也。六经未作，道在天地；六经既作，道在六经。自尧舜以来，众圣人互相阐发，至孔子而大备。”（《三鱼堂外集》卷四《经学》）都是对这一思想传统中道、圣、经三者关系最简要的概括。尽管如此，此传统在不同历史阶段仍然有不同的表现特点。宋人固然持守这种观念，然而他们对具体的经学内容提出了许多怀疑，通过重新解释来保持对儒家经典的信仰，这与汉唐学者普遍用以信传信的态度对待儒家经学有显著不同。

认为道是根本,是最高的权威,圣人经典是对道的理解和阐述,然而理解和阐述中难免有是有非,有全有缺,所以需要核之以道才能够确定传世的经典是否妥当和正确,是否值得完全采信。他同时又认为:“人孰无心,道不外索。”①“人皆有是心,心皆具是理,心即理也。”②因此“我”之“心”同样可以成为检验传世儒家经典的尺度,这与用“道”检验的效果是等值的,因为“天”与“人”本无不同,“道”与“心”原是一体③。这不仅为怀疑经典找到了根据,而且也为读者随“心”取舍经典找到了根据。疑经是宋人比较普遍的意识,肯定用读者之“心”判断和取舍经典则是陆九渊突出的思想,这使他在宋人疑经派中别树一帜。他怀疑经典不限于一些文字或训诂,而且也包括怀疑其中一些思想,这是在两个不同的层级上疑经,都根源于他的心学。“为学患无疑,疑则有进。”④“辩便有进。”⑤“疑”和“辩”贯穿在他一生的理解及解释活动中。

《取二三策而已矣》是反映陆九渊疑经意识和解释思想的一篇重要文章。孟子提出“尽信书则不如无书”(《孟子・尽心章句下》)的著名论断,举例说他对于《武成》(古代逸书的篇名)记载武王诛纣的内容仅“取二三策而已矣”,意谓只采信其中很少内容。陆九渊在文中解释并详尽发挥了孟子须谨慎对待前人典籍所载内容的观点,引录几段:

> 昔人之书不可以不信,亦不可以必信,顾于理如何耳。盖书可得而伪为也,理不可得而伪为也。使书之所言者理耶,吾固可以理揆之;使书之所言者事耶,则事未始无其理也。观昔人之书而断于理,则真伪将焉逃哉?苟不明于理,而惟书之信,幸而取其真者也,如其伪而取之,则其弊将有不可胜者矣。

> 古者之书不能皆醇也,而疵者有之;不能皆然也,而否者有之。

① 《与舒西美》,《象山先生全集》卷五,第 54 页。
② 《与李宰》其二,《象山先生全集》卷十一,第 106 页。
③ 《语录》上,《象山先生全集》卷三十四,第 258 页。
④ 《语录》下,《象山先生全集》卷三十五,第 307 页。
⑤ 《语录》下,《象山先生全集》卷三十五,第 284 页。

真伪之相错，是非之相仍，使不通乎理而概取之，则安在其为取于书也？

使书不合于理，而徒以其经夫子之手而遂信之，则亦安在其取信于夫子也？

书不可以不信，亦不可以必信。使书而皆合于理，虽非圣人之经，尽取之可也，况夫圣人之经，又安得而不信哉？如皆不合于理，则虽二三策之寡，亦不可得而取之也，又可必信之乎？盖非不信之也，理之所在，不得而必信之也。①

宋人有极度疑经者，有适度疑经者，还有微度疑经者。据陆九渊"不可不信、不可必信"之说，大概他是属于适度疑经的一派。他认为即使是孔子的著述，也应当视是否合理而决定对其信还是不信，这无异于将前人抱着信古的态度对古代典籍包括儒家经典作出的一部分解释剔除于外，否定了它们的合理性。"以理揆之"，"观昔人之书而断于理"，这既涉辨别文献真伪的问题，亦涉解释文本含义的问题，因为即使面对真实可信的文献，领会其含义仍需要参酌道理。

在酌理以明义的理解和解释过程中，会遇到文本多义性问题。陆九渊经常批评人们在解释文本时往往采取"滞泥"的态度，违反了"断于理"的判断原则。他说"说《易》者谓阳贵而阴贱，刚明而柔暗，是固然矣"，可是这又并非通则，其中也有不同情况导致的变化，若不明变化之理，"泥于爻画名言之末，岂可与言《易》哉"。所以"阳贵阴贱、刚明柔暗"之说"不可泥"②。他又说："大抵读古人书，若自滞泥，则坦然之理翻成窒碍疑惑，若滞泥既解，还观向之窒碍疑惑者，却自昭然坦然。"③"理不可以泥言而求，而非言亦无以喻理；道不可以执说而取，而非说亦无以明道。理之众多，则言不可以一方指；道之广大，则说不可以一体观。"④"泥言"一是指

① 《象山先生全集》卷三十二，第248—249页。
② 《易说》，《象山先生全集》卷二十一，第170页。
③ 《与曹立之》，《象山先生全集》卷三，第40页。
④ 《与包详道》，《象山先生全集》卷六，第65页。

将理与语言表述混同为一,忽视了语言表述与理之间可能存在的不相称;二是指不顾语言表述具有多义性的事实,仅从单义的方面对其作出解说。采取"滞泥"、"泥言"的态度解释文本,得出的结论本身可能并无不妥,甚至于从表面看这种解释似乎与原文一一对应,言之凿凿,无懈可击,然而其结果终究还是不妥,看似准确,其实恰恰又是不准确,原因就在于解释者拘束于文义,不知变化,沦为刻板死注。

对文本含义丰富性和句子多义性的重视为自由释义拓展了空间。陆九渊往往以质疑成说的方式提出他自己的别解,这实际上是对文本多义性的发现。《中庸》:"(舜)隐恶而扬善。"一般理解这句话的意思是,见人有恶则隐之,见人有善则扬之。如朱熹说:"于其言之未善者则隐而不宣,其善者则播而不匿。"①他在《答潘谦之》信里更具体地说,这是讲"听言之道","盖不隐其恶,则人将耻而不言矣"。所以这句话"不为进贤退不肖言,乃为受言择善者发也"②。陆九渊的解释却与普遍的理解迥然不同:"说者曰:隐,藏也。此说非是。隐,伏也,伏绝其恶,而善自扬耳。在己在人一也。为国家者,见恶如农夫之务去草焉,芟夷蕴崇之,绝其本根,勿使能植,则善者信矣。故君子以遏恶扬善,顺天休命也。"③陆九渊作这样的理解显得奇异,不单对"隐恶扬善"这句成语,而且对舜本人的形象,都无疑是一次新的解读。

又比如《论语》"里仁为美",一般都将这句话理解为选择仁者所在(或风俗淳厚的地方)为居处,即与仁者同里相邻的意思。陆九渊则解释说:"自为之不若与人为之,与少为之不若与众为之,此不易之理也。仁,人心也。为仁由己,而由人乎哉?我欲仁,斯仁至矣。仁也者,固人之所自为者也。然吾之独仁,不若与人焉而共进乎仁;与一二人焉而共进乎仁,孰若与众人而共进乎仁。与众人焉共进乎仁,则其浸灌熏陶之厚,规切磨砺之益,吾知其与独为之者大不侔矣。故一人之仁不若一家之仁之

① 《中庸章句》,《四书章句集注》,第20页。

② 朱熹《晦庵先生朱文公文集》卷五十五,《朱子全书》第23册,第2595页,上海古籍出版社、安徽教育出版社2002年。

③ 《语录》上,《象山先生全集》卷三十四,第278页。

为美,一家之仁不若邻焉皆仁之为美,其邻之仁不若里焉皆仁之为美也。'里仁为美',夫子之言岂一人之言哉?"①他的解释与一般的理解相反,认为这句话的意思是说,让吾之仁德去感化、"熏陶"乡里,地域越广、受其仁心熏陶的人越多,为善也就越广大。他通过重新解释这句著名的格言,丰富了它的内涵。这种释义其实是衍生性的再创作,而与原文又可以自然相融。

陆九渊认为,求学问须有"日新之功",切忌"死守定"某些东西而不改变。他说:"但吾友近来精神都死,却无向来亹亹之意,不是懈怠,便是被异说坏了。夫人学问当有日新之功,死却便不是。邵尧夫诗云:'当锻炼时分劲挺,到磨砻处发光辉。'磨砻锻炼,方得此理明,如川之增,如木之茂,自然日进无已。今吾友死守定,如何会为所当为?"②他对于深刻、新颖的解释表示由衷叹赏。门人严松记载陆九渊评兄长陆九韶(学者称梭山先生)对孟子思想的理解:

> 松尝问梭山云:"有问松:'孟子说诸侯以王道,是行王道以尊周室,行王道以得天位?'当如何对?"梭山云:"得天位。"松曰:"却如何解后世疑孟子教诸侯篡夺之罪?"梭山云:"民为贵,社稷次之,君为轻。"先生再三称叹,曰:"家兄平日无此议论。"良久曰:"旷古以来,无此议论。"松曰:"伯夷不见此理。"先生亦云。松又云:"武王见得此理。"先生曰:"伏羲以来,皆见此理。"③

陆九韶认为孟子向诸侯大力提倡"王道",目的是为了取得天下("得天位"),而不是为了维护周朝("尊周室"),并用孟子自己的话"民为贵,社稷次之,君为轻"为之作辩护,这是异常大胆的解释。陆九渊持"天位非人君所可得而私"之见④,与陆九韶上述思想一致,故他"再三称叹"陆

① 《象山先生全集》卷三十二,第246页。
② 《语录》下,《象山先生全集》卷三十五,第289页。
③ 《语录》上,《象山先生全集》卷三十四,第277页。
④ 《语录》上,《象山先生全集》卷三十四,第278页。

九韶新颖的解释，并肯定这种解释符合亘古之理①。以新颖的见解发露前人典籍和思想中潜在的道理，这正是陆九渊对理解和解释活动由衷的期待。

以上三个解释的例子，与其说是对原文或原作者思想恰当的说明，毋宁说是解释者本于他们自己思想对被解释内容一次新的理解。解释在陆九渊看来不是换一种语言形式的复述，而是把生气贯注到解释对象中去，使其孳甲新意。也就是说，解释同样是一种创造。他不主张遇到难以理解的文字就随便开口问人，而是首先要读者自己“沉思痛省”。他说：“见一文字未可轻易问是如何，何患不晓。”“有理会不得处，沉思痛省一时间，如此后来思得明白时，便有亨泰处。”②强调理解是个人的内省活动，是痛苦的探索历程，不求方便，不抄近路，艰苦思索，这样才会得到收获的幸福。请益师友、参考前人注疏，这些对于学习来说自然是必要的，陆九渊对此每有论说③，可是这也会形成依赖的习惯，造成归同的趋势。陆九渊“沉思痛省”说旨在把读者个人的理解力和判断力从思维惰性和趋同习惯中解放出来。他不好随众：“见众人说好，某说不好；众人说不好，某解取之。”④他表示，人应当“自立自重，不可随人脚跟，学人言语”⑤。认为表达独立见解是每个人天赋的权利，是人之所以为人的重要标志。这使他对文本所作的理解和解释具有高度的个人自由性。他痛恨束缚，教诲弟子要充分地追求自由纵横的精神和不受羁縻的愉悦。说：“子何以束

① 陆九韶对孟子提倡“王道”目的所作的解释，以及陆九渊对他观点的肯定，触犯了疑似篡逆的敏感问题，故遭到后人批评。明人张吉说：“文王作则，保民周矣。岂有他图，为商仇矣。孟谈王道，亦兹俦矣。心在元元，宁无忧矣。匪劝齐梁，为邪谋矣。轻重之分，何不侔矣。再三叹赏，不深求矣。奸雄借口，沛横流矣。我则忧之，曷其瘳矣。”（《古城集》卷二《陆学订疑》）黄宗羲则从不明时务的角度指责二陆说法：“按孟子之时，周室仅一附庸耳，列国已各自王，齐、秦且称帝矣，周室如何可兴？以春秋之论加于战国，此之谓不知务。”（《孟子师说》卷一）

② 《语录》下，《象山先生全集》卷三十五，第294页。陆九渊还说：“后生有甚事，但遇读书不晓便问，遇事物理会不得时便问，并与人商量，其他有甚事。”（《语录》下，《象山先生全集》卷三十五，第297页）对这种好问不好思的年轻人进行了批评。

③ 如陆九渊说：“后生看经书，须着看注疏及先儒解释，不然，执己见议论，恐入自是之域，便轻视古人。”又：“或问：‘读六经，当先看何人解注？’先生云：‘须先精看古注，如读《左传》，则杜预注不可不精看。大概先须理会文义分明，则读之其理自明白。’”（分别见《语录》下、上，《象山先生全集》，第282、267页）

④ 《语录》下，《象山先生全集》卷三十五，第298页。

⑤ 《语录》下，《象山先生全集》卷三十五，第300页。

缚如此？因自吟曰：'翼乎如鸿毛遇顺风，沛乎若巨鱼纵大壑，岂不快哉！'"他瞧不起只会重复别人的观点，或者只提出一些自以为"精微"其实没有深刻主见的人："子亦见今之读书谈经者乎？历叙数十家之旨，而以己见终之，开辟反复，自谓究竟精微，然试探其实，固未之得也，则何益哉？"①

关于陆九渊的解释思想还涉及两个重要概念："易简"和"发挥"。

李伯敏问：对于《孟子·告子章句上》"牛山之木"一段出现的"性、才（材）、心、情"四者，应该如何分别？陆九渊答道，这是"枝叶"问题，接着说，读书好在这上面纠缠正是"举世之弊"。他认为："今之学者读书，只是解字，更不求血脉。且如情、性、心、才（材）都只是一般物事。"他指出，孟子这段文字"血脉只在仁义上"，性、情诸词只是作者"偶然说及，初不须分别"②。强调读书应当重"血脉"，轻"枝叶"，这反映陆九渊对解释文本的要求是恪守简易，避免琐细。它主要是针对汉唐以来盛行的训诂学问，在当时则又暗寓对朱熹的某种针砭。

陆九渊以为，学问靠的是"易简"工夫，它是自然生长的，好比涓涓细流汇成海洋。"易简"工夫首先是指研究思想学问"先立乎大者"③。其次是指训诂、写文、言谈都应当简直明白，避免繁琐细碎。不能做到这一点，是由于人们有所牵累："内无所累，外无所累，自然自在。才有一些子意，便沉重了。彻骨彻髓，见得超然，于一身自然轻，自然灵。"④牵绊于内外之累，也是指人的内心受到私意牵控，"人心有消杀不得处，便是私意，便去引文牵义，牵枝引蔓，牵今引古，为证为靠"⑤。这样的人需要跟随良师将"重滞""刊了"，而"良师"更应当首先保证自己心灵清爽："重滞者难得轻清，刊了又重，须是久在师侧，久久教他轻清去，若自重滞，如何轻

① 以上引文均见《语录》下，《象山先生全集》卷三十五，第307页。

② 《语录》下，《象山先生全集》卷三十五，第290页。

③ 陆九渊说："吾之学问与诸处异者，只是在我全无杜撰，虽千言万语，只是觉得他底，在我不曾添一些。近有议吾者云：'除了"先立乎其大者"一句，全无伎俩。'吾闻之曰：诚然。"（《语录》上，《象山先生全集》卷三十四，第261页）

④ 《语录》下，《象山先生全集》卷三十五，第305页。

⑤ 《语录》下，《象山先生全集》卷三十五，第299页。

清得人?”①“学者须是打叠田地净洁,然后令他奋发植立,若田地不净洁,则奋发植立不得。古人为学,即‘读书然后为学’可见。然田地不净洁,亦读书不得,若读书则是假寇兵,资盗粮。”②对于作品的“文义”与“旨意”,他说读者固然应当兼顾二者,然而要在“旨意”。“读书固不可不晓文义,然只以晓文义为是,只是儿童之学,须看意旨所在。”“学者须是有志,读书只理会文义,便是无志。”③他说仅仅“解字”并不是读书,所以呵责道:“血脉不明,沉溺章句何益?”④陆九渊曾用称量作比喻,说明太注重细部,反而会模糊整体。“铢铢而称之,至石必缪;寸寸而度之,至丈必差。石称丈量,径而寡失。”⑤考评人物如此,读书求学问、解释文章,也是如此。陆九渊用这个比喻说明繁琐细碎的训诂学问导致读者只见树木不见森林,而他则强调,最重要的是获得对“一”的正确把握:“一是即皆是,一明即皆明。”⑥

训诂作为理解文义的一个初步条件,陆九渊自然是肯定它的,所以他也关心文本的“首尾文义”,肯定了解作者“本旨”的要紧⑦。但是更重要的是在此基础上,进而去探寻作品最重要的旨趣,得其大者。如果将训诂当成学问中很高的境界,甚至把它看成是学者追求的目标,陆九渊对此就不以为然了。“或谓先生之学是道德性命形而上者,晦翁(朱熹)之学是名物度数形而下者”,陆九渊虽然不完全同意这样的概括,认为朱熹也是标榜他自己的道学一以贯之,将形而上、形而下贯通在一起,只是他“见道不明,终不足以一贯耳”⑧。然而从他的语气不难感受到,他对别人以形而上和形而下来区别自己与朱熹思想学术的不同特点还是有几分自喜的。他指出,有没有理的引导,关系到训诂能不能得出适切的结论,所以

---

① 《语录》下,《象山先生全集》卷三十五,第 303 页。
② 《语录》下,《象山先生全集》卷三十五,第 302 页。
③ 《语录》下,《象山先生全集》卷三十五,第 282 页。
④ 参见《语录》下,《象山先生全集》卷三十五,第 290—291 页。
⑤ 《与致政兄》,《象山先生全集》卷十七,第 148 页,又见《语录》上,《象山先生全集》卷三十四,第 264—265 页。
⑥ 《语录》下,《象山先生全集》卷三十五,第 306 页。
⑦ 《语录》上,《象山先生全集》卷三十四,第 271 页。
⑧ 《语录》上,《象山先生全集》卷三十四,第 274 页。

理才是人们正确理解作品和解释作品的无声的导师。他与朱熹展开“太极、无极”之辩，驳斥朱熹对周敦颐“无极而太极”之说的肯定性诠释，指出“太极”是“中”，是“天之大本”和至理，不是“形”，所以无须再在前面加添“无极”，这样做不仅是屋下架屋、床上叠床，而且还混淆了儒道来源，自乱思想体系。他在辩论中给朱熹把脉，说朱熹精通训诂的方法却得出错误的结论，是因为他“理有未明”。就是说，看似训诂出了差错，其实是他所主张的理错了：

> 字义固有一字而数义者，用字则有专一义者，有兼数义者，而字之指归又有虚实，虚字则但当论字义，实字则当论所指之实。论其所指之实，则有非字义所能拘者。……尊兄最号为精通诂训文义者，何为尚惑于此？无乃理有未明，正以太泥而反失之乎？①

确定语言在作品的具体语境中是单义性的还是多义性的，作者用字是对事物实有所指（实字），还是没有实有所指，仅仅是出于行文的需要（虚字），若是实有所指，则应当明确其“所指之实”，不要拘于“字义”，这些都关涉到读者能否理解所读的作品。这既是一个训诂的问题，若遇到的是一个重大的有关思想概念的用词，比如“无极”、“太极”，它又是一个超越单纯训诂、与解释者的思想认识发生根本联系的价值判断和意义分析的问题，解释者的思想对判断和分析的结果必定会产生重大影响，这时候往往是理决定训诂。陆九渊认为只有正确的理才能指导训诂得出正确的结论。其实在这一点上，朱熹与他并没有多少差别，他们虽然在对待“太极、无极”问题上具体意见相左，两人用理指导训诂的解释观念却是相近的，只是各自都认为对方所持的理是错的，自己所持的理才是对的。陆九渊以上对朱熹的批评，明确肯定接受理的正确指导是有效开展训诂性释义的保证。以理释义与训诂证明相结合是朱熹做学问的特点，与大

---

①《与朱元晦》其二，《象山先生全集》卷二，第33页。

多数宋朝理学家相比,他对训诂的重视程度有很大提高,可是,若将朱熹置于汉唐训诂传统中看,他又并非以训诂见长,后来提倡汉学传统的学者对他多有批评,也说明这一点。不过在陆九渊眼里,朱熹俨然是宋朝训诂风气的代表,而这为他大不满意。他在鹅湖论学会议上,于大庭广众面前吟诗:“易简工夫终久大,支离事业竟浮沉。欲知自下升高处,真伪先须辨只今。”讥刺朱熹学问陷于支离,不免拘泥,失却“易简”大本领,强调只有发明千古不磨的本心才是真学问①。对于陆九渊与朱熹在鹅湖之会上的分歧,有人作了这样的概括:“鹅湖之会,论及教人。元晦之意,欲令人泛观博览,而后归之约;二陆(引者按:陆九龄、陆九渊兄弟)之意,欲先发明人之本心,而后使之博览。朱以陆之教人为太简,陆以朱之教人为支离,此颇不合。”②陆九渊以朱熹的学风为对象,对以训诂为专门之学的传统竭尽揶揄。《年谱》载陆九渊论解书(如何解释文本)的主张:“南丰刘敬夫学《周礼》,见晦庵,晦庵令其精细考索。后见先生,问:‘见朱先生何得?’敬夫述所教。先生曰:‘不可作聪明乱旧章,如郑康成注书,枘凿最多。读经只如此读去,便自心解,注不可信。’”③当然,陆九渊对前人确有真知灼见的注疏成果也是重视学习的,可是他并不是要人们拜倒在前人的注疏面前,放弃自己的判断和对作品产生新的理解。陆九渊还认为,同样是注疏,古人的注解简明,更胜后人繁琐的传注,所以他要为读者做减法,卸负担。“某读书只看古注,圣人之言自明白,且如‘弟子入则孝,出则弟’,是分明说与你入便孝,出便弟,何须得传注?学者疲精神于此,是以担子越重,到某这里,只是与他减担。只此便是格物。”他说,若负荷着后人注疏的沉重包袱读书,结果反而导致“亡羊”——遗失了典籍中的真精神④。

解释学问究竟应当尚“易简”还是尚细密,这无法简单作结论。陆九

① 《语录》上,《象山先生全集》卷三十四,第279页。

② 朱道亨书信语,引自《象山先生年谱》淳熙二年谱,《象山先生全集》卷三十六,第319页。

③ 《年谱》,《象山先生全集》卷三十六,第327—328页。

④ 见《语录》下,《象山先生全集》卷三十五,第288页。

渊重体悟，重直觉①，朱熹批评他轻证明②，他尚“易简”的特点与此很有关系。后人对陆九渊的主张有所批评：“每读象山之文，笔力精健，发挥议论，广大刚劲，有悚动人处，故其遗风馀烈，流传不泯。然细推之，则于圣贤细密工夫不甚分明，故规模腔壳虽大，未免过于空虚也。”③这也并非没有道理。

“发挥”两字在我国古代解释学说中，人们对它的使用一般是正面的。孔颖达：“发，谓发越也。挥，谓挥散也。”④陈瓘：“发挥旁通谓之变。”⑤“发挥”具有丰富和变化的意思。以“发挥”的态度做学问，这种风气在宋代可谓登峰造极，我们甚至可以用这两个字来概括宋学的特点。明人薛瑄说：“性理自宋道学诸君子反复辩论，发挥蕴奥之后，粲然如星日丽天，而异学曲说，真如区区之爝火，自不得乱其明也。”“此理经宋儒大加发挥之后，粲烂明白，真所谓江汉以濯之，秋阳以暴之，皜皜乎不可尚已。”⑥形容实不为过。宋人重“发挥”反映了他们突破汉唐训诂之学后一种新的求思想学问的倾向。

陆九渊做学问尚“易简”，要求从根本大处入手，不纠缠枝叶碎末，而对于典籍内容与根本大义相关涉的蕴奥，他又好为之作掘发，周流旁通，溥畅推广，使“易简”、“发挥”相辅相成。《论语·公冶长》载，孔子问子贡比颜回如何，子贡回答自己不如颜回，颜回“闻一以知十”，自己“闻一以知二”。这是孔门重视举一反三、发挥推广的先例。陆九渊说，子贡“白着了夫子气力”，确实不如颜回⑦。说明他极其珍视孔门这一传统，注重

---

① 陆九渊说：“某每见人，一见即知其是不是，后又疑其恐不然，最后终不出初一见。”（《语录》下，《象山先生全集》卷三十五，第301页）他因天分高而偏倚自己的直觉判断。

② 朱熹形容陆九渊的学问“两头明，中间暗”。两头指问题和结论，中间指论证过程。他说：“熹见延平，因论象山之学。子静说话，常是两头明，中间暗。或问：暗是如何？曰：是他那不说破处。他所以不说破处，便是禅。鸳鸯绣出从君看，莫把金针度与人。他禅家自爱如此。”（李幼武纂集《宋名臣言行录外集》卷十五）

③ 胡居仁《居业录》卷二，康熙四十年咏堂刻本。

④ 见《易·乾文言》“六爻发挥，旁通情也”孔颖达注。又《易·说卦》：“发挥于刚柔而生爻。”韩康伯注：“刚柔发散，变动相生。”（《周易正义》，阮元校刻《十三经注疏》，第17、93页）“发挥”一词在中国古代解释学中一般受到正面的评价，与《易经》对它的肯定有关。

⑤ 陈瓘《了斋易说》，抄本。

⑥ 薛瑄《读书录》卷三、卷五，嘉靖三十五年赵府味经堂刻本。

⑦ 参见《语录》上，《象山先生全集》卷三十四，第258—259页。

发挥的功能。他读《论语》感到有所不满足：

> 《论语》中多有无头柄的说话。如“知及之，仁不能守之”之类，不知所及所守者何事？如“学而时习之”，不知时习者何事？非学有本领，未易读也。苟学有本领，则知之所及者及此也，仁之所守者守此也，时习之习此也，说者说此，乐者乐此，如高屋之上建瓴水矣。学苟知本，六经皆我注脚。①

这条语录说明，陆九渊读书的思考习惯是，努力去弄明白作者在文中没有说出来的“宾语”，以求获得对作品蕴义的充分了解。其实像他以上所举的《论语》例子，孔子未必故意省略了什么“宾语”，这些猜想中可能存在的“宾语”更多是陆九渊自己的思想，属于他自己对孔子话的理解，也是他想借助文本作进一步发挥的由头。“六经皆我注脚”，正说明六经可以供我发挥，可以供我构建思想之用。这道出了前面引述他“六经注我”这句名言的解释学实质。“六经皆我注脚”之说后来被一部分人视同弃学不讲，忧虑这样会导致“六经日就澌灭”，其“弊不至于焚书废学不已”②。若以隔的眼光看待思想学说，固然可以做如此之想，若以通之思维看待思想学说有容和敞大，将不断地发越新意看成是学说传承之正常途径，自不会以充满智慧的解释，赋予其新的气韵色泽为对过去经典作品的磨灭。全然无视解释者施与作品的这类活力，至少是一种偏颇的看法。

陆九渊对儒家经典在流传过程中，学者们注说繁琐却不作“发挥”的作风提出批评。《贵溪重修县学记》说：“二帝三王之书，先圣先师之训，炳如日星。传注益繁，论说益多，无能发挥，而只以为蔽。”③他要求读者对所读的书加以思考，从中引发感悟，他自己的解释十分在意对文本作阐

---

① 《语录》上，《象山先生全集》卷三十四，第258页。

② 清代学者蓝鼎元《闲存录》：“象山谓‘六经皆我注脚’，又曰：‘某自来非由乎学，自然与一种人气相忤。’白沙诗云：‘六经尽在虚无里，万理都归寂感中。’又曰：‘何用窥陈编。’又曰：‘千古遗编都剩语。’可谓得陆氏之真传矣。陆、陈之学不息，则六经日就澌灭，而圣人之道不著。使其说盛行而不可收拾，弊不至于焚书废学不已。”（《鹿洲全书》之《棉阳学准》卷三，清光绪六年序刻本）。

③ 《象山先生全集》卷十九，第159页。

述和引申，“贵于有所兴起”①，“兴起”的意思就是“发挥”。这最有代表性的是他对《论语》“君子喻于义，小人喻于利”章的讲解。淳熙八年(1181)春，陆九渊应朱熹邀请在白鹿洞书院讲学，他选择了这个题目作为演讲的内容。孔子这些话，清澈明白，了无剩义，听众也都已经记之烂熟，了然于胸，所以这是一个很难讲出新意的题目。陆九渊结合他自己“平日之所感”，而洋洋洒洒地演绎了一番：

此章以义利判君子小人，辞旨晓白，然读之者苟不切己观省，亦恐未能有益也。某平日读此，不无所感，窃谓学者于此，当辨其志。人之所喻由其所习，所习由其所志。志乎义，则所习者必在于义，所习在义，斯喻于义矣。志乎利，则所习者必在于利，所习在利，斯喻于利矣。故学者之志不可不辨也。

科举取士久矣，名儒钜公皆由此出，今为士者固不能免此。然场屋之得失，顾其技与有司好恶如何耳，非所以为君子小人之辨也。而今世以此相尚，使汩没于此而不能自拔，则终日从事者，虽曰圣贤之书，而要其志之所乡，则有与圣贤背而驰者矣。推而上之，则又惟官资崇卑、禄廪厚薄是计，岂能悉心力于国事民隐，以无负于任使之者哉？从事其间，更历之多，讲习之熟，安得不有所喻，顾恐不在于义耳。诚能深思，是身不可使之为小人之归，其于利欲之习，怛焉为之痛心疾首，专志乎义而日勉焉，博学审问，谨思明辨，而笃行之，由是而进于场屋，其文必皆道其平日之学、胸中之蕴，而不诡于圣人；由是而仕，必皆共其职，勤其事，心乎国，心乎民，而不为身计，其得不谓之君子乎？②

陆九渊先概括《论语》这一章的要义是以义利辨别君子和小人，这还属于讲述作品的本旨。然后他将话锋陡然一转，径入“科举取士”，大段

① 《语录》上，《象山先生全集》卷三十四，第265页。
② 《白鹿洞书院讲义》，《象山先生全集》卷二十三，第182—183页。

内容围绕士子在科举时代应当如何处理义利而作阐述,发挥孔子思想,剖析社会心态,以及论述应当如何确立正当的功名观。演讲因严密更见力量,而他富有感染力的言说才能由此可见一斑。显然陆九渊的这篇演讲内容是对《论语》孔子思想的发挥,科举是宋朝十分重要的制度之一,决定着学子们的前程,可以说是人人关心的问题,而书院中的听众,都是正在求仕途上努力的人,这问题更是切己。陆九渊选择这一个题目以及作这样的发挥,都有很强的针对性,显然他对在白鹿洞书院讲什么、怎么讲是深思熟虑过的。朱熹《跋金溪陆主簿白鹿洞书堂讲义后》称赞道:“其所以发明敷畅,则又恳到明白,而皆有以切中学者隐微深痼之病,盖听者莫不悚然动心焉。”①特别揭出陆九渊的演讲“发明敷畅”和“切中学者隐微深痼之病”,这很准确地道出了陆九渊解释思想和解释实践的特征,也就是陆九渊自己所强调的“兴起”和“发挥”之说。“维此象山,发挥精微,毫发不差,昭晰不疑。”②这种赞美可能并不适合陆九渊全部的解释性作品,但对于其中的一部分显然是十分恰当的。

二、王守仁“大要出于良知同,便各为说何害”

王守仁为学多变,学儒又学道、佛,好文辞,好兵书,而归结依然在儒学。他曾下大功夫学习朱熹著作,又对陆九渊心学始终怀向慕之情,最后自成心学大宗,为明代中期后显学。不计早期杂学阶段的情况,子弟钱德洪将王阳明心学形成过程概括为三个阶段是基本符合实际的:“盖师学静入于阳明洞,得悟于龙场,大彻于征宁藩。”③即第一阶段是他 31 岁在家乡习静修性,思离世俗;第二阶段是 37 岁被贬至贵州龙场,形成心学;第三阶段是 48 岁平宁王朱宸濠之乱以后,明确其心学为“良知”之学。尽管有不同阶段的变化,王阳明心学其实前后一贯,不同阶段只表示心学形成过程中他对其认可的程度和所认识的特点有所不同。当然王阳明在第三阶段明确以“良知”为自己思想学说的标志,对于扩大其学派的社会和

---

① 《白鹿洞书院讲义》附,《象山先生全集》卷二十三,第 183 页。
② 袁燮《絜斋集》卷二十二《祭郎中詹公子南文》,乾隆武英殿聚珍本。
③ 《阳明先生文录续编四》序,《王阳明全集》卷二十九,第 1038 页。

历史影响都起到很大作用。王阳明自己说:“吾良知二字,自龙场以后便已不出此意,只是点此二字不出。于学者言,费却多少辞说。今幸见出此意。一语之下,洞见全体,真是痛快,不觉手舞足蹈。学者闻之,亦省却多少寻讨功夫。学问头脑,至此已是说得十分下落。但恐学者不肯直下承当耳。”又说:“某于良知之说,从百死千难中得来,非是容易见得到此。此本是学者究竟话头,可惜此理沦埋已久。学者苦于闻见障蔽,无入头处,不得已与人一口说尽。但恐学者得之容易,只把作一种光景玩弄,孤负此知耳。”①王阳明这两段话郑重其事地用“良知”二字概括自己的思想学说,说明他对“良知”说珍重之至。良知学说是王守仁根本的哲学思想,这已经在思想史范围内作过很多分析,这里则论述,良知学说也关系着王阳明的阐释学说。

概括起来,王阳明解释学说的特点是从良知的本体出发解释对象,故可以名之为良知解释学说。王阳明认为,良知是人认识和理解事物的本源,人从良知出发体认外在事物,事物之理无不与良知体认之理相叠合,叠合过程也是良知把握事物的过程。在他构建的良知(心)、意、物(事)相互关系中,良知(心)决定意,意决定物(事)。此时的事物已经被人良知化了,成了意义化的事物。阅读理解的对象也是这样一种必然被读者良知化的“物”。良知好像是人发现意义的眼睛,没有它,放在观赏者面前的“物”就显示不出意义,也就构不成真正的阅读和理解。他认为,良知与解释是开放的体用关系,所以同然的良知与差异的理解互相并不构成冲突,他自己的释义活动正是侧重于自我和求异。

先举一个解释《大学》的例子。《大学》开篇:“大学之道,在明明德,在亲民,在止于至善。”程颐、朱熹认为“亲民”当作“新民”②。这被人批评是“以己意轻改经文”,朱熹则辩解说:作“亲民”“以文义推之则无理”,作“新民”“以传文考之则有据”;“若必以不改为是,则世盖有承误踵讹,心知非是,而故为穿凿附会,以求其说之必通者矣,其侮圣言而误后学

---

① 皆见《传习录拾遗》,《王阳明全集》卷三十二,第 1170 页。

② 见程颐《伊川先生改正大学》,《二程集》,第 1129 页。又见朱熹《大学章句》,《四书章句集注》,第 3 页。

也益甚，亦何足取以为法耶?”所以他认为，对此作修改似“汉儒释经不得已之变例”①。王守仁则坚持当依旧本作“亲民”，他说《大学》后章引《康诰》“作新民”句不能作为《大学》此章就是“在新民”的根据，前后说的不是一样的意思；《大学》开篇后的内容是发明“亲”意，不是“新”意；而且，“在新民”重点在教，“在亲民”则兼有教养两意，说“新民”“便觉偏了”②。以上王守仁对《大学》的解读列在《传习录》第一条，足见王守仁及其弟子对他们在这个问题上与程、朱持不同见解的事实非常重视③。

这虽是一字之争，然而解释的差异，实质反映了双方思想的差异。程颐说:“‘在明明德’，先明此道；‘在新民’者，使人用此道以自新。”④朱熹将“在明明德”与“在新民”二者的关系理解为，自明其明德者“推以及人”，使他人“亦有以去其旧染之污”⑤，与程颐说的意思相同。程、朱这种先自己明明德，再教育别人除旧更新、迁善改过的说法，将“在明明德”与“在新民”分成彼此两截，以为可以分别从事，而且对于民来说，明德是由外入内被灌输进去的。王守仁却认为，德不可以徒明，须就事而明之，明明德、亲民是体用合一的关系，“故明明德必在于亲民，而亲民乃所以明其明德也”⑥，所以不能分作彼此两截看待，同时这也不是说自明其明德者将明德灌输给民，而是通过亲民让民自己“明其明德”。王守仁与程、朱对《大学》这句话的不同解释，分歧在于：一个人明其明德究竟是通过他

---

① 以上见《四书或问》卷一，《朱子全书》第6册，第509—510页。

② 《传习录》上，《王阳明全集》卷一，第1—2页。

③ 朱熹和王守仁都十分重视《大学》对构建自己思想学说的意义。朱熹以《大学》“明明德、亲民(朱熹认为当作新民)、止于至善”和“格物、致知、诚意、正心、修身、齐家、治国、平天下”为三纲领八条目，为全篇之经，以其他内容为对三纲八条的说明，为全篇之传。他从这样的理解出发，又在二程怀疑《大学》文本的基础上，对《大学》存在部分讹字阙文错简的问题作了进一步论证，且加以修改。王守仁则是一循《大学》郑玄注本(即他称作的旧本)，不赞同程朱有关这个问题的种种说法，更不赞同对《大学》原来的文本作改动。《大学》关系到朱熹、王守仁学说的根基，王守仁寸步不让。又王守仁与陆九渊心学关系密切，然陆九渊自言学术所自“因读《孟子》而自得之于心”(《象山语录》卷四)，与王守仁思想构建于《大学》之上不同。王守仁对《孟子》接受固多，也有所保留。如他说:“孟子集义、养气之说，固大有功于后学，然亦是因病立方，说得大段，不若《大学》格致诚正之功，尤极精一简易，为彻上彻下，万世无弊者也。”(《传习录》中，《王阳明全集》卷二，第84页)可以看出王守仁与陆九渊之间存在的不同。

④ 《二程集》，第22页。

⑤ 《大学章句》，《四书章句集注》，第3页。

⑥ 《亲民堂记》，《王阳明全集》卷七，第250—251页。

体悟自己本心、在自身内部实现的，还是通过别人帮助、将外在的普遍之理植入其内实现的？这反映出良知学与理学的根本分歧。

王守仁承认理的普遍性，承认儒家的主流价值观，说“理一而已”，主张“去人欲，存天理”①，这些与程、朱没有差别。对此不仅王守仁自己坦然承认，一些维护程朱学说的人也直言不讳。王守仁说：“吾之心与晦庵之心未尝异也。”②方苞说：王阳明与程、朱，“至忠孝之大原，与自持其身心而不敢苟者，则岂有二哉”③。然而一个人如何才能够显然地拥有理？他们对这个问题的回答截然不同。程、朱认为普遍的天理存在于一般人之外，人们应当去学习天理，改造而且完善自己，使自己成为一个懂道理的人。王阳明则认为理无内外之分，在心在物，皆是一理，既然如此，也可以说心外无理，天理就在人人心中，不能将心与理割裂为二，因此人们返求诸内心即可明觉其理。对于双方存在的这种差异，王守仁形容为“入门下手处”不同，他指出，这种毫厘之差失可以导致千里之歧异，意义十分重要④。简要地说就是，朱熹主张“格物致知”，他自己主张“致知格物”，走的路头正好相反。《传习录》中：

> 朱子所谓“格物”云者，在即物而穷其理也。即物穷理，是就事事物物上求其所谓定理者也，是以吾心而求理于事事物物之中，析心与理而为二矣。……若鄙人所谓致知格物者，致吾心之良知于事事物物也。吾心之良知，即所谓天理也。致吾心良知之天理于事事物

---

① 《传习录》，《王阳明全集》卷二、卷一，第76、2页。

② 《传习录》上，《王阳明全集》卷一，第27页。

③ 方苞《鹿忠节公祠堂记》，《方苞集》卷十四，第413页，上海古籍出版社2008年。按：黄宗羲《宋元学案》卷五十八《象山学案》称朱熹、陆九渊“同植纲常，同扶名教，同宗孔孟，即使意见终于不合，亦不过仁者见仁，知者见知，所谓‘学焉而得其性之所近’，原无有背于圣人”。这也可以被用来说明王守仁与朱熹思想的基本关系。尽管如此，人们多还是认为王学与朱学有极大不同，因此有的扬王抑朱，有的相反，扬朱抑王，这样的争端在学术史上反复出现。朱学王学这两种认识究竟谁错了？当然王阳明的表述是可以相信的，然而这并不表示王朱异殊一派的认识就没有道理，思想学术史上，人们一般不会完全如实地、全面地、完整地去认识、评价一个思想家，更经常是撷取一个人思想的某一方面，使各方形成对峙关系，或者使原来就存在的对峙关系更加严重，然后评析之、接受之，批评也随之而来。后人对王阳明反朱熹一面的强调，也符合这种接受史上的惯例。

④ 《传习录》上，《王阳明全集》卷一，第27页。

物,则事事物物皆得其理矣。致吾心之良知者,致知也,事事物物皆得其理者,格物也,是合心与理而为一者也。①

“格物”是“格物致知”之略,王守仁将它的具体含义解释为“即物穷理”。朱熹解释程颐格物之说(“格,至也。格物而至于物,则物理尽”),将程颐的说法具体化为,必即是物以求理而至其极,既反对“致知以穷理”,所谓以吾之心知物之理,又反对只一般地把“格物”理解为“接物”,不求或粗求其理而未能究其极②。显而易见,这是一条由外入内的求知明理途径。王守仁认为这曲解了理与心的关系,忽视了心的作用和意义,其结果是“务外遗内,博而寡要”③。他认为,心即良知,良知即天理,“心虽主乎一身,而实管乎天下之理;理虽散在万事,而实不外乎一人之心”④。他也说过,“天即良知”,“良知即天”,“道即是良知”⑤,这些话的意思都一样。缘此之故,人们若能够“精察此心之天理,以致其本然之良知”,便意味“大本立而达道行”,就可使儒家之道一以贯之⑥,就是所谓“一真一切真”⑦。所以,“格物”应当是表示在具体对象上使心与理合而为一,而不是说本来空无一物的心被外来的理填充,所以这是一条由内返外、心理合一、知行合一的途径。很清楚,在人如何才能够显然地拥有理这个问题上,王守仁提出的主张是,以良知绝对优先替代“即物穷理”。

王守仁对良知作过多次表述,下面的话堪称简明:

是非之心,不虑而知,不学而能,所谓良知也。良知之在人心,无间于圣愚,天下古今之所同也。⑧

---

① 《王阳明全集》卷二,第44—45页。
② 《答江德功》,《晦庵先生朱文公文集》卷四十四,《朱子全书》第22册,第2037—2038页。
③ 《传习录》中,《王阳明全集》卷二,第41页。
④ 《传习录》中,《王阳明全集》卷二,第42页。
⑤ 《传习录》下,《王阳明全集》卷三,第111、105页。
⑥ 《传习录》中,《王阳明全集》卷二,第47页。
⑦ 《寄薛尚谦》,《王阳明全集》卷四,第170页。
⑧ 《传习录》中,《王阳明全集》卷二,第79页。

> 盖良知只是一个天理，自然明觉发见处，只是一个真诚恻怛，便是他本体。……良知只是一个，随他发见流行处当下具足，更无去求，不须假借。然其发见流行处却自有轻重厚薄，毫发不容增减者，所谓天然自有之中也。①

这样的良知学说是以人心的真诚恻怛为本体的儒家普遍的理性主义，良知自满自足，不需要增减，也不需要等待别人用外在的理来激活，它本身就具备了理的一切。同时，王守仁又指出良知不等同于个人“私智”，各人一己私心，偏琐僻陋之见，狡伪阴邪之术，都绝不是良知②，良知是至善。

这种至善的良知，也是认识和理解事物的本源。人从良知出发体认外在事物，事物之理无不与良知体认之理相叠合，叠合过程也是良知把握事物的过程。王守仁说“格物是诚意的工夫”，“道问学是尊德性的工夫”③。说明诚意、尊德性是主，格物、道问学是宾，宾由主使，发挥其工具和手段的作用，使主人的本体流衍，将主人的旨向具体化。这略似王守仁所说的“致知格物”。诚意、尊德性、致知，说法不同，意思都可以归于良知④，人的理解和认识以此为根本，也以此为发端处。王守仁并不认为“致知格物”是人的良知将事物本来所没有的理加给了事物，就像他不认为“格物致知”或曰“即物穷理”是将所谓本来空无一物的良知被外来的理填充一样，所谓“理无内外，性无内外，故学无内外”，知“合内外之道”，则“可以知格物之学矣”⑤。本于这种理无内外分别之说，他肯定在真切体认人本然之良知的同时获得对理的把握，否认理由外入内，以及人之心随外在之理改变其本然、人对理的认识随外在之物而迁转，同时突出了通

---

① 《传习录》中，《王阳明全集》卷二，第 84—85 页。

② 《传习录》中，《王阳明全集》卷二，第 79—80 页。

③ 徐爱引王守仁的话，见《传习录》上，《王阳明全集》卷一，第 10—11 页。

④ 王守仁说：“《大学》工夫即是明明德，明明德只是个诚意，诚意的工夫只是格物致知。若以诚意为主，去用格物致知的工夫，即工夫始有下落，即为善去恶无非是诚意的事。”《传习录》上，《王阳明全集》卷一，第 38 页。

⑤ 《传习录》中，《王阳明全集》卷二，第 76 页。

过人的良知本体去领悟和会通一切理的认识路径,所谓“良知乃吾师”①。显而易见,这将给格物带来显著的影响,被格之物将因此而带上格物者良知的色彩即主观性。

根据王守仁“致知格物”即良知优先的体认原理,体认良知不仅在时间上先行于格物,而且,在以后格物的具体过程中人的良知始终与之相伴随且起着作用,说明良知必然会参与到人认识和理解事物的活动中。王守仁这种以良知为轴心认识和理解事物的观点使他认为,良知必将会深刻地烙在其所作用的对象上,所谓“良知不由见闻而有,而见闻莫非良知之用”②。他谈到良知(心)、意、物(事)的关系时对此说得很清楚:

> 心者,身之主也,而心之虚灵明觉,即所谓本然之良知也。其虚灵明觉之良知,应感而动者谓之意;有知而后有意,无知则无意矣。知非意之体乎?意之所用,必有其物,物即事也。如意用于事亲,即事亲为一物;意用于治民,即治民为一物;意用于读书,即读书为一物;意用于听讼,即听讼为一物,凡意之所用无有无物者。有是意即有是物,无是意即无是物矣,物非意之用乎?③

在他构建的这种良知(心)、意、物(事)相互关系中,良知(心)决定意,意决定物(事)。即所谓“其虚灵明觉之良知,应感而动者谓之意”,“有是意即有是物,无是意即无是物”,“意之涉着处谓之物”④。王守仁认为这道理简明易解,可以一言而悟,就是“只要知身心意知物是一件”⑤。无论意指涉于事物,还是融进于事物,事物皆已经着上了人之意而改变其原先自在状态。一句话,此时的事物已经被人良知化了,成了意义化的事物。

具体说:

---

① 《长生》,《王阳明全集》卷二十,第796页。
② 《传习录》中,《王阳明全集》卷二,第71页。
③ 《传习录》中,《王阳明全集》卷二,第47页。《传习录》上:“身之主宰便是心,心之所发便是意,意之本体便是知,意之所在便是物。”(《王阳明全集》卷一,第6页)意思也相近。
④ 《传习录》下,《王阳明全集》卷三,第91页。
⑤ 《传习录》下,《王阳明全集》卷三,第90页。

（一）致良知与专求广闻博见迥别，良知是本，自然流露于闻见中，且作用于闻见。王守仁说："良知之外，别无知矣……'多闻择其善者而从之，多见而识之。'既云择，又云识，其良知亦未尝不行于其间。但其用意乃专在多闻多见上去择识，则已失却头脑矣。"[①]"多闻、多见"云云，出自《论语·述而》。朱熹解释说："所从不可不择，记则善恶皆当存之，以备参考。"[②]王阳明则强调，见闻必须经由良知体察来确定，而不能徒以闻见广博相炫耀，若是则失却了头脑。

（二）各人受自己良知支配，运用是非标准评判事物。他说："尔那一点良知，是尔自家底准则。尔意念着处，他是便知是，非便知非，更瞒他一些不得……此便是格物的真诀，致知的实功。若不靠着这些真机，如何去格物？"[③]他因此将良知比作"试金石"、"指南针"[④]。他批评人们常常与此相反，以圣人的气象而不是以自己的良知去判别事物："圣人气象自是圣人的，我从何处识认？若不就自己良知上真切体认，如以无星之称而权轻重，未开之镜而照妍媸，真所谓以小人之腹而度君子之心矣，圣人气象何由认得？自己良知原与圣人一般，若体认得自己良知明白，即圣人气象不在圣人而在我矣。"[⑤]在他看来，圣人其实不是别人，就是你自己，就是你的良知[⑥]。权衡事物轻重、确定人物美丑不应根据圣人如何说，而是要根据每个人良知产生的真切体认，运用是非标准对事理作出判断。没有良知，就无法认识对象，确定价值，从而作出评判。他说："是非两字，是个大规矩，巧处则存乎其人。"[⑦]是非虽有确定的尺度，用这种尺度具体判断何者是何者非，有赖于作判断的人，而人的判断实际上就是良知的判断。当学生问王守仁如何理解"知止而后有定，定而后能静，静而后能安，安而后能虑，虑而后能得"，他回答："人惟不知至善之在吾心，而求之于其外，

---

① 《传习录》中，《王阳明全集》卷二，第71—72页。

② 《论语集注》，《四书章句集注》，第100页。

③ 《传习录》下，《王阳明全集》卷三，第92页。

④ 《传习录》下，《王阳明全集》卷三，第93页。

⑤ 《传习录》中，《王阳明全集》卷二，第59页。

⑥ 王守仁说："人胸中各有个圣人，只自信不及，都自埋倒了。"（《传习录》下，《王阳明全集》卷三，第93页）

⑦ 《传习录》下，《王阳明全集》卷三，第111页。

以为事事物物皆有定理也。而求至善于事事物物之中，是以支离决裂，错杂纷纭，而莫知有一定之向。今焉既知至善之在吾心，而不假于外求，则志有定向，而无支离决裂、错杂纷纭之患矣。无支离决裂、错杂纷纭之患，则心不妄动而能静矣。心不妄动而能静，则其日用之间，从容闲暇而能安矣。能安则凡一念之发，一事之感，其为至善乎？其非至善乎？吾心之良知自有以详审精察之，而能虑矣。能虑则择之无不精，处之无不当，而至善于是乎可得矣。"①"止、定、静、安、虑、得"六者，其中"止、定、静、安"表示良知种种自觉的状态，"虑、得"表示良知对外物进行确当地审察、判断、选择、处置。王守仁这段话向学生说明的其实也是良知何以是评判事物之机制的道理。

（三）良知具有很大的认知力、感悟力、创造力。王守仁说知了天理，便等于无所不知："圣人无所不知，只是知个天理；无所不能，只是能个天理。圣人本体明白，故事事知个天理所在，便去尽个天理。不是本体明后，却于天下事物都便知得，便做得来也。天下事物，如名物度数、草木鸟兽之类，不胜其烦。圣人须是本体明了，亦何缘能尽知得？……圣人于礼乐名物不必尽知，然他知得一个天理，便自有许多节文度数出来。"②他经常把良知和天理当作可以互换的概念，所以他谈到天理，往往说的也是良知，我们不妨把它们当作一回事。他以上的话指出人首先应当掌握根本，由源达流，而不能倒过来。良知、天理就是根本，它是感悟的源泉，它本身虽然不代表具体知识，却是一种重要的生知能力，由此可以衍化为，或者推导出许多知识，使不知或少知的人变为拥有丰富知识的人。

王阳明好用明镜比喻良知："圣人之心如明镜，只是一个明，则随感而应，无物不照。……只怕镜不明，不怕物来不能照。"③"圣人致知之功至诚无息，其良知之体皦如明镜，略无纤翳。妍媸之来，随物见形，而明镜曾无留染，所谓情顺万事而无情也。……明镜之应物，妍者妍，媸者媸，一照

① 《大学问》，《王阳明全集》卷二十六，第970页。
② 《传习录》下，《王阳明全集》卷三，第97页。
③ 《传习录》上，《王阳明全集》卷一，第12页。

而皆真，即是生其心处。妍者妍，媸者媸，一过而不留，即是无所住处。"①这固然是说明认知必须真实映现对象，然结合王守仁良知学说看这个问题，结论又并非如此简单。他认为人通过自己良知的感应与天地万物建立"同体"关系，这不仅是指满足于真实映现对象，还指于存在之外去发现和产生新的"有"。他说，每个人的"灵明"（实即良知）是天地万物的"主宰"，"天没有我的灵明，谁去仰他高？地没有我的灵明，谁去俯他深"。所以如果没有人的良知，就没有天地万物，反之亦然②。天地万物固然不因人的良知而存在，可是没有人的良知对天地发生感应，天虽高却不会"仰他高"，地虽深却不会"俯他深"，即不会有俯仰天地高深产生的敬畏之情。所以这种敬畏之情是人的良知在感应天地万物过程中新产生的"有"，是对天地的一种认识，是良知的产品。可见，良知不仅映照出天地的高深，还生起对天地的敬畏之情。对于王守仁来说，没有意义的物等于不存在，由此可知他之所以关心天地万物，其实是关心天地万物之于人的意义，而不是天地万物的自然状态。他同时又提示我们，意义是由观者的良知在感知对象时产生的，即使是具有意义的事物，也是由于观者的良知所起作用而被择取，被发现。他与友人以下的对话广为流传：

> 先生游南镇，一友指岩中花树问曰："天下无心外之物，如此花树，在深山中自开自落，于我心亦何相关？"先生曰："你未看此花时，此花与汝心同归于寂。你来看此花时，则此花颜色一时明白起来。便知此花不在你的心外。"③

如同没有人的良知就没有万物并非是否定万物存在一样，此处他也不是说，你没有看到山花的时候山花不存在，而是说此时山花是山花你是你，两者没有任何干系，虽然双方都存在，却都"同归于寂"。而只有当你看到山花那一刻，由于你对山花即时的感应，"此花颜色"才突然"明白起

① 《传习录》中，《王阳明全集》卷二，第 70 页。
② 《传习录》下，《王阳明全集》卷三，第 124 页。
③ 《传习录》下，《王阳明全集》卷三，第 107—108 页。

来”，生鲜之态毕呈，不再只是在“寂”处“自开自落”的山花，而是兼有了物理的和人的精神双重含蕴，这与他说明人在认知天地的同时产生对天地的敬畏之情道理是一样的。刘基《若上人文集序》：“桐江之显以子陵，彭泽之著以元亮，黄溪西山无柳子为之刺史，吾知其泯没而无闻矣。抑山水之有助于人乎？将人有助于山水也？”①严子陵之于富春江，陶渊明之于彭泽，柳宗元之于永州，文人秀士之于一方山水，相融而共美，当初究竟谁是助成者，谁又是受助者？刘基的问题，用王阳明的良知解释学也不难得到说明。

良知（心）决定意，意决定物（事），这个道理也适合于阅读、理解文本，因为依照王守仁“致知格物”说，文本和阅读行为也是“物”。前面引王守仁《传习录》的话已经明确提到“意用于读书，即读书为一物”，就是肯定阅读行为受到人的意和良知支配。他还说：“只要解心，心明白，书自然融会。若心上不通，只要书上文义通，却自生意见。”②读者良知澄明，读书就能通洽，否则只是知道一些“书上文义”，其实没有什么发现，也就是没有真正读懂。良知好像是人发现意义的眼睛，没有它，放在读者面前的读物就显示不出意义，也就构不成真正的阅读和理解。用王守仁自己喜欢的比喻来说就是“吾心自有光明月”③，人心中的这轮“明月”不因自然之月阴晴圆缺的变化而变化，而是脱略形迹，永远保持圆明，使受其披洒的万物皆映漾它的光。

在阅读中会遇到如何恰当处理训诂与理解的关系问题。王守仁很少对儒家典籍作注释，这方面他远不能与朱熹相比，而与二程、陆九渊大体相似④。他对心学解释学一派的主要贡献在于，他论述了人的良知对感

① 刘基《诚意伯文集》卷四，光绪二十六年重刻本。

② 《传习录》下，《王阳明全集》卷三，第94页。

③ 《中秋》，《王阳明全集》卷二十，第793页。

④ 王守仁《五经臆说序》说：“窃尝怪夫世之儒者求鱼于筌，而谓糟粕之为醪也。”（《王阳明全集》卷二十二，第876页）这包括他对繁琐训诂的反感。他往往讥刺治学而陷于支离，在语言上打转，也是针对好求训诂一派而言，如《月夜二首》之二曰：“影响尚疑朱仲晦（熹），支离羞作郑康成（玄）。”（《王阳明全集》卷二十，第787页）王世贞说，王守仁谪贵州龙场驿丞时，“所治经，往往取心得，不必与前训诂比矣”（《王守仁传》，《弇州山人续稿》卷八十六，明万历刻本）。比，意谓相合。他说的是实情。

应事物，包括对读者从文本中发现和获取意义所起的决定性作用，这在根本上涉及了良知决定阅读理解的关键问题。解释学最关注的不是文本原先的“事实”，而是经过读者解释何以可以成为如此，王守仁良知说无疑对此作了一次能够自圆其说的证明。他认为训释的作用只在于帮助读者明白文义，如何理解文本中的思想这一问题主要不能依靠训释字义来解决，他对此作过很多说明。黄氏在给王守仁的信中说：“韩昌黎‘博爱之谓仁’一句，看来大段不错，不知宋儒何故非之，以为爱自是情，仁自是性，岂可以爱为仁？”（参《与黄勉之》之二）黄氏对宋儒批评韩愈表示无法同意。王守仁一方面同意黄氏的基本看法：“博爱之说，本与周子之旨无大相远。樊迟问仁，子曰：‘爱人。’爱字何尝不可谓之仁欤？昔儒看古人言语，亦多有因人重轻之病，正是此等处耳。”一方面又指出关键在于分别“爱”得对不对：“然爱之本体固可谓之仁，但亦有爱得是与不是者，须爱得是方是爱之本体，方可谓之仁。若只知博爱而不论是与不是，亦便有差处。吾尝谓博字不若公字为尽。”通过这个例子，王守仁提出读者需要以怎样的态度去理解作品：“大抵训释字义，亦只是得其大概，若其精微奥蕴，在人思而自得，非言语所能喻。后人多有泥文著相，专在字眼上穿求，却是心从《法华》转也。”王守仁在这封信中又谈到如何理解《大学》“如好好色，如恶恶臭”，指出关键是要抓住实质：“人于寻常好恶，或亦有不真切处，惟是好好色、恶恶臭，则皆是发于真心，自求快足，曾无纤假者。《大学》是就人人好恶真切易见处，指示人以好善恶恶之诚当如是耳，亦只是形容一诚字。今若又于好色字上生如许意见，却未免有执指为月之病。昔人多有为一字一句所牵蔽，遂致错解圣经者，正是此症候耳，不可不察也。”①他所谓“心从《法华》转”、“执指为月”，都是指读者在解释和理解中遗弃文本义之真者大者，拘执其义之碎细者乃至错讹者。王守仁反复强调阅读应当寻求作品的根本之见，作品根本之见必然是简易的，不是繁碎的，而这种根本之见需要读者本于自己良知去体悟和认同。

天下各人的良知都一样，还是互不相同？王阳明肯定良知只是一个，

① 以上引文见《王阳明全集》卷五，第194—195页。

无论圣凡智愚贤不肖都一样，不仅如此，连草木瓦石也都具有与人相同的良知①。这决定读者通过良知之眼从事物中读到的意义也是普遍的和共同的。然而，王守仁对普遍意义和普遍价值的强调并没有妨碍他肯定各人与众不同的理解、发现、创造。他说：

> 问："良知一而已，文王作《彖》，周公系《爻》，孔子赞《易》，何以各自看理不同?"先生曰："圣人何能拘得死格？大要出于良知同，便各为说何害？且如一园竹，只要同此枝节，便是大同。若拘定枝枝节节，都要高下大小一样，便非造化妙手矣。汝辈只要去培养良知，良知同，更不妨有异处。"②

说明在尊重良知的前提下，人们阅读、理解、撰述活动是无限自由的，对这样的自由不可限制，不可求同泯异。

王守仁一些重要的诠释有非同一般的特点，这是他释义求异说的实践。如他说："五经亦只是史。""以事言谓之史，以道言谓之经，事即道，道即事。《春秋》亦经，五经亦史，《易》是包牺氏之史，《书》是尧舜以下史，《礼》《乐》是三代史，其事同，其道同，安有所谓异?"③"六经皆史"说从六朝、隋以后就逐渐形成（如刘勰《文心雕龙·史传》、王通《中说·王道》），以后代有传其说者，王守仁是明代"六经皆史"说重要代表之一。在尊经奉经高于一切的时代，王守仁经只是史的说法显然是有利于经学开放的，反映了他较为活泼的思考。

还有两个例子足以对王守仁释义求异说作注脚。一个例子是他提出的"朱子晚年定论"说，另一个例子是他肯定徐祯卿最杰出之处是晚年转向心学。

王守仁遴选朱熹34篇与人论学的书信，编为《朱子晚年定论》，主意在说明朱熹晚年自己认识到为学必须返心以求，后悔中年以前贪外虚内，

---

① 《传习录》下，《王阳明全集》卷三，第107页。
② 《传习录》下，《王阳明全集》卷三，第112页。
③ 《传习录》上，《王阳明全集》卷一，第10页。

太涉支离。王守仁通过编《朱子晚年定论》一书让朱熹本人现身说法，加上该书篇幅简短，主旨、观点醒豁，对普及、扩大心学的影响起到了很大作用①。固然《朱子晚年定论》得到了许多人的赞成和信奉，反对者也不示弱，其中以明末陈建《学蔀通辨》、顾炎武《日知录》卷十八"朱子晚年定论"条痛加批驳最为有力。在他们反驳的理由中，都提到王守仁编入《朱子晚年定论》一书中的书信，有的并非是朱熹晚年所撰，有颠倒岁月早晚之失，这最能动摇晚年定论说的根基，《四库全书总目·学蔀通辨》提要即指出，《朱子晚年定论》"颠倒岁月之先后，以牵就其说，固不免矫诬"②。又比如王守仁说《四书章句集注》是朱熹"中年未定之说"③，然而事实上朱熹花一生心血撰写这部书，至老仍不断作修改，王守仁的说法也是偏颇的。所以，王守仁编辑此书的态度并不客观，而是以他对朱熹的理解来搜集材料，利用材料，实际上他通过编《朱子晚年定论》在中国思想史上重新塑造了朱熹的形象。前面曾说王守仁认为自己的思想与朱熹基本方面一致，若联系朱子晚年定论说，更可知这种一致说与他从自己的思想出发，从心学的角度解释和肯定朱熹思想的主要意义和价值有关。别人批评王守仁《朱子晚年定论》也是集矢在这些方面，这抓住了实质。

徐祯卿是明"前七子"重要成员，长期沉浸于诗歌艺文，后来转向心学，志趣发生大改变。这一转变大为王守仁赞赏，他写《徐昌国墓志》，对徐氏的描述和评价与徐氏在世人心目中的形象及普遍的评论迥然不同。该文大力渲染徐祯卿汲汲学道的心情，引述徐氏的话说："吾黶黜吾昔而

---

① 有一种观点，"朱子晚年定论"不是王守仁的发明，而是他受前人先导影响而作出的表述，明末陈建《学蔀通辨》已露出此意，以为王阳明这一说法与程敏政《道一编》存在辅车相依的关系，今人更对此作专门论述。参见陈寒鸣《程敏政的朱、陆"早异晚同"论及其历史意义》，《哲学研究》1999 年第 7 期；《程敏政和王阳明的朱、陆观及其历史影响》，载吴光主编《阳明学研究》，上海古籍出版社 2000 年；解光宇《程敏政、程曈关于"朱、陆异同"的对立及其影响》，《中国哲学史》2003 年第 1 期。这自有一定道理，王守仁本人在《与安之》的信里也谈到程敏政《道一编》有关内容以及它受到别人非议的情况（《王阳明全集》卷四，第 173 页）。然应当肯定，这一观点因王守仁《朱子晚年定论》一书而产生广泛影响，无论当时及后来呼应抑或质疑的两派意见，都集中于王守仁一人，这是不争的事实。似乎可以说，若没有王守仁此书就不会真正有朱、陆异同这桩思想学术的公案，至少其影响不会如此深刻。而且，王守仁对这一问题的论述超越了对朱熹和陆九渊两人作比较这个特定的范围，更从朱熹一生全部的思想学术发展来确定他的思想价值重点所在，这与朱、陆关系说的侧重点并不一样，对思想史的意义也不同。

② 《四库全书总目》，第 813 页。

③ 《朱子晚年定论序》，《王阳明全集》卷三，第 128 页。

游心高玄,塞兑敛华而灵株是固,斯亦去之竞竞于世远矣。”还借他的话夸奖王阳明对他精神的引导:“子其煦然属我以阳春哉。”王守仁的结论是,徐祯卿一生最值得肯定的并不是他的诗歌和诗论,而是他晚年“谢弃”诗学,“有志于道”①。这篇文章笔墨夸张,对徐祯卿所作的描述是否完全真实是值得怀疑的。他对徐祯卿一生的评价也不确切,王世贞就坚持维护徐祯卿的文学艺术成就和地位,批评王阳明不知徐祯卿,其结论荒谬而不合情理②。其实王守仁也是以自己对徐祯卿的理解为他写传记,故他笔下的这个人物与其说是徐祯卿,不如说是王守仁本人的一个思想侧面。王世贞在《像赞》中已经指出了这一点,很有道理。

以上例子说明,王守仁并非是按照被他论说的对象本然为那人摄像或评说,而是将他自己很强的主观性掺入其中,使对象按照他所理解和认识的样子呈现。这符合他从良知本体出发解释对象的思想。朱熹《答陈才卿》说:“格物致知,亦是因其所已知者推之,以及其所未知。只是一本,无两样工夫也。”从已知推断未知,说明此心此理在“我”,由“我”发端去认识其他。王守仁将这封书信收入《朱子晚年定论》③,可见这种说法是为他所接受的,也可以视为代表了他对这个问题的认识。他在《五经臆说序》中说:“盖不必尽合于先贤,聊写其胸臆之见,而因以娱情养性焉耳。”④他用“臆说”二字命名自己的著作,不是谦虚自抑,而是借此向世人宣告他的释义观念,以示对旨在客观解释文本的释义学的叛逆,流露出他内心对自己学说的优越感和自豪感。

王守仁认为是非、善恶都是人对事物作出的判断,事物本然无所谓是非、善恶:“天地生意,花草一般,何曾有善恶之分?子欲观花,则以花为善,以草为恶,如欲用草时,复以草为善矣。此等善恶,皆由汝心好恶所生,故知是错。”人们的是非、善恶观念并非全都合适,只有从合于道的心即良知作出的是非、善恶判断,才是恰当的,所谓“只在汝心循理便是善,

---

① 以上见《王阳明全集》卷二十五,第931—933页。

② 王世贞《像赞》,《弇州山人续稿》卷一百四十八,明万历刻本。

③ 《王阳明全集》卷三,第138页。据朱熹《大学章句》对传之第五章的解释,他以已知推断未知之说,来自对程颐“致知在格物”说的发挥和补充。见朱熹《四书章句集注》,第6—7页。

④ 《王阳明全集》卷二十二,第876页。

动气便是恶”。因此欲正天下之善恶关键是要端正人的善恶观念,而不应“舍心逐物”①。将这种认识运用于阅读,他肯定作品的是非对错主要是在读者环节发生的。《次栾子仁韵送别四首》之三:“未会性情涵泳地,二《南》还合是淫辞。”②意思说,读者心不正,即使代表《诗经》正风的《周南》《召南》也可以被读成是淫诗。反之,他又说,即使文本内容是错误的,有时也可以被读出正确的、有益的东西:

> 先生曰:“凡看书,培养自家心体。他说得不好处,我这里用得着,俱是益。只要此志真切。有昔郢人夜写书与燕国,误写‘举烛’二字。燕人误解,烛者明也,是教我举贤明其理也。其国大治。故此志真切,因错致真,无非得益。今学者看书,只要归到自己身心上用。”③

“郢书”这则典故历来被当作误读的一个典型例子受到人们讥笑,它也是阅读需要避免误读的著名教训,王守仁为它翻案,而他提出翻案的理由其实就是以良知求知,以良知阅读和理解,以为用良知之心阅读可以重新确定作品的价值。他说:“学者读书,只要归在自己身心上。若泥文著句,拘拘解释,定要求个执定道理,恐多不通。盖古人之言,惟示人以所向往而已。若于所示之向往尚有未明,只归在良知上体会方得。”④这也可以帮助认识他以上关于阅读和理解的看法。王守仁“因错致真,无非得益”的读书法与朱熹“恶者可以惩创人之逸志”⑤又不相同,朱熹是将“恶”的作品当作反面教材,从这个意义上让其发生社会作用,王守仁则是突出读者态度决定作品实际的意义。他说:“《诗》非孔门之旧本矣。孔子云:‘放郑声,郑声淫。’又曰:‘恶郑声之乱雅乐也。郑、卫之音,亡国之音也。’此本是孔门家法。孔子所定三百篇,皆所谓雅乐,皆可奏之郊庙,奏之乡党,

① 《传习录》上,《王阳明全集》卷一,第 29 页。
② 《王阳明全集》卷二十,第 744 页。
③ 《王阳明全集》卷三十一,第 1171—1172 页。
④ 《王阳明全集》卷三十一,第 1176 页。
⑤ 《朱子语类》卷二十三,第 545 页,中华书局 1994 年。

皆所以宣畅和平，涵泳德性，移风易俗，安得有此？是长淫导奸矣。此必秦火之后，世儒附会，以足三百篇之数。盖淫泆之词，世俗多所喜传，如今闾巷皆然。'恶者可以惩创人之逸志'，是求其说而不得，从而为之辞。"①他对孔子为何将《郑》《卫》等国风编入《诗》三百篇的说明，不一定有道理，与朱熹解释的不同表明他不同意影响很大的反面教材一说。

阿瑟·丹图（Arthur C. Danto）《叙述与认识》说：研究者态度偏颇而非中立"在不同学科中是常见的"。他引法国科学家克劳德·伯纳德（Claude Bernard）《实验医学研究导论》的话："对自己的理论或观念有太强的信念的人不但容易得出拙劣的发现，他们还给出贫乏的观察。他们必定是带着先有的观念观察，当他们开始了一项实验，他们只想看到印证自己理论的结果……那些过于相信自己的理论的人不能充分地相信别人提出的理论，这是再常见不过的事……最终的结论是，当面对实验结果时，必须抹掉别人和自己的观点。"又引另一位法国科学家皮埃尔·迪昂（Pierre Duhem）《物理学理论的目的和结构》对这段话的评论："这样的一条准则不容易遵行……按照克劳德·伯纳德的观点，心灵的自由是试验方法的惟一原则。"②非客观的态度存在于科学研究中，更大量地存在于史学及其他人文学科的研究中，阿瑟·丹图认为："这不仅仅是说史学的这些所谓缺陷同样可以在科学中发现，它们毋宁说是包括史学在内的经验研究之必要条件。"③阅读和理解也不可避免地会受到读者主观偏倚倾向的左右。当然，读者带着自己的信念阅读和理解作品，不能保持中立的态度，这从某种角度说就会失去（至少减弱）阅读的自由，所以与自由释义是互相矛盾、冲突的，从这个意义上也可以说，绝对的释义自由并不存在于阅读和解释活动中。然而，当阅读和理解受到权威意识高度控制，出现千篇一律，言人人同，大家的认识归于一致的状况，此时，有人质疑众人普遍认同的心理，逆水行舟，转换角度看问题，虽然他也抱着自己很强的

---

① 《传习录》上，《王阳明全集》卷一，第10页。

② 阿瑟·丹图著，周建漳译《叙述与认识》，第121—123页，上海译文出版社2007年。此处所引克劳德·伯纳德和皮埃尔·迪昂的话，转引自该书第122页。

③ 《叙述与认识》，第125页。

信念，没有采取无所偏倚的中立态度，我们依然可以称他的心灵是相对自由的。王守仁建立在良知学说基础上的阅读和释义观点和实践，正是这种相对自由的心灵和意识的绽放，为当时阅读和理解典籍吹进一股新鲜空气，造就新的局面。

第二章　古代接受文学理论(上)

接受文学理论是对从读者接受、反应方面展开的文学批评各种现象作出的解释和总结,是古代文学思想的一部分。中国古代文学批评经常以印象、感悟的方式进行和完成,赏评和判断多倚赖批评者个人即兴的感念、瞬间的觉悟、偶然的联想,直觉和经验在古人开展文学批评时发挥着重要作用。因而,批评得出的结论往往因时而异,缘境而迁,显得闪烁而繁复。即使是批评家一些深思熟虑的心得,也带有个人的鲜明色彩。以此为基础形成的古代接受文学理论,其核心是争取释义、审美、评价的相对自由,希望不断缩小"定"的限域,不断扩大"不定"的边际,为读者个人化的解读和评判提供理论上的支持。这样的接受文学理论随着宋朝理学的发达而更加显示出勃兴气象。

第一节　作为阅读理论和方法的"兴"

现代学者对"赋比兴"的研究,很长阶段内将它们解释为"作诗的法则"①,后来出现变化,较多地转向认为"赋比兴"的本义是"用诗的方法",经由汉儒的重新解释,才转变为诗歌的"表现方法"②。"表现方法"和"作诗的法则"是一个意思,都是关于诗人如何写诗的问题,而"用诗的方法"所涉则是诗歌作品出现以后人们如何运用、实践,使其发挥效用的问题。"赋比兴"在被总结成为一种诗歌创作理论之前先被作为"用诗的

---

① 胡念贻《诗经中的赋比兴》,收入作者《中国古典文学论丛》,古典文学出版社 1957 年。持这样说法的文章极其多,胡念贻的文章对此论述得比较充分和深入,有其代表性。

② 见鲁洪生《从赋、比、兴产生的时代背景看其本义》,《中国社会科学》1993 年第 3 期。

方法”应用于社会生活中,这是可信的,因为在汉儒之前,文献出现的“赋比兴”记载所涉及的几乎都是关于用诗的而不是写诗的事。“用诗的方法”所指的范围虽然比较广泛,但总是和诗歌的接受者联系在一起,因为用诗者首先是诗歌的接受者,这就决定了它讲的是诗歌接受者一方的事情。因此作为“用诗方法”的“赋比兴”很自然会包含接受、阅读、理解的理论和方法,其中“兴”所容涵的阅读理论蕴义又最为丰富,即使在它成为诗歌创作理论以后,其概念中原有的阅读理论含义也并没有消失,还常常成为古人开展接受文学批评的一个术语①。因此从阅读理论和方法的角度对“兴”展开研究是有必要的②。

一、作为读法的“兴”

孔子论《诗》与读者之“兴”的问题多有直接或间接地关涉,对人们确立如何读《诗》的态度影响至大至远,可以说,作为阅读理论的“兴”正是导源于孔子的《诗》论。

《论语·泰伯》:

> 兴于《诗》,立于礼,成于乐。③

何晏《集解》引包咸注曰:“兴,起也。言修身当先学《诗》也。”然而,同样是将“兴”解释为“起”,朱熹却不同意将“兴于《诗》”简单解释为“先

---

① 按:“赋比兴”中的“赋比”在早期用法中也与读者接受有关。“登高能赋”、“赋诗言志”二句中的“赋”字,是指诵诗,用《诗》者首先是读者,他们借所诵的诗句表达见解,流露情怀,而诵者之志往往不是与诗歌原意简单重合,诵诗者的理解及灵活的应用态度使二者产生差异。如《左传·襄公八年》:“晋范宣子来聘,且拜公之辱,告将用师于郑。公享之,宣子赋《摽有梅》。”杜预注:“《摽有梅》,《诗·召南》。摽,落也。梅盛极则落,诗人以兴女色盛则有衰,众士求之宜及其时。宣子欲鲁及时共讨郑,取其汲汲相赴。”该诗原意为“梅盛极则落”所以“求之宜及其时”,范宣子一变而用以暗示“汲汲相赴”于对他国征战,扩大了它的应用范围。先秦用《诗》者还往往借诗歌作品的内容比拟实际生活中的现象,这样使用“比”类似于“赋诗言志”,类比者往往会从实际所处情况出发去理解和应用诗句,而使诗句的意义偏离本文本义,有所丰富。

② 近年来人们对作为阅读理论和方法的“兴”逐渐产生兴趣,论述中略有涉及,这是可喜的变化。如萧华荣《中国诗学思想史》(华东师范大学出版社 1996 年)、李健《比兴思维研究》(安徽教育出版社 2003 年)等。

③ 本章所引《论语》,据程树德《论语集释》(中华书局 1990 年)。已注明引文篇目的,不再另注页码。

学《诗》”，而是将“兴”理解为读者开始感发和兴起善性，将“兴于《诗》”理解为由阅读《诗》而产生归善的效果。他在《论语集注》中指出，孔子的这句话“非是初学有许多次第，乃是到后来方能如此；不是说用工夫次第，乃是得效次第如此”。又说：“‘兴于《诗》’，是初感发这些善端起来。”①对于“兴于《诗》”一语从偏重于阅读理解的角度作了解释。孔子注重学《诗》，《论语》屡载他对后辈、学生这方面的教诲。《子路》曰：“诵《诗》三百，授之以政，不达，使于四方，不能专对，虽多亦奚以为？”强调学《诗》贵用，这是对求仕的成年人说的。说明在孔子眼里，《诗》应该是一个人长期相伴的必读书，读《诗》不仅是童蒙的需要，也是成年人的需要。所以将“兴于《诗》”仅仅理解为“先学《诗》”是不够全面的，它应该兼有如朱熹说的通过读《诗》以“感发”人性善良、引起思悟的含义。这说明“兴”字包含了《诗》的阅读观和接受观。

《论语·阳货》：

> 小子何莫学夫《诗》？《诗》可以兴，可以观，可以群，可以怨。迩之事父，远之事君，多识于鸟兽草木之名。

朱熹说：“学《诗》之法，此章尽之。”②“《诗》可以兴”即“可以用《诗》起兴”，“观群怨”诸句以此类推。朱熹解释“兴”的意思是“感发志意”。张栻也说：“兴，谓兴己之善。”③“兴”侧重于因阅读而产生感发和体悟，引起对善的思考和归怀，这自然会催生对作品意义的相关联想，寻求与作品言意之表相遇会，因而与理解发生紧密联系。“观群怨”则是从读者的角度，对经过理解的《诗》从不同方面去发挥作用，收到效用。刘宗周认为，以上诸项中以“兴”为最基本、最重要，因而是第一义的。他说：“《诗》教主于兴，故学《诗》为小子第一义，‘可兴’又学《诗》第一义。而观者，因吾兴之机而实证之也。可群可怨、事父事君，皆反观之地，无非得之于兴

① 《诗传遗说》卷一。
② 《论语集注》，《四书章句集注》，第178页。
③ 张栻《南轩先生论语解》卷九，清道光二十五年绵邑洗墨池刻本。

者。多识于鸟兽草木之名,则穷物理之当然,而得吾心之皆备,又安往而非兴起之馀事哉?”①说明读《诗》须臾都不能离开“兴”,不能离开作品对读者的唤起作用,实即肯定读《诗》须臾都不能离开读者对作品积极的理解活动,因此带有理解、生发含义的“兴起”是“兴观群怨”学说的核心。这一理解是新颖的,颇有启发性。

孔子与学生子贡、子夏关于《诗》的理解有过两次著名的讨论,对认识上述具有阅读理论的“兴”的特点和作用方式很有帮助。《论语·学而》:

> 子贡曰:贫而无谄,富而无骄,何如?子曰:可也,未若贫而乐(道),富而好礼者也。子贡曰:《诗》云“如切如磋,如琢如磨”,其斯之谓与?子曰:赐也始可与言《诗》已矣,告诸往而知来者。

《论语·八佾》:

> 子夏问曰:“巧笑倩兮,美目盼兮,素以为绚兮。”何谓也?子曰:绘事后素。曰:礼后乎?子曰:起予者商也,始可与言《诗》已矣。

“如切如磋”二句出自《卫风·淇奥》,本意为治理角牙玉石,使更见精巧。《八佾》所引前二句见《卫风·硕人》,后一句已散佚②。三句形容女子笑貌美丽悦人,而她四溢的光彩实出于天赋本色。若这样解释诗句,只是以诗论诗,不脱字面意思。子贡、子夏不同,他们对诗句的理解与其原意之间出现了跳跃,一因与孔子论学而顿悟诗句可以鞭策人们在道德上精益求精,一因与孔子论诗而联想到求究学问应当先忠信而后礼③,二

---

① 刘宗周《论语学案》卷九,影印文渊阁《四库全书》第207册,第682—683页。

② 《硕人》“素以为绚兮”句,陈善《扪虱新话》以为是孔子删的。史绳祖说:“余曰不然。删诗为三百篇,恐不删句。又况夫子以‘绘事后素’而答子夏,又曰‘起予者商也,始可与言《诗》’,而美子夏‘礼后乎’之说,似不应删此句。盖《诗》经秦火之后,逸此一句,而毛、韩诸家不暇证据《鲁论》而增入耳。”史氏之说合理。

③ 如朱熹《四书章句集注》对此说明:“礼必以忠信为质,犹绘事必以粉素为先。”(第63页)

人解诗不泥字面，触类旁通，以得言外之意为收获。这受到孔子赞许，认为用这样的态度读《诗》解《诗》用《诗》，“始可与言《诗》”。其实《八佾》所载的讨论，孔子“绘事后素”之说也已经逸出了以诗说诗的范围，诚如宋人张根所云：“子曰‘绘事后素’，固已出于诗人之意外矣；子夏又云‘礼后乎’，又出于仲尼之意外，故曰：‘起予者商也，始可与言《诗》已矣。’”①说明子夏是在孔子越度诗的本意基础上再作出进一步发挥。以上孔子、子贡、子夏读《诗》所运用的正是“兴”的方法，孔子所赞许的也正是这种方法。有人将子贡、子夏这种读《诗》的方法和态度与孟子“以意逆志”联系起来。如王应麟说：“诵《诗》三百，不能专对，不足以一献，皆诵言而忘味者也。自赐、商之后，言《诗》莫若孟子……‘以意逆志’一言而尽说《诗》之要，学《诗》必自孟子始。”②焦竑说：“当时学《诗》者，惟子贡、子夏为圣人所深取。二子之言《诗》，以世儒观之，如收经而引其足也，不知《书》《礼》意尽于言，而《诗》不尽于言，二子于其虚圆微妙不可控抟者，而以意逆之，明乎非世儒所可几矣。”③肯定以“兴起”的态度读《诗》，其实就是用“以意逆志”的方法读《诗》，皆是以得诗歌言外之“味”相高尚。将子贡、子夏体现阅读理论之“兴”的读《诗》实践与“以意逆志”相比照而指出二者的共同点，这是很有见地的。

后人对孔子与子贡、子夏论《诗》的事例津津乐道，以为这是孔子儒家用《诗》说《诗》乃至阐说一切经典的典范，而将其看作重要的阅读理论和传统。如张根说：“盖六经俱然，不独《诗》也，而《易》象尤重此。”④何良俊说：“一则许以‘起予’，一则许以‘告往知来’，乃知孔门之用《诗》盖如此。”⑤严虞惇：“不离《诗》，亦不执《诗》，人心至灵，物情善变，情由事感，理以境迁，风雅寄乎其区，比兴触乎其类，引而伸之，天下之道毕出于此矣。”⑥宋明清学者对此一致地推崇，正反映了人们对作为阅读理论和

① 张根《吴园周易解》卷七，清乾隆四十二年武英殿聚珍本。
② 王应麟《困学纪闻》卷三，第 73 页，辽宁教育出版社 1998 年。
③ 焦竑《诗名物疏序》，《澹园集》卷十四，第 127 页，中华书局 1999 年。按：《四库全书》此篇名为《六家诗名物疏序》。
④ 《吴园周易解》卷七。
⑤ 何良俊《四友斋丛说》卷一，第 5 页，上海古籍出版社 1983 年。
⑥ 严虞惇《读诗质疑》卷首四，影印文渊阁《四库全书》第 87 册，第 75 页。

方法的"兴"的传统的高度重视。

汉朝学者尊奉儒家五经,传疏章句之学大盛,五经的蕴义在被广泛解释过程中得到丰富,也发生变异。就《诗经》"赋比兴"而言,汉儒所作诠释的一个显著变化就是使它们逐渐突出了诗歌写作或表现方法一面的性质,如郑玄注《周礼》"六诗"时说:"赋之言铺,直铺陈今之政教善恶。比,见今之失,不敢斥言,取比类以言之。兴,见今之美,嫌于媚谀,取善事以喻劝之。"他又引郑众的话:"比者,比方于物也。兴者,托事于物。"①从诗歌作法的角度解释赋比兴,这是汉儒对中国诗歌理论作出的重要贡献。然而汉儒解释"兴"(或"比兴"连称)又并非只是将它视为作诗的方法,而是同时也将它当作解释《诗》的方法,这依然与孔子、子贡、子夏论《诗》的精神相赓续。萧华荣曾指出:"其实在汉代,比兴不仅是创作中婉转曲折的传达方式,也是解诗中婉转曲折的解释方式。"②所以汉儒说的"比兴"与后来不少诗论家如刘勰、锺嵘说的"比兴"二者含义宽狭不同,主次重点也有区别。可以这么说,经学家说的"比兴"兼有说诗和作诗两层意思,而又以说诗的意思为主,因为他们首先是教诲人们如何解读《诗经》,了解比兴所引起或代表的含义,其次才是指导人们如何作诗;而诗论家在说"比兴"时虽然也考虑到了读者理解的因素,但是,他们更直接关注的是诗人如何运用"比兴"的手法写作诗歌。《诗经》学家与诗论家对"比兴"这种理解上的局部差异在后来长期存在。

"毛传"将《诗经》116篇作品标明为"兴","赋比"之作不标,对此古人用"赋直而兴微,比显而兴隐"作为解释③,这大致可从。可见汉儒解释《诗经》独标"兴"体是为了它含义隐微的缘故。诗的这种隐微不同于文辞艰深难懂、本事潜晦不彰,而是读者对着明明白白的文字却难以使它们与诗意发生联系,不知诗人所云,无法完整把握作品全部的旨义。因为作品在启引的句子与承载"真旨"的句子之间存在着一片模糊而空旷的地带,含义"隐微"的"兴"诗犹如不定式,有待读者升腾自己的思绪将诗意

---

① 孙诒让《周礼正义》,第2219—2220页,中华书局2015年。
② 萧华荣《中国诗学思想史》,第41页,华东师范大学出版社1996年。
③ 王应麟《困学纪闻》卷三引鹤林吴氏论《诗》语,第55页。

具体化，使诗歌“兴”的蕴涵得到明白地落实，而读者各人落实的蕴涵可能又是不相同的，因为“兴”义的指向并不确定，导致读者最终落实的蕴涵因人而异。毛传郑笺在以“兴”为作法的同时，又将它实际处理成为一种理解和解释的行为，虽以为是作品的原义，实际是诠释者自己的一种理解。如《郑风·山有扶苏》“山有扶苏，隰有荷华”，毛传：“兴也。”郑笺：“兴者，扶胥之木（引者按：矮小的树木）生于山，喻忽置不正之人于上位也。荷华生于隰（引者按：低湿的地方），喻忽置有美德者于下位。此言其用臣颠倒失其所也。”①类似这种借“兴”以推衍诗义的例子在《毛诗》里比比皆是。下面再以《关雎》为例，看看解释者是如何通过阐说“兴”句的含义对全诗旨意层层作出衍演的。毛氏于“关关雎鸠，在河之洲”句后写道：

> 兴也。关关，和声也。雎鸠，王雎也，鸟挚而有别。水中可居者曰洲。后妃说乐君子之德，无不和谐，又不淫其色，慎固幽深，若关雎之有别焉，然后可以风化天下。夫妇有别则父子亲，父子亲则君臣敬，君臣敬则朝廷正，朝廷正则王化成。②

这段著名的解释文字分三层传递出以下的意思：“水中可居者曰洲”前为第一层，解释引物句，其中“和”、“别”是两个关键词，包含全诗男女和谐、两性有别的寓意；“后妃说乐君子之德”至“然后可以风化天下”为第二层，落实雎鸠与后妃的意义关系，明确诗旨；最后四句为第三层，进一步推广诗旨的作用。在这样的说明中，“兴”既是作法也是读法，创作上的“兴”体手法为读者以“兴”解诗提供了高度的方便和自由。写《关雎》的诗人是否依此思绪来进行创作无从证实，将它作为毛氏对诗旨的理解则完全可以成立。毛氏在解释中逐步推衍诗旨、扩大作用的过程，正是读者读诗而不断兴起、反复联想的过程，其结果是使作品的含义不断膨胀，直到符合解释者对这首作品的主观需要。

---

① 《毛诗正义》卷四，第 300 页。
② 《毛诗正义》卷一，第 22 页。

宋人解说《诗经》尽管与汉儒有诸多不同,然而宋人对“兴”具有阅读理解之义的认识与汉儒却又非常相似,这可以从一个侧面说明,汉、宋学者自由说《诗》的态度并没有两样,差别在于双方所得出的结论并不一致。理解自由才可能导致结论多样,这正符合自由阐说的原理。宋人杨时论《关雎》,从如何解读的角度谈了下面看法:

(罗)仲素问:《诗》如何看? 曰:《诗》极难卒说,大抵须要人体会,不在推寻文义。在心为志,发言为诗;情动于中,而形于言;言者,情之所发也。今观是诗之言,则必先观是诗之情如何,不知其情,则虽精穷文义,谓之不知诗可也。子夏问:“‘巧笑倩兮,美目盼兮’,何谓也?”子曰:“绘事后素。”曰:“礼后乎?”孔子以为可与言《诗》。如此全要体会。何谓体会? 且如《关雎》之诗,诗人以兴后妃之德盖如此也,须当想象雎鸠为何物,知雎鸠为挚而有别之禽,则又想象关关为何声,知关关之声为和而适,则又想象在河之洲是何所在,知河之洲为幽闲远人之地,则知如是之禽,其鸣声如是,而又居幽闲远人之地,则后妃之德可以意晓矣。是之谓体会。惟体会得,故看诗有味,至于有味,则诗之用在我矣。①

他认为读诗要在“体会”,不在于“推寻文义”,实际上是指读者应当发挥“想象”,逐步推阐,去努力求获作品“文义”之外的“情”,而不是只在作品的文句作纠缠,钻牛角尖。若读诗放弃想象,一味就文求义,于诗外之“情”无所获得,这其实是“不知诗”。他肯定“诗之用在我”,强调读者“想象”因素介入阅读的重要性。杨时对《关雎》意旨的解释与汉儒的理解没有差别,他以为这样解诗符合孔子“可与言《诗》”的精神。于是“诗人以兴后妃之德”的问题,实际上转化成了读者“体会”“诗人以兴后妃之德”的问题,写作方法的“兴”也就变成了阅读理解的“兴”。这可以帮助认识汉朝《诗经》学家既视“兴”为作法又视“兴”为读法的笺

① 《龟山先生语录》卷三,上海商务印书馆影印《续古逸丛书》本,1928年。

疏学特点。

在《诗经》学家中，朱熹将“兴”这一概念中的阅读和理解的质性作了突出的强调。他说：

> 读《诗》便长人一格。如今人读《诗》何缘会长一格？《诗》之兴处最不紧要，然兴起人处，正在兴会得诗人之兴，便有一格长。①
>
> 《诗》可以兴，须是反复熟读，使书与心相乳入，自然有感发处。②
>
> 古人说《诗》可以兴，须是读了有兴起处，方是读诗，若不能兴起，便不是读书。③
>
> 看《诗》不要死杀看了，看了见得无所不包。今人看《诗》，无兴底意思。④
>
> 问：诗虽是吟咏，使人自有兴起，固不专在文辞，然亦须是篇篇句句理会着实，见得古人所以作此诗之意，方始于吟咏上有得。曰：固是。若不得其真实，吟咏个甚么？然古人已多不晓其意，如《左传》所载歌诗，多是本意元不相关。⑤

朱熹认为，“兴”有诗人之“兴”与读者之“兴”的区别。诗歌“兴处最不紧要”，是说诗人借物起“兴”，原来不过概略地表达出并不复杂的意义。然而接受者因阅读诗歌作品而“兴起”，“兴会得诗人之兴”，却可以“有一格长”。这意思是说，读者运用“兴”的方法阅读和理解作品，能够在诗人之“兴”的基础上联想到更加丰富的内容，获得更多的意义。说明读者之“兴”虽因诗人之“兴”的激发而产生，以求索诗人之“兴”的大意为归宿，其运用思绪的结果却又比诗人之“兴”来得具体、丰富，也更加展开，二者并不是简单重合，这就是“读《诗》便长人一格”的理由。读《诗》

① 《诗传遗说》卷一。
② 《诗传遗说》卷一。
③ 《诗传遗说》卷一。
④ 《诗传遗说》卷一。
⑤ 《诗传遗说》卷三。

而由读者将作品意义不断充盈,不断扩大,这就是兴,兴的意思是使读者之心与作品之意水乳相融。他强调"读诗"从本质上说,就是读者因诗而"兴起",在诗歌可能的意义世界翱翔畅游。在这种"兴起"的读法指导下,"古人""作此诗之意"自然应当受到尊重,然又不应过于拘囿,因为古人作诗真正的本义已多不可晓,而诗歌还要被一代一代的读者不断地阅读。何况诗人作诗"兴体不一"①,许多的意义本来就是不确定的,因此读者阅读所得与诗歌本来的意义之间并非是中边叠合的关系,而是有错综,有衍延,一部分可能相合,另一部分可能不相合,不合部分即是读者在阅读过程中产生的对作品意义新的生发。所以读者用"兴起"的态度读诗,总会伴随对作品意义的创造,结出新的果实。这正如明人徐儆弦所说:"《诗》言皆稽实待虚之言,苟读者有所感发,随所玩习,皆可有得,不必读《陟岵》而后可言事亲,读《四牡》而后可言事君也。如王子击好《晨风》而慈父感悟,裴安祖讲《鹿鸣》而兄弟同食,《晨风》《鹿鸣》亦岂父子兄弟之诗耶?李和伯于《衡门》悟处世,于《甫田》识进学,可为学诗之法。读者随触而能自得,思过半矣。"②诗人赋予的诗义是"虚",读者自得的诗义才是"实",读者这种"随触而能自得"的读《诗》方法,正是对"兴"阅读理论和方法的概括。

二、"兴"与悟、读书出入法

读者读诗起兴,触类旁通,广泛联想,使诗意获得丰富,这与诗人感兴于物,缀词成诗的创作过程十分相似。"兴"一词而兼有创作和阅读二义,正反映了诗歌创作与阅读、理解之间存在这种相通的关系。大率诗人触境感物而后兴辞,借辞以发兴;读者阅诗感触而后兴意,借诗以发兴。着眼于诗人之"起",则"兴"为创作的理论;着眼于读者之"起",则属于阅读理论之"兴"。阅读理论的"兴"正包含了对意义创造的肯定,这恰与诗人用"兴"写诗、赋予意义的创造性行为相近似。

主张以"兴"读诗的人,反对拘滞于作品文句,胶柱鼓瑟,面对作品不

① 《诗传遗说》卷三。
② 引自张次仲《待轩诗记》卷首,影印文渊阁《四库全书》第82册,第30页。

敢越雷池一步。如程颢读《诗经》不拘拘于章句，而主张吟哦玩味，他教人读《诗》的方法是，略点出一首作品中的关键词，让读者自己通过对这些关键语句反复揣摩，去领会诗篇的含义。据宋理学家谢良佐记述："明道先生善言诗，未尝章解句释，但优游玩味，吟哦上下，使人有得处。""明道尝谈诗，并不曾下一字训诂，只转却一两字点掇地念过，便教人省悟。"①这种方法已经具备了后来用诗歌圈点的方法启益读者思悟的基本特征。宋代不少学者反对字字句句训诂以求诗义，而主张在阅读中脱略形迹，涵泳求义，重视感发"起兴"的阅读方式，这与程颢的阅读指导大致相同。比如朱熹论读《诗》"不要死杀看"，"须是反复熟读，使书与心相乳入"，很显然也是从程颢不拘章句、"优游玩味"的阅读经验而来。明人胡应麟谈到读诗不是读字，说："以《尔雅》《释名》读《北山》《云汉》，则谬以千里矣。"因为字书只能帮助理解作品的具体词义，而了解了一首诗一个个的词义并不等于就掌握了这篇作品的蕴义，更何况诗人为了"托物寓言"，有时并不太在意词的狭窄意思，而往往会对文字作出特殊的艺术处理，有意地"误用"某些词句以提高表达的效果和效率，文学（尤其是诗歌）中普遍存在"若误用"其实"未尝误"的语言现象，读者倘若不了解诗歌的这种特性，就很可能读对了字却解错了诗，因此拘泥词义"穿凿附会"在诗歌解释中是应当克服的②。胡应麟讲的正是读诗需要想象、需要起"兴"的道理。

这种着眼于读者方面的"兴"与后世诗学理论的"悟"比较接近。杨慎说："《三百篇》皆约情合性而归之道德也，然未尝有道德字也，未尝有道德性情句也。二《南》者，修身齐家其旨也，然其言琴瑟、钟鼓、荇菜、芣苢、夭桃、秾李、雀角、鼠牙，何尝有修身齐家字耶？皆意在言外，使人自悟。"③许学夷也肯定读诗宜用参禅的方法进行个人的体悟，反对经生读《国风》搜剔字义，字字能解却不得一字要领。这其实就是指读而不悟的

① 引自吕祖谦《吕氏家塾读诗记》卷一，明嘉靖十年刻本。

② 胡应麟《诗薮》卷一，第5页，上海古籍出版社1979年。《北山》《云汉》分别是《诗经》《小雅》和《大雅》的篇名。

③ 杨慎《升庵诗话》卷十一，《历代诗话续编》，第868页。

低下一路①。“悟”也略有作者之“悟”与读者之“悟”的区分。着眼于读者方面的“悟”是指因阅读而引起联想,这种联想往往以突然感悟而获得对物理事情的觉醒形式出现,多带有直觉思维的倾向。接受和阅读的“兴”及“悟”在基本的获得感知及想象性衍生等方面很相似,区别在于二者的想象所指向的路径、归宿其侧重并不完全一样:“兴”所激起的往往是有关道义和伦理性的内容,多属于人性的善恶,事理的是非,品性的优劣等,多关乎诗歌“义理”;“悟”广泛言之,虽然也可以包括上述这些内容,然而在实际的诗歌批评中往往主要是指对诗歌源流、体格、意境、兴趣、风致、气调、作法等的感通和整体把握。前者更多属于作品思想道德价值方面的含义,后者并及于作品的艺术领域,且以此为重点。现代接受和阅读理论往往以作品的意义及其价值为关注的焦点,因此同样作为接受和阅读的理论,“兴”与现代理论之间的关系显得比“悟”更加纯粹。

“兴”的阅读和理解理论也与古人总结的读书出入法相仿佛。陈善《扪虱新话》:“读书须知出入法。始当求所以入,终当求所以出。见得亲切,此是入书法;用得透脱,此是出书法。盖不能入得书,则不知古人用心处;不能出得书,则又死在言下。惟知出知入,乃尽读书之法也。”②因阅读诗歌而兴起丰富的思绪,正是循着由入而出的读书路径,达到对作品不即不离、亦即亦离的化境。《四库全书》之宋袁燮《絜斋毛诗经筵讲义》提要云:“其中议论切实,和平通达,颇得风人本旨。且宋自南渡以后,国势孱弱,君若臣皆懦怯偷安,无肯志存远略,而燮独以振兴恢复之事望其君,经幄敷陈,再三致意。如论《式微》篇,则极称太王、勾践转弱为强,而贬黎侯无奋发之心;论《扬之水》篇,则谓平王柔弱为可怜;论《黍离》篇,则直以汴京宗庙宫阙为言,皆深有合于纳约自牖之义。昔人讥胡安国《春秋

① 许学夷《诗源辨体》卷一:“严沧浪云:‘论诗如论禅。禅道惟在妙悟,诗道亦在妙悟。’此本谓学诗者当悟。然自《三百篇》至唐,读者尤宜悟也。”又曰:“赵凡夫(引者按:赵宧光,明万历时吴中人,著有《说文长笺》)云:‘读《诗》者字字能解,犹然一字未解也,或未必尽解,已能了然矣。’此语妙绝,亦足论禅。今之为经生者,于《国风》搜剔字义,贯串章旨,正所谓字字能解、一字未解也。”第4、6页,人民文学出版社1978年。

② 陈善《扪虱新话》第一集,明抄本。

传》意主复雠，割经义以从己说。而燮则因经旨所有而推阐之，其发挥尤为平正。”①肯定袁燮联系现实，对《诗经》推阐发挥，这即是谓读《诗》入而能出，触境兴感。四库馆臣反对胡安国“割经义以从己说”，肯定袁燮“因经旨所有而推阐之”；否定前者之不入，肯定后者入出适当。这反映了清朝学者支持适度地以“兴”读诗乃至读一切经典的基本立场。与宋人普遍的自由阅读“兴”观相比，清人对以“兴”读书法度的掌握虽然趋于严格，然而仍然没有否定读者可以在接受环节根据当下情境发意起兴，对作品旨意作适当地推阐。

总之，“兴”作为一种阅读的理论和方法对古人如何读《诗》长期起着指导作用，并且影响着人们对其他典籍的阅读和思考习惯，非议者有之，趋之若鹜者更众，一部《诗》释义的历史生生不穷，尤其当它在汉朝被定为“经”以后其意义孳繁的速度加快，这与古人所持的这种阅读“起兴”观有很大关系，可以说正是“兴”极大地增加了《诗》的意义的繁殖能力。古人之所以普遍地用“兴”法读《诗》，一个重要前提是将《诗》当作一部意义甚大而且丰富、表达多变隐约而不拘一端，因而可供读者从多种角度反复揣摩咀嚼的经典。意义方面不用多言，表达方面如明人袁黄曰：“《诗》之为道，正言若反，寓言十九。咏一物之微而指陈甚大，赋目前之美而寓意甚远。美言若怼，怨言若慕，诲言若愬，讽言若誉。同一慨叹之词，而美刺各异；同一嘉乐之语，而欢恨迥殊。”②“五四”以后，现代读者眼中的《诗经》性质发生丕变，人们普遍视《国风》为民间情歌，意义诠释与传统的解释大异其趣。这或许比传统的解释更加接近《国风》原来的面貌，然而现代人的这种理解将几千年对《诗经》的诠释几乎全部抛弃，不仅遗弃了前人对《诗经》作品具体的意义诠释，而且基本放弃了将《诗经》当作一部蕴藏丰富的意义“母体”来看待，也就是说，不再将《诗经》当作是一部可供读者“起兴”的具有丰富的政治、道德、伦理含义的文本，而只是一部单纯质朴的民歌情谣而已，不仅所解释的具体含义变了，而且对待这部书的态

① 袁燮《絜斋毛诗经筵讲义》一书，文渊阁《四库全书》之提要与浙本《四库全书总目》之此书提要，文字颇有差异。以上引文据文渊阁《四库全书》。

② 引自张次仲《待轩诗记》卷首。

度也发生了根本转变。在现代读者眼里,它已经不是一部原来意义上的《诗经》,而只是一部远古时代优秀的诗集。读《诗》者不再抱有通过作品而激发丰富的政治和道德联想的奢望,这使它在长期的阐释史上形成的经典意义丧失殆尽,于是“兴”在现代《诗经》读者眼里也不再具有阅读、理解的理论和方法的意义,只剩下诗歌写作手法的一层意思了。这虽是返朴归淳,华落回实,然而从解释学的角度看,一部说不尽的《诗经》变为意义简单纯粹的诗集,因此围绕《诗经》的话题大为减少,这是否也有值得为之惋惜的理由呢?

第二节　从赋诗言志到诗无达诂、知音说

世上有了文学作品,也就有了理解和解释文学作品的需要。所以,如何写与如何阅读并理解的问题几乎同时出现,相依相存,前者构成创作论,后者构成“知言”论。在如何读、如何知、如何理解作品的问题上,先秦、两汉文献中一些见解对后世文学批评产生深远影响,其中最重要的莫过于孟子“以意逆志”、“知人论世”和见于董仲舒记载的“《诗》无达诂”之说,这些主张启发了后来注重客观和注重主观两大文学批评根本倾向的形成。孟子的主张已在第一章作了分析,这里分别讨论“赋诗言志”、“《诗》无达诂”、“知音”诸说,其中“《诗》无达诂”说、“知音”说的文学理论意义尤为突出。

一、赋诗言志,“余取所求”

“不学《诗》,无以言”(《论语·季氏》),孔子把《诗》当作是最普及的文科教材。作为精神和文化教养的标志,《诗》经常被雅士们引用,是他们相互交往时的重要谈资。《诗》在被广泛引用过程中,因引用者理解角度和交谈目的不同,含义也发生着变化。“赋诗言志”(广义可以包括引诗言志)集中反映了这一现象。

据《左传》《国语》记载,春秋时期君主及列国大夫聘享,有时伴以赋诗言志的活动,互相通诚宣意,借观诗以知志,既行使礼仪,也作为娱乐,

被视为君主大夫交往的美事。古人赋诗分“造篇”和“诵古”①,前者指作诗以抒志,如许穆夫人赋《载驰》,后者指吟咏他人诗章言自己之志,相当于以物喻己,借他人酒杯浇自己垒块。我们这里说的“赋诗言志”是指第二种情况。具体来说它又存在以下区别:一是咏诗者之志与诗歌原意基本相合,二是咏诗者之志与诗歌原意不合,而需要引诗者、听诗者通过双方都掌握的其他信息,结合具体情境,并借助类比联想使新生的诗意在各自心灵贯通无碍,以完成互相之间的交流。诵诗者之意不合诗歌原意的显著例子,如晋郤至到楚国,同样引用《周南・兔罝》两段“赳赳武夫”诗句以告子反,而以前章为美,后章为刺,一诗二章,解释迥异,可见引诗者的态度相当随意。

《左传・襄公二十七年》记载子展、伯有、子西、子产、子大叔、二子石(印段、公孙段)等七人赋诗言志和赵孟、文子听诗观志的活动,被人们津津乐道,因为人们如此集中地在一起赋诗言志,而听诗者又一一加以评点,为人们了解春秋时期这种风气提供了模本。子展等七人所赋诗歌出自《召南》(《草虫》)、《鄘风》(《鹑之贲贲》)、《郑风》(《野有蔓草》)、《唐风》(《蟋蟀》)、《小雅》(《黍苗》《隰桑》《桑扈》)。据杜预注,各人赋诗之意与诗歌的原意都相符合。然而如此一概而论值得怀疑。以子展所赋《草虫》为例,诗人以昆虫起兴,抒发思慕者见到自己心仪的“君子”后,心情由忧转喜,因满足而渐归平静的过程,所谓“未见君子,忧心忡忡。亦既见止,亦既觏止,我心则降”。《毛诗》认为这是一首表现大夫妻子伦理观念的诗歌,这种说法虽有强化道德之嫌,但指出它是男女情诗还是比较符合实际的。而赵孟、文子认为子展赋此诗,是表现“民之主”、“在上不忘降”的“志”,且将赵孟比作诗中的“君子”,这与情诗就相差很远了,只能是赋诗者、观诗者因自己感兴而生发的新义。所以,他们赋诗、观诗时无疑存在着随意性。

允许赋诗言志与诗歌原意可以不相吻合,只注重能够在赋诗者重新生成的诗意基础上完成双方的心灵交流,这反映了春秋时期士人对《诗》

---

① 郑玄答赵商语,见《毛诗正义・常棣》引,第568页。

的一种重要见解,“赋诗断章,余取所求焉”(《春秋左传·襄公二十八年》)。而据上引《左传·襄公二十七年》,“余取所求”其实不必囿于“断章”的形式,即使取其全篇也全然无妨,子展等人赋诗言志就多为吟咏《诗》的全篇(仅子西所赋是《黍苗》的第四章)。杜预说:“古者礼会,因古《诗》以见意,故言赋诗断章也。其全称诗篇者,多取首章之义。”①即认为赋诗言志也可以是“全称诗篇”。这更加证明随意性取义是春秋时期赋诗言志的普遍现象。正是在这一观念支配之下,《诗》的意义在读者环节发生变异,不断地新生和丰富,从而使它不断扩大应用功能,对人们的生活乃至对社会而言,显得越来越重要。

像这样的赋诗言志不是直接开展文学批评,与审美活动基本无涉,然而其中又包含了近似文学批评读者作用的因素。赋诗言志活动中诗歌原意与赋诗者、观诗者理解意之间的差殊现象(《左传》所载赋诗者和观诗者理解的诗意很容易一致),后来在中国文学批评史上长期受到关注。如叶适说:“赋诗言志,春秋时事也。断章取义,经师之教则然。孔、孟亦不免,而其义精矣。其他诸儒,虽子思不合者亦多,当细考。”②他认为“赋诗言志”、“断章取义”所得之义,一类与作品本义“不合”,一类反而可以使原作之义更“精”,当细加区别,取舍之态度自然也因此而不同。顾璘《复许函谷通政》说:“今诸书散见孔、孟所引《诗》《书》之言,亦多断章取义,不拘拘于章句。盖义理乃其精微,文辞特糟粕耳。”③指出越过文辞而求义理之精微,是良善的“断章取义”方法的特点和长处,值得肯定。锺惺进一步提出,“孔子及其弟子之所引《诗》,列国盟会聘享之所赋《诗》,与韩氏之所传《诗》者”,与诗歌本事本义不合,这恰好证明《诗》是“活物”。又说:“夫《诗》,取断章者也。断之于彼,而无损于此;此无所予,而彼取之。”④从读者接受角度分析赋诗言志社交活动的意义所在,以此总结出

① 见《春秋左传正义·僖公二十三年》注,阮元校刻《十三经注疏》,第1816页。按:关于赋诗言志取全篇的问题,参见彭玉平《“群”与孔子〈诗〉学之关系》(《中山大学学报》2012年第3期)有关的说明。

② 叶适《习学记言序目》卷十一,第151页,中华书局1977年。

③ 顾璘《息园存稿》文卷八,嘉靖十七年序刻本。

④ 锺惺《诗论》,《隐秀轩集》卷二十三,第391页,上海古籍出版社1992年。

应当重视读者因素的文学批评主张。

二、《诗》无达诂，从变从义

赋诗言志风气附着于春秋时期君主及列国大夫聘享活动而存在，至战国以后衰歇，渐渐为《诗》的释义之学所替代，至汉武帝"独尊儒术"，《诗》与其他儒家经典并受举世极高尊崇而达到新顶点。随着情况变化，战国末期至汉武帝时代逐渐形成了"《诗》无达诂"的说法。就对《诗》的释义态度而言，"《诗》无达诂"说既是对"赋诗言志"说的承继，也是对它的超越。

据流传下来的文献，"《诗》无达诂"最早见于董仲舒《春秋繁露·精华》：

> 所闻《诗》无达诂，《易》无达占，《春秋》无达辞，从变从义，而一以奉（尊奉）人。①

《春秋繁露·竹林》又说："《春秋》无通辞，从变而移。"可以与《精华》篇"《春秋》无达辞"相参观，"达"与"通"意思同。

首先，董仲舒坦言此说由他"所闻"而得，说明"《诗》无达诂"并非董仲舒原创。"所闻"意谓祖父时代流传下来的说法②，董仲舒用这个词相当于指战国末、秦统一以前。我们从《荀子·大略篇》读到："善为《诗》者不说，善为《易》者不占，善为《礼》者不相，其心同也。"杨倞注："皆言与理冥会者，至于无言说者也。相，谓为人赞相也。"③荀子是说，精通《诗》《易》《礼》的人，由表及里领略到了精义，所以不会轻易谈说这些典籍的含义，不会随便给人司仪。荀子说的"善为"与不用"达"的方式进行解说

---

① 苏舆《春秋繁露义证》，第95页，中华书局1996年。本章所引《春秋繁露》均据此本，已注明篇目的，不再另注页码。

② 《春秋公羊传注疏·隐公元年》："所见异辞，所闻异辞，所传闻异辞。"何休注："所见者，谓昭、定、哀，己与父时事也。所闻者，谓文、宣、成、襄，王父时事也。所传闻者，谓隐、桓、庄、闵、僖，高祖、曾祖时事也。"（阮元校刻《十三经注疏》，第2200页）董仲舒《春秋繁露·楚庄王》"所闻"的用法来自《春秋公羊传》。

③ 《荀子集解·大略篇》，第507页。

相通,若以"达"的方式解说《诗》等正表明其对这些典籍不精通,所以荀子的话与董仲舒所闻之语的意思有相近之处。此外,两段话还存在以下几点相同之处:(一)所举经典书目基本相同,(二)书目的排列序次相同,(三)所用动词"诂、占"与"说、占"相同。综合这些情况,加上董仲舒与荀子相隔约一百三十年,与《春秋公羊传》"所闻"一词表示的时间概念相吻合来看,董仲舒引用前人"《诗》无达诂"等语很可能就是从荀子的话变化而来,起码说明这种说法大约在荀子时代就出现了。后来引用者往往将它们当作董仲舒本人说的话,并将它当成是汉武帝时代新出现的诗学观念,这显然是不妥当的。

其次,我们应当结合《春秋繁露·精华》具体的语境来理解"《诗》无达诂"的意思。董仲舒在文中先记述:"难晋事者曰:《春秋》之法,未逾年之君称子,盖人心之正也。至里克杀奚齐,避此正辞而称君之子,何也?"他正是为回答这个问题,引用了"所闻"语,而真正落实的一句是"《春秋》无达辞",其他两句是陪衬。这段话涉及晋国一段痛史:晋献公因宠爱骊姬,迫使长子申生自杀,希望立幼子(骊姬所产)。献公死后,大夫荀息遵守其遗愿,立奚齐,被大夫里克所弑;立卓子,又被里克所弑。奚齐、卓子都是骊姬的儿子。奚齐继位仅两月,依照《春秋》记载的体例,继位不到一年称"子",而《春秋》僖公九年的记载却不称他"子",而称他"君之子"(君王儿子)。董仲舒认为,奚齐被弑的原因非常特殊,在正常情况下他不该继位,所以若按照正例书写就会遮蔽历史真相。又《春秋》是鲁国史,鲁国与晋国同姓,皆姓姬,鲁国史家用变例记载这件事,以表示对同姓遭遇祸变的深切之痛。用"君之子"称奚齐,一方面对他本人被卷进残酷的权力斗争漩涡的悲剧下场表示同情,另一方面也表示要殷鉴这段血腥的历史。通过对这一例子的解释,董仲舒强调应当深明《春秋》记事正例和变例,读者阅读作品当"从变从义",根据具体情况理解其微言大义。这样就为《春秋》记载的合理性找到了理论根据,解决了读者的疑惑。董仲舒《春秋繁露·精华》还记载,有人说《春秋》某些说法"若相悖然"(意谓自相矛盾),他对此解释说:"《春秋》固有常义,又有应变。""得其处则皆是也,失其处则皆非也。""处"是指文本所述具体情况,"得其处"就是根据文本所述具体情况解释意思。他强调读《春秋》必须审"处",即根据上下文具体语境确定意思,反对脱离具体语境而奢谈一般含义。所谓《春秋》自相矛盾,他认为是读者读书不能审"处"造成的,不是《春秋》本身的问题。可见,审"处"是董仲舒重要的读书原则。这与他上面分析《春秋》载晋国史事是一样道理。"《诗》无达诂,《易》无达占,《春秋》无达辞"三句话并列出现,说明董仲舒认为阅读、理解《诗》《易》《春秋》的道理相一致。

不难看出,董仲舒"《诗》无达诂"实际上是要求用审"处"的态度读《诗经》,对作品得出正确解释。它具体是指,理解《诗经》的字义要注意它们的多义性和可变性,不应拘泥于一义,固执一端,以为一种解释处处皆通,而要根据上下文语境"从变从义",从具体情况出发作具体分析、具体解释,这样方能准确地把握作品旨义,避免误读。

然而以此保证阅读、理解的客观性其依据是脆弱的,因为"从变从义"既关乎文本,也关乎读者,读者主观不同,仍无法使阅读结果一致,也就谈不上客观性。比如对《春秋》"君之子"的理解,董仲舒认为《公羊传》所表达的意思是:"嘻嘻,(奚齐)为大国君之子,富贵足矣,何以兄之位为欲居之,以至此乎云尔。"(《春秋繁露·精华》)而《左传》杜预注却以为,它是说"献公未葬,奚齐未成君,故称君之子"①。董仲舒强调"君之子"一词有微言大义,杜预则以为这不过是客观记述,差异明显。究竟哪一种解读符合《春秋》本意,很难确定。事实上,董仲舒以今文家的态度解释儒家典籍,带有浓重的主观色彩,并非是客观地寻求作品旨义。"《诗》无达诂"、"从变从义"正是他借尊重文本、强调客观阅读之名实现他主观阐述经典的一种理论形式,它要求读者具备更高的独立辨析能力,从而也必然增加理解过程中的个人主观性,而在董仲舒看来,这种主观性的增加恰好是为把握作品的客观性提供了一种更大的可能。殊不知这常常事与愿违。以上的观点,成了汉今文经学派以己意判断儒家经典的理论依据。

① 《春秋左传正义·僖公九年》,阮元校刻《十三经注疏》,第1800页。

赋诗言志者明白地说“余取所求”,董仲舒持“《诗》无达诂”说则以客观阅读掩饰其主观解释,两者的实质没有差别,而后者显然更具有理论色彩,前者主要适合于用《诗》,后者则适合于对《诗》释义,它以充分敞开的姿态向后世显示出自己的理论活力。后人接受“《诗》无达诂”说并在两方面促使它变化:其一,提法本身变为“诗无达诂”,将原先专指阅读理解《诗经》变而指所有诗歌,也可以泛指文学或非文学的其他读本,超出其原来的经学意义,真正成了一种文学理论。其二,不再用客观性阅读作掩护,而是直接明了地肯定读者阅读作品所得、欣赏和理解、评价意见难以取得一致,在很大程度上承认阐释自由。如赵怀玉《校刻韩诗外传序》说:“夫为诗首忌固哉,告往贵知来者。三百之陈,初无达诂,一隅之举,可以例馀,徒案迹而议性情,是犹闭睫而欲观天地之大也。班《书》言婴推诗人之意,作内外传数万言,后人顾訾其(引者按:指《韩诗外传》)不合诗人意何哉?”[①]经过后人更新过的“诗无达诂”与“以意逆志”一起,成为后世接受文学批评重视读者因素的著名论点。

三、文情难鉴与知音说

知音通常指通晓音律,《诗》因其合乐可供演唱,故知《诗》同样可称为知音,后来即使阅读无音乐相伴的纯文字型作品也可以用知音来形容,表示读者对作者、作品获得深刻理解,并作出准确评价。“知音”一词作为譬喻,经常被用来描述阅读与获得作品意义、读者与理解作者之间一种理想化的关系,从而成为阅读理论和文学批评的一部分。

公元前555年,晋国师旷听鸟乌快乐的声音而知齐师逃遁,又歌南风北风而知楚师无功。公元前544年,吴王儿子季札出使鲁国,观看乐舞,表演的内容包括《诗》风、雅、颂的一部分作品,以及舞蹈《象箾》《南籥》《大武》《韶濩》《大夏》《韶箾》等。季札对观看的作品各有评论,如评《周南》《召南》:“美哉,始基之矣。犹未也,然勤而不怨矣。”评《颂》:“至矣哉,直而不倨,曲而不屈,迩而不偪,远而不携,迁而不淫,复而不厌,哀而

---

① 王昶《湖海文传》卷二十三,第221页,上海古籍出版社2013年影印本。

不愁，乐而不荒，用而不匮，广而不宣，施而不费，取而不贪，处而不底，行而不流，五声和，八风平，节有度，守有序，盛德之所同也。”①由于《诗》合音乐、文字为一，一般认为季札所评包括作品的音乐、舞蹈、诗歌的风格以及政教寓意。以上师旷和季札对音、音乐的神奇解读，辨音达义的例子，极为古人所叹服，如刘勰《文心雕龙·乐府》说：“志感丝篁，气变金石，是以师旷觇风于盛衰，季札鉴微于兴废，精之至也。”②尤其是季札评《诗》，长期被认为观赏深刻、评论贴切，季札也因此被视为作品杰出的知音。虽然宋朝以后开始有人提出不同看法，以为这可能是《左传》作者后来追记史事加以美化的结果，并对季札的某些评论表示怀疑③，不过肯定季札是以上作品的知音仍然较为普遍。

伯牙、钟子期演绎的知音故事在古代盛传不衰，也说明人们在精神上对知音有强烈的需求。据《列子·汤问》记载：伯牙善于鼓琴，钟子期善于听琴。伯牙鼓琴，无论志在高山，抑或志在流水，钟子期都能够“穷其趣”。伯牙引钟子期为知音，说钟子期对琴声的“想象犹吾心”，称赞他的理解与自己鼓琴的本意暗合无异。所以知音是接受者与作者之间达到高度的精神相契。这则故事在韩婴《韩诗外传》又加进新的情节：“钟子期死，伯牙擗琴绝弦，终身不复鼓琴，以为世无足与鼓琴也。”说明知音对于鼓琴者来说不可或缺，知音一旦丧失就意味两者和谐关系的中断，成为作者永难弥补的遗憾。韩婴更推而广之：“非独鼓琴如此，贤者亦有之。苟非其时，则贤者将奚由得遂其功哉？”④从而使“知音”的能指范围大为扩展。《庄子·徐无鬼》中运斤成风的石匠，因没有了郢人，再也无法施展斫垩而不伤鼻的绝技，发出“臣之质死久矣”的哀叹。庄子本人也因诤友惠子去世，深深感到“吾无与言之”的痛苦。他们这种强烈的失落感和孤独感，都是源自知音缺丧而引起的悲哀。

---

① 见《春秋左传正义》襄公十八年、襄公二十九年，阮元校刻《十三经注疏》，第1965、1966、2006—2008页。

② 范文澜《文心雕龙注》，第101页，人民文学出版社1978年。

③ 这两种对立的意见可以从朱熹与弟子下列对话中看出：“问：‘季札观乐，如何知得如此之审？’曰：‘此是左氏妆点出来，亦自难信。如闻齐乐，而曰“国未可量”，然一再传而为田氏，乌在其为未可量也？此处皆是难信处。’”（《朱子语类》卷八十三）

④ 许维遹《韩诗外传集释》卷九，第311页，中华书局1980年。

《淮南鸿烈·修务训》指出:"知音"不在慕名,重在求实。"邯郸师有出新曲者,托之李奇(赵国精通音乐者),诸人皆争学之,后知其非也,而皆弃其曲,此未始知音者也。"世上类似这类徒慕虚名现象比比皆是,通人则相反,"鼓琴者期于鸣廉修营(形容音乐端庄清和。高诱注:鸣声有廉隅。修营,音清凉,声和调),而不期于滥胁、号钟(两种古琴名);诵《诗》《书》者期于通道略物,而不期于《洪范》《商颂》"①。这是有关知音的名实之别。此书作者认为,读者要成为作者的知音,就必须中有所主,才能够辨别和接受,若"中无主以受之",就会"无所归心",无法作出别择,一片茫然,不可能成为作者和作品的知音。这好比"李子之相似者,唯其母能知之;玉石之相类者,唯良工能识之;书传之微者,唯圣人能论之"。《修务训》还说:

(作者)晓然意有所通于物,故作书以喻意,以为知者也。诚得清明之士,执玄鉴(高诱注:玄,水也。鉴,镜也。皆以自见)于心,照物明白,不为古今易意,摅书明指以示之,虽阖棺亦不恨矣。

昔晋平公令官为钟,钟成而示师旷,师旷曰:"钟音不调。"平公曰:"寡人以示工,工皆以为调,而以为不调,何也?"师旷曰:"使后世无知音者则已,若有知音者,必知钟之不调。"故师旷之欲善调钟也,以为后之有知音者也。②

第一段话描绘了一幅理想的作者、读者"知音图":作者"作书以喻意",等待读者解读;读者"照物明白",复现出作者写作的真意。读者的解读和评价完全从文本出发,"不为古今易意"。第二段话以师旷一反众见、准确判断"钟音不调"的例子,说明真正的知音不仅能够鉴别优点,也能够洞察缺点;不仅能够说出其是,也能够道出其非。从《淮南鸿烈》对知音的论述可知,知音不是使认识的对象和事实发生改变,而是使它们得到如实说明,事物有其本然的是非,得其实者为知音,失其实者为盲听盲

---

① 以上引文分别见刘文典《淮南鸿烈集解》,第655、657页,中华书局2013年。
② 《淮南鸿烈集解》,第657—658页。

从，世有知音则是非明，世无知音则是非淆，知音是可以验证的，其有效性可以超越时间。为了做到这一点，知音者不止应当是有关学说、技能的专家，而且还应当具有实事求是精神，能够说真话，不媚附权贵，不随波逐流，除了揭示事物的真相实际，没有其他私念和目的。在《淮南鸿烈》作者看来，知音是一种认识论，认识者与认识对象一致才是知音，如果认识发生改变，由一致变成不一致，那必然是认识者出了问题，产生了错误，所谓“非其说异也，所以听者易”①。《淮南鸿烈》作者的看法反映了古人对“知音”的基本认识。

这种认识论的“知音说”对文学批评的影响在于增强阅读、分析、鉴赏、评价的客观性，减少主观性和随意性，使文学批评建立确然的追求，就是与作者意图、作品本旨保持一致。这也是持该说者区别文学批评高低优劣的一项重要指标。“知音说”与孟子“知人论世”说本质上相同，与原来意义上的“以意逆志”、“《诗》无达诂”说也是相通的。到刘勰《文心雕龙》的《知音》篇，“知音说”成为一种有系统的读者批评论。刘勰指出，文学批评中存在贵古贱今、崇己抑人、信伪迷真的心理，导致“文情难鉴”。又作品种类杂多，风格各异，而读者欣赏趣味各有偏嗜，难归一致，不免产生“各执一隅之解”的状况。种种原因决定知音相当困难。他提出，克服困难的关键在于读者、批评家要扩大自己视野，丰富趣味，同时要确立“无私于轻重，不偏于憎爱”的批评态度，只有将“博观”以求知识和客观公允的批评态度相结合，全面、完整的文学批评（所谓“圆照之象”）才能够完成，“平理若衡，照辞如镜”理想的文学批评状态才可以期待。在具体开展文学批评步骤上，刘勰提出从位体（通篇体制）、置辞（语言色泽）、通变（承前启新）、奇正（以奇辅正）、事义（运用典故）、宫商（语言音声）等六个方面逐一加以检验、评判，作品优劣自然能被发现，这就是所谓文学批评的“六观”说。刘勰这些观点丰富了前人的“知音”论，而依其主张的实质来看主要仍然是属于认识论文学批评的范畴。这些在中国文学批评史上长期发挥着重要作用。

---

① 《淮南鸿烈集解》，第654页。

后来,文学批评中的"知音"论一般倾向于肯定,相遇知音是理想,知音难遇是常态,知音不仅表现为认知,也表现为价值的重新发现,排除众议,孳甲新见,这进一步加深了对"知音"的作用和意义的认识。刘知幾《史通·鉴识》说:

> 夫人识有通塞,神有晦明,毁誉以之不同,爱憎由其各异。盖三王之受谤也,值鲁连而获申;五霸之擅名也,逢孔宣而见诋。斯则物有恒准,而鉴无定识,欲求铨核得中,其唯千载一遇乎?……《老经》撰于周日,《庄子》成于楚年,遭文、景而始传,值嵇、阮而方贵。若斯流者,可胜纪哉?故曰废兴时也,穷达命也。适使时无识宝,世缺知音,若《论衡》之未遇伯喈,《太玄》之不逢平子,逝将烟烬火灭,泥沉雨绝,安有殁而不朽,扬名于后世者乎?①

人们眼光悬殊,作出的毁誉互相违迕,这决定作品在流传过程中必然会经历起伏的命运。佳作的价值或许不会长久沉埋,刘知幾将这种美好的希望寄托在"知音"所具有的质疑功能和发现功能上。有些作品受到冷落,或相反得到慧眼欣赏,是出于人们鉴赏力高低,属于"圈内"的问题,这种鉴赏能力部分可以通过训练得到提高,如刘勰《文心雕龙·知音》所总结的"六观"。有些则主要是根源于基本的思想和艺术观念的分歧、对立,是属于"圈外"的问题,譬如刘知幾在举例中谈到的老庄著作等显晦浮沉,再譬如通俗小说、戏曲之被接受,《金瓶梅》之被肯定,显然只有在跳出原来圈子,改变原有眼光之后,才可能出现迥然不同的结果。这种"知音"是对流行的叛逆,唯其如此,才有惊世骇俗的发现。

宋人吴子良说:

> 柳子厚云:"夫文为之难,知之愈难耳。"是知文之难甚于为文之难也。盖世有能为文者,其识见犹倚于一偏,况不能为文者乎?昌黎

---

① 浦起龙《史通通释》,第204—206页,上海古籍出版社1978年。

《毛颖传》，杨诲之犹大笑以为怪，诲之盖与柳子厚交游，号稍有才者也。东坡谓南丰编《太白集》，如《赠怀素草书歌并笑矣乎》等篇非太白诗，而滥与集中。东莱编《文鉴》，晦庵未以为然。以诸有识者，所见尚不同如此，则俗人之论易为纷纷，宜无足怪也。故韩文公则为时人笑且排，下笔称意，则人必怪之。欧公作《尹师鲁墓铭》，则或以为疵缪。欧公初取东坡，则群嘲聚骂者动满千百。而东坡亦言：张文潜、秦少游，士之超轶绝尘者，士骇所未闻，不能无异同，故纷纷之论亦尝及吾与二子，吾策之审矣。士如良金美玉，市有定价，岂可以爱憎口舌贵贱之欤？作《太息》一篇，使秦少章藏于家，三年然后出之，盖三年后当论定也。往时水心先生汲引后进，如饥渴然，自周南仲死，文字之传未有所属，晚得篔窗陈寿老，即倾倒付嘱之。时士论犹未厌，水心举《太息》一篇为证，且谓"他日之论终当定于今日"。今才十数年，世上文字日益衰落，而篔窗卓然为学者所宗，则论定固无疑。然水心之文，世犹深知之者少，则于篔窗之文宜亦未必尽知之也，更一二百年后以俟作者，然后论益定耳。①

他用一些著名的例子说明，文学批评中评价差异是普遍现象，即使在很懂文学的人之间，评价意见也是纷纷纭纭，莫衷一是，不因为他们是内行而消弭认识殊别，都成为同一个作者、同一篇作品的知音，更何况是一般的读者。这说明他对文学批评中的自由释义、自由评价是理解的。然而他又好像是出于无奈，理解显得有点勉强，因为他衷心期待的是好作家好作品被读者一致认可，没有分歧，他憧憬总有一天这会实现。这代表了相当一部分人的看法。

其实，作者、作品之奥很难认识，作者多不自言其所以然以告于后人，依靠读者、批评家摸索和体悟，以寻求作者之真意图、作品之真旨趣，其困难可想而知。而且这种文学批评难以实现不仅反映在求索的困难上，而且还表现在它带有部分虚幻的色彩。开展文学批评不可避免地会伴随出

① 吴子良《荆溪林下偶谈》卷二"知文难"条，王水照《历代文话》第1册，第550页，复旦大学出版社2007年。

现批评者对批评对象的主观浸润。也就是说,文学批评不仅是属于认识论范畴的活动,更是属于解释学范畴的活动,离不开读者的自由联想和自由释义。因此,以追求与作者意图、作品旨趣相一致为目标的“知音说”尽管有相当道理,却不足以涵盖文学批评的全部,知音总是相对的,难遇知音才是绝对的,寻找知音是一个没有终点的过程。

第三节　归有光:随其所自为说与合本

归有光以“正变”论为核心的释义观旨在肯定尊重母文本,同时鼓励读者适度阐释自由,企图在读者自为其说和寻求作品之“本”方面发现平衡点。这在他对《史记》的圈点批评中得到了体现。

为归有光文学批评带来盛誉的是他评点的《史记》一书,它直接启发了方苞对《史记》的再评点,同时又沾溉方苞古文“义法”论的形成,是桐城派古文理论的重要来源之一。归有光评点《史记》主要通过圈点符号提示、激发读者想象力,创造性地达到对原作气脉法度、意蕴寄托的掌握。这种圈点批评将对原作的领会与读者赋予作品想象性的意义合而为一,是归有光带有某种自由倾向的释义观在文学批评中的反映。

一、释义“正变”论

归有光集中对释义现象作思考的文章有:《易图论上》《易图论下》《易图论后》《送何氏二子序》《送王子敬之任建宁序》等。《易图论》三篇主要分析邵雍《易》学中的“象数”、“图书”学说与先秦《易》原典的关系,对后人将邵《易》几乎视同于《易》提出批评;《送何氏二子序》阐述“孔氏之书”与后人所作“传、注”的关系,认为当经与传发生龃龉的时候,应当“背传以从经”,不应当“屈经以从传”①;《送王子敬之任建宁序》论朱熹、王阳明等解释儒家经典的得失。综观这五篇文章,可以将归有光释义观的要点归纳为:

---

①　归有光《送何氏二子序》,《震川先生集》卷九,第195页,上海古籍出版社1981年。

（一）从阐释史的角度讲，文本之义由作者赋予、经过读者“重”（阐释累积）而不断扩大和丰富，而二者具有“正”“变”的区别。《易图论上》云：

> 吾尝论之，以为《易》不离乎象数，而象数之变至于不可穷，然而有正焉，有变焉。卦之所明白而较著者为正，旁推而衍之者为变。卦之所明白而较著者，此圣者之作也，执其无端，以冒乎天下（引者按：“冒”的意思是包融，此句来自《易·系辞上》“冒天下之道”）。旁推而衍之，是明者之述也，由其一方，以达于圣人。伏羲之作，止于八卦，因重之，如是而已矣。①

“正”相当于“作”，是初创时的本旨，它不拘一端，博大能容。“变”相当于“述”，是后人对原典蕴涵的旁推繁衍。“述”是在“作”基础上新衍生，属于“作”可能具有义的一部分，却又不是“作”的本义。所以，邵雍《易》学不等于《易》本义，二者价值不相等。如果对此混而不辨，就是视“曲”为“该”，以“局”为“全”，结果是“正”“变”淆杂，源流不清。可见在被阐释的母文本和因阐释而新产生的子文本构成的“正”“变”关系中，归有光明显地表现出崇尚“正”即崇尚母文本倾向。

（二）因阐释而生的衍义（“变”）有两种情况：有些与本义相合，有些与本义相悖。例如《送何氏二子序》既肯定儒者“传、注”之学释义贡献，又提出疑问：“然在千载之下，以一人一时之见，岂必其皆不诡于孔氏之旧，而无一言之悖者？”②所以对这些“传、注”，应当抛弃其与原旨相悖违的内容。这说明，原作本旨的意义繁衍并不是无限定的孳生行为，“述”者对“作”者文本有价值的意义展开应当围绕“作”者本旨的轴心，不能放逸荡流，恣纵无归。

（三）肯定有益的衍生性阐释是发明文本潜义和完成思想传承的重要环节。《易图论上》：“旁推而衍之，是明者之述也，由其一方，以达于圣

① 《震川先生集》卷一，第1页。
② 《震川先生集》卷九，第195页。

人。”(引文见前)《送何氏二子序》云:“儒者先后衍说,作为传、注,有功于遗经为甚大。”①他从总体上肯定邵雍《易》学、朱熹理学,《易图论上》云:“推而衍之者变也,此邵子之学也。”②朱熹“大义,固不谬于圣人矣”。对王阳明本人倡立心学,说“其中亦必独有所见”③。正是本于以上认识,着眼于他们的阐释与儒家原典本旨相合且有助于本旨发明的内容,所以不能笼统地说他反对宋明理学。

(四) 不主张阐释过于“精求”,即使这种阐释总体上是围绕“作”者本旨的轴心来展开的、属于有益性的意义衍生,也不必“测度摹拟,无所不至”。《易图论后》针对时人称赞邵雍、朱熹论《河图》《洛书》“纵横曲直,无不相值,可谓精矣”,说:“此愚所以恐其说之过于精也。夫事有出于圣人而在学者不必精求者,《河图》《洛书》是也。”他认为:“圣人见转蓬而造车,观鸟迹而制字,世之人求为车之说与夫书之义则有矣,而必转蓬、鸟迹之求,余未见其然也。”所以宋人对《河图》《洛书》“毫而析之,又何所当也”④。这反映归有光反对阐释中神秘主义和烦琐的倾向。

无疑,“正变”论是归有光释义观最基本的思想。文学批评史上的“正”与“变”常见于文体论和创作论,归有光将这一对概念移用来说明属于释义学的问题,从而为反映原典本旨与经过阐释而生的衍义二者的关系提供了比较清晰的表白话语。对于归有光“正变”论所体现的崇“正”即崇尚母文本的阐释观,并不能简单地将它理解为漠视读者(阐释者)而孤立地以母文本为中心,若然,就无所谓对释义史上“正”“变”关系中“变”(述、意义衍生)的肯定了,甚至也不会有这种“正”“变”关系本身的存在。接受史研究固然是以对读者的倚重为研究特点,但是文本的重要性并不因此而降低,接受史正是在文本和读者两个重心之间不断反复地转换运动来保持其延续的。欲突破读者已经形成的认识,后来的读者必

① 《震川先生集》卷九,第195页。
② 《震川先生集》卷一,第2页。
③ 以上引文见《送王子敬之任建宁序》,《震川先生集》卷十,第223页。
④ 以上引文见《震川先生集》卷一,第4—6页。

须重新回到文本中去,重新阅读,重新感受,重新发现,主动与业已存在的读者认识形成差异。阐释发展正是通过读者向文本回归、生成意义,又回归、生成新的意义这样的反复运动来实现的。文本和读者,相当于向心力和离心力,它们随旋转运动而出现,也与旋转运动相始终。若脱离母文本而想作出新的释义贡献,这几乎是不可能的。从这个意义上说,阐释史只承认"儿子",不承认"孙子",不同时期出现的阐释环节是并列关系,它们构成的是平台,不是阶梯。比如以研究先秦某学派的著作而言,明人如同汉、唐、宋学者一样,都是直接面对其著作的文本,研究者这种平等的身份并不因为时代先后而有所改变。因此,母文本对于考虑接受史问题的学者来说,同样具有重要的意义。我们只有结合归有光肯定释义史上的"变"来考察他对"正"的倚重,才有可能全面认识他崇尚母文本的真实意图,才能准确把握他释义"正变论"所兼含的肯定一定的诠释自由的学术倾向。确实,归有光谈母文本的重要性并没有离开接受史的眼光。他给予宋理学和明心学一定的肯定评价,同时又对它们提出批评(对王阳明后学不满尤甚),这是将它们视作儒家学说阐述的"正变"过程中"变"的产物,承认其为自然的阐释现象。而他论母文本重要,正是希望通过向母文本回归能在阐释方面实现对宋明理学的超越,建立儒家经典新的释义环。归有光本人虽然没有完成这一任务,但是他在《送王子敬之任建宁序》中强调坚持"博学、审问、慎思、明辨、笃行"的学理信仰,已经预示了明清学风演变的方向,在明清之际得到相当回应,从而使他在儒学接受史上占有一席地位。

二、读者自为说与偶然和偏见

阅读释义应是对作品之"本"(潜义)不断发现,释义者不应该重复已有结论,而应当道人所未道。归有光对此有一个形象化比喻:"见之者不问,有之者不言。""饥者言食而饱者不言,寒者言衣而暖者不言。"①"言"应为不存在或缺少的东西而发,所以无论"作"者、"述"者,都应该以追求

① 《言解》,《震川先生集》卷四,第96页。

创新为自己立言的目标。立言能否创新与是不是有一个宽松能容的学术环境关系密切。他对汉朝的学风比较羡慕,认为那时“太常之所总领,凡四十博士。而《古文尚书》《毛诗》《穀梁》《左氏春秋》虽不立学官,犹推高第为讲郎,给事近署”,朝廷在学术政策上能够“网罗遗轶,博存众家”。以后学术径途逐渐狭窄,无论“碎章句为义疏”,还是引经义入科举,都不再有“汉人宏博之规”,释义方面过于体现大一统特征,不遵循流俗的个人化思维受到扼制。他希望扭转这种学术状况,为此真诚地发出“予之待于后者无穷”的呼声,企盼学风变革①。诚然,归有光对汉朝学术宽容的描述带有理想色彩,而这正流露出了他本人对学术的憧憬。

归有光经常是从肯定原典含义无限丰富、能够被后人不断挖掘发挥来肯定文本阐释的演进历史,他说文本含义丰富,难以穷尽,部分折射出来的正是依靠读者激活作品意义生命力的认识,表面看似文本决定论,其实兼容了参与挖掘发挥文本潜在含义的阐释者的主观创造性。我国古代具有某种自由释义倾向的学者,往往都是通过这样的表述方式反映对这个问题的认识。在归有光的释义理论中,对读者“自为说”和立“异”予以相当关注和积极提倡。他说:

> 随其所自为说而亦无不合,岂必皆圣人之为之乎?②
>
> 人人尽自以为《易》,而要之皆可以《易》言也。③

归有光很重视立说之“异”,他在一封信里谈到:“庚戌秋,山妻欲学《毛诗》,从问大义,为书《文王之什》。……义多与前人异者。奉去,乞一看。稍暇,当续此业也。”④这种为释《诗》提出不同于前人见解而自喜自诩的心情,清楚告诉人们他著书向往什么境界。归有光表示,学问方面“循常守故,陷于孤陋”、废“异”、“定为一是”,是难以容忍的,“士之欲待

① 以上所引出自《经序录序(代)》,《震川先生集》卷二,第32—34页。
② 《易图论后》,《震川先生集》卷一,第5页。
③ 《易图论上》,《震川先生集》卷一,第1页。
④ 《与王子敬四首》之四,《震川先生集·别集》卷七,第872—873页。

于无穷者”,应该“不拘牵于一世之说”,大胆标新立异①。

异说不是臆说,所以归有光又反复强调释义合本。他说:“当乎所接之物,是言之道也。”②“当”的意思是相符合,要求释义尽量契近被解释对象。就阐释史来说,“当”于物、合乎本,实际上是指在释义的“正变”关系中,“变”不断地向“正”回归,不断地接受“正”的检验,通过不断回归来调整释义的“变率”,将“变”控制在“正”可能容纳其意义演展的方向和轨道上,从而使本义和释义即“正变”的矛盾运动达到和谐。也就是说,阐释者的“变”推动解释史归“正”求新,而它自己从根本上说又无法脱离“正”庞大的潜义“磁场”,否则,“变”本身必将在返归“正”的释义循环中遭淘汰。

结合以上两方面,可以将归有光释义观概括为:读者拥有“随其所自为说”的阐释权利,而阐释应当追求与“本”相符合,前者指释义自由,后者是对释义自由的一定约束。考虑到归有光所说的“本”,不是孤立的、终极的“彼”,而是近似于能够融进读者创造性发现的一种待定本,因此,读者的阐释自由虽然受到一定约束,他们实际拥有的自由释义的空间其实还是比较宽阔的。

对作品的评价虽然不同于对作品释义,但是也面临着一个评者“自为说”与合本的问题。在这方面,值得注意的是归有光对评价的偶然性以及滥用评者权利问题的意见。

偶然性在作品评价中显然起着不容忽视的作用。《东隅说》是归有光关于偶然性问题的一篇专论。文章说:大海东隅、南隅、西隅、北隅、中隅这些称谓的确定,带有很大的偶然性,因为它们是以人们偶然所处的位置为确定呼称的前提:“子适于其东而号曰东隅,庸讵知三海之际,不有与我相角者?从三海之际而观之,而号曰东隅;去三海之际而观之,庸讵知我为东隅者?故东隅者,适然者也。”③归有光此文显然想通过比喻性文字,将他对偶然性的认识普泛化。他也将这种对“适然”的认识运用于解

① 《经序录序(代)》,《震川先生集》卷二,第33—34页。
② 《言解》,《震川先生集》卷四,第96页。
③ 《震川先生集》卷三,第81页。

释文章的评价活动。《王梅芳时义序》谈到一个很有意思的例子：

> 梅芳初发解山东，为第一人。及试南宫，即此文也，乃数诎有司，至是方举进士。梅芳之文则一而已矣，而其命运之穷达早晚所谓定数者信然。夫人之所遇，非可前知，特以其至此若有定然，而谓之数云尔。曰数则有可推，夫其不可知则适然而已。①

说的虽是一个人的仕途命运，而他的仕途命运却是因为所作的相类似的时文被赏识与遭黜落引起的，所以归有光以上论“适然”的情况，也是指存在于作品评价中的偶然性问题。文章说明，作品评价活动中出现的偶然现象，归根结底反映的是读者(铨选者是特殊的读者)的差异性，是读者主观差异性决定了对作品评价结论的偶然性和不确定性。因为读者主观总是千差万别，林林总总，所以他们对作品的评价意见总是难归一致。也就是说，因偶然性导致的以上现象，恰恰又反映了事物的必然性。《东隅说》云：“适然，则几乎道矣。”②反过来说，若对偶然性认识不足，说明一个人离道还很远。这有助于理解作品评价过程中差殊、易变的复杂现象。

发生在评价文人创作中的另一类褒贬抑扬情况不能用偶然性来作解释，而是反映了文坛的霸气。归有光《项思尧文集序》云：

> 余谓文章，天地之元气，得之者其气直与天地同流。虽彼其权足以荣辱毁誉其人，而不能以与于吾文章之事，而为文章者亦不能自制其荣辱毁誉之权于己，两者背戾而不一也久矣。故人知之过于吾所自知者，不能自得也；己知之过于人所知，其为自得也。方且追古人于数千载之上，太音之声，何期于《折杨》《皇华》之一笑。吾与思尧言自得之道如此。③

---

① 《震川先生集》卷二，第49—50页。
② 《震川先生集》卷三，第81页。
③ 《震川先生集》卷二，第21—22页。

这是归有光晚年因不满后七子倚仗声势，排斥不同趣尚的文学派别和个人创作而发出的反抗之声。从接受批评学的角度讲，它指出批评家若沾染狭隘的集团私欲，就不能冷静、公允地对待自己所评论的对象，滥用批评话语权，抹杀异己者文学创作的成就和价值，这必然会扭曲批评，给文学带来危害。在归有光看来，文学批评中像这样的“评”“价”不相值现象，显然与批评家一般意义上的求“异”之心无关，与偶然性也无多少关系，而是文坛霸气、个人势利之心和极端偏见的表现。如同主张阐释史排除与本义相悖的衍生内容一样，对上述存在于评价作品中的横蛮习气，归有光也极力主张予以抵制。他约三十岁时写过一篇《会文序》，说：“时之论文，率以遇不遇加铢两焉。每得一篇，先问其名，乃徐而读之，咕咕然曰：‘有司信不诬耶。’其得固然耶？其失者诚有以取之耶？虽辩者不能诘也。”《会文》一书的编刻者却不同，入选的时文作者中，“有中第者，有为显官者，有为诸生者，有甚不肖如予者（引者按：归有光自谓），而不为区别名字”①，以便读者不抱先入之见，“平心”阅读，形成自然印象，自由地对文章高低优劣作出个人判断。归有光为此称好，表明他在这个问题上始终保持如一的态度。

三、圈点启发读者感悟作品

归有光是著名的评点派批评家。他自谓“性独好《史记》”②，认为自班固以后，人们对《史记》“已不能尽知之”③，他自己则“以为独有所悟”④，颇以此自鸣得意。他圈点《史记》用功精勤，号称专门。归朝煕说：“先太仆笃嗜《史记》，手批本不下数十种，卷首多书例意，好古者照临一本，珍若拱璧。”⑤与一般评点不同，归有光此书评语很少，今仅存后人所辑《评点〈史记〉例意》五十三条，不足一千四百字，虽然这未必就是归有光评批《史记》全部的文字内容，却颇能反映其评语稀疏的大致情况。此

---

① 《震川先生集》卷二，第52页。
② 《五岳山人前集序》，《震川先生集》卷二，第27页。
③ 《花史馆记》，《震川先生集》卷十五，第388页。
④ 《与陆太常书》，《震川先生集》卷七，第152页。
⑤ 《震川先生大全集》附录《评点〈史记〉例意》，宣统二年国学扶轮社石印本。

书之所以受到推崇,在古文家中产生深远影响,主要是因为其圈点的批评成就(归有光这篇《例意》也深受古文家重视,这是因为可以借助它去体会圈点的含义,归根结底还是重视圈点)。现在人们研究评点文学,往往只注意研究古人的“评”,而对古人运用“点”这种批评形式来反映意图、揭示意义绝少涉及,从而使古人并列的“评、点”变成了以“评”为主干词的偏义复词“评点”。所以,时贤研究评点作品的著述论及“评”家时下笔滔滔汩汩,而面对“点”家则不免显得笔墨瘦涩,乃至无法显出归有光评点《史记》的重要地位,与它在历史上所享盛名不相称。

相对于“评”而言,“点”是一种更空灵、意义更难确定、更需要阅读者主观介入和思悟配合的批评形式。它通过圈点符号的提示,只指出何处是作品精微所在,需要细心领会;何处是佳妙,何处是败笔,需要用心揣摩,却不具体说明精微的意义,也不对优劣本身作解释。它的作用在于提示,而不是告诉读者具体的答案,从而“逼迫”读者自己对作品的行文意义、表达效果作仔细体察和想象性地充实。所以,“点”的本质是启发感悟和思考,诱励读者主体性向文本积极浸润。它不同于一般的授受,而是期待读者自己去发掘,“点”的形式比诸“评”更有利于培养读者的悟性。归有光评点《史记》大量借助圈点符号而不是借助评语,这大概与他认同《庄子·秋水》“可以言论者,物之粗也;可以意致者,物之精也”这样的“言意观”有关,也与他接受孟子“以意逆志”含重视读者阅读能动性的认识有联系。前者无须多论,因为以“点”为批评形式本身就是与《庄子》上述思想分不开的。关于后者,可以参见张裕钊对归有光《史记》评点所作的以下分析:

> 夫古人之书,待说而明者十之三四而已,因说之而晦者,盖十五六焉。好学深思之士,颛取古人之书反复而熟读之,以意逆志,达于幽眇,其所得盖有远出寻常解说之上者矣。拘文牵义,骛华炫博,好为枝词碎说之徒,乌足以知此哉。①

---

① 张裕钊《归震川评点〈史记〉后叙》,《归震川评点史记》卷末附录,清光绪二年武昌张氏刻本。

张裕钊对古书因说而晦异常愤慨,因而属意于不说之说的圈点形式。他将归有光评点(主要是圈点)《史记》与“以意逆志”联系起来,肯定无言之“点”“有远出寻常解说之上者”,若不作太绝对的理解,对我们认识归氏评点的《史记》在晚明至近代备受推崇的原因是有帮助的。

章学诚对归氏评点《史记》不满,《文史通义·文理》指出它无非示人“若者为全篇结构,若者为逐段精彩,若者为意度波澜,若者为精神气魄,以例分类,便于拳服揣摩”,因此“其所以得力于《史记》者,乃颇怪其不类”①。这是将归有光评点的《史记》纯粹当作一部指导文章作法的书,从而给予贬低性的评价。其实,归氏评点《史记》不仅总结文章作法,也加意求究作者的大义用心。方孝岳说:“他的圈点很大方,用五色笔分别表示出来,大概是除了句子或内容精美之处,略略圈点之外,最好是能将司马迁的大义微言,意脉所在,表露给人看。这一点,是很不容易的。”②这一评断比较接近归氏评点《史记》的实际情况。

据归有光《评点〈史记〉例意》的说明,他评点《史记》分别用朱圈、黄圈、朱掷、黄掷、黑掷、青掷,共用四色,所谓五色评当是在后人整理的本子中才出现的。《评点〈史记〉例意》又对圈点着色和符号所代表的意思作了说明:

> 黄圈点者人难晓,朱圈点者人易晓。
>
> 朱圈点处总是意句与叙事好处,黄圈点处总是气脉。
>
> 亦有转折处用黄圈,而事乃联下去者。
>
> 黑掷是背理处,青掷是不好要紧处,朱掷是好要紧处,黄掷是一篇要紧处、事迹错综处。③

从归有光的说明可以看出,他运用黄色的圈、掷符号欲揭示的作品法

① 《章氏遗书》,吴兴刘氏嘉业堂刻本。
② 方孝岳《中国文学批评》,第171页,生活·读书·新知三联书店1982年。
③ 以上见《震川先生大全集》附录,宣统二年国学扶轮社石印本。

脉、意理，比诸其他颜色圈点符号的含义更加复杂、深幻、微妙，它们缩结作品的"气脉"，是"一篇要紧处"和"事迹错综处"，特别是关系着作品"难晓"（不是指文字艰深，而是指含义复杂）之处的黄圈，更具有重要的提示作用，需要读者深入阃奥，反复涵濡，并展开想象，对之苦求冥搜。所以，黄圈是全书圈点的精华①。归有光评点《史记》今流传有王拯辑本、张裕钊墨刻本。张刻本将原先黄笔改用三角符号表示。下面从张刻本标有三角符号的内容中选取与释义有关的三个例子，结合无名氏眉批②，略为解说，以见归有光运用圈点形式启发读者自为其说、发现和充实作品意义的批评特点。

例一：《封禅书》写齐威王、宣王、燕昭王使人入海求蓬莱、方丈、瀛洲三座神山之后，从"及至秦始皇并天下"至"始皇自以为至海上而恐不及矣"，又从"自五帝以至秦"至"令祠官所常奉天地名山大川鬼神可得而序也"，皆突出地叙述秦始皇热衷于长生求仙，归有光对此作了醒目的圈点提示。眉批解释归有光此处圈点意在指出司马迁"影射"之心："三神山一段，为后方士候神人作影。及至'秦始皇'句，尤为武帝影射。""借秦刺武帝。"可见此处圈点起到了提示读者从史家暗讽方面去体会作者笔墨的作用，不再将这段文字作一般的客观叙事草草看过。

例二：《吕太后本纪》自"孝惠为人仁弱，高祖以为不类我，常欲废太子，立戚姬子如意"，至"几代太子者数矣"，初看文章意思很明白，不费理解，似乎不会有什么特别的写作用意，然而归有光也给它们加上了醒目的圈点。眉批解释道："此段非止为嫡庶生怨起本，诸吕之王，必先剪灭刘氏，杀赵王乃灭刘之渐，故用此发端，以振起全篇。"这说明了本段文章"复义"的特点，表面上写"嫡庶生怨"，实际上暗寓后来吕刘争权，残酷相戕。文字虽然浅近明白，含义其实并不简单。

---

① 归有光《与王子敬》："子长大手笔，多于黄圈识之。"汪由敦《跋所录归太仆史记评本》："黄笔标举多得要处。""黄圈多得肯綮。"也可以证明，无论是归有光本人还是其他人，都最重视该书黄圈提示的意义。

② 我从上海图书馆借阅的张刻本归有光评点《史记》，有手抄集评和眉批，集评包括真德秀、刘辰翁、杨慎、锺惺、孙矿、张裕钊等二十馀人的评语，眉批作者尚不详。然据《三代世表》的一条眉批云："余初见曾文正公，公告以立言宜慎。"则眉批作者当是曾国藩的门生或属僚。

例三：《项羽本纪》："当是时，项羽兵四十万，在新丰鸿门，沛公兵十万，在霸上。"归有光给整句加上醒目的圈点，《评点〈史记〉例意》评此句的特点和妙处是"淡而景好"。司马迁写项、刘两军对峙，只用"四十万"、"十万"两个数字，便将二军力量悬殊的情势揭示无遗，由此带出下面鸿门宴大段的刻画，水到渠成。归有光对《史记》写到数字，常有提示，如同篇"项梁乃以八千人渡江而西"，加以圈点；又如《刺客列传》"其后百六十有七年而吴有专诸之事"，眉批引归有光评语："纪年者，见刺客之未可多得也。"这些评点显然起到了增加作品阅读信息量的作用。

归有光评点《史记》对作品的意义多有发明，由以上随手拈来的例子，已经可以看到其自得与合"本"相结合的阅读理论之一斑。读者若因归有光圈点对有关的描写作细深思考，对作品的认识和感受必然会比表面化阅读丰富和深刻。

第四节　李贽：是非之争不相一

李贽接受观的要义是：破除读者与文本之间完全顺向性的授受关系，鼓励培养读者对文本的拣择能力和自主的评判意识，拒绝"书奴"庸弱卑微的态度；在评价标准上，坚持"无定质"、"无定论"，否定先验的、唯一的、不变的判断尺度。这反映出李贽尊重个人、憧憬平等的思想基础和理性精神。然而，结合李贽总体思想而言，又不能将他上述接受观理解为与传统思想简单地决绝，而主要是属于解释学意义上一次新的变异。

李贽具体的文学批评远不及他"异端"思想给文坛带来的震动强烈，后者与晚明文学观念显著改变的进程相联系。就接受文学批评而言也是如此。李贽新颖的接受观和是非观，预示着文学接受和阐释朝着个人化、多样化的方向延展，因此，它的重要性主要不是表现在对历史上某些作品、某些文人具体的看法或评价发生了改变，而是在于它足以引起人们对接受和阐释本身的条件和性质作重新思考。换句话说，它触及的不是接受文学的末节，而是根本。

一、读者应是不失童心的“上士”

首先要谈的是,李贽对合格的接受者所作的思考和论述,这是他的接受观基本的构成。

他在《复宋太守》信里,认为接受者大致可以分成“上士”和“下士”两类,二者对儒家典籍的态度不同:

> 苟是上士,则当究明圣人上语,若甘为下士,只作世间完人,则不但孔圣以及上古经籍为当服膺不失,虽近世有识名士一言一句,皆有切于身心,皆不可以陈语目之也。①

“下士”对待典籍的态度是被动性地阅读和接受,他们与文本之间构成一种完全顺向性的授受关系,是文本作者倾销他们思想的对象,缺乏与文本展开积极对话的意识和能力。“上士”则不然。李贽在文章中谈到,他们喜欢或者说是习惯于抱着“讨论”、“订正”、“考验”的态度去对待所阅读的经籍,因此他们的阅读和接受过程也是一个主动选择、分拣、辨别和理解的过程。他们对文本有所汲取,也有所拒绝,又有所赋予。李贽自视是“心志颇大”的“上士”,“上士”也是他心目中理想的读者。他讽刺好为人师,是不满师生之间单向性的传道关系:“不知一为人师,便只有我教人,无人肯来教我矣。”②所以很羡慕“孔子求友之胜己者,欲以传道,所谓智过于师,方堪传授是也”③。这实际上是想变师生单向的传道关系为师生双向的交流和互相启迪,使授受双方同时具有两种身份。赋予教学中受听者一方如此的权利,与他肯定“上士”读者带着自己的思想介入经籍文本的强者阅读姿态,其实是一回事,都反映了他对思想传承过程中接受一方积极参与的态度和创造热情的高度重视。

具有创造性的理想的接受主体本身首先也面临如何妥善对待接受的

---

① 《焚书》卷一,第23页。
② 《答刘宪长》,《焚书》卷一,第25页。
③ 《与耿司寇告别》,《焚书》卷一,第28页。

问题,李贽在《童心说》中对此作出了阐述。以前人们多从创作主体论的角度去认识这篇文章的意义,其实,它也是对接受主体如何维护"童心"所作出的论析。创作者首先是一个接受者,只有首先在接受环节严格律守,拒绝"道理闻见"墨染,不失"童心",才有可能保证创作主体是"绝假纯真"的。李贽说:一个人来到世上就成为了一个接受者,"童心"就面临着严峻的考验和日渐丧失的危险:"盖方其始也,有闻见从耳目而入,而以为主于其内而童心失。其长也,有道理从闻见而入,而以为主于其内而童心失。其久也,道理闻见日以益多,则所知所觉日以益广,于是焉又知美名之可好也,而务欲以扬之而童心失,知不美之名之可丑也,而务欲以掩之而童心失。"他认为,在所有影响"童心"的各种因素中,"读书"所起的作用尤为重大。"夫道理闻见,皆自多读书识义理而来也。"既然如此,弃书不读岂不是上上策?清朝人确实是这样来认识李贽的,所以呵责他助长空疏不学。其实这种说法带有某种曲解的成分。《童心说》紧接着说:"古之圣人曷尝不读书哉?然纵不读书,童心固自在也,纵多读书,亦以护此童心而使之勿失焉耳,非若学者反以多读书识义理而反障之也。夫学者既以多读书识义理障其童心矣,圣人又何用多著书立言以障学人为耶?"所以,关键的问题不是拒绝读书,拒绝接受,而是确立如何读书、如何接受的态度,唯有通过读书"护此童心",而不是相反使"童心"障塞,读书识义对于接受者来说才是有益的①。接受不仅取决于接受者,同时也对接受者起着决定作用。没有正确的接受观,接受者的"童心"就容易被蒙蔽,被揉碎,失去其自然的完整状态,若是这样,李贽认为就根本谈不上接受者什么创造性了。所以,庇护"童心"不受"道理闻见"污染,是成就其为理想的接受者不可或缺的条件。李贽所谓"童心"与《孟子·离娄章句下》所言"赤子之心"有其相近之处。朱熹并不赞同孟子"赤子之心"的说法,他在《答潘谦之》信里说:"论赤子之心恐未然。若大人只是守个赤子之心,则于穷理应事皆有所妨矣。"②朱熹强调"穷理应事"重要,实际上这也是关乎"道理闻见",他本人就是"道理闻见"的传播者,而这正为李贽

① 《童心说》,《焚书》卷三,第98—99页。
② 《晦庵先生朱文公文集》卷五十五,《朱子全书》第23册,第2593页。

"童心"说所抗拒。

在读者的接受活动中,"书奴"是不合格的接受者。李贽《书能误人》诗云:"年年岁岁笑书奴,生世无端同处女。世上何人不读书,书奴却以读书死。"①如何避免接受活动中发生这一类悲剧,是李贽非常关心的问题。他写过一篇《虚实说》,主要谈对于道的接受、体认和实行,特别是对应该以怎样的态度接受道、对待道的问题作了比较详尽的阐述,对接受而言带有普遍的意义。他说:

> 学道贵虚,任道贵实。虚以受善,实焉固执。不虚则所择不精,不实则所执不固。虚而实,实而虚,真虚真实,真实真虚,此唯真人能有之,非真人则不能有也。②

接受者灵府不"虚",心灵就没有容纳新的知识学问的空间,接受也就无从谈起。李贽认为灵府不"虚"的主要表现是,接受者的心地被伪理所填塞,这样就无法对所接受的内容进行广泛地比较和鉴别,而"所择不精"必然会导致所受不善,就是说,即使有所接受,收纳的也可能是一些糟粕。而且,接受不只是化无为有、转虚为实的输入行为,也是接受主体在连续的接受活动中对所接受的内容不断予以判断、评价、选择、剔除,不断表明自己态度和立场的一种输出行为,因此接受者也"贵实",贵有自己的主见而不人云亦云、随波逐流。李贽称这种颖异独特、识见越众、真有其"实"的接受者为"君子":"众人不知,故可谓之君子,若众人而知,则吾亦众人而已,何足以为君子?"所以,这样的"真人"、"君子"才是李贽心目中理想的接受者。他认为,这种理想的接受者是在长期接受活动中经过始虚终实、始实终虚的反复修炼逐步成熟起来的。他比喻说,一个落水的人被船夫救起,魂魄惊惧不安,"闭目禁口,终不敢出一语,经月累日,唯舵师是听"。当他一旦到达彼岸,"脚履实地",纵然舵师诓骗他前面还有大海,让他再回到船上去,他肯定对此不以为然,而是"摇头摆手,径往直前,

---

① 《续焚书》卷五,第 117 页,中华书局 1975 年。
② 《焚书》卷三,第 102 页。

终不复舵师之是听矣”。这是接受过程中“始虚而终实”的情况。“始实而终虚”则是指，有些人已经有了道德学问的名声，甚至也在收徒授业，在授受双方关系中，他自己已经是授予者，可是一旦遇见高人精见，自惭弗如，于是毅然撤去师席，遗弃所学，重新随从师友，重新开始寻求学问，重新进入接受过程，他们“虽不免始实之差，而能获终虚之益”①。李贽上述“虚实论”旨在培养适当的接受态度和合格的接受者：他们不仅有接受的需要，更重要的是，在纷沓而至的接受物面前具有择其“精”的能力，无论是放弃或是吸纳，都是出于自己独立的判断，而不是跟随别人应声附和。他们应该虚怀若谷，通过接受而使自己特异出众的“君子”主体逐步完善；又应该峭若危岸，以“君子”的眼光对接受物进行百般挑剔，而后决定择取，使接受变为接受者本人的个人活动，带上接受者浓郁的个人色彩。这是接受者自主性的表现，洋溢着“书主”昂扬的精神，区别于“书奴”的委琐。

理想的接受者所以应当具备自主性和创造性，这是由李贽对接受本身性质的认识所决定的。他说：

> 人各有心，不能皆合。喜者自喜，不喜者自然不喜，欲览者览，欲毁者毁，各不相碍，此学之所以为妙也。若以喜者为是，而必欲兄丈之同喜，兄又以毁者为是，而复责弟之不毁，则是各见其是，各私其学，学斯僻矣。②

他认为，接受其实是因人而异的行为，正因为各人的认识千差万别，“不能皆合”，所以才构成学问之道的奇妙，若强不同为同，泯灭差异，学问之道也必然会变得狭窄荒僻，乏味枯燥，这种强制性的接受从根本上违背了接受者“人各有心”的前提。李贽如此重视接受者的自主性和创造性，因为没有接受者的这些主观条件作保证，接受的自由根本就是无法实现的，而呼吁任人求异、反对强人随己，也就变成了没有实际意义的空喊。

① 以上引文皆引自《虚实说》，《焚书》卷三，第102—103页。
② 《复邓石阳》，《焚书》卷一，第11—12页。

二、无定质、无定论与立说自信

接受在许多情况下离不开评价，评价离不开标准。若评价是非的标准是单一的、绝对的、不可置疑的，接受必然也是单调的，所谓接受者的创造性也必然会遭到阻遏，难以真正地实现。所以评价是非的标准究竟是“一”还是“多”，是“定”还是“不定”，这是接受学无法回避的问题，也是决定不同接受观的一个重要因素。

《藏书·世纪列传总目前论》是一篇动摇是非无二、评价不变根基的力作。李贽在这篇文章里集中阐发了是非无定质、是非之争不相一的思想：

> 李氏曰：人之是非，初无定质，人之是非人也，亦无定论。无定质则此是彼非并育而不相害，无定论则是此非彼亦并行而不相悖矣。然则今日之是非，谓予李卓吾一人之是非可也，谓为千万世大贤大人之公是非亦可也，谓予颠倒千万世之是非，而复非是予之所非是焉亦可也。则予之是非信乎其可矣。前三代吾无论矣，后三代汉、唐、宋是也，中间千百馀年，而独无是非者，岂其人无是非哉？咸以孔子之是非为是非，故未尝有是非耳。然则予之是非人也，又安能已？夫是非之争也，如岁时然，昼夜更迭，不相一也。昨日是而今日非矣，今日非而后日又是矣，虽使孔夫子复生于今，又不知作如何非是也，而可遽以定本行罚赏哉？①

反对“以定本行罚赏”，李贽在文章里又明确说明，是指反对“以孔夫子之定本行罚赏”（《藏书·世纪列传总目前论》）。在其他文章中，他也提到不认同“以孔子之是非为是非”之见。一是因为对孔子的“赏罚”、“是非”本身，李贽认为读者可以有各自不同的理解，认识不可能归于一致。二是认为孔子的“赏罚”、“是非”不能代替其他人的看法，圣凡本来

---

① 《藏书》，第1页，中华书局1974年。

就应该是平等的，是非标准当然也不应该例外。既然如此，又何来是非一律，又岂能强人从己？班固《汉书·司马迁传论》批评《史记》"是非颇谬于圣人"，这大为李贽所讥讽。《藏书》司马迁传论说：班固批评的这一点恰恰是司马迁"不朽"的原因，《史记》是作者表达"一人之独见"的书，"不是非谬于圣人，何足以为迁乎？则兹《史》固不待作也"。认为司马迁与班固之所以"悬绝"，"正在于此"。这样说，并不等于李贽否定了孔子的学说，而是强调不能"穿凿傅会，比拟推测，以求合于一字一句之间"，进而将这种对孔子学说片面的功利化理解作为绝对的标准去评衡一切事物①。李贽主张造就一种活泼的接受氛围，让众多接受者对所读的儒家经籍都能够自由地思考，"高下浅深各自得之"，作出各人自己的判断。他反对唯一的、绝对的是非标准，肯定是非标准各式各样，相对而存在，实质是希望用个人化的，因而也是多样化的评判标准代替长期盛行的儒家专断的是非标准。这在李贽强调与从来的定论"作对敌"，提倡评价逆反上表现得尤为集中。他说："尝谓载籍所称，不但赫然可纪述于后者是大圣人，纵遗臭万年，绝无足录，其精神巧思亦能令人心羡。况真正圣贤，不免被人细摘，或以浮名传颂，而其实索然。自古至今多少冤屈，谁与辨雪？故读史时真如与百千万人作对敌，一经对垒，自然献俘授首，殊有绝致，未易告语。"②评价历史人物，独出眼光，与"百千万人"唱反调，正是李贽著作的特色。在奉行儒家专断的是非标准下，读者阅读作品的范围受到限制，判断读物优劣高下的能力也未能获得全面发展，这样的接受是不完整的，甚至是畸形的。李贽肯定是非标准因人而异，变一人之是非为众人自由掌握的是非，变凝固不迁的是非为变化发展的是非，这无疑解除了专制者施加在文本接受者身上的紧箍咒和障眼法。假如说，读者对文本的接受不仅是消费，而且也是生产的话，那么，李贽是非无定质、是非之争不相一之说的意义正是在于唤起对读者生产力的解放，使读者的创造能力有更多发挥的机会，从而使阅读接受有可能实现它本身更大的价值。

李贽以上的接受观和是非观，是对古人长期形成的群体思维、盲从盲

---

① 《藏书》，第 692 页。
② 《与焦弱侯》，《续焚书》卷一，第 41 页。

信、不容向权威置喙、甘居下流的意识强烈地冲击,它的思想基础是古典的尊重个人、憧憬平等的社会意识,是个人价值、平等观念获得新的自觉之后对阅读和接受的本质的重新理解。

他提出圣凡同视:

> 孔子直谓圣愚一律,不容加损,所谓麒麟与凡兽并走,凡鸟与凤凰齐飞,皆同类也。①
>
> 天下之人,本于仁者一般,圣人不曾高,众人不曾低,自不容有恶耳。②
>
> 人人皆可以为圣。③
>
> 盖人人各具有是大圆镜智,所谓我之明德是也。是明德也,上与天同,下与地同,中与千圣万贤同,彼无加而我无损者也。④

基于以上认识,李贽对个人思维的主动性及其赖以存在的个体和个性作了有力地肯定,说:"性者,心所生也,亦非止一种已也。"⑤"各从所好,各骋所长,无一人之不中用。"⑥"人各有心,不能皆合",必须"随其资性,一任进道"⑦;无须"以世人之是非为一己之是非"⑧。李贽认为,这是符合孔子学说精神的,因为孔子教人"由己",倡导"因人",而"未尝教人之学孔子"⑨。所以,用所谓的孔子标准自缚缚人,是"庇于人"的"小人"之学,既不合孔子学说的原旨,也无益于对儒学的发明,只有鼓励人人自出心思去求索,用自己的眼光去发现,才能成就"庇人"的"大人"之学。一部古代思想史表明,抑制接受者的个体的、平等的意识,人类思想的接

① 《答耿司寇》,《焚书》卷一,第 33 页。
② 《复京中友朋》,《焚书》卷一,第 21 页。
③ 《答耿司寇》,《焚书》卷一,第 31 页。
④ 《与马历山》,《续焚书》卷一,第 3 页。
⑤ 《论政篇》,《焚书》卷三,第 87 页。
⑥ 《答耿中丞》,《焚书》卷一,第 17 页。
⑦ 《复邓石阳》,《焚书》卷一,第 11、10 页。
⑧ 《又答耿中丞》,《焚书》卷一,第 18 页。
⑨ 《答耿中丞》,《焚书》卷一,第 16 页。

受就会演变为对定于一尊的学说盲目地服从和遵信,其思想本身也会因失去来自接受者贡献的丰富养分而显得贫瘠苍白。晚明思想界相对比较活跃,色彩亦显得斑斓绚丽,这与一批文人相对的个体意识发露、心思轻灵、敢于平视先贤思想而展开积极地"讨论"、"订正"、"考验"是有关系的。李贽是这群文人的代表,他以上对个人、平等观念的论述,直接源于王阳明心学而又添自己创造,为晚明别开生面的接受、阐释局面的进一步形成注入了理论活力。

李贽肯定刘知幾史家应该兼具"才学识"三长之说,然而又指出,刘氏虽然对"才学"二字发挥得"明彻",论"识"却还不够具体①。他自诩有两个长处,一是"心眼"敏异,"读书论世"能够透过"皮面"、"体肤"、"血脉",直刺"筋骨";二是"大胆","是非大戾昔人"②。将他以上所述合在一起,就是才、胆、学、识。四者是作者、读者个人性的重要标志,尤其是胆与识,更是其个人独特性的集中映展,所以会有"孤胆"、"只眼"的说法。李贽又特别强调识的重要性,以为识决定才与胆。《二十分识》云:

> 有二十分见识,便能成就得十分才,盖有此见识,则虽只有五六分才料,便成十分矣。有二十分见识,便能使发得十分胆,盖识见既大,虽只有四五分胆,亦成十分去矣。是才与胆皆因识见而后充者也。空有其才而无其胆,则有所怯而不敢,空有其胆而无其才,则不过冥行妄作之人耳,盖才胆实由识而济,故天下唯识为难。有其识,则虽四五分才与胆,皆可建立而成事也。……然则识也、才也、胆也,非但学道为然,举凡出世处世,治国治家,以至于平治天下,总不能舍此矣。③

"学道"离不开对他人著述和传授的接受,因此李贽以上谈论的主要

---

① 《藏书》刘知幾传论,第706页。
② 《读书乐并引》,《焚书》卷六,第226页。
③ 《焚书》卷四,第155页。

是在接受过程中,接受者“识见”对接受本身的决定意义。他对自己所读的许多书,往往先总是抱着“挑刺”的态度,本于个人的立场对之大胆质疑,不为历史的定论、权威的说法、人们习以为常的识见和经验所束缚。因此他对人物、事情的判断和结论常常与人大相径庭,显出他独特的评判眼光和个人的思想风采。李贽好倡异说且十分自信。《耿楚倥先生传》载,耿定理一次问他:“学贵自信,故曰‘吾斯之未能信’;又怕自是,故又曰‘自以为是,不可与入尧舜之道’。试看自信与自是有何分别?”李贽回答道:“自以为是,故不可与入尧舜之道;不自以为是,亦不可与入尧舜之道。”①李贽悲悯把自己看低了的人,认为对自己的识见没有信心,不敢提出异说,唯唯诺诺地服从不明其所以的众论,这些都是非常可悲的。支持他自信的是他的个人观念和平等意识,是来自理性的力量,并非仅仅出于他个人倔强的性格。他希望大家都能够在个人的、平等的观念基础上,表现出各自的胆略和识见,使接受真正成为一项富有个人创造性特征的活动,从而改变接受、阐释史上一锤定音的沉闷气氛,营造出繁音竞响、生气勃勃的局面。

李贽以上的接受观对儒家传统起到了诱发离心力的作用,但是这主要还是表现在掊击专断、抉摘情伪的方面,如果因此以为李贽已经在根本上从儒家传统中分离出来,从而将他视为中国封建思想的叛逆者,这必然会掩盖李贽与儒家传统学说之间存在的相通一面。

袁中道《李温陵传》记述了一件事情:李贽被捕,狱吏问他为什么要“妄著书”,李贽回答自己一生“著书甚多,具在,于圣教有益无损”②。“圣教”谓孔子学说及儒家传统。李贽不仅不认为自己的著作是对“圣教”的反叛、破坏,反而认为是对“圣教”作出的补益。寻索李贽思想的来源,儒佛道都对他产生过深刻影响,其中儒家思想对他的影响最为持久,他早年起就苦攻圣贤文章,晚年还与人说自己“信儒教”③。他称赞王阳

---

① 《焚书》卷四,第142页。
② 袁中道《珂雪斋集》卷十七,第722页,上海古籍出版社1989年。
③ 《书小修手卷后》,《续焚书》卷二,第68页。文中谈到李贽当时已经“七十有五”。

明的学说“足继孔圣之统者”①,话里无疑包含着对孔子学统本身的肯定。他并不完全否定理学。在《复宋太守》信里,他提出:“千圣同心,至言无二。纸上陈语皆千圣苦心苦口为后贤后人。”此所谓“千圣”“至言”,也包括宋明理学家及其著作在内。只是他认为,接受者有“上下二根”,因此学说也分为“大小二乘”,以便针对不同的人“随机说法”②。他与耿定向因论学主张不合而发生激争,后来二人的矛盾有所缓解,个中原因虽然复杂,但是从其思想基础来说,与李贽、耿定向对理学的认识并无绝对相异不无关系,李贽自己说过:“彼(引者按:指耿定向)我同为圣贤,此心事天日可表。”③“同为圣贤”,是说二人都从事求究儒家圣贤的学问,这方面的志趣没有根本的不同。对这些事实人们是不应当忽视的。

不能不提到李贽对思想学说的同一性和差别性相互关系的认识。他在《又答石阳太守》中推崇“虞廷精一之学”,用“面”千万而“人”不能千万来比喻说明“异同”的道理:

> 迹则人人殊,有如面然,面则千万其人亦千万其面矣,人果有千万者乎?渠惟知其人之无千万也,是以谓之知本也,是以谓之一也。又知其面之不容不千万而一听其自千自万也,是以谓之至一也,是以谓之大同也。④

“本”寓含于“迹”,“一”超乎“千万”之上,说明差别性的背后是同一性;而“本”、“一”又应当任凭“千万”迹象自然发生,自然存在,不予干扰和限制,说明同一性又应当包容差别性。所以,李贽心仪的“至一”、“大同”,兼有承认思想学说的同一性、差别性以及同一性包容差别性的含义。肯定差别中的同一,与肯定同一中的差别,是李贽思想左右两个翅膀,折断其一,就无法实现其思想飞翔。他与传统儒学的异和同大致也应当从这

---

① 《王阳明传》,《续藏书》卷十四,第927页,中华书局1974年。
② 《焚书》卷一,第23页。
③ 《续焚书》卷一《答来书》,第17页。关于李贽与耿定向相争及矛盾缓解,可参见《焚书》卷一《答耿司寇》、卷四《耿楚倥先生传》,《续焚书》卷一《与焦弱侯太史》。
④ 《焚书》卷一,第5页。

样的框架中去考虑它们的关系。

李贽信儒教，却不惟儒教是信；责孔贬经，却又说“未尝不愿依仿”孔子[①]。这决定了他对儒学传统既有怀疑、批判的一面，又有顺向衔接，因而予以积极解释和理解的一面。这双重的态度，构成了他对儒学传统比较完整的接受观。其实，就李贽对儒学传统的双重态度而言，怀疑、批判与积极的理解、解释也不是互相分离的，而是有一个共同的目的性，那就是，怀疑和批判是为了对孔子学说作重新理解和解释创造条件。这包括将孔子学说从理学家狭隘、偏颇的理解中解放出来，恢复其学说原本含义比较丰富、作用比较宽大的历史面貌；同时又向人们指出，孔子学说派生于“本”(自然)，它本身不是源而是流，所以不是评衡一切事物的绝对标准。前者强调对孔子学说有重新解释的必要和可能，后者则又说明，这样的重新解释可以不完全局限在孔子学说本身的范围来进行，而是应当更广泛地参照天地人类的自然原理(这意思并不是说孔子学说不含自然原理)。这在孔子学说被理学家高度定型化、以及人们普遍信仰理学的时代，无疑是异常奇怪的论调，所以李贽给人留下的印象是“异端”。但是像这样的一种“异端”依其实质而言，并非从根本上与孔子儒家学说相悖戾，相反，它大体仍然是合乎孔子儒学传统的，或者说，符合这种传统可能衍生的学理。李贽自评所著书“于圣教有益无损”，这绝非是为了对付舆论检查和迫害因而给自己加上的一层保护色，而是对他自己一生著书追求所作出的简明而真实的表述，比较符合李贽本人的思想实际，因而也是比较确切的。

李贽思想局部叛逆儒学，呈“异端”色彩，而从总体上说，他的思想根子仍然未离开儒学的土壤，经过重新解释的环节与儒学传统保持着许多联系，异而复见其同。我们肯定李贽的接受观是以尊重读者个人自主为其重要的特征，鼓励理解新颖和变异，反对是非标准一定，结合他思想的总体面貌去理解他的接受观，则可以得出一个结论：这种接受观强调求新异、达至个体的本真，然而并非与从前、与他人简单地决绝，即并不否定

① 《答耿司寇》，《焚书》卷一，第29页。

在人类接受链上可能散放出某种相通相同的声息。

第五节　锺惺、谭元春：诗为“活物”

以锺惺、谭元春为首的竟陵派为我国古代文学批评史贡献了一个新的诗歌观念。这里讲的诗歌观念，不是指从创作的角度来认识诗歌应该具有什么样的职能或功用，如抒情言志、讽喻劝善等等，而是指从理解、鉴赏和批评的角度来看，诗歌作为读者阅读和赏析的对象应该具有什么性质。

这一新观念就是诗为“活物”，它标志我国古代的文学解释、鉴赏理论发展到一个新阶段。锺惺的重要文学批评论文——《诗论》是它的杰出代表①。

一、《诗》是活物，所以为经

《诗论》见于《锺惺批点诗经》一书卷首，文末署写作时间为“明泰昌纪元岁庚申(1620)冬十一月”，后被收入锺惺《隐秀轩集》(列集)。锺惺通过对我国第一部诗歌总集《诗经》的产生、流传、迁变诸多情况的深入探究，在理论上作出了诗为“活物”的高度概括。我国古代产生了大量《诗》说，其中大部分不属诗歌理论，它们只是从《诗》里去寻找经义乃至道学的教义，与文学理论几乎无关，但也有许多《诗》说则是诗论，因为它们所阐述的问题直接同诗歌的理论联系在一起，如著名的《诗大序》。锺惺这篇《诗论》也是如此。

《诗论》开宗明义即说：

> 《诗》，活物也。游、夏以后，自汉至宋，无不说《诗》者，不必皆有当于《诗》，而皆可以说《诗》，其皆可以说《诗》者，即在不必皆有当于

---

① 方孝岳《中国文学批评》认为，《诗论》是锺惺关于诗歌的“根本宗旨”。方孝岳是我国文学批评史界最早介绍竟陵派诗为“活物”说并给予较多肯定性评价的学者。

《诗》之中。非说《诗》者之能如是,而《诗》之为物不能不如是也。①

锺惺认为,《诗》是一种流动的、非僵止的"活物","活"是作品本身属性,而不是任何读者、研究者随意附加给它的。他说:从亲自删《诗》的孔子,到汉朝研究《诗》的专家韩婴,其间包括亲耳聆听了孔子授《诗》的七十二位学生,以及同他们时代相差不远,把赋《诗》作为一种外交辞令的各国使臣,他们对《诗》都没有一个统一的理解,有的甚至可以说同《诗》的原义完全不相符合,何况时代更晚的读者,理解的差异自然就更加明显了。尽管如此,他们各自的理解又似乎皆可以成立。这又是为什么呢?锺惺解释道:"夫《诗》取断章者也,断之于彼而无损于此,此无所予而彼取之。"就是说,《诗经》作品有自身整体的内涵,又向读者充分敞开意义世界,可以被随意地"断章"引用,不断容纳读者新的理解。这是诗歌具有"活物"性质的客观原因(作品本身所致)。既然作品本身提供给读者以多种理解的依据,那么,各个读者所感知的或即是作品内容的一部分,不同时代读者所发现的作品蕴义不断累积,遂使原作的内容越来越丰富,也越来越清晰。《诗》所以被称为"经",就在于它具有这种"活"的特性,经得起持久阅读和解释。所以锺惺说:

> 说《诗》者盈天下,达于后世,屡迁数变,而《诗》不知,而《诗》固已明矣,而《诗》固已行矣,然而《诗》之为《诗》自如也,此《诗》之所以为经也。

把《诗》看作是一种"活物",那么,以为自己已经穷尽了《诗》的旨义,别人的解说都不过是一派胡说,这就只能是一种偏狭而鄙陋之论。锺惺批评道:"今或是汉儒而非宋,是宋而非汉,非汉与宋而是已说,则是其意以为《诗》之指归尽于汉与宋与已说也,岂不隘且固哉?"锺惺从作品本身来说明《诗经》"活"力之所在的一个原因,并以此明断千古之是非,与历

① 《隐秀轩集》卷二十三,第391页。下文引《诗论》,不再一一出注。

来的其他种种说法相比较,他的解释是较为令人满意的。

另一方面,诗之为"活物"虽然是诗本身的一种客观属性,而"活"的实现,则主要离不开鉴赏者主观条件的变化。锺惺从自己前后读《诗》而体会不同的经历中认识到了这一点。他在《诗论》中谈到:他先前对《诗》是这样一种感受和理解,后来读《诗》又产生了"有异于前者"的新的体会,当别人问他将来是否还会"更取而新之"时,他十分干脆地回答道"能"。原因何在?锺惺把它归结为读者内在条件的变化,即所谓"趣以境生,情由日徙"。鉴赏者自己年龄的增长、阅历的丰富、知识的积累、生活的改变,必然引起他自身的情志心境、鉴赏能力和审美趣味的连锁变化。早年为之激动不已的,后来可能会置之淡漠,现在令人拍案称绝的,过去或许莫知所云,曾经使你捧腹大笑的,今天也许会催你流泪。类似这样的变化往往是在读者不知不觉中发生。锺惺由自己阅读《诗经》的经验而想到,个人尚且如此,不同时代的读者、读者与作者本人对作品的理解发生分歧就更是在所难免了。《诗》之所以是"经",正是由于得到了读者这种浸润。他说:

> 夫以予一人心目,而前后已不可强同矣,后之视今,犹今之视前,何不能新之有?盖《诗》之为物能使人至此,而予亦不自知,乃欲使宋之不异于汉,汉之不异于游、夏,游、夏之说《诗》不异于作《诗》者,不几于刻舟而守株乎?故说《诗》者散为万而《诗》之体自一,执其一而《诗》之用且万。噫,此《诗》之所以为经也。

谭元春也指出:古人作品中能够传世的精神意脉,并不是一成不变的:"其佳妙者原不能定为何处,在后人各以心目合之。"因此,读者群的变化,可能会对流传下来的文学作品作出完全不同的评价,原来被人视为"疵颣","安知后世之传不即在此?"①

如果说读者群的不同会引起作品价值观的变化,那么,读者与作者对

① 《答袁述之》,《谭元春集》卷二十八,第770页,上海古籍出版社1998年。

作品理解的差异则表明,读者以自己的理解去选古人的作品,在某种意义上也就可以看作是他自己著书了。锺惺谈到他与谭元春选《诗归》的情形:“灯烛笔墨之下,虽古人未免听命,鬼泣于幽,谭郎或不能以其私为古人请命也。此虽选古人诗,实自著一书。”①谭元春也说:“故知选书者非后人选古人书,而后人自著书之道也。”②这实际上是肯定读者的鉴赏与批评的能动性和创造性,突出了鉴赏与批评的重要地位和作用。

从锺惺、谭元春的论述中可以看出,“活物”包含这样两层意思:一、诗歌作品丰富的意义世界的自在性,从客观上为读者对文章的多种理解提供了可能性,也就是说,“活”是作品作为一种客体本身所具有的属性。从这一点来说,作品是主,读者是客,后者从属于前者,“非说《诗》者之能如是,而《诗》之为物不能不如是也”,锺惺指的就是这种主从关系。二、读者又并非只是作品的消极领受者,阅读的过程,实际上又是一个读者再创造的过程。经过读者这一环节,不仅作品的多种潜在蕴义可能会被不断地发现,而且,读者还会不断地改变和丰富作品的含义。锺惺认为,读者对《诗》的理解“异于”作《诗》者原来的命意是很自然的,因此,固执于读者的理解不能与作者的命意相异的观点不过是一种“刻舟守株”之见。他在这里正是肯定了读者的再创造能力。所以,读者主观条件的差异和变化是诗为“活物”得以实现的重要条件,如果脱略读者这一重要的环节,诗之成为“活物”只能停留在可能性的阶段,永远也不会成为现实。

然而,尽管锺惺充分肯定了诗歌“活”的特性,高度评价了读者在鉴赏过程中的再创造能力,但是,他并没有因此而否定作品作为一种客体还有其自身一定的内在规定性。他在《诗论》中认为,《诗》是有它“本事本文本义”的,因此后人虽然对作品可以有不同的理解,但是归根结底还要受到作品原质的一定制约,说明读者理解的自由并不是绝对的、无限的。锺惺与谭元春选《诗归》所坚持的一条宗旨就是“以古人为归”。锺惺在《诗归序》里说:“选古人诗而命曰《诗归》,非谓古人之诗以吾所选为归,庶几见吾所选者以古人为归也。引古人之精神,以接后人之心目,使其心

---

① 《与蔡敬夫》之二,《隐秀轩集》卷二十八,第469页。
② 《古文澜编序》,《谭元春集》卷二十二,第601页。

目有所止焉，如是而已矣。”①他们所引的“古人之精神”是有所选择和带倾向性的，实际上是他们自己所理解和向往的古诗中的内容。但是，他们坚持古诗中有“古人之精神”的存在，其一般的意义也就是承认文学作品是有其本来的内在意蕴的，否则也就无所谓“以古人为归”了。其实，这一点在他所理解的诗为“活物”的第一层意思中已经有所显示，因为作品丰富的蕴涵和它潜在的供多种理解的可能既是作品“活”的属性的构成，对具体的读者来说，又是决定他们选择、接受其中某些蕴涵和某几种可能性的诱引因素。显然，从作品方面着眼，承认诗是“活物”，并不是完全排除作品的原义对读者的规定性，而是把刻板的、单一的定向变成了灵活的、多维的启导。

由上可知，锺惺、谭元春对诗歌属性的认识，避免了阅读鉴赏批评理论中或者是忽视作品的原意有其确实性的一面，或者是把读者仅仅视为作品的消极领受者这样两种片面的观点，特别是其中关于读者的主动性和再创造能力的论述（这是他们全部论述的重点），涉及了接受文学理论中极富有意义的领域，与现代文学理论重视读者的意见已经比较接近。这些应当引起我们足够的重视。

二、读者“神而明之，引而伸之”

诗为“活物”说的提出，还表示锺惺把文学鉴赏的重心移到了对作品内在意蕴的把握方面来，突出了读者艺术感受力的重要，从而改变了文学研究中注重名物训诂、强调学问功底的传统看法。

锺惺认为，诗歌鉴赏主要是对作品的意蕴“神而明之，引而伸之”。他在《诗论》中说：

> 汉儒说《诗》据《小序》，每一诗必欲指一人一事实之。考亭（朱熹）儒者，虚而慎，宁无其人，无其事，而不敢传疑，故尽废《小序》不用。然考亭所间指为一人一事者，又未必信也。考亭注有近滞者、近

① 《隐秀轩集》卷十六，第235页。

痴者、近疏者、近累者、近肤者、近迂者。考亭之意,非以为《诗》尽于吾之注,即考亭自为说《诗》,恐亦不尽于考亭之注也。凡以为最下者,先分其章句,明其训诂。若曰有进于是者,神而明之,引而伸之,而吾不敢以吾之注画天下之为《诗》者也。故古之制礼者,从极不肖立想,而贤者听之,解经者从极愚立想,而明者听之。今以其立想之处,遂认为究极之地,可乎?

在锺惺看来,汉儒依《诗·小序》"每一诗必欲指一人一事实之",以及朱熹解《诗》"间指为一人一事者",其实都未必可信。他又认为,读《诗》而"分其章句,明其训诂"尚是最基础的工作,如果以此为满足,不再求进,那只表明他刚刚接近鉴赏的门槛,尚未升堂入室。重要的是通过章句、训诂之门,弄清必要的史迹实事,进而能对作品"神而明之,引而伸之",也就是说要从作品的内在意蕴方面去深切地领略和掌握它。

这种鉴赏的要求决定了他们对"慧性"的期待和重视更甚于对"学问"的追求。所谓"慧性"实际上是一种艺术感受能力。锺惺《与谭友夏》之二说,曹学佺"言我辈诗清新而未免有痕,却是极深中微至之言,从此公慧根中出"[①]。他在《再报蔡敬夫》中又说:"自谭生外,又无一慧力人如公者棒喝印正。"[②]谭元春则更是祈求于亡灵以增进他的慧性,他在《鹄湾集自序》里说:"告亡父母,增吾慧。"[③]邹之麟评锺惺著书与他人不同:"他人之论著,以才以学,彼独以慧以悟。"[④]这确实能够道出锺惺(包括谭元春)评书立说的特点。从锺惺评《诗经》和他与谭元春合评《诗归》来看,许多评语透露的是一种感情的共鸣,是对诗歌意境的探寻和艺术形象的观赏,然而也只有这样的艺术感受才能算是文学鉴赏。诠释词义、考辨名物、探求本事的大师如果不能进而从情感、意境、形象等方面去深切地

① 《隐秀轩集》卷二十八,第473页。
② 《隐秀轩集》卷二十八,第471页。
③ 《谭元春集》卷三十,第818页。
④ 邹之麟《史怀序》,《史怀》卷首,清光绪十七年三馀草堂刻赵尚辅辑《湖北丛书》本。

感受作品，那他们只可算是学问家，绝不可能成为文学批评家。而锺惺、谭元春则是文学批评家，不是学问家。

读者以自己的慧性对作品产生切实、深刻、独特的感受，从而把握作品的内在意蕴，进入艺术的“究极之地”，需要为此付出艰辛的劳动，对作品本文作深细、周密的思虑。锺惺在给谭元春的信里说：“轻诋今人诗，不若细看古人诗，细看古人诗，便不暇诋今人也。”①这种“细看”不仅指一般地认真阅读，还蕴含着仔细体味的意思，除了要求正确地了解作品的字义，还要弄清它的结构脉络，体味出诗人的语气和表情来，这样才可能深入地理解作品，提出自己独到的见解。《诗归》一书在这方面确实有很多佳例，下面仅举谭元春评岑参《还高冠潭口留别舍弟》诗为例，以见其胜人之处。岑参诗如下：

> 昨日山有信，只今耕种时。遥传杜陵叟，怪我还山迟。独向潭上酌，无上林下棋。东溪忆汝处，闲卧对鸬鹚。

这首诗读来颇费解。看诗的题目，我们知道它是诗人为辞别弟弟、回高冠潭口而作②。诗的前面四句写诗人回去的原因是那里有人在想念他，希望与他相聚。这还比较好懂。然而后面四句却不明白说的是什么意思，主语究竟是谁？“忆汝处”的“汝”又是指谁？皆不知所云。谭元春批曰：

> 不曰家信，而曰“山有信”，便是下六句杜陵叟寄来信矣。针线如此。
>
> 以下四句（引者按：指末四句），就将杜陵叟寄来信写在自己别诗中，人不知，以为岑公自道也。

① 《隐秀轩集》卷二十八《谭友夏》，第462页。

② 高冠潭，今长安西部高冠峪，有瀑布，下为高冠潭。岑参曾在此地隐居耕读多年，有《初授官题高冠草堂》等作。“东溪”也多次出现在他诗里，此诗之外，如《衙郡守还》：“五斗米留人，东溪忆垂钓。”《初授官题高冠草堂》“只缘五斗米，辜负一渔翁”，虽未出现“东溪”，实指该所。当是高冠潭附近的溪流。

"忆汝","汝"字指杜陵叟谓岑公也。粗心人看不出,以为"汝"指弟耳。(以上夹批)

八句似只将杜陵叟来信掷与弟看,起身便去。自己归家与别弟等语,俱未说出,俱说出矣。如此而后谓之诗,如此看诗,而后谓之真诗人。(尾批)①

经过谭元春的一番解释,我们才知道后面四句诗的主语是杜陵叟,"汝"是指诗人岑参,四句是杜陵叟来信内容的复述,说因为诗人不在身边,他感到异常寂寞,百无聊赖。这样就和前面的"怪我还山迟"的内容紧紧地衔接起来了,整首诗的意思才得以明白。我们不得不佩服谭元春鉴赏、分析诗歌的才能,如果没有慧性,没有对这首诗进行过细细地体会,是决然讲不出这样一番透彻的道理。谭元春对这首诗的分析之所以能够成功,是与他运用的方法分不开的。他首先通过对"山有信"三个字的体会,认定这是此诗的"针线"(即我们常说的结构脉络),然后便确定杜陵叟为后面四句诗的主语,于是整首诗的疑难便迎刃而解。由此可见"针线"(结构脉络)分析对诗歌鉴赏具有多么重要的意义。锺惺对谭元春精当的评语十分赞赏,他在谭氏评语之后说:"此诗千年来惟作者与谭子知之。因思真诗传世,良是危事。反复注疏,见学究身而为说法,非惟开示后人,亦以深悯作者。"语言虽有些夸张,讲的倒也是实情。有人称赞锺惺、谭元春对《诗归》中的作品能够"阐其大略,抉其微指,即句节而字比之者,都于无字句处抒写作者之性灵,开发后人之陋习"②。我们从上面谭元春分析岑参诗的例子中,知道这并不是溢美之词。

现在我们可以把锺、谭的诗歌阅读、鉴赏、批评理论的要点概括如下:把诗看成是一种流动的"活物",读者着重对作品的意蕴"神而明之,引而伸之",而不是停留在名物、字义、本事等考辨和索求上面,实现鉴赏的途径是通过细读,以慧性对作品产生切实、深刻、独特的感受。尽管他们在实际文学批评中还没有完全达到自己的要求,但是这些意见本身是富有

① 锺惺、谭元春《唐诗归》卷十三,明闵振业刻本。
② 闵振业《诗归小引》,明乌程闵氏刻本《古诗归》卷首。

价值的。

竟陵派的诗为“活物”论在我国文学批评史上占有重要的地位,它代表了古代文学鉴赏批评和文学接受理论的一个新的历史高度。

在我国先秦典籍中,《周易·系辞上》提出:“仁者见之谓之仁,知者见之谓之知。”肯定了理解和认识的相对性。《庄子·齐物论》曰:“彼亦一是非,此亦一是非。”反映了对同一事物作是非之评判,其标准依人们所站的立场、所持的观点的不同而不同。这些对人们理解在鉴赏和批评文学作品的过程中发生意见纷争的现象是富有启发性的。

到了西汉,在董仲舒《春秋繁露》卷三“精华第五”首先出现了“《诗》无达诂”的记载。虽然作者对这一说法的内涵未作明白的解说,但参照他对同时提到的“《春秋》无达辞”的具体例子的说明,我们不难了解前者的原意是:理解《诗经》的字义要注意它们的多义性和可变性,不应拘泥于一义,固执一端,以为一种解释处处皆通,而要“从变从义”,对具体情况作具体分析,这样方能比较准确地把握作品的旨义,减少理解原作时走谱离调的弊病。这就要求读者具备更高的独立辨析能力,从而也必然增加理解过程中的个人主观性,而在作者看来,这种主观性的增加恰好是为把握作品的客观性提供了一种更大的可能。以上的观点,成了汉今文经学派以己意判断儒家经典的理论依据。后人对“《诗》无达诂”的理解往往超出其原来的经学意义,而使它变成一句文学理论批评术语,指人们对诗歌(广泛一点讲,也可指一切文学作品)的欣赏和理解难以归向一致,承认某种程度的阐释自由。这种文学鉴赏论的价值在于,它指出了文学鉴赏过程中鉴赏者内在条件的差异和局限给鉴赏所带来的影响,并且示意不同的理解所得出的各各相别的结论均有接近作品本旨的或然性。这一富有意义的命题与我国旨在对文学作品的含义和价值作出单一性解释和判断的鉴赏与批评观念形成两个不同的传统。

明代中期,心学兴盛,一些传统的框约和束缚受到冲击,个人思想的翅膀得到展开,自我评判能力受到尊重。这使当时的思想学术界出现了一些新异的内容,如六经皆史的思想进一步发展,严格、刻板的八股文也时有不依朱熹经注的内容,而作某种即兴发挥的墨迹。与此同时,文学鉴赏和文学批评也显露了一种新的特点,一些受新思潮影响的人越来越不满足于被前人牵着鼻子走的状况,力图从各家的注疏中摆脱出来,争取对过去的文学作品拥有自己的理解和阐释的自由。杨慎在《升庵诗话》卷十一"偃曝"条里对此种情况有所反映:

而谬者犹曰:"诗刻必去注释,从容咀嚼,真味自长。"此近日强作解事小儿之通弊也。①

这些"新派人物"认为,读者应该直接诵读原作,独立完成对作品的理解,无须参照他人的意见(抛开一切注释)。他们以全盘否定别人的研究成果的形式来肯定个人在阅读中理解和阐释自由的问题,这显然带有很大的片面性,其遭到强调学问功夫的杨慎的讥嘲是很自然的事情。但是,这只是问题的一个方面。在以上这种偏激的主张中,也包含着某种合理的认识因素,即文学作品的"真味"包含在文学作品本身和读者的感受之中,前人的注释只反映他们的收获和体会,并不能够代替我们自己对作品的理解。因此,阅读时应该充分发挥读者的主观能动性,不必在头脑里预先给自己设下一个个框框,而把阅读只是当作就范于这种框框的消极行为。这对长期以来后人在前人的注释面前不敢越雷池一步的思维惰性是一次强烈的冲击,它反映了人们对阅读过程中读者的主动性和理解的差异性的认识已经逐渐趋向自觉。而这一点正是被后来的一些文学批评家所屡屡提及的。何良俊《四友斋丛说》卷一云:"余尝谓《诗经》与诸经不同,故读《诗》者亦当与读诸经不同。……盖引伸触类,维人所用。……自有宋儒传注,遂执一定之说,学者始泥而不通,不复能引伸触类。夫不能引而伸,触类而长,亦何取于读经哉?"②王世懋《艺圃撷馀》云:"(《诗》)往往无定,以故说《诗》者,人自为说。"③所谓"人自为说"、"维人所用",是对各人理解发生差异的必然性的肯定,反之,"执一定之

① 《历代诗话续编》,第861页。
② 《四友斋丛说》卷一,第5页。
③ 何文焕《历代诗话》,第774页,中华书局1981年。

说”、“泥而不通”则是阅读和解释中的一种僵化现象，是不足取的。这些以零碎的形式出现的论述，为我国文学鉴赏批评和文学接受理论将出现一个新的突破吹响了前奏。

锺惺、谭元春置身于晚明社会思潮之中，早期尤以受公安派的影响为显著。他们的思想与正统观念多有违忤之处。锺惺“不尽拘乎礼俗”①，最后终以“公然弃名教而不顾”的罪名招致罢官②。谭元春行事“洒洒落落”，对那些“自以为学道”者言不符行的虚伪情状极为鄙薄③。这种思想、性格特征，使他们不满足于因袭陈说，而是勇于创立新的理论。诗为“活物”论的提出，既是对前人上述合理的思想成分的继承，又是他们自己这种求新精神的充分体现。

与前人对阐释自由的认识相比，竟陵派的诗为“活物”论具有下面两个特点：（一）含义更加明确。“活物”虽是一种比喻，却较好地阐明了诗歌的生命力与它持续的传播和被不断地重新理解之间的内在联系。锺惺认为，《诗》之所以能够称为“经”，不在于它恒久不变，恰好相反，正是在于它能够容纳后人不同的理解和阐说。他对《诗》之为“经”的说明，深刻地道出了《诗》之为文学的一个重要原因。（二）论述更为完整。前人的解说都比较零碎，而《诗论》却是一篇专门探究“活物”问题的完整的论文。在《诗论》中，锺惺对问题的分析比较透彻，论点的展开也比较充分，整篇文章具有较强的逻辑力量。总之，无论从哪方面看，《诗论》都是我国古代表述阐释自由理论的最重要的一篇文章。

三、慧性与学问孰者优先

对于锺、谭的文学理论和批评实践，清人表现出截然相反的两种态度。肯定者如阎若璩说：“盖诗与文不同，文尝有画然一定之意，诗则惟人所见，此可以此说解，彼亦可以彼说解，故曰：‘诗，活物也。’”④这是目前

① 《退谷先生墓志铭》，《谭元春集》卷二十五，第683页。
② 《日知录集释》卷十八“锺惺”条引巡抚南居益疏，第668页。
③ 《答金正希》，《谭元春集》卷二十八，第783页。
④ 阎若璩《尚书古文疏证》卷五下，乾隆十年阎学林眷西堂刻本。

所知最早肯定锺惺诗为“活物”说,并用这一理论说明诗歌自由释义活动的例子。又如冯镇峦(字远村)《读聊斋杂说》说:“作文人要眼明手快,批书人亦要眼明手快。……远村此批,即昔退谷(锺惺)先生坐秦淮水榭作《史怀》一书,皆从书缝中看出也。”“予批《聊斋》,自信独具冷眼。倘遇竟陵,定要把臂入林。”①有的虽然未如此明白地表态,但依然可以看出他们之间思想认识上的渊源联系。如袁枚《程绵庄诗说序》指出:“作诗者以诗传,说诗者以说传,传者传其说之是,而不必其尽合于作者也。”他否定“说诗之心即作诗之心”,反对用“定”的眼光读诗,“遽谓吾说已定,后之人不可复有所发明? 是大惑已”②。可以看到,他这一认识明显受到锺惺《诗论》启发。秦瀛《诗测序》云:“《诗》无定体,言《诗》亦无定解。”③无“定体”、“定解”云云,实际上是“活物”的另一种说法。又如近代文学批评家谭献《复堂词录序》云:“作者之用心未必然,而读者之用心何必不然。”④把肯定读者创造性的观点表述得更为简明。由此可窥对后人影响之一斑⑤。

当然,竟陵派的诗为“活物”说还不是很完备的理论形态,若从锺惺、谭元春的鉴赏批评实践来检验,暴露出来的问题还不少。因此,它也招来很多批评,尚需在经受后人的严格诘难中继续完善自己。

清初大家否定竟陵派的主张,他们给锺、谭下的一道判决词是“空疏不学”。如以《诗归》为“不考古而肆臆之说”,斥之为“妄诞”⑥。指斥锺、谭提倡的那一套“专以空疏浅薄诡谲是尚,便于新学小生操奇觚者不必读

① 张友鹤《聊斋志异会校会注会评本》卷首,第12、15页,上海古籍出版社1978年。

② 袁枚《小仓山房续文集》卷二十八,《四部备要》本。

③ 秦瀛《小岘山人文集》卷三,嘉庆间世恩堂刻本。

④ 谭献《复堂词话》,第19页,人民文学出版社1959年。

⑤ 关于竟陵派带给明末以后解释风气的影响,《四库全书总目》提要曾作过批判性地说明。《诗经偶笺》提要云:“明万时华撰。时华字茂先,南昌人。是编成于崇祯癸酉。大旨宗孟子‘以意逆志’之说,而扫除训诂之胶固,颇足破腐儒之陋。然诗道至大而至深,未可以才士聪明测其涯际,况于以竟陵之门径,掉弄笔墨,以一知半解训诂古经。其自序有曰‘今之君子知《诗》之为经,不知《诗》之为诗,一蔽也。谢太傅尝问诸从《毛诗》何句最佳,遏(谢玄)以“杨柳依依”对。公所赏乃在“吁谟定命,远猷辰告”。谭友夏亦言:“读《诗》不能使《国风》与《雅》《颂》同趣,且觉《雅》《颂》更于《国风》有味,易入处便入,终是读书者之病。”今之君子,少此玄致,二蔽也’云云。盖锺惺、谭元春诗派盛于明末,流弊所极,乃至以其法解经,《诗归》之贻害于学者,可谓酷矣。”(第143页)这可以作为对竟陵派解释批评的两种不同态度的例证。

⑥ 《日知录集释》卷十八“改书”条,第672—673页。

书识字,斯害有不可言者已”①。这足以使我们明白,“空疏不学”虽然不是他们否定锺惺、谭元春的文学理论价值的全部理由,至少也是一个重要的理由。我们在前面已经讲过,锺惺、谭元春是文学批评家,而不是学问家,他们的评点议论是以慧性见长,而不是以学识广博取胜。但这决不等于说他们没有学问,只是表明他们的学问同专门的学问家相比有所逊色而已。清人著书立说重考据、求出处,不尚空泛的议论,这固然有它的长处,但对鉴赏、批评文学作品来说,这种学风却不是皆足以奏效的。文学鉴赏与批评单是弄清字义、典故等硬性问题是远远不够的,它还需要鉴赏者与批评家具有比较丰富的艺术想象力和艺术明悟才能,不具备后面一些条件的人,说他能够完全理解一篇文学作品,这是不可相信的。锺惺、谭元春的评论正是以后者见长,而许多清人则对此不甚感兴趣,以为其空疏无谓,二者恰好反映了明、清不同的学风特点。

尽管清人从学问的角度来否定锺、谭文学理论的价值带有很大的片面性,但是在他们的理论中也包含着合理的成分,如认为文学研究和文学批评必须首先辨明材料本身的可靠性,人们应当准确地领会作品本身的原属意思等。他们遵奉实事求是、无征不信的治学原则,取得了很高的学术成就。而恰恰是在这些方面,竟陵派(包括许多其他的明代文学批评家)暴露出了自己的许多问题。锺惺虽然也承认作品内质的规定性和阅读对象对读者的制约性,但在鉴赏和批评实践中,随意性的成分毕竟过多,而使一些阐解远离甚至违背了作品的本旨。如《古诗归》卷一《几铭》“皇皇惟敬□□生垢□戕□”,其中有四个字空阙,用空阙符号来代替。像这样一首连文字都很不完整的作品本来是不应当入选的,可是锺、谭却把它选录了,这倒不是因为他们不知道上面这个道理,而是他们把空阙符号都当作是“口”字,并加以赞评。锺曰:“读‘口戕口’三字,竦然骨惊,觉《金人铭》反饶舌。”谭曰:“四‘口’字叠出,妙语,不以为纤。”这也可以算

---

① 《胡永叔诗序》,《曝书亭集》卷三十九,康熙四十七年刻本。

是一种好奇之过,成为后人的笑噱①。《诗归》除了疏于考订所导致的讹误之外,更多的是属于对原文的错误理解,有的评语故作深解,令人莫名其妙。前人夸大《诗归》的缺点,从而对它一笔否定,这固然不足取,但是对《诗归》本身存在的这些问题仍应予以正视。力求辨明材料的准确可靠和弄通鉴赏对象的原属意思应是自由理解的必要前提,否则就会失之毫厘,谬以千里。像这类无中生有、穿凿附会式的所谓鉴赏批评,可谓之自由,决不可谓之理解,其结论必然经不起别人最起码的检验。

竟陵派上述的缺失,反映了他们提出的新的鉴赏理论仍有不成熟之处,如他们虽然能够在理论上顾及鉴赏批评中作品的客体规定性和发挥读者的主体能动性两个方面,但是在实践中毕竟更偏重于后者,导致了对前者有意无意的疏忽,在如何探求作品原貌、原旨的途径、手段等问题上,他们也没有提出切实能行、可收实效的解决办法,这就难免使弄清作品的"本事本文本义"一语流于空洞,不易付诸实现。这说明,在阅读、鉴赏理论和批评实践两方面,竟陵派都有待进一步完善和提高。清人从学问的角度来否定竟陵派文学理论的价值,这实际上是不可能的。但是清人从学问功夫、严谨态度方面来发难,又确实能切中竟陵派的病源,其批评是甚为有力的。两家的理论均是对方所无可替代的,其实也无须互相替代,作为一种更完备的理论形态,应当是二者互相吸收、互相补充。如果我们对文学批评家可以提出培养高度的慧性的要求,那么,我们也同样有理由可以要求他们打下扎实的学问功夫,如果理解自由是应当倡导的,那么,严谨治学也是应当遵循的。二者皆为进行文学鉴赏与批评所需要,合之则双美,离之则两伤。这也是我们今天开展文学研究所应当记取的。

① 见周亮工《与林铁崖》(《赖古堂集》卷二十)。按:像这类失于考辨所致的错误在《诗归》中尚有,其原因或与锺、谭选作品所依据的母本本身的不精当有关,如《四库全书总目》的《诗纪匡谬》提要云:"(冯)舒因李攀龙《诗删》,锺惺、谭元春《诗归》所载古诗,辗转沿讹,而其源总出于冯惟讷之《古诗纪》,因作是书以纠之。"(第1716页)又如《唐诗归》选《黄台瓜辞》,"四摘"作"摘绝"。《诗归》提要云:"高棅《唐诗品汇》载此诗,已作'摘绝',则非惺之所改,然惺因仍误本,是亦其失。"(第1759页)所见甚是。又按:即如《几铭》的文字也有不同意见。清人王应奎《柳南随笔》卷一:"周元亮亮工、钱尔弢陆灿两先生俱辨其谬,以为四'□'字乃古方空圈,盖缺文也,今作'口'字解大误。近予见宋板《大戴礼》,乃秦景旸阅本,'口'字并非方空圈。景旸讳四麟,系前代邑中藏书家,校订颇精审可据,冯嗣宗《先贤事略》中称之。观此则周、钱两公之言殆非也。"(第11页,中华书局1983年)说明《诗归》作四"口"字,也有所据,并非锺惺、谭元春臆造。

第三章　古代接受文学理论(下)

第一节　金圣叹:今所适有何必无

金圣叹是清代遭否定最多也最剧烈的一位评点派文学批评家,清人对他文学批评的否定集中在一点,即其随意性释义的倾向。董含说金圣叹所评《才子书》,“其言夸诞不经,谐词俚句,连篇累牍,纵其胸臆”;“即以《西厢》言之……曰‘读圣叹所批《西厢记》,是圣叹文字,不是《西厢》文字’,直欲窃为己有”①。叶矫然以金圣叹评李商隐七律《曲江》为例,批评他的解释“多以己意附会”②。凡读过金圣叹评点的小说、戏曲、诗文,都会对他借作者之文本,神聊自己个人对作品的想头,所谓“我自欲与后人少作周旋,我实何曾为彼古人致其矻矻之力也哉”③,留下很深印象。经金圣叹评点的作品仿佛同时会发出两种声音:一种是作者的原唱,另一种是评点者赋予的新声。有时候它们重合协调,而许多情况下,它们却彼此出现违离,甚至格格不入。多数清人对金圣叹如此的评点之学无法容忍,斥之为“附会”乃至“剽窃”。这反映了两种不同的文学接受观。

一、作品无字处是“正笔”

金圣叹认为,作品的意义存在于文字的“空道”中间,作品的文字有限,而字面之外空白处的意义却无限丰富。因此阅读作品,就是要从有字

---

① 董含《三冈识略》卷九“才子书”条,清抄本。

② 叶矫然《龙性堂诗话》初集,郭绍虞《清诗话续编》,第979页,上海古籍出版社1983年。按:金圣叹评《曲江》,见《贯华堂选批唐才子诗》卷六。

③ 《贯华堂第六才子书西厢记》序二,《金圣叹全集》(三),第9页。

处契入到其无字处,由虚取实,从空获有;读者倘若不能学会从字缝里看书,仅仅辨识书上所出现的文字,只能算是读"字",而读"字"并不等于读书。他说:

文章之妙,都在无字句处。①

有字处反是闲笔,无字处是正笔。②

律诗在八句五十六字中间空道中,若止其看八句五十六字,则只得八句五十六字。③

以上第一、二个引例,是讲古人无论小说还是史传散文,皆存在因作者出于各种原因(包括文理技巧的考虑)而用深文曲笔以达意的"文心"寄托,所以光看字面,容易被作者欺过,而如果读者阅读作品时能够转一个弯,思索一下无文字处的作者用心,反而能探得文章深寓潜伏的含义,读懂作品。

第一个例子评晁盖欲亲自率兵马攻打曾头市,结果中箭身亡。晁盖临行之前,宋江没有像以前打祝家庄、高唐州那样劝阻晁盖,只是待晁盖引兵渡水去了后,"密叫戴宗下山去探听消息",而下文又没有与"探听消息"相呼应的文字。金圣叹对小说这样的安排描写,评道:"此语(引者按:指"探听消息"云云)后无下落,非耐庵漏失,正故为此深文曲笔,以明曾市之败,非宋江所不料,而绝不闻有救援之意,以深著其罪也。"又说:"骤读之,极似写宋江好;细读之,始知正是写宋江罪。文章之妙,都在无字句处,安望世人读而知之?"④在金圣叹看来,《水浒传》这一段有字句处好像是写宋江好,无字句处却是写宋江虚伪、狡诈,后者正是作者深意之所在。金批本《水浒传》对宋江形象多有改动,批语中更是反复陈述宋江应被否定的理由,这是金圣叹一家之言。此姑置不论。他以上要求读者

① 《贯华堂第五才子书水浒传》第五十九回夹批,《金圣叹全集》(二),第375页。
② 《左传释·宋公和卒》,《金圣叹全集》(三),第679页。
③ 《鱼庭闻贯·杜诗纸背》,《金圣叹全集》(四),第45页。
④ 《金圣叹全集》(二),第375页。

揣摩作品，变直读为曲读，求文章真意于字句之外，正反映了他对意义存在于作品字行之间“空道”中的文本阅读方法的具体理解。

第二个例子是释读《左传》记叙宋穆公临死的一番遗嘱。春秋时宋宣公病将死，行兄死弟及之义，遗嘱弟和继位，是为穆公，不立子与夷。穆公临死，又嘱大臣归政与夷，是为殇公。金圣叹《左传释》选穆公立嘱一段文字，题为《宋公和卒》。文章开头曰：“宋穆公疾，召大司马孔父而属殇公焉。”按照一般的理解，这篇文章自然是宋穆公传的一部分，主人公毫无疑问是宋穆公。金圣叹的解释与普通的理解十分不同，他说，此文明写宋穆公是“宾句”，暗写宋宣公才是“主句”：

> 左氏每立一传，必指一人为主，然后盘舞跌顿，千变而不失其度。若此篇，则固指宋宣为传主也，不知者全认是穆公事，负左氏甚矣。如此二句（引者按：见上引），若作穆公传读，则止一行耳。苟作宣公传读，便得两行，而其间虚实影现之妙，乃至不可言喻，且令全传无数委屈丁宁，字字都有落处。盖书“穆公疾，召大司马孔父而属殇公”，是宾句，言外便见昔者宣公疾，遗命竟立穆公，而不属殇公，正是主句也。有字处反是闲笔，无字处是正笔，真是鬼在腕中，偷换出来也。①

评语提到的“一行”，是指文中直接出现的明句，“二行”是指除了直接出现于文章中的明句外，还包括不见字句、隐伏在明句里面的暗句，暗句与明句“虚实影现”，从而构成作品的复义形式。明句（所谓“实”、“现”）可以称为单义句，暗句（所谓“虚”、“影”）与明句组合，可以称为复义句。金圣叹显然认为，有文字的明句是文章的一种“宾句”，无文字的暗句才是“主句”；备宾主“二行”复义句之体者为妙文，其中隐藏不露的暗句是作品的主体，它使缺乏寓托含义的“一行”单义句结构的作品相形见绌。由此也决定了读解作品的本质，是对表面看不见的作品“主句”含义的孜孜

① 《金圣叹全集》（三），第679页。

索求。他称这为读书人“眼光穿出纸背”①。就金圣叹对《左传》这一段文章的解释而言,未必符合作品的原意,也就是说,金圣叹从这段文章“空道”处发现的寓意,未必与原文的意思相吻合,作者实际上可能并没有预先留下供后人如此发挥的“空道”,“空道”本身也是金圣叹思索挖掘出来的。但是,这种使作品更具有灵变性、能极大激发读者创造力的阅读、解释理论,确实表明其提出者不循常径,善于思考,你可以非议他解释具体作品得出的结论,却不能完全否定其力图总结的阅读理论的某种合理内核。

诗歌因字数少,思维跳跃更加繁变灵活,以少总多更成为其创作的一般艺术特征,因此,字与字、句与句之间留下的“空道”也必然更加宽绰馀裕,长篇古体是如此,近体短篇上述的特征就更加显著。金圣叹解评唐诗而选其七律为《唐才子诗》,这种编书选题思路的确定,与近体诗“空道”宽阔发挥馀地大也有一定关系。他以七律为例,指出“律诗在八句五十六字中间空道中”,这实际上是将七律分成了两个部分:看得见的“八句五十六字”和看不见的“空道”中间的丰富涵蕴,二者的关系也相当于明句和暗句、宾句和主句。因此,“若止看八句五十六字,则止得八句五十六字”,这只是读字;只有看“八句五十六字”又兼思镶嵌在“八句五十六字中间空道”里的无字之意,才是读诗。

金圣叹这种诗歌无字处却充满含义的认识,与他绘画不着笔墨却渲染尽情之说仿佛相似。他在《杜诗解》有关《戏题王宰画山水图歌》一诗的评语中,对杜甫“壮哉昆仑方壶图”、“中有云气随飞龙”两句诗所展现的画面,作了自己想象性的悬测和分析:

> 原来王宰此图,满幅纯画大水,却于中间连水亦不复画,只用烘染法,留取一片空白绢素。……所以然者,此图本题,须知明明标出在前是“昆仑、方壶”(引者按:古代传说中与求仙有关的两座山)。若入俗手,岂不于大海中央,画作无数丹崖碧嶂,瑶草琪花,白鹤青

---

① 金圣叹《左传释·郑伯克段于鄢》评语:“须知‘爱共叔段欲立之’七个字,反面便是‘废庄公而杀之’六个字。读书人须要眼光穿出纸背,只为此等句。”(《金圣叹全集》(三),第662页)

> 鸾,吹笙行乐。今王宰偏不尔,偏只于大水当中留得一片云气。若谓方壶是有,则此一片云气中间意者是耶。若曰方壶不经,儒者难言,则我此一片云气乃是连水都不画处,无笔无墨,云何诬我曾画方壶哉?看他不着笔墨处,便将太史公一篇《封禅书》无数妙句妙字,一一渲染尽情,更无毫发遗憾。①

王宰这幅山水画究竟如何构图,因其画作已经不存难以对证,莫能置喙。金圣叹通过分析杜甫诗句,以为王宰不着笔墨,却将昆仑、方壶两座神山饱酣地渲染出来,让人产生丰富遐想,也能面对不同思想信仰者的诘难而应付自如。相反,"俗手"处理这样的题材,可能就会着墨很多,布色很明,将画面填塞得很满,结果适得其反,笔墨外的想象馀地丧失殆尽,画理恰恰在这种表面的饱满中被否定了。金圣叹由杜甫诗句而获得的以无生有、笔墨空闲胜于充实的绘画之道,与他上述"律诗在八句五十六字中间空道中"的总结,互相契通,他对自己所推崇的"一片云气中间"寓"方壶"之"意"的王宰画的分析,正有助于我们对他关于诗歌"空道"理论的了解。

二、"顾其读之之人何如"及读法

这种"空道"理论与古代早已有之的文学创作"含蓄"说有互相通承的一面,但是,二者也有一个显著的区别:"含蓄"是藏而不露的艺术,追求摄一总万,所谓"不着一字,尽得风流"②,它是一种避免直言的写作手法;"空道"既是一种写作理论,更是一种解释理论,而它所包含的解释理论,实际上是一种使读者拥有较多释义自由权利倾向的主张,它设想写作者预先在作品中留下了许多"空道",鼓励阅读或解释者用自己的思维去创造性地进行填补。当然,从"含蓄"说也可以引申出对文学欣赏和解释的一些认识,但是毫无疑问,在欣赏和解释作品时,"含蓄"说强调的是呈示作品被略去的部分,使作品变得含义完整、清晰,而且这种呈示应当符

---

① 《杜诗解》卷二,《金圣叹全集》(四),第602—603页。

② 署司空图《二十四诗品·含蓄》,郭绍虞《诗品集释》,第21页,人民文学出版社1963年。

合其本来应该具有的意义状态,即符合作品的本旨。这与金圣叹"空道"说不讳言"断章取义",为文学批评中随意性释义而鸣掌,是不可同日而语的。可以这样说,金圣叹"空道"说是现代接受美学"空白点"理论的中国古代版。

因此,欲认识和理解金圣叹的"空道"理论的独到之处,就必须联系他关于读者对阅读的作品可以比较自由生发新义的见地。

《杜诗解》卷二选了杜甫《水槛遣心二首》第一首。杜甫是诗写于他定居成都草堂以后,诗云:"去郭轩楹敞,无村眺望赊。澄江平少岸,幽树晚多花。细雨鱼儿出,微风燕子斜。城中十万户,此地两三家。"诗人借助宽阔幽淡之景,抒发了对远离喧闹、融身于平静之中的"草堂"生活的喜悦心怀。金圣叹对杜甫这首诗的解释,一云:前四句"写胸中极旷",后四句"写胸中自得","看他意思,全不取'轩楹敞'、'眺望赊',只重'去郭'、'无村'为乐耳。三四句写出无町畦而有情致也"。这与历来多数人对此诗的理解几乎无甚差别。然而,金圣叹显然并不满足于这样的解说,故而他又评后四句的诗意道:"城中十万户,不知此地两三家,两三家不知鱼儿、燕子,鱼儿、燕子不知先生同处微风细雨之中,而各著其所著,各竞其所竞,所得甚少,而所失甚大。吾多于此等事一叹。"用老庄、佛教思想诠释杜甫此诗的寓意,从而将杜甫"写胸中自得"具体落实到莫与物竞、不著色相、与天同乐种种义类上。金圣叹的后一种解说与诗歌原意已经有了较大的距离,与历来的解释也很不相吻,这种别生新解的做法只是金圣叹个人的释读行为。金圣叹自己对此也十分清楚,但是他并不认为这有什么不妥,相反认为,这种生于读者之心而与作品原意不吻的阅读体悟,是由读者方面的认知而引起的,完全毋庸避免,人们不妨宽容地接受。他在这首诗最后的评语里写道:

> 昔所本无何必有,今所适有何必无。先生句不必如此解,然此解人胸中固不可无也。且端木"切磋"之诗,亦断章取义久矣。[①]

---

① 以上评杜甫《水槛遣心》见《金圣叹全集》(四),第568页。

"昔所本无何必有,今所适有何必无",意谓作品原本有它自己的含义,不是把什么意思都包含在其中;然而,后来的读者在阅读作品时恰好产生了某种感受和认识,也未必就没有其产生的道理,因此也不一定要去否定它们。这与清代晚期常州词派"作者未必然,读者何必不然"的说法非常相似。金圣叹说,杜甫《水槛遣心》一诗的原意未必就如他自己所解说的那样,然而作为读者("解人")对作品有这样的理解也自当是允许的。这说明,金圣叹一方面承认自己对杜诗作了未必符合其原意的随意性解释,一方面又声称这样的随意性解释在诗歌释义中应该予以肯定。他认为,子贡(端木赐)引用《诗经》"如切如磋,如琢如磨"来形容老师孔子用完善的道德人格教诲学生,这是"断章取义",虽然子贡所取的诗义与该诗原来的意思有出入,却并不影响他引诗的方式和讲述的道理都可以成立①。"断章取义"一词在先秦时代,通常是指人们引《诗》和用《诗》的一种方法,在后人习常的用法中,它逐渐成了随意解释作品的代名词,其词性也由先秦时期的中性词沦为了贬义词。金圣叹明确肯定"断章取义"的传统,为他自己文学批评的随意性释义而张目。所以在"昔所本无何必有,今所适有何必无"两句话中,金圣叹重点是落实在"今所适有何必无"这一句上,强调读者、批评者在较大程度上拥有对作品释义的自由,不必过多地强调作品本旨对读者思维联想的框束,读者的理解和批评也不以追求与作品原义吻合无差为最高宗旨。他说:"我真不知作《西厢记》者之初心,其果如是其果不如是也。设其果如是,谓之今日始见《西厢记》可,设其果不如是,谓之前日久见《西厢记》,今日又别见圣叹《西厢记》可。总之,我自欲与后人少作周旋,我实何曾为彼古人致其矻矻之力也哉。"②对原作进行再创造是金圣叹评点文学的一贯态度,他评杜诗、唐人七律和古代散文都无不如此,而尤其以评《水浒传》将其特点表现得最为淋漓尽致,其次是评《西厢记》。这给他开展文学批评带来了更多的

① 金圣叹"端木'切磋'之诗"一语,指的是《论语·学而》孔子与子贡之间一段对话,本书第二章第一节《作为阅读理论和方法的"兴"》已有论述,可以参看。朱熹认为子贡引用此诗句,是说明他听了孔子的教诲,明白了做人"未可遽自足"的道理(见《论语集注》)。这与原诗含义有区别,所以金圣叹说是"断章取义"。

② 《贯华堂第六才子书西厢记》序二,《金圣叹全集》(三),第9页。

自由。

于是在读者与作品的关系中，读者的地位和作用顺理成章地被提高了。金圣叹认为，读者对作品抱怎样的认识，与其说这反映了作品的质性，毋宁说更多是照映出了读者自己的精神，所谓“顾其读之之人何如”。所以，阅读同一部作品所得结论不同，从根本上说这是读书之人学殖性灵的差别造成的。他说：

> 《西厢记》断断不是淫书，断断是妙文。今后若有人说是妙文，有人说是淫书，圣叹都不与做理会。文者见之谓之文，淫者见之谓之淫耳。①
>
> 以大雄氏之书而与凡夫读之，则谓“香风萎花”之句可入诗料；以《北西厢》之语而与圣人读之，则谓“临去秋波”之曲可悟重玄。夫人之贤与不肖，其用意之相去既有如此之别，然则如耐庵之书，亦顾其读之之人何如矣。夫耐庵则又安辩其是稗官，安辩其是菩萨现稗官耶？②

不同读者和批评家从各自的阅读习惯和阐释立场出发，对作品各述所见，说法杂杂种种，这表明阅读和批评文学作品确是一件难以归一的事情。承认文学阅读和批评的差别性，是否意味着批评者必须放弃排他性？金圣叹这两段话带有浓淡不等的论辩色彩，否定《西厢记》为“淫书”说，也不满《水浒传》被人误读，这说明金圣叹并不以为读者对作品的各种解释都是合理可取的，都具有相等的阐释价值，而是认为读者有“贤与不肖”之区别，各人阅读作品所得也有对与错的存在。所以，金圣叹上述说法显然有其排他性的一面。实际上，除了纯粹的文学理论家可以超然于对作品的具体评价意见之外，凡从事具体作品分析评点的批评家，都不免要对作品表示自己个人的看法，舍弃无法为自己兼容的他人意见，所以排他性

① 《读第六才子书西厢记法》，《金圣叹全集》（三），第10页。
② 《贯华堂第五才子书水浒传》第五回总评，《金圣叹全集》（一），第115—116页。

总是潜存于批评家的意识里。各说互存宽容的接受文学观更多是一种理想的理论观念,它其实主要不是对每个批评家的要求,而是对批评家活动于其中的社会舞台理论场势的要求。金圣叹对《水浒传》《西厢记》及对诗文作品的分析结论,与当时社会的主流认识相悬甚殊,所以他实践自由的释义批评,追求解说作品而与主流意见迥然不同的反差效果,都无法不通过排他来契近自己的目标,没有排他性就没有差别性。中国古代文学批评史上举起多样性自由释义旗帜的流派和个人,往往多属主流意识的挑战者,他们起始大都势单力薄,却又不甘示弱。金圣叹也是如此。因此,排他性与尊重释义的差别性看似矛盾,其实还是有其相辅相成的一面的。

除少数时候金圣叹明确表示自己说诗是道个人一己之得,未必与诗人初衷相合之外,在多数情况下,他总是肯定自己解诗异于众说,却与诗人的本意本趣相通相契、无违无碍。因此他论诗有时又强调读者、批评家要回到诗人当初的情境中去,与诗人创作时刹那间的精神水乳相融,这样,才不会为后人的纷纭众说所束缚,从而在理解和解说作品时提出自己的新见。杜甫五律《早起》:"春来常早起,幽事颇相关。帖石防隤岸,开林出远山。一丘藏曲折,缓步有跻攀。僮仆来城市,瓶中得酒还。"这是杜甫写生活中幽事寂境的作品。金圣叹解首句"春来常早起"是诗人表示对未然日常生活的一种意愿,而不是对已然之事的叙述,所以他认为通首诗是"表意",而不是"即事"。他之所以反对"即事"说,是因为,"若作过后叙述,便索然无味,则下句所云'幽事',皆如富翁日记账簿,俗子强作《小窗清记》恶札"。金圣叹对自己所作的这一分析颇为得意,说是得自对诗人用意的"细心体贴"。他由此而提出:

> 读书尚论古人,须将自己眼光直射千百年上,与当日古人捉笔一刹那顷精神融成水乳,方能有得。不然,真如嚼蜡矣。勿以吟咏小道忽之。①

① 《杜诗解》卷二《早起》夹批,《金圣叹全集》(四),第609页。

其实,杜甫这首诗既可作“表意”解,也可作“即事”解:作“即事”解是循常之说,比较符合人们通常的阅读习惯;作“表意”解是开奇之论,能够丰富诗作的涵蕴和增加阅读时的新鲜感。而就杜甫创作这首诗言,很难说它原本不是“过后叙述”。所以,金圣叹要读者、批评家回到诗人当初的情境中去,与诗人创作时刹那间的精神合而为一,似乎突出了作品原旨的唯一性,限制了读者、批评家对作品释义多样性和差别性的寻求。其实不然,金圣叹解释作品的大量具体例子证明,他用说诗宜符合原旨这一多数人乐意接受的说法,向人们表明他的解释妥确可靠,而实际走的依然是一条“昔所本无何必有,今所适有何必无”的自由释义路径。其极端的例子,就是他一方面删改繁本系统的《忠义水浒全传》,腰斩原书英雄聚义以后的四十多回内容,构想新的人物结局,给这部小说以极大的变动,另一方面,他又托称自己的评点依据“贯华堂所藏古本”,并非杜撰,从而将他对《水浒传》极度自由的评释包裹在忠于原作的外衣之下,掩人耳目。明白了这一层,我们大可不必因为金圣叹讲过读者、批评家当与作者精神“融成水乳”,而怀疑他以读者、批评家为中心的自由释义态度。

金圣叹好以“分解”说诗。“分解”是通过分析作品的结构关系以求诗义的一种方法。他将一首律诗分为前解(一至四句)和后解(五至八句)两部分,每两句为一个语意单位,构成起承转合关系,其中前解带动后解。这种尊重诗歌结构分析的方法似乎应当将人们引往作品释义相对的客观性,然而事实并非如此,因为金圣叹律诗由前后二解构成的“结构说”本身,就不是律诗普遍恒常的结构规律。由此入手解释诗义,有些可通,有些则不免勉强乃至凿枘。所以,与其认为“分解说”是求取诗歌原旨的一种方法,不如说是金圣叹主观把握诗义、演绎个人话语的一种格式化的表述方式,带有批评家浓郁的个人色彩。

与“分解”说相联系,金圣叹体悟律诗通篇的蕴意,特别注意对首联立意的揣摩。他认为律诗前解中的一二句具有统辖全诗的作用,“一二定而全诗皆定”①,所以他论诗每重发端。云:

① 《鱼庭闻贯·答许升年定升》,《金圣叹全集》(四),第44页。

> 弟自幼闻海上采珊瑚者,其先必深信此海当有珊瑚,则预沉铁网其下,凡若干年,以俟珊瑚新枝渐长过网,而后乃令集众尽力,举网出海,而珊瑚遂毕举也。唐律诗一二,正犹是矣。凡遇一题,不论小大,其犹海也,先熟睹之,如何当有起句,其犹深信海之有珊瑚处也。因而以博大精深之思为网,直入题中,尽意蹯蹰,其犹沉海若干年也。既得其理,然后奋笔书之,其犹集众尽力举网出海也。书之而掷于四筵之人读之,无不卓然以惊,其犹珊瑚之出海粲然也。①

既然在金圣叹看来,诗人作律诗在首联是如此着力,"以博大精深之思"而为之,因此,读者、批评家领会诗意,也当视首联为通往整首律诗意域的关键。他相信在诗歌解释批评中,运用这样的方法能够收到首联解、通首明白的效果。这与他用"分解"说诗一样,在契近一部分律诗发端本然状态的同时,必然导致对另一部分情况不同的律诗首联作随意性解释,曲彼就此,从而使这部分诗歌的发端异变为说诗者个人理解诗义的"句眼"。

金圣叹又指出:一首律诗虽然"字字皆有原故",但是通首含义往往只系之于诗中某几个关键性的词语,获得对这些关键词的领悟,读诗、解诗才算抓住了要领:

> 唐律诗未易看也。有诗八七五十六字,字字皆有原故,如龙鳞遍身,鳞鳞出雨。有诗八七五十六字,只得一字二字是其原故,如龙鳞爪万变,却只为一珠。②

他说"粗心"的读者往往只看到诗歌的"鳞",从而被文字表面的含义及渲染的情氛所蒙蔽,唯有"细心"的读者才能别出眼光去发现诗歌的"珠",而对诗义获得决然不同的认识:

---

① 《鱼庭闻贯·与熊素波如澜》,《金圣叹全集》(四),第44页。
② 《鱼庭闻贯·与刘生三古洵》,《金圣叹全集》(四),第46页。

一诗也,有人读之而喜,有人读之而悲者,则以一诗通身写喜,而其中间乃于不意之处,却悄然安得一字,又安得者是一虚字,而一时粗人读之,以不觉故,于是遂喜,细人读之,则恰恰注眼射见此字,因而遂更悲也。①

金圣叹批解杜诗和唐人七律,不少结论与众人对作品的理解迥然不同,究其原因,很大程度上与他"注眼"于诗篇中间"不意之处"的文字,特别是看似意义不显著、似乎无足轻重的"虚字"(注意:并非是语法分类意义上的虚词),思索该"虚字"潜通于全篇深层蕴意的脉理作用这种解诗方法有很大关系。所以诗歌阅读释义的多样性、差别性因不同读者、批评家而产生,实又是与各人的读诗方法,对诗篇关键词语的不同把握联系在一起的,因为这决定了一个人的阅读视角,影响他能否对作品求得神解。这种"注眼"于"虚字"的解诗方法对评点之学具有启示性。

第二节　王夫之:读者各以其情而自得

王夫之文学批评的一个重要内容是探讨作品本文与读者的相互关系,其中主要涉及两个问题:(一)解读的自由及其限度;(二)从读者接受的角度看,什么是作品本文的优化条件?

一、兴观群怨随所以皆可

先谈第一个问题。

大家几乎一致认为,王夫之对传统的"诗可以兴,可以观,可以群,可以怨"命题的解释是一种历史性的突破,这是毫无疑问的。但是究竟这种突破的意义何在?他对"兴、观、群、怨"四者内涵的阐说并没有比前人提供更多的新见,显然他的贡献不在这里。他的解释的突出之处,是将《论语》中这句话的重点从"兴观群怨"转移到"可以"上来,揭示了"兴观群

---

① 《鱼庭闻贯·与王勤中宪武》,《金圣叹全集》(四),第47页。

怨”四者的联系和转化，并进而对读者自由地解读作品作出肯定①。他说：

“《诗》可以兴，可以观，可以群，可以怨。”尽矣。辨汉、魏、唐、宋之雅俗得失以此，读《三百篇》者必此也。“可以”云者，随所以而皆可也。于所兴而可观，其兴也深；于所观而可兴，其观也审。以其群者而怨，怨愈不忘；以其怨者而群，群乃益挚。出于四情之外，以生起四情；游于四情之中，情无所窒。作者用一致之思，读者各以其情而自得。……人情之游也无涯，而各以其情遇，斯所贵于有诗。②

他在另一处文中，又将其中“‘可以’云者，随所以而皆可”的话重述了一遍，表明他对自己这一看法确信不移③。

“随所以而皆可”是兼指作品和读者而言。从作品方面说，它们应该蕴涵丰富，能够启诱读者无穷的兴会（这留待后面详述）；从读者方面说，他们可以凭借自己的情致感绪去自由地触摸诗歌的内蕴，对作品本文作出各自不同的解说。这就是王夫之所说的“读者各以其情而自得”、“各以其情遇”。读者之“情”决定着他们在阅读时与作品内蕴相“遇”和从作品所“得”，这必然会使阅读解说烙上读者个人的印记。在他看来，读者对于作品来说绝不是被动的存在，相反，他们的阅读活动是对作品积极、主动的参与。“出于四情之外，以生起四情；游于四情之中，情无所窒。”这说明阅读其实是读者心绪与作品义旨之间的互相启引、渗透、融合，绝非像一块镜子显现物像那样简单、机械。

王夫之认为，每个人的内在条件是各具殊相、互呈异状的，他说：“世

---

① 黄秀洁（Siu-Kit Wong）著，陈荃礼摘译《王夫之诗论中的情与景》一文，已经提出王夫之论“兴观群怨”是将“可以”作为“关键的词语”。见钱仲联主编《明清诗文研究丛刊》第2辑，第244页，中华书局1982年。该刊“说明”曰：“原文载A. Richett所编《中国文学论文集》，美国普林斯顿大学出版社1978年版。”（见第235页）

② 《诗译》，王夫之《姜斋诗话》，第139—140页，人民文学出版社1961年。

③ 《夕堂永日绪论内编》，《姜斋诗话》，第146页。

万其人,人万其心。"①同理,天下也不会有两个主体条件完全相同的读者,这使阅读的结果见仁见智,乐山乐水,缤纷万象。他举读《诗经》的例子说:"故《关雎》,兴也,康王晏朝,而即为冰鉴。'吁谟定命,远猷辰告',观也,谢安欣赏,而增其遐心。"②意谓《关雎》原是一首咏说情性的起兴颂美的诗歌,然而有人却把它用来对周康王晏朝荒政进行规谏婉讽,这是兴而可观、以兴为观的例证。"吁谟"句见于《大雅·抑》,原意是叙述将朝政大事按时昭告天下的情况,读者借此可以察知当时朝廷的一种治迹,故王夫之曰可"观",然而东晋名臣谢安读此诗句,却赏其"偏有雅人深致"③,借以增兴遐心,寄托胸襟,这是观而可兴、以观为兴的例证。对这些作品含义在不同的读者心中发生迁移转换的现象,王夫之充分承认其合理性,反之,对"画井""株守"成见旧说,未能去发现和丰富作品新的蕴涵意味的说诗者则表示鄙薄④。

他将阐说分成推阐发明、疏讲描述、考证验核三个等级。他说:"钩略点缀以达微言,上也。其次则疏通条达,使立言之旨晓然易见,俾学者有所从入。又其次则搜索幽隐,启人思致,或旁辑古今,用征定理。"⑤显然,"上"等的推阐发明一途最便于解读者进行义理的创造。"达微言"就是古人说的探求"微言大义",它常成为以己说经者的一种借口。王夫之声称"六经责我开生面",然他的经说著作融创造于"达微言"之中,新意殊多,这可帮助我们理解他所向慕的"钩略点缀以达微言"的含义。这种主要立基于对原作的义理旨趣进行创造性参悟的阐说学观点,在他文学批评实践中也得到了体现,如《诗广传》(既是经学的、也是诗学批评的著作)、《楚辞通释》《古诗评选》《唐诗评选》《明诗评选》等书中大量的富有艺术睿智的评语断说,对诗义的剔抉、发明颇多,反映了他对古人诗作的一次新的认识。尽管有些评说未必允当,但是即使这部分内容也不失其

① 《姜斋文集》卷一《知性论》,王夫之《船山遗书》第15册,第85页,岳麓书社1995年。
② 《诗译》,《姜斋诗话》,第140页。
③ 刘义庆《世说新语》卷上之下《文学》,第137页,上海古籍出版社1982年影印清光绪十七年思贤讲舍刻本。
④ 《诗译》,《姜斋诗话》,第139—140页。
⑤ 《夕堂永日绪论外编》,《姜斋诗话》,第168页。

一定的启示意义。

王夫之上述主张及批评实践明显带有宋明学风的印记，与晚明重领悟的“竟陵派”诗为“活物”说存在较多相似之处，而与明清之际正在逐渐得到恢复的以顾炎武为代表的重考证的朴学倾向有较明显的区别，这可能也是他的大部分著作在清代未引起学人重视，自然也不会发生多少影响的原因之一①。

但是，王夫之并不趋入另一极端，认为作品本文完全被读者的因素所淹没，相反，作者的意愿、作品的本旨仍受到他的关心和尊重，他认为读者对作品内蕴的主动选择和延伸受到一定条件的限制，阅读的自由总是适度而非无限的。

他不同意“声无哀乐”、“哀乐中出”的说法。这一意见认为，听音乐者喜怒哀乐的情绪全从自己内心涌出，与音乐内含的情氛对他们的感动无关，否则，如何解释听悲哀乐曲的人仍不改其欢乐的情怀（反之亦然）的并不罕见的现象？王夫之认为，这只反映了“事与物不相称，物与情不相准”，不能成为否定音乐本身基调确然性的理由，在上述情形中，如果以听者的欢快抹煞乐曲本身的悲哀，就好比“云移日蔽，而疑日之无固明”。因此他说：“故君子之贵夫乐也，非贵其中出也，贵其外动而生中也。”即通过音乐的演奏（“外动”）而使听众达到相应的感动（“生中”）。这好像又陷入了作品决定论，其实不然，他在同一条里还谈到：“然则‘淮水’之乐，其音自乐，听其声者自悲，两无相与，而乐不见功。”②演奏音乐能否取得使听众产生相应感动的预期效果，还与具体听众的心情意绪有关，只有两者的情氛大体接近时，才会产生共鸣，否则将是奏而无功。听众的因素显然是要受到高度重视的。诗歌与此同理。他说：“《七月》，以劳农也。《东山》，以劳兵也。悦而作之，达其情而通之以所必感一也，然而已异矣。……农朴而兵佻，故劳农以食，而劳兵以色。非劳者之殊之也，欲得其情，不容不殊也。”③作品与接受对象之间总是需要保持一种内

① 王夫之少数著作在清代也受到较高评价，但都是一些属于考证性的书。
② 以上引文见王夫之《诗广传》卷三《小雅》，第100页，中华书局1964年。
③ 《诗广传》卷二《豳风》，第67页。

在的联系,方能相互作用,取得听、读的效果。如果接受者的心理对作品全无介入,解读、联想、对原意的引申延发的自由又从何谈起呢？于是,作品对读者带有某种定向性的启导和读者在一定范围内对作品意蕴的抉发、张延,形成本文的约束和解读的自由之间的相互运动,因此不能想象作品决定读者,犹如不能想象读者决定作品。

所以,王夫之一方面肯定“读者各以其情而自得”,另一方面又提倡解读和研究“必不背其属”,“不迷于所往”①。后者表示他尊重作者意图和作品本旨、约束滥使读者权利的谨慎态度。他戒示人们要避免误读错释,陷入“迷谬”之境,他说:

唯意谓然,不度其指。作者既杳,亦孰与正之？舍本事以求情,谓山为洼沼,谓海为冈阜,洞崖似沼,波涛似阜,亦何不可？昔人有云:“后世谁定吾文者?”惮人之仿佛而迷谬之也。《九歌》以娱鬼神,特其悽悱内储,含悲音于不觉耳。横摘数语,为刺怀王,鬼神亦厌其渎矣。至于《天问》,一皆讽刺之旨,覆使忠告不昭,而别为荒怪何也？凡此类,交为正之。②

他承认作品研究由于其原旨得不到作者解说、无法求得引证而陷入窘境,因此,后来研究者只好放弃探明“本事”的奢想,转而从情感方面解读作品,接近作者。于是就出现了解释纷杂,甚至得出的结论与作品原意南辕北辙、大相径庭的情况。他觉得在这种情况下,必要的考辨之功仍不可缺少,它可以减少似是而非、“迷谬”不当。他试图证实屈原《九歌》无“刺怀王”内容,《天问》“一皆讽刺之旨”,就属于朝这方面追求的努力。

他对古诗研究中乱寻政治喻义的批评集中表现了限束滥使读者权利的态度。我国古代的说诗者往往把诗歌的政治讽喻意义看得很重,在这一阅读心理支配下,形成了一种讽喻过敏症,诗歌丰富的神理兴味经他们一番深求曲解,似乎都与帝王政治发生着联系,他们在这方面表现出来的

① 王夫之《楚辞通释》序例,第3页,上海人民出版社1975年。
② 《楚辞通释》序例,第3页。

是对解读自由的滥用。不能说王夫之完全超然于这一习尚之外,如他认为《天问》"一皆讽刺之旨",就难免有捕风捉影之嫌,但是综观他的诗歌批评,占主导倾向的是艺术评析而不是政治索隐。他以为有些诗确有"影射",并举了李白《远别离》、屈原《天问》、张衡《四愁》等诗为例(这些诗是否全有"影射"还是一个问题,但他肯定"诗有必有影射而作者"符合一部分诗歌实际)。对有"影射"的作品,自然最好能够指明它们确切的意思。他同时又指出,有些诗歌"无为而作",绝无"影射",评者却穿凿附会,故为深解,这为他所竭力反对。他说:"如右丞《终南山》作,非有所为,岂可不以此咏终南也。宋人不知比赋,句句为之牵合,乃章惇一派舞文陷人机智。谢客'池塘生春草'是何等语,亦坐以讥刺,瞎尽古今人眼孔,除真有眼人迎眸不乱耳。如此作(引者按:指杜甫《野望》)自是野望绝佳景语,只咏得现量分明,则以之怡神,以之寄怨,无所不可,方是摄兴、观、群、怨于一炉锤,为风雅之合调。俗目不知,见其有叶落、日沉、独鹤、昏鸦之语,辄妄臆其有国削君危、贤人隐、奸邪盛之意,审尔则何处更有杜陵邪?"①这无疑是说诗讽喻过敏症的清醒剂。妄臆揣测,事事牵合君臣国事,这样的解说似深实浅,似自由实不自由,因为他们对诗义的理解是机械的,狭窄的。王夫之追求一种建立在比较准确地理解作品本义基础上的自由联想,比如杜甫《野望》,首先应当肯定它是一首写景诗而非政治诗,在这一大前提正确的条件下,读者兴会迭发,驰骋想象,发挥自己对作品的再创作能力,这才会拥有阅读的真正自由。

王夫之上述解读自由及其符合适度要求的思想在文学批评史上有积极意义,它使"诗无达诂"、诗为"活物"诸说所代表的理论传统在明清之际得到了延续和新的发展,尽管他实际的诗歌评赏在运用"自由"和遵守"适度"两方面,也难免过或不及。

二、"诗无达志"与自由诠释

解读自由的实现不完全取决于读者,还与作品是否能被自由地解读

---

① 以上见王夫之《唐诗评选》卷三,杜甫《野望》评语,1933年上海太平洋书店重校刊《船山遗书》。

有关,并不是所有文学作品可被解读的自由度都相等,没有差别。因此,解读能否自由实际上也是一个与创作相联系的问题。唐代于季子《咏汉高祖》诗云:“百战方夷项,三章且易秦。功归萧相国,气尽戚夫人。”王夫之评道:“恰似一汉高帝谜子,掷开成四片,全不相关通。”[①]尽管此诗咏唱人物简而有力,不像王夫之说得一无可取,但是他的批评确实道出了这首诗致命的弱点。读者只须了解作者所咏史事,就能读懂作品,但是除此之外,很难再引起更多联想。读者即使具有解读自由意识,面对这种诗作,也只好无奈地垂下自由遐想的翅膀。王夫之把读者看成是对作品的主动参与者,为了使他们的创造能力得到比较充分地展示,他对诗人如何为读者创作出蕴涵丰富、可供多种理解、能启发多重联想的精优本文提出了相应要求,他说:“意外意中,人各遇之,所谓眇众虑而为言也。”[②]说明一首优秀的诗歌作品应该内蕴丰富充足,为读者随想自由创造尽可能多的条件。

古人“诗无达诂”之说肯定读者领会、理解诗义的灵活性。王夫之则提出“诗无达志”之说,强调诗歌本文应当具有被读者灵活领会和理解的可能性。刘琨《答卢谌》(“虚满伊何”)歌咏飞鸟“不遑休息”的精神及“匪桐不栖,匪竹不食”的贞志。此诗是否只在于嘉奖飞鸟以及具有这种品性的人,还是诗人借此激励自己和他人?看来这两种寓意都有,并不是单一的。王夫之在评语里指出:“为奖为激,都无达言,而相动自至。”[③]他评唐代诗人杨巨源《长安春游》诗道:“只平叙去,可以广通诸情,故曰诗无达志。”(《唐诗评选》卷四)杨诗展示的是长安的广陌高楼和富丽宴乐景象,诗尾联“贵壁朱门新邸第,汉家恩泽问酂侯(萧何)”,采用以汉比唐手法,轻轻点出在这人间仙境中生活着的是一些当朝权臣势家。诗人叙说口气冷静、平和、内敛,究竟他对诗中描述的生活场景是欣喜、羡慕、讥讽、诫喻,还是其他什么态度,都很难予以确指,或者说,诗人主观褒贬意

① 《夕堂永日绪论内编》。他接着还说:“如此作诗,所谓‘佛出世也救不得’也。”《姜斋诗话》,第161页。

② 《明诗评选》卷八,评徐渭《漫曲》,民国二十二年上海太平洋书店重校刊《船山遗书》。

③ 《古诗评选》卷二,民国二十二年上海太平洋书店重校刊《船山遗书》。

向在诗里表现得并不明确。然而正因为作品“无达志”，可以“广通诸情”，才能够勾起读者广泛思索，并作出各自不完全相同的解答。反过来说，如果诗人在一首诗中表达的意图过于具体、明确、落实，未能“广通诸情”，则读者除了与作品建立起一般的认知关系之外，很少再有驰骋想象、运用自己判断力的机会和馀地。王夫之评曹丕《燕歌行》（“别日何易会日难”）也谈了类似的想法。曹诗抒写别离思念的感情，然而他究竟表达的是夫妇情侣的思恋，亲朋挚友的想念，还是明君贤臣间的一种慕求，或者还有其他隐喻内容，这些都不可确知。王夫之对诗的这一特点产生兴趣，说：“所思为何者，终篇求之不得，可性可情，乃《三百篇》之妙用。盖唯抒情在己，弗待于物发思，则虽在淫情，亦如正志，物自分而己自合也。”（《古诗评选》卷一）诗人抒写自己内心思情而不明确道出被思念的具体对象，这样反而能够引起读者多方面联想，既可以从情感层次去体味它流露的诗人欲念，又可以从伦理层次去感知它所表现的诗人心性（王夫之的“性”、“情”常含有侧重伦理和侧重情感的区别）。不然，过于具体明确，读者对作品寓意就难以有更多伸发。这与他“诗无达志”说的精神是相通的。

前面谈到，王夫之认为一首好诗应该可兴、可观、可群、可怨，“随所以而皆可”，这从作品本文所应具备的条件来说，就是要使诗作涵容宽广丰富、情味深长。为此，他更提出了诗应“该情一切”的要求。他评《古诗十九首》：“十九首该情一切，群、怨俱宜。”（《古诗评选》卷四）评李白《春思》五、六句：“一即一切，可群可怨。”（《唐诗评选》卷二）评阮籍《咏怀》（“开秋兆凉气”）：“唯此窅窅遥遥之中，有一切真情在内，可兴、可观、可群、可怨，是以有取于诗。然因此而诗，则又往往缘景、缘事、缘已往、缘未来，终年苦吟而不能自道，以追光蹑景之笔，写通天尽人之怀，是诗家正法眼藏。”（《古诗评选》卷四）诗而能“该情一切”，融景、事、情于一炉，将对过去、未来的思考凝聚于笔端，写出“通天尽人之怀”，自然它将在读者面前呈现丰富的多样性，让人们产生“横看成岭侧成峰”的无限妙趣，这样，“兴观群怨”自由转换才会有较大可能和宽绰馀地。一首内涵贫瘠单薄的诗作，犹如一座小小土丘，决不能让游人产生犹如观望庐山绵延峻伟的姿态获得的无穷新奇感。司空图《与极浦书》提出，诗歌以写出“象外之象”、“景外之景”为难，也以此为贵。这种有韵味的、寓意丰富的诗，有利于读者自由解读，王夫之称赏“无达志”诗歌与这一诗论传统有相通之处。

诗该备“一切”，是指诗歌含藏丰博深邃，而不是说写诗需要连篇累牍，直尽泼泻，事实上，王夫之对后者常予以批评。他评阮瑀《杂诗》：“自一切之诗，一切故深，《国风》之授笺注家以疑讼者此也。曹植、王粲欲标才子之目，破胸取肺，历历告人，不顾见者之闷顿。”（《古诗评选》卷四）《诗经》成书以后，为之作笺注的著作汗牛充栋，歧解异释，纷然杂陈，这现象在解说较多运用比兴手法的《国风》时表现得尤其突出。王夫之认为《国风》本身包涵“一切”、寓意深广是造成上述结果的客观原因。很显然，他对诗能引起读者多种理解予以充分肯定，他所不满的是笺注家不能把诗作为诗对待，各人以为自己获得了作品的唯一确解，排斥他人的不同理解，纷纷聚讼，结果使本来丰富的诗义单一化了。他对阮籍《咏怀》诗评价极高，称其“自是旷代绝作，远绍《国风》，近出入于《十九首》。”这是因为这组诗内蕴丰富，兴味无穷：“托体之妙，或以自安，或以自悼，或标物外之旨，或寄疾邪之思，意固径庭，而言皆一致，信其但然而又不徒然，疑其必然而彼固不然。”（《古诗评选》卷四）这样的作品为读者循声测影、索解诗意提供了宽阔空间。直而尽的诗歌作品一般来说引起读者重构喻义的能力比较低弱，不像王夫之称之为“随所以而皆可”的诗作具有较强的再生性，故他对这类诗批评较多。如在前面引文中他批评曹植、王粲诗“破胸取肺，历历告人”，失在好尽。这对曹、王一部分作品切中肯綮，但是涵盖过宽，则又失之偏颇。又如他对汉代和魏晋以后无题古诗的不同评价，也是基于作品的“意尽”与否及读者对作品可能参与的程度。他说：“魏、晋以下人，诗不著题则不知所谓，倘知所谓则一往意尽。惟汉人不然。如此诗（指古诗“橘柚垂花实”）一行入比，反复倾倒，文外隐而文内自显，可抒独思，可授众感。鲍照、李白间庶几焉，遂擅俊逸之称。”（《古诗评选》卷四）王夫之既反对诗歌写得晦幻不明，又反对“一往意尽”。唯其不明，读者难以介入其中，唯其意尽，读者难以超越其外。他主张“内显外隐”，既能方便释读，又能引发“众感”。他把一首诗比作“因日成彩”的云：“光不在内，亦不在外，既无轮廓，亦无丝理，可以生无穷之情，而情了无寄。”①又将诗比作“无端无委”、“首末一色”的锦：“唯此，故令读者可以其所感之端委为端委，而兴、观、群、怨生焉。”②这些比喻包含这样的意思，诗越少拘限固滞，越无确定的解说，其触发读者的联想就越丰富，因而越是一首好诗。

他反对以议论入诗，主要理由是，诗一入议论，一下论断，会变“使人自动”为“恃我动人”③，框束了读者，限制他们的主观能动性，结果使读者成为作品被动的依存对象。这与他对诗的下述看法相一致：诗应重兴会、声情和神韵，唯其如此，才能使“凡百有心”千差万别的读者在阅读时“各如其意而生感”④。所以他指出，诗人作诗要在创立“风旨”，议论则留待读者自己去生发。他说：“议论入诗，自成背戾。盖诗立风旨以生议论，故说诗者于兴、观、群、怨而皆可。若先为之论，则言未穷而意已先竭，在我已竭，而欲以生人之心，必不任矣。”⑤反对议论入诗并不是新论点，作为对宋诗的一种意见，它早已出现在严羽等人的诗学论著中，王夫之则为这种批评提供了一个新角度。他更突出地强调，读者对作品的再创造是诗歌意义得以完全实现的一个不可或缺环节，应该受到诗人尊重。从诗人、作品和读者三者整体联系的艺术审视点出发来看待诗歌议论化的消极性，这使他的批评具有新意。

把能否引发读者丰富广泛的联想作为评价一首诗歌艺术上高低优差的重要标准，这是王夫之在文学批评史上提出的一种新的价值取向。这种价值取向使他对浩繁的中国诗歌作出了很不乐观的评估，他说：

> 《诗》三百篇而下，唯《十九首》能然。李、杜亦仿佛遇之，然其能俾人随触而皆可，亦不数数也。又下或一可焉，或无一可者。故许浑

---

① 《古诗评选》卷三，评王俭《春诗》。
② 《古诗评选》卷五，评袁彖《游仙》。
③ 《古诗评选》卷四，评左思《咏史》（“荆轲饮燕市”）。
④ 《古诗评选》卷一，评吴均《行路难》（“君不见西陵田”）。
⑤ 《古诗评选》卷四，评张载《招隐》。

允为恶诗,王僧孺、庾肩吾及宋人皆尔。[①]

当然,他在具体评选前人诗歌时,掌握的标准比这灵活得多,否则根本不可能选出二千五百多首作品汇编成书,但这并不影响他自己批评的鲜明性。他讥"建安风骨""如鳝蛇穿堤堰,倾水长流,不涸不止"[②];在曹丕、曹植诗歌评价上扬丕抑植[③];否定杜甫名句"朱门酒肉臭,路有冻死骨";极力贬低白居易,不选《长恨歌》《琵琶行》等叙事长篇……这些都反映了他上述评判诗歌的价值尺度。

我们可以从两个方面看王夫之这种接受文学观:(一)他并未建立一种评价诗歌的多元的价值体系,故他对古人作品的论析、取舍,难免顾此失彼,不够全面,即如诗歌入议论、描写直而尽诸问题,也未可像他那样一味否定。但是,他提出的评价作品的角度是新颖的,这在文学批评史上是较为人所忽视的。我们循着他的观点来检讨古代诗歌,可以获得一些新认识。更重要的是,他在探究什么是诗的问题时能够比较自觉地结合读者因素,这对促进诗的观念渐趋严密作出了贡献。(二)王夫之认为比兴之体和徐纡婉曲之作较能给读者以联想和再创造的馀地,而描述详尽细微的长篇叙事诗不具备"随所以而皆可"的特点,因而未便读者自由地寄思遐想。其实,从更深广的解读自由的视野看,优秀的长篇叙事诗未尝不能启引读者驰骋想象,如在《琵琶行》《长恨歌》的叙事风格下面包含着对人生、命运、历史的喻示,仍能激触读者种种感悟,生发自由联想。王夫之将这类诗歌拒之门外,从而给自己提出的"随所以而皆可"、"读者各以其情而自得"主张的广泛适用设置了障碍,减弱了其理论意义,这足可惋惜。

三、己不往则彼不见

王夫之对作品和读者有机联系的思考根植于他的哲学思想。他以细

---

① 《夕堂永日绪论内编》,《姜斋诗话》,第146页。
② 《古诗评选》卷一,评袁淑《效子建白马篇》。
③ 见《古诗评选》卷一,评曹丕《猛虎行》。

缊生化的基本观点看待宇宙万物的存在和变化，认为事物离开了矛盾的一方，另一方也将失去存在的依据，矛盾双方“相映相函以相运”①，“相反而固会其通”②。宇宙中判然离析的事物是没有的，他说：“天下有截然分析而必相对待之物乎？求之于天地无有此也，求之于万物无有此也，反求而之于心，抑未谂其必然也。”③这即告诉我们，凡发生关系、建立联系的事物，他们总是作为错综交杂、互相融入的统一体而存在。同样的道理，文学作品一经读者阅读，两者实际上也就形成了融合渗透，不可想象没有读者主观参与的“客观”的阅读。但是，这里存在着一个自觉与不自觉的差异，还有对它持肯定抑或否定的区别。王夫之在这个方面不仅是自觉的，同时也给予肯定和赞赏，其原因从他上述的哲学观点来看是不难解释的。

在心物关系上，王夫之肯定“能”、“所”之别，“境之俟用者曰所，用之加乎境而有功者曰能。能、所之分，夫固有之”。并提出“因所以发能”和“能必副其所”④。“所”指外在对象，“能”指认识活动。一般来说，王夫之更多阐述的是“能”对“所”的依赖，即人类认识活动离不开对客观对象的感知。但在认识论方面，他不是客观对象决定论者。他认为形（人的感觉器官）、神（思维活动）、物（客观事物）“相遇而知觉乃发”⑤。他说：“耳与声合，目与色合，皆心所翕辟之牖也。合故相知。乃其所以合之故，则岂耳目声色之力哉。”⑥这实际上是强调和突出了人的内心条件和心智活动的积极意义。这在下面引文中可以看得更清楚，他说：

乃目之交也，己欲交而后交，则己固有权矣。有物于此，过乎吾前，而或见焉，或不见焉。其不见者，非物不来也，己不往也。遥而望之得其象，进而瞩之得其质，凝而睇之然后得其真，密而瞭之然后得

① 《周易内传》卷五上《系辞上传》，清同治四年湘乡曾氏金陵节署刻《船山遗书》。
② 《周易外传》卷七《杂卦传》，清同治四年湘乡曾氏金陵节署刻《船山遗书》。
③ 《周易外传》卷七《说卦传》。
④ 《尚书引义》卷五《召诰无逸》，清道光二十二年王氏守遗经书屋刻本。
⑤ 《张子正蒙注》卷一上《太和篇》，清同治四年湘乡曾氏金陵节署刻《船山遗书》。
⑥ 《张子正蒙注》卷四上《大心篇》。

其情。劳吾往者不一,皆心先注于目,而后目往交于彼。不然,则锦绮之炫煌,施、嫱之冶丽,亦物自物而己自己,未尝不待吾审而遽入吾中者也。故视者,由己由人之相半者也。①

任何观察都是一定观察者的观察,"不待吾审而遽入吾中者"是没有的,因此,离开观察者的心灵条件及其对观察对象的关注和导引,侈谈客观对象对观察结果的决定作用是荒谬的。正是在这个意义上,王夫之又提出"小耳目而大心"②。我们研究王夫之的认识论,如果忽视他上述观点,将不能获得全面和正确的把握。在诗歌阅读活动中,读者和作品也好比是一种心物关系,二者同样也是互为制约、互为决定的,王夫之说:"诗待解人字外求之。"③他认为诗之可贵,在于给人们提供了一种可兴、可观、可群、可怨,"随所以而皆可"的优秀文本,但是,作品丰富的蕴涵要真正获得实现,还有待于读者的精神契入,由于观察者心智注入观察对象深浅多寡不同,所得观察结果也不相同。他又认为,诗人在作品中表现出自己具体、特定的寄托固然不错,但是,如果他着力创造出一种能够触发读者兴会的形象和意境而略去具体、特定的寄托则更符合艺术理想,因为"无托者,正可令人有托也"④。王夫之诗歌评论重视读者这一环节,肯定解读活动中自由联想和再创造的必要,正反映了他论心物关系重视"由己"的一面。

第三节　常州词派:读者何必不然

常州词派为古代词学理论所作的一项重要贡献是,他们比较自觉地论及读者和批评者的能动性因素对选择、界定词旨所起的作用,对词在被理解过程中词义的歧异、差殊现象作了探讨和说明,从而从词学的角度补

① 《尚书引义》卷一《大禹谟二》。
② 《尚书引义》卷一《大禹谟二》。
③ 《明诗评选》卷八,评蒋山卿《北狩凯旋歌》。
④ 《明诗评选》卷八,评袁宏道《柳枝》。

充和丰富了古代接受文学批评的理论，而他们在具体鉴赏批评中存在的一些缺点、误失，又为后人提供了教训。

一、意内言外、比兴寄托与释义

常州派词论发轫于张惠言，完善于周济，推衍于谭献。他们关于词的接受批评的思想萌芽和理论表述，也呈现出这种相互递进关系。

张惠言虽然没有直接对读者参与词的第二次创作明确作出理论上的说明，但是他对观察行为的论述，由治《易》获得的阐释学思想，对文学与“象”关系的把握，关于词比兴寄托特征的说明，尤其是对某些词篇阐幽烛隐而不时陷入穿凿附会的具体解释实践，无不包含、体现，或者说可以诱导出重视词的接受批评的思想萌芽，从而给周济、谭献以深刻影响。

张惠言很重视观察者个人的兴趣、爱好对选定观察目标和形成观察结果所起的显著影响。他说：

> 爱之之于物也，饰之不以为采，质之不以为朴，瑰之不以为异。爱之于物也，纤之豪不见其少，合之宙不见其大，漻乎天不见其廓，纷乎百育不见其侈。旁礴而独行也，与身为仪。羿之见无非矢也，扁之见无非轮也，伯伦之见无非酒也，性也。①

说明观察者独特的心性条件影响观察行为，可以使他们发现或盲失观察对象的某些特征。他们对事物的某些特征视而不见，听而不闻，纤毫不见其细小，巨物不见其硕大；反之，有时却又会节外生枝，无中生有，犹如神箭手、巧匠、酒徒之所见往往会与他们各自关心的事物相联系。张惠言将观察者个人条件和观察行为之间存在着的这种犹如形之与影、声音之于回响的关系概括为“与身为仪”，是颇为恰当的。读者个人因素与阅读作品之间也存在这种“与身为仪”的关系，阅读会打上读者个人的印记，从而时时改变着阅读的客观性。张惠言关于观察的描述，恰是对他评

① 《爱石图赋并说》，《茗柯文编》，第163页，上海古籍出版社1984年。

赏词篇纵容主观性的说明。

作为乾嘉时期一位有成就的经学家,张惠言以擅长治《礼》《易》为人称闻,而他研求《易》的经验对他形成包含读者再创作因素在内的探颐索隐的评词方法影响至重。儒家经典《易》文意至简,而后人对它的解释纷呈万状,几乎一切论说皆可援《易》为据,故有"《易》道广大,无所不包"之说。张惠言治《易》专究汉末东吴时经学家虞翻的《易注》,著有《周易虞氏义》等。他概括虞翻说《易》的特点是,"以阴阳消息六爻,发挥旁通","依物取类,贯穿比附","沉深解剥",以"遂于大道"①。又指出,虞翻虽然祖述孟喜《易》学,"亦斟酌其意,不必尽同"。并进而提出:"古人之学,传业世精,非苟为称述而已。"旨在提倡传业与创义相结合以促使学问朝精深方向推进的阐释学观点②。他肯定古代典籍在被后人不断解释过程中出现"源远末分"、"差若毫厘,谬以千里"现象的不可避免③。张惠言以上"依物取类,贯穿比附"和"不必尽同"师说,肯定孳繁新义及理解差异的治经态度,构成了他自己和其他常州派成员开展词学批评的学术基础。

汉人讲《易》注重象数。张惠言治学属清代古文经学派,钩稽和推演汉人学说,故而他也重视"象",说:"《易》者,象也。《易》而无象,是失其所以为《易》。"④"象"谓以喻示、象征式的符号代称和衍指宇宙人寰的森罗万象和隐奥事理,具有"以少总多"的特点。张惠言认为言情述性的文学也是"象":

> 夫民有感于心,有概于事,有达于性,有郁于情,故有不得已者,而假于言。言,象也,象必有所寓。⑤

词作为文学的一种类别,当然也归属于他所说"象"的范围。"象"称名小

---

① 《周易虞氏义序》,《茗柯文编》,第38页。
② 《易义别录序》,《茗柯文编》,第44页。
③ 《易义别录序》,《茗柯文编》,第42页。
④ 《丁小疋郑氏易注后定序》,《茗柯文编》,第60页。
⑤ 《七十家赋钞目录序》,《茗柯文编》,第18页。

而取类大的包容性和泛指性特点，决定了解释象义纷歧繁杂，难趋一致。张惠言将包括词在内的语言文学作品归之于“象”，为他“于古人之词，必缒幽凿险，求义理之所安”的随意深解找到了作品本体论依据①。

张惠言论词主要见于他的一篇《词选目录叙》，“崇比兴”是该序最基本的一个观点②，其实这是他“言，象也，象必有所寓”文学“象”论在词体范围内的具体展开。他说：

> 传曰：“意内而言外谓之词。”其缘情造端，兴于微言，以相感动，极命风谣，里巷男女哀乐，以道贤人君子幽约怨悱不能自言之情，低徊要眇，以喻其致。盖《诗》之比兴、变风之义、骚人之歌则近之矣。然以其文小，其声哀，放者为之，或跌荡靡丽，杂以昌狂俳优。然要其至者，莫不恻隐盱愉，感物而发，触类条鬯，各有所归，非苟为雕琢曼辞而已。③

这是常州词派比兴寄托说的最初表述。表面上他主要是从创作论角度谈词的文学特征，实际上也是为读者和批评者选定了一条通过他们对作品积极参与和补充以鉴赏、诠释词的意义的途径。优秀的词篇固然是作者“感物而发，触类条鬯”，以表达内心的“恻隐盱愉”，然而许多作品究竟抒写了词人什么“哀乐”之衷和“不能自言之情”，并非清晰明确的，需要经过读者的想象和移情作用使之具体化。于是词人托象言义与读者释

---

① 《香草词序》，宋翔凤《朴学斋文录》卷二，清嘉庆二十五年刻《浮溪精舍丛书》本。

② 张尔田《彊村遗书序》，《词学季刊》创刊号，第201页，上海书店1985年影印本。

③ 《词选》卷首，清嘉庆二年刻本。按：《词选》一书今人多云张惠言编选，此说不确，它其实是以张惠言为主，与张琦共同编选的。张琦《重刻词选序》对此有比较详细的说明：“嘉庆二年，余与先兄皋文（张惠言）同馆歙金氏，金氏诸生好填词。先兄以为，词虽小道，失其传且数百年，自宋之亡而正声绝，元之末而规矩隳，窔宧不辟，门户卒迷。乃与余校录唐宋词四十四家，凡一百十六首，为二卷，以示金生，金生刊之。……呜呼，忆余同先兄选此词迄今已三十四年，而先兄没已二十九年矣。……是选先兄手定者居多，今故列先兄名，而余序之云尔。道光十年夏四月十有一日张琦序。”张琦这种说法，可以从金应珪撰于嘉庆二年八月的《词选后序》中得到证实，《后序》云：“《词选》二卷，吾师张皋文、翰风（张琦）两先生之所录也。”后来流传的《词选》一书，仅署张惠言一人名字，这虽是张琦本人的意思，但是并不能因此而掩盖二张合编《词选》的真实情况。又张惠言为《词选》撰写的序，今人通称《词选序》，其实该文最初置于全书目录之后，称《词选目录叙》。今仍用其旧题。

象明义两者之“义”在量与质上未必完全是同一样东西。张惠言认为词的特征接近“《诗》之比兴、变风之义、骚人之歌”,这不仅是指词具有《诗》《骚》那样以此喻彼、托物起兴、美人香草的艺术风概,而且还指词应该含有《诗》《骚》那样忠爱美刺的政治、伦理性内容,或者诉述与此紧密相关的个人政治命运升黜进退的遭际。张惠言与常州派其他词论家推尊词体,主要基于对词这方面表述功能的肯定。无疑在浩渺的词作中,具有这种蕴义的作品相当可观,其中一部分甚至还是词苑精品。但是,张惠言《词选》目其为有比兴寄托之义的为数不少的作品,其实作者原先立意命义并非如此,确切地说,这些含蕴不是词人写出来,而是后人读出来的。张惠言以“象”喻文,以“比兴”言词,这显然为读者和批评者在阅读和赏评作品时再构词旨打开了绿灯,而他本人就是这方面大胆的实践者。

《词选》入选唐五代两宋词人四十四家,词一百十六首,这些作品当是能够体现张惠言自己在《词选目录叙》强调的比兴寄托之意的典范。他在《词选目录叙》提到对入选作品所做的一项重要工作是,“义有幽隐,并为指发”。评语具体“指发”出“幽隐”之义的作品共四十一首,占全部入选词篇的四分之一,而这些作品的“幽隐”之义全部被认为直接或间接地与忠爱美刺或屈抑失志的政治内容和与政治情势有关的个人经历相联系,这清楚地反映出评选者的主观意图和思想倾向。张惠言是一个经世意识和政治意识都比较强烈的学者、作家。他生活在国势退落、衰象日显的年代,期望克除一些社会弊端以更好地维护清王朝统治,而他个人在嘉庆二年(1797)编选《词选》以前屡试礼部失利,大有怀才不遇之感。从他持有的观察行为与观察者个人“与身为仪”的观点来看,他对上述比兴寄托之词特别感兴趣颇易理解。

他对四十一首作品旨义的解释可以分为三类情况。一类是大致符合题意,然而解说过于具体落实,反而显得拘泥牵强,启人疑窦。他评王沂孙“咏物诸篇,并有君国之忧”,这确实能够道出王词托物以寄江山社稷之思的特点。《词选》选入他四首词,都有这方面涵蕴。可是张惠言又具体解释道,《眉妩·新月》“喜君有恢复之志,而惜无贤臣也”;《高阳台·梅花》“伤君臣晏安,不思国耻,天下将亡也”,则难免有胶柱之过。又如所选辛弃疾六首，也大都是慷慨言志，深有寄托之作，张惠言评语略得词之梗概，然评《祝英台近》"'点点飞红'，伤君子之弃；'流莺'，恶小人得志也。'春带愁来'，其刺赵、张乎"，则又显得过拘行迹，太有着落。与他时代相近的词评家黄苏在《蓼园词选》里评此词"必有所托，而借闺怨而抒其志乎"①，立论较为圆通。

第二种情况是作品有多种解释，或者存在作多种解释的可能性，张惠言仅确认其忠爱美刺之义。这以他对苏轼《卜算子·孤鸿》和欧阳修《蝶恋花》（"庭院深深深几许"）的理解为代表。苏轼《卜算子·孤鸿》一词旨义，后人揣度纷纷，黄庭坚评其"语意高妙，似非吃烟火食人语"，以为表现了词人高渺拔俗的志尚；鲖阳居士认为其立意与《考槃》之旨极为相似（《诗序》谓《考槃》系刺卫庄公"不能继先公之业，使贤者退而处穷"）；还有人说苏轼为悼念一位女子而作（见王士禛《花草蒙拾》、徐釚《词苑丛谈》卷十引录）。张惠言在评语里全引鲖阳居士的话："'缺月'，刺明微也；'漏断'，暗时也；'幽人'，不得志也；'独往来'，无助也；惊鸿，贤人不安也；'回头'，爱君不忘也；'无人省'，君不察也；'拣尽寒枝不肯栖'，不偷安于高位也；'寂寞沙洲冷'，非所安也。此词与《考槃》诗极相似。"宋人鲖阳居士说词亦着重抉发微言大义，其好尚和方法恰与张惠言相一致。张惠言引录他的话，表明完全同意他的解说。欧阳修、冯延巳二家词多有混杂，二人究竟谁是《蝶恋花》（"庭院深深深几许"）的作者尚有争议。在这种情况下，通常只宜于对作品作一般的艺术鉴赏，避免涉及词之本事。张惠言虽然提到该词为欧阳修所作的证据，但仍不足以否定为冯延巳所作的可能性。他在论证尚欠有力的条件下，大胆地索求该词的本事和隐义："'庭院深深'，闺中既以邃远也；'楼高不见'，哲王又不寤也；'章台'、'游冶'，小人之径；'雨横风狂'，政令暴急也；'乱红飞去'，斥逐者非一人而已。殆为韩、范作乎？"（《词选》）这首词表面上是写孤居深院的女子相思伤春的情怀，作者是否别有寄托不得知晓，读者由此而联系人生经历中委屈、孤独、失志、无奈种种感受，自有道理，甚至一般地猜度其糅

① 《蓼园词选》，尹志腾《清人选评词集三种》，第68页，齐鲁书社1988年。

杂着作者的仕途经历,也无不当。但张惠言认为它是欧阳修讥刺朝政昏乱,为韩琦、范仲淹遭受斥逐而鸣不平,则属没有根蒂的牵合之说,难足凭信。如果此词不是欧阳修创作,其说不攻自破;即使真是欧阳修作品,他那过于具体的结论也终因缺乏其他佐证材料而得不到考实。

第三种情况是作品原无什么寄托,却深文周纳,强为“指发”。此以评温庭筠词最为典型。张惠言竭力推崇温庭筠,称他的词“深美闳约”,在唐词人中成就“最高”①。《词选》共录温词十八首,比录词数居第二位的秦观多八首,因而使温庭筠在这部素以选词严隘著称的词集里地位极为突出。张惠言将温庭筠《菩萨蛮》十四首看成内容呼应、前后贯联的组词。六首评语曰:“七章‘阑外垂柳丝’,八章‘绿杨满院’,九章‘杨柳色依依’,十章‘杨柳又如丝’,皆本此‘柳丝袅娜’言之,明相忆之久也。”评十首“‘鸾镜’二句结,与‘心事竟谁知’(三首)相应”;十三首“垂帘、‘凭阑’,皆梦中情事,正应‘人胜参差’(二首)三句”;十四首“‘春恨正关情’与五章‘春梦正关情’相对双锁”。这些皆说明张惠言将十四首词作为有机、严密的整体来阅读。因此,他说“此感士不遇也。篇法仿佛《长门赋》,而用节节逆叙”,实是兼指整组词的题旨和“篇法”,并非专指“小山重叠金明灭”一首词而言。他在评语里又说:“‘青琐’(四首)、‘金堂’(十三首)、‘故国吴宫’(十四首),略露寓意。”“寓意”即指“感士不遇”的题旨,这也说明张惠言视十四首作品为互相贯联的组词与揭示词的这一比兴寄托之义二者确实密切相关。事实上,晚唐时期词的发展尚处在初始阶段,不可能出现构思完整,结构严密,具有像《长门赋》“篇法”那样较高形态的组词形式。《菩萨蛮》十四首录自《花间集》,《花间集》是一部词选集,并不能证明温庭筠用这个词牌只写过这些词,更难考定十四首词创作于同一时间。鉴于这些原因,张惠言视十四首《菩萨蛮》为组词,并从它们的联系和比照中推求出“感士不遇”的“寓意”,实难成立。叶嘉莹更从词在初起时只是歌宴酒席间“析醒解愠”的曲子,并无比兴寄托之意,和温庭筠似只为一潦倒失意、有才无行的文士,不会有忠爱之思与家国之

① 见张惠言《词选目录叙》。

感两个方面，来推断温词原无什么高深的寄托[1]，足资参考。所以《词选》之视温词比兴深意，乃是评选者对词义的一种再构。

以上三种情况程度不同地反映出张惠言释读作品的随意性，表现了读者（批评者）主观意识对作品的渗透，他对一些词篇旨义的解释往往出人意料，令人惊讶，而又启人疑窦丛生。对他评词持否定态度的莫过于王国维："固哉，皋文之为词也。飞卿《菩萨蛮》、永叔《蝶恋花》、子瞻《卜算子》，皆兴到之作，有何命意？皆被皋文深文罗织。"[2]可是我们仍得正视《词选》一书在相当长一段时期内备受词人推崇的事实。其原因大概是：（一）人们较多关注张惠言由强调比兴寄托而推尊词体的动机，而对他具体推求一部分作品的隐奥蕴义是否妥当并不计较。（二）张惠言的经学成就在一定程度上维护了他宣阐词义的权威性。（三）"诗无达诂"（董仲舒）、"六经注我"（陆九渊）、诗为"活物"（锺惺）、"读者各以其情而自得"（王夫之）、"以我范围古人，不以古人范围我"[3]、"盖有出之者偶然，而览之者实际也"[4]，前人上述论述在阐释学和文学批评中形成了一个尊重解释自由和读者能动创造的传统。张惠言的批评主张和实践与这一传统是相一致的。在当时好求微言大义的"公羊学派"（以常州人为首，又称"常州学派"）渐盛的学术背景下，该文学批评传统受到青睐原不足为奇。

但是，张惠言对词的解释确实暴露出一些严重的问题，而问题的关键并不在于他将自己的理解追加于作品，因为即使现代接受美学所强调的读者"发现"往往也是指与作品发生联系的意义再构。所以张惠言将自己读作品之所得（他人或许不同意他的理解）看成是对作品原来具有的隐幽之义的抉发，这本来也无甚不妥。他的诠解和批评的根本缺点是：（一）将解释作品旨义与考索作品本事混为一谈。不同读者对同一篇作品的内蕴可以有多种解释，然而作品的本事（如果有的话）却是确然无移

---

① 见叶嘉莹《常州词派比兴寄托之说的新检讨》《温庭筠词概说》二文，载《迦陵论词丛稿》，上海古籍出版社1980年。

② 《人间词话删稿》，王国维《人间词话》，第233页，人民文学出版社1960年。

③ 屈大均《广东文选自序》，《翁山文外》卷二，宣统二年国学扶轮社铅印本。

④ 贺赏《载酒园诗话》卷一"《艺苑卮言》"条，《清诗话续编》，第266页。

的,而且多数作品的本事只有一件。求索作品本事应当谨慎,忌讳臆测。徐釚《词苑丛谈》凡例云:“曰辨证:传疑传信,良史固然。词虽小道,偶有寄托,然说分彼此,亦足贻误后人。予细加详考,归于画一,诞妄贻讥,差谓能免。”[①]治词而推求本事,这种态度是可取的。张惠言以“为某事而作”的判断来“指发”作品“隐幽”,将旨义的寻求等同于本事的推断,带有明显的武断性,致有“固哉”之讥。(二)推求词旨表现出泛政治化倾向。张惠言所说比兴寄托通常与皇朝政治相关,因此他往往从这个特定的角度宣释作品蕴义,从而使他的解说蒙上了一层浓厚的政治色彩。如他对苏轼《卜算子》、欧阳修《蝶恋花》的解释无不这样。而事实上,这两首词除了可以像张惠言那样去领略其政治方面的含蕴外(如不是太拘泥胶柱的话),还可以从日常家事、情灵心趣等方面去感受和观赏作品的意旨和形象。张惠言赏评词的实践意味着,他在拓大任意“指发”作品政治寓意的窗户时,却又缩小了读者对作品更广泛地审美理解的天地。这正是所谓“张之使大,正局之使小耳”[②]。(三)随意改变作品的单元形式,如他将温庭筠十四首《菩萨蛮》视为内容呼应、前后贯联的组词,并将组词与表现失宠之意的《长门赋》的“篇法”互相比仿,他解释该组词的比兴寄托之义正是建立在对原作单元形式进行臆想的组合基础上。这是很不慎重的,理解自由应以尊重作品本来单元形式为前提,否则就太不着边际了。

综上,张惠言重视词的接受批评的思想萌芽虽然含有不少合理的因素,但是他解释词的具体实践不时陷于偏失,难餍人意。

二、有寄托、无寄托、要在讽诵紬绎

周济继承、丰富和发展了张惠言的思想,对突出读者因素的文学接受理论作了较为自觉、明确、圆融地表述:

> 初学词求有寄托,有寄托则表里相宣,斐然成章。既成格调,求

---

① 徐釚《词苑丛谈校笺》,第7页,人民文学出版社1988年。
② 《夕堂永日绪论外编》,《姜斋诗话》,第176页。

无寄托,无寄托则指事类情,仁者见仁,知者见知。①

> 夫词,非寄托不入,专寄托不出。一物一事,引而伸之,触类多通,驱心若游丝之罥飞英,含毫如郢斤之斫蝇翼,以无厚入有间。既习已,意盛偶生,假类毕达,阅载千百,謦欬弗违,斯入矣。赋情独深,逐境必寤,酝酿日久,冥发妄中。虽铺叙平淡,摹绘浅近,而万感横集,五中无主。读其篇者,临渊窥鱼,意为鲂鲤,中宵惊电,罔识东西。赤子随母笑啼,乡人缘剧喜怒,抑可谓能出矣。②

虽然周济和张惠言一样,也主要谈词的创作问题,但是,他更加明确和具体地肯定能使读者从多种角度自由地去理解和发现词的旨趣为优秀文本的重要条件。也就是说,阅读期待被作为词的创作的一个重要前提而受到周济强调,这表明他对读者作用和意义的认识进一步自觉。

词有寄托,是指词人将自己内心特定的幽思、想望、感慨通过对"一物一事"的刻画摹状,具体而微地表现出来。其精美之境是能够做到"假类毕达",意物相称,"表里相宜,斐然成章"的。"无寄托"之词,并不是降低词的内涵标准,而是要求将词人特定的寄托转化成为具有广泛涵盖性和包容性的意念,并将其包含在丰厚、饱满、经得起多种角度观赏的艺术形象之中。此时,词人已经不是故意将自己的寄托填塞到词里去,而是他的识见学养和艺术造诣已经达到出神入化,"冥发妄中",深浅皆宜,无所不遂的高妙境地。其词篇虽无专门的寄托可言,但是作品所包蕴的思致更加丰满、深邃,而且更具有启发性。因此,从"有寄托"到"无寄托"实是词的创作艺术的一次升华和飞跃。

周济认为,从读者方面看,"有寄托"和"无寄托"之词的区别是,后者更便于读者自由展开联想,让各人从作品中体味出不同的含义,对词的真谛得出不完全一致的认识。"无寄托则指事类情,仁者见仁,知者见知。""读其篇者,临渊窥鱼,意为鲂鲤,中宵惊电,罔识东西。"而阅读"有寄托"

---

① 周济《介存斋论词杂著》,第4页,人民文学出版社1959年。
② 《宋四家词选目录序论》,《清人选评词集三种》,第205页。

之词的结果往往是“阅载千百,謦欬弗违”,侧重与前人的作品建立精确的认知关系。这说明“无寄托”之词拥有较强的再生性特点,给读者重新发现和能动构建词的意义提供了宽绰天地。同时这也是肯定阅读文学作品朝着多元化方向发展,使探求作品旨义由非此即彼变成亦此亦彼①。当时宋翔凤《论词绝句》自注也说:“不必作者如是,是词之精者可以仁者见仁,智者见智也。”②周济、宋翔凤这一关于词“无寄托”和肯定读者自由解读的观点,与王夫之“诗无达志”说极为相似,“无达志”即“无寄托”。没有材料可以证明周济曾受到王夫之的影响,“诗无达志”和“非寄托不入,专寄托不出”观点的一致,是他们共同考虑到读者创造性因素在最终实现作品意义过程中所起的重要作用时对诗词的文学特性作出的一种概括。

周济在《词辨序》写下了这样一段话:

> 夫人感物而动,兴之所托,未必皆本庄雅,要在讽诵紬绎,归诸中正,辞不害志,人不废言。虽乖缪庸劣,纤微委琐,苟可驰喻比类,翼声究实,吾皆乐取,无苛责焉。③

意谓词人托兴之词,未必“庄雅”,然而读者“讽诵紬绎”,能够从中发现和联想到“中正”之意,借以“驰喻比类”,那么其词虽然“乖缪庸劣,纤微委琐”,也不妨被认为是一首值得肯定的作品而选入他《词辨》一书。比如情词,或许词人借以诉述内心难以畅达的隐衷,美艳缠绵的外观寓藏着遥深的思致,如周济评秦观《满庭芳》(“山抹微云”):“将身世之感打并入艳情。”④或许它仅是一首艳情词而已,可是也能被读者在特定的心境下读出新意,“驰喻比类”,联想到其他“中正”的内容。两种情况都符合周济“辞不害志,人不废言”的阅读原则。尤其是后面一种情况,更是为读者自由地“讽诵紬绎”作品开了方便法门。他实际上认为,词篇的含

① 叶嘉莹《常州词派比兴寄托之说的新检讨》一文对周济“寄托”“出”“入”之说曾作分析,笔者颇受启益。

② 宋翔凤《洞箫楼诗纪》卷三,清道光十年刻本。

③ 《清人选评词集三种》,第144页。

④ 《宋四家词选》,《清人选评词集三种》,第236页。

义不仅来源于作者赋予和作品呈示，还来源于读者的联想和创造。无论是读者从作品中发现寓含的义蕴，还是本于作品“驰喻比类”的启示自由地联想和创造，都反映了阅读的积极成果而受到周济赞同。这种词学思想其实也是来自《诗经》学的解释观念，严虞惇说：“后儒以《国风》多男女赠答之辞，遂谓《诗》不皆无邪，惟学者读之，可以感发惩创，而归于无邪，是‘思无邪’一言，专为读《诗》者而发，非《诗》之思本无邪也。然则后世里巷狭邪之曲，皆可以无邪之思读之，皆可以‘思无邪’之一言蔽之矣。司马迁曰：‘《国风》好色而不淫，《小雅》怨诽而不乱。’《大序》曰：‘变风发乎情，止乎礼义。发乎情，民之性也；止乎礼义，先王之泽也。’所谓‘思无邪’，如是而已。”①读者的阅读态度决定诗词作品含义，作者如何说对阅读的规定性反而被超越了。

根据张惠言“与身为仪”的说法，可以推知读者能够从作品中读出什么样的“寄托”，往往是与他持怎样的“寄托”观有关。周济说：“感慨所寄，不过盛衰。或绸缪未雨，或太息厝薪，或己溺己饥，或独清独醒，随其人之性情、学问、境地，莫不有由衷之言。……若乃离别怀思，感士不遇，陈陈相因，唾沈互拾，便思高揖温、韦，不亦耻乎？”②清楚表明周济强调的“寄托”，是与社稷邦国的安危治乱、盛衰存亡紧密相联系的胸臆襟抱，带有强烈的经世意图和显著的政治色彩。他欲从前人词作中读出的寄托之意，大致不超越这一范围，他在《词辨》《宋四家词选》二书中所注重和抉发的词义，也往往属于这类内容。作为解释词义的一家之说，有其一定道理，可是其影响所及，将人们欣赏作品的注意力过于往这边引导，容易忽略对作品其他旨义的探求和重构，因此在自由阅读作品中又包含着不自由的因素。这一缺点在他对某些作品的具体解释中也反映出来，适与张惠言的弊失相似。

三、作者未必然，读者何必不然

谭献，浙江仁和（今杭州）人，其词学主张与常州派张惠言、周济一脉

① 严虞惇《读诗质疑》卷首四，影印文渊阁《四库全书》第87册，第75页。
② 《介存斋论词杂著》，第4页。

相承。他盛推张、周二氏,“倚声之学,由二张(惠言、琦)而始尊”,“周氏(济)选定《词辨》《宋四家词筏》(按:即《宋四家词选》),推明张氏之旨而广大之,此道遂与于著作之林,与诗赋文笔同其正变”①。还说他编选《箧中词》“以衍张茗柯、周介存之学”②。因此他的词学主张是常州派理论的一部分。

他对周济“夫词非寄托不入,专寄托不出”的观点评价极高,以为“千古辞章之能事尽,岂独填词为然”③。这既是从创作论角度肯定了周济上述主张带有普遍意义,同时也从方法论角度将周济主张中所包含的注重读者积极参与作品旨义创造之见普遍推广和应用于各体文学批评。在张惠言、周济、宋翔凤的思想基础上,谭献进一步提出“作者之用心未必然,而读者之用心何必不然”之说,从而将常州派重视读者参与词义创造的批评传统推进到一个新的阶段,也使我国“诗无达诂”等观点汇成的接受文学理论得到一次丰富和发展。

他在《复堂词录序》里讲述了自己对词的认识步步深入的过程,“作者未必然,读者何必不然”是他词学观点进入成熟阶段以后产生的认识。他说二十二岁开始学词,“未尝深观之也,然喜寻其旨于人事,论作者之世,思作者之人”。四十岁以后认识到词是乐府之馀,概括出词的体制特点:

> 又其为体,固不必与庄语也,而后侧出其言,旁通其情,触类以感,充类以尽。甚且作者之用心未必然,而读者之用心何必不然。④

这段话第一层意思是说,词取兴象,未必皆用“庄语”,通过联类引譬,侧出旁通,以达到曲写衷情,感发意兴的目的。这是从“作者之用心”方面立论。第二层意思指出,作者之意图和读者阅读作品的实际感受未必能够保持一致,也即阅读并不只是对作者构思立意和作品本旨的一种

---

① 均见谭献《箧中词》,清光绪八年刻本。
② 《复堂日记》丙子,《复堂词话》,第32页。
③ 《复堂日记》甲戌,《复堂词话》,第31页。
④ 《复堂词话》,第19页。

简单复原行为，而是一项再生和创造性活动，它往往伴随着意义的重新发现和构建，因此读者从作品中读出超出作者主观意图之外的意义毫不足怪。这是从“读者之用心”方面立论。谭献这段话直接来自周济《词辨序》“未必皆本庄雅，要在讽诵细绎，归诸中正”的说法，而又较周济讲得更加具体、清晰、透彻。在此以前，无论是张惠言还是周济，都是在谈论词的艺术特征和创作问题时才涉及读者积极参与作品意义再造的重要性，谭献高明之处在于，他赋予了读者的创造性问题独立的理论意义，对它作出了简明而深刻的表述。不排除谭献提出“作者未必然，读者何必不然”的初衷，可能带有为张惠言、周济常州词派自由释读词义作回护的用心，以此应对别人质疑，而这一聪明的回护，恰好成就了他重要的理论创造。谭献的观点除了在词学范围内继承发展了张、周主张外，还与诗学中肯定读者对作品别出新解的理论一脉相承，尤其是与刘子春嘉庆十八年(1813)的《石园诗话序》相一致。该文曰：

诗之为义，亦微矣哉。……后世诗话，原本品诗之意而为之者。虽然，作者之意岂能必读者之意，而悉解之，解而得与解而不得，则姑听于读者之意见，不必深求之也。孟氏尚友为言，诵诗读书，必论及其世。呜乎，此定论矣。然则作者之意，在一时一事，时事在当代，又不必尽人而合之也。以我之意，推求古人之意，而欲其一一尽合，亦不可必得之数矣。言其所能得者，而缺其所不能得者，古人可作，未必不心许之。则且举古人之世而兼论之，所谓微者，不且显而彰乎？①

文章一方面肯定知人论世的必要，另一方面又尊重读者理解与作者原意不一致的分歧现象，“作者之意岂能必读者之意”，“以我之意，推求古人之意，而欲其一一尽合，亦不可必得之数矣”。这即是谭献“作者之用心未必然，而读者之用心何必不然”的先声。说明常州派这一理论，在相当大程度上是对诗论的这方面传统的借鉴、继承。

① 余成教《石园诗话》卷首，《清诗话续编》，第1736页。

由于将作者和读者不同的“用心”作了自觉地区分,评赏作品再不必胶柱鼓瑟于作者意图和作品本旨、本事,这样就给解释、批评带来了极大自由,立论也较易圆融通达。前面谈到张惠言引述鲖阳居士评析苏轼《卜算子·孤鸿》的话,借以解释作品旨义,这很容易遭到别人责难。谭献评此词则曰:“皋文《词选》以《考槃》为比,言非河汉也。此亦鄙人所谓作者未必然,读者何必不然。”①他一方面替张惠言辩护,肯定此说作为一种解释并非纯然浪语;另一方面又认为,这种解释的合理性不应该从是否符合作者的主观意图,而应该从读者一方去寻找。张惠言将鲖阳居士阐说的讽刺之义看成是作品的本然,谭献却认为它是读者联想所致的一种或然,这是两人认识的差别。虽然就这首词来说,谭献的解释也未必妥确,但是较之张惠言立论无疑融通多了。

这里我们再看一个例子。《词辨》选冯延巳《蝶恋花》:“六曲栏干偎碧树,杨柳风轻,展尽黄金缕。谁把钿筝移玉柱?穿帘燕子双飞去。

满眼游丝兼落絮,红杏开时,一霎清明雨。浓睡觉来莺乱语,惊残好梦无寻处。”此词作者又说是欧阳修。谭献的评语对此不作判断,仅注明前人两种分歧的说法,让“读者审之”。这固然是由于考定作者确有困难,宜取慎重态度;另一方面从谭献对解读作品所持的态度来看,允许“读者之用心”不必尽合于“作者之用心”,因此虽未弄清究竟谁是作者,但这对读者欣赏作品本身并不会有多少妨碍。这首词通过“燕子双飞”来映衬弹筝人的孤单寂寞,通过对梦境的留恋迷著来衬托觉后的郁闷无聊,出色地表现了失意者对春景的敏感和内心排遣不尽的惆怅。可以说它有寄托,也可以说它没有寄托;即使词人有他本人具体、特定的寄托之意,这也并不妨碍读者从词的描写中去广泛感悟他们各自的人生甘苦。谭献评曰:“金碧山水,一片空濛。此正周氏所谓‘有寄托入,无寄托出’也。”②正是对这首词上述特点的说明。因此,作者是否别有寄托或者能否弄清词的本旨、本事并不要紧,重要的是读者借助自己的联想去具体充实作品的寓意,填补作品留下的“一片空濛”,这是对解读自由的一种肯定。

---

① 周济《词辨》谭献评语,《清人选评词集三种》,第178页。
② 周济《词辨》谭献评语,《清人选评词集三种》,第149页。

总之,从张惠言、周济,到谭献,其注重读者接受的词学思想由明而融,与此相联系,其具体赏评实践的弊失也逐渐减少,变得较为成熟起来。作为古代接受文学理论的一个重要组成部分,他们的主张、经验和教训应该受到我们珍视。

第四节　常州学派:读者不同,其说不同

常州学派又称“公羊学派”,是崛起于乾嘉,流行于近代,对当代思想界产生很大影响的一个今文经学派。因为它的创始人和早期的代表人物庄存与、刘逢禄等皆是常州人,他们都以研治《公羊春秋》著名,后来的成员又往往好借公羊经义抒写政见,故有“常州学派”和“公羊学派”之称。它别立于清代的理学和朴学之外,与之鼎足而三。该派尚今文经学,推崇《公羊春秋》,好从其中和其他儒家经典中探寻微言大义,为经世致用服务。

常州学派有些成员,既研治经学,又从事文学创作和文学批评。他们将学派好求微言大义的治经方法和为经世致用服务的治经目的与文学批评相结合,形成两个特点:其一是渲染文学中的儒家政治色彩;其二是在文学批评的方法上,较多从读者接受的角度立论,在一定程度上突出了读者主体性因素对抉发和重新确定文本含蕴的积极意义和作用。他们说的文本含蕴,主要指文学作品的政治含义;读者的主体因素,主要指他们的政治意识,因此,以上两点实际上又是相通的。

这里所要探讨的是常州学派的阐释理论与文学批评,具体对象是该派由清代中期跨入近代的四个成员,即李兆洛、宋翔凤、龚自珍、魏源,李兆洛和魏源的理论贡献较为突出①。

---

①　李兆洛、宋翔凤、龚自珍、魏源四人,除李兆洛外,其他三人均非常州人,但他们在经学上同归属常州学派。李兆洛《两汉五经博士考序》盛称“西汉经师”,斥郑玄为“汉学之大贼”,这与常州学派的看法相一致。魏源誉他为常州“通儒”(《武进李申耆先生传》)。宋翔凤是庄存与外孙,庄存与本人是常州学派的代表人物之一。龚自珍喜爱《公羊传》“非常异义可怪之论”。魏源师从刘逢禄学《公羊春秋》,他称庄存与所究治的学问是“真汉学”(《武进庄少宗伯遗书序》),又称刘逢禄著述中,“群经家法俱在”(《刘礼部遗书序》),尊崇常州学派之意溢于言表。龚、魏好借《公羊》经义发挥政见,抨击吏治腐败,呼求社会变革,将常州学派的思想推向了一个新境界。

一、“通其大义所极”

求微言大义,是今文经学家的治学传统,也是常州学派学术追求最高远的目标,是他们阐释理论最重要的一个组成部分。这影响于他们开展文学批评,就是将文学释义放在首位。

何谓微言大义?简单地说,就是后人设想的孔子由于种种原因难以明白写之于书,通过口授,教授给他七十馀位学生的一些话,据说,这些话包括精微而重要的含义,主要是一些政治见解。汉刘歆《移书让太常博士》:“及夫子没而微言绝,七十子终而大义乖。”①尽管如此,今文经学家仍认为,在儒家经典中还是保留了一部分微言大义,通过对儒典精心而深刻地钻研,可以体会出圣贤们更多的精蕴奥义,所以他们不懈地朝这个目标努力。

常州学派称赞董仲舒是善求微言大义的哲人,对他很崇拜。刘逢禄将“知类通达,微显阐幽”看作是究治学术的真本领,瞧不起“详训诂而略微言”、“精象变而罕大义”的做学问态度②。他自己治学的一个特点,是“通大义而不专章句”③。这成为常州学派一个重要的学术特征。

魏源亦是如此。他写《书古微》“所以发明西汉《尚书》今古文之微言大谊”④,写《诗古微》“所以发挥齐、鲁、韩三家《诗》之微言大谊,补苴其罅漏,张皇其幽眇”⑤。他更将求大义奉为一切治学的首务:“故凡学者,大义为先,物名为后,大义举而名物从之。然鄙儒之博学也,务于物名,详于器械,考于训诂,摘其章句,而不能通其大义,以获先王之心,此无异女史诵诗、内竖传令也。”⑥

文学批评作为“学”的一类,自然也被认为应当“大义为先”,不可陷入琐碎末务。魏源在《诗比兴笺序》里,对这一点作了突出的强调。他认

---

① 班固《汉书·刘歆传》,第1968页,中华书局1975年。
② 见刘逢禄《刘礼部集》卷三《春秋公羊解诂笺序》,《续修四库全书》第1501册,第62页。
③ 见刘承宽《先府君形述》,刘逢禄《刘礼部集》附,《续修四库全书》第1501册,第212页。
④ 《书古微序》,《魏源集》,第109页,中华书局1976年。
⑤ 《诗古微序》,《魏源全集·诗古微》,第131页,岳麓书社1989年。
⑥ 《武进庄少宗伯遗书序》引徐幹《中论》语,以为自己之主张,见《魏源集》第237页。

为，释义之所以是文学批评首先应当追求的，是由文学创作首先是义的寄托这一事实决定的。“词不可以径也，则有曲而达焉；情不可以激也，则有譬而喻焉。《离骚》之文，依《诗》取兴。善鸟香草，以配忠贞，恶禽臭物，以比谗佞，灵修美人，以媲君王，宓妃佚女，以譬贤臣，虬龙鸾凤，以托君子，飘风雷电，以为小人。以珍宝为仁义，以水深雪雰为谗构。荀卿赋蚕非赋蚕也，赋云非赋云也。诵诗论世，知人阐幽，以意逆志，始知三百篇皆仁圣贤人发愤之所作焉，岂第藻绘虚车已哉？”①所以文学批评主要应是探寻作品的大义，帮助读者参究“古今诗境之奥阼”，“因比兴而论世知人”。他撰著《诗古微》，即是“于齐、鲁、韩之比兴，旁推曲鬯”，寻求诗中隐微的大义。陈沆《诗比兴笺》是一部汉魏乐府古诗及自汉迄唐文人五七言古诗选本，加有笺释，着重推测作者意旨所在。魏源对此书重在通过诠释比兴艺术而参究诗旨的特色甚为赞赏，肯定通过作者对诗义笺注阐发，“使读者知比兴之所起，即知志之所之也”。他说，这与自己撰《诗古微》的宗旨“不期而相会焉”。这也说明，经学和诗学在他看来原本就是可以相通的。

魏源在这篇文章中，对偏离于求志的文学批评表示强烈不满。他说：

> 自《昭明文选》专取藻翰，李善《选》注专诂名象，不问诗人所言何志，而诗教一敝。自锺嵘、司空图、严沧浪有《诗品》、《诗话》之学，专揣于音节风调，不问诗人所言何志，而诗教再敝。而欲其兴会萧瑟嵯峨，有古诗之意，其可得哉？②

文学批评的对象应该是广泛的，多方面的，除探求诗义之外，藻翰、音节、风调等艺术风貌和其他创作手法、技巧等因素也不应该从批评家的视野中消失，而《文选》及李善注，锺嵘、司空图、严羽的诗学著作，它们在选本学、注释学和诗学方面的重要贡献和地位应该得到高度尊重和肯定。就

① 《魏源集》，第 232 页。按：咸丰间刻《诗比兴笺》卷首载魏源序，文字颇有出入。这里引文皆据《魏源集》。

② 《魏源集》，第 231 页。

此而言,魏源上述意见存在明显的偏失。但是,他坚持认为文学批评应以寻求作品蕴义为主,这还是站得住脚的。魏源将诗歌释义比喻为"如浴日星出沧海,而悬之中天之际"①。人们阅读质量上乘的文学释义之著,往往会涌起此种感觉,阅读诗歌或其他文学作品,如果失去获义的快感,将会多么乏味。

魏源将常州学派好求微言大义的治经主张作了发挥,使"大义为先"变为一条普遍适用的著述原则,也成为开展文学批评应当遵循的一条定理。他讲的微言大义,是"贯经术、政事、文章于一"②,主要是强调儒家的伦理内容和政治意识。他要求诗歌批评者通过比兴以求诗人之志、诗篇之义,主要也是着眼于其"志"其"义"中的上述含义,如他肯定《诗比兴笺》"因比兴而论世知人,如古诗九首为枚乘讽吴,汉乐府皆汉初朝政所系,以及阮公、陶令、郭景纯、傅修("休"之误)奕、鲍明远、庾子山、江文通及杜、韩之忧世,而陈伯玉、李太白、储光羲之大节被诬","皆表章出之"(《诗比兴笺序》)。应当指出,陈沆《诗比兴笺》在释义时常常有追求深解、附会"忠义"之弊,魏源的赞美对此无疑是一次推波助澜。此外,魏源津津乐道的这类"义",虽在古代诗歌中占了不少比重,但并不是"义"之全部所在,如果将求义完全归入这一路,其不妥是显而易见的。然而,尽管存在这些局限和缺点,魏源"大义为先"这个与文学批评相通的著述原则,仍有其积极的意义。人类典籍的解释史或接受史,可以说主要是一部对典籍的"义"的诠释、理解差别和变化的历史。文学作品的传承也是如此。古人云"诗无达诂",将诗歌比作"活物",都是指诗歌之"义"随人所诂而异,并因此而构成一部诗歌"义"的迁变和累积史。魏源将诗歌批评的任务定位在求作品的大义上,把这一点与他本人及常州学派其他成员注重研究理解和释义的差别性,注意研究《诗经》本义和旁义的关系等联系起来,就显出了其接受文学批评的理论特征,从而与不少批评家单纯地肯定文学释义的重要性相比,又显出了其思考的别致和深入。

---

① 《诗比兴笺序》,《魏源集》,第232页。
② 《刘礼部遗书序》,《魏源集》,第242页。

二、"大抵皆随其人性情学力之所至"

常州学派认为,无论是治经,还是开展文学批评,都应当以获得作品大义为首要追寻。然而,一谈到作品释义,问题就变得异常复杂,读者研读同样一本书,解释往往会五花八门,莫衷一是。廖平是常州学派晚期一个有影响的人物,他举《诗经》为例,说明解释的纷繁多歧:"一诗也,或以为古作,或以为时人,或以为男子,或以为妇女,或以为美,或以为刺,或以为法言巽语,或以为淫词艳曲,人各为说,家自为政。群经之中,纷争聚讼,迄无定解者,莫此为甚。"①《诗经》解释的纷杂现象,并非仅有,不过只是这类现象中比较典型的一个例子罢了。释义学应该对此作出说明。

常州学派从解释的对象和解释者自身的情况两方面来探讨这个问题。从解释的对象方面说,作品蕴义丰奥是引起多种解说的客观原因。他们认为,儒家经典包孕宏富,经得起后人反复寻思和获取,因此能够满足后人对它们进行不断的释义需要;儒典意义深奥,人们不可能将其蕴义全部穷尽,而是只能部分领悟,所以释义必然是被不同的人从多方面来持续进行的;后人结论不同的诸多阐释,都最终会有助于对经典意义全面的掌握,因此各种结论似异实同,殊途同归。

宋翔凤《经问自序》曰:

> 按:经者,常也。恒久而不已,终古而不变,谓之曰常。故圣人之言曰微言,传记所述曰大义。微者,至微无不入也;大者,至大无不包也。原其体类,皆号为经。是则象数之说,无非《易》也,古文今文,无非《书》也,齐、鲁、韩、毛,无非《诗》也,公羊、穀梁、左氏,无非《春秋》也。仪礼经传,虽出于一途,而其旨意所周遍,可以尽法制之变,浃人事之纪。要而论之,微言之存,非一事可该,大义所著,非一端足竟。古人一经,立数博士,学者讲贯,每广异义,则深悟此理也。②

---

① 廖平《四益馆杂著·论诗序》,《六译馆丛书》,1921 年四川存古书局刻本。
② 宋翔凤《朴学斋文录》卷二,《续修四库全书》第 1504 册,第 342 页。

认为对“微无不入”、“大无不包”的儒家经典的解释,不是“一事”、“一端”、一家一义所能概括道尽的,所以提倡繁音并奏,不专一响,肯定释义实践和释义史上的和声效果。他在序里自述撰《经问》“大旨则推本于汉学,博采于近儒,而决之于吾心,不敢徒用其私肊者也。”正表示了对这样的解释境界的想望。

李兆洛说:

> 夫《易》之为书,广大悉备,千奇万变,无不包孕,见仁见智,随所取之。《系辞》曰:“天下何思何虑,天下同归而殊途,一致而百虑,天下何思何虑。”夫殊途百虑,圣人不禁,而要之于同归一致。思可不慎乎哉?①

> 西汉经师,大抵各为一说,不能相通。就其不相通而各适于道也,此正圣人微言大义,殊途同归之所存也。康成(郑玄)兼治众家,而必求通之,于是望文穿凿,惟凭私臆,以为两全,徒成两败。②

“殊途”与“同归”,“百虑”与“一致”,是解释儒典的两个方面。殊途百虑,是肯定解释者发挥主观创造性,提倡“见仁见智,随所取之”,从而赋予解释和理解不同的个性色彩,不搞只此一家、别无分店的释义垄断,甚至也反对牺牲解释的个性充分展开以换取释义的合流或兼通,此被认为看似“两全”实为“两败”(李兆洛认为郑玄治经正是这样的例子)。同归一致,是强调解释与被解释的对象互相契符,这是对释义提出的正确性要求。由于儒家经典已被先验地看成是“广大悉备”、“无不包孕”的意义载体,具有容纳诸多解释的能力,因此,释义的确然性与“见仁见智”的释义自由是可以协调的。

从解释者自身情况看,由于释义者个人性分学识总是千差万别,各人

---

① 李兆洛《徐怡亭周易慎思序》,《养一斋文集》卷二,《续修四库全书》第1495册,第25页。

② 李兆洛《两汉五经博士考序》,张金吾《两汉五经博士考》卷首,中华书局《丛书集成初编》,1985年新一版。

从自己主体出发理解和说明作品，所获体会和认识不可能尽相一致，甚至互相可以差殊甚远。这是引起解说纷纭的主观原因，如李兆洛《庄方耕先生尚书既见序》所说："日未尝异也，随知之者而异也；圣人之心未尝异也，亦随知之者而异也。"①龚自珍《大誓答问第二十四》则对汉代《尚书》今古文名实关系提出他自己的看法："今文、古文同出孔子之手，一为伏生之徒读之，一为孔安国读之。未读之先，皆古文矣，既读之后，皆今文矣。惟读者人不同，故其说不同，源一流二，渐至源一流百。"②从读者的不同，理解的差殊，说明一种文献在其接受史上形成"源一流二"乃至"源一流百"的原因。这一说明在释义学上带有普遍意义。魏源也承认在解释活动中，"随文触悟，存乎其人"是客观的事实③，与龚自珍的认识相同。

常州学派在《诗》论中，对读者在释义中的主动性和差别性作了集中论述，充分肯定前人"《诗》无达诂"的命题，这使他们的阐释理论清楚地显示出文学批评和美学的意义。龚自珍《己亥杂诗》（第63首）曰：

> 经有家法夙所重，《诗》无达诂独不用。我心即是四始心，泬寥再发姬公梦。④

他在此诗自注中说："予说《诗》以涵泳经文为主，于古文毛、今文三家无所尊，无所废。"他肯定"《诗》无达诂"的命题，强调以读者"我心"直接去领悟作品，"再发"其意义，不必拘囿"家法"，为前人各种成见所束缚。他认为，对于《毛诗》和三家《诗》，尊与废都是不当的。他所谓尊指一概信奉，废指全部排斥，在这种对立的态度中，反映出的却是相似的非此即彼的意义取向心理。龚自珍"无所尊，无所废"的主张，与他尊重解《诗》没有"达诂"的观点和着重从读者自己体悟中去寻求创获的认识是相一致的。

---

① 《养一斋文集》卷二，《续修四库全书》第1495册，第24页。
② 《龚自珍全集》，第75页，上海人民出版社1975年。
③ 见魏源《齐鲁韩毛异同论下》，《诗古微》，第175页。
④ 《龚自珍全集》，第515页。

李兆洛《吴晋望先生诗经申义序》对“《诗》无达诂”和释义的个性化问题作了较详尽的论析,他说:

> 董子曰:“《易》无达占,《诗》无达诂,《春秋》无达词。”盖《易》因人为占,《诗》随人所诂,《春秋》因事立文,随文成辞,皆非可持固必之见,执成例以求之也。故《左氏传》曰:“赋诗断章,予取所求。”孟子曰:“以意逆志,是谓得之。”《诗》自毛、郑以来,说者众矣,或主《小序》,或主毛、郑,或两有所不主,而自以其意说之。大抵皆随其人性情学力之所至,以自验其浅深高下。各有得也,亦各有失也。期不失圣人垂教之意,为后学所循习而已。①

《诗经》“随人所诂”,而人的“性情学力”互相存在差别,故对《诗经》的解释、理解也各不相同。历来解释《诗经》的著述汗牛充栋,而理解的差殊随处存在,这证明“无达诂”带有必然性。任何“持固必之见,执成例以求之”,欲取消丰富多样的解释,使之归于集中的、唯一的结论,都是徒劳无益的。李兆洛对“《诗》无达诂”的说明,充分考虑到了读者个人因素对解释作品意义所产生的影响,指出读者对《诗》的理解,反过来也是对他自己“性情学力”“浅深高下”的验证,这恰好证明,解释总会受到解释者个人因素的支配。他在《胡墨庄毛诗后笺序》里也说:“得于吾之心,而古人之心不远耳。”②肯定通过读者之心去契近古代作者之心,认为离开读者之心去寻求和获得古人之心是做不到的。所以,解释作品总是烙着读者个人的印记,带着读者个人的风格。《吴晋望先生诗经申义序》举出宋人解诂《诗经》的许多例子来证明这一点:

> 欧阳永叔之学质,故《本义》之诂诗也宽以通;苏子由之学雅,故《集传》之诂诗也和以肆;朱子晦庵之学挚,故《集传》之诂诗也绞以悫;吕东莱之学博,故《家塾读诗记》之诂诗也节以亮;严华谷之学平

① 《养一斋文集》卷三,《续修四库全书》第1495册,第32—33页。
② 《养一斋文集》卷三,《续修四库全书》第1495册,第38页。

> 易，故《诗辑》之诂诗也清以柔。①

学识和修养作为读者个人因素的一部分，对诂解《诗经》会产生特别明显的影响。李兆洛所归纳的欧阳修、苏辙、朱熹、吕祖谦、严粲等人的"学"以及他们"诂诗"的特点，或许有些牵强，但他肯定两者之间存在因果关系，这不失为接受文学批评观的一种卓识。

因此，李兆洛肯定随人而诂《诗》的释义自由，反对自是一己之说、否定他人所见的专断意见。他说："窃以为《诗》之为教，温柔敦厚，而说《诗》者往往叫嚣忿戾，岂不已背于圣人垂教之旨乎？以断章、逆志之义求之，则何情之不可通，亦何情之不可平，而必执一人之意见以概众之心哉？"②"温柔敦厚"原是儒家诗教，在这里被赋予了容纳不同诂诗和释义的新涵蕴，成为一种与阐释学和接受文学批评的理论发生联系的观点。

宋翔凤《论词绝句》自注：

> 不必作者如是，是词之精者可以仁者见仁，智者见智也。③

这种读者见仁见智、自由理解的观点，是"《诗》无达诂"说在词学批评中的具体的理论凝结，直接影响了谭献"作者未必然，读者何必不然"之说的形成。

常州学派在肯定"《诗》无达诂"的同时，又将离开同归一致目标的"穿凿附会"、"自逞胸臆"之见排斥在"见仁见智"之外④，认为在释义中，"祛其谬妄，乃得归趣"⑤，并非任何一种解说都值得肯定，都有价值或同等的价值。这说明在常州学派心目中，儒家经典的自在义并不因其广孕悉备而失去范围，理解和释义自由并非漫无边际。扼杀释义自由，就无所

---

① 《养一斋文集》卷三，《续修四库全书》第 1495 册，第 33 页。
② 《吴晋望先生诗经申义序》，《养一斋文集》卷三，《续修四库全书》第 1495 册，第 33 页。
③ 宋翔凤《洞箫楼诗纪》卷三，清道光十年刻本。
④ 见李兆洛《吴晋望先生诗经申义序》《徐怡亭周易慎思序》，《续修四库全书》第 1495 册，第 32—33 页、第 25—26 页。
⑤ 宋翔凤《经问自序》，《朴学斋文录》卷二，《续修四库全书》第 1504 册，第 343 页。

谓殊途百虑;相反,各人的解说漫无边际,也不符合同归一致。李兆洛肯定两汉经师们"各为一说,不能相通",而又"各适其道"(见前引《两汉五经博士考序》),同时他又反对后世之解经者一味矜心自得,完全以异相尚,所以他拒绝"以为殊途固同归,百虑亦一致"的标榜①。说明释义应是解释者的独特发见与儒家经典的自在义两者的融合、和谐,失去任何一方,都不能算是新颖而又确然的解释。

三、《诗》"用尤广而义尤远"

魏源《诗古微》是清代今文经学派的主要著作之一,他在这部书中对《诗经》作品如何由本义向衍义扩演作了具体探讨和说明。这不仅具有经学的意义,也有文学批评的意义,反映常州学派善于从读者接受的角度来审度经学和文学作品意义的迁变。

他说:

> 夫《诗》,有作《诗》者之心,而又有采《诗》、编《诗》者之心焉;有说《诗》者之心,而又有赋《诗》、引《诗》者之心焉。②

这说明,流传过程中的《诗经》作品,是一个从不同渠道交融而成的多种意义成分的复合体,既包括诗人创作时赋予的初始含义,又具有后来收集、整编、解说、引用、赋咏诗歌者根据他们各自的意图、需要以及对作品的理解而追添进去的滋生意义。前者是诗人之义,后者是读者之义。他指出:"作《诗》者自道其情,情达而止,不计闻者之如何也。即事而咏,不溯致此者之何自也;讽上而作,但期上悟,不为他人之劝惩也。"③以为诗人写诗或自道性情,或针对某事某人而发感唱,一首诗歌在其初始时的含义往往是具体、单纯的。但是,诗歌在被不同的人们反复解读和应用过程中,其义由简趋繁,甚至有些含义原为作品所无,后来才被读诗、用诗者引

---

① 《徐怡亭周易慎思序》,《养一斋文集》卷二,《续修四库全书》第1495册,第26页。
② 《毛诗明义一》,《诗古微》,第54页。
③ 《毛诗明义一》,《诗古微》,第54页。

用、发挥出来，这样就构成了诗义不断衍演、丰富的动态发展过程。

先看说《诗》、引《诗》、赋《诗》者对《诗经》作品含义的变衍。魏源说：

> 自国史编《诗》讽志，于是列国大夫有赋《诗》之事；自夫子删《诗》垂训，于是齐、鲁学者有说《诗》之学。然说《诗》者意因诗生，即触类旁通，亦止因本文而引申之，盖诗为主而文从之，所谓“以意逆志”也。赋《诗》与引《诗》者，诗因情及，虽取义微妙，亦止借其词以证明之，盖己情为主而诗从之，所谓兴之所之也。“以意逆志”者，志得而意愈畅，故其后为传注所自兴；兴之所至者，兴近则不必拘所作之人、所采之世，故其后为辞赋之祖。①

这是讲说《诗》、引《诗》、赋《诗》者对诗义所作的灵活性展开和发挥，魏源在同一篇文章里，对三者分别举例加以说明。魏源以为，说者由诗义触类旁通，博其旨趣，而又与诗句的蕴涵两相和谐，“莫非左宜而右有”。引《诗》则不同，引者可以“不计采诗之世”，用彼时之诗来指此时之人和事；也可以“引淫诗以证正义”，“不必问作诗之事如何”；又引《诗》者之意与诗人之意“可以违反乖剌”。赋《诗》也是赋咏者从《诗》中取我所需，“不必用乎作《诗》者之本意”②。魏源认为，说《诗》者和引《诗》、赋《诗》者对《诗》义的变衍是不相同的，前者“意因诗生”，“诗为主而文从之”；后者“诗因情及”，“己情为主而诗从之”。从他的举例说明可知，前者主要表现为《诗》旨对说《诗》者牵引，后者主要表现为引《诗》、赋《诗》者对《诗》旨偏离。可是无论属于哪一种情况，原来的《诗》义都不同程度地被改变了，《诗》在被读者应用过程中，意思发生了程度不同的转移，或者被添入了新的含义。

再看采诗、编《诗》者对《诗经》作品含义的扩衍。上面谈到的说

---

① 《毛诗明义二》，《诗古微》，第58页。

② 见魏源《诗古微》，第58—62页。按：魏源以上意见，还可参看他《毛诗义例篇中》，见《诗古微》，第208—215页。

《诗》、引《诗》、赋《诗》者对诗义的变衍,都是断章取义,不是指一首诗歌的含义整体性得到改变和充实。采诗、编《诗》者对诗歌含义则是整体性地添入和扩衍。魏源说:

至太师采之以贡于天子,则以作者之词,而又以谕乎闻者之志,以即事之咏,而又推其所以致此之由,则一时之赏罚黜陟兴焉。至国史编之以备矇诵,垂久远,则以讽此人之诗,而存为讽人人之诗,以己人之诗,而又存为处此境而咏己咏人之法,而百世之劝惩观感兴焉。①

采诗和编《诗》者在诗人作诗时赋予的初始含义基础上,又向作品添进更多新的意义,使其发挥更普遍的作用。采诗者既关注"作者之词",又结合"闻者之志",而且透过"即事之咏"本身进一步求究其讽咏的缘起和背景,使诗歌作品对当下的"赏罚黜陟"产生效用,而不只是保存其历史上的意义。编《诗》者的作用又使诗歌作品的意义向未来开放,使"讽此人之诗"转变为"讽人人之诗",使诗歌作品的义理精神成为"处此境而咏己咏人"普遍之"法",从而兴起"百世劝惩观感"。可见通过采诗、编《诗》者的努力,诗歌作品不再仅仅属于过去,也不再仅仅属于当下,它们同时也属于未来。

据魏源分析,一首诗被收采来并向王室贡陈,诗歌的意义必然按其可推衍性而发生变化。他举例道:

《绿衣》,庄姜伤己也,而情可以悟其夫。《柏舟》,仁人不遇也,而词可以风其上。岂非以作者自道之诗,而谕乎闻者之志乎?《江沱》《汝坟》《汉广》《桃夭》《摽梅》皆男女吟咏情性之诗,而推其止乎礼义,则本于文王风化之盛焉。《雄雉》《伯兮》《君子于役》本室家思其夫,《君子阳阳》本遭乱而相招以隐,而推其所以怨旷自伤之由,则

① 《毛诗明义一》,《诗古微》,第54页。

> 以为刺宣公、刺时、刺平王、闵周室焉。《简兮》《北门》《考槃》皆贤者自抒其怀抱,《白驹》《隰桑》乃好贤者自写其殷勤,而推其野有遗材之由,则以为刺不用贤,刺士不得志,刺庄公使贤者退处,刺宣王、幽王焉。《绸缪》乃昏姻自幸其相见,《蓼莪》《鸨羽》乃孝子自念其父母,《小宛》乃兄弟自相戒,而推其征役无时,政刑失所,则以为刺晋乱、刺时、刺幽王焉。《还》与《卢令》自乐其田猎,《谷风》《黄鸟》《我行其野》自责其朋友昏姻,而风俗之薄,由教化之失,则以为刺荒、刺幽王、刺宣王焉。①

一首诗的意义得到推衍,诗歌的原意仍保留在字里行间,但由于转义、旁义的衍生,诗义的家族成员增加,这时,此诗实际上已非原来的诗。所以魏源说:"凡以一国之事,系一人之本,故一切诸诗,皆推本其致此之由,而美恶皆归于上也。"②新的意义在诗歌不断传播和被阅读中产生,采诗的"行人",陈诗的"太师",实际上也就成了诗歌的第二创作人。

魏源认为,编《诗》的国史(古代的国家史官)比采诗者参预诗义创造还要突出,因为采诗者还只是以诗"教一时",编《诗》者则是以诗"教万世",所以是从更加普遍的意义上来理解和推衍诗旨,以使作品与它们被期望的使命相适应。他说:

> 至若编《诗》以教万世,则视采诗教一时者,其义尤赜。正风、正雅诸乐章,既以播之朝廷乡国,其馀亦备国子矇瞍讽诵之用。则一庄姜之诗,而妻道夫道皆可悟焉。一《考槃》《衡门》之诗,而臣道君道皆可观焉。一《汝坟》也,可序为勉君子,亦可为美文王,亦可为刺殷纣。一《小星》《江汜》也,可序为美媵妾,亦可为美嫡妃,亦可为文王之化。一《鸱鸮》也,可序为刺武庚,亦可为诲成王,亦可为美周公遭难。是故《凯风》七子自责也,编《诗》者以其可教孝,而《序》云:"美孝子。"《桑中》《氓》《丰》《溱洧》《东门之墠》《东方之日》本男女流

① 《毛诗明义一》,《诗古微》,第54—55页。
② 《毛诗明义一》,《诗古微》,第55页。

荡之词也,编《诗》者以其可戒廉耻之防,而《序》云"刺奔"、"刺乱"、"刺时"。《羔裘》本美大夫之正直,《女曰鸡鸣》本贤夫妇相儆,《鸤鸠》本美君子用心之均一,编《诗》者以其乱世不多见,美此即可刺彼,而以为"刺朝"、"刺不说德"、"刺不一"。①

国史依"美刺之通例"阐释诗义,扩衍诗旨,至于其解说是否符合"诗人言志之初心",是不予计较的,魏源对此表示理解(见《齐鲁韩毛异同论中》)。他总结从作诗、采诗到编《诗》传播过程中诗义逐渐丰富的规律,是"用尤广而义尤远"②。这种情况在接受史上非常普遍。

从前面引文中可以看出,诗歌美刺意义是魏源分析诗义衍演变化的一个焦点。美刺说是中国文学批评史上一个重要的诗歌主张,其核心是从儒家的政治、伦理、道德标准和观念出发,是是非非,好好恶恶,尤其是指针对最高统治阶层的美丑善恶而发。先秦时代人们对诗歌的美刺作用已有所认识,而比较完整的美刺理论主要是在汉儒经说中形成的。魏源撰《诗古微》的一项重要工作,就是破《毛诗》"美刺之例"③。这并不是说魏源反对或非议美刺说本身,而是他不同意《毛诗》的观点,似乎《毛诗》中那么多作品美谁刺何都是诗人在创作之初就含有的意图,他的理由是:(一)古今作诗之道,都是抒写性情,《诗经》也不能例外,绝不可能"抒写怀抱之作什不一二,而篇篇美刺他人"。(二)证之《韩诗序》和保存于其他典籍中的《韩诗》《鲁诗》片言只语,以及《新序》《列女传》等书中所道及的《诗经》作品,很少说到是为美刺而作,绝大多数是"自作之词",也即诗人以诗自道其"欢娱哀怒"。比如许多记载都提到,《郑》诗多言男女欢情,是郑国有溱洧之水,男女有机会在那里聚会,互相讴歌感意,情诗则是这种风俗习尚的一种反映,因此这些诗在初始时根本谈不上美刺的意图。非止如此,"作诗有邪,读诗无邪",这在《诗经》的创作、传播中不乏其例,

① 《齐鲁韩毛异同论中》,《诗古微》,第168—169页。
② 《毛诗明义一》,《诗古微》,第55页。
③ 《三家发微下》,《诗古微》,第80页。

这更说明采诗和编《诗》者对改变诗义所起的作用①。鉴于这些理由，魏源认为《诗经》除少数作品确实是诗人为美刺而作外，绝大多数诗篇并非如《毛诗》所云，诗人从创作之日起即含有美刺的动机，这些作品的美刺之义实为后人追加于诗篇中，不是本旨，而是采诗和编《诗》者增入之义，两者不可混为一谈，犹如“说六书者有本义，有引申、假借之义，岂得以引申、假借之义为本义乎”②。魏源说：“自《毛诗》以采《诗》、编《诗》之意为主，多归之美刺，说者不察，遂并以美刺为诗人之意，比兴凿枘，《风》《雅》茅塞。”③将后增义看成本旨，实际上是否定了诗义衍演的动态释义历史，这为魏源所反对，故他要破除《毛诗》这种“美刺之例”，纠正溯义上以流为源之误。

魏源认为，三家《诗》“多主作诗之意”，体现的多是诗歌本旨，《毛诗》“多主于采《诗》、编《诗》之意”，反映的多为诗歌的衍义④。他站在今文经学家立场，推崇三家《诗》，对《毛诗》多有贬驳。对此要作三点说明：（一）这反映出魏源对诗歌本旨的重视。接受文学批评并不因为注重对诗义作动态变化的考察而忽视对诗本旨的探寻，一般来说，作品本旨经常会受到较多的关注。所以魏源推崇三家《诗》中所包含的重视诗歌本旨的看法，并不必然地同接受文学批评的理论相矛盾。（二）魏源贬驳《毛诗》，并不意味着排斥《诗经》在被解释和理解过程中所出现的衍义，前面已经以他对“美刺说”的看法为例，说明魏源反对《毛诗》把衍生的美刺意义当成诗的原旨，混淆了诗义在被接受过程中的源流关系，而不是否定“美刺说”，也并非抑制诗义不断衍生。魏晋以后，三家《诗》相继散亡或无传人，《毛诗》独盛，将《毛诗》对诗义的诠解当作诗的原旨，这种看法普遍流行。魏源推崇三家《诗》，贬驳《毛诗》，含对这种看法的纠拨。（三）魏源不承认《毛诗》所诂之义是本旨，也不将它们看成是《诗经》唯一的衍义，这在客观上为《诗经》释义敞开了更大的门户，开辟了更多的

---

① 以上皆引自魏源《三家发微下》，见《诗古微》，第80—83页。
② 《邶鄘卫答问》，《诗古微》，第452页。
③ 《三家发微下》，《诗古微》，第82页。
④ 《毛诗明义一》，《诗古微》，第56页。

途径。他以三家《诗》多为本义所系,然三家《诗》内容多不可见,其是否即为诗之本义也很难得到更多证实,这倒为今文经学者索求微言大义提供了更多自由,合乎他们对诗义作重新解释的需要。因此,魏源尊尚三家《诗》,除了今古文之争的宗派意气外,何尝不是在探寻诗本义冠冕堂皇的理由掩饰下,对《诗经》重新进行自由诠释,为经世致用服务?魏源在《诗古微序》里说,怎么才算把《诗经》真正学到家,应该是指能够得其"精微"之妙:"精微者何?吾心之诗也,非徒古人之诗也。"①这恰好说明,他追求的并不是《诗经》客观的本旨,而是充满着读者主观色彩的"吾心之诗"。

总之,近代常州学派的阐释理论主要是一种偏倚于读者因素的释义理论。他们将这种释义理论运用于文学批评中(主要是对《诗经》的分析和研究),就形成了从读者接受角度立论的特点,肯定文学释义没有"达诂",肯定作品通过阅读而衍生新的意义是长期存在的现象,肯定读者之"心"在诗义变异和衍生过程中所起的积极作用。这些既有对前人思想的继承,也包含着他们自己的创见,对古代阐释和接受文学批评理论有所贡献。

---

① 《诗古微》,第132页。

第四章　文学批评自由释义类型

诠释、理解、评价随处可遇,一个诗人无论大家小家、正宗旁流,一篇作品无论雅俗骈散、巨制短章,都会因为来自不同的诠释、理解、评价而呈现不同面貌,产生不同结果,文学批评中的自由释义无所不在。那么,对于中国文学批评史上普遍存在的自由释义现象,有没有可能从释义类型上对其进行梳理和总结,整理出头绪?或者说这种自由释义根本就是千绪万端,如同乱麻,完全无法归纳?从自由释义之缤纷繁变、难以意料而言,归纳显然十分困难。尽管如此,做此研究仍有可能,因为在看似眼花缭乱的自由释义背后,有一些主导性的因素在起作用,批评家则是有意识无意识地受其影响而产生自由释义合力,形成某些比较一致的批评和释义的行为。这为我们研究中国文学批评自由释义传统中的类型提供了可能性。

大致而言,这些类型包括类比性释义、传记性释义、训诂式释义、谶言式释义、索隐式释义等,前三种分别得自《诗经》《楚辞》《文选》的释义史,影响尤其突出。这些文学批评释义类型大多表现为自由释义色彩浓郁,有些则与客观释义相参,以客观确然的解释掩饰一部分主观自由释义之实际(如传记性释义与训诂式释义),因此对后者作具体分析显得尤有必要。这些释义类型在中国文学批评史上具有普遍性,为众多批评家或有意地遵循,或无意地沿用;它们又具有显然的重要性,批评家用其得出的重要结论长期影响读者阅读,造就实际的中国古代文学作品阅读史和文学批评史。

第一节　类比性释义

——对《诗经》释义的考察

一部《诗经》解释史，绵延数千年，其中汉朝经学家对《诗经》的诠释，无论是方法，还是具体的见解，影响都极为悠远深广，并深刻地渗透到文学批评中。下面主要考察《小序》、毛《传》、郑《笺》对《诗经》的解释。孔颖达《疏》撰写于唐朝，其主体是对《小序》《传》《笺》作疏通，是汉朝《诗经》学的延续，故也加以引述。重点探讨《诗经》是怎样被自由解释的问题。

一、序、传、笺“于经无所当”

先从孔颖达发现《毛诗》释义的一个现象谈起。

孔颖达疏解《诗经》的一项重要内容是章句分析，为此，他将《小序》、毛《传》、郑玄《笺》与诗歌作品的本文逐一作了仔细对照，结果发现他们的解释与被解释的《诗经》作品之间有时存在“无所当”的现象。如《小序》说，《周南·葛覃》具有“化天下妇道”的含义和作用，孔颖达指出，这层意思在该诗找不到相对应的句子，它是《小序》作者“因事生义”而产生的，“于经无所当也”①。他说的“于经无所当”意思是指，《小序》《传》《笺》作者解释《诗经》概括出某些含义，核之于这篇作品，却无相当的文字可以作为印证其解释的根据。将孔颖达揭示的这类情况做一个统计可知，它们在《小序》中出现最多，在毛《传》和郑《笺》中也有个别的

---

① 《毛诗正义》，第30页。按：孔颖达似乎以为，郑玄就已经意识到了《小序》、毛《传》解释《诗经》有“于经无所当”的情况。《郑风·野有蔓草》小序：“思遇时也。君之泽不下流，民穷于兵革，男女失时，思不期而会焉。”该诗首两句“野有蔓草，零露漙兮”，毛《传》：“兴也。”《小序》作者与毛氏都认为，此诗以露水漙然盛多形容君泽下流，反刺当时君主不施恩泽于民。郑玄则认为，这二句只表示仲春草生结露，不具备《小序》、毛《传》所说的兴意。孔颖达说：“郑（玄）以经皆是思不期而会之辞，言君之润泽不流下，叙男女失时之意，于经无所当也。”（《毛诗正义》，第320页）可是，郑玄为《诗经》作笺，并没有直接提出“于经无所当”的说法。

例子①。《毛诗》被定于一尊以后②，人们对其解释义与《诗经》原义的忠实关系少有异议，在那样的时代，“于经无所当”的提出确实是一个有意义的发现，对后人说《诗经》也有一定影响③。

《诗经》出现“于经无所当”的解释现象，一部分被孔颖达认为是各种原因造成的。

一种情况是，有的作品因为诗人可能采取了省略、替代、兼义的手法，《小序》作者在解释作品时，将诗人可能省略、替代部分的意思，以及一词所兼的其他含义重新恢复所致。比如《小雅·鹿鸣》，《小序》说：“燕群臣嘉宾也。”然而该诗只写到“嘉宾”，没有写到“群臣”，孔颖达说：“经无群臣之文，然则序之群臣，则经之嘉宾，一矣。故群臣、嘉宾并言之，明群臣亦为嘉宾也。”④又如《小雅·瞻彼洛矣》，《小序》说该诗表达了“赏善罚恶”的愿望，然而该诗只写到赏善的内容，没有罚恶的意思。孔颖达说：“经三章，皆言爵命赏善之事。既能有赏，必当有罚，故连言罚恶耳。”⑤以

① 孔颖达指出《小序》释义“于经无所当”共35篇，依次为：《周南·葛覃》《周南·桃夭》《召南·小星》《召南·江有汜》《鄘风·定之方中》《王风·黍离》《郑风·缁衣》《郑风·清人》《郑风·出其东门》《郑风·野有蔓草》《齐风·南山》《魏风·园有桃》《魏风·陟岵》《陈风·东门之池》《陈风·月出》《陈风·泽陂》《豳风·狼跋》《小雅·鹿鸣》《小雅·四牡》《小雅·鱼丽》《小雅·吉日》《小雅·何人斯》《小雅·楚茨》《小雅·瞻彼洛矣》《小雅·采菽》《小雅·都人士》《小雅·何草不黄》《大雅·生民》《大雅·行苇》《大雅·凫鹥》《大雅·公刘》《大雅·烝民》《周颂·清庙》《周颂·酌》《鲁颂·駉》。他又指出毛《传》释义“于经无所当”1篇：《小雅·鸿雁》；郑玄《笺》释义“于经无所当”2篇：《卫风·硕人》《小雅·斯干》。此外，孔颖达《鲁颂·閟宫》疏解还指出：“‘复周公之宇’，虽辞出于经，而经之所言，止为常许，此则总序篇义，与经小殊。”（《毛诗正义》，第1407页）以为《小序》释义，其辞虽然与经合，其义则有所不同。这其实也可以算“于经无所当”。若将《诗经》这种情况也考虑进去的话，例子就更多了，这里对此不作统计。

② 齐《诗》亡于三国魏时，鲁《诗》亡于西晋，韩《诗》唐时尚存，少有传人，影响衰微，至宋亦亡。

③ 程颐《河南程氏经说》卷三《诗解·小雅·白华》称这篇《小序》“故下国化之，以妾为妻，以孽代宗，而王弗能治，周人为之作是诗也”数语，“言当时事如此，《诗》中所不及也”（《二程集》，第1080页）。“《诗》中所不及”的意思与“于经无所当”相同。孔颖达《白华》疏曰：“此诗主刺王之远申后，但王为此行，则为下国所化，故经略文以见意，《序》具述其事以明之。”（《毛诗正义》，第926页）“略文以见意”是“于经无所当”的另一种表达。可见程颐以上说法来自孔颖达，是孔颖达这一说法产生影响的一个例证。需说明一点，程颐相信《小序》首句，对于首句以外的内容持怀疑或不信的态度，故他在《小序》与《诗经》原作不相对应问题上虽然受到了孔颖达影响，二人的出发点并不一致。

④ 《毛诗正义》，第555页。

⑤ 《毛诗正义》，第855页。

“嘉宾”兼含“群臣”，“赏善”连言“罚恶”，诗人写诗时是否有此考虑，不得而知，而解释者却认为应当这样理解，或者，至少可以这样理解。这样的解释虽然不一定符合实际情况，似乎也有其近情理之处。

另一种情况是，解释者从他自己具备的古史知识出发去理解作品，或者是将多首诗歌联系起来进行互相释义得出对作品的认识所致。比如《小序》以“养老乞言”说明《大雅·行苇》的部分含义，然而该诗并无“乞言”的内容。孔颖达解释《小序》作者为何这么解说作品的原因是：“三王养老，必就乞言，故序因而及之。”①相传古代制度，养老还包括应当向受人尊敬的老年人征询良言善法，以便施之于政②。《小序》作者因《行苇》有“养老”的内容而及“乞言”，正是根据他所了解的传说中的这类古史知识而将其当作一项内容添入诗里。可是，古人“养老”是否一定伴有“乞言”，诗人是否将这一层意思必然地包含在诗里，这些毕竟都是未知的事情，《小序》以上的解释显得勉强。所以后人说：“‘无当’云者，盖已不能为《序》解矣。”③这道出了《小序》解释诗歌以及孔颖达为《小序》作辩解的尴尬。至于联系多首诗歌进行互相释义的例子，比如《小雅·楚茨》本身并没有涉及“政烦赋重”的事情，《小序》却肯定它有这方面的内容。孔颖达对此解释说：“‘政烦赋重’，则于经无所当，而下篇有其事耳。此及《信南山》《甫田》《大田》四篇之诗，事皆陈古，文指相类，故序有详略，以相发明……皆文互见。”④孔颖达所谓“下篇”是指紧接在《楚茨》之后的《信南山》《甫田》《大田》诸篇。将这四篇诗当作“文指相类”、详略互见的组诗，这本身是否符合《诗经》创作时的实际情况，就已经大成问题⑤，借用这种无法证实的所谓诗歌互相之间密切的结构关系对作品进行释义，其得出的结论就更加令人疑窦丛生。

---

① 《毛诗正义》，第1079页。

② 《大雅·行苇》郑玄笺：“乞言，从求善言可以为政者，敦史受之。”

③ 黄中松《诗疑辨证》卷五“《行苇》篇”条，影印文渊阁《四库全书》第88册，第433页。

④ 《毛诗正义》，第809页。

⑤ 《诗经》应该还没有出现组诗的形式，其作品从各个时期、不同地方采集而得，作者各异，孤立性是它们显著的形式特点。孔颖达将不是组诗当作组诗来理解，并从组诗的角度出发解释作品蕴义，这在后人的文学批评中也时常可以见到，张惠言评温庭筠《菩萨蛮》就是一个著名例子，参见邬国平《常州词派关于词与读者接受的思考》(《文学遗产》1992年第5期)。

以上孔颖达为《小序》所作的辩解尽管存在或多或少的疑问，毕竟还是说出了一番理由。对于《小序》作者以下的推论，孔颖达仅限于说明《小序》作者的表述"于经无所当"这一事实，至于何以致其然的原因就不再涉及，也不再为之作解释或辩护。如：

> "国无鳏民焉"，申述所致之美，于经无所当也。①
>
> 言"周大夫行役至于宗周"，叙其所伤之由，于经无所当也。②
>
> "以明有国善善之功焉"，叙其作诗之意，于经无所当。③
>
> 其"公子五争，兵革不息"，叙其相弃之由，于经无所当也。④
>
> "君子见微而思古"，叙其作诗之意，于经无所当也。⑤
>
> 言"四夷交侵，中国背叛"，序其用兵之意，于经无所当也。⑥
>
> 言"成王将莅政，戒以民事"，序其作者之意，于经无所当。⑦

引号里的内容都是《小序》作者对相关诗篇写作缘起的解释，而在这些诗里并没有出现与解释相对应的内容，可见这是《小序》作者根据某种说法，或者纯粹出于自己对作品的理解而作出的一种推论。比如《周南·桃夭》咏唱"之子于归"（姑娘出嫁）的欣喜和幸福，《小序》却将这牵扯到"国无鳏民"上面去，就无限放大了作品的旨意，因为《桃夭》本身并未对此作出任何明说或暗示。《小序》作者这种推求所得的结论，有点像庄子《逍遥游》中写到的那个葫芦，大而无当⑧，是难以令人置信的。类似这样

① 《周南·桃夭》，《毛诗正义》，第 45 页。按："焉"，《小序》作"也"。
② 《王风·黍离》，《毛诗正义》，第 253 页。
③ 《郑风·缁衣》，《毛诗正义》，第 277 页。
④ 《郑风·出其东门》，《毛诗正义》，第 317 页。
⑤ 《小雅·采菽》，《毛诗正义》，第 895 页。
⑥ 《小雅·何草不黄》，《毛诗正义》，第 948 页。
⑦ 《大雅·公刘》，《毛诗正义》，第 1110 页。
⑧ 《逍遥游》惠子对庄子说，魏王送他一粒大葫芦种子，结出的果实能装五石的容量，可是它徒有空虚巨大的体积，盛水则"坚不能自举"，做瓢又"瓠落无所容"，惠子只好将它击碎。后人因此用惠子的葫芦比喻无用或不当之物。

“于经无所当”的例子在《毛诗》中最多。孔颖达对《小序》以上这些推论只点到为止，不予置评，或许表示他对这样的解释行为和得出的结论另有自己的看法。他说：

古人说《诗》者，因其节文，比义起象，理颇溢于经意，不必全与本同，但检其大旨，不为乖异，故《传》采而用焉。①

这是他评论毛《传》采用《周语》解释《周颂·昊天有成命》的话，认为说《诗》者所作的有关解释“颇溢于经意”，与作品的本旨有不少差别，尽管如此，这一解释的“大旨”却与原作“不为乖异”，不妨其成立。宽容和接纳解释活动中产生的某些“溢”义，这大致也是他对《小序》、毛《传》、郑《笺》“于经无所当”的解释现象所抱的一种态度。

二、双重类比释义与《诗经》传承路径

孔颖达揭示《毛诗》释义存在“于经无所当”的现象，这实际上接触到了《诗经》解释史上诠释者自由理解和自由解释的问题，而显然，他认为只要对作品“大旨”的说明没有与原作出现“乖异”，那么这样的自由就应当是允许的。大概这也是唐以前《毛诗》派在如何理解和解释《诗经》问题上所持的比较普遍的看法。这说明在《毛诗》释义系统内部确实存在自由释义的倾向，并不是他人将这一结论强加给了他们。孔颖达“于经无所当”之说证实了这一点，它的主要意义正在这里。

解释，最初是为了消除阅读上的障碍，使作品易于明白和接受。由于客观和主观上的原因，解释者并不能够保证像镜子映物一样将作品的含义按其原样、不多不少地传递出来，所以，遗漏或增添都在所难免。更有甚者，人们实际的解释目的远比上述单纯的企图复杂得多，解释经常表现为对被解释文本的利用，于是不可避免地发生了解释者强加于文本而使其意义变形的现象。被解释的文本与经过解释的文本，二者的含义往往

① 《毛诗正义》，第1298页。

很难叠合。事实上，对于二者的一般差异人们在通常情况下是予以默认的，因为这并不会影响对作品大致的阅读，而且，人们对于阅读的精确性要求一般并不高，所以可能他们原来就忽略了这些差异的存在。比如《诗经·齐风·载驱》，《小序》解释这首诗写“（齐襄公）盛其车服，疾驱于通道大都”，与妹妹文姜干乱伦丑事，诗人对他进行讽刺。“盛其车服”的意思，孔颖达解释说，是形容齐襄公“盛饰其所乘之车与所衣之服”。可是，他指出《载驱》只写了“车马之饰”，并没有写“盛服之事”。说明“盛其服”是《小序》作者在解说这篇诗歌时添加进去的内容。孔颖达说：“既美其车，明亦美其服，故协句言之。”[①]认为《小序》增加“美其服”的内容还是符合诗人创作此诗的初衷，因而是合情合理的。正是由于增添了这一笔，使《载驱》《小序》形容的齐襄公比《载驱》原诗描写的齐襄公更加突出了外表修饰，而外表修饰得越美，越显出他心灵丑秽，从而形成二者更大的反差，收到更强的讽刺效果。所以《载驱》《小序》的作者采取增添内容的方式解释作品，难说不存在某种解释企图上的故意。对于这些差别，普通的读者一般不会予以特别留意，常常视而不见，即使经慧眼道出，他们通常也会取宽容的态度，予以理解和接受，因为这一类释义的差异没有使作品原来的意思发生明显变形，以致产生认知的困难。似乎解释者与其他读者对这个问题在一定的“度”上自然地达成了默契。

然而，《诗经》经过解释环节使意义发生明显变形从而导致读者难以认知的情况又比比皆是，这也是显而易见的事实。如果读者不是放弃自己阅读作品时所产生的直接感受，“强迫”自己去接受经学家的解释，那么就很难与这些解释者所得出的高深然而非常难以发生自然共鸣的结论保持一致。

《诗经·召南·草虫》：“喓喓草虫，趯趯阜螽。未见君子，忧心忡忡。亦既见止，亦既觏止，我心则降。”诗人以草虫、阜螽这些自然界中的昆虫起兴，写相爱的男女渴望相见相遇合时的烦躁不安，既见既遇合后的平静

---

① 以上引文见《毛诗正义》，第352页。

愉快。这是此诗最单纯的含义,草虫、阜螽与君子和思念君子的女子之间,构成意义上最单纯的类比关系①。然而这只是一般读者产生的阅读感受,经学家的看法则不同,于是人们就读到了他们以下的解释:《小序》说这首诗的大旨写“大夫妻能以礼自防”。毛《传》说是写“卿大夫之妻,待礼而行,随从君子”。郑玄说:“草虫鸣,阜螽跃而从之,异种同类,犹男女嘉时以礼相求呼。”“未见君子者,谓在途时也。在途而忧,忧不当君子,无以宁父母,故心冲冲然。是其不自绝于其族之情。”“既见,谓已同牢而食也。既觏,谓已昏也。始者忧于不当,今君子待己以礼,庶自此可以宁父母,故心下也。”孔颖达综合以上诸家之说,解释更加详尽:“言喓喓然鸣而相呼者,草虫也;趯趯然跃而从之者,阜螽也。以兴以礼求女者,大夫;随从君子者,其妻也。此阜螽乃待草虫鸣,而后从之,而与相随也。以兴大夫之妻必待大夫呼己而后从之,与俱去也。既已随从君子,行嫁在途,未见君子之时,父母忧己,恐其见弃,己亦恐不当君子,无以宁父母之意,故忧心冲冲然。亦既见君子,与之同牢而食;亦既遇君子,与之卧息于寝,知其待己以礼,庶可以安父母,故我心之忧即降下也。”②他们对这首诗的解释一个比一个具体细致,作品的含义经过他们累积式的解释则越来越落实,越来越丰富。将他们的解释集中起来,有两个最大的特点:一是将君子和思念君子的女子的身份解释为“卿大夫”及其妻子;二是将诗歌完全纳入儒家“礼”文化的系统中,用“礼”诠释诗歌中人物的行为③。经过他们一番解释,草虫、阜螽原先与君子和思念君子的女子之间单纯的类比关系,便转化成为与上层官僚家庭夫妻之间具有特指含义的类比关

① 罗根泽《古奴隶社会的奴隶谣谚》认为,“‘兴’和‘比’是根本不同的两种方法”,《草虫》“喓喓草虫,趯趯阜螽”与“未见君子,忧心忡忡”等句之间“并没有‘类推’‘类比’的作用,只是借着合辙协韵,用来兴起正文”(该文收入氏著《中国古典文学论集》,引文见第9—10页,五十年代出版社1955年)。其实“兴”句除了领起的作用外,往往也可以含有“比”义,朱自清《诗言志辨·比兴》:“兴是譬喻,‘又是’发端,便与‘只是’譬喻不同。”所以他认为“兴”具有“两重义”。(《朱自清说诗》,第52页,上海古籍出版社1998年)前人认为《草虫》兴而兼有比义,不无道理。

② 《毛诗正义》,第69页。

③ 宋人周孚《非诗辨妄》指出,郑玄“以礼训诗”,“是于诗外求义也。训诗而不本诗,吾未见其能诗也”(吴文治《宋诗话全编》,第3388页,江苏古籍出版社1998年)。“以礼训诗”是儒家从先秦以来就形成的解释传统,至汉朝已经达到高峰,郑玄是其代表之一。陈善《扪虱新话》第二集:“予观郑康成注《毛诗》,乃一一要合《周礼》。”又说:“康成盖长于礼学,以礼而言诗,过矣。”说得甚是。

系，而且这种类比关系被赋予了浓郁的儒家伦理色彩，从而极其严格地突出了儒家的伦理道德规范（这一点在解释中显得尤其重要）。对于他们所作的这一切解释，读者都无法从阅读《草虫》原诗中直接获得印象。这说明，解释者与一般读者对于这首诗歌的意义在认知上存在明显的差异。

类似这样的解释，在《毛诗正义》一书中大量存在，可以说这是《毛诗》解释学最普遍的一种情况。《小序》、毛《传》、郑《笺》、孔《疏》对《诗经》的解读，有不少地方其实也是符合作品实际内容的，如《野有蔓草》“有美一人，清扬婉兮。邂逅相遇，适我愿兮”，《小序》说，此诗是写男女“思不期而会焉”。《风雨》“风雨凄凄，鸡鸣喈喈。既见君子，云胡不夷”，《小序》说，此诗的主意是“思君子也”。这些归纳都是恰当的。然而，《序》《传》《笺》《疏》的作者似乎觉得，仅仅如此读《诗经》，如此说明诗旨，太幼稚，太肤浅，离他们对《诗经》的阅读期望太远，他们需要给诗人这类吟唱附添更多更重要的指向性含义，以显示作品的经典意义。所以他们要努力地去抠作品的微言大义，即在作品分明的显义之外，千方百计地重构一个重大的意义世界，使诗歌显得不同凡响。比如对于《野有蔓草》，《小序》又说，男女所以“思不期而会焉”，是因为“君之泽不下流，民穷于兵革，男女失时”，所以这首诗歌的主旨是“思遇时”。孔颖达疏更是具体地概括说，此诗写男女“不得早婚，故思相逢遇。是君政使然，故陈以刺君”。“思遇时”看上去无疑比男女“思不期而会焉”意义深刻，“君政使然”、“陈以刺君”显然也大大提高了诗歌的认识深度和批判力度。经过这样的解释，男女“思不期而会焉”便下降为作品中不重要的部分，只是诗人描写的一种表面化的现象而已。又比如对于《风雨》，《小序》又说：“乱世则思君子，不改其度焉。”郑玄解释“风雨凄凄”二句：“喻君子虽居乱世，不变改其节度。”孔颖达说：“此鸡虽逢风雨，不变其鸣，喻君子虽居乱世，不改其节。今日时世无复有此人，若既得见此不改其度之君子，云何而得不悦，言其必大悦也。”①经过这样一番解释，诗歌中的“君子”就变

① 以上引文分别见《毛诗正义》第320—321、313页。

成了一个政治和道德的形象,向慕"君子"也就变成了对守节度而不改的正人君子的一种道德赞美。

诸如此类的例子都说明,经过经学家解释的《诗》三百篇与未经其解释的原作分别属于两种不同的意义世界,如果不借助经学家的解释,读者虽然未必不能读懂作品,但是决然得不出经学家那样的结论。后人有放弃《序》就无法读《诗》之说,如程颐说:"学《诗》而不求《序》,犹欲入室而不由户也。"①朱鹤龄说:"黜《序》则无以为说《诗》之根柢,不得不循文揣义以臆解。"②顾镇也说:"《诗》之有《序》,如头面之着眉目,非是即不复省释为何人。"③他们所说的《序》,指《诗大序》和《小序》,尤其是指说明每首诗歌写作本事和大旨的《小序》,而按照他们对《诗经》的态度,这种说法其实大致也适合于毛《传》、郑《笺》、孔《疏》。这些信《小序》派人士的话,其意思当然不是说放弃《小序》等资料以后《诗》就真的无法被人们阅读了,而是说读者如果不从这些解释所传递的信息中接受启发,就无法体会到《毛诗》的经义。他们相信,假如不能体会出经义就意味着没有读懂《诗经》,或者就是误读了《诗经》。可见,普通读者和经学家相比,一个是在《诗经》的诗义世界徜徉,而另一个则是在《诗经》的经义世界遨游,二者差别的实质在此。

何以读者阅读作品时产生的直接感受与经学家对《诗经》的解释之间会出现如此大的差异?《诗经》的诗义和经义的差别是怎样造成的?这与经学解释者采用比兴的方法说《诗》有很大关系。他们通过将诗歌描写的此物、此义与未出现在作品中的彼物、彼义进行类比,促使作品的篇内之旨向篇外之旨转化,从而实现作品意义的极大跳跃和扬升,这是《小序》、毛《传》、郑《笺》、孔《疏》最常见的解释《诗经》的步骤。取譬小而其指大,连类近而及物远,诗人在诗歌创作中原本普遍存在的这种联想性思维,被说经者无节制地利用为解释诗旨的重要手段。如此解释《诗

---

① 程颐《河南程氏经说》卷三,《二程集》,第1046页。

② 朱鹤龄《毛诗通义序》,《愚庵小集》卷七,第281页,上海古籍出版社1979年影印康熙刻本。

③ 《虞东学诗·诗说》序说上,影印文渊阁《四库全书》第89册,第374页。

经》的意义可以称为“类比性释义”。其运动的结果，读者在解释者给出的过于膨胀的“作品”含义面前，既感到无比新鲜，又往往会陷于凄迷茫然之中。

类比，古人也称之为比类，是人们展开议论、提出判断时经常使用的比拟类推方法。它利用两种事物某一点相似的特征，引而伸之，从更大的范围内对二者进行比况和互释，演绎出这两种事物其他方面更重要的相似性，以便得出推论者希望得出的结论。这种推理的方法在古代经学、史学、文学批评和研究中都有应用，而在《诗经》释义及受其影响的诗词释义等解释活动中，应用尤其广泛，可以说，这是古代最普遍的释义批评类型之一。

《诗经》的类比性释义大致有两种情况：一种是在诗歌文本内部完成的。如《关雎》中，关雎鸟与君子、淑女之间，构成一种意义上的类比关系，关雎既是它自己，又并不是单纯作为关雎而存在于诗篇中，而是被诗人用来比拟君子和淑女。又比如《萚兮》中，以萚（树叶）因风吹动而飘落，类比兄弟（叔伯）你唱我和，同声相应，也是一种意义上的类比。这些都是单纯意义的类比，也就是前文所说《诗经》的“诗义”。解释者将这些类比的意义说明白，或者由读者通过自己阅读诗歌的前后文大致了然比兴物与直接比兴义之间的联系，从而在文本内部完成对诗义的解释。另一种类比性释义则是通过将文本内的旨义与解释者所寻求的文本外的意义系结起来完成的。比如《诗大序》解释《关雎》是表现和赞颂“后妃之德”，而且详细解释道：“《关雎》乐得淑女以配君子，忧在进贤，不淫其色。哀窈窕，思贤才，而无伤善之心焉，是《关雎》之义也。”①经学家肯定诗里出现的关雎、君子、淑女，其实都不是作为他们自己而存在于作品中，“他们”是未出现在诗里的“后妃之德”的隐喻，是“思贤才”的一种迂回说法。同样，《萚兮》中的树叶和叔伯也不是代表他们本身，而是暗示诗篇内容之外的君臣关系，即《小序》所谓“君弱臣强，不倡而和也。”②这些也就是前文所说《诗经》的“经义”。无论《诗经》的“诗义”还是“经义”，都是通

① 见《毛诗正义》第4、21页。
② 《毛诗正义》，第303页。

过读者类比性释义呈现出来，通过读者主观判断力对理解过程的参与来获得，这是二者相同的地方。可是显而易见，“诗义”与文本的关系近而实，读者一般可以通过分析文本的语言获得认识；“经义”与文本的关系远而虚，读者只有通过对文本进行特殊的、复杂的分析才可能对它加以说明。从作品获得其“诗义”，主要表现为作品意义的牵引力对阅读的作用；而从作品获得其“经义”，则主要表现为读者自由的理解力对作品的作用。还是以《关雎》《萚兮》两首诗为例子。关雎鸟与君子、淑女，吹动的风、树叶（萚）飘落与兄弟唱和，像这样的类比关系在作品中是确然存在的，人们可以通过自然的阅读方式求得对这些含义的理解和大致的认同，使阅读与作品产生和谐的共振。然而经学家说的“后妃之德”、“君弱臣强”等含义，却都没有出现在诗篇的字里行间，甚至连相关的暗示性文字和表达也没有，所以一般读者无法通过诗歌的语言本身直接体会到这些含义，经学家之所以得出这样的认识，是因为对《诗经》怀着特殊的意识。人们对于这种类比性释义及其得出的结论一般难以形成自然的共鸣，即使接受其解释，认同也往往是有条件的，不稳定的，所以一旦经学背景发生变化，它们首先成为人们质疑的对象，在失去外力作用（比如强行推行经义）的情况下，普通读者对《诗经》的理解总是朝着自己的直观印象方向偏斜。

在诗内类比释义和诗外类比释义二者中，对于经学家来说，重要的是诗外类比释义。因为在他们看来，诗内类比释义只能获得诗歌的表层含义，而这并非是诗人写这首诗的根本大旨所在，这是其一。其次，诗内类比释义只是对于分析用比兴手法写的诗才有必要，对于分析用赋的手法写的诗就没有必要了。如《郑风·清人》用赋的手法叙述有人在河边，举着画饰的兵器，翱翔逍遥。因为这首诗没有运用比兴，所以理解这首诗歌，只需要解释词义，不需要对诗歌内容本身进行类比分析。于是经学家就直接通过诗外类比的方法，推衍这首诗歌的大旨。《小序》说：“刺文公也。高克好利而不顾其君，文公恶而欲远之不能。使高克将兵而御狄于竟（境），陈其师旅，翱翔河上。久而不召，众散而归，高克奔陈。公子素恶高克进之不以礼，文公退之不以道，危国亡师之本，故作是诗也。"①在《诗经》小序中，这篇文字比较长，且对写诗缘起的说明甚具体。可是除了"翱翔河上"一句之外，《小序》对诗意的所有说明，在《清人》中都找不到相对应的文字，也就是说，它们都是解释者所理解的诗外之旨。以上两点都说明，在《毛诗》释义系统中，诗外类比性释义才被经学家认为是最重要的，不可或缺，而诗内类比性释义则或有或无（视是否采用比兴手法写诗而定），即使有也只是为了满足解释经义的需要，其本身的意思无关紧要。这里所说的类比性释义，主要是指经学家所极为重视的这种诗外类比释义。这是汉朝《毛诗》解释学最重要的特征，孔颖达所谓"于经无所当"的解释现象也主要是指这种情况。

将以上的分析概括如下：

诗内类比释义：比兴手法→直接含义。例如：关雎→君子、淑女。（《关雎》）

诗外类比释义：A. 比兴手法→引申意义。例如：关雎；君子、淑女→后妃之德。（《关雎》）

B. 赋（铺陈）手法→引申意义。例如：某人翱翔河上→高克陈师旅于外；刺郑文公。（《清人》）

黑格尔在分析象征艺术时指出，象征由"表现"和"意义"两部分构成，单纯的符号其"意义和它的表现的联系是一种完全任意构成的拼凑"，艺术的象征符号则不同，它的"意义与形象"是"密切吻合"的。他又指出，艺术象征符号中也存在形象与意义之间部分不协调的情况，所以象征在"本质上是双关的或模棱两可的"，"在意义和表现意义的形象二者之间"存在着"暧昧性"。不过，这显然与单纯符号"任意"拼凑形象与意义的关系不一样。他说的单纯符号，指语言的发音，徽章或国旗的颜色，等等②。当艺术符号被解释者看作是一种比喻，用来喻示另一事物和道理时，它们也很可能变成单纯的符号。解释这类符号，不仅需要借助想象

① 《毛诗正义》，第 287 页。
② 黑格尔著，朱光潜译《美学》第二卷，第 10—13 页，商务印书馆 1979 年。

力以窥见其双关、模棱两可、暧昧性的含义，而且，解释者还将更多更大的变化系数添加到了理解和解释活动中，从而增加解喻的“任意”性。经学家近乎于将诗歌当作“礼”的比喻或象征符号，他们用类比释义方法（主要指诗外类比方法）解释《诗经》恰似这种情况。郑玄认为毛《传》说的“兴”就是“比、喻”①，这固然说明比兴体诗歌好似一个比喻或象征体，即使不是用比兴手法写的诗，在经学家看来也像是一种以叙述形式出现的比喻或象征（如前举《清人》的例子）。当他们跨过宽阔的意义空间，从诗歌作品的此义跳跃到它所比喻或象征的彼义时，随意性不仅难以避免，而且还会被充分利用，唯其如此，他们才能对《诗经》的每一首作品都推演出其具体的政教和美刺的内涵，辗转得出自己所期待的结论。可见，受某种预期的想法或思想支配，让思维发生大跳跃，挣脱具体“诗义”的约束，这些都是与类比性释义始终相伴随的。这决定了类比性释义是一种联想式的、非常自由的诗歌释义的方法。然而，经学家运用类比性释义方法解释《诗经》的主要乃至唯一归结在于索求其政教和美刺的含义，这种执著的较为单一的释义倾向决定了他们解释《诗经》实际上又是不自由的。

然而，经学家并不承认自己将《诗经》以外的意义强加给了作品，而是坚持认为他们只是将《诗经》本来的含义明白地说出来，将诗歌原本所譬类的人事及遥指的义理指示给了世人，除此之外，他们并没有利用为《诗经》作训释的机会将自己的臆见塞入其中。就是说，关雎、君子、淑女/后妃之德；有人翱翔于河上/郑文公令高克陈兵于外——这两组意义的两端相距虽远，然而将它们系结在一起的却是《关雎》《清人》的作者，不是解释者。其他诗篇也是如此。这就牵涉到如何看待《诗序》的问题。

---

① 如《周南·樛木》：“南有樛木，葛藟累之。”毛《传》：“兴也。”郑《笺》：“兴者，喻后妃能以意下逮众妾，使得其次序，则众妾上附事之，而礼义亦俱盛。”（《毛诗正义》，第41页）像这样“兴”兼有“比”义在《诗经》里有很多例子。当然“兴”有领起之义，与“比”的区别也显然存在，然而就具有的表达功能而言，比、兴二义常常接近，郑玄之说不可破。宋人《六经奥论》说：“凡兴者，所见在此，所得在彼，不可以事类推，不可以理义求也。兴在鸳鸯，则鸳鸯在梁，可以美后妃也；兴在鸤鸠，则鸤鸠在桑，可以美后妃也；兴在黄鸟，在桑扈，则绵蛮黄鸟，交交桑扈，皆可以美后妃也。如必曰关雎然后可以美后妃，他无预焉，不可以语《诗》也。”作者认为兴物与兴义的组合关系非常自由、灵活，具有即兴而起的特点，不应当拘泥、刻板地去理解兴物与兴义之间的对应关系。这自有道理，然而不能像罗根泽《古奴隶社会的奴隶谣谚》一文将这段话解释成“兴”没有“比”义。按：《六经奥论》或说郑樵作，《四库全书总目》提要认为是“宋末人所作”。

《诗序》包括《大序》和《小序》，说明《诗经》大义，以及每一篇诗歌的写作缘起、本事、旨趣等，自《毛诗》成为儒家经典以后，《诗序》在很长时期内被看作是对《诗》三百篇最权威的说明。汉唐人普遍尊信经、《序》，自不待言。宋人有的信《序》，如程颐《诗解·国风·关雎》说："学《诗》而不求《序》，犹欲入室而不由户也。"①也有不少人疑《序》，尤其是疑《小序》，他们的影响所及，使《诗序》的权威性在人们心目中降低了②，但是即便如此，《小序》的地位总体看还依然是高的③。从某种方面也可以说，一部《诗经》的影响史，主要就是《诗序》的影响史。特别是《小序》的首句，更被认为对理解《诗》具有非同一般的意义。程颐说："史氏得《诗》，必载其事，然后其义可知，今《小序》之首是也，其下则说《诗》者之辞也。"④他认为，《小序》首句记诗歌本事有依据而可信，《小序》首句以外的内容是后人解说，未必真确⑤。朱鹤龄也说："大约首句为《诗》根柢，以下则推而衍之，推衍者间出于汉儒，首句则最古，不易观。"⑥直到二十世纪初随着传统经学观念淡出，这种状况才发生根本性转变。现在的读者在前人疑《诗序》的基础上，大都相信《小序》关于诗歌写作缘起、本事、旨趣的说明是《小序》作者对《诗经》意义一次新的构建，有些内容虽然可能得之传闻，可是主要应当是反映一部分汉朝学者对《诗经》作品的理解；诗人并非真的像《小序》作者所叙述的那样写诗，《小序》也并非是对诗篇实在内涵的

---

① 《二程集》，第1046页。

② 唐朝已经出现怀疑《诗序》的意见，宋范处义《诗补传·篇目》说："异哉，唐人之议《诗序》也。曰：子夏不序《诗》有三焉，知不及，一也；暴扬中蒨之私，《春秋》所不道，二也；诸侯犹世不敢以云，三也。又曰：汉之学者，欲显其传，因藉之子夏。且子夏犹知不及，汉去《诗》益远，何自而知之？"怀疑《诗序》在宋朝更成为一股风气，这是对唐人疑《诗序》一派意见的发展，并非没有先兆。

③ 后人有一种意见认为，之所以必须尊重《小序》，与《诗经》许多作品使用比兴手法写作有关。吴修龄《围炉诗话》卷一："朱子尽去旧《序》，但据经文以为注，使三百篇尽出于赋乃可，安得据比兴之词以求远古之事乎？"（《清诗话续编》，第481页）他的意思是，赋体诗叙事明白，比兴诗意隐事藏，读者只有借助离诗人时代比较近的人写的《序》，才能够合适地阅读远古时代的比兴诗歌，得其真义。

④ 程颐《诗解·国风·关雎》，《二程集》，第1047页。

⑤ 程颐解释《小雅·鱼丽》诗义，只取《小序》首句"美万物盛多，能备礼也"，不取"文、武以《天保》以上治内"以下诸语，以为这些是"传《诗》者之言，不可取"（见《二程集》第1076页），就是一个明显的例子。

⑥ 朱鹤龄《毛诗通义序》，《愚庵小集》卷七，第280页。

忠实说明。这是对信《诗序》派断然的否定,即使与历史上疑《诗序》派相比,其采取摈弃态度之程度也不可同日而语。

至今,怀疑和否定《诗序》所述即是《诗经》本义的理由已经累积很多,不必赘述,这里只就信《诗序》派所谓的传承说谈一谈。一部分经学家以《诗序》传承有自为理由,深信《诗序》对《诗经》创作缘起、本事、旨趣的说明是真实的。然而,各人描绘的《诗序》传承“路线图”有各种不同的版本,这是可疑之一①。其次,即使按照其一般共同涉及的传承中的主要环节(孔子→子夏→荀子→大毛公→小毛公)来看,其传承事实本身也得不到有力证明,这是可疑之二。再次,即使不说以上两个疑点,而姑且承认他们描绘的《诗序》传承是真实的,然而,(一)无法否认孔子诸人都不是写《诗》三百篇的作者,而是《诗》的整理者和解释者,因此,即使《诗序》真是传自早期的孔子,也不能否认序是读者对《诗》三百篇的理解和解释。(二)鲁、齐、韩、毛四家对同一首诗的旨义有不同的说明②,对于这种现象只有从解释者的角度去认识才比较合理。赵翼说:“《毛诗·小序》汉时虽已盛传,然未立学官,故诸儒说《诗》,各出意见,多有与《小序》异者。”“是时《毛诗》未立学官,故各自立说,言人人殊。”③这正说明《诗经》在还没有被强行统摄于一种说法之前读者对它理解的多样性。所以也可以说明《诗》三百篇本无诗人对其创作缘起、本事、旨趣的说明,而现存的说明文字(《诗序》)是某些解释者后来追加的。总之,所谓的传承说既然无法证明《诗序》出于《诗经》作者之手,就不能将解释者的追溯性理解与作者的本意混为一谈。所以,将《小序》“美某某也”、“刺某某也”一类表述不是作为诗人的规定,而是作为解释者的判断来对待,对于《诗

---

① 参见皮锡瑞《经学历史》第50页,注释8—11,中华书局1981年。

② 比如《关雎》,《毛诗》认为是美“后妃之德”,《鲁诗》认为是刺康王晏朝,《韩诗》认为是“刺时”之作(参见《玉函山房辑佚书》本《鲁诗故》《韩诗故》,又可参考清人顾镇《虞东学诗》之《序说》诸篇)。又比如《王风·黍离》,《韩诗》认为是伯奇弟伯封作,讲的是孝子的事情,《毛诗》则以为是周大夫所作,诗意是“闵周者”(见皮锡瑞《经学通论·诗经》“论诗教温柔敦厚在婉曲不直言楚辞及唐诗宋词犹得其旨”条,第57—58页)。

③ 赵翼《陔馀丛考》卷二“汉儒说《诗》”条,第28、30页,商务印书馆1957年。

经》绝大部分作品来说是恰当的①，而这一类判断又是在《诗经》长期的解释过程中形成的（从这方面说，传承说有其一定的合理之处），当然，汉朝《诗经》学家所起的集成性作用十分突出和重要。

前面已经介绍了《诗经》类比性释义的情况，结合以上对《诗序》并非出于《诗经》作者，而是出于解释者的分析，自然可以得出结论，对《诗经》旨意的这种类比性联想也是来自解释者而不是来自作者。然而解释者为了让其他读者相信他们的解释是完全可靠的，便将他们的解释说成是《诗经》作者本人的主观写作意图和作品原本的含义，于是自由释义所得结论变成了作者原有的寓意，解释变成了《诗经》的原始创作。又，解释者为了使别人信服他们这种类比性释义真确可信，便用孟子"知人论世"的方法，求助于历史，为每一首诗歌勾画其历史背景，找到其产生的生活土壤，说诗歌就是为他们所认定的这件事情、这个人物而作，使每篇甚至每句的历史内容都坐实下来。这在郑玄《诗谱》一书中达到了顶点。雷克斯·马丁《历史解释：重演和实践推断》指出："移情作用通过显示已发生事情的似乎合理性来完成重构，但一个解释似乎是合理的也不可能是适当的，除非归纳的部分是真实的。"②其实即使归纳部分真实，也未必可以证明重构一定合理，这还取决于归纳部分的事实与解释者重构的意义二者是否真有必然的联系。经学家对《诗经》的解释一方面倚重他们自己的"移情作用"，一方面又借助于知人论世的方法，建构历史背景，将二者联系在一起，以示他们对《诗经》的解释具有坚实的史实基础。然而，因为他们归纳出来的历史背景带有浓厚的功利色彩，其与重构意义的联系又往往牵强附会，任意性很强，所以谈不上"适当"。如《郑风》相邻两篇《狡童》《褰裳》以"狡童"、"狂童"为嘲讽的对象，《小序》、毛《传》说这两首诗是讥刺郑昭公忽不能与贤人共同图事，以及忽与郑厉公突之间的兄弟倾轧。而另一方面，毛《传》、郑《笺》、孔《疏》又称《狡童》诗里的"狡童"代指郑昭公，《褰裳》诗里的"狂童"却只能代指郑厉公，不能代指郑昭公。然而

① 《诗经》有些作品谈到作者写诗的缘故和目的，如《小雅·节南山》："家父作诵，以究王讻。"但是这类作品在《诗经》中数量极少。

② 该书由王晓红翻译，文津出版社 2005 年。引文见第 48 页。

就这两首诗所写的“狡童”和“狂童”而言，显然属于同一种形象，有人甚至认为这两首诗互相有联系①。因此，毛《传》等对其代指的历史人物的规定显得非常随意和武断，没有道理可言，若这两首诗歌中形象含义相似的“狡童”和“狂童”只能像他们规定的那样去理解，则说明他们构建的关于这两首诗歌的历史事件和人物之间的关系是经不起推敲的，结论是脆弱的。这一例子说明，类比的自由释义方法之所以需要历史，是因为历史对于使用这一方法的人来说有利用的价值，可以满足解释的功利需要，取得增加解释可信性的效果。所以，虚拟想象出一个历史背景实际上是自由释义者的一种解释策略，以掩饰他们在解释作品时的“移情作用”。然而在《诗经》解释中，这种做法遇到的最大麻烦是作品含义与解释的意义之间的巨大错位难以被有效弥合。面对如此窘境，为了使读者放弃自己的阅读直觉，接受经学家跳跃很大的类比性释义结论，孔颖达提出，读者在阅读《诗经》时要区别作品的假言和实意，“不可执文以害意”②。他视类比的此义为假言，类比的彼义为实意，强调读《诗经》要在得经义之实。孟子“不以文害辞，不以辞害志”说，也如同他“知人论世”说一样，被经学家用来为他们类比性自由释义作辩护。

《诗经》类比性释义方法被广泛应用于中国古代文学批评史，对诗词批评的影响尤其深刻，从汉朝人对《楚辞》的批评，一直到近代陈沆《诗比兴笺》，都带着类比性释义批评的显著痕迹。而另一方面，这种释义和批评方法也受到了一些非议。如黄庭坚在《大雅堂记》一文中批评杜甫诗歌接受史上一种倾向：“彼喜穿凿者，弃其大旨，取其发兴，于所遇林泉、人物、草木、鱼虫，以为物物皆有所托，如世间商度隐语者，则子美之诗委地矣。”③这虽然是针对杜诗解释而言，实际上也是针对《诗经》的释义传统，一部杜诗解释史从某种方面说，是《诗经》解释史的翻版。不过，一个基本事实是，维护《诗经》类比性释义传统的人远比批评的人多，而且在文

① 牟庭《诗切》认为《褰裳》是答《狡童》的诗，将“狡童”、“狂童”看作一个人（齐鲁书社1983年影印本，第818—821页）。虽然两首诗原来的关系未必如牟庭所说，但是他认为诗里分别写到的“狡童”和“狂童”具有相似的形象质性，这自有道理。

② 《郑风·有女同车》孔颖达疏，《毛诗正义》，第297—298页。

③ 《黄庭坚全集》，第437—438页，四川大学出版社2001年。

学批评史上他们的力量也更强大。

第二节　传记性释义

——对《楚辞》释义的考察

《楚辞》是继《诗经》后又一部重要诗集，在所有文学作品中，它的解释史源远流长，仅次于《诗经》。汉朝人这方面整理和研究的成果对于形成《楚辞》解释学至关重要，尤其是司马迁《屈原列传》、刘向编集的《楚辞》①、王逸《楚辞章句》，都是《楚辞》解释史上的奠基性作品，其中王逸《楚辞章句》是第一部流传下来的解释《楚辞》的著作，后人研究屈原、《楚辞》正是在它们直接影响下开展的。汉朝人对《楚辞》的解释一方面受到《诗经》解释学的深刻影响，另一方面又因其在解释中密切联系作者传记性材料而形成新的阐释方式和特点，同样表现出了自由释义的倾向，而这种倾向后来又借助于《楚辞》的传播广被文学批评的其他领域。

一、依经立义、依史立义

汉朝人评论《楚辞》有两个特点：一是依经立义，二是依史立义，二者互相有关系。

依经立义本来的意思是指屈原按照儒家经典的规范写作诗歌。王逸说："（屈原）独依诗人之义而作《离骚》。""夫《离骚》之文，依托五经以立

---

①　刘向编集《楚辞》十六卷，见王逸《离骚叙》。对此后人有持怀疑者，然并没有提出充分有力的证据和理由。这方面情况可以参见董运庭《楚辞与屈原辞再考辨》第四章《楚辞流传与"屈原一家之书"的〈楚辞〉结集》（第69—76页，中国社会科学出版社2005年）。也有人提出《楚辞》是由战国到东汉经过很多人陆续编纂辑补而成，刘向只是其中一个不重要的编纂者（见汤炳正《〈楚辞〉编纂者及其成书年代的探索》，《江汉学报》1963年第10期。此文收入氏著《屈赋新探》一书时，改题为《〈楚辞〉成书之探索》，该书齐鲁书社1984年出版）。刘向校书是在前人已有一定成书的基础上进行的，非自造一书，因此他校理的书如《战国策》等，《汉书·艺文志》不题刘向名。余嘉锡认为，这原因"只是取古人旧作，为之整理编次，此固校书者常有之事"（《四库提要辨证》，第553页，中华书局1980年）。刘向整理《楚辞》的情况相类，所以说在他以前已有一定形式的楚辞作品集在流传着应当没有疑问。然后世流传的《楚辞》是王逸注本，而王逸自己说他依据的是刘向编集的本子，那么刘向编集《楚辞》之于该书的流传其重要性也就显而易见了。何况刘向以前《楚辞》流传的具体情况毕竟还是一团谜，所以不能轻易否定刘向对《楚辞》成书所作的重要贡献。

义焉。”①这就肯定了屈原作品与儒家经典之间存在着天然的深刻的渊源关系,内容和思想与孔子相一致。他作出这样的论证虽然具体是针对班固关于屈原及其作品存在不合儒家思想和行为规范瑕疵的批评②,确也反映出他本人对屈原作品与儒家经典关系的一种真实理解和认识。儒家一部分著作在汉朝确立了经典地位,享有“独尊”的权威,然而屈原时代的情况却不同,后来被奉为儒家经典的这些著作不会是屈原写诗歌首先考虑必须依从的前提。王逸说,《离骚》“帝高阳之苗裔”是仿效《诗经·大雅·生民》“厥初生民,时惟姜嫄”,“夕揽洲之宿莽”是仿效《易·乾》“潜龙勿用”,等等,都很牵强。与其说是屈原在依经写《离骚》,毋宁说是王逸在勉强地依经解释《离骚》。他说:“今臣复以所识所知,稽之旧章,合之经传,作十六卷章句。”③这恰是对他自己依经解释《楚辞》的坦白。因此,依经立义实际上反映出的是汉朝人的一种解释立场和态度,也是对一种解释思想的表述。

与依经立义的思想相关,王逸又具体得出《离骚》“依《诗》取兴”的结论,将屈原诗歌归纳为一种“美人香草”的抒情模式:

> 《离骚》之文,依《诗》取兴,引类譬谕。故善鸟香草,以配忠贞;恶禽臭物,以比谗佞;灵修美人,以媲于君;宓妃佚女,以譬贤臣;虬龙鸾凤,以托君子;飘风云霓,以为小人。其词温而雅,其义皎而朗。④

这是说屈原按照《诗经》比兴手法写诗,借以寄托心中的情念。在这样的比照中,《诗经》《楚辞》艺术手法上的某种相似被明确肯定为是屈原

---

① 王逸《楚辞章句叙》,见洪兴祖《楚辞补注》,第48、49页,中华书局1983年。按:王逸《楚辞章句》为现存最早的一部《楚辞》注本,他所撰《楚辞》各篇叙文、注释为《楚辞补注》所吸收,今流传的《楚辞补注》虽然难免有将王逸注与后人注相杂的少数情况发生,但是总体上仍保持了王逸注的完整和可信。可以将它与明隆庆五年夫容馆翻宋刊本《楚辞章句》合看。

② 班固《离骚序》批评屈原不能明哲保身,又批评《离骚》“多称昆仑、冥婚、宓妃虚无之语,皆非法度之政,经义所载”(《楚辞补注》引,第49—50页)。政,通“正”,指正当、合理。

③ 王逸《楚辞章句叙》,《楚辞补注》,第48页。按:洪兴祖注“稽之旧章,合之经传”:“八字一云‘稽之经传’。”

④ 王逸《离骚经序》,《楚辞补注》,第2—3页。

对《诗经》的一种自觉借鉴,《楚辞》的出现也被认为是对《诗经》一次新的传承。刘勰《比兴》:"(屈原)依《诗》制《骚》。"①显然是沿用王逸的说法。然而这些说法难掩屈原的创造性,即使在运用比兴手法方面,他借鉴的对象也是多方面的,而且对这一艺术手法作出了重要而有益的推进②。王逸强调屈原"依《诗》取兴",并由此披文入情去推阐作品的旨意,总结屈原的精神,可见"依《诗》取兴"为他按汉朝经学家运用类比性释义方法解释《楚辞》找到了理论依据,他自己确实也是如此解释《楚辞》的。

经学家为了表示他们解释《诗经》具有充分的说服力,常常构想出一幅社会和生活背景来说明一篇作品何以产生以及旨意所在,故而他们好标榜"知人论世"的批评主张。可以说这也使他们的解释批评带上了依史立义的特点。然而《诗经》除吉甫、许穆夫人等极少数人外,绝大多数作品无作者姓名可以查考③,即使是吉甫、许穆夫人等,他们的生平资料也实在少得可怜,人们对于他们的了解非常有限,所以经学家阐释《诗经》主要是用"论世"的方法。屈原是我国诗歌史上第一个广泛享有记名权的诗人,这情况与先秦其他诗人都极其不同,所以王逸依经立义评论

① 《文心雕龙注》,第602页。

② 游国恩《论屈原文学的比兴作风》一文认为,屈原《楚辞》比兴的来源,"一面与古诗有关,一面又与春秋战国时的'隐语'有关"(游国恩《楚辞论文集》,第210—211页,古典文学出版社1957年)。关于屈原对《诗经》比兴艺术在继承中加以发展的问题,游国恩、王起、萧涤非、季镇淮、费振刚主编《中国文学史(一)》说:"《诗经》的比兴大都比较单纯,用以起兴和比喻的事物还是独立存在的客体;《离骚》的比兴却与所表现的内容合而为一,具有象征的性质。""其次,《诗经》中的比兴往往只是一首诗中的片断,《离骚》则在长篇巨制中以系统的一个接一个的比兴表现了它的内容。"(第85页,人民文学出版社1979年)从象征的角度看《诗经》《楚辞》比兴的不同特点,诚然有见地。不过,以为《诗经》的比兴不具有象征性质还可以商量。法国解释学思想家保罗·利科说,象征符号"不同于极其透明的且在设定所意指物时只言说想说的这样一些专门符号,象征符号是不透明的,因为第一层的、字面的、显明的意义,类比地意指着第二层意义,而后者只有在第一层意义中才能被给予"(保罗·利科著,莫伟民译《解释的冲突》,第358页,商务印书馆2008年)。应该说,《诗经》和《楚辞》的比兴都不是直接明说的"专门符号",这是说它们都符合象征符号的条件。可是二者确有不同,《诗经》用作比兴的事物众多,比兴的事物互相之间很少有统一性,一种事物被用作比兴,往往是偶然的,带有随机性。《楚辞》则不同,美女、香花等在作品中反复有序地出现,如王逸《楚辞章句》和朱熹《楚辞集注》所总结的,各种比兴的物、词都有基本一致的内涵。从而使《楚辞》中出现的比兴更具有稳定的、恒久的象征性。是否更具有稳定的、恒久的象征性,这才是《诗经》和《楚辞》运用比兴的一个显著区别,这可能也是个人创作与无名氏集体创作运用比兴的一个不同。

③ 根据《大雅·崧高》"吉甫作诵"和《左传·闵公二年》"许穆夫人赋《载驰》"的记载,人们肯定这两首诗的作者是吉甫和许穆夫人。又如"家父作诵"(《小雅·节南山》)、"寺人孟子,作为好诗"(《小雅·巷伯》),也被作为确定诗歌作者身份的依据。

《楚辞》时，又总是联系屈原的时代背景，尤其是具体结合他生平的政治遭际来说明他的诗歌创作活动，解释作品含义，带着浓厚的“知人”批评方法的色彩。可见同样都是依史立义，汉朝经学家偏重于从《诗经》作品的背景去作解释，王逸则更加注重诗人的个人传记，时代背景则更多是作为个人的活动舞台而存在，从而更多反映出文学批评中传记性释义的特点。这从他《离骚经序》的论述中就可以看得很清楚：

> 《离骚经》者，屈原之所作也。屈原与楚同姓，仕于怀王，为三闾大夫。三闾之职，掌王族三姓，曰昭、屈、景。屈原序其谱属，率其贤良，以厉国士。入则与王图议政事，决定嫌疑；出则监察群下，应对诸侯。谋行职修，王甚珍之。同列大夫上官、靳尚妒害其能，共谮毁之。王乃疏屈原。屈原执履忠贞而被谗邪，忧心烦乱，不知所愬，乃作《离骚经》。离，别也。骚，愁也。经，径也。言己放逐离别，中心愁思，犹依道径，以风谏君也。故上述唐、虞、三后之制，下序桀、纣、羿、浇之败，冀君觉悟，反于正道而还已也。是时，秦昭王使张仪谲诈怀王，令绝齐交；又使诱楚，请与俱会武关，遂胁与俱归，拘留不遣，卒客死于秦。其子襄王，复用谗言，迁屈原于江南。屈原放在草野，复作《九章》，援天引圣，以自证明，终不见省。不忍以清白久居浊世，遂赴汨渊，自沉而死。①

王逸对《离骚》《九章》创作缘起的说明，对它们主旨、含义的解释，与屈原的仕途经历和命运，以及他因此形成的烦忧愤懑的心理状态紧紧联系在一起，而且在这样的叙述和分析中，分明让人感到他实际上是以诗人的经历、心理等条件为因，以诗歌的产生为果，即诗歌是诗人生平的叙述。这种文学批评方法可以用一句话概括，就是以诗人传记为根据诠释诗歌。王逸《楚辞章句》对书里屈原每一篇作品的解释、批评几乎都有这种特点，故可以称，传记性释义是他开展文学批评的基本方法。而且，在当时

① 《楚辞补注》，第1—2页。

这并不是王逸一个人独有的现象，他以前的《楚辞》批评家，如刘安、司马迁、扬雄、班固等也莫不如此，在以上引用的王逸这段话里有不少就是直接沿用了司马迁《屈原列传》和班固《离骚序》的内容和说法，这本身也可以作为证明。他们通过介绍屈原生平以说明其创作，分析其作品含义，在这一点上没有明显区别。所以，不妨说传记性释义也是汉朝人解释、批评屈原作品普遍使用的一种方法。

二、屈原传记与《楚辞》释义

对文学作品进行传记性释义，其前提是应当保证用以释义的作者传记准确可靠，比较详尽，这样才有可能使释义具有相当的说服力。然而恰恰在这个问题上，屈原作品的传记性释义遇到了很大麻烦，而最大困难正是来自屈原生平资料本身的问题。

屈原名字最早见于贾谊《吊屈原赋》，此时离屈原去世已经一百多年①。在这一百多年中，还没有发现留下来的关于屈原事迹的记载。明人汪瑗解释史籍失载的原因，说："战国之世，史官久失其职，而无记言记事之书。屈子虽与孟子、庄子同时，然孟子未尝至楚，而庄子又方且曳尾于途中，肆荒唐之言，与屈子殊趋，故不为孟、庄所称道。况屈子既死之后，仅三十馀年而楚灭于秦矣。杨子云曰：'嬴政二十六载天下擅秦，秦十五载而楚，楚五载而汉，五十载之间，而天下三擅。'是屈子之死以至汉初，虽无百年，然其间多事纷纷，而聪明智巧之士皆驰骛于游说战斗之场，而文学之流亦鲜矣，孰有操尺牍、秉史笔而为屈子一言者乎？"②这分析是有道理的。贾谊《吊屈原赋》涉及他的事迹很少，仅讲他生不逢时，遭人谗毁，投入湘水而死。赋的开头说："侧闻屈原兮，自沉汨罗。"③"侧闻"谦

---

① 学术界关于屈原的生卒年有不同说法，目前被采用较多的一种意见是，屈原约生于公元前340年，约卒于公元前278年（见《辞海》）。贾谊被贬长沙王太傅，及渡湘水，作《吊屈原赋》，这大约是公元前176年的事。若用以上这种比较流行的说法计算，贾谊写《吊屈原赋》离屈原投水已有一百馀年。

② 汪瑗《楚辞蒙引》卷上，《续修四库全书》第1301册，第277页。

③ 引自司马迁《贾生列传》，《史记》，第2493页，中华书局1982年。《汉书·贾谊传》作"仄闻屈原兮，自湛汨罗。"颜师古注："仄，古侧字。""湛读曰沉。"（第2223页）按：汉初缺少屈原生平资料的流传，原因可能是其资料原来就少，再经过秦朝焚书之后更不易见。

辞，意谓听说，说明贾谊对屈原的了解得自传闻，他自己未必读到过记载详细、确切可靠的屈原生平资料。后来，刘安奉汉武帝之命撰《离骚传》①，其作品已佚，只有一些片段保留在《史记·屈原列传》、班固《离骚序》和刘勰《文心雕龙·辨骚》中，从这些片段的评语来看，主要是评论作品，极少具体关涉屈原的人事关系和经历细节，在这方面没有比贾谊《吊屈原赋》增加内容。现存屈原最重要、最丰富的生平资料是司马迁《史记·屈原列传》，至今人们对于屈原的了解还没有超出这篇传记所记载的内容，所以后人对《楚辞》的传记性释义大致都是在《屈原列传》基础上开展的，可以说，一篇传记决定了一部《楚辞》的解释史。对于司马迁写的这篇屈原传记，信者固然很多，持不同程度怀疑态度的人也有，现代甚至有学者否定历史上曾经存在过屈原这样一个人②。他们之所以对屈原的存在表示怀疑乃至否定，主要原因就是有关他的记载出现比较迟，尤其是《史记·屈原列传》中的记载有不少含混牴牾、致人疑惑的内容，如《离骚》究竟是作于楚怀王时，还是楚襄王时？屈原究竟是被怀王疏远，还是被流放？等等，司马迁的叙述都有不能自圆其说的地方。如果因为司马迁的叙述存在牴牾遂否定屈原其人，这不免夸大了可能被误记部分史料的价值，然而不可否认，后人对《屈原列传》的内容产生歧读，从根本上说确实是由于司马迁有关记载本身的含混不清引起的。

对于《史记·屈原列传》这些令人疑惑的内容，今人主要采用两种方法试图予以解决。一是从错简、文法、修辞、语义的角度去思考问题，重新梳理和解读文本，设法通过调整这篇列传的部分段落、文字的位置，或解释司马迁的写作状况，尽量想把原文讲通，至少想减少原文致人疑惑的程

---

① 《汉书·淮南王传》（附《淮南厉王传》）："初，安入朝，献所作《内篇》，新出，上爱秘之。使为《离骚传》，旦受诏，日食时上。"颜师古："传，谓解说之，若《毛诗传》。"（第 2145 页）

② 我国学术界否定有屈原其人的意见，主要见于廖平《楚辞讲义》（《六译馆丛书》，四川存古书局 1921 年），胡适《读楚辞》（《努力周刊》增刊《读书杂志》1922 年第 1 期），何天行《楚辞新考》（该书与卫聚贤《离骚的作者——屈原与刘安》、丁迪豪《离骚的时代及其他》合刊于吴越史地研究会《楚辞研究》，1938 年出版。《楚辞新考》后改题为《楚辞作于汉代考》，中华书局 1948 年），朱东润《楚歌及楚辞》等四篇系列文章（刊登于《光明日报》1951 年 3 月 17 日、3 月 31 日、4 月 28 日、5 月 12 日）。日本白川静、冈村繁等学者也怀疑和否定屈原的存在。有关这方面情况还可以参考黄中模《屈原问题论争史稿》（北京十月文艺出版社 1987 年）、《现代楚辞批评史》（湖北教育出版社 1990 年）。

度，然而，结果往往左支右绌，顾此失彼①。二是采用剔除法，即将现在流传的司马迁《屈原列传》主要致人疑惑的那些文字从列传中删掉。这以汤炳正《屈原列传新探》为代表。他在这篇论文中对《史记·屈原列传》存在的文献问题作了全面梳理和概括，认为之所以产生这些问题，关键是因为《屈原列传》被后人窜入了两段刘安《离骚传》的话，第一段从"离骚者，犹离忧也"到"虽与日月争光可也"，第二段从"虽流放"到"岂足福哉"。他说，将这两段话删除，"原本《屈原列传》的真面目即呈现出来"，它"大体与刘向《新序·节士》篇相近。虽详略互见，而梗概略同"②。他指出的第一段话，因其部分内容已经班固、刘勰引述，归在刘安名下，自不属于司马迁原创。然而，他提出的另外两点，即（一）第二段话的作者也是刘安，不是司马迁；（二）这两段话都不是司马迁本人引入《屈原列传》，而是后人窜入的，这些结论都缺乏确实的证据，这是其一。其二，删去了这两段话，司马迁对屈原之所以写作《离骚》的说明显得很简单，特别是同他在这篇列传中详细介绍或引用的《渔父》《怀沙》相比，他对《离骚》的叙述甚至显得有点轻描淡写，这无疑削弱了屈原写作《离骚》的意义，也削弱了司马迁在《屈原列传》中介绍《离骚》的意义。然而司马迁实际上在屈原诸作品中最重视《离骚》，他在《太史公自序》中说："屈原放逐著《离骚》。"又在《报任安书》中说："屈原放逐，乃赋《离骚》。"③都可以证明这一点。这种重视态度在流传本《屈原列传》中得到了充分体现，因而是与他对《离骚》的认识互相协调的；而一旦将流传本中的这两段话删去，重视云云就难以体现。假设删去这两段话之后的屈原列传确是原本，那么就很难解释为什么司马迁在《屈原列传》中偏偏最不突出他自己最重视的《离骚》。所以，删除法也没有使问题得到解决。

① 关于这一点可以参考董运庭《楚辞与屈原辞再考辨》第六章《屈原事迹的总体廓清》，第107—115页。

② 汤炳正《屈原列传新探》，1962年《文史》创刊号。

③ 《史记》，第3300页；《司马迁传》，《汉书》，第2735页。按：这两句话似乎可以作为屈原被楚怀王放逐而不是被"疏"而作《离骚》的证明，然而司马迁在二文同时举到的其他例子，有些内容并不准确，所以还无法证明以上的结论。从司马迁一再引用《离骚》，而且将屈原作《离骚》与文王作《周易》、孔子作《春秋》相提并论，完全可以说明他对《离骚》的高度重视。

无论是重新梳理和解释司马迁《屈原列传》的文本，还是采取删除法截割列传中的部分内容，今人使用的这些办法，古人都已经部分尝试过，如苏辙就将这两种办法结合在一起使用，欲借此解决问题。他编撰的《古史》卷五十三《屈原列传》全部录自《史记》，但是又对某些内容作了很大修改，最重要的修改有两处：一是先将“离骚者，犹离忧也”整段话进行精简（实际上也是删削），再往后挪移，接在“平既嫉之”后面；二是删去“然终无可奈何”至“岂足福哉”的一段文字，篇幅接近于汤炳正删除的第二段话①。苏辙作出这样的修改是基于他对《离骚》写作年代的个人判断：

① 明人有“苏子由之《古史》，所以正迁史之讹舛”之说（何乔新《诸史》，《椒邱文集》卷二），改动《屈原列传》只是其中一个例子。苏辙修改《史记·屈原列传》的理由固然与今人不完全相同，他删去一部分内容也未必认为它是后人窜入的缘故，尽管如此，他毕竟感觉到司马迁的记载存在问题需要解决，而他解决的办法与今人相似，这就决定了他这篇《古史·屈原列传》在屈原《楚辞》研究史上的意义。以前该文没有引起研究者注意，下面据宋刻元明递修本苏辙《古史》卷五十三《屈原列传》引录全文如下：“屈原名平，楚之同姓也，为楚怀王左徒。博闻强志，明于治乱，娴于辞令。入则与王图议国事，以出号令；出则接遇宾客，应对诸侯。王甚任之。上官大夫与之同列，争宠而心害其能。怀王使原造为宪令，原属草稿未定，上官大夫见而欲夺之，原不与，因谗之曰：‘王使屈平为令，众莫不知，每一令出，平伐其功，以为非我莫能为也。’王怒而疏平。其后秦欲伐齐，齐与楚从亲，秦惠王患之，乃令张仪佯去秦，厚币委质事楚，曰：‘秦甚憎齐，齐与楚从亲，楚诚能绝齐，秦愿献商、於之地六百里。’怀王贪而信张仪，遂绝齐，使使如秦受地。张仪诈之曰：‘仪与王约六里，不闻六百里。’楚使怒去，归告怀王。怀王怒，大兴师伐秦。秦发兵击之，大破楚师于丹阳，斩首八万，虏楚将屈匄，遂取楚之汉中地。怀王乃悉发国中兵以深入击秦，战于蓝田。魏闻之，袭楚至邓。楚兵惧，自秦归。而齐竟怒不救楚，楚大困。明年，秦割汉中地与楚以和。楚王曰：‘不愿得地，愿得张仪而甘心焉。’张仪闻，乃曰：‘以一仪而当汉中地，臣请往。’至楚，又因厚币用事臣靳尚，而设诡辩于怀王之宠姬郑袖。怀王竟听郑袖，复释去张仪。是时，平既疏，不复在位，使于齐，顾反，谏怀王曰：‘何不杀张仪？’怀王悔，追张仪不及。其后诸侯共击楚，大破之，杀其将唐昧。时秦昭王与楚婚，欲与怀王会。怀王欲行，平曰：‘秦，虎狼之国，不可信，不如无行。’怀王稚子子兰劝王行：‘奈何绝秦欢？’怀王卒行。入武关，秦伏兵绝其后，因留怀王，以求割地。怀王怒，不听。亡走赵，赵不内。复之秦，竟死于秦而归葬。长子顷襄王立，以其弟子兰为令尹。楚人皆咎子兰以劝怀王入秦而不反也。平既嫉之，忧愁幽思，而作《离骚》。离骚者，犹离忧也。夫天者，人之始也；父母者，人之本也。人穷则反本，故劳苦倦极，未尝不呼天也；疾痛惨怛，未尝不呼父母也。屈平正道直行，竭忠尽智以事其君，谗人间之，可谓穷矣。信而见疑，忠而被谤，能无怨乎？屈平之作《离骚》，盖自怨生也。《国风》好色而不淫，《小雅》怨诽而不乱，若《离骚》者，可谓兼之矣。其称文小而指极大，举类迩而见义远。虽废不用，而眷顾楚国，系心怀王，一篇之中而三致志焉。（引者按：原注：“太史公言《离骚》之作，自怀王之世，屈原始见疏而作矣。今案《离骚》之文，斥刺子兰，宜在怀王末年、顷襄王出。故正之于此。”）令尹子兰闻之大怒，卒使上官大夫短屈原于顷襄王，顷襄王怒而迁之。屈原至于江滨，被发行吟泽畔，颜色憔悴，形容枯槁。渔父见而问之曰：‘子非三闾大夫欤？何故而至此？’屈原曰：‘举世混浊而我独清，众人皆醉而我独醒，是以见放。’渔父曰：‘夫圣人者，不凝滞于物而能与世推移。举世混浊，何不随其流而扬其波？众人皆醉，何不餔其糟而啜其醨？何故怀瑾握瑜而自令见放为？’屈原曰：‘吾闻之：“新沐者必弹冠，新浴者必振衣。”人又谁能以身之察察，受物之汶汶者乎？宁赴常流而葬乎江鱼腹中耳，又安能以晧晧之白而蒙世之温蠖乎？’乃作《怀沙》之赋，其辞（转下页）

“太史公言《离骚》之作，自怀王之世，屈原始见疏而作矣。今案《离骚》之文，斥刺子兰，宜在怀王末年、顷襄王出。故正之于此。”（《古史·屈原列传》原注）他不同意司马迁“怀王之世，屈原始见疏而作”《离骚》的说法，认为它应当写在楚怀王客死秦国之后。这样一来好像减少了《史记·屈原列传》原本的一些矛盾，而且经过调整，《古史·屈原列传》叙事形式的一致性似乎也有一定提高。然而《离骚》是否有“斥刺子兰”的内容，这还是一个很大的问题。而且，通过改变文本的先后顺序、删节其中部分内容的方式解决问题，而又不举任何文献证据，其得出的结论难有说服力。苏辙上述的修改和论述在屈原和《楚辞》研究史上没有产生影响，原因大概也在这里。今人在这两个方面比苏辙做得更为彻底，而文献证据依然缺乏，所以仍然无法化消屈原和《楚辞》研究中的积滞。

今人之所以乐此不疲地对《史记·屈原列传》进行“纠错”，是因为大家都怀着一种假设，即“司马迁原本不会有误”。然而这种假设是一种非常理想化的愿望。上述司马迁《屈原列传》中存在的一些含混不清问题，可能发生在《史记》流传过程中，与作者无关；也可能是出于作者误记，其原因或者是在司马迁个人身上，谁也无法保证自己的作品没有讹误，或者是由于原始史料的缘故，比如可以凭据的史料不足，或者史料本身可能包

（接上页）曰：‘陶陶孟夏兮，草木莽莽。伤怀永哀兮，汩徂南土。眴兮窈窈，孔静幽墨。冤结纡轸兮，离愍之长鞠；抚情効志兮，俛诎以自抑。刓方以为圜兮，常度未替；易初本由兮，君子所鄙。章画职墨兮，前度未改；内直质重兮，大人所盛。巧匠不斫兮，孰察其揆正？玄文幽处兮，矇谓之不章；离娄微睇兮，瞽以为无明。变白而为黑兮，倒上以为下。凤凰在笯兮，鸡雉翔舞。同糅玉石兮，一概而相量。夫党人之鄙妒兮，羌不知吾所臧。任重载盛兮，陷滞而不济；怀瑾握瑜兮，穷不得余所是。邑犬群吠兮，吠所怪也；诽骏疑桀兮，固庸态也。文质疏内兮，众不知吾之异采；材朴委积兮，莫知余之所有。重仁袭义兮，谨厚以为丰；重华不可牾兮，孰知吾之从容。古固有不并兮，岂知其故也？汤、禹久远兮，邈不可慕也。惩违改忿兮，抑心而自强；离湣而不迁兮，愿志之有象。进路北次兮，日昧昧其将暮；含忧虞哀兮，限之以大故。乱曰：浩浩沅湘兮，分流汩兮。修路幽拂兮，道远忽兮。曾吟恒悲兮，永叹慨兮。世既莫吾知兮，人心不可谓兮。怀情抱质兮，独无匹兮。伯乐既没，骥将焉程兮？人生有命兮，各有所错兮。定心广志，余何畏惧兮？曾伤爰哀，永叹喟兮。世溷不吾知，心不可谓兮。知死不可让兮，愿勿爱兮。明以告君子兮，吾将以为类兮。’于是怀石自投汨罗以死。屈原既死之后，楚有宋玉、唐勒、景差之徒，皆好辞而以赋见称，然皆祖屈原之从容辞令，终莫敢直谏。其后楚日以削，数十年竟为秦所灭。”在屈原传记后，还有苏辙评语：“汉贾谊为长沙傅，过汨罗为赋，以吊屈原曰：‘历九州而相君，何必怀此故都？’谊之言或一道也，而非原志。原楚同姓，不忍弃其君而之四方，而谊教之以孔子、孟轲历聘诸侯以求行道，势必不从矣。柳下惠为士师，三黜而不去，曰：‘直道而事人，何往而不三黜？枉道而事人，何必去父母之邦？’惜乎屈原，廉直而不知道，殉节以死，然后为快，此所以未合于圣人耳。使原如柳下惠，用之则行，舍之则藏，终身于楚，优游以卒岁，庶乎其志也哉。”

含矛盾因此难作判断，等等，都可能导致记载不准确或者错误。所以，今人将《史记·屈原列传》上述问题主要甚至完全看成是在流传环节中发生的新情况，难免将致误的原因简单化了。从屈原的生平在一百多年间无人正式记载，只有传闻流播的情况看，司马迁撰写《屈原列传》时可资利用的传主生平资料之缺少，或者这些资料相互之间有牴牾（传闻中会包含种种矛盾的说法，这不足为奇），这些可能性是非常大的。实际上，《史记》一书记载汉初事迹独详，其他则难求周备，而且全书的疏误并不少见，尤其是写先秦历史和人物，疏误相对也多。班固已经指出："至于采经摭传，分散数家之事，甚多疏略，或有抵梧。"①这也说明《史记》中矛盾牴牾的内容许多是司马迁写作时就留下的，而并非是在它流传过程中才形成的。

如何阅读史籍是一个应当认真思考的问题。张舜徽《中国古代史籍校读法》论读书必须"认识古人著述体要"，他说："古代历史书籍中，有并存异说、变异旧文之例。"又说："古代历史书籍中，不可能没有疏忽、牴牾和错误。"他举出《史记》不少例子作证，说司马迁写《史记》，"在搜集材料时，遇着一件事或一个问题有几种不同的传说或记载，处理比较困难时，他却十分审慎地采取'以疑传疑'的原则，将不同说法，同时保存下来，留待后人论定"。又说："司马贞《史记索隐》说的很好：'太史公闻疑传疑，事难的据，欲使两存。'这差不多揭示了全书的通例！我们懂得了他在写作中的这一原则，那么，纪、传之间，以及纪、传与年表之间的互有异同，不是没有原因的。"②这也可以供我们阅读《史记·屈原列传》作参考。我们不妨调一个角度去解释这篇列传中某些含糊不清乃至互相矛盾的叙述，它们很可能是司马迁时代屈原生平资料少而且紊乱的情况直接的反映，也就是说，司马迁记载屈原露出的问题，实际上很可能是由当时客观的资料条件决定的。下面的情况也有助于说明这一点。司马迁笔下屈原生平

① 《汉书·司马迁传赞》，第 2737 页。按：班固对司马迁这一批评，本于他父亲班彪的说法，班彪的话见《后汉书》本传。

② 以上引文见张舜徽《中国古代史籍校读法》第三编第二章的第二节、第四节，第 199—211、215—222 页，上海古籍出版社 1980 年。

与创作这种牴牾现象，同样也存在于班固的著作中。班固《离骚序》说："(怀)王怒而疏屈原。屈原以忠信见疑，忧愁幽思而作《离骚》。"①然而他在《汉书·地理志》却说："始楚贤臣屈原被谗放流，作《离骚》诸赋以自伤悼。"②《贾谊传》说："屈原，楚贤臣也，被谗放逐，作《离骚赋》，其终篇曰：'已矣，国亡(无)人，莫我知也。'遂自投江而死。"③一会儿说"疏"而作，一会儿说"放流"而作，一会儿说临终而作，莫衷一是。两位杰出的史学家记载的屈原都存在牴牾不一致的问题，对此，从屈原生平资料的缺乏而且含有矛盾去解释这一现象，应当比较合理。后人既然没有比司马迁发现更多屈原的生平资料，自然也就无法去解决司马迁当年所遇见的问题，"纠错"又怎么可能？

由上可知，屈原留下的个人生平资料并不多，而且记载中还含有各种矛盾的、疏误的内容，所以从"知人论世"的角度说，人们对他的经历、事迹，以及对他创作诗歌的本事的了解其实还都很有限。这些都给屈原《楚辞》的传记性释义造成了无法排除的障碍，对有的作品而言根本就不存在使用这种解释批评方法的前提和条件。所以，用"知人论世"的方法解释屈原作品，其有效性显然是有限的。

然而实际上，从屈原的生平传记出发阐释和批评他的作品，这是《楚辞》研究中被广泛采用的一种手段，其得出的结论成为屈原《楚辞》解释学的核心。在王逸以前，刘安、司马迁、扬雄、班固等人基本都是如此解释《楚辞》的，王逸《楚辞章句》更是集这种释义批评之大成，且为众多后人所仿效，产生深远影响。虽然王逸结合屈原生平大端揭示《楚辞》作品要义，有深刻、精彩的见解，不过他对作品不少的解释也因过多纠缠作者未必确实的生平经历，以或然为必然，以疑似为确凿，不免陷于牵强。下面，我们就检看一些王逸《楚辞章句》中运用传记释义的例子，以加深对这种释义批评的自由性的认识。

王逸解释《楚辞》很显然地是将屈原"三闾大夫"仕宦的身份与诗人

① 《楚辞补注》，第51页。
② 《汉书》，第1668页。颜师古注："诸赋，谓《九歌》《天问》《九章》之属。"
③ 《汉书》，第2222页。

的身份完全合而为一了，于是视他为楚国的一个政治诗人，将他每一篇作品都读解为政治抒情诗，一切的悲愤、哀怨莫不带着强烈的政治色彩，即使表现非人间生活的神灵活动，或表现面对深邃、神奇的天地自然而产生的种种诧异和困惑，也都必然牵扯到诗人的仕途经历、君臣关系上来予以解说。王逸开展释义批评的这一视角相当确定，他决不会随便地从诗人传记的轴心游移开去解说作品。这对于解释屈原一些自述色彩显明的作品，可能还有其相对有效的一面，可是，对于几乎不具备诗人自述色彩的诗章或段落，用这种方法解释就显得窘迫、滞碍，难免给人留下强文就义的印象。

这在他解释《九歌》组诗时得到了充分彰显。《九歌》本来是楚国民间祭祀天神地祇、山川精怪、死者魂灵的歌谣，是巫师用以沟通神人、被认为具有魔力的语言。现在流传的《九歌》十一首是屈原改编的，其中必然会融进改编者新的创造，但是大体当依然袭用祭祀歌原来的功能和主题，与个人用纯粹抒情的方式写出来的作品不同。王逸解释这组诗的主旨：

> 《九歌》者，屈原之所作也。昔楚国南郢之邑，沅、湘之间，其俗信鬼而好祠。其祠必作歌乐鼓舞以乐诸神。屈原放逐，窜伏其域，怀忧苦毒，愁思沸郁。出见俗人祭祀之礼，歌舞之乐，其词鄙陋，因为作《九歌》之曲。上陈事神之敬，下见己之冤结，托之以风谏。故其文意不同，章句杂错，而广异义焉。①

他将屈原在楚人“乐诸神”歌曲基础上改作的新《九歌》分为两个主题：一是“陈事神之敬”，二是“见己之冤结，托之以风谏”。他认为，这两个主题相互纠结，形成组诗“章句杂错”的语言风貌，作品含义因而变得复杂，增加了与其原来民间性“乐诸神”之歌的不同。关键的问题在于，《九歌》真的带有屈原抒冤和讽谏的动机吗？王逸对此非常肯定，他在具体解释《九歌》的作品时，经常向读者强调这一点。如他解释《东皇太一》

① 《楚辞补注》，第55页。按：最后三句存有异文，《楚辞补注》同页载：“一云：‘故其文词意周章杂错。’”

说："屈原以为神无形声，难事易失，然人竭心尽礼，则歆其祀而惠降以祉。自伤履行忠诚以事于君，不见信用而身放弃，遂以危殆也。"①又解释《湘夫人》"搴汀洲兮杜若，将以遗兮远者"说："远者，谓高贤隐士也。言己虽欲之九夷绝域之外，犹求高贤之士，平洲香草以遗之，与共修道德也。"②诸如此类结合屈原被"放逐"的遭遇解释《九歌》含义，在《楚辞章句》中俯拾皆是。可是《九歌》究竟作于何时，史无记载，说它写于屈原"放逐"以后，这只是解释者个人的体会而已。所以，王逸联系屈原"放逐"的经历解说其主旨，不过是凭着《史记》所记载的作者身世而得出的比附性结论，没有根据。可是这说法产生了很大影响，历朝学者相信其说的人很多。如《九歌·山鬼》"子慕予兮善窈窕"，《文选》五臣注："喻君初与己诚而用之矣。""折芳馨兮遗所思"，五臣注："所思，谓君也。喻己被带忠信，又以嘉言而纳于君也。"③《九歌·河伯》"灵何为兮水中"，洪兴祖补注："此喻贤人处非其所也。"④"波滔滔兮来迎，鱼邻邻兮媵予"，洪兴祖补注："屈原托江海之神送迎己者，言时人遇己之不然也。"⑤朱熹也重复王逸的两个主题说，他在论寄托的主题时说："因彼事神之心，以寄吾忠君爱国眷恋不忘之意。"⑥这些都代表了《九歌》释义史上的主流意见⑦。也有人提出不同看法，如王夫之说："熟绎篇中之旨，但以颂其所祠之神，而婉娩缠绵，尽巫与主人之敬慕，举无叛弃本旨、阑及己冤。"然而，

① 《楚辞补注》，第 57 页。
② 《楚辞补注》，第 68 页。
③ 《楚辞补注》，第 79—80 页。
④ 《楚辞补注》，第 77 页。
⑤ 《楚辞补注》，第 78 页。
⑥ 朱熹《楚辞集注》，第 29 页，上海古籍出版社 1987 年。
⑦ 关于《九歌》主旨，与王逸、朱熹持相同看法的人很多。更有一种意见以为，诗中写祭祀只是很次要的内容，大都是表忠爱之情。这属于该派极端的一种主张，如明人陈第《屈宋古音义》卷二《题九歌》说："旧说谓沅、湘之俗，信鬼好祀，原为更定其祝辞，且以事神之言，寓忠君之意。以今观之，惟《东皇太乙(一)》篇有玉瑱琼芳、肴蒸桂酒之文，而《东君》篇亦有鸣鯱吹竽、展诗会舞之语，颇似享神，其馀绝不见祭祀之意。旧说又以浴兰、汤华、采衣皆指巫而言，亦似牵附。大都原之忠爱，无刻而忘，故借题托兴，以发其惓勤恳恻之怀。……安有祭祀之歌，而通篇言神之不至耶？吁，余读屈原之作，而最有取于是歌也。何者？《九章》《卜居》《渔父》其言实，《离骚》《远游》则虚实半，《九歌》纯乎虚者也。如仙人神女，浮游于青云彩霞之上，若可见若不可见，若可知若不可知，而其深致又未尝不可见不可知者也。盖虚以寓实，实不离虚，其词藻之妙，操觚摛采者，既模拟而莫之及，而理道之精，通经学古者，将探索而未之到。文而至是，神矣哉，神矣哉。"

王夫之对于王逸“托之以风谏”的说法也并不完全否认，说：“不谓必无此情。”①主流的解释对王夫之的影响犹依稀可见。其实，既然连《九歌》作于何时都还无法搞得明白，则屈原遭“放逐”而“托之以风谏”的说法根本就无从谈起。今人仍有基本接受王逸等观点的，也有认识发生较大转变的，后者如游国恩指出：“《九歌》不但在内容上毫无放逐的情调，在文字上也找不出放逐的迹象。”认为《九歌》应是屈原被楚怀王“信任”时收集整理加工而成的②。当然《九歌》作于屈原被怀王信任时的说法也没有确实根据，它同样会遇到质疑。这些说明，对《九歌》这样既无可靠的系年证据，又乏诗人自述色彩的作品，从作者传记性角度去阐发它的含义不仅得出的结论似是而非，其解释的方法也有欠安妥。

对《天问》的释义亦存在类似情况。王逸解释该诗的写作缘起：

> 屈原放逐，忧心愁悴。彷徨山泽，经历陵陆。嗟号昊旻，仰天叹息。见楚有先王之庙及公卿祠堂，图画天地山川神灵，琦玮僪佹，及古贤圣怪物行事。周流罢（疲）倦，休息其下，仰见图画，因书其壁，何（一作呵）而问之，以渫愤懑，舒泻愁思。③

《天问》一百七十多个问题包括天地自然和社会历史等广泛的内容，王逸将它的全部内容也一样读作是诗人被放逐以后写的“以渫愤懑，舒泻愁思”的政治抒情诗。可是在这首杰作中探询宇宙自然的诗句，如：“何所冬暖？何所夏寒？”“焉有石林？何兽能言？”“东西南北，其修孰多？”“（太阳）自明及晦，所行几里？”“夜光（月亮）何德，死则又育？厥利维何，而顾菟（兔）在腹？”这些思索宇宙奥秘的诗句充满了对自然神秘性的极大好奇心，与政治何涉？与屈原被“放逐”又有什么必然联系？所以由屈原仕途经历决定的政治意识和感情抒发的说法，不足以概括《天问》的全部内容，他写这首奇异的诗篇一定还受到了其他的心理和精神性因素

---

① 《楚辞通释》，第25页。
② 《屈原作品介绍·九歌》，游国恩《楚辞论文集》，第309页。
③ 《楚辞补注》，第85页。

作用。游国恩说屈原作品表现出“四大观念”(宇宙观念、神仙观念、神怪观念、历史观念),“宇宙的观念就是自然的观念”,“这种观念以《天问》中为最多”。“屈原何以会想到关于宇宙的许多问题呢? ……这是和屈原的家世——我们知道他出身于公族,以及后来的经历分不开的。”他分析说,楚国的祖先是上古掌管与天地自然相关事务的官员,是天文学家的后代,屈原与楚同姓,所以在这方面具有“家学渊源”。又古代的天文学、地理学与阴阳家大有关系,而战国时齐国阴阳家言极盛,“屈原屡使于齐,势必直接受其影响”①。虽然从屈原的家学渊源与他出使齐国的经历来论述他之所以关心宇宙方面的问题,显得证据不足,结论也有些勉强,不过能够注意到屈原作品(尤其是《天问》)中与诗人政治上的人事关系不相关涉的内容,在一定程度上摆脱《天问》是一首政治抒情诗定论的影响,这是有意义的。这一事实也说明,王逸及很多《楚辞》研究者从屈原被楚王贬放的仕途经历遭遇解读《天问》,其视野显然受到了《史记·屈原列传》的限制,过于拘泥其政治诗人的身份,削弱了屈原问天所流露的探询自然奥秘的意义,也掩饰了屈原对宇宙怀有的好奇精神。

即使解释屈原自传色彩显著的《离骚》,王逸等人还是出现了同样的问题。《离骚》:“余以兰为可恃兮,羌无实而容长。”王逸以为“兰”指楚怀王次子、顷襄王弟子兰,洪兴祖沿用王逸说,苏辙《古史·屈原列传》也据此肯定《离骚》写于怀王死后(说见前)。又《离骚》曰:“椒专佞以慢慆兮,榝又欲充夫佩帏。”王逸认为“椒”指楚大夫子椒。又说:“榝,茱萸也,似椒而非,以喻子椒似贤而非贤也。”②这些都是根据《史记》等材料以史释文,将诗歌的比兴语言落实为历史上具体的人物。其实《离骚》在此处出现的“兰”、“椒”等都是指芳香的花木。阅《离骚》“余以兰为可恃兮”句所在的整段诗歌内容,可知诗人此处都是用芳草的改变比喻国人变质和堕落,其中出现的“兰”为众芳之一,不可能代指子兰。如果联系《离骚》“杂申椒与菌桂兮”、“余既滋兰之九畹”等句,“兰”、“椒”以馨香的花

---

① 《屈赋考源》,收于游国恩《读骚论微初集》,商务印书馆 1937 年。此处引自游国恩《楚辞论文集》,第 7—26 页。

② 《楚辞补注》,第 41 页。

木比喻诗人所期望的正人君子，则“余以兰为可恃兮”、“椒专佞以慢慆兮”句中的“兰”、“椒”正是指改变了品质的这些人。所以它们都是喻指某一类这样的人，而不是直指某人，更无法将它们落实为是指子兰和子椒。王逸以上的解释牵强附会，说“椴”字尤甚。班固《离骚序》说，屈原“责数怀王，怨恶椒、兰”①，似乎已经隐然以《离骚》这些诗句指子椒、子兰两人。这是王逸说法所自来。后人深受他们影响，如吴乔《围炉诗话》说：“《离骚》若干言，只‘椒’、‘兰’二字见意，谓子椒、子兰，谮屈公于王者也。又杂于诸草木中，见者不觉。古人之立言温厚如此。”②对于《离骚》中若干香草名词，以为能对号入座者则对号之，不能对号入座者则回避之，并且还美其名曰“立言温厚”，这将传记性释义方法在使用中的实用特点尽显无遗③。

传记性释义既涉及如何看待史学的真实性，又涉及如何看待文学与史学的释义关系。“传”原也指驿马④，是驿站专用的交通工具，用作动词它的意思是传送，也可以表示辗转引申。作为文体它有两个含义，一是典籍的注释，二是人物的传记，只有经过注释的典籍和写成传记的人物才更容易被接受，并且便于流传，所以称为“传”。中国古代文体中，“传”可以兼指注释体和传记体两种文体，这本身就说明传记体具有某种诠释人物的功能（诠释程度则因传主资料详略等条件以及作者所取态度的不同而不同），这与为典籍作注释有相似之处。这一寓意显示了传记文体的一个重要特点。古往今来没有完全摆脱诠释而采取纯客观记叙的人物传记（流水账式纯粹以编年方式记录人物履历，或者确实能不掺入作者带有诠释倾向的主观认识，然而这并不是人物传记）。也可以说，传记本身就是

① 《楚辞补注》，第49页。

② 《清诗话续编》，第503页。

③ 汪琬一方面肯定，屈原《离骚》确实是用以香草喻君子、以恶草喻小人的手法写作，一方面又指出，将“兰”指实为子兰这一类解释则是错误的。他说：“而或谓‘兰’指令尹子兰而言，然则江蓠、薜芷又何所指乎？无论引物连类，立言本自有体，不当直斥用事者之名。且令尹素嫉原而谗诸王，此小人之尤者也，原顾欲滋之、佩之，若与之最相亲昵，亦岂《离骚》本旨哉？”（《钝翁全集·钝翁续稿》卷十八，康熙刻本）汪琬说得很有道理。

④ 段玉裁《说文解字注》：“传者，如今之驿马。驿必有舍，故曰传舍。”第377页，上海古籍出版社1993年影印经韵楼藏版。

通过记叙人物来实现对他们的某种诠释。传记性释义从作者的传记背景出发解释他的文学创作活动和作品，而传记背景中的一部分又是出于他人对作者的理解而营造的，因此，在这种传记性释义的过程中出现解释者主观随意的因素，是不足为奇的。由以上分析的王逸《楚辞章句》等传记性释义例子，不难理解，传记性释义与解释的客观性，二者实际上并非是等式关系，而是像采用其他方法释义得到的结果一样，是不等式的关系。

这种不等式首先是建立在读者对于作者所处之“世”以及他本人的情况都不可能完全知晓基础之上的，人们最多只能知其一部分，对另一部分却所知甚少，甚至根本不知道，而且，越是离开读者久远的作者越是如此。清人马骕说：“阳子居之言曰：‘太古之事灭矣，孰志之哉？’屈原曰：‘遂古之初，谁传道之？’三复斯言，而知稽古之难信，考论者之无征也。夫二子者，生当周季，去古未远，而已叹古初之莫纪，矧百世以下，遭秦燔灭之馀，而妄称上世之遗事，岂不亦迂诞哉？”①这道出了历史研究者所面临的艰难困境。特别是对于古远的人物及其事迹，认识就越容易失真，所谓“影响附会，而形音逾远，逾失其本真者也”②。读者想要跨过千百年时间隧道去了解屈原，又怎么能够获得他的全真形象而不遭遇诸多缺略和模糊？所以，文学批评中所谓“知人论世”大约多是理想主义批评家的一种期望，读者对于“人”和“世”至多是去接近，然而无论怎样接近，其与读者之间存在的天然的距离永远都不可能消失，由此而产生的认识上的隔阂也就永远无法消除。既然如此，释义与对象之间的等式关系又怎么建立得起来？

其次，文学批评家依赖史家撰写的作者传记，或者他们提供的与创作可能有关系的史实背景解释文学作品，然而史家写人物传记和事件背景本身并不是以解释该作者的文学作品为目的，因此，史家提供的材料对于开展文学批评而言必有许多缺失，这也就决定了依赖史家的叙述进行文学的传记性释义会遇到有用资料匮乏的难题。何况史家总是会通过各种

① 马骕《绎史》卷一，清康熙九年刻本。
② 陈绛《金罍子》语，转引自郑方坤《五代诗话》卷八，《粤雅堂丛书》本。

方法处理史料以体现修史的主张和目的:“史以述往,故革命而史作。……述史以章往,非以为绳往也,所以戒乎今也。”①而这种修史的主张和目的与被记载的文人撰写的作品在意图上未必一致,为此,他们或者有意遗落这些文人不合其修史需要的一部分文学作品,或者转移作品本义再加以叙录。所以在与史家的关系上,文学批评家往往难以摆脱自己处于被动地位的尴尬处境。元朝人胡祗遹说:“史传,一人之本末皆备,始焉如何起身,中焉如何,终焉如何而盖棺,然亦十得二三,前(引者按:疑阙“人”)嘉言善行堕失者多。……不读《通鉴》,不见迁、固之冗长;不读《通鉴纲目》,不见《春秋》之谨严。《纲目》法《春秋》,《通鉴》编年纪事无以加矣,然后知作史之制不系道统,不关治体,善不足以为法,恶不足以为戒,浮嗣(引者按:疑“词”之误)细事,皆不足取。不惟作史之为难,读史亦难,读史而能去取为尤难。”②他指出,(一)史书记载人物无论如何详备,“堕失”必多;(二)著史的关键不在于求详备,而在于寓诲于史。这确实道出了古人修史的实况和史家的用心。也就是说,从客观和主观两方面来看,史书的记载与它叙述的对象总是难以完全叠合,总是存在差异。既然如此,文学批评家用传记性方法解释作品当然也无法得其完整的原义,无法保证与自己研究对象不出现某种释义的错位。

王逸解释《楚辞》完全将屈原的作品当作他仕途经历的自叙,将它们读作一首首政治抒情诗,这是按照汉朝人对屈原的认识和记载来作解释,主要是依据司马迁《史记》之《屈原列传》和《楚世家》。在汉朝人心目中,屈原是一个被楚王疏远和放逐的弃臣,他们更多关注他的仕途经历和政治命运。为什么汉朝人将屈原解读为一个忠臣,将《楚辞》解读为忠怨之词?汉朝的建立是楚人取得成功的标志,刘邦及主要的高层都是楚地人,他们对楚国灭亡的痛史记忆犹新,所以他们像重视秦朝为什么会被推翻一样重视楚国为什么会被灭亡的教训,对两方面都加以认真总结,前者的

① 徐祯卿《东鲁韩氏世谱序》,范志新《徐祯卿全集编年校注》,第751页,人民文学出版社2009年。

② 胡祗遹《紫山大全集》卷二十《杂著》“癸亥冬观《纲目》”条,抄本。

代表是贾谊《过秦论》,后者则是阐释《楚辞》,特别是通过分析屈原的遭遇,强调君主昏庸无能,亲小人远贤者对于国家的严重危害。史家看重屈原的正是这方面的意义,这些也就构成了屈原传记的核心内容,但是,这显然不是屈原一生的全部,列传之外必有其他事实的遗漏,也不能说未被写进列传的内容相比于史书记载的事情都不重要。对于历史人物,史家的记载都是有所取舍,不同体例的史书对史料也有不同的选择原则,修史融进史家用心,寓有教诲的意图,对原始的资料自然会根据他们的修史目的进行编排,赋予叙事化形式,它不等于是客观的历史,不排除在被史家舍弃的事实中存在与作者的文学创作活动相关的重要信息。对于汉朝人在史书中记载的屈原也应当作如是看。所以,完全按照司马迁的记载解释屈原的创作活动和他的作品是不够的,屈原在作品中传出的声音肯定比诸史书或别的记载富有个人的内涵和意味。总之,应该明白历史编纂是带有"文学性和修辞性"色彩的,不同于任何公认的"科学性"话语①。个人的传记自然也是如此。以此为基础的传记性释义不等于科学的文学批评,是显而易见的。

批评者既然不能全知作者,史籍记载的传记经过叙事化组织之后也会或多或少改变人物的原况,那么,传记性释义不足完全凭依是很自然的。当然,对于谨慎的批评家来说,利用作者传记进行有限释义,也可以获得文学批评的部分成功,这说明作为一种释义批评的方法,它在有限范围内还是有一定的效用。然而综观中国文学批评史上运用传记性释义的实际形势,类似王逸等人对屈原《楚辞》的自由理解和解释,比比皆是。后人尽管对王逸解释《楚辞》的具体意见有各种批评,但是很少有人对他使用的传记性释义方法提出异议,这说明人们在文学批评中对此已经习以为常,形成了一种传统,传记性释义即等于客观的文学批评之结论,也由此而成立,而这正是我们今天应当对其持有所保留态度的一种习惯。

---

① 海登·怀特著,陈新译《元史学:十九世纪欧洲的历史想象》中译本前言,第1页,译林出版社2004年。

第三节　训诂式释义
——对李善注《文选》的考察

李善注《文选》以训诂实证的卓异成就在学术史上确立重要地位，于是人们形成一种看法，以为它代表了注释学和文学释义中客观性解释的路数，不染任何自由理解色彩，与随意性解释完全背道而驰。然而若联系李善注全部的丰富内容，以及他灵活运用多种注释手段来看这个问题，则会得出一些重要的不同结论。本节对李善注《文选》在客观注释与自由理解之间的关系作了重新思考，从其训诂涉及作品的多义性问题、在训释词语典实和解释作品旨趣两方面都存在个人主观偏重等，论证李善在注重客观注释的同时，也表现出明显的自由释义倾向，而且这种自由释义具有他个人的一部分自觉意识。即使他是作单纯的词义训诂，也只表示为理解划出底线，而将进一步理解、鉴赏作品或更多的释义权利留给读者，并非阻止对作品进一步释义的可能。训诂作为中国文学批评史上一种被广泛采用的释义方法，对形成中国文学批评传统具有深远重大影响，深刻地左右着读者的阅读和接受。通过分析李善注《文选》的例子，明了以训诂求释义其实也是能够接纳自由理解的，二者可以相容，这无疑可以加深对中国文学批评史上自由释义传统的认识。

李善注《文选》是继汉儒注《诗经》、王逸注《楚辞》之后又一部重要的注释体作品，也是一部主要运用训诂方法解释文学作品的代表性著作，向有博洽精深、详备颠末之称。它从问世后，就受到人们重视。尤其是北宋中期以来，对它的推崇程度更高①。后世所谓“文选学”，其构成除《文

---

① 张淏《云谷杂纪》卷一：“李善最号博洽。”方回《续古今考》卷二十八：“《文选》惟李善注可资博览耳。”胡应麟《少室山房笔丛》卷二十二：“李善之注释，详备颠末。”前人往往以补充李善注一二而沾沾自喜，又常常以“李善尚不能注”为注书艰难不证自明的理由，都说明对李善注的钦佩之情。

选》本身之外,最重要的莫过于李善注[①]。宋人对萧统《文选》多有非议,然而他们对李善注却另眼相看[②],这种抑《选》扬注的态度既反映了宋人贬低六朝人文学观念的立场,又说明他们对学问的高度重视。清朝重学问的倾向更趋突出,至中叶朴学兴盛,把李善注《文选》当作唐人研治学问的一部杰作,乃至御选诗文,注释体例也仿照李善。《御选唐诗》提要说:"诗中注释,每名氏之下,详其爵里,以为论世之资。每句之下,各征所用故实,与名物训诂,如李善注《文选》之例。"[③]《御选古文渊鉴》提要说:"名物训诂,各有笺释,用李善注《文选》例。"[④]《御选唐诗》《御选古文渊鉴》二书的编注都是在康熙时期,朴学还未在思想学术界形成强势格局,情况尚且如此,进入乾嘉以后,李善注无疑就更受尊崇了。这些说明人们对李善注的成就早有定评,它的名声历久弥彰。在学术史上,李善注《文选》以训诂实证方面的卓异成就确立了自己的地位,这也代表了人们对李善注的特色和成就的基本认识。然而,如果因为李善注中的许多结论都是言必有据,历久而难移,就将他做学问、进行文学释义的方法简约化,显然并不妥当。而且,解释的客观性和随意性很难被一截为二,在实际的研究过程中,两者往往是纠结一起共同影响学者治学,并反映在他们的学术成果中,文学批评的情况大致也是如此。李善注并没有成为一道堵死读者自由地理解和欣赏《文选》作品的"门闩",他本人也没有因为自己呕心沥血为《文选》作了注释而企图侵夺读者继续对这些作品涵泳自得的权利。所以,李善注《文选》在客观的注释与自由的理解之间究竟建立起了一种什么关系,是一个值得深入考察的问题,而对训诂式释义批评中的客

---

① 《文选》在梁、陈间流传情况因缺少资料难详,隋唐之际形成研究、讲授的风气,萧该《文选音》(一作《文选音义》)、曹宪《文选音义》堪为代表,然真正影响"文选学"绵绵延续的,当首推李善注。《新唐书·李邕传》:"(李善)为《文选注》……居汴、郑间讲授,诸生四远至,传其业,号'文选学'。"(第5754页,中华书局1975年)王应麟《困学纪闻》卷十七也有类似记载。

② 章如愚《群书考索续集》卷十八《文章门·文选》:"萧统去取未为尽善,有李善之见而后可以辨《文选》之惑,有康国安之识而后可以驳《文选》之异……盖统之用工虽劳,而统之所选则未善,其陋识拙文,且莫逭东坡之诮,又安能使唐人家置《文选》哉?然则辨惑驳异,真足以起统废疾,针统膏肓矣。"(影印文渊阁《四库全书》第938册,第242页)

③ 《四库全书总目》,第1727页。

④ 《四库全书总目》,第1725页。

观性和随意性的关系也需要作新的思考①。

一、狭义训诂与广义训诂

何谓训诂？《说文解字》曰："训，说教也。"段玉裁注："说教者，说释而教之，必顺其理。引伸之凡顺皆曰训。"《说文解字》又曰："诂，训故言也。"段玉裁注："故言者，旧言也，十口所识前言也。训者，说教也。训故言者，说释故言以教人，是之谓诂。……汉人传注多偁(称)故者，故即诂也。《毛诗》云故训传者，故训犹故言也，谓取故言为传也。取故言为传，是亦诂也。贾谊为《左氏传训故》，训故者，顺释其故言也。"②"训诂"连用，简单地说，就是解释文字含义，消除疑难，使之明白，让读者易于理解作品。李善说："释，谓解说令散也。"③说的也是这意思。在这基本相同的认识之下，人们对训诂具体的理解又不尽相同。大致说有两种意见：一种将"训诂"理解得比较窄，比较严格，认为训诂最主要是对书面文献中直接的纯语言成分作解释，也包括对作品中名物典故史事作适当的诠注④；另一种将"训诂"理解得相对比较宽，比较灵活，认为除了以上的内容外，说明作品句、段、篇的旨意，甚至分析作者运用什么修辞手段写作以及取得了怎样的效果，也是属于训诂题中之义。对于"训诂"概念这两种宽严不同的理解，从古到今都存在，一般以为严格的一路是训诂的正体，然而从古人普遍使用训诂一词以及实际对典籍作训诂的情况来看，相对

---

①　李善对他自己用什么方法或如何注释《文选》很少作直接说明，一些分散出现的自述体例的话，只有很少的内容与这里讨论的问题有关。所以，研究他的注释观念和思想，需要从他大量的注释例子中去加以总结。这也是笔者采取的方法。

②　段玉裁《说文解字注》，第91—93页。按：《后汉书·儒林列传》："梁太傅贾谊为《春秋左氏传训诂》，授赵人贯公。"(第2577页，中华书局1987年)"训故"作"训诂"，与段玉裁所引不同。又按：《汉书·艺文志》著录有《毛诗故训传》三十卷，段玉裁"《毛诗》云故训传者"句，是解释这本书何以取名为《毛诗故训传》。

③　李善注《文选》，孙绰《游天台山赋》"释二名之同出，消一无于三幡"注，第166页，中华书局1977年影印胡克家刻本。

④　陈奂《毛诗说》"《毛传》《尔雅》训异义同说"条："毛公《诂训传》，传者，述经之大义；诂训者，所以通名物、象数、假借、转注之用。"(《续修四库全书》第70册，第484页)马瑞辰《毛诗传笺通释》卷一《毛诗诂训传名义考》："盖诂训第就经文所言者而诠释之，传则并经文所未言者而引伸之，此诂训与传之别也。"(《续修四库全书》第68册，第337页)他们都主张将"传"与"诂训"区别开来，实际上是将"诂训"严格地看作是对纯语言问题的解释。

宽的、灵活的训诂概念使用得比较多。如《汉书·丁宽传》"训故举大谊而已",颜师古注:"故,谓经之旨趣也。"[①]徐坚《初学记》卷二十一载:"《广雅》曰:'讲,读也。论,道也。'《说文》曰:'讲,和解也。论,议也。'又郑玄云:'论,伦也。'贾逵曰:'论,释也。'皆解说谈议,训诂之谓也。"[②]以为"训诂"是"解说谈议",范围很广。程颐说:"今之学者三……一曰文章之学,二曰训诂之学,三曰儒者之学。"[③]将训诂家与诗文作者、道学家并列,知其所使用的"训诂"一词对解释功能也是作宽泛理解的,实际上是指"谈经"[④]。近人苏舆《春秋繁露义证·例言》说:"西汉书有两体:一今所传《毛公诗传》,为注经体。朱子《答张敬夫》书云'汉儒可谓善说经者,不过只说训诂',又《语类》云'汉初诸儒,专治训诂'是也。一说经体,如此书(引者按:指《春秋繁露》)及《韩诗外传》是也。然《韩诗》述事以证经,此书依经以觕义,尤为精切。今所云汉学,但是注体,故遂与义理分途。"[⑤]他提到的说经体之外的注经体,也即训诂体,包括了西汉很多性质与《毛诗》相近的著述,显然不仅是指纯语言成分的注释之作。周大璞《训诂学要略》说:"训有广狭二义。《尔雅·序篇》:'释训,言形貌也。'这是狭义的训。《曲礼疏》:'训谓训说理义。'《汉书·扬雄传》注:'训者,释所言之理。'《尔雅音义》引张揖《杂字》云:'训者,谓有意义也。'这是广义的训。汉代训诂家注书称训,多用其广义,与诂义同。"[⑥]他很明确地将训诂分为广狭二义,并说汉人"多用其广义",这确有见地。

李善注《文选》以说明语词和故事的出处、来源(所谓语典和事典)为主要内容和显著特色,这又可以分为以征引代说明、征引之外加说明、直接释义不加征引三种情况。除对语典和事典进行溯源之外,他的注还有一部分

---

① 《汉书》,第3597—3598页。

② 徐坚《初学记》卷二十一《讲论第四》,第508页,中华书局2004年。

③ 《二程集》之《河南程氏遗书》卷十八,第187页。

④ 程氏说:"今之学者,歧而为三:能文者谓之文士,谈经者泥为讲师,惟知道者乃儒学也。"《二程集》之《河南程氏遗书》卷六,第95页。这与他"今之学者三"的说法完全一致,"谈经"对应"训诂",应是一个意思。

⑤ 《春秋繁露义证》,第2页。

⑥ 周大璞《训诂学要略》,第39页,湖北人民出版社1980年。

内容是对作品作题解①、阐述旨意、说明写作手法及其作用，等等。其题解的内容可以方便地从作品题下找到，这里从略，仅举他阐述作品旨意和文章写法作用的例子以见其实。先说述旨意。班固《两都赋序》："昔成、康没而颂声寝，王泽竭而诗不作。"李善先道出这句话的大旨是"言周道既微，《雅》《颂》并废也"，然后再分别注明句子中的知识性内容。《两都赋序》又曰："以兴废继绝，润色鸿业。"李善也是先说明其大旨，"言能发起遗文，以光赞大业也"，然后再引《论语》注"兴废继绝"的出处，并指出班固的话虽然出于孔子，然而二者"意微殊"②。又如左思《魏都赋》说："而子大夫之贤者，尚弗曾庶翼等威，附丽皇极，思禀正朔，乐率贡职。"李善注："言不曾与众庶翼戴上者，等其威仪，而附着于大中之道也。"然后再一一注明"子大夫"、"庶翼"、"等威"、"附丽"、"皇极"、"正朔"、"贡职"等词语的出典及含义③。李善注《文选》类似这样用"言"字开头的例子很多，形成了一种专门的训诂体例④，先述大旨，再释词语，将发明句子的含意与解释语典事典结合在一起，这是他注《文选》普遍采用的方法。再看李善分析文章的写法。班固《东都赋》结尾说："美哉乎斯诗，义正乎杨雄，事实乎相如。"李善注："杨雄、相如，辞赋之高者，故假以言焉。"⑤江淹《恨赋》："孤臣危涕，孽子坠心。"李善注："然心当云危，涕当云坠，江氏爱奇，故互文以见义。"⑥指

---

① 关于李善注《文选》的题解，有人认为其中内容可疑，如黄侃《文选平点》说："凡题下注皆有可疑，而《洛神赋》题下注尤缪。"（第4页，上海古籍出版社1985年）这种怀疑虽不无道理，但是不能一概而论，因为其中内容"可疑"而否定它们是李善注，这样的论证难免有本末倒置之嫌，其理由并不充分。

② 李善注《文选》，第21页。

③ 李善注《文选》，第96页。按：李善"而附着于大中之道也"句，胡克家《文选考异》卷一："袁本、茶陵本'而'作'又不'，无'于'字。"（第860页）

④ 杨端志《训诂学》第八章《训诂常用术语》说："'言'作为训诂术语，同'谓'有相似之处，但它的用途比'谓'广泛得多。用它解释的对象可以是词、词组、句子，甚至可以是篇章。用它解释的内容，包括语词在句中的具体义、比喻义、言外之意，还有句子的大意和含意。"第277页，山东文艺出版社1992年。

⑤ 李善注《文选》，第35页。

⑥ 李善注《文选》，第236页。按：洪亮吉不以李善评《恨赋》语为然，他引前人语例证明江淹有据："《汉书·扬雄传》：'猋泣雷厉。'既可云'猋泣'，即可云'危涕'，字书亦云：'猋，疾也。'又昔人云'心胆俱坠'，则'坠心'亦无不可。盖江氏虽好奇，而亦无碍义训也。"（《北江诗话》卷四，第73—74页，人民文学出版社1983年）猋，颜师古注："风疾貌也。"扬雄"猋泣"形容风疾如泣，这与"危涕"修饰方法不同。而"心胆俱坠"一语，泛泛说"昔人云"，未明出处。洪亮吉的反驳难以餍心。

出班固、江淹赋句的作法特点和表达作用。由此可见，李善是综合运用训诂手段，将注释正体与其他释义方法灵活参糅起来。显然，这是属于上面说的广义的训诂方法，不仅以作品的纯语言成分和名物典制为解释对象，而且也部分地诠释作品的意义；不仅诠释意义，而且也部分地对作品进行批评和鉴赏。虽然李善注《文选》在这些方面有主次轻重而非平分秋色，但是他的训诂实际上顾及的方面比较多是基本事实，这是不能由于他在语典和事典的溯源释义方面成绩特别优异而忽略的，否则无法完整认识他注释《文选》的各个方面，也无法对他的解释观念作出完整说明和恰当评价。

可是，在李善注《文选》的研究中，这样的忽略普遍存在。有一种说法影响很广，以为李善注只征引文献而缺少对述作旨趣的发明。比如，唐玄宗评李善注《文选》“唯只引事，不说意义”①；吕延祚《进集注文选表》批评李善注：“忽发章句，是征载籍，述作之由，何尝措翰？使复精核注引，则陷于末学，质访指趣，则岿然旧文。只谓搅心，胡为析理？”②“搅心”是批评李善在注释中堆砌了大量材料，读起来很累③。《新唐书・李邕传》一方面说李善“不能属辞，故人号‘书簏’”，批评他注《文选》“释事而忘意”；另一方面，《新唐书》作者也注意到李注《文选》并非不释义，却又说这些释义的内容是由李善儿子李邕补益的④。清人肯定李注《文选》“事义兼释”是李善本人所为，与李邕无关⑤，这是尊重事实，然而，他们实际

① 唐玄宗遣高力士宣口敕，附吕延祚《进集注文选表》后，《日本足利学校藏宋刊明州本六臣注文选》卷首，第19页，人民文学出版社2008年影印本。

② 《日本足利学校藏宋刊明州本六臣注文选》卷首，第18页。

③ 《新唐书・吕向传》：“尝以李善释《文选》为繁酿，与吕延济、刘良、张铣、李周翰等更为诂解，时号五臣注。”（第5759页）“繁酿”是不满李善注繁琐丛沓，正可以解释缘何有人读李善注而感到“搅心”的烦恼。

④ 《新唐书》，第5754页。

⑤ 《四库全书总目》之《文选注》提要：“《新唐书・李邕传》称其父善始注《文选》，释事而忘义，书成以问邕，邕意欲有所更，善因令补益之，邕乃附事见义，故两书并行。今本事义兼释，似为邕所改定。然传称善注《文选》在显庆中，与今本所载进表题显庆三年者合，而《旧唐书》邕传称，天宝五载坐柳勣事杖杀，年七十馀，上距显庆三年凡八十九年，是时邕尚未生，安得有助善注书之事？且自天宝五载上推七十馀年，当在高宗总章、咸亨间，而《旧书》称善《文选》之学受之曹宪，计在隋末，年已弱冠，至生邕之时，当七十馀岁，亦决无伏生之寿，待其长而著书。考李匡乂《资暇录》曰：‘李氏《文选》有初注成者，有复注，有三注、四注者。当时旋被传写，其绝笔之本，皆释音训义，注解甚多。’是善之定本，本事义兼释，不由于邕。匡乂唐人，时代相近，其言当必有征。知《新唐书》喜采小说，未详考也。”（第1685页）

上最看重的依然是李善在名物训诂这些实证方面的成就和贡献，对他在书中的释义部分并未予以多少关注。即使在近现代，认为李善注《文选》不解意义和旨趣的也大有人在。如魏源《诗比兴笺序》说："李善《选》注专诂名象，不问诗人所言何志。"[①]刘盼遂《〈文选〉篇题考误》附《读〈文选〉札记五则》说："善注《文选》，专发章句，不及指趣。其子邕欲干父蛊，别自为注，见于本传。今读善注往往于训诂之前先解意义，秘旨昭然，非如吕延祚进表及明皇帝口敕所说。窃意邕注略于训释，专畅玄风。时人因取补入善注，以成完璧。"[②]仍奉小说家言为信史。总之，长期以来"意义"问题似乎成了李善注《文选》的一处软肋，从而在《文选》注释史的研究中，形成谈训诂实证的举李善注为例，谈解释意义的则举五臣注为例的普遍状况。显然，这是人为减扣了李善所做的学术工作，所以对他注《文选》表现出的"训诂"观也难免产生某种偏颇的理解。这也不足为怪，因为"以记诵博识为玩物丧志"[③]、"溺心训诂而不及理"诸说在相当大的程度上影响了人们对包括训诂家在内的学问祈向的看法[④]，而有些训诂家则又以此自鸣得意，嘲笑其他学问皆是小道，既然如此，人们对李善注《文选》抱着以上的看法也在情理之中。现代学者对这种偏见也提出了批评，如李维棻《〈文选〉李注纂例》指出："李善之为《文选》作注，于征引典籍及诠释意旨二者，实兼筹而并顾，其号称淹博者亦以此也。……总之，皆足以觇其对文辞意旨剖究颇到，殊不仅以征引出处为止。"[⑤]王礼卿《〈选〉注释例》将李善注《文选》"释文义例"分为两类，"一释文义"，"一释词义"，说："李氏释文义，词简意深，曲有理致。所释《文赋》等篇，并事意兼赅，文词工丽。所谓'释事而忘意，不能文词，号为书簏'

---

① 《魏源集》，第 231 页。

② 原载《国学论丛》第一卷第四号，1928 年 10 月。引自《中外学者文选学论集》（上），第 15 页，中华书局 1998 年。

③ 《河南程氏遗书》卷三《谢显道记忆平日语》，《二程集》，第 60 页。

④ 《朱子语类》卷一百三十七载刘淳叟语，第 3263 页。

⑤ 该文原刊载于《大陆杂志》第十二卷第七期，1956 年。引自《李善文选学研究》，第 10 页，广陵书社 2009 年。

者,实厚诬之言也。”①以上两篇都是研究李善注《文选》体例的力作,说得颇为中肯。

然而需要指出,无论是指责李善注《文选》对作品的意义不作解释,还是承认他在这方面做了一定努力,各方似乎都没有很好考虑过李善注《文选》与他主观上的自由释义态度和倾向有何关系,而对这一问题不加考虑又往往是表示对问题本身的否定。这显然是不妥的。

二、作品多义性、典实、旨趣

先谈李善注《文选》涉及作品多义性的问题。

多义性是指一篇作品,或者作品的某一部分(段落、句子、词语等)含有两种以上可能的意思,它们互相的差异或显或隐,或大或小,然而,这些不同的意思又似乎都能够在作品中成立,无法彼此取代,因此读者也无法决定对它们的取舍,从而构成阅读理解的灵活性、差异性和变动性。与多义性相反的是单义性,它指在多种可能的解释中,如果其中一种解释是正确的,那么,其他解释就是有错的,不能成立,否定不同的意见可以构成解释的共同体,也否定读者在阅读理解时对作品可能的多种含义有自由选择权。持单一释义者认为,训诂目的就是寻求和确立作品意义的唯一性,排除或融化歧解。如萧衍《注解大品经序》说:“略其多解,取其要释。”②李隆基《孝经序》说:“且传以通经为义,义以必当为主,至当归一,精义无二。”邢昺解释李隆基话的意思是:“至极之当,必归于一;精妙之义,焉有二三?将言诸家不同,宜会合之也。”③清人文宁《毛诗稽古编序》也说:“作诗之时可异说也,而诗之训诂不能异也。”④他的意思是,《诗经》作品写于何时,各人可以有不同说法,而对于诗歌的训诂则不能有分歧、异说。这些都是肯定训诂应当保证对作品的意义作出唯一性的解释,并认为这种追求是可以实现的。

---

① 该文原刊载于《幼狮学志》第7卷第2期,1968年4月。引自《中外学者文选学论集》(下),第646—648页。

② 梅鼎祚《释文纪》卷二十,明崇祯四年刻本。

③ 《孝经注疏》,第16页,北京大学出版社1999年。

④ 文宁《毛诗稽古编》卷首,嘉庆十八年刻本。

然而，训诂真的能够保证释义的唯一性，不出现分歧吗？从实际情况看，有的可能，有的不可能。比如《易》，“《豫》之训诂，不一而足”①，就是训诂释义难有统一性、唯一性的例子。训诂释义能否实现唯一性，在不考虑解释者原因的情况下，是与被解释的作品、语词含义以及运用修辞手法是否微妙复杂工巧有很大关系，其中含义又是最重要的因素。一般来说，含义、修辞手法单纯的求释义唯一性的可能性就大，反之就小，甚至没有可能性。比如前人指出：“《坎》在内卦，或曰有水，或曰无水，或曰出泉，或曰雨作，或曰水违行之类，殊不以一义该之，他象皆然，非训诂之家言象者所能及也。”②训诂家解释《易》的卦象之所以无法保证对它们释义的唯一性，正是因为被解释的对象其内涵异常丰富复杂，不能为唯一义或少数义所穷尽。《文选》作品的含义虽然不像《易》那么玄奥，那么容易灵活转变，以致引发纷繁歧解，但是多义现象也是比较普遍存在，致使训诂者难以对它们作出唯一释义。对作品中这种多义现象，李善有时明确拒绝异说，只在多种解释中选择一种他认为合适的意见，否定其他的解释，此时他虽然列出了一些异说，但意在排斥，其实还是单一性地释义。有时他对多义性采取宽容的态度，在多种释义之间不作抉择，让不同说法并存，给作品的多义性留下一席之地，让读者自己去选择，这有利于启发读者从不同语义和修辞的角度去阅读、理解、欣赏原文，更多地感受多义性给阅读带来的丰富、奇妙、变化的乐趣。

王礼卿《〈选〉注释例》对李善注《文选》的体例作了比较全面的总结，其中一部分体例正与肯定作品的多义性有直接的关系，比如“自注两义并存例”、“两说并存例”。他举例说：如陆机《挽歌诗》“祖载当有时”句，李善注分别引《周礼》郑玄注、《白虎通义》关于“祖载”的说法后，指出：“《白虎通》与郑说不同，故俱引之。”又如张衡《西京赋》“通阛带阓”，李善也分别引崔豹《古今注》以及《苍颉篇》的

① 林栗《周易经传集解》卷八，清初抄本。
② 程迥《周易章句外编》，影印文渊阁《四库全书》第12册，第615页。

不同解释，两存其说①。又比如韦孟《讽谏》"既藐下臣"，李善引应劭曰："藐，远也，言疏远忠贤之辅。"又引臣瓒曰："藐，陵藐也。"后一种解释的意思是说，用傲慢藐视的态度对待臣僚，与"疏远"的意思不同②。李善注《文选》像这样列举不同的解释，不指示其是非去取的情况并不少，他用这种并存的体例，表示这些不同的解释在作品中皆有成立之可能。王礼卿说："依注书通例，虽两说并存，而以前胜后，李意当亦如此。"固然不同的解释与原文的适合程度容有差异，但是并不影响它们皆能成立。

这一点还反映在李善注《文选》以"或"字存异说的体例中。大致有两种情况：（一）异文。曹大家《东征赋》："讫于今而称云。"李善注："称，或为祠。"鲍照《芜城赋》："白杨早落，塞草前衰。"李善注："塞，或为寒。"陈琳《为曹洪与魏文帝书》："恐犹未信丘言，必大噱也。"李善注："孟康《汉书注》曰：'丘，空也。'此虽假孔子名，而实以空为戏也。或无'丘言'二字。"③（二）异义。张衡《南都赋》："若夫天封大狐。"李善注："天封，未详。或曰山名也。"④鲍照《芜城赋》："袤广三坟。"李善注："三坟，未详。或曰：《毛诗》曰'遵彼汝坟'，又曰'铺敦淮坟'，《尔雅》曰'坟莫大于河坟'，此盖三坟。"⑤无论是由于异文而产生的歧义，还是在阙疑与某一种说法之间不确定结论，都涉及作品在这些地方可能存在多义性，从而为读者留下思索和斟酌的馀地⑥。

---

① 参见《中外学者文选学论集》(下)，第685—688页。按：李善注陆机《挽歌诗》"祖载当有时"句曰："《周礼》曰：'丧祝掌大丧，祖，饰棺，乃载。'郑玄曰：'祖，为行始也，其序载而后饰。'《白虎通》曰：'祖者，始也，始载于庭，辒车辞祖祢，故名曰祖载也。'《白虎通》与郑说不同，故俱引之。"又按：李善注张衡《西京赋》"通阛带阓"句曰："崔豹《古今注》曰：'市墙曰阛，市门曰阓。'""《苍颉篇》曰：'阛，市门。'"见李善注《文选》，第406、42页。

② 见李善注《文选》，第275页。

③ 分别见李善注《文选》，第145、167、587页。

④ 李善注《文选》，第69页。

⑤ 李善注《文选》，第167页。按：黎经诰引孙志祖说："田艺蘅曰：兖州土黑坟，青州土白坟，徐州土赤埴坟，此三州与扬州接。"(黎经诰《六朝文絜笺注》，第3页，上海古籍出版社1982年)这是对"三坟"的又一种解释。然也难以确定其是非，所以也没有解决此处的多义性问题。

⑥ 孙钦善《论〈文选〉李善注和五臣注》一文认为，李善"在'未详'之后，存一说姑妄言之，表示仅供参考而不足为据"(原载《昭明文选论文集》，吉林文史出版社1988年。引自《李善文选学研究》，第28页)。然李善这种情况下所存一说多是承认其释义的一定可能性，未必是"姑妄言之"。

以“或”字存异的注释体例,李善以前的学者也往往用之。刘渊林注左思《蜀都赋》“敷蕊葳蕤”:“蕊者,或谓之华,或谓之实。一曰花须头点也。”①李善引用刘氏的注释,让“蕊”字三种解释并存。又如陆机《演连珠》:“是以巢箕之叟,不眄丘园之币;洗渭之民,不发傅岩之梦。”刘孝标注:“古之隐人,结巢以居,故曰巢父。或言即许由也。洗耳,一说巢父也。记籍不同,未能详孰是。又傅说筑于傅岩,而精通武丁。言巢、许冥心长往,故无发梦之符。”李善怀疑刘氏以“洗渭”为“洗耳”可能不确切,他举许多前人的记载,说明“洗耳”典故记载的主角多指许由,不是指巢父。但是李善又说:“或曰:又有巢父与许由同志。或曰:许由夏常居巢,故一号巢父。不可知也。凡书传言许由则多,言巢父者少矣。范晔《后汉书》严子陵谓光武曰:‘昔唐尧著德,巢父洗耳。士故有志,何至相迫乎?’然书传之说洗耳,参差不同。陆(机)既以巢箕为许由,洗耳为巢父,且复水名不一,或亦洗于渭乎?”②李善表示,对于这些种种不同的说法,采取认可和受纳的态度比胶柱鼓瑟妥当。古人遇到难以确切解释的内容,往往并存诸说,以求参观,李善注《文选》有时允许多义并存,不以一种意见为唯一的解释而排斥其他,继承了古人这种训诂传统。

以上例子显示,作品的多义性主要不是来自作者赋予,而是在读者阅读和理解作品过程中产生的。比如异文,明显发生在作品问世以后,与作者无涉③。又比如“自注两义并存例”、“两说并存例”所涉的作品,不同的阅读皆可成立,这一方面固然说明作品的多义性与文本相关,另一方面也说明多义主要是由读者读出来、创造出来的。作品的许多含义与作者故意赋予无关,而与作者写作时无意的暗示以及作品本身的符号特性有关。读者在符号的暗示下理解作品,有可能获得多于作者赋予的意义,甚至不同的意义。而且,每个读者都是不同的“接受器”,他们各自接受作品的意义也可能是有差别的,这些都对形成作品的多义性起着重要作用。

---

① 李善注《文选》引,第77页。

② 李善注《文选》,第761—762页。

③ 这里说的异文与作者对自己的作品进行修改而形成的异文不同,《文选》的异文不可能是作者修改所致。

所以,作品理解的多义性虽然与作者、作品有一定关系,但与读者的关系更大,因此承认或肯定作品的多义性必然也是对读者理解自由的某种宽容。

李善训诂并存多义,看似“不解决”问题,其实,读者可能正是由于这缘故,不得不带着“问题”阅读作品,因而在阅读中加倍地贯注精神,充分调动自己的知识和能力,使其更有效地转化成为阅读的能量,去探寻作品的意义。不妨说,这种“不解决”恰是对更好、更多可能的“解决”的一种等待,反映出古人在解释学方面的智慧。所以,李善这样做不仅是出于谨慎,也不仅仅是为了“以广异闻”①,同时也是表示训诂者对文学作品多义性,以及读者在阅读活动中表现出来的差别性乃至创造性的承认。现在看来,这是对文学的特点、阅读及理解的特性颇为深刻的认识。

再谈李善训释词语典实表现出的某种自由释义倾向。

前人一般以解释书面文献的纯语言性含义,或诠注作品的名物典故史事为训诂正路。按理这种严格的训诂方法以会通词义、诠释本旨为唯一目的,似乎是一种可以排除训诂者个人主观随意倾向,因而是客观地寻求词义的方法,然而事实并非完全如此,训诂者个人的主观意愿仍然会以各种方式反映在他们的注释中。李善注《文选》也存在类似情况。

概括起来,李善注有发挥原义者,有偏取原义者,也有任意决定语典出处甚至望文生义者等。下面分别加以分析。

(一) 发挥作品原义

张衡《西京赋》:“夫人在阳时则舒,在阴时则惨,此牵乎天者也;处沃土则逸,处瘠土则劳,此系乎地者也。惨则鲜于欢,劳则褊于惠,能违之者寡矣。小必有之,大亦宜然。”薛综注曰:“小谓庶人,大谓王者。”这解释确切。李善注曰:“庶人因沃瘠而劳逸殊,王者亦因险易而强弱异也。”②第一句与文意相吻,第二句“因险易而强弱异”在张衡原文中没有对应的内容,它是李善根据自己对《西京赋》的理解所作的发挥。潘岳《关中诗》:“惴惴寡弱,如熙春阳。”李善注:“谓关中民也,群司既整,寡弱

① 张衡《思玄赋》“云师䨏以交集兮”注,李善注《文选》,第220页。
② 李善注《文选》,第36—37页。

免于陵暴,心皆慕义,如悦春阳。”①其中“心皆慕义”是李善自己对作品的理解,潘岳原来的诗句没有这一层含义。五臣注张铣曰:“熙,犹煦也。言危惧寡弱之人被天子之惠,如草木之煦于春阳。”②其释义胜于李善。左思《蜀都赋》:“舒丹气而为霞。”刘渊林注:“霞,赤云也。严夫子《哀时命》曰:‘红霓纷其朝霞。’山泽气通,故曰舒丹气以为霞也。”李善注:“《河图》曰:‘昆仑山有五色水,赤水之气,上蒸为霞而赫然也。”③比较两种说法,刘渊林对“丹气”、“霞”的解释朴实明了,诠义也比较准确。他没有为了注明白“丹气”之“气”何以会是丹色的而进行比附,态度谨慎。李善引用纬书渲染文情,使原文带上了几分不平常的色彩。顺便说一点,李善注《文选》常常喜欢引用纬书的内容解释作品,其中有一部分也是对注释对象的含义作随意发挥,与上面例子有相似之处。

（二）偏取作品原义

《西京赋》:“夫人在阳时则舒,在阴时则惨。”薛综注:“阳谓春夏,阴谓秋冬。”认为句子中的“阳”、“阴”分别包括春夏和秋冬四个季节,涵盖全年。这解释确切。李善注曰:“《春秋繁露》曰:‘春之言犹偆也。偆者,喜乐之貌也。秋之言犹湫也。湫者,忧悲之状也。’”只言春、秋二季,不及夏、冬,是对原文意思的偏取④。班固《西京赋》:“货别隧分。”李善注引郑玄《周礼注》“金玉曰货”,将“货”具体落实为金玉⑤。然“隧”是列肆道,意思是出售商品的道路,略似现在的“商业街”。可是市肆道上出售的不可能全是金玉,所以,李善的解释虽然有依据,却是对“货”字意思的片面撷取。今人引用《说文》“货,财也”等说,证明班固赋所用“货”字是

---

① 李善注《文选》,第282页。

② 《日本足利学校藏宋刊明州本六臣注文选》卷二十,第303页。

③ 李善注《文选》,第75页。

④ 李善注《文选》,第36页。按:李善引《春秋繁露》见《阳尊阴卑》篇,原文曰:“阴始于秋,阳始于春。春之为言犹偆偆也,秋之为言犹湫湫也。偆偆者,喜乐之貌也;湫湫者,忧悲之状也。是故春喜夏乐,秋忧冬悲。”(《春秋繁露义证》,第331页)原文显然是以春指春夏,秋指秋冬。李善不引前面“阴始于秋,阳始于春”二句,容易使人误会原文“春”“秋”仅指春天和秋天二季。他自己解释此句义有所偏,原因也在此。又按:古人有以“春”谓春夏,“秋”谓秋冬者,《春秋》书名取义于此。或谓《春秋》是以四季中的两季表示全年,误。

⑤ 见李善注《文选》,第23页。

金玉布帛的总名①,这样解释是妥当的。曹植《又赠丁仪王粲》:“壮哉帝王居,佳丽殊百城。”陆云《为顾彦先赠妇》:“佳丽良可美,衰贱焉足纪。”谢朓《鼓吹曲》:“江南佳丽地,金陵帝王州。”“佳”字有善、好、大三种意思②,好,也就是美。李善一律引高诱《战国策注》“佳,大也”,作为对这三首诗“佳”字的解释③。其实,佳字的三种意思全都适合这些诗句,能将意思说通顺,李善仅取“大”一种意思,排斥了其他的解释,偏取中显出释义的随意。

（三）任意决定语典出处

注明语典和事典的来源,是李善注《文选》的重要特色,按理这项工作似乎可以做得很客观,不大可能夹杂注者的主观随意成分,然而事实并非如此简单。

先看李善对“高深”一词的两处注释。卢谌《赠刘琨》:“每凭山海,庶觌高深。”李善注:“山海,以喻琨也。李斯上书曰:‘太山不让土壤,故能成其高;河海不择细流,故能成其深。’”谢朓《郡内高斋闲坐答吕法曹》:“结构何迢遰,旷望极高深。”李善注:“高深,谓江山也。魏武帝《善哉行》曰:‘山不厌高,海不厌深。’”④在这两个例子中,“高深”直接所指都是山海,卢谌诗句有具体寓意,谢朓诗句纯是写景,李善将这一点说清楚了。可是,两首诗中“高深”这一词语的出处并无不同,李善却把它们弄成一个是源出于李斯《上书秦始皇》,一个是源出于曹操乐府⑤,好像不是同一出处似的。如果再读李善对曹操《短歌行》、李斯《上书秦始皇》两篇的注释,他又指出李斯、曹操这些话更早的出处都是《管子》。由此可见,李善对以上各人所用典故的总源头非常清楚,然而他在注释词语的出处时,有时用其源,有时用其流,准的无依,随意变化。

再看他注释桃李成蹊成语的出处。阮籍《咏怀诗》“嘉树下成蹊”,李

① 王礼卿《〈选〉赋考证》,《中外学者文选学论集》(下),第587页。

② 见段玉裁《说文解字注》,第368页。

③ 见李善注《文选》,第340、354、405页。

④ 见李善注《文选》,第360、369页。

⑤ 李善注谢朓《郡内高斋闲坐答吕法曹》,认为“山不厌高,海不厌深”二句出自曹操《善哉行》,而这两句实出自曹操《短歌行》,出《善哉行》乃李善笔误,或后人误改。

善注:“班固《汉书·李广传赞》曰:‘谚曰:桃李不言,下自成蹊。’”谢朓《和徐都曹》“桃李成蹊径”,李善注同样引“班固《汉书》赞曰”云云[①]。《汉书·李广传赞》基本是抄录司马迁《史记·李将军列传》“太史公曰”的内容,李善所引的这条谚语也出自司马迁这篇“太史公曰”。然而李善注“桃李不言”语词的出典,却引《汉书》而不引《史记》,弃源从流。他这样作注是有原因的。《汉书》虽然比《史记》后出,但是在唐朝以前《汉书》的地位和影响反而有在《史记》之上者,成为当时一门显学,注家众多,颜师古《汉书叙例》就录有二十三家注者名字,其盛况非《史记》堪比。《文选》注意采取《汉书》所录作品,《文选》与《汉书》的关系远比《史记》密切,《汉书》的流行显然也对《文选》传播产生了积极影响。李善这一个注释的例子明显受到了《史》《汉》接受史上这种“前视野”的左右。而且,他自己也撰有《汉书辩惑》三十卷,是《汉书》研究专家,注《文选》很注意参考颜师古注《汉书》的成果,这些说明他在注释《文选》时,又明显受到了他本人学术专长的影响。

此外,李善注释语典出处有的未必与作者写作实际相符。《西京赋》:“长风激于别隝,起洪涛而扬波。”李善先引薛综注“水中之洲曰隝,音岛”,解决了句子中唯一的难词,又引宋玉《高唐赋》“长风至而波起”作为《西京赋》句子的出处[②]。张衡此处是否用典实在是很难说,李善仅凭二者的某种相似就以为后者必然是对前者的借用,它们之间一定存在典故与用典的关系,他得出这种结论想当然的成分比较多,有强以作者为“用典”之嫌。这种推断方式和习惯在偏重语词溯源的注释家和提倡创作学问化的批评家那里随处可见,从中可以察觉李善的影响[③]。李善的注还暗示张衡将《高唐赋》一句化为二句,文字由此而呈敷衍变化,这对于读者理解作品固然是拓展了思路,对于学习写作的人来说也提供了如

① 见李善注《文选》,第323、432页。

② 李善注《文选》,第42页。

③ 比如江西诗派力倡“无一字无来处”之说,黄庭坚《答洪驹父书》云:“自作语最难,老杜作诗,退之作文,无一字无来处。盖后人读书少,故谓韩、杜自作此语耳。”(《黄庭坚全集》,第475页)这就无限扩大了前人写作诗文使用语典的范围和频度,这与宋人青睐李善注《文选》,深受其影响不无关系。

何化用成语的经验，过去习文者所以重视李善注，与此有关。然而，这种所谓化用成语典故的写作经验，究其实不少并非是作者的贡献，而是注释者在文学批评意义上的一种再创造。就李善这条注释而言，更多是他出于骈文双句体的经验去解释《西京赋》句子与《高唐赋》句子的关系，是一种以读法为作法的自由释义现象。

（四）望文生义

曹植《洛神赋》："怅犹豫而狐疑。""犹豫"、"狐疑"是两个联绵词，李善却将它们拆开作解释，说："《尔雅》曰：'犹如麂，善登木。'此兽性多疑虑，常居山中，忽闻有声，则恐人来害之，每预上树，久久无度，复下，须臾又上，如此非一。故不决者，称犹焉。一曰：陇西俗谓犬子随人行，每预前待人，不得，又来迎候，故言犹豫也。狐之为兽，其性多疑，每渡冰行，且听且渡，故疑者称狐疑。"①他以上注"犹豫"引颜师古说法（见《汉书·高后纪》注），注"狐疑"引颜之推说法（见《颜氏家训·书证篇》），这些解释看似生动有趣，其实都属于望文生义。李善虽然是引用他人之说作注，但其随意释义与立说者没有不同。又如乐府《短歌行》"长夜无荒"，李善引《毛诗·唐风·蟋蟀》"好乐无荒"作为注，把"荒"理解为废乱②。胡绍煐指出："王氏念孙曰：荒者，虚也，言无虚此良夜也。……此诗但言及时行乐耳，与《唐风》义异。"③胡绍煐此处也是批评李善注望文生义。

李善注以上四方面的释例，或者扩大了作品原义，或者限减了原义，对语典和词义也有自由索解的情况，使解释在具体化过程中与作品原义渐行渐远。所以，笼统说李善不注重对作品释义固然不妥，笼统说李善注忠实于原文也可以商量。对于李善以上这些释义例子，仅仅以再高明的注释家也会出现差错为理由去看待或原谅他的工作，并不十分允当。注释家难免会有疏失的道理谁都同意，可是对于导致疏失的原因却不能一

---

① 见李善注《文选》，第271页。按：嵇康《养生论》"又恐两失，内怀犹豫"，李善注也相仿佛（第729页）。又按：胡绍煐《昭明文选笺证》自序（第1页，扬州古籍书店1990年）指出李善注"连语"不当，举出不少例子。

② 见李善注《文选》，第399页。

③ 胡绍煐《昭明文选笺证》卷二十三，第269页。

概归结为人的能力和其他客观条件的限制，应该看到，这还与诠释者的主观态度、他们追求的诠释目的，以及诠释者难以摆脱或许也没有想过需要摆脱的“接受前见”，有密切关系。比如李善以上注桃李成蹊成语出典于《汉书》，解释“大亦宜然”的含义，皆非偶然因素产生的结果，而是受到了解释者主观必然投影于解释之原理的支配。与其说这些是疏失，毋宁说是释义的变形，是解释过程中解释者自由的、积极的精神活动的显示。所以，如果以为李善的学问更加精深了，治学态度更加严谨了，或者注释的条件更加便利了，就一定能够有效避免这些疏失，这实际上多多少少误解了李善，也多多少少误解了训诂释义方法。

第三谈李善解释作品旨趣，即进行广义训诂表现出来的自由释义倾向。

李善并非以纯客观的、完全排除自己主观自由释义的态度注释《文选》，这一点在作品题解、旨意阐述方面表现得最为充分。李善注《文选》可以分为自注和集注两个部分，又以自注为主，集注为辅。自注直接表达他本人的看法。集注的内容经过他披捡、选择、删改，许多已获得了他本人认同，也足以代表他的认识（对于他认为是错谬者的前人注释，他分别说明排除的理由，这也表明保留下来的前人注释是他认为适当的），这与纯粹以汇拢资料为目的的集注集评有很大不同，所以李善的集注有助于我们从侧面了解他注《文选》的特点。以前研究李善注《文选》，一概视书中集注部分的内容为他人的意见，不与研究李善本人的思想学术观念相联系，这是偏颇的①。下面以李善自注和集注对《文选》作品的解题述意来分析以上问题。

---

① 李善说：“旧注是者，因而留之，并于篇首题其姓名；其有乖缪，臣乃具释，并称臣善以别之。”（《西京赋》“薛综注”下按语，第36页）像这样采录前人注文而在篇首题其名者有十馀家，他们是薛综注《二京赋》，刘渊林（逵）注《蜀都赋》《吴都赋》，郭璞注《子虚赋》《上林赋》，徐爰注《射雉赋》，张载注《魏都赋》《鲁灵光殿赋》，刘孝标注《演连珠》，颜延年、沈约注《咏怀诗》，蔡邕注《典引》，王逸注《楚辞》，郑氏笺《毛诗序》等。另外还有不知名者之注，如张衡《思玄赋》所录“旧注”。又如他采录的阮籍《咏怀诗》注里，一部分注者不详，故称“颜延年、沈约等注”。类似这样采集无名氏旧注的，书中还有多处。他采录的集注内容，以赋注、《楚辞》注为主，诗注和其他文注比较少。有的属于文字训诂，有的则偏重于诠析作品的大旨幽趣，而后者存在明显的自由解说倾向，特别是他采集的《楚辞》王逸注，《咏怀诗》颜延年、沈约等注。

他的自注,有采用汉儒比兴说《诗》的方法解释作品旨趣的。如他解释《古诗十九首·行行重行行》“浮云蔽白日,游子不顾反”,说:“浮云之蔽白日,以喻邪佞之毁忠良,故游子之行不顾反也。《文子》曰:‘日月欲明,浮云盖之。’陆贾《新语》曰:‘邪臣之蔽贤,犹浮云之障日月。’《古杨柳行》曰‘谗邪害公正,浮云蔽白日’,义与此同也。”①他说的“邪佞”、“忠良”既可泛指普通意义上的君子和小人,也可专指仕途、朝廷上的忠良之臣与邪佞之臣。而他引用的三条证据中,《新语》明指邪臣和贤臣,《古杨柳行》句也见于孔融《临终诗》②,是表达对官场上邪恶害直臣的愤慨,这些援引说明,李善主要是将这首诗理解为对佞臣的谴责,所以它是一首寄托了官员清浊邪正等政治观念的作品。五臣注刘良说:“曰白日,喻君也;浮云,谓谗佞之臣也。言佞臣蔽君之明,使忠臣去而不返也。”③后来不少人也认为这是一首逐臣诗,意在思念君王。这些理解与李善的注释很相似,说他们受到了李善注释的影响并不为过。又比如《西北有高楼》,李善注:“此篇明高才之人,仕宦未达,知人者稀也。西北,乾位,君之居也。”④十分肯定地将这首诗歌的“知音”内涵解释成君臣知遇,而整首诗歌则是怨诉求仕者怀才不遇的失望和痛切,依然是用比兴说诗的方法悬测诗旨。

他采录王逸《楚辞章句》注释《文选》骚类作品,也是这样。王逸继承经学家比兴、类比说《诗》的传统,又发展了传记性释义的批评方法,对屈原等人的作品含义进行了详尽解释,添入了解释者许多个人化的理解。对于王逸这一类注释,李善删去了一部分(主要是考虑《文选》“骚”二卷与其他各卷篇幅的平衡),采纳了大部分。在李善采纳的王逸注中,有些释义显得非常自由。比如《山鬼》:“雷填填兮雨冥冥,猨啾啾兮狖夜鸣,风飒飒兮木萧萧。”王逸注:“言已在深山之中,遭雷电暴雨,猨狖号呼,风木摇动,以言恐惧失其所也。或曰:雷为诸侯,以兴于

① 李善注《文选》,第409页。
② 孔融《临终诗》这两句作“谗邪害公正,浮云翳白日”。
③ 《日本足利学校藏宋刊明州本六臣注文选》卷二十九,第443页。
④ 李善注《文选》,第410页。

君。云雨冥昧,以兴佞臣。猨猴善鸣,以兴谗言。风以喻政,木以喻民。雷填填者,君妄怒也。雨冥冥者,群佞聚也。猨啾啾者,谗夫弄口也。风飒飒者,政烦扰也。木萧萧者,民惊骇也。"其中"或曰"的内容全是以政治比附的手法解释诗歌,李善照录无遗。又比如《涉江》:"山峻高以蔽日兮,下幽晦以多雨。霰雪纷其无垠兮,云霏霏而承宇。"王逸注:"室屋沉没,与天连也。或曰:日以喻君,山以喻臣,霰雪以兴残贼,云以象佞人。山峻高以蔽日者,谓臣蔽君明也。下幽晦以多雨者,群下专擅施恩惠也。霰雪纷其无垠者,残贼之政害仁贤也。云霏霏而承宇者,佞人并进满朝廷也。"这样的解释也充满了政治索隐的味道,比附性很强。李善对此也是全部采录,没有异议。可见李善并不反对从作品中去探求比兴寄托的大义,对汉儒用自由类比的方法解释《诗经》和《楚辞》采取了附和的态度。有人认为,从沈约、李善到五臣注,诗歌批评由解释诗旨转变成为索隐比附,反映了诗歌解释变化的一条线索[①]。其实,在中国文学批评史上,索隐比附的做法早就有之,汉朝人用比兴、类比的方法解说《诗经》《楚辞》(其中不少做法就是索隐比附式的)使之定型化,以后这一传统从未中断。李善本人也没有丢弃这种带索隐比附成分的比兴说诗方法,他注释《文选》在集注部分吸收前人这一类的说法并非罕见,所以,他至少是这一传统的认同者,甚至可以说是它的继承人,不同之处仅在于,他能够灵活运用多种解释手段,特别是加强实证性训诂,不唯以比兴解释诗歌。

李善注有时会牵合到一些神秘的、离奇的记载。比如"诗谶"说。潘岳《金谷集作诗》末二句:"投合寄石友,白首同所归。"李善注引用《世说新语》孙秀诬陷石崇、潘岳,二人同时遇害,《金谷集》成为预示他命运的诗谶之记载[②]。又比如荒诞的说法。殷仲文《南州桓公九井作》

---

① 钱志熙《论〈文选〉〈咏怀〉十七首注与阮诗解释的历史演变》,《文学遗产》2009 年第 1 期。

② 李善注曰:"《世说》曰:孙秀既恨石崇不与绿珠,又憾潘岳昔遇之不以礼。后秀为中书令,岳于省内谓秀曰:'孙令忆畴昔周旋不?'秀曰:'中心藏之,何日忘之。'岳于是始知不免。后收石崇,同日收岳。石先送市,亦不相知。潘后至,石谓潘曰:'安仁,卿亦复尔邪?'潘曰:'可谓白首同所归。'岳《金谷集诗》乃成其谶。"(李善注《文选》,第 293—294 页)按:《世说新语·仇隙第三十六》所载,文字详略,微有差异。

题下介绍诗人,引檀道鸾《晋阳秋》:“帝反正,(殷仲文)出为东阳太守,愈益愤怒。后照镜,不见其面,数日祸及。”[①]照镜不见其面,是史家记载的以荒诞为征兆的一种传说,没有可信性,李善却将它用作介绍诗人的资料。

李善有时采用一些虚构的故事作为对创作和作者生平情况的说明。比如曹植《洛神赋》题解云:“《记》曰:魏东阿王(曹植),汉末求甄逸女,既不遂,太祖(曹操)回,与五官中郎将(曹丕)。植殊不平,昼思夜想,废寝与食。黄初中,入朝,帝示植甄后玉镂金带枕。植见之,不觉泣,时已为郭后谗死。帝意亦寻悟,因令太子留宴饮,仍以枕赉植。植还,度轘辕,少许时,将息洛水上,思甄后。忽见女来,自云:‘我本托心君王,其心不遂,此枕是在我家时从嫁,前与五官中郎将,今与君王。’遂用荐枕席,欢情交集,岂常辞能具。‘为郭后以糠塞口,今被发,羞将此形貌重睹君王尔。’言讫,遂不复见所在。遣人献珠于王,王答以玉佩,悲喜不能自胜,遂作《感甄赋》。后明帝见之,改为《洛神赋》。”[②]其叙述的本事神奇浪漫,哀婉动人,然而它不过是小说家虚构的一则故事,不足为信[③]。清人何琇《樵香小记》卷上“《洛神赋》注”条曰:“李善注《文选》,字字必著其出典,惟《洛神赋》注,感甄事,题为传曰,究不知为何传也。”[④]大概这也是因为其出自小道传说的缘故吧。又比如扬雄《甘泉赋》,李善注引桓谭《新论》曰:“雄作《甘泉赋》一首,始成,梦肠出,收而内之,明日遂卒。”[⑤]事实是,扬雄《甘泉赋》写于汉成帝时,而扬雄死于成帝逝世二十多年后,注引用的桓谭语乃是无根之谈。对于李善引录不可信的材料说明扬雄作赋之状

① 李善注《文选》,第 311 页。

② 李善注《文选》,第 269—270 页。按:有些学者认为,这题解不是李善原注所有,而是宋人假借其名添加上去,或刻工误为移植的。此说尚待进一步证明。即使属实,李善别的用虚构故事作注的例子也都存在,不妨碍此处的观点依然可以成立。

③ 何焯《义门读书记》卷四十五对这一传说中附会不可信的内容已经作了分析,可以参考。

④ 何琇《樵香小记》,影印文渊阁《四库全书》第 859 册,第 787 页。

⑤ 李善注《文选》,第 111 页。

及卒年，宋人早就提出了质疑①。

上面这些都说明，李善注《文选》有随意、悬测的成分，也有自由引申和发挥作品旨意的地方，这种阅读和注释的态度必然会影响解释的客观性，即使引征的材料有出处可据，也不足以表明其解释就不是随意的。当然，说李善相信“照镜不见其面”荒诞的说法，不清楚扬雄逝世不在汉成帝时代，这是不好理解的②，所以更大可能是他故意信之，因而采取其说作为对作品的一种解释。这可以说明随意性释义是他自觉意识的一部分，而类似以上这样的解释也就不是他无意的“疏失”。可见随意性释义并不是简单的疏失讹误的问题，虽然误释好像往往是由随意性解释导致的，但疏失并不能解释随意性释义的一切。

三、训诂是理解的起点

人们或许会产生疑问：李善注《文选》主要特点是释义精确可靠，仿佛是一部可靠的工具书，让人对它有信赖感，以上分析他注释的种种方面毕竟只是支流，不是主流，将他的注释与自由解释牵扯在一起是否合适？训诂方法与随意性释义能搅和到一块吗？

诚然，李善的注释可信者多，这使它在《文选》学中确立了不可摇撼的权威地位。可是，他在训诂中有意无意地受到了自由释义的某种影响，这也是事实（上面已作分析），即使这些不是主流，只是支流，它们也必然是他某种训诂、解释观念的流露，只有兼顾这两方面来研究他的学术思

---

① 吴曾《能改斋漫录》卷五“扬雄作《甘泉赋》明日遂卒”条云：“李善注扬子云《甘泉赋》，引桓谭《新论》曰（略）。此说非也。予按：孝成帝行幸甘泉，据《汉纪》及赋序，并是正月行幸甘泉，扬雄死于王莽天凤五年，经历哀、平两帝，年代甚远，安有赋成明日遂卒之说？李善竟不排之，而反以为证，何耶？”（上海古籍出版社 1979 年）按：桓谭《新论》关于扬雄在梦中收纳五脏入身体之内的说法，欧阳询《艺文类聚》两次引用，都与李善注所引不同。卷五十六曰：“子云亦言，成帝上甘泉，诏使作赋，为之卒暴，倦卧，梦其五脏出地，及觉，大少气，病一岁。”卷七十五曰：“子云亦言，成帝上甘泉，诏召作赋，卒暴，及倦卧，梦其五藏出在地，以手收内，及觉，大少气，疾一岁而亡。”引文中的“为之卒暴”、“卒暴”，谓汉成帝命扬雄写《甘泉赋》很突然，而且催得很紧。虽然《艺文类聚》两处引文个别内容不尽一致，但是都没有说扬雄因写《甘泉赋》伤神劳累而死。“疾一岁而亡”，意谓病了一年后痊愈，“亡”通“无”。既然《新论》引用扬雄的话，他自然不可能说自己生病一年后死了。可见李善注所引《新论》是对桓谭原文的误解。

② 扬雄在王莽朝的事迹，《汉书》本传多有记叙，班班可稽，李善是《汉书》研究专家，对此不可能不知。

想，才能够把握全貌，完整认识他注释《文选》的特点，作恰当评价。以前或者只肯定李善注精确可靠的一面，不谈他的自由释义；或者虽然指出他的释义也存在一些不可靠的地方，但又仅仅从错讹的角度去说明问题的症结所在，这两种情况显然都遮掩了李善释义观念的一部分真实情形。李善固然与五臣在学术观上有明显不同，五臣注《文选》常常为了逞其胸臆而不太受约束，虽然李善绝不会如此畅放，但是李善注并没有与比附完全绝缘，所以二者又有某种相似之处——他们都受到了汉儒解释《诗经》《楚辞》传统的影响，而随意性是这一释义传统的重要特征之一。

训诂是用已知去推断和求证未知的典籍文义，所以，训诂总是会带着训诂者个人和集体的前见，这为他们运用训诂方法解释文义而可能出现自由倾向预设了伏笔，从而使每一次理解都可能成为一次新的理解，每一次解释都可能成为一次新的解释。这在很大程度上决定了训诂的性质，即训诂者主观意志与训诂体例融成一体，借着训诂释义自然而然地流露在注文中，其间好像有一种超乎训诂者之上的力量在左右着解释，由此导致产生的一部分结论，注者自以为是而他人未必首肯。也就是说，只要有训诂，就会有一定的随意性，它们恰似阴阳和合在一块。所以，以为训诂就意味着与主观随意无干系，就意味着客观化的解释，这是缺乏根据，也是缺乏说服力的。

即使是训诂得出的一些具体客观的结论，也不能说它们与自由释义无关。若将这种对词义具体客观的训诂放到对作品整个的阅读、理解系统中，那么，具体的词义训诂只是其中一个环节，它们犹如先遣部队，为阅读、理解扫除语词方面的“拦路虎”，克服障碍，可是它们并非阅读、理解的全部，也非终结，训诂完成之后，阅读、理解的过程仍在展开中，所以训诂不是为阅读、理解买单结账，自由解释不会止步于训诂。打一个比方，正确、客观的语词训诂，好比是编纂一部优秀的辞典以解决词义问题，但是它无法解决作品的意义、价值、审美问题，这些都有待于对作品进一步阅读、理解，来逐个提出和解决，而这些问题在时间轴线上，许多是不会有一劳永逸的最终结论的。李善注《文选》许多训诂的内容，正确地指出了事典语典的出处，指示了词语的含义，这同样只是表示对选文的理解刚刚开始，而并非意味就此完成了对这些作品的阅读、理解和鉴赏。比如谢灵运《从斤竹涧越岭溪行》“想见山阿人，薜萝若在眼”，李善注：“《楚辞》曰：‘若有人兮山之阿，披薜荔兮带女萝。’”①这固然正确道出了两句诗的典故来源，然而谢灵运这首诗前半篇写景纪行，后半篇骋思写意，以上二句处在两部分的转折位置，“山阿人”显然是诗人借典故表述他向往的一种意念，可是这种意念的真实含义究竟是什么，并不因为知道了其语词的出典就必然地能够了然，而读者理解诗人意念可能的分歧也不会因此而消泯。所以，这种征引式训诂的作用应该是提示、引导读者良好地体会和欣赏作品，而不是让理解就此戛然而止。读者阅读作品，从相同的文本起点出发，却不会全部通向同一个终点，理解的异变性会产生许多岔道，通往不同的含义归宿。所以，即使是像这样一些具体、单纯、精确的事典语典训诂，与阅读理解的随意性或自由释义也不是天然无法成为伙伴的。李善注《文选》，一部分正是在具体训诂的基础上继续阐述作品意义，如前面分析的一些例子，从而使某种自由释义倾向在他本人笔下得到了凸显；大部分则仅仅是训释具体的词义，而将进一步理解和鉴赏作品的任务留给了读者，这也意味着他将自由释义的权利同时留给了读者。李善注《文选》词义训诂和作品理解所构成的这种关系中，单纯的词义训诂只是为理解划出一条底线，而不是取消对作品进一步释义乃至自由释义。因此不能以为李善许多注止于语词训诂，读者也只能在这里打住，不可作延伸敷说，若这样，就无法解释李善本人在做了词语训诂之后有时还对作品敷义赏鉴，作进一步自由发挥，所以，以上看法并不符合李善注《文选》的本意。要而言之，训诂是理解作品全过程中的一部分，是与自由释义相联系而不是绝缘的。朱鹤龄用“引而不发”、“俟索解人自得之”概括李善训诂的特点，说：“李善注《文选》，止考某事出某书，若其意义所在，贯穿联络，则俟索解人自得之，此正引而不发之旨。”②这种说法应该比较接近李善的实际想法。本节一开始说清人编《御选唐诗》其注释仿“李善注《文

① 李善注《文选》，第316页。
② 《与李太史论杜注书》，《愚庵小集》卷十，第468页。

选》之例"，"至作者之意，则使人涵泳而自得"[①]，大约也是指这意思。

着眼于阅读的全过程，肯定词语训诂的作用在于启发读者对作品进一步的联想和理解，因而它与作品释义构成两个连贯而不可或缺的步骤，古人采用训诂体式进行释义（包括文学释义）的本质如此。朱熹说："汉初诸儒专治训诂，如教人亦只言某字训某字，自寻义理而已。"[②]锺惺说："凡以为最下者，先分其章句，明其训诂。若曰有进于是者，神而明之，引而伸之，而吾不敢以吾之注画天下之为《诗》者也。故古之制礼者，从极不肖立想，而贤者听之；解经者从极愚立想，而明者听之。今以其立想之处，遂认为究极之地，可乎？"[③]他们都将词语训诂作为一项前提性的、基础性的工作，重要而又非阅读的"究极之地"，不是止境，而是帮助读者"自寻义理"的开始。如果训诂仅限于"训诂"，无对文本更多的意味解说，则为人所不满。杨万里说："或问：'汉儒句读之学何如？'杨子曰：非不善也，说字无字外之句，说句无句外之意，说意无意外之味，故说经弥亲，去经弥疏。"[④]戴震既长于考证学问，又长于探求义理，他用"轿夫"和"轿中人"分别比喻学问和义理，及它们二者的轻重关系，而更加突出"轿中人"即义理的优尊地位[⑤]，意思也略近于上述训诂与释义关系的看法。文学方面，谢榛说："诗有可解、不可解、不必解，若水月镜花，勿泥其迹可也。"[⑥]况周颐记载他与王鹏运有关填词自注的一次对话："曩余词成，于每句下注所用典，半塘辄曰：'无庸。'余曰：'奈人不知何？'半塘曰：'倘注矣，而人仍不知，又将奈何？矧填词固以可解不可解，所谓烟水迷离之致，为无上乘耶。"[⑦]他们所谓"可解"者，就内容而言，是指诗词中可以通过训诂求得的确然的知识性内容，然而他们又认为，诗词的精彩，阅读、理解作品的重心，皆不在此"迹"，而是在于作品中"不可解"或"可解不可解"之

① 《四库全书总目》，第1727页。
② 《朱子语类》卷一百三十七，第3263页。
③ 锺惺《诗论》，《隐秀轩集》卷二十三，第392页。
④ 《诚斋集》卷九十三《庸言》十四。
⑤ 段玉裁《戴东原集序》记戴震的话说："六书、九数等事，如轿夫然，所以舁轿中人也。以六书、九数等事尽我，是犹误认轿夫为轿中人也。"（《戴震文集》，第2页，中华书局1990年）
⑥ 谢榛《四溟诗话》卷一，《历代诗话续编》，第1137页。
⑦ 况周颐《蕙风词话》卷一，第11页，人民文学出版社1982年。

"致"。陈婉俊注《唐诗三百首》凡例第一条说:"是书名曰补注,但诠实事,以资检阅。若诗中义蕴之深,意境之妙,读者宜自领取,无庸强就我范,曲为之说,反汩初学性灵也。识者鉴诸。"①通过训诂以诠明作品的"实事",而作品的"义蕴"、"意境"则留给读者"自领取",这与"可解"、"不可解"之说是相同的。陈婉俊认为,训诂者不必越俎代庖,做应该由读者自己做的事情,这将训诂体式的释义特点说得很明白。由阅读、理解的实际情况看,即使读者对"可解者"有一致的认同,也不能保证他们对"不可解者"不出现有分歧的、多样化的理解。所以,以上诸家肯定由读者"自寻义理"、"无庸强就我范",也是对读者自由的、多样化的阅读理解表现出的尊重,由此而反映出他们对语词训诂与自由释义二者是和谐关系、不是排斥关系的认识。

这些都有助于我们对李善注《文选》训诂体式的认识,有助于了解他对训诂与释义关系的把握。训诂作为中国文学批评史上一种被广泛采用的释义方法,对形成中国文学批评传统具有重大影响,深刻地左右着读者的阅读和接受。通过分析李善注《文选》的例子,明了以训诂求释义其实也是能够接纳自由理解的,二者可以相容,这无疑会加深对中国文学批评史上自由释义传统的认识。

附:从《文选》骚类看李善注特点

《文选》骚类收十三篇作品:屈原《离骚》《九歌》六篇(《东皇太一》《云中君》《湘君》《湘夫人》《少司命》《山鬼》)、《九章·涉江》(缺最后"乱"辞)、《卜居》《渔父》,宋玉《九辩》(节选至"冯郁郁其何极")、《招魂》,刘安《招隐士》。李善注《文选》,对以上作品均采取王逸《楚辞章句》的注文以代替自注,故题曰"王逸注"。他注《文选》对采录前人旧注的体例,曾作过说明:"旧注是者,因而留之,并于篇首题其姓名;其有乖缪,臣乃具释,并称臣善以别之,他皆类此。"②可是,这一体例与他采录王

① 蘅塘退士编,陈婉俊补注《唐诗三百首》凡例,第1页,中华书局1963年。
② 李善注《文选》,第36页。

逸注的情况并不完全相符,因为他并没有用"善曰"起笔对王逸注文作辨证和补充,至少在形式上没有体现出"其有乖缪,臣乃具释,并称臣善以别之"这样的体例。之所以如此,大概是因为李善对王逸《楚辞章句》特别尊重吧。当然,我们不能由此形成李善注《文选》骚类作品仅仅是过录王逸注文的错觉①。实际上,李善对王逸注既有改动,也有增删,特别是大量删削王逸注更是显然的事实。从文献的角度说,像这样的删削或许谈不上有多少价值和意义,而从接受和再解释的角度说,对前人的注释删什么、留什么则是一个值得研究的问题。李善删削王逸注究竟又是什么原因,这是值得探寻的。

下面,通过对照李善注《文选》和王逸《楚辞章句》相关部分的注文,来认识李善注《文选》的一些特点。王逸注使用中华书局排印本《楚辞补注》,1983 年 3 月出版,李善注使用中华书局影印胡克家刻本《文选》,1977 年 11 月出版。这两种本子注文的差异,有些并不是注者本人留下的,而是《楚辞补注》、李善注《文选》二书在各自流传过程中所发生的变异,在论证中,我力求避免取用这类材料,而将关注点集中在李善故意改变王逸注的方面。

一、对王逸注的改动和增加

先说李善对王逸注的改动和增加。

(一) 改动情况

《离骚》:"扈江离与辟芷兮。"王逸注:"扈,被也。楚人名被为扈。"李善:"扈,披也。楚人名披为扈。""被"字的这一词义和用法后来常被写成"披",李善尊重语言发展的事实,改用通行字,这是以易替难。

《离骚》:"吾令鸩为媒兮。"王逸注:"鸩,运日也,羽有毒可杀人。"李善注:"鸩,恶鸟也,明有毒杀人。"运日,毒鸟名。对读者而言,这是一个冷僻的专有名词,不会对理解"鸩"有帮助。李善用"恶鸟"代替"运日",直接释义,简易明白。按:"明"是"羽"字形误,"毒"字下面脱"可"字,这

① 后人将李善注和五臣注合二为一,称《文选》六臣注或六家注,这种六臣本就径称李善采录的王逸注为"逸曰",完全无视李善对王逸原注所作的改动。

些是传写、刊刻不慎造成的。又《离骚》“制芰荷以为衣兮”，王逸注：“制，裁也。芰，蔆也，秦人曰薢茩。荷，芙蕖也。”李善删“秦人曰薢茩”句，原因与删“运日”同。

《离骚》：“余固知謇謇之为患兮。”王逸注：“謇謇，忠贞貌也。”李善注：“謇謇，忠言貌也。”“忠贞”指一个人的禀性、品格，“忠言”指直言、进谏，意思的侧重有所不同，都符合屈原这句诗的含义。五臣注刘良曰：“謇謇，直言貌。言我固知直言之为己患，恐君之败，故忍此祸患而不能止。”①五臣注《文选》误将李善改动过的王逸注当作王逸的原注，自以为是在发挥王逸的意思，其实传播的是经李善改变过的解释。

《离骚》：“长顑颔亦何伤。”王逸注：“顑颔，不饱貌。言己饮食清洁，诚欲使我形貌信而美好，中心简练而合于道要，虽长顑颔，饥而不饱，亦何所伤病也。”李善将“言己饮食清洁，诚欲使我形貌信而美好”二句，并合简化为“言己饮食好美”。又《离骚》“芬至今犹未沫”，王逸注：“沫，已也。言己所行纯美，芬芳勃勃，诚难亏歇，久而弥盛，至今尚未已也。”李善注将它缩写成：“沫，已也。言己所行芬芳，诚难亏歇，至今犹未已也。”比原注紧凑。这些皆是留意省文的例子。

据洪兴祖《楚辞补注》，李善似对《楚辞》正文也有一定改动，如他在王逸《招魂》小序中注曰：“李善以《招魂》为《小招》，以有《大招》故也。”②然今流传的李善注《文选》，《招魂》题目未变，李善注也没有提到过《小招》，不知洪兴祖根据所在。且李善注《文选》骚类与别的本子的《楚辞》文字之间的差异，也不属于这里所论述的范围，故对这个问题仅略为提及，不予展开。

（二）增加情况

注音。王逸《楚辞章句》一书如其书名所示，是解释《楚辞》篇章字句含义的著作，重在释义，虽略有声训的内容，也是意在因声求义，不是专在注音。随着南朝声韵学说逐渐发达，以及读者对《楚辞》读音的困难渐次增加，对包括《楚辞》在内的历史典籍加注音读的必要性日见突出，而且

① 《六臣注文选》，第605页，中华书局1987年。
② 《楚辞补注》，第196页。

进步的注音手段也为此提供了保障,故注音的形式普遍流行。《隋书·经籍志》所载以"《楚辞音》"为书名者就有五种。就《文选》来说,则有萧该《文选音义》(一作《文选音》)、曹宪《文选音义》。李善承前人重视音注的传统,也以注音为注《文选》的一项内容。他采录王逸注而增加对《楚辞》作品注音,便是很自然的事①。如《离骚》"忳郁邑余侘傺兮",李善注:"忳,徒困切,忧貌也。侘傺,失志貌也。侘,丑加切,犹堂堂立貌也。傺,丑世切,住也,楚人命住曰傺。"以上的音注皆为王逸原注所无,为李善所增。像这样的例子在李善注《文选》的《楚辞》作品中还有,不一一列举。

其他增加的内容还有:加释语词。如《离骚》"惟庚寅吾以降","惟"字王逸无注,李善曰:"惟,辞也。"增加对词语的注释。《离骚》"贯薜荔之落蕊",李善注:"落,堕也。""昔三后之纯粹兮",李善注:"昔,往也。""落"、"昔",王逸皆无注。串讲时增词释义,使诗句的含义更加完整。《离骚》"肇锡余以嘉名",王逸注:"故锡我以美善之名也。"李善注:"故始锡我以美善之名也。"添加一"始"字,使原诗句中的"肇"有了落实,对整句的释义更加完整。引文增注。如宋玉《九辩》"皇天平分四时兮",王逸注:"何直春生而秋杀也。"李善注采录王逸注后,又增加了一句:"《尔雅》曰:'四时和为通正。'"强调正常情况下,四季平分也包括了气候和畅的特点,在整首诗里为悲秋作反衬。按:"何直",李善作"何宜",直、宜形近而误,惟何者为正字,何者为误字,难以确定。

二、删减王逸注的十种情况

李善对王逸注增加或改动的内容并不太多,他主要做的是删减工作,这是李善注《文选》与王逸《楚辞章句》相关的注文最显著的区别。李善删减《楚辞》王逸注大致有以下十种情况:

(一)熟悉的专名

《离骚》"彼尧舜之耿介兮"、"何桀纣之昌披兮",王逸注:"尧舜,圣

① 后世流传的李善注《文选》,其中的注音情况比较复杂,一部分已经后人窜入。一般认为,刻本李善注《文选》正文中夹带的音注,不是李善所撰,夹在注文之间和置于注文之末的音注,虽然不是全部出于李善,但是可信的应当不少。

德之王也。”“桀纣,夏殷失位之君。”尧、舜、桀、纣,皆为读者所熟知,李善将类似这样的注都删了。

（二）容易理解的词语

《离骚》“夕餐秋菊之落英”,王逸注:“英,华也。”“皇览揆余于初度兮”,王逸注:“初,始也。”“来吾导夫先路”,王逸注:“路,道也。”“各兴心而嫉妒”,王逸注:“兴,生也。”“老冉冉其将至兮”,王逸注:“七十曰老。”“好蔽美而称恶”,王逸注:“称,举也。”“理弱而媒拙兮”,王逸注:“弱,劣也。”“揽木根以结茝兮”,王逸注:“根以谕本。”这些皆被李善删去。删“七十曰老”,也可能是李善认为王逸的解释过于拘泥。

（三）不妥当的解释

《离骚》“羌内恕己以量人兮”,王逸注:“羌,楚人语词也,犹言卿何为也。”李善删去“犹言卿何为也”句,他或许认为这就是一个语词,在句子中并没有被用来表达“卿何为”的意思。《离骚》“恐美人之迟暮”,王逸注:“美人,谓怀王也。人君服饰美好,故言美人也。”李善删去“人君服饰美好,故言美人也”,显然是不能同意王逸从服饰的角度对“美人”所作的解释。《离骚》“恐修名之不立”,王逸注中有这样的话:“屈原建志清白,贪流名于后世也。”被李善删去,也表示他不同意这种解释。

（四）文字较多的各篇小序

王逸《楚辞章句》各篇有序文,李善将八篇序文(《九歌》六首为一篇序)引为题下注,但是,他不是全部引录王逸序文,而是采用节选的做法,只保留一部分内容,简要说明作者、写作缘起、作品主旨,而将小序中对这些内容所作的具体叙述和分析,都删而不录。对每一篇小序,采录的文字少(不足三分之一),删除的文字多(超过三分之二)。而且,王逸原来各篇小序篇幅参差,长短很不整齐,经李善节录的各篇小序篇幅变得相对匀称。仅举《卜居》序为例,以见其大概。王逸序曰:“《卜居》者,屈原之所作也。屈原履忠贞之性,而见嫉妒。念谗佞之臣,承君顺非,而蒙富贵,己执忠直,而身放弃,心迷意惑,不知所为。乃往至太卜之家,稽问神明,决之蓍龟,卜己居世,何所宜行,冀闻异策,以定嫌疑。故曰《卜居》也。”李善节录曰:“《序》曰:《卜居》者,屈原之所作也。原放弃,乃往至太卜之家，卜己居俗，何所宜行。”文字大为减缩，不过每句都能在王逸原序找到对应的语句，改动之处很少，改“世”为“俗”，是避李世民讳。其他各篇节录情况大致相似①。

（五）异文

王逸遇见《楚辞》异文，有保留之例，李善则将王逸保留的《楚辞》异文予以删除。《离骚》“何方圜之能周兮，夫孰异道而相安”，王逸注：“圜，一作圆。周，一作同。一云方凿受圆枘。”又如“汩余若将不及兮”，王逸注：“不，一作弗。”这些“一作”、“一云”后面的异文，李善一概不予保留②。

（六）与《史记》作校勘的内容

《渔父》被司马迁载入《史记·屈原列传》，《史记》所载某些文字与《楚辞章句》不同。王逸注《渔父》，对两者进行校勘，凡与《史记》不同者，他就在注里指出“《史记》作某某”，这与他存《楚辞》异文的做法相同。对于《渔父》中这些与《史记》作校勘的内容，李善将其全部删去，这也如同他删去王逸注《楚辞》所保留的异文。

（七）征引的资料

前面提到李善引用文献以增加注释的情况，举了他引《尔雅》“四时和为通正”补充王逸注的例子，但是，这在他只是偶尔为之，更多则是相反的情况，删去王逸注征引的事典、语典的出处。比如，《离骚》“芳与泽其杂糅兮”，王逸注：“芳，德之臭也。《易》曰：‘其臭如兰。’”李善删“《易》曰”云云。“各兴心而嫉妒”，删去注引《外传》“太山之鸱，鸣吓鸳雏”。

---

① 有人认为，李善注《文选》所录王逸序保留了王序的原貌，现存洪兴祖《楚辞补注》本《楚辞章句》的王逸序则是经过后人不断增补的，见王德华先生《〈文选〉本骚类作品八篇小序的文献价值》，载《浙江大学学报》2000年第1期。力之先生认为这种说法“断然不能成立”，李善注引《楚辞章句》小序“均非原貌，而是节文”。见《〈文选〉骚类李善注引〈楚辞章句〉小序均非原貌辨——兼与王德华先生商榷》，载《河南师范大学学报》2000年第5期，收入氏著《〈楚辞〉与中古文献考说》一书，第63—77页，巴蜀书社2005年。我同意力之先生的意见，结合李善对王逸注采取的节录情况，可见他节录王逸序并不是孤立的做法，而是与节录王逸注相一致的。

② 值得注意的是，现在流传的王逸《楚辞章句》中的异文不全是原来就有，而是后人加添的。《离骚》“民生各有所乐兮，余独好修以为常”，洪兴祖在他自己补注之前载：“《文选》民作世。修，一作循。”“《文选》民作世”决不是王逸原注，而异文（“修，一作循”）出现在这句话之后，也应当不是王逸章句本来所有，而是后人所增。所以，遇见李善注无异文时，应当考虑这一情况，不能一概视为李善删了王逸的注。

“恐修名之不立”，删去注引《论语》“君子疾没世而名不称焉”。“说操筑于傅岩兮，武丁用而不疑”，删去注“《书序》曰：‘高宗梦得说，使百工营求诸野，得诸傅岩，作《说命》。’是佚篇也”。“邅吾道夫昆仑兮”，删去注引《河图括地象》“昆仑在西北，其高一万一千里，上有琼玉之树也”。“已矣哉，国无人莫我知兮”，删去注引《易》“窥其户，阒其无人”。“怨灵修之浩荡兮”，删去注引《诗经》“子之荡兮”。宋玉《招魂》“西方之害，流沙千里些”，删去注引《尚书》“馀波入于流沙”。

（八）繁重的语句

这是李善删王逸注比较多的部分。《离骚》“帝高阳之苗裔兮”，王逸注说明屈原先世情况颇详繁，李善删去“德合天地称帝”、“周幽王时，生若敖，奄征南海，北至江汉”、“屈原自道本与君共祖，俱出颛顼胤末之子孙”，保留最直接、最要紧的叙述。“又重之以修能”，王逸注：“修，远也。言己之生，内含天地之美气，又重有绝远之能，与众异也。言谋足以安社稷，智足以解国患，威能制强御，仁能怀远人也。”李善删去了“言谋足以安社稷”以下四句。“纫秋兰以为佩”，王逸注：“纫，索也。兰，香草也，秋而芳。佩，饰也。所以象德。故行清洁者佩芳，德仁明者佩玉，能解结者佩觿，能决疑者佩玦，故孔子无所不佩也。言己修身清洁，乃取江离、辟芷，以为衣被；纫索秋兰，以为佩饰；博采众善，以自约束也。”李善删“故行清洁者佩芳”以下五句。“岂维纫夫蕙茝”，王逸注：“纫，索也。蕙、茝，皆香草，以喻贤者。言禹、汤、文王，虽有圣德，犹杂用众贤，以致于治，非独索蕙茝，任一人也。故尧有禹、咎繇、伯夷、朱虎、伯益、夔，殷有伊尹、傅说，周有吕、旦、散宜、召、毕，是杂用众芳之效也。”李善删“故尧有禹”以下各句。以上这些被李善删去的，都是王逸发挥和展开诗句意思、详尽释义的地方。经过李善删减，注释多变为简明，但是也偶有意思不如原注明白的例子。如《湘夫人》“麋何为兮庭中”，王逸注：“麋，兽名，似鹿也。”李善删“似鹿也”，意思就不如王注清晰。

（九）征引的资料及繁重的语句合一者

这是同时兼有（七）（八）两个特点而被李善删去者。《离骚》“惟庚寅吾以降”，李善删王逸注“《孝经》曰‘故亲生之膝下’”、“故男始生而立于寅”、“故女始生而立于庚”、“(言已)得阴阳之正中也”数语。王逸注引《孝经》颇觉枝蔓,“故男”、“故女”二句,释义有繁琐之累,“得阴阳之正中”这一层意思在原文中未必有。“字余曰灵均”句,李善删王逸注:“言己上能安君,下能养民也。《礼》曰:‘子生三月,父亲名之,既冠而字之。’名所以正形体,定心意也;字者所以崇仁义,序长幼也。”其中“子生”二句引自《周礼》,“冠而字”引自《仪礼》,引文及王逸相关的解释,也嫌涉枝蔓。

(十)不同的解释

王逸注《楚辞》,无论是语词训诂,还是诗义解释,有保留异说之体例,他先列出一种说法,再在“或曰”、“或说”、“或言”、“或谓”、“一曰”诸语后列出不同的注解。对于多解的词义、诗义,古代注疏的常例是以先列出的一说为主,其他为辅,以备参考。如果有多种异说,它们排列的先后次序则又分别表示其参考值之大小。王逸注也是如此。李善对王逸《楚辞章句》有多解的注,倾向于留其主要一说,删去“或曰”之后其他不同的意见①。《离骚》“余既滋兰之九畹兮”,王逸注:“十二亩曰畹。或曰田之长为畹也。”李善删“或曰”的说法②。“謇吾法夫前修兮,非世俗之所服”,王逸注:“言我忠信謇謇者,乃上法前世远贤,固非今时俗人之所服行也。一云:謇,难也。言已服饰虽为难法,我仿前贤以自修洁,非本今世俗人所服佩。”王逸对“謇”字的两种解释,李善只保留第一种解释。“吕望之鼓刀兮,遭周文而得举”,王逸注:“吕,太公之氏姓也。鼓,鸣也。或言吕望太公,姜姓也,未遇之时,鼓刀屠于朝歌也。”又注:“言太公避纣,居东海之滨,闻文王作兴,盍往归之。至于朝歌,道穷困,自鼓刀而屠,

---

① 李善凡是删除王逸注中多解的内容,几乎都是去其“或曰”后的说法,只有一处例外。《卜居》“瓦釜雷鸣”,王逸注:“群言获进。一云:愚欢讼也。”李善注删去“群言获进”,保留了“愚欢讼也”。虽然不能完全排斥例外的可能性,但是这终究是很可疑的事。这里提出另一种可能:李善注《文选》原本将王逸的两种注都采录了,在后来流传中遗失了第一种说法。这与下面分析的李善注《文选》在《离骚》后大半篇往往多保留不同异说的情况也是相吻合的。

② “畹”字还有一种解释,《说文解字》:“畹,田三十亩曰畹。”段玉裁注:“大徐本三作二,误。《魏都赋》‘下畹高堂’,张注云:班固曰:‘畹,三十亩也。’此盖孟坚《离骚章句》‘滋兰九畹’之解也。王注乃云‘十二亩为畹。或曰:田之长为畹’,恐非是。”(段玉裁《说文解字注》,第696页)

遂西钓于渭滨。文王梦得圣人,于是出猎而遇之,遂载以归,用以为师,言吾先公望子久矣,因号为太公望。或言周文王梦天帝立令狐之津,太公立其后。帝曰:昌,赐汝名师。文王再拜,太公亦再拜。太公梦亦如此。文王出田,见识所梦,载与俱归,以为太师也。”李善将介绍吕望鼓刀及周文王梦吕望两件事中的两段“或言”都删去了。《云中君》“思夫君兮太息,极劳心兮忡忡”,王逸注:“君谓云神。”“忡忡,忧心貌。屈原见云一动千里,周遍四海,想得随从,观望西方,以忘己忧,思而念之,终不可得,故太息而叹,心中烦劳而忡忡也。或曰:君,谓怀王也。屈原陈序云神,文义略讫,愁思复至,哀念怀王暗昧不明,则太息增叹,心每忡忡,而不能已也。”李善删“或曰”,只留一种解释。宋玉《招魂》“彷徉无所倚,广大无所极些”,王逸注:“倚,依也。言欲彷徉东西,无民可依;其野广大,行不可极也。一云:言西方之土,广大遥远,无所臻极,虽欲彷徉,求所依止,不可得也。”李善删“一云”的内容①。李善保留一种解释,删除不同的异说,使注释文字变得清通易读。如《离骚》“欲少留此灵琐兮”,王逸注:“灵,以喻君。琐,门镂也,文如连琐,楚王之省阁也。一云:灵,神之所在也。琐,门有青琐也。言未得入门,故欲小住门外。”第一种解释与下句“日忽忽其将暮”王逸注的意思(“言己诚欲少留于君之省阁,以须政教”)联系密切,第二种解释则缺少与下文的对应。李善将第二种解释删去,提高了注文的连贯性。

在以上十种情况中,删减最集中的是在(四)(七)(八)(九)(十)五项。限于篇幅,只列举部分例子,反映其基本的事实。

三、使各卷篇幅大致平衡

李善删减王逸的注,有些地方与李善自己注《文选》的体例存在一定

① 今流传本王逸注“或云”,有的很可能是后人过录其他本子而成,它们是王逸注在流传过程中发生的异文现象。如《离骚》“皇天无私阿兮”,洪兴祖本王逸注:“窃爱为私,所私为阿。一云所佑为阿。”这是说,“所私为阿”一作“所佑为阿”。《文选》李善采录王逸注:“窃爱为私,所佑为阿。”证明这一说法确实存在。同时也表明“一云所佑为阿”这句话不是王逸的注,王逸的注文只是“所私为阿”和“所佑为阿”中的一句。尽管如此,王逸注以“或曰”保存多种解释的情况很普遍,绝大多数不可能是后人增添的,因此《文选》李善注没有的“或曰”内容,应当是被李善删去的。

矛盾。他注《文选》不乏保留《文选》正文的异文之例,如左思《吴都赋》“效获众”,李善注:“众,一作潀。潀,水会也。”潘岳《怀旧赋》“柏森森以攒植”,李善注:“森森,一作榛榛。”①他的注释也多有保留不同解释的情况,如贾谊《鹏鸟赋》“变化而蟺”,李善注:“蟺,音蝉,如蜩蝉之蜕化也。或曰:蟺,相连也。”谢朓《和王著作八公山》“阽危赖宗衮”,李善注:“贾谊上书曰:‘安有天下阽危者若是。’臣瓒曰:临危曰阽。或曰:阽,屋檐也。”至于在注释中详细地征引事典、语典的出处资料,更是李善注《文选》一个极为突出,也是极为重要的特点,这早已成为研习《文选》者的常识,不需要枚举例子。这些与他删除情况相类的王逸注的做法显然发生了牴牾。如果再进一步看,李善删王逸注并非始终一贯坚持,而往往是此处删,彼处留,体例上显得不统一。比如,《山鬼》“余处幽篁兮终不见天”,王逸注:“言山鬼所处,乃在幽篁之内,终不见天地,所以来出,归有德也。或曰:幽篁,竹林也。”“采三秀兮于山间,石磊磊兮葛蔓蔓”,王逸注:“三秀,谓芝草也。”“或曰:三秀,秀材之士隐处者也。”《涉江》“余幼好此奇服兮”,王逸注:“奇,异也。或曰:奇服,好服也。”李善将“或曰”前后的两种解释全部采纳到《文选》注中。宋玉《九辩》“泬寥兮天高而气清”,王逸注:“泬寥,旷荡空虚也。或曰:泬寥,犹萧条。萧条,无云貌。”李善也保留了“或曰”的内容(只是文字略有差别,这与此处论述的问题无关)。对《楚辞》正文的异文、事典和语典出处的处理,情况也相近。这说明,李善删除王逸注的一部分内容并不是出于全书注释体例的划一,而是带有一定随意性的行为。

尽管是带有一定随意性的行为,不过,李善删王逸注还是有他具体的考虑,就是与适当提高注释的简洁度有关。他删去王逸一些冗长的发挥式注释,压缩知识性的事典、语典出处,减少不同理解的说法,保留注释中最基本、最主要的内容和表述,以使读者能够径直获得作品的要义,增加阅读的顺畅感。举一个例子,《离骚》“欲自适而不可”,王逸注:“适,往也。言己令鸩为媒,其心谗贼,以善为恶,又使雄鸠衔命而往,多言无实,

① 现在流传的李善注《文选》本,有的在正文中夹注异文,很可能是别人所为,自当别论。

故中心狐疑犹豫。意欲自往,礼又不可,女当须媒,士必待介也。"李善删去了"女当须媒,士必待介也"二句,这不会影响解释的完整性,也不影响读者对诗句基本意思的掌握。这个例子说明提高注文的直接性和简易性确实是李善删减王逸注时考虑的一个原因。

有一个有趣的现象:李善删王逸注,除了各篇小序之外,总体上是《离骚》前半篇删得多,《离骚》后半篇以及其他各篇删得少。上面说的删去征引资料、繁重的注文、多种不同的解释,主要都发生在《离骚》前半篇,而《离骚》后半篇及其他篇章中类似的内容多数被李善保留下来。前面说李善删王逸注在体例上不统一,就是指这种情况。应该说,王逸注的体例本身前后并无多大差别,李善既能同意他后面的注法,当然就没有理由不同意他前面的注法。李善这么做,应当主要是考虑使不同卷数的篇幅保持大致平衡。萧统主编《文选》三十卷,李善作注之后篇幅大为增加,分成六十卷,其中骚类由一卷变成了两卷。王逸对《离骚》的注释相对更加详尽,注文自然也长,李善若照它的原文全部采录,势必造成两卷的篇幅修短不齐过于明显,这是为他所顾忌的(一般情况下,编书者都会考虑各卷篇幅的平衡问题)。正是为了解决这个问题,李善才对《离骚》前半篇的注释做了较多删减,而由于前面的注文删得多了,篇幅平衡的问题基本得到了解决,后面也就不需要多删。他删减注文前多后少,原因在此。经他删减,骚类第一卷篇幅略长,第二卷略短,总的来说比较平衡。李善注《文选》大多数卷数的篇幅都保持了平衡,骚类两卷也是如此,这不会是偶然巧合吧?因此可以说,李善删减王逸的注文固然是包含了某种简化注释的考虑,实际上主要还是为了保持卷与卷之间篇幅的平衡,这才是关键所在。

由以上分析,可以得出如下一些认识:

(一)李善删除王逸注中一些阐发性的话,既不表示李善不赞成王逸对《楚辞》所作的这些阐发,也不表示他反对注释者可以对作品进行阐述。我们从被李善删去的注文看到,不少内容是王逸对诗意的阐释和发挥,这容易给人造成一种印象,以为李善不好王逸释义,不好章句式的释义批评方法,其实这包含了某种误会。王逸继承经学家比兴、类比说

《诗》的传统，又发展了传记性释义的批评方法，对屈原等人的作品含义进行了详尽解释，添入了解释者许多个人化的理解。实际情况是，李善对王逸这类注释删去了一部分，也采纳了一部分，与删去的相比，采纳的数量更多，而在他采纳的注释中，有些释义任意比附的色彩很强，只要读一下《山鬼》《涉江》有关注释，就不难了然。所以，不能用客观性三个字来片面地规定他的注释学批评的全部内容。唐玄宗评李善注《文选》"唯只引事，不说意义"，这种意见虽然得到后人广泛认同，其实并不全面，特别是联系到李善采录王逸注《楚辞》，颜延之、沈约注阮籍《咏怀诗》等，更见这一结论与实际情况不相符合，难道采纳别人的注释不反映李善本人的文学批评态度和观点么？

（二）李善保留王逸对作品所作的多种解释中的一种解释，删去其他不同的解释，这并不意味他只同意王逸的一种说法，不同意其他说法。为保持各卷篇幅的平衡对注文进行删减，被删去的解释一般并非就是为删者所否定的见解，这与出于思想和学术观点上的分歧而加以黜落不是一回事。李善注《文选》遇到可以作不同解释的地方，有时会采取"或曰"的方式将不同的解释提出来或保留下来，如果他不同意前人的不同解释，会在"或曰"后面加上评语，指出这种说法不能成立。虽然罗列不同解释的情况在李善注《文选》中不是很多，但至少是存在的，而且数量也不算太少，这已经可以说明李善还是尊重文本含义的多义性和读者理解的复杂性的事实，面对这样的事实，他并非以追求单一的、高纯度的解释为唯一的目的，排斥理解或解释作品其他的多种可能性，这说明他在解释的问题上具有某种灵活性。李善注《文选》骚类保留了一些王逸注"或曰"的内容，可以证明这一点。

（三）李善删除王逸注有关事典和语典的出处资料，并非是对王逸这种注释方法的轻视或否定，因为他并不是从这个角度出发考虑问题，而纯粹只是为了减少注文，缩小篇幅。倒是应该说，李善注《文选》以征引的方法详释语源事典，与王逸《楚辞章句》这方面的先例有着一定的关系。当然也与汉儒注《诗经》、汉魏六朝学者注其他典籍有关，在那些著作中都已经存在溯源性的注释倾向。李善借鉴前人经验而又加以发展，集中地、突出地使用这种注释方法而成为他注《文选》的一个标志性特征。后人不满李善注“过为迂繁，徒自骋学，且不解文意”①，这一批评相当一部分是针对他注《文选》好求出处而被疑为堆砌知识性资料，过于繁琐。然而，从他删减王逸注有关事典和语典的出处资料来看，表明他也有倾向于作简易明白注释的一面，简化头绪，减少繁琐。这又说明什么呢？或许李善认为，王逸《楚辞章句》早已经是一部名著，流传了五百多年，而且一定还会继续流传下去，故将其汲入《文选》注中不妨简略一些，读者如果需要详细了解，自己可以去看《楚辞章句》。然而李善自己注《文选》的情况则不同，许多作品都是首次注释，有些虽然前人已有注本，详略差别很大，而且注本分散，能否长期流传下去是个疑问，读者得到它们也有困难，故有必要对它们作详尽的注释。所以，李善实际上的看法应当是，详注本很有必要，在具备详注本的基础上，不妨再撰写简要的注本，使二者相得益彰。这说明他并不排斥简明扼要的注释风格，关键要看前提和条件。将以上两方面结合起来考虑，才能更清楚地了解他在注释简繁问题上的真实看法，给予准确评价。李善注《文选》后又出现了五臣简注本，至少这种简注的形式（不是五臣注所有的见解）是符合他愿望的。

当然，李善对《楚辞》的理解与王逸不可能完全相同，这在李善、王逸一些有差别的注释中留下了痕迹，尽管这类例子不多。李善删减王逸的注，也不排除他对被删除的一部分注释含有不同的意见，或者以为阐述过度了，或者以为注释者未必需要对作品的比喻性意义讲这么多“旁白”。但是，李善对王逸注有所调整，尤其是删去《楚辞章句》不少内容，主要原因不是不同意王逸的解释，而是出于减少注文，缩小篇幅，以保持各卷长度大体平衡的实际考虑。这是我们得出的结论。

第四节　谶言式释义

惠洪《冷斋夜话》载：宋朝某官员阻于大风，无法过江。父老让他将

① 李匡乂《新刻资暇集》卷上，明末《格致丛书》本。

随身携带的宝物投入江中,献给江神。他连投几件值钱的东西,皆无灵验,最后投下黄庭坚书写的韦应物《滁州西涧》,顿时风平浪静,顺利渡过了江。对这件难以置信的事,惠洪解释道:"江神必元祐迁客之鬼,不然何嗜之深邪?"①认为黄庭坚在元祐党争中遭受坎坷和磨难,唯江神也有过同样遭遇才会如此深情地眷爱他的墨宝。对于一些流传的神秘性事情,从心理方面去解释其发生的原因,在两个现象之间建立想象性的因果关系,使异常现象能够易于理解和接受,惠洪这种解释态度和方法在古人生活中普遍存在。而另一相反的情况则是,一些常见的或不常见的事情,互相之间原本没有多少联系,一旦用因果关系把它们牵连起来,于是乎这些事情就可能由此而变得神秘起来。本节所探讨的谶言其情况也与此相似,它是读者的一种神秘观念,也是一种阅读经验,反映了读者的解释态度,于是它就与文学经常地发生了关系。

一、"不免从后傅合之"

古人有诗妖之说。《汉书·五行志》:"君炕阳而暴虐,臣畏刑而柑口(意思是闭口不言),则怨谤之气发于歌谣,故有诗妖。"②妖者,谓悖违常理的怪状异象,诗妖就是指咏唱这类反常现象,预示未来即将出现灾祸,以此警告世人的歌谣,也常称作童谣。又妖言也是一种微言,《汉书·五行志》:"凡草物之类谓之妖,妖犹夭胎,言尚微。"③与微言大义之说暗合。班固认为诗妖其实是民怨的表达。《汉书》所载诗妖例子,多是先有歌谣,对应的变故到后来才发生。如云《左传》文、成之世"先有鸜鹆之谣,

---

① 惠洪《冷斋夜话》卷一,第 9 页,上海古籍出版社 2012 年。按:黄庭坚被指责修《神宗实录》不实而贬官,实际上是元祐党争中重新得势的章惇一派对他的报复。又按:黄庭坚对自己的草书有如下评价:"往时作草,殊不称意,人甚爱之,惟钱穆父(勰)、苏子瞻(轼)以为笔俗,予心知其然,而不能改。数年,百忧所集,不复玩思于笔墨,试以作草,乃能蝉蜕于尘埃之外,然自此人当不爱耳。"(《苕溪渔隐丛话前集》卷四十七,第 324 页,人民文学出版社 1981 年)表现出他对自己经历了挫折之后写的草书明显的偏爱。人们一般也认为,黄庭坚后期草书精进一层,出神入化(见胡仔所引《漫叟诗话》,又见汪砢玉《珊瑚网》卷五所载沈周跋黄庭坚草书)。《冷斋夜话》记载的这条传闻,用宝爱黄庭坚书法的方式表现出对他遭受党争伤害的同情,其中也似乎含有对黄庭坚书法的以上认识。

② 《汉书》,第 1377 页。

③ 《汉书》,第 1353 页。

而后有来巢之验”。汉元帝时童谣“井水溢，灭灶烟，灌玉堂，流金门”也是如此，“至成帝建始二年三月戊子，北宫中井泉稍上，溢出南流……象阴盛而灭阳，窃有宫室之应也。王莽生于元帝初元四年，至成帝封侯，为三公辅政，因以篡位”①。综合以上各项，古人认为，诗妖的内容既反映社会局势，又传递人们情绪（怨尤之情），更预示未来结果。这样定义诗妖，其实包含矛盾。既然是现实的反映，怨情的抒发，说明这类童谣是为已经发生和存在的事情而作的，就不是对未来的预言。所以，将互相矛盾的含义集合为一的诗妖说，本身就带有赋予诗妖说者个人的随意性。诗谶根据后来发生的事情破译以前的诗句，肯定两者之间存在神秘的因果关系，这在思维方法和解释模式上与诗妖完全一样，所以诗谶、诗妖的性质很相近。不同之处在于，诗妖往往指向政治性内容，诗谶还指向其他方面，诸如生死、祸福、贵贱、贫富、穷通、升迁、顺逆、婚嫁、繁衍、寿夭等各种命运和生活问题；诗妖多关于国事，诗谶多牵涉个人。诗妖、诗谶所涉都是最充满偶然性的事情，而且于国家于个人都关系重大，重要而又充满偶然性，就成了神秘的解释学说大展身手的领域。谁只要愿意，顺着这样的解释思路到古代诗集中去找，都能找到类似的能被称为具有神谕含义的诗歌，即诗谶。

诗妖、诗谶的记载多见于正史《五行志》、笔记、诗话等典籍。郭茂倩《乐府诗集》之《杂歌谣辞》，收录一部分这样的歌谣，且同时载录有关的本事，杜文澜编《古谣谚》收罗更多，还有附录、集说，涉及其本事，宋人阮阅编《诗话总龟》专门列出“诗谶门”，作为诗歌的一种类别。后来人们编诗歌总集、撰诗话受郭茂倩、阮阅影响，有的也收录这方面内容，如朱彝尊《静志居诗话》卷二十四所录《杂谣歌辞》，《全唐诗》列有“谶记”一卷。这表明诗妖、诗谶是中国诗歌批评的一个门类。除了诗谶之外，古人还有词谶、语谶等说法，指用词体、语体载记与应验有关的神秘性内容，其性质与诗妖、诗谶相同。以下使用诗谶、谶言，包括上述列举的各类。

谶言大致可以分为两类：一类是故意设局，一类是无意巧合。

① 《汉书》，第1394—1395页。

第一类谶言实际上是有人预先设计好整个事态，谶言是他们预谋的一部分，充当神秘的预告者角色，以此增加行动的神秘感，提高宣布的效果。《史记·陈涉世家》载，陈胜为了取信于众，提高自己威信，预先将丹书的“陈胜王”放进捕捞上来的鱼腹，然后假装偶尔买到这条鱼，剖鱼腹获得天书。他又让吴广黑夜在祠堂里学狐狸鸣叫：“大楚兴，陈胜王。”结果众人纷纷服从陈胜。又比如唐朝李逢吉、张权舆故意利用谶词诬陷裴度①。在谶言解释中，有一种情况是假托古人发布预言，则是属于最极端的例子。宋人钱俨《吴越备史》卷一引郭璞著《临安地志》，书中载郭璞诗：“天目山前两乳长，龙飞凤舞到钱塘。海门山起横为案，五百年生异姓王。”最后一句被人当作“谶语”，以应映五代时吴越国的建立者钱镠②。因为自东晋迄钱镠时约五百年，钱镠自谓当此之运。苏轼《锦溪》诗云：“楚人休笑沐猴冠，越俗徒夸翁子贤。五百年间异人出，尽将锦绣裹山川。”也是受了郭璞这首诗的影响。而郭璞实际上并没有写过这样一首诗，当时还没有出现格律规范的七绝形式，它是后人伪作，当产生于钱镠时期，为神化钱镠而特意创制出来。郭璞精通占卜，假托他的名义可以提高预言的神秘性和可信度。以上这些皆属预设意图，故神其事。在这种故事中，制造谶言的人，往往同时也是解释谶言的人，二者身份常常一致，而且他们在制造谶言的时候已经同时准备好了对谶言的解释。严格地说，这不是普通的解释学分析对象的谶言现象。

第二类无意巧合的谶言情况不同。这类所谓的谶言很可能是一首平常的作品，开始并没有预示将来一定会发生什么事件，只不过后来发生的某种事件恰好可以与作品的内容互相对应，于是就反推以前的歌谣等作品是有预兆性质的谶言。尤侗《亦园赋》结语云：“若夫百年之后，则此园之为桑田乎？沧海乎？又非主人所得而保也。”他后来在文章之后加添一

① 《册府元龟》卷四百八十载：“张权舆，敬宗时为拾遗。宝历初，李逢吉在相位不直，中外人情咸思裴度入相，帝亦微闻其事。度时任兴元节度使，每有中官出使至兴元，必传示密旨，且有征还之约，及献疏请觐，逢吉之徒皆不自安，百计흇沮。张权舆既为所嗾，尤出死力，乃上疏云：‘度名应图谶，宅据岗原，不召而来，其旨可见。’盖尝有人伪增谶词：‘非衣小儿坦其腹，天上有口被驱逐。’言度曾征讨淮西平吴元济也。又帝城东西横亘六岗，符《易》象《乾卦》之数，度平乐里第，偶当其第五岗，故权舆得以为词，尽欲成事。赖帝聪察，竟不能动摇。”

② 见曾季狸《艇斋诗话》，《续修四库全书》第1694册，第498页。

条跋语，说："予作赋时在甲申之春，初不觉末语为谶也。亡何，北都之变闻矣，其明年，大兵渡江，予仓皇出奔，此园遂废为牧马地。"[①]写作时不以为是谶言，后来发生的事实恰好与作品相符，似乎正好被言中，于是就将之前写的作品当成了谶言。诗谶普遍都属于这类情况。秦观在熙宁十年(1077)初次拜谒苏轼，写《别子瞻》诗，末句云："请结后期游汗漫。"后来秦观也因朝廷党争而屡遭贬放，与苏轼一样过着流寓的生活，宋人认为秦观的诗句是谶语[②]。宋徽宗题诗也是著名的例子。袁褧《枫窗小牍》载：寿山艮岳在汴城东北隅，徽宗所筑，周围十馀里。宣和五年(1123)，朱勔运来太湖石，适值当时刚取得燕山之地，因赐号"敷庆神运石"。于是在石旁种两棵桧树，形状夭矫者，名朝日升龙之桧；偃蹇者，名卧云伏龙之桧，皆用玉牌金字书写。徽宗题诗曰："拔翠琪树林，双桧植灵囿。上稍蟠木枝，下拂龙髯茂。撑拏天半分，连卷虹南负。为栋复为梁，夹辅我皇构。"后来北宋沦亡，赵构偏安江左，秦桧主和不战，后人将这些事件与这首诗歌联系起来，觉得都被道中："嗟乎，(秦)桧以和议作相，不能恢复中原，已兆于'半分'、'南负'，而一结更是高庙御名，要皆天定也。"[③]在这些例子中，所谓事件的预兆，其实是根据事情的结局对以前作品所作的一种解释。《四库全书总目》的《春秋左传正义》提要说："《左传》载预断祸福，无不征验，盖不免从后傅合之。"[④]说的其实也是这种情况。有的则是诗歌原义本非如此，解释者却发挥其字义似乎也能成立的另一种说法，称之为"诗谶"。施闰章《蠖斋诗话》："'有官真似水，无梦不还家。'予寄怀同年侯蓝山句也。侯竟卒于官，友人以为诗谶，然此语故未尝言其不还也。"[⑤]"无梦不还家"的意思是，每一次做梦无不回到家乡。"诗谶"说者

---

① 尤侗《西堂杂俎一集》卷一，《西堂全集》，康熙刻本。

② 见何薳《春渚纪闻》卷六，第117页，上海古籍出版社2012年。按：何薳引秦观诗句，"请结"作"更约"。

③ 袁褧《枫窗小牍》卷上，明万历刻本。又按：施闰章《蠖斋诗话》用这条材料，归之为"诗谶"，见丁福保《清诗话》，第404页，上海古籍出版社1978年。

④ 阮元校刻《十三经注疏》，第1697页。

⑤ 《清诗话》，第392页。按：施闰章这一联诗句摘自他的五律《怀侯韩振蓝山》，"无梦不还家"句从宋朝诗人虞俦《别后寄主簿》中截取而来，虞俦原来的诗句是："君去何人堪共语，秋来无梦不还家。"

只采用其中"不还家"三字，而对整句诗的解释正好与原义相反。可见，凭借随意解释赋予诗句以诗谶的预言性质，这才是诗谶的实质所在，并非是什么验证。预言与诗谶的区别在于，预言是对未来的展望和猜测，留待将来被证实，能否最终被证实其实并不知道；诗谶则是用后来的事实去坐实过去的歌谣内容，牵诗义以就事实，再赋予过去的诗篇似乎是预言的形式。所以，决定诗谶、谶言成立的因素是解释。知道了命运结局之后再从过去的作品中去寻找暗示的寓意，明明是先有果才编织因，却被说成是先有因才产生果，由果推因的主观活动，却被解释成是客观的因果关系显现。谢肇淛分析"禄命、堪舆"之说荒唐不可信，说："余尝见此二家，有名倾华夏而术百无一中者，大率因人贵后而追论其禄命，因家盛后而推求其先茔，意之不得则强为之解，以求合其富贵之故。"①诗谶之说大略也是如此。这看上去荒唐，可是人们认为这是诗谶。其本身不是普通常识所能够解释，所以是合理的，而为人所接受。

许多诗谶从表面看，似乎不是无意巧合，而是对未来神秘地预示，而且确实得到了验证，因此是一种预言。如宋人吴聿《观林诗话》载："石懋敏若顷在都下，除夜作诗云：'索米长安久倦游，寂无杯盎洗牢愁。岁除借问除何事？除尽朱颜与黑头。'人以为有昔人'减尽风情'之谶，明年果卒。"②《春渚纪闻》载："建安暨氏女子，十岁能诗，人令赋野花诗，云：'多情樵牧频簪髻，无主蜂莺任宿房。'观者虽加惊赏，而知其后不保贞素。竟更数夫，流落而终。"③依照记载，这些诗谶例子，解说者道破玄机都是在事件发生之前，并不是事后才移花接木，与前面说的情况有所不同。但是即使这种记载是真实的（实际上其真实性很值得怀疑），也不能说明这之间存在因果关系，惠洪曾举相反的例子驳斥道："荆公（王安石）方大拜，贺客盈门，忽点墨书其壁曰：'霜筠雪竹钟山寺，投老归欤寄此生。'坡（苏

---

①　谢肇淛《五杂组》卷六，第 108 页，上海书店出版社 2009 年。

②　吴聿《观林诗话》，清吴兴沈氏抱经楼抄本。按：所谓"减尽风情"之谶，指柳永。柳永《长相思》词："画鼓喧街，兰灯满市，皎月初照严城。清都绛阙夜景，风传银箭，露暖金茎，巷陌纵横。过平康款辔，缓听歌声，凤烛荧荧。那人家、未掩香屏。向罗绮丛中，认得依稀旧日，雅态轻盈。娇波艳冶，巧笑依然，有意相迎。墙头马上，谩迟留、难写深诚。又岂知，名宦拘检，年来减尽风情。"以末句为宣示命运的谶语。

③　《春渚纪闻》卷七，第 124 页。

轼)在儋耳作诗曰:'平生万事足,所欠惟一死。'岂可与世俗论哉?"①既然世上这类事情有的似乎应验,有的并不应验,说明没有必然性,相信诗谶说者所提供的似乎应验的例子,其事譬犹占卜时也有偶然言中之类,仍是偶然巧合所致,诗人的结局与有关诗歌的所谓预言二者之间没有关系,而所谓应验,其实还是一种经过解释的撮合。

二、谶言释义与诗歌理论

如果这些被称为诗谶的作品不与未来某种结局和命运相联系,与一般的诗句其实没有什么两样,可是一旦联系结局和命运来阅读、理解这些诗句,它们的意义就完全不同了,仿佛其中早就隐含神秘的幽光。然而诗歌与某种命运事件的联系实际上是依靠人们的神秘性解释才得以建立。神秘性解释使本来普通的、可知的诗歌变得不普通、不可知,使诗语具有魔力,于是诗歌成了诗谶。一旦离开解释,诗歌和事件的因果关系就不复存在,就没有诗谶。然而诗谶的解释者却要人们相信,两者之间这种谶兆关系并非牵强附会,而是诗意对命运确实的指示,这是解释被读者自己神化以后形成的虚幻感觉。

故诗谶的成立有赖两个必须条件,一是存在被认为带有谶兆性质的诗歌作品,二是出现被认为能够证实这种诗歌隐含之意的生活事件,而且,先有诗歌,后有事件,仿佛言不虚发,应验如神,让人觉得从时间上看诗歌和事件之间的必然性是可以成立的,诗歌是向世人泄露定数的预言。然而这种将诗歌和事件联系起来的,实际上依靠两个因素。一是观念,比如鬼神、命数、报应等,它们与宣扬谶纬、神仙之说(尤其是谶纬说)的道教有密切关系②;谶纬也是儒家学说,比如诗歌可以感动天地鬼神、诗歌言志抒情等观念。二是解释。指在以上观念支配下对诗歌、词、话语的含义加以诠释,这种解释很重视感应和灵验,以事实验证预言,以增强说服力。这反映出古人解释观重要的特点。诗谶、谶言大致有吉兆和凶兆两

① 《冷斋夜话》卷四,第 29 页。
② 参见日本洼德忠著,萧坤华译《道教史》,第 71—74 页,上海译文出版社 1987 年。

大类，又以凶兆为多，可能避凶是大家首要的心理需求，如果对凶险也能释怀了，情绪才得到了完全疏泄。人们对这种解释效果的追求，也是导致诗谶、谶言说成立的一个原因。

“动天地，感鬼神，莫近于诗。”《诗大序》以此说明诗歌具有沟通神人灵心的奇妙作用，以及莫大的感化功能，这是古人在天人感应观念支配下形成的有神论诗学思想。关于天人感应，《汉书·天文志》对此有具体解说：“凡天文在图籍昭昭可知者，经星常宿中外官凡百一十八名，积数七百八十三星，皆有州国官宫物类之象。其伏见蚤晚，邪正存亡，虚实阔狭，及五星所行，合散犯守，陵历斗食，彗孛飞流，日月薄食，晕适背穴，抱珥虹蜺，迅雷风袄，怪云变气，此皆阴阳之精，其本在地，而上发于天者也。政失于此，则变见于彼，犹景之象形，乡（响）之应声。是以明君睹之而寤，饬身正事，思其咎谢，则祸除而福至，自然之符也。”①这是按照天人感应观念建立起来的天上人间秩序网和关系图。在这种网络关系中，天象以灾变的方式直观地显露人寰“政失”，人们则用歌谣向宇宙之灵天地鬼神倾诉肺腑，传递自己心愿。依《诗大序》“动天地感鬼神”之说，诗歌发之于人，通之乎神。这反映了远古时代神秘的诗歌观念，又为后人对诗歌作出神秘主义解释提供了根据。诗谶及其解释的思想基础是有神论。

诗谶现象也被纳入到“诗言志”理论中来作理解。持诗谶说者认为，诗歌是人的心声，是人的真精神流露，而人心与神秘的世界存在紧密联系，因此在其诗歌中自然地会将某种天机泄漏出来，包括对命运的预示。“言志”可有显隐不同内涵，显者是一般的所谓志向追求，隐者包括来自命运的神秘指示。《分门古今类事》卷十三“隋蜀不祥”条谈到：“伪蜀少主，季年游豫无度，时徐贵妃姊妹皆有文辞，善应制，各赋诗留题丈人观。及晨登上清宫，遣内人悉衣羽服、黄罗裙帔、画云鹤金道遥冠，前后妓从，动《箫韶》，奏《甘州曲》，盖王少主意在秦庭也。登山将半，少主甚悦，命止乐，自制词云：‘画罗衫子画罗裙，能结束，称腰身。柳眉桃脸不胜春，薄媚足精神。可惜许流落在风尘。’明年，魏王继岌平蜀，少主入洛，后内人

① 《汉书》，第1273页。

果半落民间。昔隋炀帝幸江都,宫女多不得从,泣留帝,愿择将征辽,帝意不回,乃题诗赐宫妓曰:'我梦江南好,征辽亦偶然。但存花貌在,相别只今年。'帝果不还。夫七情未见,蕴之在心曰志,志有所之,然后发乎言。故诗之作,悉精神主之,有开必先,祸福隐显,诚不诬矣。二主荒淫昏乱,为日久矣,不祥之句,岂偶然哉?"①赵执信《谈龙录》也说:"客有问余者曰:'唐宋小说家所记,观人之诗,可以决其年寿、禄位所至,有诸?答曰:诗以言志,志不可伪托,吾缘其词以觇其志,虽《传》所称赋列国之诗,犹可测识也,矧其所自为者耶?今则不然,诗特传舍,而字句过客也,虽使前贤复起,乌测其志之所存?"②其中所称"唐宋小说家所记"云云,就是指唐宋人记述的诗谶之类。赵执信从"诗言志"的角度肯定诗谶,或者以诗谶诠释"诗言志"的含义,这一点很明确。将诗言志与诗谶相结合分析诗歌起结连绾,于是形成对诗歌结构特殊的认识。宋李畋《该闻集》载:宋朝诗人王喦(字隐夫)风格高迈,以善诗闻名。李畋和杨元照评他的诗歌,认为他所作开篇与结束不相称,"终篇之际,气衰兴缓,与前志不类"。如《古松》"何人轻大厦,放尔偃深云",开篇警策,结束"高僧惯来看,踏破绿苔纹",体气转轻弱衰苶。其他如《涌泉观》开篇"暗穿地脉龙先觉,密赞天工雨不知",结束"溪分涧夺朝宗晚,残月残云信所之";《送陈昭文赴学》开篇"朝宗任迭千重浪,捧日能消几片云",结束"多惭亦偶休明代,击壤空随野老群"等等,亦复如此。后来,王均作乱,王喦因为名声大,被胁迫受职。王均之乱平定后,王喦因此被流放到边远。杨元照说:"诗者发志,由衷而来。孰谓隐夫志不至乎?后不厚乎。"李畋认为,王喦"晚节不完,盖已先形于诗矣"③。李、杨认为王喦诗歌壮起飒收其实是一种诗谶,暗示他的命运前顺后逆,是诗言志的神秘喻示。按照这种结构分析原理,在深层次上,诗歌起承转合与诗人穷达顺逆之间存在着一种天然联系,诗人不会去抗拗它,因为他们对此没有意识,而正因为这是在诗人没有意识

① 佚名《分门古今类事》卷十三,影印文渊阁《四库全书》第1047册,第123—124页。按:原注出《该闻录》。

② 赵执信《谈龙录》,乾隆十八年王峻批抄本。

③ 以上引文见《分门古今类事》卷十四"王喦诗谶"条,第140—141页。

下发生的，所以才是神秘的，才是诗谶。依此类推，如谢朓“善自发诗端，而末篇多踬”①，是不是也可以归为这种诗谶的作用？钟嵘将谢朓写诗工于发端、后篇蹇碍的原因，归之为他“意锐而才弱”。与诗谶说相比，究竟哪一种解释更加合理？

诗谶还为传统的“亡国之音哀以思”找到了根据。《分门古今类事》卷十三“后主古诗”条记载：“江南李后主尝一日幸后湖，开宴赏荷花，忽作古诗云：‘蓼梢蘸水火不灭，水鸟惊鱼银梭投。满目荷花千万顷，红碧相杂敷清流。孙武已斩吴宫女，瑠璃池上佳人头。’当时识者咸谓吴宫中而有佳人头，非吉兆也。是年王师吊伐，城将破，或梦丱角女子行空中，以巨篨篨物，散落如豆，着地皆人头。问其故，曰：‘此当死于难者。’最后一人冠服堕地，云：‘此徐舍人也。’既寤，徐锴已死围城中。当围城时，作长短句云：‘樱桃落尽春归去，蝶翻金粉双飞。子规啼月小楼西，曲琼金箔，惆怅卷金泥。门巷寂寥人去后，望残烟，草凄迷。’章未就而城破。及归朝后，每怀江国，且念嫔妾散落，郁郁不自聊，尝作长短句云：‘帘外雨潺潺，春意将阑，罗衾不暖五更寒。梦里不知身是客，一晌贪欢。　独自莫凭栏，无限江山，别时容易见时难。流水落花春去也，天上人间。’含思凄惋，殆不胜情。又尝乘醉，大书诸牖，曰：‘万古到头归一死，醉乡葬地有高原。’醒而见之，大悔。未几，果下世。又‘青鸟不传云外信，丁香空结雨中愁’，又‘鬓从近日添新白，菊是去年依旧黄’，又‘江南江北旧家乡，三十年来梦一场’，皆意气不满，非久享富贵者，其兆先谶于言辞。《记》云：‘亡国之音哀以思。’其斯之谓欤？”②

诗谶说的流传与人们关心未来有关。人们通过阅读亟想了解和掌握不可知的未来，然而文本保存的多是过去的经历或经验，过去生活的图景和言谈，所以常规的阅读无法满足人们从这些作品中预知未来的精神需要。诗谶说部分解决了这一矛盾。根据诗谶观念，对未来的指示其实就隐匿在文本所描写的当前或过去的经历、经验、图景、言谈中，它们不是作者故意写进去的内容，因此反而更加真实、可信，因为在这些作品背后有

① 钟嵘《诗品》卷中“齐吏部谢朓”，《历代诗话》，第 15 页。
② 《分门古今类事》卷十三，第 126—127 页。按：原注“《翰苑名谈》并诗话”。

一种神秘的力量在起支配作用,作者本人也无法知晓,当然也无从违拗,惟有顺从,这就是古人所谓“腕下有鬼”。于是文学变成了一种神秘的编码,变成了命运的典藏,让读者在阅读的时候,对过去通往未来的生命行程产生神秘体验,涌起对莫大的命运力量的敬畏,感知到应验的震撼和愉快。

古人大量解释诗谶、谶言的例子(故意设局除外)表明,其中隐含的神秘性寓意,基本与作者意图无关,它们是作品的寓意,作品寓意不限于作者赋予才具有。在作者、作品、读者三者关系中,强调作者意图无疑会限制读者解释的自由,而强调作品的寓意则比较容易与肯定读者解释自由相妥协,因为与作者意图说相比,作品寓意说具有更大的开放性,它与读者自由理解之间仅有一墙之隔,很容易被跨越。因此诗谶、谶言说必然地指向读者解释自由,在一定观念支配下言说每一个解释者自己心灵所感受到的作品寓意。“心灵是心理个体性领域,每一个精神生命都能够把自身输送到其中。理解就是这样一种向另一个精神生命的转移。”①“它进入了另外一个世界之中,另外一个世界也进入了它之中。”②诗谶、谶言的解释活动可以为此作一注脚。诗谶这种神秘性解释,看似是一种纯粹的自由释义形式,实际上又接受意识或理论指导,那就是命定观念和报应观念,观念决定解释,决定结论。顾觊之命弟子顾愿根据他自己的意思作《定命论》云:“夫生之资气,清浊异源;命之禀数,盈虚乖致。是以心貌诡贸,性运舛殊,故有邪正昏明之差,修夭荣枯之序,皆理定于万古之前,事征于千代之外,冲神寂鉴,一以贯之。至乃卜相末技,巫史贱术,犹能豫题兴亡,逆表成败。”③诗谶、谶言也是具有“豫(预)题”、“逆表”未来的技、术,它们之所以能有这样的作用,是因为在冥冥中被认为存在掌控一切的命运、气数,不管你意识到还是没有意识到,命定的东西总会以自己神秘的方式向世人布示密隐,诗谶、谶言是诸多布示方式的一种,读者自由释

① 保罗·利科著,洪汉鼎译《文本是什么?——说明(Explannation)和理解(Understanding)》,载《中国诠释学》第7辑,第16页。

② 尼古拉·别尔嘉耶夫著,石衡潭译《自由精神哲学——基督教难题及其辩护》,第60页,上海三联书店2009年。

③ 沈约《宋书·顾觊之传》,第2081—2082页,中华书局1974年。

义因此有了用武和驰骋的宽广天地。报应观念与神秘的诗歌解释之间的联系,实际上是通过解释者心理作用实现的。冯班说:"天主教人,言杀生无报应。吾应之曰:'儒者方长,不折草木,无知岂有冤报,只自全其仁心而已。'王梵志云:'辛苦因他受,肥甘为我须。莫教阎老判,自取道何如。'"①认为所谓报应,其实不在于真的会受到惩罚,而是来自行动中的人自身的仁心,并将这种仁心转化为对方报应的虚拟方式作用于自己,用作对自己的约束,赋予对方报应自己的权利,实际上这些都源于自己的内心。这也是存在于诗谶、谶言一类解释活动中的心理现象。

诗谶、谶言将诗歌等文本预言化、命定化,不可知的神秘事件被认为真的存在于作品中,是一种潜在的含义,而具体指何事又未定,所以对诗谶、谶言的解释不会是简单地同语反复。诗谶、谶言的解释效果,一方面因其释义新鲜别致为读者带来乐趣,另一方面也使读者在心理上产生一种释然的感觉,平静地接受诗谶、谶言所布示的一切命运结局,而不会对诠释中所述及的奇巧事件最终感到惊讶。因为以诗谶、谶言命定论的眼光解读作品,有些人陷进悲剧的困境,有些人相反,否极泰来,都无法人为转变,失败也罢,成功也罢,都是老天所为。表现老天意志的诗谶、谶言让人们从怨怼不平中解脱出来,甘心去接受命运安排,从中得到安慰,以理解取代同情。诗谶、谶言能够对读者心理产生这种熨平作用也是它持续流传的原因。对于作者来说,诗歌所言与实际结果偶然相符是具有超常预见能力的证明,而这种能力是智慧的显示,为人人所爱羡,故好事者也会作如此联想式的自由释义以神其能力,从而使诗谶说成为一种令人羡慕的谈资。曾敏行《独醒杂志》载:苏轼得龙光寺僧赠两竿竹,临别赋《赠龙光长老》七绝一首,末两句"竹中一滴曹溪水,涨起江西十八滩",指涨水淹没河滩上的赣石。而果然后来苏轼将坐船,"一夕江水大涨,赣石无一见"。苏轼说:"此吾龙光诗谶也。"②苏轼是否讲过这样的话,不得而知,它成为人们的谈资而流传下来,说明诗谶往往是预见力的显现,这一

---

① 冯班《钝吟杂录》卷二《家戒下》,明末毛氏汲古阁暨清康熙戊申陆贻典等分刊合印本。

② 曾敏行《独醒杂志》卷三,第20页,上海古籍出版社1986年。按:曾敏行引苏轼诗"涨起江西十八滩"之"江西",《苏东坡集》后集卷七《赠龙光长老》诗作"西江"。

点为人们津津乐道。诗谶、谶言这种解释现象说明,人们在解释活动中,往往会伴随对应验的期待以及希望享受应验的愉快。应验对于占卜者而言,是其成功的证明。谶言、诗谶解释活动中存在的应验现象,正说明成功心理是驱使解释者开展解释活动的力量源泉。

三、谶言释义对创作的影响

诗谶、谶言反映出古人自由释义的部分实质,对创作也产生了很大影响,一方面给创作带来自由,另一方面又拘束了创作。在文学解释与文学创作之间,解释显出主动的姿态,创作反而成了受影响者。

先说对创作自由的影响。

创作自由离不开作者丰富的想象力,过于征实,拘束太多,想象力无法驰骋,创作的生机就会萎缩。诗谶、谶言的思想基础是有神论,而对诗谶、谶言的解释需要依靠想象力,正是想象力使诗谶、谶言与传奇作品成为相邻的文体,甚至诗谶、谶言也成为传奇作品的一部分。诗谶和传奇小说都是将一件事情巧为应合,二者实质很相似。宋释文莹《湘山野录》载:“江南钟辐者,金陵之才生,恃少年有文,气豪体傲。一老僧相之,曰:‘先辈寿则有矣,若及第则家亡,记之。’生大悖,曰:‘吾方掇高第以起家,何亡之有?’时樊若水女才质双盛,爱辐之才而妻之。始燕尔,科诏遂下,时后周都洛,辐入洛应书,果中选于甲科第二。方得意,狂放不还,携一女仆曰青箱,所在疏纵。过华州之蒲城,其宰仍故人,亦酝藉之士,延留久之。一夕盛暑,追凉于县楼,痛饮而寝,青箱侍之。是夕,梦其妻出一诗为示,怨责颇深,诗曰:‘楚水平如练,双双白鸟飞。金陵几多地,一去不言归。’梦中怀愧,亦戏答一诗,曰:‘还吴东下过蒲城,楼上清风酒半醒。想得到家春已暮,海棠千树欲凋零。’既寤,颇厌之,因理装渐归。将至采石渡,青箱心疼,数刻暴卒。生感悼无奈,匆匆槁葬于一新坟之侧,急图到家。至则门巷空阒,榛荆封蔀,妻亦亡已数月。访亲邻,樊亡之夜,乃梦于县楼之夕也。后数日,亲友具舟携辐致奠于葬所,即青箱槁葬之侧新坟,乃是不植他木,惟海棠数枝,方叶凋萼谢,正合诗中之句。因拊膺长恸曰:‘信乎,浮图师及第家亡之告。’因竟不仕,隐钟山,著书守道,寿八十馀。"①这是人物别传,也是小说家言,又是一篇诗谶、谶言。显然,诗谶、谶言在作者叙述的故事中起着主体架构的作用,大大增加了叙述的传奇性。中国古代不少小说、戏曲作品都有类似于《湘山野录》上述所载的情节,不同程度受到诗谶解释的影响。所以,诗谶解释的自由,实际上反映的是创作的自由。当解释与文学创作擘分以后,文学创作依然保留着诗谶解释显然的痕迹,依然从诗谶解释中借鉴、汲取其构思和想象的经验。

文莹《玉壶清话》记载这样一个事例:"曹武毅翰……从征幽州,率以部分攻城,忽得一蟹,翰曰:'水物向陆,失依据也,而足多有救。又蟹者,解也,其将班师乎?'果然。其精敏率如此。"②文中释物解字与解释诗谶、谶言如出一辙。这样的富有神奇色彩的解释,本身就构成作品精彩的文字,若没有这段解释蟹的文字,叙述将大为逊色。这是写作借鉴类似解释诗谶、谶言而增加表现效果的例子。刘勰论述纬书的特点、与文学的关系,说:"事丰奇伟,辞富膏腴,无益经典,而有助文章。是以后来辞人,采摭英华。"③其实这也可以用来说明诗谶、谶言的解释对文学创作发生的影响,纬书、诗谶的性质本来就存在一致。

再说给创作造成的拘束。

诗谶带有浓重的傅会色彩,人们对此其实不难辨别,然而诗谶说者借此彰显天戒,教训人事,迫使人们对它产生畏惧之心,不但不敢冒犯,还甘愿采取其说。这助长了诗谶观念强有力的存在,而让作者感到有语言规避的必要,以躲过劫运降临。于是诗歌创作上就出现了一种拘忌的现象。吴聿《观林诗话》:"语言拘忌,莫如近世浅俗之甚。王仲宣《赠蔡子笃》诗云:'我友云徂。'今人以为语之大病矣。余尝诵《饭牛歌》'长夜漫漫何时旦',谓人曰:'此岂亦宁戚谶语耶?'"④"大病"的意思是说触犯了大忌。吴聿举春秋时卫国人宁戚贫困无资,击牛角悲歌,为齐桓公识拔任大夫的

① 文莹《湘山野录》卷中,第37—38页,中华书局2007年。
② 文莹《玉壶清话》卷七,第67页,中华书局2007年。
③ 《文心雕龙注·正纬》,第31页。
④ 吴聿《观林诗话》,清吴兴沈氏抱经楼抄本。

事,证明这种说法毫无道理。惠洪《冷斋夜话》也谈到语言禁忌:“今人之诗例无精彩,其气夺也。夫气之夺人,百种禁忌,诗亦如之。富贵中不得言贫贱事,少壮中不得言衰老事,康强中不得言疾病死亡事,脱或犯之,人谓之诗谶,谓之无气。是大不然。诗者,妙观逸想之所寓也,岂可限以绳墨哉?”[①]尽管吴聿、惠洪都批驳这种说法,胡仔也斥之为“不达理”,是“庸俗之论”[②],但是,因为相信诗谶、谶言对心理的暗示而遵守语言拘忌的人依然很多。这说明,与诗谶、谶言说在解释学上充分呈示无限自由性相反,它带给文学创作的影响却有拘束和不自由的一面。

比如,这种语言拘忌影响到对《楚辞》的学习。文学史上的《楚辞》代表抒写抑郁忧愁的传统,主要是指政治抒情,也可以指普通抒情,充满悲剧情味。古人一方面视《楚辞》为重要的诗歌源头,将它取为写作的楷模,另一方面因为《楚辞》骚音愁苦,使人抑郁不爽,以为是不祥之音,所以对学习《楚辞》又心存几分忌讳。李贺诗歌被称为是“《骚》之苗裔”[③],然而诗人在世仅二十七岁,这已经足以让信诗谶者感到惊悚不安。又如有人说:“议者尝言,深于诗词者,尽欲慕骚人情感,清愁以主其格,若语意清切,洒落高迈,始为不俗。不知清极则志高,感深则气谢。”持此说者以寇准早年富贵时所作诗歌“皆凄楚怨感”,晚年果然被贬至雷州,憔悴而卒为证明,说明像《楚辞》这么抒写愁怨可能会在作品中隐伏未来不幸的兆头,宜谨慎[④]。方苞《完颜保及妻官尔佳氏墓表》也说:“君貌甚文,苦羸,气不能任其声。……君既殁且逾年,余启箧,见其病中所拟《秋风辞》,音旨悽怆,其诸衰气之先见者与?”[⑤]《秋风辞》指曹丕《燕歌行》(“秋风萧瑟天气凉”),直接借鉴宋玉《九辩》,也汲取屈原写景抒情艺术,辞旨凄哀。完颜保拟这一路的诗风,被方苞认为是诗谶,预兆他会早死。这些都导致了对创作愁苦之音一类风格的文学作品产生负面影响,使诗谶、词谶说沦变成文学风格忌讳论,从而得出某类型的风格不宜写的结论。

---

① 《冷斋夜话》卷四,第 28 页。
② 《苕溪渔隐丛话前集》卷四十,第 275 页。
③ 杜牧《李贺集序》,《杜牧集系年校注》,第 774 页,中华书局 2008 年。
④ 《分门古今类事》卷十四,第 138 页。按:原注采自《摭遗》。
⑤ 《方苞集》,第 381 页。

又比如，“诗言志”、“诗缘情”说都强调抒发诗人的真实感情，自然包括愁情怨绪，而且诉愁言怨还是主要的抒情特征。在主张诗谶说的人看来，诗歌抒志与诗歌预兆往往在一首作品中同在，所谓：“诗岂独言志，往往谶终身之事。”①因此诗谶说使真实抒写愁怨之情有所顾忌。曾季狸《艇斋诗话》载：“秦少游词云：‘春去也，落红万点愁如海。’今人多能歌此词。方少游作此词时，传至予家丞相，丞相曰：‘秦七必不久于世，岂有愁如海而可存乎？’已而少游果下世。”②陈廷焯《白雨斋词话》卷四评清代词人王策（字汉舒）《香雪词抄》：“作词贵于悲郁中见忠厚。悲怨而激烈，其人非穷则夭。汉舒词如：‘浮生皆梦，可怜此梦偏恶。’又云：‘看取西去斜阳，也如客意，不肯多耽搁。’沉痛迫烈，便成词谶，香雪所以不永年也。”③像这类说法会对文人产生心理暗示作用，使他们在落笔时有所顾忌，想方设法加以避免，所以就形成了“语言拘忌”的现象，造成因“禁忌”而夺人创作之“气”的结果。这显然是受到了诗谶说的影响。

与此相联系，宋朝文学批评中出现一种意见，认为“诗能穷人”。该说首先由欧阳修作文提出“诗人少达而多穷”以及诗歌“穷者而后工”的说法④，而逐渐形成，这与诗谶说对凶兆的解读很有关系，以致使人得出这一结论。从此，“诗能穷人”也似乎变成了一句谶言。徐度《却扫编》载：“先公旧有小吏曰柴援，自言周室之裔，颇能诗。尝有《寄远》诗曰：‘别时指我堂前柳，柳色青时望子时。今日柳绵吹欲尽，尚凭书去说相思。’又有《客舍》诗曰：‘只影寄空馆，萧然饥鹤姿。秋风北窗来，问我归何时？’其佳句可喜多此类。先公屡欲官之，未及而卒，世谓诗能穷人，此尤其甚者也。”⑤葛胜仲《陈去非诗集序》历数“诗能穷人”的种种传说：“唐李太白号谪仙，然以乐府忤妃子，卒阨穷不振；刘梦得坐种桃句，黜刺连州；白乐天坐《新井》篇，黜佐湓浦；孟浩然、贾浪仙辈俱有能诗声，然以

---

① 《苕溪渔隐丛话前集》卷二十八引《隐居诗话》，第 192 页。
② 《艇斋诗话》，《续修四库全书》第 1694 册，第 495 页。
③ 唐圭璋《词话丛编》，第 3850 页，中华书局 1986 年。
④ 《梅圣俞诗集序》，《欧阳修全集》，第 612 页。
⑤ 徐度《却扫编》卷下，第 146 页，上海古籍出版社 2012 年。

诗忤明皇、宣宗，终坎壈州县。故言诗能穷人者，取是为左验。”①虽然他本人反对这类说法，但是从这些传闻可以看出“诗能穷人”之说是如何地深入人心。苏轼也说：“诗能穷人，所从来尚矣，而于轼特甚。”苏轼并不认为必然如此，所以该文又说：“今足下独不信，建言诗不能穷人，为之益力，其诗日已工，其穷殆未可量。然亦在所用而已，不龟手之药，或以封，安知足下不以此达乎？人生如朝露，意所乐则为之，何暇计议穷达。云能穷人者固缪，云不能穷人者亦未免有意于畏穷也。”②“诗能达人”这是针对“诗能穷人”而提出来的一个反命题，持“诗能达人”说的有葛胜仲、胡次焱等③。然而这不足以抵消“诗能穷人”说的影响。“诗能穷人”给诗人创作带来心理压力，使诗人在写作时处处害怕触及忌讳，不敢流露真实的忧愁之言，唯恐笔下的诗句成为诗谶危及自己的幸福。然而发愤著书④、“欢愉之辞难工，而穷苦之言易好”的道理又深入中国文人心灵⑤，得到普遍认可，作者在内心深处确是怀着写出传世之作的愿望，他们很明白创作与愁苦是密不可分的孪生兄弟。于是文人使自己处在了写作与诗谶两难的境地之中，诗谶使诗歌抒情戴上了镣铐。冯舒说“不才明主弃，多病古人疏”是孟浩然“一生失意之诗，千古得意之句”⑥。尽管写忧愁之诗或会得到诗谶的应验，可是这类诗往往可能成为传世之作，这对诗人很有诱惑力，而且从诗以言志的角度讲，诗人也应当循此作诗，故总是有人不顾忌讳而写愁诗。诗谶说对诗人创作这方面的拘忌性影响，实际效果似乎并不甚显著。

诗谶使写诗用韵也有所禁忌。施闰章《蠖斋诗话》：“辛丑夏，同诸词

---

① 葛胜仲《丹阳集》卷八，《丛书集成续编》第102册，第619—620页，上海书店出版社1994年。

② 苏轼《答陈师仲主簿书》，《苏轼文集》，第1428页，中华书局1986年。

③ 葛胜仲《陈去非诗集序》：“予谓诗非惟不能穷人，且能达人。”（《丹阳集》卷八，第620页）胡次焱《赠从弟东宇东行序》：“诗能穷人，亦能达人。世率谓诗人多穷，一偏之论也。陈后山序王平甫集，虽言穷中有达，止就平甫一身言之。予请推广而论。世第见郊寒岛瘦，卒困厄以死，指为诗人多穷之证。夫以诗穷者固多矣，以诗达者亦不少也……而世谓诗能穷人，岂公论哉？”（《梅岩文集》卷三，《四库全书珍本初集》，商务印书馆民国影印本）

④ 见司马迁《太史公自序》，《史记》，第3300页。

⑤ 韩愈《荆潭唱和诗序》，《四部丛刊》影印元刊《朱文公校昌黎先生集》卷二十。

⑥ 引自顾嗣立《寒厅诗话》，《清诗话》，第85页。

人晚坐湖上，值曹司农秋岳（曹溶）取扇面平声字分韵限赋，次及钱瞻伯（钱价人），得‘枭’字。客皆谓此韵不佳。秋岳戏曰：‘正须枭此贼。’钱诗成，曰：‘却怜殊月好，频掷不成枭。’后岁馀，竟坐法死，说者以为诗谶。”①推而广之，人们对文字形成了一种特殊的“忌讳”，戴名世说：“文字之忌讳，至今日为已极，亦亘古所未有也。自场屋之文与士大夫往还问答之书及一切酬应之文，皆以吉祥之辞相媚悦，而古人所造之字，其可删去不用者，不可胜数矣。不特字义忌讳也，即字形亦多忌讳。如‘函’字从‘了’，今人以‘了’为不祥，改而从‘羊’，其不通多类此。一大僚为余言：‘一同寅为尚书，时时共事，因得熟悉其性情。每阅簿书文卷，望见有字意不吉，如衰、病、死、卒、休、废、悲、哀、伤、叹、罚、黜、凶、恶、噫嘻、嗟吁、呜呼等字，即以手推远之，而身作远避状，连呼曰：“看不得，看不得。”摇首蹙额，向地呕吐，痰从喉出，神气皆辞，良久乃定。’其人京师人，历官至吏部尚书。”②这种文字忌讳与诗谶观念息息相通，在无形中构成了写作和阅读的禁区。

诗歌有时被用来占卜一个人的美好前程，如：

> 王冀公，新喻人，微时往观社，求祭肉。众问：“尔为谁？”曰：“我秀才也。”众曰：“何所能？”曰：“能诗。”时无纸笔，即取炭画猪皮上，曰：“龙带晚烟归洞府，雁拖秋色入衡阳。”后之人谓此句有宰相气象。汪圣锡幼年与群儿聚学，有谒其师，因问能属对者，师指圣锡，客因举对云：“马蹄踏破青青草。”圣锡应对曰：“龙爪拏开淡淡云。”客大惊，曰：“此子有魁天下之志。”圣锡年未冠，果廷试第一。③

《红楼梦》第一回贾雨村与甄士隐中秋节一起饮酒，贾雨村即兴咏月：“天上一轮才捧出，人间万姓仰头看。”甄士隐听了大声叫好：“弟每谓

---

① 《清诗话》，第406页。
② 《戴名世遗文集》，第63—64页，中华书局2002年。
③ 《独醒杂志》卷一，第4页。

兄必非久居人下者，今所吟之句，飞腾之兆已见，不日可接履于云霄之上了。”①这同样是诗谶观念的表现，不同的是它从正面去传递诗谶的神秘信息。这反映了诗谶、谶言说对创作的另一种影响，即助长文人撰写喜庆诗文的心理，古代吉庆之作繁多，这是一个很重要的原因。如果说诗人因诗谶观念而忌讳写某些诗歌，主观上是避凶，那么文人喜爱撰写喜庆之作，主观上则是趋吉，一反一正，受诗谶观念支配的实质是相同的。

诗谶的影响还广及创作的其他方面。比如一个人忽然写出超自己水平的诗句，也被认为是不祥之兆。周紫芝《竹坡诗话》载：“郭功父晚年不废作诗，一日梦中作《游采石》二诗，明日书以示人，曰：‘余决非久于世者。’人问其故，功父曰：‘余近诗有“欲寻铁索排桥处，只有杨花惨客愁”之句，岂特非余平日所能到，虽前人亦未尝有也，忽得之，不祥。’不逾月，果死。李端叔闻而笑曰：‘不知杜少陵如何活得许多时。’”②虽然郭氏成了别人嘲笑的对象，但他对佳构杰作的隐忧实际上反映出人们对创作上“非份”成就的一种警觉，这至少不能算是文学创作积极的动力。

第五节 索隐式释义

——自由释义与文字狱

索隐，意思是寻索作品隐含之义，这个词被广泛地运用于文学释义、文学批评及研究中。此处只是借用这个词的一部分意思，专指从作品中索求政治寓意，用来作为编织政治影射网、锻造文字狱的一种手段。故此处所谓索隐式释义是对“索隐”一词狭义的使用。然而，古人使用这种政治索隐手段解读文学作品，赋予了它最大的功利期望，从而将这种方法的释义特点非常集中、显豁地表现出来。从此处入手研究作为古代文学批评自由释义的一种类型，可以起到以此鉴彼、获得对索隐式释义完整把握的效果。

---

① 曹雪芹《红楼梦》第一回，第9页，人民文学出版社1973年。
② 《历代诗话》，第348—349页。

一部古代文字狱史，差不多也就是一部自由释义的历史。以下探讨诗歌自由释义与文字狱的关系，并且用历史上的文字狱案例揭示诗歌自由释义的特点和性质。文字狱锻造者的利益关切是他们随意解释所涉诗歌作品的根本原因，而自由释义作为其手段则主要是一种价值中立的方法，并没有违背古人的阅读和释义传统，只不过将中国历史上的自由释义运用于一个特殊领域。似乎可以说，将其用于特殊的政治和利害目的则为文字狱，脱离这种特殊的政治和利害目的则为自由释义的文学批评。从思维习惯和释义传统的角度来看文字狱现象，它们与文学批评史上的比兴说、刺诗说、析字法、谐音法、发愤著书说、鸣不平说等，有非常密切的关系。

文人因自己的作品触犯（或被认为触犯）了权势者尤其是朝廷和帝王的忌讳，遭逮捕入狱，受惩罚，乃至祸及生命，这类事件被称为文字狱，历史上屡见不鲜。文字狱制造者采用的手法是，通过对相涉作品作任意解释，使为对手所预设的罪名得以成立。文字狱所涉及的文字，可以是诗歌、词曲、各体文章、学术著作，甚至也可以是科举考试的有关试题等，几乎无所不包，而其中又以诗歌最为常见，因为诗歌多用比兴手法，而且具有言简义丰、旨近意远的特点，留下了很大的阐释空间，容易推衍附会，利用这样的作品锻炼文字狱，操作性最强。故前人也往往称文字狱为诗祸，它将文字狱所有的重要特征集合为一。诗祸大略有三种情况：一是诗歌确有讥讽，而被讥讽的对象没有雅量，便加害于诗人。如李林甫之于李适之："初，李适之用为左相，一日遂以李林甫之谮罢其政事。适之杜门无以自遣，咏诗曰：'避贤初罢相，乐圣且衔杯。为问门前客，今朝谁复来？'林甫益谮之，遂累贬宜春太守。复因御史过宜春，恐之，使仰药自杀。"①二是忌才。如相传隋炀帝因王胄"庭草无人随意绿"、薛道衡"空梁落燕泥"佳句，恶其出于自己诗作之上，而找借口将两人杀了②。又比如刘希夷作《白头吟》，以"今年花落颜色改，明年花开复谁在"为不祥，遂又添补"年

① 陈岩肖《庚溪诗话》卷下，《历代诗话续编》，第179页。
② 见吴曾《能改斋漫录》卷四"空梁落燕泥"条。

年岁岁花相似，岁岁年年人不同”两句，结果遭到宋之问妒忌而遇害①。类似这样的记载很多，其中许多可能是出于传闻（这本身也是文学传播和接受史上有意思的现象），不过具有文人身份的达官贵戚因妒忌而杀害诗人的例子在历史上确实是有的。三是刻意深求诗歌作品的寓意，罗织罪名，以达到摧残和陷害目的。第三种借助对作品的自由释义实现倾轧意图的诗祸或者说文字狱，正是本节所要探讨的。

一、文字狱史也是自由释义史

中国古代历朝都发生过文字狱，下面仅举西汉、北宋、清朝的几个例子。

西汉杨恽因《报孙会宗书》特别是其中的“南山种豆”诗被宣帝下令腰斩，是历史上一次著名的事件，有人认为这是古代“诗祸之始”②。

杨恽字子幼，司马迁外孙，丞相杨敞子，他因告发霍氏谋反有功，封平通侯，迁中郎将，有政绩，拜光禄勋。《汉书》有传，附《杨敞传》后。史称他公廉好义，然自伐其贤能，性刻害，好发人阴伏，轻慢士人。他树敌不少，人际关系紧张，而且喜直言，好泄发怨语，有时还说一些出格的话，被人以悖逆绝理为由奏了一本，宣帝第一次只是将他免为庶人。居家期间，他依然铺张且招摇，不知收敛，继续乱讲话，发牢骚，又被人揭发下狱，加之查到他的《报孙会宗书》，宣帝这次抓住他讥刺之语，以大逆不道的罪名将他杀了③。《报孙会宗书》写于杨恽削职居家期间，载在杨恽本传，又收入《文选》，是汉文名篇。它是朝廷据以定案、要去了作者性命的重要“罪证”。《汉书》本传介绍杨恽写这封书信的缘起是，“（杨）恽既失爵位，家居治产业，起室宅，以财自娱。岁馀，其友人安定太守西河孙会宗，

---

① 见阮阅《诗话总龟》卷三十四“诗谶门”，第335—336页，人民文学出版社1987年。计有功《唐诗纪事》卷十三“刘希夷”条所载略相近，第184—185页，上海古籍出版社1987年。两书皆引自《大唐新语》。

② 罗大经《鹤林玉露》乙编卷四“诗祸”条，第187页，中华书局1983年。

③ 见班固《汉书·杨敞传》附《杨恽传》，第2890—2891页；《宣帝本纪》，第266页；《元帝本纪》，第277页。按：《宣帝本纪》载杨恽死于五凤二年（前56），《资治通鉴》载五凤四年，以《通鉴》所载为确。

知略士也，与恽书谏戒之，为言大臣废退，当阖门惶惧，为可怜之意，不当治产业，通宾客，有称誉。恽宰相子，少显朝廷，一朝以晻昧语言见废，内怀不服，报会宗书曰"云云①。杨恽复信一面流露被罢免的不快，一面为自己逐利享乐的生活作辩护，说卿大夫自然应当关心以仁义化民，庶人则当然可以追逐财利，自己既然已经被逐出官场，自可以选择庶人的生活方式。他以此表示孙会宗"以卿大夫之制而责仆"实难接受。文章亦悲亦怨亦讽，恣肆疏快，确易惹是生非，不过因其散文的风格表意比较明白，别人也不太容易过深地去索求它的文外之意，所以不至于对作者的安全构成严重威胁。问题出在插入信里的一首诗歌②，歌曰："田彼南山，芜秽不治。种一顷豆，落而为萁。人生行乐耳，须（等待）富贵何时。"杨恽这首歌寄及时行乐之意，是有感而发，可是究竟意谓何如，并没有明白地道出，于是就留下了供别人阐释的空间，这正是诗歌特点。当时办杨恽案子的臣僚和汉宣帝究竟是怎样解读这封书信尤其是信里这首诗歌的具体情况，现已不得而知，而据后来留下来对这首诗歌的解释，我们或许从中对他们的解读还可以有所了解。张晏注《汉书》于这首诗歌曰："山高而在阳，人君之象也。芜秽不治，言朝廷之荒乱也。一顷百亩，以喻百官也。言豆者，贞实之物，当在囷仓，零落在野，喻己见放弃也。萁曲而不直，言朝臣皆谄谀也。"③这段话为李善注《文选》所征引（文字略有不同）。同时李善还引了臣瓒按语："田彼南山，芜秽不治，言于王朝，而遇民乱也。种一顷豆，落而为萁，虽尽忠效节，徒劳而无获也。"④张晏、臣瓒都是魏晋间学者，他们的注释与汉人解说《诗经》刺诗的方法如出一辙，比较接近汉人阅读诗歌的习惯，所以其解说很可能反映了当年杨恽案的审理者解读这首诗歌的大致情况。荀悦《前汉纪》："下廷尉案验，得恽与会宗书，上恶，遂诛恽。"⑤汉宣帝的阅读反应（包括听了审理者对文本的分析）异常激烈，把它理解为极端严重的信号。杨恽的信及诗歌有牢骚情绪确实

① 《汉书》，第2894页。
② 文中人歌的形式汉人常有，是受了汉赋影响，司马相如赋即是。
③ 《汉书》，第2896页。
④ 李善注《文选》卷四十一，第582页。
⑤ 荀悦《前汉纪》卷二十《孝宣皇帝纪四》，明嘉靖二十七年刻本。

不假，不过这种不平之鸣毕竟还是属于人之常情，可是经他们这么一解读，上纲上线，性质就发生了变化。汉人对杨恽这首诗歌的阅读经验在后来产生很大影响，后人一般将它视为一篇怨怼作品，以为这么流露情感对自己不安全，应该从中吸取教训。如宋人汪藻《除授谢舍人启》："固未尝感嗟怨怼，赋南山种豆之诗。"①后人甚至相诫："不作南山种豆歌。"②

历史上最著名的文字狱莫过于苏轼乌台诗案。苏轼与王安石持不同政见，对新法多有批评，在当时又有广泛影响力，所以很惹变法派恼恨，想着法子要撤下这一犟牛头。靠一般论辩不解决问题，就在苏轼文字中寻找严重的罪证来达到目的，乌台诗案就是在这种背景下制造出来的。苏轼徙知湖州，写了一篇《湖州谢上表》，御史中丞李定找出文中"侮慢"的语言，并且揭发他自熙宁以来写文章"怨谤君父"，于是经神宗批准苏轼被逮至御史台鞫治③。据苏辙《亡兄子瞻端明墓志铭》载，苏轼批评新法的一些诗歌也被作为审问和罗织罪名的证据："初，公既补外，见事有不便于民者，不敢言，亦不敢默视也，缘诗人之义，托事以讽，庶几有补于国。言者从而媒蘖之。"④构陷者加给苏轼的罪名主要有两项：一是批评新法，二是讪谤神宗。说苏轼批评新法诚然是事实，证据确凿，朋九万《乌台诗案》列出多首诗篇，每一篇都有内容分析。如《山村五绝》之二："烟雨濛濛鸡犬声，有生何处不安生。但教黄犊无人佩，布谷何劳也劝耕。"分析道："此诗意，言是时贩私盐者多带刀杖，故取前汉龚遂令人卖剑买牛、卖刀买犊，曰'何为带牛佩犊'意，言但得盐法宽平，令民不带刀剑而买牛犊，则民自力耕，不劳劝督，以讥盐法太峻不便也。"⑤这可以为以上批评新法作证。然而构陷者又严重其言，夸大性质，其欲置苏轼于死地的用心

---

① 汪藻《浮溪集》卷二十三，清武英殿聚珍本。按：宋孙觌《鸿庆居士集》卷十八《谢中书王舍人启》与汪藻这篇启相同，不知是谁人之作。又按：宋琬也有类似的诗句曰："但留东海栽桑地，敢作南山种豆书？"（《怀王敬哉》，《安雅堂全集》，第307页，上海古籍出版社2007年）沈德潜将此诗选入《国朝诗别裁集》，钦定本删去，可见其被认为有触犯帝王朝廷忌讳的内容。

② 沈梦麟《花溪集》卷三《和邵山人过字韵二首》之二，《丛书集成续编》集部第110册，第230页。

③ 《宋史·李定传》，第10602页。按：《汉书·朱博传》载：御史府中种列柏树，常有野乌数千栖宿其上，晨去暮来，号曰"朝夕乌"。后来因称御史台为乌台。

④ 苏辙《栾城集》，第1414页，上海古籍出版社1987年。

⑤ 蔡正孙《诗林广记》后集卷四，第259页，中华书局1982年。

实狠。说苏轼讪谤神宗则是空穴来风,纯属虚构,构陷者想借此激怒神宗,达到借锺馗打鬼之目的。如引苏轼《灵壁张氏园亭记》“古之君子不必仕,不必不仕,必仕则忘其身,必不仕则忘其君”的话,控告他不尊君主,其实苏轼的文章只是说明士人仕处两可的态度,没有涉及尊君不尊君问题①。又如史载:

> 元丰中,轼系御史狱,上本无意深罪之。宰臣王珪进呈,忽言苏轼于陛下有不臣意,上改容曰:“轼固有罪,然于朕不应至是。卿何以知之?”珪因举轼桧诗“根到九泉无曲处,世间唯有蛰龙知”之句,对曰:“飞龙在天,轼以为不知己,而求之地下之蛰龙,非不臣而何?”上曰:“诗人之词,安可如此论。彼自咏桧,何预朕事?”珪语塞。章惇亦从旁解之曰:“龙者非独人君,人臣俱可以言龙也。”上曰:“自古称龙者多矣,如荀氏‘八龙’、孔明‘卧龙’,岂人君也?”遂薄其罪,以黄州团练副使安置。②

---

① 灵壁,一作灵璧,何焯认为“灵”是“零”之误。《义门读书记》卷四十《元丰类稿》“《过灵壁张氏园三首》”条曰:“灵,当作零。《宋史·地理志》云,元祐元年始割虹之零壁镇为县,其改为灵璧,则在政和七年。曾之作诗,苏之作记,皆在未为县之时,不但零之为灵未改也。”(第735页)

② 李焘《续资治通鉴长编》卷三百四十二,第3180—3181页,上海古籍出版社1986年据浙江书局本影印。按:叶梦得《石林诗话》也记载了这件事,且说:“子厚(章惇)尝以语余,且以丑言诋时相(王珪),曰:‘人之害物,无所忌惮,有如是也。’”(《历代诗话》,第410页)又按:据王定国《闻见近录》记载,王珪的话实出舒亶。“王和父(王安礼,字和甫,王安石弟)尝言:苏子瞻在黄州,上数欲用之,王禹玉(珪)辄曰:‘轼尝有“此心惟有蛰龙知”之句,陛下龙飞在天而不敬,乃反求知蛰龙乎?’章子厚(惇)曰:‘龙者,非独人君,人臣皆可以言龙也。’上曰:‘自古称龙者多矣,如荀氏“八龙”、孔明“卧龙”,岂人君也?’及退,子厚诘之曰:‘相公乃覆人家族邪?’禹玉曰:‘此舒亶言尔。’子厚曰:‘亶之唾,亦可食乎?’”(引自《苕溪渔隐丛话前集》卷四十六,第312页)又按:徐乾学《资治通鉴后编》卷八十四“考异”曰:“按:王珪谮轼,李焘云:‘此据李丙《丁未录》。’不知丙得之何书?朱胜非《秀水闲居录》曰:‘苏轼既贬黄州,神宗每记怜,一日宣谕曰:“国史大事,朕欲用苏轼成之。”执政有难色,帝曰:“轼不可,则用曾巩。”巩亦不能副帝意。又有旨:“轼以本官知江州。”蔡持正、张粹明皆禀命,而王禹玉以为不可。又令与江州太平观,禹玉亦以为不可。其后禹玉作相,帝语及轼,复欲用之,禹玉曰(以下引苏轼诗句,记章惇、神宗的话,及王珪与章惇对话等,与《苕溪渔隐丛话前集》所载同,略)。’胜非所录,比丙差不同,如王珪独不可江州及太平观,再命,并章惇所言珪云云,当再考。今按:胜非所录虽详,然以珪举咏桧诗为七年移汝时事,恐非。今仍依《长编》所采《丁未录》,系之二年治狱之下。章惇语非切要,故略之。”(影印文渊阁《四库全书》第343册,第546—547页)这也可以帮助读者认识乌台诗案的情况。

苏轼被王珪诬陷怀有“不臣”之意的诗歌是七绝《王复秀才所居双桧二首》，其一：“吴王池馆遍重城，奇草幽花不记名。青盖一归无觅处，只留双桧待升平。”其二：“凛然相对敢相欺，直干凌空未要奇。根到九泉无曲处，世间惟有蛰龙知。”这是咏物言志诗，见诗人立身正直，抱负宏大。王珪将苏轼第二首诗歌最后两句解释为讽刺神宗，显然怀有构罪目的，而其解释本身非常随意，充满悬测成分，是引申、影响之说，属于典型的以望文生义手段实施政治陷害的解诗例子。苏轼完全否认这样的指控。查慎行注此诗：“胡仔《苕溪丛话》：东坡在御史狱，狱吏问曰：‘“根到九泉”云云有无讥讽？’答曰：‘王安石诗“天下苍生待霖雨，不知龙向此中蟠”，此龙是也。’狱吏为之一笑。”①苏轼以其人之道还治其人之身（审理案子的非王安石，而是王安石一党），回答得很机智，也很有策略。神宗始听王珪的话以为事情严重，继而听他具体说明后，觉得他是在编造苏诗的含义，是罗织行为，故不予采信，坚持认为苏轼诗歌是咏“桧”不是讽“朕”，并且说：“诗人之词，安可如此论”，根本否定了王珪牵强附会式的解读逻辑，神宗毕竟还是懂得诗歌艺术特点的。苏轼被关押四个月后获释，乌台诗案终于结束，然而它带给苏轼的痛苦和愤慨却是难忘的，出狱后他写诗道“却对酒杯浑是梦”，“平生文字为吾累”②，是有感而发。

清朝文字狱在重复历史上所有惨酷行为的同时，又将它推向基层，推向普通民众，推向极致。乾隆二十年（1755）发生的胡中藻《坚磨生诗钞》案影响甚大。乾隆帝严厉指出，该诗集“悖逆讥讪之语”连篇累牍，他举了四十馀条所谓证据，如：“其所刻诗，题曰《坚磨生诗钞》，‘坚磨’出自鲁《论》，孔子所称‘磨涅’，乃指佛肸而言，胡中藻以此自号，是诚何心？”佛肸是春秋末年晋大夫范氏、中行氏的家臣，任中牟县宰。《论语·阳货》：“佛肸召，子欲往。”子路认为“佛肸以中牟畔（叛）”，谏孔子不当应召而前

① 查慎行《初白庵苏诗补注》卷八，清乾隆二十六年香雨斋刻本。按：胡仔语见《苕溪渔隐丛话后集》卷三十《东坡五》。又按：苏轼引用的诗句，出自王安石《龙泉寺石井二首》之一：“山腰石有千年润，海眼泉无一日干。天下苍生待霖雨，不知龙向此中蟠。”（《王文公文集》卷六十四，第696页，上海人民出版社1974年）

② 《十二月二十八日蒙恩责授检校水部员外郎黄州团练副使复用前韵二首》，《苏轼诗集合注》卷十九，第977—978页，上海古籍出版社2001年。

往。乾隆说胡中藻以“坚磨”自号，并作为诗集名，包藏逆心。又如集内有诗句“又降一世夏秋冬”，乾隆认为，这是希望清朝国祚比汉唐宋明短暂；“一把心肠论浊清”，在国号“清”前面加一“浊”字，这是肺腑歹毒的表现；“南斗送我南，北斗送我北；南北斗中间，不能一黍阔”、“虽然北风好，难用可如何”、“搅云揭北斗，怒窍生南风”，以“南”“北”分提，皆是政治隐喻。他还举《吾溪照景石》用“周时穆天子，车马走不停”及“武皇为失倾城色”两则典故，说这些与题目咏照景石没有关涉，“特欲借题以寓其讥刺讪谤”等等①。经两个月短暂审讯，胡中藻被判即行处斩。这是乾隆帝钦定的铁案，他之所以对这件事情大动干戈，实是欲借此警示朝廷中党派争斗的官员。鄂尔泰、张廷玉是保驾乾隆继位的两位满、汉大臣，然两人不和，由暗斗发展到明争，形成北党、南党，朝野共知。乾隆羽毛丰满后，对两人开始采取动作，使鄂尔泰感到惶恐而病死，张廷玉也有所约束。乾隆二十年张氏死，鄂尔泰一派又有重聚力量之势，两派后人又重新较劲。胡中藻是鄂尔泰主持考试录取的进士，有师生之谊，也是鄂派重要成员，在文人中有相当名望，为人性傲，喜欢写诗，诗风偏怪，被人告到乾隆那里，乾隆正好借机打击官员党派之争。他说：“胡中藻系鄂尔泰门生，文辞险怪，人所共知，而鄂尔泰独加赞赏，以致肆无忌惮，悖慢诪张……则鄂尔泰从前标榜之私，适以酿成恶逆耳。胡中藻依附师门，甘为鹰犬，其诗中‘谗舌青蝇’，据供实指张廷玉、张照二人，可见其门户之见牢不可破。……大臣立朝当以公忠体国为心，若各存意见，则依附之小人遂至妄为揣摩，群相附和，渐至判若水火，古来朋党之弊，悉由于此……使鄂尔泰此时尚在，必将伊革职重治其罪，为大官植党者戒。”②乾隆帝呵斥胡中藻诗句故意“南”“北”分列，也是指他借此隐喻南北二党，还可能指他隐喻民族关系意义上的南人和北人。这些都是为乾隆帝坚决不允许的。“植党者戒”一语道出了乾隆帝一手制造胡中藻文字狱的真实目的，而所谓的罪证则不过是捕风捉影，刻意罗织罢了。清朝文字狱将下层民间文人卷入进去的例子，如刘裕后《大江滂》书案、陈安兆著书案、蔡显《闲渔闲闲

① 《清代文字狱档》（增订本），第1辑，第34—69页，上海书店出版社2011年。
② 《清代文字狱档》（增订本），第1辑，第58—59页。

录》案等，主狱事者都是以语言吟咏之间恣行怨诽，或含藏悖逆意识为由，对涉案者实行残酷打击。也有一些是先被官府立案，后来因为理由实在太牵强，漏洞百出，最终得到宽免的，如方国泰收藏《涛浣亭诗集》案、余腾蛟诗词案、程明禋代作寿文案等，尽管如此，具体当事人已经被折腾得焦头烂额，仅留下一丝残魂。发生于清朝民间的这些文字狱，绝大多数更像是在上演一出出闹剧。

二、利益决定阅读结果

文字狱的实质是政治和权力斗争，目的则是排斥和消灭异己。主狱事者本着这种需要和目的阅读作品，竭力从作品中去寻找可以构成罪行的内容，这决定他们在制造文字狱的过程中始终是一群特殊的"读者"，而文字狱正是由这群特殊的"读者"锻炼出来的。无论是杨恽《报孙会宗书》案中的汉宣帝及办案臣僚，还是乌台诗案中的王珪，胡中藻《坚磨生诗钞》案中的乾隆帝等人，他们都是心思深刻、眼光殊异、政治嗅觉超级敏感的人。这些主狱事的"读者"其特殊的阅读能力并非先天赋有，而是出于政治需要，由后天熏陶而形成的。以上案件中无论是最高统治者还是为其效命的高级官僚，一个共同的特点是，他们这么做都是受到了政治利益驱动，政治需要决定其特殊的阅读能力和阅读特点。在乌台诗案中，王珪认为苏轼诗句包藏着"不臣意"，神宗认为此说缺乏根据，之所以会有这种阅读差异，是因为在苏轼身上，神宗和王珪的政治利益是不同的。王珪视苏轼为政敌，必欲置之死地而后快，神宗虽然不满苏轼反对自己支持的新法，但是并不怀疑苏轼对自己的忠心，正是两人的政治关切不甚相同，导致了他们对苏轼诗句的不同解读。试想，假如神宗也是对苏轼恨之入骨，结果会怎样？而如果王珪不以苏轼为重要的政敌，他还会显得这么"不懂"诗歌吗？

切身利益、政治嗅觉、特殊的阅读能力，三者在文字狱制造者身上合而为一，其中切身利益是最基本的，决定后面两者。也就是说，与利益关系紧密，则嗅觉灵敏，特殊的阅读能力也强，反之则弱。乾隆帝审办胡中藻《坚磨生诗钞》案件时，曾讲过这样一段话："朕见其诗已经数年，意谓必有明于大义之人，待其参奏，而在廷诸臣及言官中并无一人参奏，足见相习成风，牢不可破，朕更不得不申我国法，正尔嚣风，效皇考之诛查嗣庭矣。"①在乾隆帝发现胡中藻诗歌的问题以前，它们已经流传多年，然而廷臣、言官却没有人发现问题，"并无一人参奏"，乾隆帝对此极其不满。其实，不是所有的人都能够从这类作品中识别出罪证来的，廷臣、言官不能发现问题，是因为他们没有乾隆帝这种利益关切，没有他这种阅读心理和阅读眼光，没有想到、也不可能想到要借胡中藻诗歌起到"植党者戒"的警示效果。

又比如清朝四大文字狱之一的徐述夔《一柱楼诗》案，也说明这个道理。徐述夔，江苏东台（今如东）人，考进士有违碍文字被取消资格，著述以终。他孙辈与人发生田亩争讼，对方以其祖所作文字有严重问题相要挟，孙辈于是向官府呈交徐述夔著作，开始受理案子的地方官对此并不重视，仇家便越级上告，最后闹到乾隆帝那里，定性为"怀想前朝"，罪该万死，徐述夔被开棺戮尸。检查出来作为"逆诗"的最重要证据"明朝期振翮，一举去清都"句，地方官初审时将"明朝"理解为"明朝（zhāo）"，明天的意思，这么理解的话，诗句就一点问题也没有。可是定案者不这么读，他们诘问开始审理这件案子的官员，徐述夔这两句诗"不用'明当'而用'明朝'，不用'到清都'而用'去清都'，这实系借'朝夕'之'朝'读作'朝代'之'朝'，意欲兴明朝而去我本朝，其悖逆显而易见，你如何不办呢？况你是举人出身，懂得文理的"②。徐述夔案还使死后的沈德潜受到严重连累。沈、徐同年举人，关系亲密，沈德潜曾撰徐述夔传，称赞徐述夔，并为徐述夔弟入狱事鸣不平。据办案者称，沈德潜在徐述夔传中说，《一柱楼诗》已付梓，而且赞美徐述夔"品行、文章皆可法"。他们据此推断：沈德潜"于徐述夔所作悖逆诗句已经阅看"，沈氏得到朝廷莫大恩宠，"乃其生前既为逆犯之弟徐赓武论叙称冤，且目睹悖逆诗句并不切齿痛恨，转为作传揄扬，是其昏眊颠倒，上负国恩"。乾隆帝下令："将沈德潜所有官爵及官衔谥典尽行革去，其乡贤祠牌位亦一并撤出，所赐祭葬碑文……仆

① 《清代文字狱档》（增订本），第1辑，第38页。
② 《清代文字狱档》（增订本），补辑，第624页。

毁，以昭炯戒。"①在这一案子中，无论是沈德潜还是初审案子的官员，都没有发觉徐述夔诗歌有悖逆的内容，可以肯定，他们绝对不是已经发现了问题还故意加以称扬，或掩饰不予追究，这是他们万万不敢为的。他们发现不了问题，是因为他们都是以平常的眼光阅读这些作品，没有夹杂政治心态，没有刻意地要去发现徐述夔诗歌中怀明背清的含义。正是由于没有相关的利害关切，所以就没有相关的觉悟，不能发现相关的问题。他们与徐述夔家的仇人不同，与乾隆及其定案的官员也不同。至于徐述夔的诗歌究竟有没有怀明反清的意识，至今也没有定论。就徐述夔诗歌本身来说，确实不能说一定有这种含义。诗歌遣词措语的多义性，引起读者不同理解，竟能招致如此严重的后果。徐述夔死后这种惨烈的结局，究竟是诗人自己给自己安排的，还是特殊的读者为他安排的？后者的可能性大得多。对于卷进文字狱的人来说，最令他们感到惧怕的无疑是自己的作品被主狱事者拿去按照这种方法和逻辑解读，被他们这样解读作品就意味着自己很可能掉进深渊。

清朝文字狱一个最大特色是将文字狱普及化，泛及民间，这是因为清朝入主中原，引起民族矛盾激化，统治者以议论华夷为大忌，故屡兴文字狱多与民族意识有关，而这种民族意识是一种普遍的社会意识，上至朝廷官员，下及民间人士，皆可能被拖累，这就是清朝文字狱普及化的原因，与从前发生文字狱主要限于官员（特别是高层官员）范围之内有很大不同。这样的社会氛围一旦形成，一些身处社会底层的民间人士也被孵育成了"特殊读者"，他们形形色色，身份各别，有的人甚至连字也识得很少。他们参与到文字狱中，成为文字狱辅助性的制造成员，之所以如此，一般不是因为出于上层人物的那种政治利益驱动，但是他们也有自己的利益在其中，并且想巧借朝廷的政治关切来达到他们自己的个人私利，在这方面双方很自然地达成了互相利用的默契。这最能说明文字狱中的特殊读者其阅读能力是由后天熏陶而成的道理。

如乾隆二十六年江西武宁县余豹明举报余腾蛟诗词案，余豹明自称是一个"乡愚"，"不晓得诗，也不晓得如何叫作悖逆"，却将余腾蛟的诗词告上官府，要求"严审"。他之所以这么做，原因之一是余豹明与人争田，

① 《清代文字狱档》（增订本），补辑，第650、652页。

曾任刑部主事的余腾蛟帮别人不帮自己,“恨他不过”。原因之二是举人余璧亦与余腾蛟有仇隙,认识余豹明以后,二人谈话投机,于是联合起来,由余璧分析余腾蛟诗歌的政治问题,由余豹明跑腿向官府投状,准备“弄他个半死”以泄愤恨。所以他俩挑起这场文字狱,完全是出于他们与余腾蛟的利害关系,尽管这种利害关系与朝廷高层所考虑的政治利益不同,为利益驱动的性质却一样。以下是余璧对余腾蛟诗句所作的政治性注释:“其《字云巢与盛仲子夜歌》云:‘南山兴云,北山苦雨。中路回徨,不知所处。’太平盛世荡荡平平,谁为逼仄作此无处安身之语?其《龙潭石》诗‘巨灵劈山骨,倒落神龙渊。明月堕寒影,留客听清猿’,龙潭距县数十步,两岸平壤并无遮蔽,何言‘明月堕’?人烟挤密,行人辐辏,何言‘听清猿’?明月堕影,猿声悲切,与题不肖,意果何指?……《枫桥》诗‘村烟绕青枫,寒流下赤鲤。为问虬髯翁,年年钓绿水’,虬翁隋之剑侠,乘隋乱,志意欲有为,见唐太宗而止,腾蛟引此为句,意实何指?又《舟中感怀》诗云‘寂寞向古人,谁是同心者?范蠡与张良,空行若天马。天地一江河,终古自倾泻。出世不须臾,咄嗟辨王霸’等语,古人多矣,必引张良、范蠡为同心何也?岂以张良复韩、范蠡复越乎?且天地惟愿平成,而腾蛟谓‘自倾泻’,是何肺肠?”余璧解释诗歌似曾相识,与乾隆帝剖析胡中藻悖逆诗的逻辑如出一辙。如乾隆帝说胡中藻《吾溪照景石》“武皇为失倾城色”等句与诗题无关,余璧也说《龙潭石》诗歌内容与诗题“不肖”;乾隆帝说胡中藻以“坚磨”自号与《论语》中“佛肸”的名字暗合,寓有叛乱的意思,余璧也指出余腾蛟诗歌用“虬翁乱隋”、“范蠡复越”、“张良复韩”的典故,阴指他有叛清之心。这反映了胡中藻案产生的巨大影响,致使上行下效,轻案重办①。

① 胡中藻案产生的威慑力,不仅让后来的官员办案宁重勿轻,以免受到渎职的处罚,而且还形成官员办案从重从快、竞相邀功的局面。对此,乾隆帝自己也承认。如余腾蛟诗词案经过一番折腾,乾隆帝最后指示:“朕初阅折内所叙事属大逆,已批三法司核拟。及检阅诗文各稿即原首及签出各条,率多蹈袭旧人恶调,语句踳驳,不得谓之诽谤悖逆。胡宝瑔或有鉴于从前胡中藻之案,以为既经首出不得不严行处治,且人告少迟又焉知不为谢溶生先得居奇,无以如此具奏。殊不知逆恶大罪,国法不容,胡中藻狂悖实迹种种,朕不能为之贷,若此等诗辞岂可从一例论耶?……若摭拾诗句吹毛求疵,置之重辟,不独无以服其心,即凡为诗者势必不敢措一语矣。”(《清代文字狱档》增订本,第8辑,第487—488页)尽管如此,类似这种避重就轻的处置主动权,大臣们终究还是不敢要的,他们的心理是让帝王自己去实施,所以一般来说,一列入文字狱,当事人总是多少会遭殃。

余璧的解释处处以影射指发诗意，若其说成立，余腾蛟必死无疑。余腾蛟不得不竭力为自己辩护，他说写《字云巢夜雨答盛仲子》诗，因为盛仲子"与腾蛟儿女姻亲，字云巢是仲子书屋，彼时腾蛟未第，为族邻所侮，偶过仲子家，时值春雨连绵，昼夜不止，耽延数日，想起要出门游学，家有老母，难以远离，因与仲子夜话，仿古乐府作此歌句。武宁在万山之中，周围都是山，南山、北山是信手写来，如杜甫'舍南舍北皆春水'的意思，并无所指，有何关涉"；《龙潭石》诗"是咏龙潭石的诗，龙潭是武宁县西关外一景，潭上有盘石，旧建水月亭，宋时黄庭坚题'龙潭清影'一匾，这诗上两句说的是盘石，下两句因水月亭想到'清影'二字，又因谢灵运诗有'乘月听清猿'句，遂想到清月寒潭，静闻山响，如听清影，有何讥讪"；《枫桥》诗"赤鲤乃仙家之事，因赤鲤所以下接着有个老渔翁在此垂钓，以切枫桥之景，'虬髯'二字原是有须髯的通用字面，如杜甫诗中有'虬髯'二字说的是李琎，苏轼送张天觉诗有'紫髯'二字说的是长松草，这两个通用字如何说得讥讪"；《舟中感怀》是写"舟中怀古的，说古人中谁是同心的人，惟范蠡、张良出处一辙，其泛湖求仙若天马之行空，不可羁靮，因想到天地如河一般顷刻不停，即孔子所谓'逝者如斯'，就是张、范二人出世佐成王霸亦只须臾事耳，不过见人生如驹隙，此是诗家常语。况这首诗本是十二句，还有'飘然振袂去，烟霞存故我。斯事邈千秋，几人成高卧'四句，豹明欲诬为罪案特行删去，若通首一看便明明白白说的是古人，不须辨白的了"①。照余腾蛟的自我辩解，这些诗歌纯粹是状景咏古，与现实政治毫无干系，所谓讥讪全是瞎扯。乾隆帝在审理过程中，窥透余豹明"系挟仇陷害"的动机之后，撤销了这桩文字狱，毕竟民间人士互相之间的报复行为与统治者自身的利益并非息息相关，不必助长。

总之，在文字狱中，对解读作品起决定性作用的是利益，对于统治者来说，这种利益的核心就是政治，而对于民间人士来说，虽然政治不是他们的目的所在，但是他们十分清楚可以利用它报复私仇，实现自己的利益。利益以及为利益服务的政治，就这样在文字狱整个过程中成为一种

① 以上引文见《清代文字狱档》(增订本)，第8辑，第483—486页。

强大的动力，指导阐释，产生重大影响。“解释总是受到政治因素，或权力意志影响的。”①政治、权力意志与解释的密切关系，在文字狱中表现得淋漓尽致。政治最需要获取的是成功，实现利益，通常不是为追求真理，所以政治总是会适时而变，不断调整，这影响到政治作用下的解释必然也会根据需要而不断改变。在文字狱中，除了指导解释作品的核心意识政治之外，许多其他的主观因素，比如人缘关系，互相好恶的感情，利益和权势的竞争意识等，都会渗透到文字狱锻造中去，左右办案的进程和结果。主持狱事者有时借口为了国家和朝廷利益，为了维护帝王威权，暗中却将自己对某人的厌恶之情掺和到案件中去，这时他们对涉案文字的阅读既是政治化的，又是个人化的，二者总汇成复杂多样的主观性，贯穿于文字狱整个运作过程。

文字狱某些特点与谏官风闻言事有相似之处。风闻言事在南北朝已经有之，唐武则天对此加以利用，不久被纠正。“武后以法制群下，谏官、御史得以风闻言事，自御史大夫至监察得互相弹奏，率以险诐相倾覆。及宋璟为相，欲复贞观之政，戊申，制：‘自今事非的须秘密者，皆令对仗奏闻，史官自依故事。’”②至宋朝风闻言事又得到制度保障③。风闻言事原是为了帝王广耳目、察幽微，在实际施行中，无实诬人之言往往而有，更有甚者，别有用心者希图以此陷害直臣善良之士，有时并不需要对质，形成暗箱操作，任意性更大，“盖罗织告之别名耳”④。故宋人边归谠提出：“迩来有匿名书及言风闻事，构害善良，有伤风化，遂使贪吏得以报复私怨，谗夫得以肆其虚诞，请明行条制，禁遏诬罔，凡显有披论，具陈姓名，其匿名书及风闻事者并望止绝。”⑤这些现象在文字狱中也屡见不鲜，二者皆表现为政治驾驭文本（口头的或文字的），主观超越事实。

---

① 王晴佳《后现代主义与经典诠释》，黄俊杰编《中国经典诠释传统（一）：通论篇》，第99页，华东师范大学出版社2008年。按：据王晴佳注，这一观点参考了David Penchansky所著*The Politics of Biblical Theology: A Postmodern Reading*。

② 司马光《资治通鉴》卷二百一十一《唐纪》二十七，第1952页，上海古籍出版社1997年。

③ 参见陈植锷《北宋文化史述论》第一章第二节，第36—49页，中国社会科学出版社1992年。

④ 缪荃孙《云自在龛随笔》卷一，第6页，商务印书馆1958年。

⑤ 《宋史·边归谠传》，第9070页。

三、思维习惯和释义传统之作用

对人们来说，文字狱唤起的总是恐怖的记忆，尤其是当文字狱被推广到民间以后，人人自危，更是为大家普遍厌恶，“呜呼，语言之祸，千古同悲。杨子幼私书耿耿，不保家族；东坡吟咏落落，遂致诗狱”①，“险莫险于谈论，危莫危于弄笔”②。人们产生这种厌恶心情很好理解，然而应该厌恶的是主狱事者的作恶目的，而作为锻造文字狱的手段——自由释义其实是中立的，历史上也有用类似文字狱自由释义的手段对付小人的事例③，所以文字狱中的自由释义本身是一种中性的手段，主狱事者这种特殊的阅读和释义方法，并没有违背古人的阅读和释义传统，它不过是将中国历史上的自由释义传统运用于一个特殊的领域，用之于政治斗争和其他重大的利益之争。此外，如果因为文字狱制造者和参与者往往存有害人之心，就认为所有个中人的本意一律都是诬陷、栽赃，故意无中生有，倒也未必。比如民间人士，他们举报某人的作品有悖逆的内容，其实也要冒很大风险，一旦不成立，就很有可能反坐，因此而遭受惩罚的不少，杀头的也有，所以他们一般会对此采取谨慎态度。而高层统治者断定涉案文字具有悖逆内容，在常态的情况下也是经过反复斟酌，对证据多加推敲，以为确凿无疑后才大打出手，在这种情况下，他们的本意可能也不以为是在

---

①　刘将孙《跋刘玉渊道州九嶷山虞帝庙碑稿后》，《养吾斋集》卷二十六，影印文渊阁《四库全书》第1199册，第250—251页。

②　傅山《霜红龛集》卷三十七《杂记二》，第1041页，山西人民出版社1985年据山阳丁氏刊本影印。

③　如北宋吴处厚参奏蔡确即是著名的故事。蔡确初附王安石，及知安石已为神宗所厌，转而疏劾安石。他屡兴大狱，“以起狱夺人位而居之，士大夫交口咄骂，而确自以为得计”，君子视其为“小人”，皆耻之。官至尚书右仆射（《宋史》本传）。其弟硕以赃败，确谪守安州，夏日登车盖亭，作《夏中登车盖亭》绝句十篇。元祐三年，吴处厚解释其语以为谤讪，其略云：“五篇涉讥讽。‘何处机心惊白鸟，谁人怒剑逐青蝇’，以讥谗谮之人；‘叶底出巢黄口闹，波间逐队小鱼忙’，讥新进用事之人；‘睡起莞然成独笑’，方今朝廷清明，不知确笑何事？‘矫矫名臣郝甑山，忠言直节上元间’，按：郝处俊封甑山公，唐高宗欲逊位天后，处俊上疏谏，此事正在上元三年，今皇太后垂帘，遵用章献明肃故事，确指武后以比太后。‘沉沉沧海会扬尘’，谓人寿几何，尤非佳语。”“宣仁盛怒，令确分晰，终不自明，遂贬新州。”（陈思《两宋名贤小集》卷一百八）有人对这种手段的正当性表示质疑，如罗大经说：“近世蔡持正，数其罪恶，虽两观之诛亦不为过，乃以车盖亭绝句谓为讥刺，贬新州。夫小人擿抉君子之诗文以为罪，无怪也，君子岂可亦擿抉小人之诗文以为罪乎？”（《鹤林玉露》乙编卷四，第187页）

制造冤假错案。所以，文字狱中的自由释义虽然往往被一些人的诬陷动机所挟裹，但未必全都是如此。无论有无诬陷动机，文字狱往往需要自由释义的手段做配合才能够成立，所以关涉一般的思维习惯和释义传统问题。

从思维习惯和释义传统的角度来看文字狱现象，它们与文学批评史上的比兴说、刺诗说、析字法、谐音法、发愤著书说、鸣不平说等，有非常密切的关系。

比兴说。诗人托类以言情，解释者托类以求义，都是对比兴方法的运用。作为阅读和理解方法的比兴，就是通过以此喻彼、由此及彼，即用类推的方法，使诗歌含义不断繁衍扩充。经学家主要用它解释《诗经》，并借此培养读者的解释观念，训练其阅读和解释技巧。这深刻地影响了中国文学批评特色的形成。文字狱主事者审查、解读他们所处理的文本，也往往是使用比兴说诗的方法索求含义。办案者通过对杨恽"南山种豆"诗作政治化解读，任意阐发含蕴，以此坐实其比兴意义，认为字字句句皆是讽刺当朝，发泄不满，从而罗织罪名，使死罪成立。从杨恽诗祸可以看到，文字狱制造者往往是先有目的，再找借口，政治阐释是服务于目的的手段，至于被解读的作品本身有没有他们需要的寓意，疑似的寓意有多少，这些都不重要，重要的是，他们需要文本有这种寓意，文本就必须有；需要其有多少寓意，文本就必须提供多少，而如果他们所审查的文本恰好使用了便于作含义推衍的比兴手法，就为他们满足需要提供了极大便利。这在后来很多的文字狱中反复出现。相传谢灵运因诗得罪："《吟窗杂录》曰：'池塘生春草，园柳变鸣禽。'谢灵运坐是诗得罪，遂托以阿连梦中授此语。有客以请舒王（引者按：王安石死后被追封为舒王）曰：'不知此诗何以得名于后世？何以得罪于当时？'王曰：'权德舆已尝评之，其略云：池塘者，泉水潴溉之地，今曰生春草，是王泽竭也。《豳》诗所纪，一虫鸣则一候变，今曰变鸣禽，是候将变也。'"①谢灵运名句用赋的手法写成，加其罪者将它们读成比兴之句，说明比兴之说确实为文字狱主事者所喜

① 吴景旭《历代诗话》卷三十二"诗祸"条，影印文渊阁《四库全书》第1483册，第221页。

好。王珪解释苏轼“蛰龙”诗句，乾隆帝解释胡中藻“南斗”“北斗”、“南风”“北风”，都是采取如此手段。

美刺说。儒家诗学思想肯定时代决定诗歌，所以有治世之音和乱世之音、正风正雅和变风变雅的区别，又肯定不同的时代诗歌需要发挥不同的作用，所以有美刺之说。治世之音、正风正雅，主要是美；乱世之音、变风变雅，主要是刺。所谓“论功颂德，所以将顺其美，刺过讥失，所以匡救其恶”①，“汉儒言诗，不过美刺二端”②，“夫诗人之有美刺，犹史之有褒贬也”③，都说明美刺说广受重视。但是文学批评的实际情况是，美易刺难，儒家诗学本身对于刺诗有时也予限制，比如提出“主文谲谏”、“止乎礼义”的要求。所以刺诗对统治者是严峻的考验，对诗人也是严峻的考验。文字狱涉及的是刺诗问题。前面谈到的文字狱，比如苏轼对新法的批评，被主狱事者认为是恶意的、敌对的行为，是大不可为的犯上举止，超越了儒家诗论传统所允许的范围。这自然是他们一己的看法。又比如乾隆帝斥责胡中藻《吾溪照景石》用穆天子、汉武皇的典故，“借题以寓其讥刺讪谤”。又比如余腾蛟《字云巢与盛仲子夜歌》写在途中为云雨所苦，回徨不知所往的心情，余璧指控他太平盛世，为何写得这么逼仄，好似无路可走样子，言下之意，此诗是发泄对美好现实的不满。他们都是从刺诗的角度解说诗歌含义，窥探诗人的创作动机，加以定罪。可见刺诗说在文字狱事件中已经被异化为对批评的扑灭，对异见的消除，而且还经常被用来曲解诗人批评的性质，甚至不惜无中生有，以无所指为有所指。这与文学批评史上的权势者、统治者对刺诗采取防范态度其实质是相同的。

析字法和谐音法。这些本来都是写作的修辞手法，用析字法写诗也称离合诗，是指将汉字拆开又重新合成构为诗歌。纬书《孝经右契》“宝文出，刘季握。卯金刀，在轸北，字禾子，天下服”，其中“卯金刀”是繁体“劉”字，“字禾子”是“季”字，刘邦字季，整首歌是颂扬刘邦应天命而得天

---

① 郑玄《诗谱序》，《毛诗正义》，第6页。

② 程廷祚《诗论十三·再论刺诗》，《青溪集》卷二，《丛书集成续编》集部第129册，第190页。

③ 焦循《诗益序》，《雕菰集》卷十五，第245页，商务印书馆《国学基本丛书》本。

下。析字法也可以作为一种理解的方法,如宋人笔记小说载:“杜甫子宗武,以诗示阮兵曹,兵曹答以石斧一具,随使并诗还之。宗武曰:‘斧,父斤也。兵曹使我呈父,加斤削也。’俄而,阮闻之,曰:‘误矣,欲子斫断其手。此手若存,天下诗名又在杜家矣。’”①说明用析字法理解别人传递的意思,随意性很强,容易发生误解。清朝有的文字狱就是用析字法给对象定罪的。如雍正帝查办查嗣庭科场试题案,一条理由是,查嗣庭任江西乡试主考官,所出《易经》次题:“正大而天地之情可见矣。”《诗经》四题:“百室盈止,妇子宁止。”雍正帝认为,这是暗示把“正”和“止”两字相联系,与已经被正法的汪景祺“‘正’字有一止之象”,以“正”为号非吉兆的意思相同②。民间由此进一步传说,查嗣庭以《诗经·商颂·玄鸟》“维民所止”为题,“维止”暗寓去雍正之头。谐音法是利用语言的谐音关系组词造句,使作品显得新颖,收到出其不意的效果,文人和民间的作品都有,民间作品中更多。如北朝无名氏乐府《折杨柳枝歌》:“门前一株枣,岁岁不知老。阿婆不嫁女,那得孙儿抱?”“枣”与“早”谐音双关,作品因此多一层诙谐之意。乾隆帝将这种方法用到审理文字狱中,他举胡中藻督学政时所出试题的例子说:“考经义有‘乾三爻不象龙说’……乾隆乃朕年号,‘龙’与‘隆’同音,其诋毁之意可见。”③用析字法、谐音法锻炼文字狱,直接地将文本义与主事者臆想的政治喻义挂钩,较之比兴方法更加直接,也更加简单,比附还需要一点艺术化的联想,这种直接挂钩的做法无需任何艺术联想,只需直接进行政治悬测即可。

发愤著书和鸣不平说。司马迁、韩愈将作者的痛苦当作写作的动力,分别提出“发愤著书”和“不平则鸣”诸说,肯定作者用写作表达内心愿望,抒发真实情感,努力去实现自己的追求,将不平之感化为诗文华章。由于在这些命题中蕴含着一种强烈地与命运、人世相抗争的意识,具有鼓励作者表白不满世事的倾向,故也可以被解释为发泄愤怒,而这有时候是

---

① 署冯贽《云仙杂记》卷七“石斧欲斫断诗手”条。按:《四库全书总目》认为《云仙杂记》是宋人假托之作。

② 《清代文字狱档》(增订本),补辑,第961—962页。

③ 《清代文字狱档》(增订本),第1辑,第38页。

不利于其存在的。如王允将《史记》视为一部“谤书”①,章学诚也对司马迁“发愤著书”说之后形成的激烈批判精神和传统采取排斥态度②。陷入文字狱的作者情况各有不同,有些人确实在诗文作品中流露了不满、不平,犯了执政者忌讳,这是不是就可以构成文字狱?关键是要把作品的措语妥当与否、诗人抒发感慨牢骚与政治上图谋不轨相区别,然而这种具体鉴别又相当困难,因为诗歌、文章词义隐约,将它往轻微方面解说,没有丁点事儿,即使有也可以巧为掩饰从轻打发;往严重方面解说,则可以无限上纲,将作者投入大牢。这是鞫治文字狱极难掌握、又极好被利用的地方,主狱事者在这里拥有无限的释义空间、高度的审处权力,历史上许多文字狱之所以能够成立,实际上就是因为主事者利用了发愤、不平之作的这一特点。皇甫汸说:“尝谓虞卿著论,诞自穷愁;屈子赋骚,由于放逐。故文王拘而演《周易》,宣父厄而作《春秋》。考诸圣哲,盖同斯旨;详之马走,岂或云诬?矧诗本缘情,情悒郁则其辞婉以柔;歌以言志,志愤懑则其音慷以激。是故嵇生揆景,犹怨繁弦;雍周抚膺,遂流哀响。诗可以兴,可以怨,不在兹乎?”他认为写诗就是抒情写真,对于诗人真实抒发情感的诗歌,应予肯定,然而诗祸或文字狱对抒情诗采取任意解释,以构成对诗人的陷害,这种卑鄙的做法让他感到愤怒,他诘问道:“或曰:‘西子以蛾眉取嫉,曷不为之毁容?越人以神手歼生,胡不为之辍伎?’嗟乎,南山种豆,顾非引慝之辞;空梁燕泥,讵是招愆之牍?世设以此吹齑,则诗可以削草矣。”③

由上可见,仅以文字狱制造者解读作品所使用的方法和手段言,他们只是将前人遗法(尤其是比兴方法)施之于治狱事罢了,而这种攸关生命得丧的酷毒事件将自由释义的某些特点加以凸露,异常醒目。

---

① 《后汉书·蔡邕传》载:王允下令逮捕蔡邕,蔡邕请求黥首刖足,以完成汉史的编撰。马日磾也向王允进谏:“伯喈旷世逸才,多识汉事,当续成后史,为一代大典。”王允回答:“昔武帝不杀司马迁,使作谤书,流于后世。方今国祚中衰,神器不固,不可令佞臣执笔在幼主左右,既无益圣德,复使吾党蒙其讪议。”(第2006页)蔡邕遂死于狱中。

② 见《文史通义·史德》,章学诚《文史通义新编》内篇五,第183—184页,上海古籍出版社1993年。

③ 《禅栖集序》,《皇甫司勋集》卷四十一,影印文渊阁《四库全书》第1275册,第768—769页。

文字狱与自由释义传统之间还有一层关系：凡涉及文字狱的作者，其作品（不限于与文字狱直接有关的作品）在接受史上一般都会“被文字狱化”，读者在阅读这些作品的时候比较容易产生与文字狱有关的联想而影响到对其寓意和艺术手法的理解，并进而影响到对作者的认识。这样，“文字狱”就变成了后世读者的一种阅读前见，会持续地渗入到有关作者作品的接受史中，也可以说“文字狱”在接受史上被再一次扩大化。这类文字狱的次生现象也是文学接受史研究不可忽视的。

第五章 对古代文人的差异化评价

文学史上几乎每个有一定地位的诗人、作者,都会有自己被同时代和后世读者接受的历史,尤其是名家,其接受史的内容也更加丰富、复杂。诗人、作者本身好像就是"文本",会被不同读者作出各种各样的解读。包含在各种解读中的议论和评价,不仅有对他们成就、地位高低不尽一致甚至意见相左的论述,而且经常伴随对他们创作特色、作品意义的不断发现,或者相反,对其曾经被视为创作价值所在的某些特点渐渐淡漠,不再关心,从而影响对他们的再认识。文学史对诗人、作者的差异化接受是普遍现象。对一位诗人、作者的接受史是读者演奏的一部交响乐,是由接受者心灵集体投影于其上而形成的一幅曲线图。它是一条流动不居的长河,读者是流水,作家是被承载的帆船,帆船低昂的背后是水潮涨落的运动。

第一节 陶渊明

陶渊明在多数南朝人心目中只是一个位居"中品"的诗人,以后,他的地位不断上升,至宋代,或被视为"晋、宋第一辈人"①,或被看成堪与"诗圣"杜甫比肩的大家,甚至还有将他当作千古诗人之首者,文学地位极高。元、明、清三代,推崇陶诗也大有人在;有的则从他们的诗学理想出发,对陶诗有所批评,评价略低于宋以后形成的高水准。陶诗的内蕴、风格、个性,经过后人长期、反复评读,而被不断发现和丰富。这些新的发见

---

① 洪迈《容斋随笔》卷八,第 103 页,上海古籍出版社 1978 年。

和评价的波动，共同构成了一部陶渊明诗歌的接受史。对同一文学对象人们的认识和评价出现变化，往往是由评读者方面诸种情形产生的差异引起的，读者群的变异导致对作家和作品不同的认识和理解。陶诗的接受史，适从一个方面为人们提供了这样一个例子。

一

晋末宋初的诗坛，玄言诗正逐渐为发展中的山水诗所替代，诗风由谈论玄理的恬淡、枯燥，逐渐转向具体、细致地描绘自然景物和日常生活，追求语言清新、华绮、秾丽。随之而来，骈文大畅，文章的辞藻、对偶、用典、音律特点受到高度重视。诗歌方面，南齐永明年间，沈约等人提倡以追求声韵美为核心的严格的声律论，这种声律论与前人注重诗歌语言清绮秾丽和时人欣赏骈文藻饰雕琢相结合，使追求声采之美成为诗歌创作中的一种风尚。与诗文创作的这种主要倾向相一致，当时的评论界也以辞赋、骈文及其代表作家的作品为文学的正宗，将声韵、文采之美视为诗歌的基本要素。因此，南朝是一个崇尚美文的时代。

陶渊明适处于人们的诗歌期待视界发生替移时代的前一阶段，玄言诗的基础已经发生动摇，但仍未告退诗坛；崇尚文采的趋势已经显露端倪，却还未能左右风气。他的诗歌既带有玄言诗的某些语、义特征，少数辞藻颇明美的诗篇和诗句又显出与后来诗风某种程度的吻合。然而，陶渊明不仅仅是作为两种诗风替移时期的过渡人物出现在诗坛，甚至这一点不是他出现在诗坛的主要意义所在。他以质朴的语言寄深厚的情感，从平淡的描写见丰足的韵趣，这些构成了陶渊明诗歌主要的艺术品质，并超越了当时及后来相当长一段时期内读者普遍的诗歌审美追求。因此，陶渊明既是一位顺乎诗风衍化演进的诗人，更是一位超越时代，启示未来的艺术先觉。他的诗歌与南朝人的审美期待既有部分符合，又有较大距离，这决定了此阶段大多数诗评家给他诗歌安排的品第位置不可能太高。

南朝诗评家并不认为陶渊明是两种诗风替移时期的过渡人物，因为从他们崇尚文采的审美要求来观照诗风的历史流变，陶渊明不足以启示后人，因而也不能视其为先驱。沈约《宋书・谢灵运传论》、萧子显《南齐书·文学传论》、锺嵘《诗品序》、檀道鸾《续晋阳秋》(见《世说新语·文学》篇注引)等,对玄言诗盛行及其逐渐衰歇被新的诗风替代的情形作了大抵相似的评述,他们都未提及陶渊明在诗风转变过程中有任何作用和影响。如《诗品序》云:

> 永嘉时,贵黄老,尚虚谈,于时篇什,理过其辞,淡乎寡味。爰及江表,微波尚传。孙绰、许询、桓庾诸公,皆平典似《道德论》,建安之风尽矣。先是郭景纯用俊上之才,创变其体;刘越石仗清刚之气,赞成厥美。然彼众我寡,未能动俗。逮义熙中,谢益寿(混)斐然继作。元嘉初,有谢灵运,才高辞盛,富艳难踪,固已含跨刘、郭,陵轹潘、左。①

锺嵘论诗尚奇气、词采,他盛推曹植诗"骨气奇高,词采华茂",也可以视为对他评诗的艺术标准的说明。锺嵘以上所述,实则指出玄言诗先是受到尚才、尚气的诗人抗衡,后又受到词采斐然富艳的诗人挑战,而最终为后者所代表的诗风所湮替。陶渊明诗歌既不以奇气见长,也不以词采相胜,因此,从锺嵘的批评视角来看,在玄言诗消歇的过程中,陶渊明的存在不足一提。沈约、萧子显等批评家在文章中不提陶渊明,更多是与诗歌的词采、声律问题有关。《宋书·谢灵运传论》一方面批评玄言诗"寄言上德,托意玄珠,遒丽之词,无闻焉耳";一方面肯定殷仲文"始革孙(绰)、许(询)之风",谢混"大变太元之气"②。《南齐书·文学传论》也称江左诗人"盛道家之言",作为改变这种诗风的努力,"谢混情新,得名未盛,颜(延之)、谢(灵运)并起,乃各擅奇"③。殷仲文、谢混诗歌在当时以"华绮"著称(见《诗品》),颜延之、谢灵运诗歌辞藻富丽,更负盛名。可见,沈约、萧子显只提这些诗人对纠拨玄言诗风的作用和影响,是着眼于诗歌语言的华美秾丽,以及体现了有规则的音律美。诗风质朴平淡的陶

---

① 引自姚思廉《梁书·锺嵘传》,第695页,中华书局1973年。
② 《宋书》,第1778页。
③ 萧子显《南齐书》,第908页,中华书局1972年。

渊明被遗落在他们勾勒的诗歌发展史迹之外,不足为奇。

在骈俪风盛、崇尚词采的南朝,视陶渊明诗歌语言质直因而不予重视,是一种比较普遍的看法。颜延之《陶征士诔·序》只称他的作品“文取指达”,除此而外,不加论列,表明颜延之对陶渊明的诗文尚较为轻视。刘勰《文心雕龙》只字不提陶渊明,《隐秀》篇虽有一处述及陶诗,但属伪文。虽然难以确晓刘勰不提陶渊明的全部原因,但有一点可以肯定,这与陶诗平淡的语言风格不合他的审美标准密切相关。据锺嵘《诗品》记载,世人叹陶渊明诗歌“质直”,视其为“田家语”。这说明,对陶诗缺乏文采并致以不满的不是个别人的私见,而是普遍的看法。陶诗之不合时尚,由此可见大端。

与上述意见稍有不同,虽然锺嵘从总体上认为陶诗文采不足,但并不等于说他的少数诗篇不含有“风华清靡”、文采明媚的因素,而且,他还看到了陶诗其他一些长处。《诗品》论陶诗源出“善为古语”的应璩,应璩源出多数作品“鄙直如偶语”的曹丕,这种渊源关系的推定,表明锺嵘将陶渊明诗歌置于古朴质直一档。但他又指出,陶渊明“欢言酌春酒”、“日暮天无云”等诗句,“风华清靡,岂直为田家语耶”。并以《咏贫士诗》组诗为“五言之警策”,看作是“篇章之珠泽,文采之邓林”的一部分(见《诗品序》)。锺嵘对陶诗“文体省净,殆无长语,笃意真古,辞兴婉惬”的特点也予肯定。应该说,锺嵘对陶诗的分析比较具体,与时人相比,他对陶诗的优点有较多发现,在扬陶史上是一个突出的评论家。尽管如此,锺嵘又没有超然于时代的审美标准之上太甚,所以仍将陶渊明置于不高不低的“中品”,反映了以文采为核心的文学批评原则对古朴平淡诗风的左抑。《文选》选录作品很注重“翰藻”之美①,对辞采富艳的诗人之作采录较多。书中选陶渊明诗七题八首和《归去来辞》一篇,表明选者对他有所重视,但与陆机、潘岳、谢灵运、颜延之等人入选诗篇和文章的数量不能相比,大略也处于中等的位置,与锺嵘对陶渊明诗的品第安排相当。这也反映了选者对时尚的某种突破和总体上仍受到时尚的拘囿。北齐阳休之自称“颇

① 见萧统《文选序》,李善注《文选》,第2页。

赏潜文”，他评陶渊明作品“辞采虽未优，而往往有奇绝异语，放逸之致，栖托仍高”①。主要欣赏陶诗托意高远和某些惊拔奇异的语句，但对辞采未优仍有不满，南朝文人的文学趣味同样在他身上流露出来。

在南朝文人中，赏爱陶诗程度最深的是萧统、萧纲兄弟。萧纲创作的诗歌轻靡绮艳，是“宫体诗”代表，但他在诗歌欣赏方面颇有识力。据颜之推《颜氏家训·文章篇》载，萧纲“爱陶渊明文”，犹如刘孝绰之爱谢朓诗歌，常“置几案间，动静辄讽味”②。我们很难从如此简略的记载中去详悉萧纲究竟赏爱陶渊明作品哪些特质，像这样嗜好陶文在当时实为罕见。萧统对陶渊明怀有特殊的敬意，为他撰写传记，搜集校理他的诗文集。他在《陶渊明集序》中，对陶渊明的文学成就作了很高的评赞：

> 有疑陶渊明之诗篇篇有酒，吾观其意不在酒，亦寄酒为迹者也。其文章不群，辞采精拔，跌宕昭彰，独超众类，抑扬爽朗，莫之与京。横素波而傍流，干青云而直上。语时事则指而可想，论怀抱则旷而且真。……余爱嗜其文，不能释手，尚想其德，恨不同时。……尝谓有能观渊明之文者，驰竞之情遣，鄙吝之意祛，贪夫可以廉，懦夫可以立，岂止仁义可蹈，抑乃爵禄可辞。不必傍游太华，远求柱史，此亦有助于风教也。③

《孟子·万章下》：“故闻伯夷之风者，顽夫廉，懦夫有立志。”萧统谓读陶渊明书“贪夫可以廉，懦夫可以立”，语本《孟子》，他是将陶渊明比作伯夷一类人物。萧统这篇序无论是对陶渊明作品本身的文学特征的赞述，还是对作品的社会效果的估测，其评价在南朝均属最高。其中尤其是评陶渊明“文章不群，辞采精拔”，“抑扬爽朗，莫之与京”，与南朝人普遍视陶渊明作品缺乏文采，最多只能置身“中品”的看法，相距甚遥。萧统囿于风教之说，批评《闲情赋》为“白璧微瑕”（《陶渊明集序》），这自然不

---

① 阳休之《陶集序录》，梅鼎祚《北齐文纪》卷三，崇祯十一年刻本。
② 《颜氏家训集解》，第276页，上海古籍出版社1982年。
③ 引自李公焕笺注《陶渊明集》，《四部丛刊》影宋巾箱本。

足为训。但是,他在陶渊明所有作品中只不满意这一篇,恰证明他“爱嗜”陶渊明作品程度之深。于是产生了一个问题:既然萧统如此“爱嗜”陶渊明诗文,为何他在编定的《文选》中采录陶氏作品数量仅在中等,二者评价的态度如此不一致?有人解释说“陶集的编定在《文选》之后”,此时,萧统“人生观念渐趋成熟,对陶潜的作品内涵有了比较深入的认识和理解,他为陶潜结集写序,正是这种认识成熟的标志”①。今人多据不录存者之通例,认为《文选》成书于普通七年(526)后,中大通三年(531)萧统去世前,具体时间难详。萧统编《陶渊明集》的时间就更不得而知了。以上“陶集的编定在《文选》之后”的结论没有材料依据,仅属猜测。姑且退一步承认存在这种可能性,萧统对陶渊明作品价值的认识也不是他编定其集、撰写序文时才开始产生,《陶渊明集序》“尝谓有能读渊明之文者”云云,“尝谓”二字适足证明他对陶渊明作品价值的认识在这之前已经确立。所以,似乎不能从萧统前后认识的变化来解释上面的问题。任何选家的批评个性都受到一定约束,在书中选什么,不选什么,选篇比例如何安排,虽然选家本人对此有较多自主性,但又不完全取决于他个人意愿,前人定论,同时代人的偏嗜,都会在无形中影响选目的确定。再说,《文选》是萧统主持、多人合作编选的成果。唐人元兢《古今诗人秀句序》说:“梁昭明太子萧统与刘孝绰等撰集《文选》。”②《中兴书目》注云:“与何逊、刘孝绰等选集。”③这样,《文选》在多大程度上体现了萧统的文学批评个性的问题变得更加复杂了。而萧统写《陶渊明集序》,表述的完全是他个人的看法,充分反映了他个人的观点,毋庸像《文选》确立陶渊明入选篇目必须顾及公众舆论,斟酌平衡。因此,我们考察萧统个人对陶渊明作品的态度,应该以《陶渊明集序》为准,《文选》选目虽然也反映了萧统对陶渊明的一定评价倾向,更多部分则是公众舆论的体现。尽管萧统个人极力推尊陶渊明,《文选》中却不得不迁就一般公论将他的地位降低一

---

① 张升虎《知音异代论萧陶——兼驳萧统弱冠为陶潜结集说》,载张国光《古典文学新论》,第107—108页,武汉出版社1990年。

② 见弘法大师原撰,王利器校注《文镜秘府论·南卷·集论》及注(1),第354、355页,中国社会科学出版社1983年。

③ 王应麟《玉海》卷五十四引,影印文渊阁《四库全书》第944册,第437页。

等。这一例子证明,南朝人崇尚美文的观念是如何地偏执而又根深蒂固,他们视陶渊明作品缺乏文采,考虑到其他优点,才视他为“中品”诗人,这种看法又是如何地深入人心。处于这种阅读氛围和接受定势之下,陶渊明文学地位不可能得到根本提高,个别人的卓见不可能获得社会的普遍认同。

南朝人评陶渊明,还较多谈到他的品格、道德,也即人品,对此,他们一致地持褒赞态度。颜延之《陶征士诔》称他“廉深简洁,贞夷粹温”。沈约《宋书·隐逸传》本传、佚名《莲社高贤传》都以赞扬的笔调,述及他经晋、宋改朝后“耻复屈身后代”的大节。锺嵘《诗品》云:“每观其人,想其人德。”对他“人德”之高表示了仰慕。但是,他们对陶渊明“人德”的赞美并没有必然地引动对他诗文评价的提高,颜延之高赞陶渊明人品美好,却仅评他“文取指达”,最典型地反映了这种人品和文品互相离异的两重取向。孔子“有德者必有言”(《论语·宪问》),这句话被两汉尤其是唐宋以后的文学批评家理解为德性高的作家文品必高,对作家论和创作论产生了广泛影响。但是在儒学地位下降的魏晋南北朝,人们并不将它视为无可置疑的真理。批评家往往更加注意德与言、立身与文章不一致的地方。曹丕《与吴质书》云:“古今文人类不护细行,鲜能以名节自立。”萧纲《诫当阳公大心书》云:“立身之道与文章异,立身先须谨重,文章且须放荡。”在这些观念支配下,人们当然也就不会在评述作家作品时,将人品、文品二者看成必然是呈正比例的协调关系,而是将它们疏离开来,分别看待,人品高未必意味着文品一定也高,赞美其中一项并不等于也要用同样的值去赞美另一项。人们高赞陶渊明的品格,但是评论他的诗文创作则用当时美文的标准,只对它们作出中调甚至低调的评价。萧统在《陶渊明传》《陶渊明集序》二文中,对陶渊明的人品和文品都推崇备至,且对二者的内在联系有一定认识,识见超出于同时代批评家之上。但是,萧统的识见远不是同时代人的共识,并不能改变时人所持陶渊明人品高于文品的普遍看法,此是其一;其次,仔细体会萧统的文章,他虽然同时推崇陶渊明的人品和文品,总的来说,还不是从儒家“有德者必有言”德与言的因果关系着眼来看待二者联系的,因此,他与唐、宋(尤其是宋)一部分批评家极高地评赞陶渊明人品因而极高地推崇他的文品还有所不同。

以上说明,南朝文人普遍对陶渊明的创作评价不甚高,一方面是受以文采为尚的审美风气影响,另一方面,与他们将人品和文品分别予以观照的批评态度有一定关系;萧统本人同样崇尚美文,在对陶渊明的评价上,他却能够高出时人一筹,从某种程度上显示了未来的评陶方向。但是,个别人的某些卓见不能代替一时公论,未来毕竟不是现实,在广大读者和批评家的文学期待视野与陶渊明作品之间还存在较大距离的情形下,陶渊明文学地位不可能真正获得大的提高。

二

隋朝和唐初,人们对陶渊明的评价仍不高,然而二者的原因并不相同。

隋代一度形成改变齐、梁文风的舆论,要求以实用、功利、说教之文取代美词华章,南朝重词采的文学标准遭到攻击。但是,陶渊明及其诗文并未因此而受到重视,从他们急功近利的文学观点来看,陶渊明不服务于现实的处世态度不足为训,作品不切实用,因而也在非议之例。王通强调诗文创作必须为政治和道德目的服务,“上明三纲,下达五常”,“征存亡,辨得失”,“济乎义”①。他评陶渊明“放人也。《归去来辞》有避地之心焉,《五柳先生传》则几于闭关也”②,流露了不满之意。

唐初文坛依然畅行南朝华丽绮艳的风气,文人偏嗜俳缦骈偶,雕琢堆砌,一如从前。陶渊明仍是一位受冷落的作者。《艺文类聚》的选篇清楚地说明了这一点。《艺文类聚》是唐高祖武德间编纂的一部大型类书,它的特点是将取“文”和存“事”二者合而为一。其取“文”部分带有某种总集的性质,旨在为文人提供缀文遣典的资料,而入选的作品还具有某种示范的意义,反映了当时尚词藻的风气。因此,它的意义不仅在于保存了唐以前大量的诗文歌赋等文学作品,还在于可以从中窥见当时评骘诗文、轩轾作者的一些情况。钱锺书《管锥编》指出,《艺文类聚》卷十八“美妇人”

① 王通《中说》卷二《天地篇》,《二十二子》,第1312页,上海古籍出版社1986年。
② 《中说》卷九《立命篇》,《二十二子》,第1327页。

门收录了蔡邕《检逸赋》，陈琳、阮瑀各人所作《止欲赋》，王粲《闲邪赋》，应玚《正情赋》，曹植《静思赋》等，独不取陶渊明表现同一类主题的《闲情赋》，"亦窥初唐于潜之词章尚未重视也"①。不重视陶作还反映在，卷三十五"贫"门只选其《贫士诗》二首，卷六十五"田"、"园"门各只选其田园诗一首，尤可怪者，卷三十六"隐逸"门仅选《归去来辞》一篇，诗歌一首不录，使"古今隐逸诗人之宗"徒有虚名；卷二十七"酒"门只录《饮酒诗》一首，而录庾信诗则有五首，这与陶诗素有"篇篇有酒"的谑号又是多么不相称。这些冷落陶作的现象，在后人看来确实不易理解，而在以追求绮丽为普遍倾向的唐初文坛，这是一件顺理成章的事情。

盛唐以后，文坛上绮艳独尊的局面已经不复存在，多样化的诗歌风格，广泛的表现题材，已成为广大诗人自觉的创作追求，虽然晚唐骈俪文风重又得势，诗歌创作也出现藻饰化倾向，有人批评陶诗"不文"②，可是终唐之世，再也没有回复唐初独尚绮艳的格局。在这种背景之下，陶渊明作为诗中重要的一家受到较多青睐。诗人提到陶渊明名字明显增多，多为尊敬的口气。有的仰慕他随性任真、不拘礼俗的生活态度（如李白），有的赞颂他不事二姓的贞节大义（如颜真卿《栗里诗》，一作《咏陶渊明》）。孟浩然、王维、韦应物、白居易、柳宗元等一些描写田园和日常闲适生活的诗篇，颇得益于对陶诗的学习；崔颢、刘驾、曹邺、司马扎（札）、唐彦谦等都有"效陶"诗篇，而六朝仅有鲍照和江淹拟陶诗各一首；与陶渊明行事和作品有关的一些内容如辞官归田、桃花源、菊花等，常为唐代诗人所歌咏、引述、借用，用以述志抒怀。这些都说明，陶渊明诗歌成为当时诗人取法的对象之一，对诗歌创作产生了明显的和比较广泛的影响。在对陶诗的评价上，杜甫以陶渊明、谢灵运并称："焉得思如陶谢手，令渠述作与同游。"（《江上值水如海势聊短述》）"陶谢不枝梧，风骚共推激。"（《夜听许十一诵诗爱而有作》）后面一例虽是以"陶谢"赞扬许生，不是直

---

① 钱锺书《管锥编》之《全上古秦汉三国六朝文》"一四五"条，第1219—1220页，中华书局1979年。

② 谢榛《四溟诗话》卷二："皇甫湜曰：'陶诗切以事情，但不文尔。'……陈后山亦有是评，盖本于湜。"《历代诗话续编》，第1161页。

接夸赞陶渊明、谢灵运，然以“陶谢”为美称而并尊之意已包含在其中。以往，批评家习惯于并称“陆（机）谢”、“颜（延之）谢”、“鲍（照）谢”，杜甫以“陶谢”并称，是提高陶渊明文学地位的标志。白居易曰：“常爱陶彭泽，文思何高玄。”（《题浔阳楼》）《蔡宽夫诗话》“唐诗人之宗陶者”条载：“然薛能、郑谷乃皆自言师渊明。能诗云：‘李白终无敌，陶公固不刊。’谷诗云：‘爱日满阶看古集，只应陶集是吾师。’”①陶渊明作为具有鲜明风格特征的重要诗人的地位，已经在唐人心目中初步得到确立，他的诗歌值得珍重地学习和借鉴，这一认识也为唐人较为普遍地接受，较之南朝文人的一般公论，陶渊明在唐朝是升值了。

尽管如此，人们对陶渊明也有批评和不满。王维指责他不能忍“一惭”，结果“终身惭”，“忘大守小”②。杜甫讲他虽然“避俗”，可是“未必能达道”（《遣兴五首》其三），与理想人格尚有距离。对陶渊明的诗歌创作，白居易从美刺讽谏的主张出发，批评他“偏放于田园”（见《与元九书》）。此外，李白《古风》其一（“《大雅》久不作”）、韩愈《荐士》、陆龟蒙《袭美先辈以龟蒙所献五百言既蒙见和复示荣唱至于千字提奖之重蔑有称实再抒鄙怀用伸酬谢》诸诗，历述前代诗歌兴衰沿革，标举诗派宗风流绪，都只字不及陶渊明，犹如前述沈约、萧子显、锺嵘、檀道鸾将陶渊明遗落在其勾勒的诗歌发展史迹之外。这说明，当时陶渊明诗歌的升值还是局部的，还限于表现在一些具体方面（主要是他的田园诗和诗的田园风格），而当人们对从前的诗歌发展作宏观思检时，他的作用和意义又从批评家的记忆中消失了。与宋人全面赞美陶渊明相比，唐人只能是瞠乎其后了。

三

文学史上常有旷世相契的例子，接受环境和接受主体自身条件的改变，人们会对过去的作家和作品产生许多新的认识和观感，作出新的判断和评价。在宋代，陶渊明的身价达到了登峰造极的地步，他的作品的美学含蕴与宋人的审美期待二者的符契程度之高，远远超出其他历史时期，因

① 引自郭绍虞《宋诗话辑佚》，第381页，中华书局1980年。
② 见王维《与魏居士书》，《王右丞集笺注》，第334页，上海古籍出版社1984年。

而，他的作品得到宋人普遍认同，出现了批评家竞相评陶、赞陶的繁闹景象。苏轼评陶渊明："自曹、刘、鲍、谢、李、杜诸人，皆莫及也。"①曾纮称他"真诗人之冠冕"②。真德秀认为陶渊明作品与《诗经》《楚辞》一脉相承，同为"诗之根本准则"③。像如此高的评赞与宋人的公论无疑还是存在一些距离的，有些评者的评断是他在某个生活阶段特殊情境下的看法，如苏轼早先以杜甫为古今诗人之首，晚年屡经流放，心境与陶渊明甚契，才视陶诗为诗中第一。有一点则可以相信，唐宋诗人以杜甫为首，唐以前诗人以陶渊明为冠，这种看法在宋代已经成为诗歌史的一种共识。

陶渊明在宋代受到大力推崇，与古文运动的影响有密切关系。韩愈倡导的唐代古文运动恢复了秦汉散行单句文章的传统，欧阳修领导的宋代古文运动，则又在此基础上使散文创作进一步朝平易晓畅自然的风格发展。这影响到文学批评，一是重散轻骈。苏轼称韩愈"文起八代之衰"④，以骈文时代为文章衰弱的时期，韩愈倡导古文为振衰起弱的豪举，其实这也是对骈散文体的抑扬。二是好平易非奇涩。这不仅表现在对古文本身的取向上，如欧阳修取韩愈"文从字顺"而不取他"怪怪奇奇"，同时也反映在对骈文的态度上。欧阳修、苏轼在文体方面重散轻骈，但并不一概排斥骈文，他们反对骈文繁缛堆砌、矫情虚饰，述事写怀滞涩不畅，但对平易畅达的辞赋也加以肯定，并将其艺术融入自己的创作中，如《秋声赋》、前后《赤壁赋》等都借鉴和汲取了骈文的一些长处，这与他们追求古文的平易风格是相一致的。陶渊明一些辞赋散文如《归去来兮辞并序》《桃花源记》《五柳先生传》《闲情赋》《感士不遇赋》《自祭文》等，都表现出自然流畅、平易生动的特点，辞赋通常具有的典重奥博、繁缛滞涩，在陶渊明这几篇作品中是找不到的。这使他在尚辞藻的南朝被冷落了，而在尚平易的宋代却得到了大力推崇。欧阳修对《归去来兮辞》的盛赞之词屡为宋人所引述，如洪迈："昔大宋相公谓陶公《归去来》是南北文章之绝

① 苏轼与苏辙书，见苏辙《子瞻和陶渊明诗集引》，《栾城集》，第1402页。
② 引自李公焕笺注《陶渊明集》卷四。
③ 引自李公焕笺注《陶渊明集》卷首《总论》。
④ 苏轼《潮州韩文公庙碑》，《苏轼全集·文集》卷十七，第988页，上海古籍出版社2000年。

唱，五经之鼓吹。”①朱熹：“欧阳公言：两晋无文章，幸独有此篇耳。”②陈知柔则评该文“超然乎先秦之世，而与之同轨者也”③。苏轼赏爱《闲情赋》《自祭文》，虽然主要是着眼文章的立意寄托，但也包括对“妙语”的肯定④。唐庚称赞《桃花源记》造语“简妙”，“晋人工造语，而元亮（陶渊明）其尤也”⑤。在陶文受到如此激赏的背后，反映了从南朝到宋代文章观念、审美趣味明显改变这样一个重要的事实。

相对其文，陶渊明诗歌受到宋人更加广泛的评赞，更能够反映出他文学地位骤升的事实。宋诗人之于唐诗人的关系，一方面是以学求变，如推杜甫为众诗人之首，这包括对他“诗史”蕴含及精妙的诗律艺术的折服和汲取，尤其推尊杜诗拗体而发展自己“奇”的一面（以江西诗派为代表）。另一方面是以异求变，另觅诗歌艺术别一洞天，追求平淡、理趣和犹如食橄榄般清悠悠的诗味，从而形成和发展了宋诗“易”的一面。无论是尚“奇”尚“易”，在写法上都赋予诗歌散文化和议论化的特点。陶渊明诗歌不尚美文丽辞，也未受到精严的诗歌韵律的限制，着重抒情写意，寄寓理趣，行文自然明畅，这与宋诗尚“易”的倾向十分吻合。正是这种吻合使陶渊明诗歌在宋代极度“热”起来，成为宋人广泛评赏和学习的对象。

南朝人普遍认为陶诗文采不足，唐人赞陶者也没有特别留意陶诗的文采问题。宋人评陶，在这方面提出了独到的见解。苏轼《评韩柳诗》一文对陶渊明、柳宗元诗歌的语言风格作了如下总结：

> 所贵乎枯澹者，谓其外枯而中膏，似澹而实美，渊明、子厚之流是也。若中边皆枯，澹亦何足道？佛云：如人食蜜，中边皆甜。人食五

① 洪迈《容斋随笔》卷三，第32页。按：“大宋相公”指欧阳修。相公，旧时敬称宰相。顾炎武《日知录集释》卷二十四：“前代拜相者必封公，故称之曰相公。”欧阳修“（嘉祐）六年参知政事”（《宋史》本传），相当于副宰相。

② 朱熹《楚辞后语》，《楚辞集注》，第262页，上海古籍出版社1979年。

③ 陈知柔《休斋诗话》，《宋诗话辑佚》，第486页。

④ 见苏轼《题文选》，《苏轼全集》，第2114页；陈秀明《东坡文集录》，《学海类编》本。

⑤ 强幼安《唐子西文录》，《历代诗话》，第443页。按：强氏《唐子西文录记》谓是书乃记唐庚论文之语而成，《四库全书总目》提要考其内容不实，以为“殆好事者依托为之”，但是也不完全否定其中有唐庚讲的话，以为此或抄自他书，“剽劂之迹显然”。

味，知其甘苦者皆是，能分别其中边者，百无一二也。[1]

用"外枯中膏，似澹实美"概括陶、柳诗，很得要领，而这一评语更符契陶诗实际，所以苏轼又用"质而实绮，癯而实腴"（《与苏辙书》）专评陶渊明诗歌，从而否定了多数南朝人对陶诗"文采不足"的指责，也超越于萧统评陶诗"辞采精拔"稍嫌笼统、宽泛的结论。苏轼对陶诗这一语质的概括为宋人所认同。苏辙曰："永愧陶彭泽，佳句如珠圆。"[2]这种"珠圆"似的佳句，实指苏轼所说的陶诗的美质。曾纮曰："余尝评陶公诗，语造平淡而寓意深远，外若枯槁，中实敷腴，真诗人之冠冕也。"[3]陈善云："乍读渊明诗，颇似枯淡，久久有味。"[4]陈模云："渊明则皮毛落尽，唯有真实，虽是枯槁，而实至腴。非用工之深，鲜能真知其好。"[5]显而易见，这些评语皆脱胎于苏轼，旨在解释和肯定陶诗特有的语质。黄庭坚《题意可诗后》也对陶诗包括语言风格在内的艺术特征作了中肯的分析："宁律不谐而不使句弱，用字不工不使语俗，此庾开府之所长也，然有意于为诗也。至于渊明，则所谓不烦绳削而自合。虽然，巧于斧斤者多疑其拙，窘于检括者辄病其放。……渊明之拙与放，岂可为不知者道哉？"[6]黄庭坚论诗包括尚人工锻炼和尚天巧"自合"两个方面，他赞赏陶诗"拙与放"的语言风格，与苏轼所论实相一致。他如林倅以"格高似梅花"[7]，杨万里以"春之兰，秋之菊，松上之风，涧下之水"[8]，喻拟陶渊明诗歌，都反映了与苏轼相同的认识。

由上述诸家评语可知，宋人普遍欣赏陶渊明的诗歌既非单纯的"质"、"癯"，亦非单纯的"绮"、"腴"，而是质而能绮，癯而能腴，外枯中膏，似澹实美的语言风格，对这种语言风格本身加以赞美。这样，宋人就

---

① 《苏轼文集》，第2109页。
② 《子瞻和陶公读山海经诗欲同作而未成梦中得数句觉而补之》，《栾城集》，第1125页。
③ 引自李公焕笺注《陶渊明集》卷四。
④ 陈善《扪虱新话》第一集，明抄本。
⑤ 陈模《怀古录》卷上，引自《陶渊明资料汇编》上册，第115—116页，中华书局1962年。
⑥ 《黄庭坚全集》，第665页。
⑦ 《扪虱新话》第二集，明抄本。
⑧ 《西溪先生和陶诗序》，《诚斋集》卷八十。

与南朝绝大多数文人的态度有了鲜明的区别,与唐人一般还不怎么注重从语言风格方面去肯定陶诗的价值也有所不同。

宋人欣赏陶诗的这种语质,是与欣赏陶诗整个平易自然朴素的风格相联系的,而这实际上又是宋人诗歌尚"易"方面的审美祈向的一种表现。苏轼心慕的文学作品:"大略如行云流水,初无定质,但常行于所当行,常止于不可不止,文理自然,姿态横生。"(《答谢民师书》)这兼指诗文而言。他高赞陶诗,是因为陶诗契合了他这种审美趣味。杨时说:"陶渊明诗所不可及者,冲澹深粹,出于自然,若曾用力学,然后知渊明诗非着力之所能成。"[①]《蔡宽夫诗话》云:"天下事有意为之,辄不能尽妙,而文章尤然;文章之间,诗尤然。世乃有日锻月炼之说,此所以用功者虽多,而名家者终少也。"并指出诗人只要真正抱着重自然、待其"自来"的态度作诗,陶渊明"采菊东篱下,悠然见南山"的造诣是可以企及的[②]。宋人将陶诗看成是与刻意新奇、雕琢费力的诗风相抗衡,引导诗歌创作趋往平实自然的典范。梅尧臣论诗"宁从陶令野,不取孟郊新"[③]。唐庚将唐人诗句与陶渊明诗作了比较之后,得出"便觉唐人费力"的结论[④]。袁燮指出,陶渊明写诗"不烦雕琢,理趣深长",在"魏晋诸贤"中,最得古人"犹天籁之自鸣"的妙趣。他批评道:"唐人最工于诗,苦心疲神以索之,句愈新巧,去古愈邈。……'为人性僻耽佳句,语不惊人死不休。'子美所自道也。诗本言志,而以惊人为能,与古异矣。后生承风,薰染积习,甚者'推敲'二字,毫厘必计;或其母忧之,谓是儿欲呕出心乃已。镌磨锻炼,至是而极。孰知夫古人之诗,吟咏情性,浑然天成者乎?"[⑤]这些都表明,随着一部分宋人对诗歌流畅地写意期望的提高,考虑作诗属对精切、形式严整、句调别致等等已经降属其次,他们奉陶渊明诗歌简放自然为圭臬,视规范的形式因素相当突出的唐诗为"费力",而寻求"天籁自鸣"的古诗境界,

① 杨时《龟山先生集》卷十《语录》一,明万历十九年刻本。

② 引自魏庆之《诗人玉屑》卷八"论用工之过",第178—179页,上海古籍出版社1978年。

③ 梅尧臣《以近诗赞尚书晏相公忽有酬赠之什称之甚过不敢辄有所叙谨依韵缀前日坐末教诲之言以和》,《宛陵先生集》卷二十八,明正统四年刻本。按:诗句原注录有晏殊的话曰:"彭泽多野逸田舍之语。""郊诗有五言一句,全用新字。"

④ 《唐子西文录》,《历代诗话》,第443页。

⑤ 《絜斋集》卷八《题魏丞相诗》,乾隆武英殿聚珍本。

这是宋人通过返古归朴寻异趣于唐诗之外的求新意识的一种表现。宋诗沿着两条途径获得了发展，一是江西诗派学杜甫夔州以后创作的“古律诗”形成奇拗的特点，二是不少诗人学陶渊明朴实自然的诗风形成平易的特点。黄庭坚“拾遗句中有眼，彭泽意在无弦”（《赠高子勉》），主张艺术上并宗杜、陶，以求达到从有法到无法的高境。可是，黄庭坚本人和江西诗派其他成员的创作均未使二者达到统一。宋诗发展的事实则是，诗人对陶、杜的不同宗尚各自结出了不同的艺术硕果，同样富有意义。从宋诗审美发展方向的视角看问题，我们对陶渊明诗歌风格受到宋人高度评价的必然性便会更加清楚。

宋人论诗，将诗味、理趣作为优先考虑的因素。他们赞赏陶诗的语质乃至其整个平易朴实自然的风格，是与赞赏在陶诗这种语质和风格中包蕴的丰富、令人回思不尽的诗味和理趣互为表里的。以“味”品论诗歌，由来已久。六朝尚美文的时代，人们往往将诗文的味与丽辞丹彩结合起来，如锺嵘谈到诗歌如何才能“使味之者无极”，就包括“润之以丹彩”的因素（见《诗品序》）。唐人提倡诗味，则重在“味”本身，如司空图强调“近而不浮，远而不尽”的“韵外之致”、“味外之旨”，他尤其赞赏王维、韦应物“澄澹精致”的诗味（《与李生论诗书》）。宋人论诗，好求平淡无味。梅尧臣曰：“作诗无古今，唯造平淡难。”（《读邵不疑学士诗卷杜挺之忽来因出示之且伏高致辄书一时之语以奉呈》）欧阳修以欣喜之情谈到阅读梅尧臣近体诗的感受：“初如食橄榄，真味久愈在。”（《水谷夜行寄子美圣俞》）杨万里喻诗如“荼”，“至于荼也，人病其苦也，然苦未既而不胜其甘。诗亦如是而已矣。”[①]这与欧阳修“橄榄”之喻同一道理，皆重诗“味”之谓。刘克庄将梅尧臣誉为宋诗“开山祖师”[②]，正说明梅尧臣作诗求“深远闲淡”（欧阳修《六一诗话》评梅诗语）之“真味”代表了宋代诗人比较一致的向往。他们不同于六朝人将诗味与丹彩互相挂钩，而与司空图重在诗味本身的论说则较为契近。因此，诗味丰富、不以辞彩相胜的陶渊明诗

① 《颐庵诗集序》，《诚斋集》卷八十三。

② 刘克庄《后村诗话》前集卷二，第 22 页，中华书局 1983 年。

歌，才格外受到好评。文同评陶渊明："文章简要惟华衮，滋味醇酞是太羹。"[①]恰是陶诗的语体和内质特征与宋人以简要为华美、清淡为真味的诗学认识相契合而引起的一种共鸣。张戒曰："味有不可及者，渊明是也。"[②]前述苏轼、曾纮、陈善、陈模、林倅、杨万里诸人评赏陶诗之语，都既是对他诗歌语质的肯定，又是对包蕴在这种语质中的丰富深长的诗味的赞赏。这与司空图强调王、韦冲澹之格的"味外味"理论是相通的。

但是，宋人欣赏陶诗，不限于一般意义上的诗味，还津津乐道于陶诗的理趣。理趣是古代一个重要的诗歌审美范畴，主要形成于宋代。理谓义理、哲理、道理；趣谓情趣、风趣、趣味。诗有理趣，是指诗人在诗歌中议论道理而同时又充满诗意和情趣，不同于抽象地说理布道。诗歌基本的形象性、情感性要求与宋诗的议论化倾向相结合，加之宋代发达的理学对文学强烈的渗透，以及诗中佛理因素的增加，使得宋人对诗歌理趣十分倾慕。不仅诗人兼理学家如邵雍、朱熹等写了许多富有理趣的诗歌，即如苏轼、陆游等著名诗人和江西诗派主要成员，也有不少融理与趣为一体的诗篇。可以说，求理趣是宋代诗歌批评一项重要的内容。陶渊明曾受到过玄言诗影响，爱好在诗里说理发议论，使作品含有哲理。他高明之处是善于将哲理诗化，诗歌语言浅显朴实自然，处处给人生动之感，全然不像玄言诗枯燥乏味。陶诗的特点很合宋人对诗歌理趣的要求，因而大受美誉。苏轼拈出"采菊东篱下，悠然见南山"等诗句，称赞其为谈理之诗，知道之言[③]。葛立方以陶诗寓意高远，富有机趣，认为妙得禅理，称诗人是"第一达磨"[④]。朱熹曰："渊明所说者庄、老，然辞却简古；尧夫（邵雍）辞极卑，道理却密。"[⑤]即以为陶渊明诗歌妙有理趣，邵雍《击壤集》不免堕入理障。真德秀不同意朱熹所持陶诗意出庄、老的说法，认为"渊明之学，正自经术

① 文同《读渊明集》，《陈眉公先生订正丹渊集》卷九，万历三十八年刻本。
② 《岁寒堂诗话》卷上，《历代诗话续编》，第452页。
③ 见葛立方《韵语阳秋》卷三，《历代诗话》，第507页。
④ 《韵语阳秋》卷十二，《历代诗话》，第575页。
⑤ 《朱子语类》卷一百三十六，第3243页。

中来"[①]。但无论是指其出于玄理,还是儒理,肯定陶诗富有理趣这一点,两人并无分歧。袁燮评陶诗"理趣深长"(见前引《题魏丞相诗》),魏了翁《费元甫注陶靖节诗序》曰:"先儒所谓经道之馀,因闲观时,因静照物,因时起志,因物寓言,因志发咏,因言成诗,因咏成声,因诗成音者,陶公有焉。"[②]也是肯定陶渊明诗歌理趣高妙,契入自然。宋人论诗重平淡的诗味,并好理趣,这与司空图诗味说同而复异,故司空图强调王、韦冲澹的风格,宋人却更加推崇诗味与理趣并擅的陶渊明诗风。

以上说明,因宋人对诗歌审美艺术的要求不同于六朝和唐代,故引起对更加符契他们审美理想的陶渊明诗歌评价的极大提高。

此外,宋人如此敬重陶渊明及其作品,还与他们重人品,重大节,并将人品和诗文品格视为一体的批评观念有内在联系。儒家文艺观坚持认为"有德者必有言,有言者不必有德"(《论语·宪问》),重其德而重其文,轻其德而轻其文,这样的例子在文学批评史上屡见不鲜。六朝由于儒家地位处于低落时期,这一观念有所淡薄,人们称誉陶渊明人品,然而并非必然地用同样的赞美值去称誉他的作品。宋代崇仰理学,儒家道德学问既是做人的准则,也是文学创作必须遵奉的思想标准,加之宋代国内矛盾和民族矛盾都十分尖锐,亡国的危机感促使宋人强烈呼唤文人树立大节大义的品格。杜甫被宋人奉为"诗圣",是建立在他们对杜甫"一饭未尝忘君"(苏轼《王定国诗集叙》),其诗歌"不废朝廷忧"(王安石《杜甫画像》)这样的阐释前提之上的。在这方面,陶渊明被宋人视为堪与杜甫齐肩的第二个榜样。他们称陶渊明道德高深,"于六经、孔孟之书,固已探其微矣"[③]。陆九渊将他誉为"有志于吾道"之士[④]。黄彻认为,历来视陶渊明"专事肥遁,初无康济之念"[⑤],是一种不能容忍的偏见。朱熹评他是

---

① 见真德秀《跋黄瀛甫拟陶诗》,《西山先生真文忠公文集》卷三十六,明万历丁酉景贤堂刻本。

② 魏了翁《鹤山全集》卷五十二,影印文渊阁《四库全书》第1172册,第587页。

③ 《鹤林玉露》乙编卷六,第225页。

④ 见陆九渊《象山先生全集》卷三十四《语录》上,第268页。

⑤ 见黄彻《䂬溪诗话》卷八,《历代诗话续编》,第387页。

“欲有为而不能者”①。宋人评陶渊明品格，特别强调他“耻事二姓”的大节大义。文学家黄庭坚、秦观、葛立方，理学家朱熹，抵抗侵略的志士仁人文天祥、谢枋得、谢翱，都对此一致作出大力表彰。而又很显然，他们高度赞扬陶渊明诗品，与他们对陶渊明忠贞品格的仰敬有着密切的联系。朱熹《向芗林文集后序》将这一点讲得甚明确：

> 陶元亮自以晋世宰辅子孙，耻复屈身后代。……而其高情逸想，播于声诗者，后世能言之士，皆自以为莫能及也。盖古之君子，其于天命民彝君臣父子大伦大法之所在，惓惓如此，是以大者既立，而后节概之高，语言之妙，乃有可得而言者。如其不然，则纪逡、唐林之节非不苦，王维、储光羲之诗非不翛然清远也，然一失身于新莽、禄山之朝，则其平生之所辛勤而仅得以传世者，适足为后人嗤笑之资耳。②

这很典型地反映了“有德者必有言”的判断逻辑，也代表了宋人因陶渊明“德”而更重其“言”（诗、文）的普遍品评倾向，与六朝人评陶有明显不同。陶渊明文学地位在宋代骤升，这是一个不可忽视的原因。

从总体上说，陶渊明受到了宋人普遍推崇，这已如上面所述。然而就具体个人而言，他们一生中对陶渊明的爱好程度，又往往随着年龄、仕历的改变而有一个发展变化的过程。苏轼、王安石、黄庭坚都一致地表现出晚年更加景仰陶诗的意向。苏轼论诗，强调有为而作，托讽补世，以杜甫为古今诗人之首。后来他屡经忧患，尤其是晚年谪居惠州、儋耳，充满失意、洁傲、闲适以自遣种种复杂的心理。他将陶渊明和柳宗元的诗文集视为流放生活时的“二友”（见《与程全父十二首》之十一），借助陶集，“陶写伊郁”（《与程全父十二首》之十）。他在出任扬州太守和贬谪惠州、儋耳期间，写下了一百零九首和陶诗，就是从陶诗中寻求寄托的表现。也正是在这种心境之下，他写信告诉苏辙：“吾于诗人，无所甚好，独好渊明之

---

① 《朱子语类》卷一百四十，第 3327 页。
② 《晦庵先生朱文公文集》卷七十六，《朱子全书》第 24 册，第 3662 页。

诗。”认为陶诗成就“自曹、刘、鲍、谢、李、杜诸人，皆莫及也”[1]，将陶渊明视为古代第一诗人。苏辙也说：“公诗本似李、杜，晚喜陶渊明，追和之者几遍。”[2]正反映了苏轼观点的变化。王安石晚年失志退居金陵，以咏诗学佛，流连山水田园度日，对生活和诗境别有一番体悟，因而也更加歆慕陶渊明诗。陈正敏《遯斋闲览》载：“王荆公在金陵，作诗多用渊明诗中事，至有四韵诗全使渊明诗者。且言：‘其诗有奇绝不可及之语，如：“结庐在人境，而无车马喧。问君何能尔，心远地自偏。”由诗人以来，无此句也。’”[3]黄庭坚晚年喜用草书书写陶诗，跋云：“诗中不见斧斤，而磊落清壮，惟陶能之。”[4]他指出一个人多经历世事之后，与之前读陶诗的体会是不同的：“血气方刚时，读此诗如嚼枯木。及绵历世事，知决定无所用智，每观此篇，如渴饮水，如欲寐得啜茗，如饥啖汤饼。”[5]正因为如此，他对苏轼晚年创作和陶诗的心情十分理解：“子瞻谪岭南，时宰欲杀之。饱吃惠州饭，细和渊明诗。彭泽千载人，东坡百世士。出处虽不同，风味乃相似。”[6]陶诗的宁静淡泊，对具有坎坷经历，精神遭受过创伤的人来说，是一种亲切的安慰。苏轼、王安石、黄庭坚在晚年酷爱陶诗，有其相近的个人方面的原因。

宋代不仅是陶渊明文学地位被极大抬高的时代，同时也是人们对陶渊明作品进行新的阐释，发现更多新含义的时期，后者又使他崇高的文学地位更加稳固。比如黄庭坚对《责子》诗作了独到的分析，指出它体现了陶诗的戏谑性。他在《书陶渊明责子诗后》里说：“观渊明之诗，想见其人岂弟慈祥，戏谑可观也。俗人便谓渊明诸子皆不肖，而渊明愁叹见于诗，可谓痴人前不得说梦也。”[7]张缜也以为“此固以文为戏耳”[8]。从《乞食》

---

① 《子瞻和陶渊明诗集引》，《栾城集》，第1402页。
② 《亡兄子瞻端明墓志铭》，《栾城集》，第1422页。
③ 蔡正孙《诗林广记》卷一，第4页，中华书局1982年。按：《郡斋读书志》著录《遯斋闲览》十四卷，“皇朝陈正敏崇观间撰”。《说郛》署该书作者为范正敏，误。
④ 见佚名《漫叟诗话》引，《宋诗话辑佚》，第364页。
⑤ 《书陶渊明诗后寄王吉老》，《黄庭坚全集》，第1404页。
⑥ 《跋子瞻和陶诗》，《黄庭坚全集》，第77页。
⑦ 《黄庭坚全集》，第655页。
⑧ 转引自李公焕笺注《陶渊明集》卷一。

诗中,同样可以看到陶渊明诗歌相类似的戏谑风格。从戏谑的角度去理解这些作品,显然比一些过于拘泥的解说高明,因而是一种认识的超越。又比如洪迈指出陶渊明诗文中的物象具有"自况"特征:"渊明诗文率皆纪实,虽寓兴花竹间亦然。《归去来辞》云:'景翳翳以将入,抚孤松而盘旋。'其《饮酒》诗二十首中一篇云:'青松在东园,众草没其姿。凝霜殄异类,卓然见高枝。连林人不觉,独树众乃奇。'所谓孤松者是已,此意盖以自况也。"①指出物象的自我形象意义,这确实是对陶渊明作品的一次深刻发现,不仅为解读陶渊明作品启开了一条新的思路,其论断本身还具有广泛的理论意义。洪迈"自况"说为元吴师道所接受②。明方孝孺说:"渊明之属意于菊,其意不在菊也,寓菊以舒其情耳。"③也可看出"自况"说的影子。前人评陶诗风格,都将其归于平淡自然,这固然是确切的,但是并不全面。朱熹对陶诗风格的阐析是独创性的,他说:"陶渊明诗,人皆说是平淡,据某看,他自豪放,但豪放得来不觉耳。其露出本相者,是《咏荆轲》一篇,平淡底人,如何说得这样言语出来?"④读陶诗不难识其平淡,悟出其平淡中的豪放实不容易,朱熹这条卓见为后人首肯。江西诗派风靡诗坛之际,影响所及,其重诗法、求出处的好尚也从评陶渊明创作中反映出来。吕本中指出陶诗"句法分明,卓然异众,惟鲁直为能深识之"⑤。周紫芝说陶诗"岂无雕琢之功"⑥。吴曾认为《归去来辞》有用嵇康诗句之例⑦,姚宽则云:"《闲情赋》必有所自,乃出张衡《同声歌》。"⑧故而明代竟有人提出"江西诗派当以陶彭泽为祖"⑨。过分强调陶渊明作品的句法和

---

① 《容斋随笔》三笔卷十二,《容斋随笔》,第556页。

② 吴师道《吴礼部诗话》云:"陶公《归去来辞》:'三径就荒,松菊犹存。'下复云:'景翳翳以将入,抚孤松而盘桓。'系松于径荒景翳之下,其意可知矣。又好言孤松,如'冬岭秀孤松',如'青松在东园,众草没其姿',下云'连林人不见,独树众乃奇',皆以自况也。人但知陶翁菊爱而已,不知此也。"(《历代诗话续编》,第608—609页)

③ 《菊趣轩记》,方孝孺《逊志斋集》卷十六,第502页,商务印书馆1936年。

④ 《朱子语类》卷一百四十,第3325页。

⑤ 吕本中《童蒙诗训》,《宋诗话辑佚》,第588页。

⑥ 周紫芝《竹坡诗话》,《历代诗话》,第341页。

⑦ 吴曾《能改斋漫录》卷八:"陶渊明《归去来辞》云:'登东皋以舒啸,临清流而赋诗。'盖用嵇叔夜《琴赋》云'背长林,翳华芝。临清流,赋新诗'。"

⑧ 姚宽《西溪丛语》卷上,嘉靖二十七年俞宪鹣鸣馆刻本。

⑨ 郭子章《豫章诗话》卷一,《四库全书存目丛书》集部第417册,第252页,齐鲁书社1997年。

遣词用语的来源,从而将他的创作纳入江西诗派作法论的框架,这其实是弄错对象,凿枘不合。张戒《岁寒堂诗话》卷上从"情动于中而形于言"抒情言志的理论角度肯定陶渊明创作的意义,指出他与"以用事为博"、"以押韵为工"两种倾向截然不同①。王楙《野客丛书》卷十五否定陶渊明"规仿前人之语"这样的说法,认为其间有些相似的例子是诗人"与古人暗合,非有意用其语"②。这样的分析基本上符合陶渊明创作的实际情形,有利于对陶渊明创作基本精神的把握。但是,陶诗固然妙于自然,亦有炼句;直抒胸臆,亦非全无借鉴。若以为陶诗率意而作,形同白话,这样的理解也难免肤浅。所以对陶渊明作品这方面经验的论析,过与不及皆不妥当。就此而言,吕本中等人对陶渊明诗文所持之见,汰其过甚之词,也有一部分合理因素,可以帮助人们从一个新的视角研阅陶集,获得一些新的认识③。

四

元、明、清三代,论者多沿着宋人扬陶的方向,继续推崇陶渊明及其作品,其标志是径直宣称陶诗应由"中品"擢入"上品"。明闵文振《兰庄诗话》曰:

> 锺嵘品陶潜诗:"文体省净,殆无长语,笃意真古,辞兴婉惬,古今隐逸诗人之宗也。"可谓知言矣,而置之中品。其上品十一人,如王粲、阮籍辈,顾右于潜耶?论者称嵘洞悉玄理,曲臻雅致,标扬极界,以示法程,自唐而上莫及也,吾独惑于处潜焉。④

---

① 《历代诗话续编》,第452页。

② 王楙《野客丛书》卷十五,明刻本。

③ 清代人评陶,常有指出其锻炼语言的特点,这实际上是受了江西诗派的影响。引录两段,以见其概。黄子云《野鸿诗的》:"韩、柳之文,陶、柳之诗,无句不琢,却无纤毫斧凿痕者,能炼气也,气炼则句自炼矣。雕句者有迹,炼气者无形。"马位《秋窗随笔》:"人知陶诗古淡,不言有琢句处,如'微雨洗高林,清飙矫云翮'、'神渊写时雨,晨色奏风景'、'青松夹路生,白云宿檐端',诗固不于字句求工,即如此句,后人极意做作不及也,况大体乎?"

④ 引自《说郛一百二十卷》卷八十一,上海古籍出版社1988年影印陶宗仪《说郛三种》第7册,第3736页。按:《说郛》署《兰庄诗话》作者曰"阙名",黄虞稷《千顷堂书目》卷三十二著录:"闵文振《兰庄诗话》一卷。"

清王士禛《带经堂诗话》卷二曰：

> 中品之……陶潜……宜在上品。①

陶诗品第被认为有重新安排之必要，反映出不同时代读者的审美趣尚和标准发生了很大变化。许学夷引颜延之《陶征士诔》"学非称师，文取指达"二语，说："延之意或少之，不知正是靖节妙境。"②闵文振肯定锺嵘评陶诗之语为"知言"，却视他对陶渊明的品第安排为不当，都证明着这一点。由尚文采发展到尚简易自然，审美趣味和标准变了，才会对同一文学现象的艺术特性作出不同的评价。而显然，明清人对陶诗品第的擢升，可以说是自宋以后大幅扬陶的必然结果。

下面谈一谈元、明、清各代有对照意义的一些评陶情况。

元好问与吴澄的比较。由金入元的诗论家元好问主要肯定陶诗的写意性和自然的风格。"此翁岂作诗，直写胸中天。天然对雕饰，真赝殊相悬。"③"一语天然万古新，豪华落尽见真淳。南窗白日羲皇上，未害渊明是晋人。"④这是他推崇陶诗的主要原因。吴澄是元代前期一位名儒，好谈心性之学，所以他评陶带有更多的儒学义理色彩，着重肯定陶诗这方面的思想意义和价值。"其泊然冲澹而甘无为者，安命分也；其慨然感发而欲有为者，表志愿也。"⑤"夫人道三纲为首，先生（引者按：指陶渊明）一身而三纲举无愧焉。"⑥这颇足反映儒者评陶的兴趣所在，与元好问评陶的侧重点有明显不同。宋人评陶，已经出现重诗艺与重义理的分野，元好问、吴澄则将这一点更加突出了，分别代表了元代评陶的两种基本倾向。

唐宋派、尚性灵者和前后七子一派的比较。明代唐宋派和崇尚性灵的作者，都推崇陶渊明。唐宋派兼尊韩愈、欧阳修所复兴的儒道和以八大

---

① 王士禛《带经堂诗话》卷二，清乾隆二十七年刻本。
② 《诗源辨体》卷六，第101页。
③ 元好问《继愚轩和党承旨雪诗四首》之四，《元遗山先生全集》卷二，清光绪七年读书山房刻本。
④ 《论诗三十首》之四，《元遗山先生全集》卷十一。
⑤ 吴澄《陶渊明集补注序》，《吴文正公全集》卷十二，清乾隆二十一年刻本。
⑥ 《湖口县靖节先生祠堂记》，《吴文正公全集》卷二十。

家为代表的唐宋散文（特别是平易的宋文），在诗学上也较多接受欧、苏影响，他们赞美陶渊明，与唐宋人扬陶有渊源关系。唐宋派主张诗文创作应该“信手写出”，不加雕琢，并能够表现道义，陶渊明作品被认为是集二美为一体的典范。唐顺之曰：“但直据胸臆，信手写出，如写家书，虽或疏卤，然绝无烟火酸馅习气，便是宇宙间一样绝好文字。……即如以诗为论，陶彭泽未尝较声律，雕句文，但信手写出，便是宇宙间第一等好诗。何则？其本色高也。”[①]归有光曰：“靖节之诗，类非晋、宋雕绘者之所为，而悠然之意，每见于言外。……余尝以为悠然者，实与道俱，谓靖节不知道，不可也。”[②]焦竑、竟陵派等都尚性灵，他们的性灵理论和“求古人真诗”（锺惺《诗归序》）的主张与陶诗创作精神相契通，故对陶诗也表现出很高的热情。焦竑《陶靖节先生集序》称赞陶渊明：“人品最高，平生任真推分，忘怀得失。”又评其作品：“若夫微衷雅抱，触而成言，或因拙以得工，或发奇而似易，譬之岭玉渊珠，光采自露，先生不知也。其与华疏彩会，无关胸臆者，当异日谈矣。”[③]锺惺、谭元春《诗归》选陶渊明诗五十多首，整整一卷，居《古诗归》之首，说明他们在唐以前诗人中最尊崇陶渊明。在具体评语中，锺、谭对陶诗细加分析，屡予褒美。与唐宋派和尚性灵者崇陶不同，明代提倡复古和格调的前后七子往往流露出一些抑陶的意思。他们主张古诗学汉魏，对六朝诗歌评价不高：“夫五言者，不祖汉，则祖魏，固也。乃其下者，即当效陆（机）、谢（灵运）矣，所谓画鹄不成尚类鹜者也。”[④]“魏诗，门户也；汉诗，堂奥也。……由文求质，晋格所以为衰。……故绳汉之武，其流也犹至于魏；宗晋之体，其敝也不可以悉矣。”[⑤]他们提倡复古，就古体诗而言，就是要追摹这种汉魏风骨。李梦阳在《刻陶渊明集序》中也对陶诗作了肯定，在七子中对陶渊明的评价算是比较高的。有一点很清楚，在他眼里，学陶与学陆、谢一样，都只能算是降低一格的要求，汉魏古诗才是他指示予人的理想取法对象。何景明等抑

① 唐顺之《答茅鹿门知县二》，《荆川先生文集》卷七，《四部丛刊》本。
② 归有光《悠然亭记》，《震川先生集》，第386页。
③ 焦竑《澹园集》卷十六，第169—170页，中华书局1999年。
④ 李梦阳《刻陆谢诗序》，《李崆峒先生集》卷二，清康熙间郢雪书林刻本。
⑤ 徐祯卿《谈艺录》，《历代诗话》，第766页。

陶的倾向就更加明显了。何氏说:“诗弱于陶。”①王世贞《艺苑卮言》对锺嵘《诗品》品第不公作了批评:“迈、凯、昉、约滥居中品,至魏文不列乎上,曹公屈第乎下,尤为不公,少损连城之价。”②不以为陶渊明居中品为不妥。尽管《艺苑卮言》对陶诗也有较多好评,但只有联系他以中品视陶诗,才能准确地领会这些好评的意义。胡应麟贬陶倾向最突出,《诗薮》不满陶渊明四言诗“太淡”,“律之大雅”,为“偏门”③。又说:“曹、刘、阮、陆之为古诗也,其源远,其流长,其调高,其格正。陶、孟、韦、柳之为古诗也,其源浅,其流狭,其调弱,其格偏。”④“世多訾宋人律诗,然律诗犹知有杜。至古诗第沾沾靖节,苏、李、曹、刘,邈不介意,若《十九首》《三百篇》,殆于高阁束之,如苏长公谓‘河梁’出自六朝,又谓陶诗愈于子建,馀可类推。”⑤他还说陶诗“于汉离也”⑥,指陶渊明诗歌不合汉诗风范。前后七子一派左抑陶诗的原因,一是他们主张复古,提倡格调,古诗以汉魏气骨为典范,追求高格宏调和骨力精健。以汉魏诗歌为参照,他们认为陶诗“弱”,不合理想。本来,元代陈绎曾《诗谱》对陶诗已有“气差缓”的微议,前后七子则在这一点上做足了文章。二是他们在整个诗学的追求上表现为逆宋的特征,宋人既然高赞陶渊明,提倡学陶,他们当然必须抑陶了,以阻扼世人专意学陶的热情。

王士禛与沈德潜的比较。二人都非常不满《诗品》仅置陶渊明于中品。王士禛意见已引述,此不赘。沈德潜曰:“陶公以名臣之后,际易代之时,欲言难言,时时寄托,不独《咏荆轲》一章也。六朝第一流人物,其诗自能旷世独立。锺记室谓其原出于应璩,目为中品。一言不智,难辞厥咎已。”⑦王、沈虽然都主张置陶渊明于上品,两人崇陶的理由又不尽相同。王士禛以重陶诗的韵味和自然、清淡的风格为主,因此他很赞赏宋敖陶孙

---

① 何景明《与李空同论诗书》,赐策堂本《何大复先生集》卷三十二。
② 王世贞《艺苑卮言》卷三,《历代诗话续编》,第1001页。
③ 《诗薮》内编卷一,第10页。
④ 《诗薮》内编卷二,第28页。
⑤ 《诗薮》内编卷二,第38页。
⑥ 《诗薮》外编卷二,第143页。
⑦ 沈德潜《说诗晬语》卷上,《清诗话》,第532页。

"绛云在霄，卷舒自如"之评①；沈德潜则主要着眼于陶渊明人品及其诗歌的思想性和"寄托"之志，这反映出清代"神韵说"和"格调说"两种诗歌主张某些内在的不同。那么，为什么同是持格调说，明代前后七子表现为抑陶，沈德潜却表现为崇陶呢？因为明人讲诗歌格调，还不太突出儒家教义对诗歌含蕴的支配意义，沈德潜的格调说则染有较浓重的儒家色彩，注重陶诗这方面内容，《古诗源》认为陶诗"专用《论语》"，这也反映出他对陶诗与儒家经典之间关系的重视。由于前后七子和沈德潜对陶诗被人常论及的义理内容重视程度有异，从而引起评价的不同。这是一个原因。第二，沈德潜的门户之见较前后七子淡薄些，艺术视野也较为宽阔，因此不会因与宋人论诗不合，而比较简单地趋向逆反，抑彼所扬，从这方面也可以说，清代的格调说比之前后七子所倡之格调，是一种更为成熟的理论主张。

通过上面这些比较，可以得出一个结论：一位成就突出的诗人，其作品的特点往往是多方面的，然而这多方面的特点被发现或欣赏，常常是长期累积的结果。而且，后人所强调的这位诗人的创作特点，总是一些与他们自己的诗学追求最相契合的方面。不同诗学主张的人，对这些特点的评价总会表现出各种各样的差别来，文本的客观性，并不能代替阐释、评价的随意性和多样性，倘若漠视接受文学批评过程中人们认识的殊差、变异，那么，"文有定价"之说就没有意义。

最后还应该谈及一点。宋人评陶渊明，由于受理学影响，很突出他的大节大义，以及陶诗符合儒家义理的一面。这种风气在元、明、清仍相沿续，如吴澄、唐宋派、沈德潜皆好作如是评说。值得注意的是，明、清也有对此提出异议者，如云：

> 靖节诗，惟《拟古》及《述酒》一篇，中有悼国伤时之语，其他不过写其常情耳，未尝沾沾以忠悃自居也。赵凡夫（宧光字）云："凡论诗不得兼道义，兼则诗道终不发矣。如谈屈、宋、陶、杜，动引忠诚悃款

---

① 见王士禛《师友诗传录》，《清诗话》，第140页。

以实之,遂令尘腐宿气孛然而起。"①

靖节好饮,不妨其高,解者多曲为辩说,亦如解杜诗,句句引着"每饭不忘君",胶绕牵合,几无复理,俱足喷饭。②

这与明、清部分文人批评宋人过于敏感地评量杜甫诗中的忠君、社稷意识,好作穿凿牵强之论,是相一致的。敢于淡化前人累积在陶、杜评论中浓厚的政治、道德色彩,还其诗歌艺术和内蕴的本真,无疑是陶、杜诗歌阐释史上一次进步。

第二节 孟浩然

孟浩然塑造的自我形象大致是书剑客、游子、归隐者。他的诗歌不仅咏唱山水田园,也表现自己的精神痛苦和浪漫情调,风格亦平亦侧,亦易亦曲,亦清浅亦浑涵,虽有其主要方面却并不单一。然而文学史所接受的孟浩然及其作品主要是单面相的诗人和诗风,忽略了他的丰富性和复杂性。说明一个作者在文学史上经常只是被接受"需要"的一部分,而不是全部。作者被接受的部分或者可以单独地与其他作者的特点构成互补,或者可以与同类作者的特点互相连缀而起到强化作用,并与其他作者的特色共相辉映,使业已存在的某种文学传统得以加强和延续。这种文学史的丰富性是通过后世的选择和演变实现的,通过简约作者的特点使文学史有序的丰富性得到保证而又不出现重复。可见文学史的丰富性并不一定需要反映具体作者的丰富性,两者之间这种不相称反映了文学接受史对接受对象存在某种随意取舍倾向。

孟浩然,盛唐山水田园诗人代表,诗风清浅、净远、古淡,尤以五言著称,一生未仕,仿佛是唐朝隐逸诗人之宗,几乎堪与南朝陶渊明遥遥相应。前人或以孟浩然诗歌伫兴而作,造意艰苦,将他归入苦吟派,然而多数认

① 《诗源辨体》卷六,第104页。
② 毛先舒《诗辩坻》卷二,《清诗话续编》,第32页。

为他的诗歌风格实与苦吟派不同，其风致更多表现为清旷淡远，用“清吟”相称更加恰切。如《春晓》（据刘辰翁、李梦阳评《孟浩然诗集》，凌濛初刻套印本）《岳阳楼》《夏日南亭怀辛大》《宿业师山房待丁公不至》诸诗①，以及“微云淡河汉，疏雨滴梧桐”（王士源《孟浩然诗集序》引）、“野旷天低树，江清月近人”（《建德江宿》）等名句，骨清气秀，在后世传诵不绝，都能为这种认识的成立提供支持。这大致反映出文学史主流对孟浩然及其诗歌的认识。然而，这与孟浩然的自我认同和生活实际还有相当距离，与他全部的诗歌风貌也不尽相吻。读孟浩然诗歌，分明可以感到他本人对生活的追求以及他一生的经历都远比“隐逸”两字的含义丰富、复杂，他流传下来二百数十首诗歌的含蕴和风格也并非一个“清”字所能完全涵盖。孟浩然之所以留给读者以上印象，是因为他及其诗歌经过了文学史长期地简约化作用，有些景象被遮蔽了。岁月总是如此，把事物的一些特征磨去，让人误以为留下的就是它的全部。

然而，文学史为什么要将一个本来特点丰富多样的作者和作品简约呢？这是一个饶有兴趣的问题。

一

流传下来的孟浩然作品，全是诗歌，没有一篇文章，别人写的关于他的传记资料也较少，有些还是不可信据的传言。所以，了解孟浩然的生活状态和精神世界，相比而言最可靠的是他自己创作的诗歌。从孟浩然诗歌来看，他内心的精神活动比较复杂，他追求的生活目标与他的实际处境之间存在着很大距离，因而心理容易变动，缺少充实感，在出仕与归隐之间闪烁、起伏，颇多矛盾、纠缠和磕碰，他长期是失望多于满意，也似乎是痛苦甚于欢悦。

《书怀贻京邑同好》是孟浩然中年自述志向的诗，表白他向往仕途的心情，全诗道：“唯先自邹鲁，家世重儒风。《诗》《礼》袭遗训，趋庭沾末

---

① 各种版本所载的孟浩然诗歌题目和诗句文字往往有所不同，本书引用除另予注明外，一依佟培基《孟浩然诗集笺注》（上海古籍出版社 2000 年），这并不表示作者对异文的取舍态度，仅仅是出于引用划一和方便的考虑。

躬。昼夜恒自强，词翰颇亦工。三十既成立，吁嗟命不通。慈亲向羸老，喜惧在深衷。甘脆朝不足，箪瓢夕屡空。执鞭慕夫子，捧檄怀毛公。感激遂弹冠，安能守固穷。当途诉知己，投刺匪求蒙。秦楚邈离异，翻飞何日同？”他因为姓孟，便说自己是孟子后裔，这倒不是强拉名人夸耀，而是强调尊儒是他家的世风，也是他的志趣。诗中借用孔子愿意执鞭驾车、奔求于富贵，以及东汉毛义接到任命、捧檄而喜两则典故，表示自己不愿固守穷困，希望得到财富和入仕的机会，以此向有权力、有办法的“京邑同好”传递盼望被引荐的心情。他入京参加考试不第，加入张说、张九龄等权臣的幕府希望获得进身机会也一无所得，尽管如此，他一生花了不少时间和精神去奋力地追求仕途荣禄，这一事实是确然的。追求无果，穷悴终身，求仕理想完全破灭，这些应当都是出乎他意料，也是出乎当时许多人意料的结果。

孟浩然在诗歌中塑造的自我形象，大致是：书剑客、游子、归隐者。

他好称自己是“书剑客”。《宴张记室宅》：“宁知书剑客，岁月独蹉跎。”（据刘辰翁、李梦阳评《孟浩然诗集》，凌濛初刻套印本）诗里的“书剑客”是孟浩然对自己的喻况。类似的还有《伤岘山云表观主》“少予学书剑”，《自洛之越》“遑遑三十载，书剑两无成”，《田园作》“粤余任推迁，三十犹未遇。书剑时将晚，丘园日已暮”。书生读书求仕，剑客仗剑立功，“书剑客”一词虽是用项羽“少时学书不成，去学剑”①的典故，意思却有所变化，它代表积极入世、追求功名、经邦济世的理想。孟浩然以此自期、自许，反映出他精神的一个重要方面。他入京参加科举，希冀大臣、同好们汲引，将自己带入仕途，都是他这种精神的流露。然而孟浩然似乎又不想把自己的全部都献给仕途，他还想保留一部分只属于自己的东西，那就是个人的兴趣和散漫。他曾经入张九龄幕府，期间写的《从张丞相游纪南城猎戏赠裴迥张参军》有曰：“从禽非吾乐，不好云梦田。岁暮登城望，偏令乡思悬。……何意狂歌客，从公亦在旃？”属身幕僚却不爱凑热闹，不好应酬，想着自己故乡，沉湎于个人情调中，这不适合到官场上去应接。孟

① 《史记·项羽本纪》，第 295 页。

浩然终身没有得到一官半职，运气是主要原因，他自己的个性也是无形的羁绊。

他又常称自己是“游子”。如《南还舟中寄袁太祝》：“花源何处是，游子正迷津。”这看似说因找不到理想的隐居之处（花源，一作桃源，用陶渊明《桃花源记》典）而迷茫，其实反映出孟浩然辛苦奔波在世俗途上内心的一种惆怅。孟浩然入京求仕无所得，于是到四川、荆州、洛阳、江南、福建等地长期漫游，有的是访友，多数是想到地方官府谋求职事，基本还是属于寻找机会性质之出行，虽然是降而求其次。相对于他生活在自己家乡，无论是入京，还是行游各地，他的身份都是游子、羁客。他有时用戏谑的语气称呼自己是“游鱼”，《京还赠张淮》：“因向智者说，游鱼思旧潭。”他生涯中这种“游鱼”般的经历只是对他“书剑客”身份外观稍微地改易，其内心其实没变，也就是说，他是在朝着自己的生活目标——入仕，或接近仕途——的方向“游”，希望有朝一日够着目标，结束游子的生涯，而对“旧潭”（故乡）的思念是他在疲惫的游程中对自己心灵的一种慰抚。为此，孟浩然长期迷惘，而充满游子迷津的情怀。

更多的时候，孟浩然称自己是一个隐者。《寻香山湛上人》“平生慕真隐，累日求灵异”，“愿言投此山，身世两相弃”；《晚泊浔阳望庐山》“尝读远公传，永怀尘外踪”；《云门兰若与友人同游》“依此托山门，谁知效丘也”。他早期谈归隐并非完全是由衷之言，因为那时他对仕途存有许多盼念；后期谈归隐虽然变得实在了，然而还是带有几分求仕无门、败兴而归的怅惘，并非完全心甘情愿。“寄言当路者，去矣北山岑”（《答秦中苦雨思归而袁左丞贺侍郎》），诗人在忍无可忍时，向执政者掷去一言：“你们再不理我，我就去隐居了！”以此发泄自己求仕屡遭挫折的悲郁心情，可是这声音在长安非常微弱无力，几乎不存在。《还山诒湛法师》：“心迹罕兼遂，崎岖多在尘。晚途归旧壑，偶与支公邻。”诗人谓自己长期在尘世浮沉，至晚年才找到隐居的归宿，然而他也坦白，这是在他“心迹罕兼遂”、长期碰壁之后作出的无奈选择。说明他并不是主动隐居，归隐只是一种被动的行为，他不由自主地接受了命运的安排。

上述书剑客、游子、归隐者三重形象合而为一，构成一幅比较完整的孟浩然自绘的精神肖像。大致说,他的心理长期是在出仕和隐居之间活动。出仕难以实现,他却衷心向往之;隐居自有所乐,而且确实也是他一生的基本生活状态,他却并不甘心,“谁为躬耕者,年年《梁甫吟》”(《与白明府游江》)借用诸葛亮典故,表达自己“隐”不住的心情,由此可以窥见孟浩然实际所怀的“隐”情究竟如何。“谁为躬耕者”句,一本“为”作“识”,诗人流露世人目翳不能识我的牢骚就更清楚了。所以就孟浩然的心态言,他是一位入世,而不是避世的诗人,他的诗歌基本精神也在此。这一点与陶渊明有显然不同。陶渊明是主动辞官隐居,所以他走在这条路上、选择过这样的生活没有痛苦,只有愉悦。孟浩然则是因为被拒绝于仕途之外不得不隐居,所以,在他内心深处蕴积着遭受屈抑的酸楚,以及壮志未酬的遗憾,于是会在诗歌中流露出不甘和不平的心绪。陶渊明诗歌质任自然,多表现随遇而安的满足,很少不平,有也是对一些普遍的形而上的人生问题的困惑和苦恼,这与孟浩然因为追求不到功名而产生形而下的闷郁是两回事。这些构成孟浩然性格和心理的复杂性和不一致性,也形成了他的诗歌亦平亦侧、亦易亦曲、亦清浅亦浑涵的特点,他不仅用分明的诗句讲述自己心境,而且还通过文字外的空白透露出潜转暗运的心思。他不像陶渊明那样精神静穆,其作品也不像陶诗那样平淡、单纯、拙朴。

二

后人对孟浩然有不同描述。

第一种把他写成是求仕途上一位枉屈者、失败者。殷璠说:“余尝谓祢衡不遇,赵壹无禄,其过在人也。及观襄阳孟浩然罄折谦退,才名日高,天下籍甚,竟沦落明代,终于布衣,悲夫。”①他对孟浩然的遭遇充满无限惋惜和同情。《旧唐书 · 文苑传》本传的记载仅寥寥数语,而以孟浩然为

① 殷璠《河岳英灵集》卷中孟浩然评语,《唐人选唐诗(十种)》,第91页,上海古籍出版社1978年。按:“天下籍甚”,甚,原误作“臺”。又按:将孟浩然看作求仕途上的枉屈者,还有陶翰,他在《送孟大入蜀序》中说:“嗟呼,夫子(引者按:指孟浩然)有如是才,如是志,且流落未遇,风尘所已,谓天下无否泰,无时命,岂不谬哉?”(佟培基《孟浩然诗集笺注》附录,第442页)

仕途的失败者这种叙述倾向十分显然，说："孟浩然，隐鹿门山，以诗自适。年四十来游京师，应进士不第，还襄阳。张九龄镇荆州，署为从事，与之唱和。不达而卒。"①相比而言，《新唐书·文艺传》介绍孟浩然的文字增加不少，这主要是因为采录了《唐摭言》关于孟浩然吟"不才明主弃，多病故人疏"(《岁晚归南山》)而被玄宗放还南山的传闻，以及他死后的事情等内容，其笔下的孟浩然生前是一个失败者形象这一点依然没有变化②。或许两唐史作者因为修史的缘故而更加关心传主的仕宦命运，故把记述的焦点放在孟浩然求仕经历及其结局上面，他们对孟浩然诗歌具体介绍很少，只是表示，他的仕途命运与他的诗歌成就不相称。后人如明朝张羽也把孟浩然看作一个无助而满含"怨"的诗人，《孟襄阳雪行图》："雪满秦京欲去迟，故人当路漫相知。平生多少惊人句，却向君前诵怨诗。"③

第二种把他描绘成一个骑着驴在雪中咏诗的穷困诗人。宋代有孟浩然骑驴图流传，杜范《跋王维画孟浩然骑驴图》："孟浩然以诗称于时，亦以诗见弃于其主，然策蹇东归，风袂飘举，使人想慨嘉叹，一时之弃，适以重千古之称也。"④苏轼将孟浩然骑驴吟诗的形象写得十分传神，《赠写真何充秀才》曰："又不见雪中骑驴孟浩然，皱眉吟诗肩耸山。"⑤后人这方面的咏唱不时可见⑥。有人还由孟浩然的经历概括出一条不同于一般的诗歌创作经验：诗思"在灞陵桥、驴子背上"⑦。这其实是对诗歌"穷者而后工"之说的另一种诠释。人们普遍以为诗思在灞桥风雪中、驴子背上这句话是晚唐诗人郑綮说的(见《唐诗纪事》卷六十五"郑綮")。所以，孟浩然骑驴吟诗图实际上是综合了孟浩然生活经历，以及他《南归阻雪》等诗意，又糅合了晚唐苦吟诗人创作经验而绘就，应该是宋人托名

---

① 刘昫等《旧唐书》，第5050页，中华书局1975年。

② 见欧阳修、宋祁《新唐书》，第5779—5780页。

③ 陈邦彦《御定历代题画诗类》卷四十，影印文渊阁《四库全书》第1435册，第502页。

④ 杜范《清献集》卷十七，影印文渊阁《四库全书》第1175册，第744页。

⑤ 《苏轼诗集合注》卷十二，第560页。

⑥ 有关孟浩然及古代诗人骑驴吟诗的情况，参见张伯伟《骑驴与骑牛——中韩诗人比较一例》《再论骑驴与骑牛——汉文化圈中文人观念比较一例》，收入作者《域外汉籍研究论集》，北京大学出版社2011年。

⑦ 彭大翼《山堂肆考》卷一百二十七"诗思"条。又卷二百二十"过灞陵桥"条："孟浩然曰：'诗思在灞陵驴子背上。'"万历二十三年刻本。

王维的作品①。宋人董逌《画孟浩然骑驴图》对此曾作详细分析:“孟夫子一世畸人,其不合于时宜也,当其拥褦襶,负笭箵,哆袖跨驴,冒风雪,陟山阪,行襄阳道上时,其得句自宜挟冰霜霰雪,使人吟诵之,犹齿颊生寒,此非特奥室白雪有味而可讽也。然诗人每病畸穷不偶,盖诗非极于清苦险绝,则怨思不深,文辞不怨思抑扬,则流荡无味,不能警发人意。要辞句清苦,搜冥贯幽,非深得江山秀气,诣绝人境,又得风劲霜寒,以助其穷怨哀思,披剔奥窔(原注“一作突”),则心中落落奇处岂易出也。郑綮谓:‘诗思在灞桥风雪中、驴子上,此处何以得之?’綮殆见孟夫子图,而强为此哉。不然,綮何以得知此?”②

以上一是诗评家和史家的记述,一是文艺家的想象性创作,史家、诗评家和文艺家所描述的孟浩然具体生活细节或有疏误,或属虚构,其中只有部分可信,然而反映他一生大段事体无疑接近于真实。孟浩然确实是仕途上的枉屈者和失败者,他相当一部分诗歌确实是从“清苦”、“怨思”中写出来,这些都经得起检验。若从这样的视角去阅读、认识、理解孟浩然诗歌(至少是一部分诗歌),会比较契合他曾经有过的很重要的一部分精神实际。然而,文学史主要不是这么来接受孟浩然及其诗歌的。骑驴雪中咏诗的形象未必为众多喜爱孟浩然诗歌的读者所乐意接受或首肯。宋人刻画骑驴诗人孟浩然,其创作心理中或许有些还夹杂着某种嘲讽的意味,至少苏轼是如此。据载“子瞻谓:孟浩然之诗,韵高而才短,如造内法酒手,而无材料尔”③。将这一批评与上面所引他形容孟浩然皱眉耸肩在雪中骑驴吟诗的句子相联系,有理由认为他所表达的并不是一种对孟浩然完全欣赏的态度。宋人徐冲渊善于撰写诗文,他说自己“破帽蹇驴,

---

① 皮日休《郢州孟亭记》:“说者曰:‘王右丞笔先生(指孟浩然)貌于郢之亭,每有观型之志。’”(《皮子文薮》卷七,第71页,上海古籍出版社1981年)既谓之“观型”(意谓取为学习的楷模),则王维所绘孟浩然像当不会是骑驴吟诗图。宋人以孟浩然为骑驴诗人,假托王维绘作是图乃是牵强撮合。

② 董逌《广川画跋》卷二,光绪归安陆氏刻本。

③ 陈师道《后山诗话》,《历代诗话》,第308页。按:严羽《沧浪诗话·诗辨》指出,孟浩然学力远不如韩愈,可是他的诗歌独出韩愈之上,原因就在于孟浩然写诗“一味妙悟”。郭绍虞先生认为,《后山诗话》引苏轼评孟浩然诗“近沧浪一味妙悟之说”(郭绍虞《沧浪诗话校释》,第62页,人民文学出版社1983年)。苏、严之说确有相近之处,然两人由此对孟浩然诗歌的评价却有明显区别。

潦倒灞桥之风雪”①，借以自嘲。而后人引用诗“在灞陵桥、驴子背上”这句话，有时也夹带着批评的含义，如杨慎《李前渠诗引》说：“反鉴索照者复云：‘诗在灞桥风雪，不在东华软红。’咈哉。”②这些都说明骑驴雪中吟诗在读者心目中总的来说是一个缺少光彩的形象，人们之所以这么吟唱，多半是出于对诗人的同情，而实际上认为这种吟诗的路向是一条仄径而非通途，一般的诗人或许还可以如此，与大诗人的身份却不般配，而在文学史上人们一向将孟浩然视为一个大诗人，所以，更多的读者在感情上宁愿孟浩然境遇更好、更得意，姿态更潇洒冲淡，精神更加高贵，即使遭遇艰屯，性情也应该保持优雅，何必让他作愁眉状？

于是，就有了对孟浩然的第三种描绘，即精神优雅、高贵、超逸，不计较仕途得失、淡泊名利的隐逸诗人。这种摹画从李白就已经开始。他《赠孟浩然》诗写道：“吾爱孟夫子，风流天下闻。红颜弃轩冕，白首卧松云。醉月频中圣，迷花不事君。高山安可仰？徒此揖清芬。”③李白将孟浩然刻画成一个爱好赏花饮酒，只图自由自在生活，而不羡慕官禄，不高兴“事君”的隐士，以为这些是孟浩然精神的主要内涵，也就是他所盛赞的所谓“风流”。在李白叙述的故事中，似乎是孟浩然“弃”了“轩冕”，而不是他被“轩冕”所“弃”，而且，认为孟浩然因为远离仕途而内心充满快乐。这更像是李白借着孟浩然在为自己画精神像，而且是一幅表现理想而非写实的像，因为李白自己也并不是那种甘心抛弃“轩冕”的人。出现在唐人王士源笔下的孟浩然，也是一个“灌园艺圃以全高”、饮酒行乐、拒绝引谒、“好学忘名”的形象，称赞他“道漾挺灵”、“浩然清发”④。宋朝一部分人将孟浩然绘成骑驴诗人，这在某种程度上是想调整李白以降对孟浩然

---

① 邓牧《洞霄图志》卷五《徐栖霞先生》引徐冲渊语。按：徐冲渊字叔静，姑苏人，自号栖霞子。

② 杨慎《升庵集》卷三，乾隆六十年重刻本。

③ 安旗《李白全集编年注释》，第 319—320 页。按：“中圣”，意谓喝醉酒。《三国志·魏书·徐邈传》：“时科禁酒，而邈私饮至于沉醉。校事赵达问以曹事，邈曰：‘中圣人。’达白之太祖，太祖甚怒。渡辽将军鲜于辅进曰：‘平日醉客，谓酒清者为圣人，浊者为贤人。邈性修慎，偶醉言耳。’竟坐得免刑。”

④ 王士源《孟浩然诗集序》，宋蜀刻本唐人集丛刊《孟浩然诗集》卷首，上海古籍出版社 1982 年影印本。

的上述理解，然而效果可疑，人们还是更乐意接受李白、王士源式对孟浩然所作的有选择性的和充满理想化的诠释。如黄庭坚《题孟浩然画像》："先生少也隐鹿门，爽气洗尽尘埃昏。赋诗真可凌鲍谢，短褐岂愧公卿尊。故人私邀伴禁直，诵诗不顾龙鳞逆。风云感会虽有时，顾此定知毋枉尺。襄江渺渺泛清流，梅残腊月年年愁。先生一往经几秋，后来谁复钓槎头。"①诗歌夸孟浩然浑身爽气，敢逆龙鳞，超然隐居却享有与公卿一样的尊贵。胡仔评黄庭坚此诗悉数道出孟浩然"平生出处事迹"，是一篇用诗歌写的孟浩然传记②。这代表了人们对孟浩然的基本认识。在这种认识影响下，甚至于雪中骑驴本身也被后人解释成是孟浩然对降临的入仕机会高傲地拒绝。如元朝诗人王恽《孟浩然灞桥图》诗说："金銮消息远相招，雪满吟鞍过灞桥。处士本无经世志，强将诗句杜清朝。"③"杜"的意思是拒绝。诗歌最后两句是说，孟浩然故意在玄宗面前吟咏"不才明主弃"诗句引起玄宗不满，以此巧妙地摆脱了朝廷的引诱，达到了不出仕为官的目的。此诗与黄庭坚"诵诗不顾龙鳞逆"意近，比李白的解释更加富有想象性。孟浩然因吟诗被玄宗斥退是一则传言，是同情孟浩然的人对他终身未仕的一种出于善意的解释，然而，以上这些说法对此信以为真且又过甚其词，显然是对孟浩然人生追求更为严重地误读，他们用自己的理解塑造了文学史上一个新的"孟浩然"。

与第三种描绘相辅相成的是，人们对孟浩然诗歌的解读也形成了以"清"为主要特点和对象的鉴赏倾向。杜甫《解闷十二首》之六："复忆襄阳孟浩然，清诗句句尽堪传。"王士源《孟浩然诗集序》、皮日休《郢州孟亭记》所引用的、足以代表孟浩然诗风和创作成就的佳句，也都是一些被时人叹为"清绝"(《孟浩然诗集序》)的吟唱。如皮日休说："先生之作，遇景入咏，不拘奇抉异，令龌龊束人口者，涵涵然有干霄之兴，若公输氏当巧而不巧者也。北齐美萧悫，有'芙蓉露下落，杨柳月中疏'，先生则有'微云淡河汉，疏雨滴梧桐'；乐府美王融'日霁沙屿明，风动甘泉浊'，先生则

① 何汶《竹庄诗话》卷十引，第199页，中华书局1984年。
② 《苕溪渔隐丛话后集》卷九，第66页。
③ 王恽《秋涧集》卷二十五，影印文渊阁《四库全书》第1200册，第313页。

有‘气蒸云梦泽,波撼岳阳城’;谢朓之诗句,精者有‘露湿寒塘草,月映清淮流’,先生则有‘荷风送香气,竹露滴清响’,此与古人争胜于毫厘也。他称是者众,不可悉数。”[①]皮日休摘引的皆是孟浩然清丽疏旷风格的诗句,且认为孟浩然创作的这类诗歌作品数量很多,他的鉴赏着意于此,以为孟诗堪与前人相比,而且胜于前人者也在于此。这很大程度上反映出晚唐读者对孟浩然诗歌的接受倾向,对后来的孟浩然接受史产生很大牵引作用。宋朝以后,很多人也持这样的看法。如阙名《雪浪斋日记》说:“为诗……欲清深闲淡,当看韦苏州、柳子厚、孟浩然、王摩诘、贾长江。”[②]敖陶孙《诗评》:“孟浩然如洞庭始波,木叶微脱。”[③]李东阳:“王(维)诗丰缛而不华靡,孟(浩然)却专心古澹,而悠远深厚,自无寒俭枯瘠之病。由此言之,则孟为尤胜。”[④]谢榛:“浩然五言古诗、近体,清新高妙,不下李、杜。”[⑤]陆时雍:孟浩然诗“语气清亮,诵之有泉流石上、风来松下之音”[⑥]。

再看历代一些诗歌选本选孟浩然作品的情况。先得说明一下,后世有几种孟浩然诗歌全集[⑦],为什么不以孟浩然全集而以选本作为分析的对象。由于全集的编纂基本是以收集作者全部作品为宗旨,这当然会包括孟浩然各种内容和风格的诗歌,虽然这也能反映孟浩然被后世接受的情况,可是当我们追寻一位作者被后人接受什么的时候,就无法以他的全集作为依据,而主要应当以后人选本所选的作品为依据,因为全集的刊刻主要是反映作者作为整体受到重视,而选本则具体反映该作者的哪些作品、什么特点得到了读者关注、认可和爱好。与此同理,选本选入一个作

① 《皮子文薮》卷七,第70—71页。

② 《竹庄诗话》卷一“品题”引,第10页。按:阮阅《诗话总龟》(始名《诗总》)已引《雪浪斋日记》,胡仔《序渔隐诗评丛话前集》曰:“考编此《诗总》,乃宣和癸卯。”(《苕溪渔隐丛话前集》,第1页)可知《雪浪斋日记》成书时间当不晚于北宋徽宗宣和五年(1123)。

③ 魏庆之《诗人玉屑》卷二“臞翁诗评”条,第18页。

④ 李东阳《麓堂诗话》,《李东阳集》第二卷,第532页,岳麓书社1985年。

⑤ 《四溟诗话》卷二,《历代诗话续编》,第1159页。

⑥ 陆时雍《诗镜总论》,《历代诗话续编》,第1413页。

⑦ 孟浩然诗歌全集本主要有宋蜀刻本《孟浩然诗集》三卷、元刘辰翁评本《孟浩然诗集》三卷、明铜活字本《孟浩然集》三卷、明《唐十二家诗集》本(即《四部丛刊初编》影印底本)《孟浩然集》四卷。今人整理的孟浩然全集不一一列举。

者的作品数量越少,它们反映读者兴趣的凝聚度就越高。比如一种选本选了孟浩然十首诗,另一种选了五首,一般可以说,后者所选作品更能够代表读者对孟浩然诗歌的共认性。好比世界杯足球赛,球队越拼越少,最后胜出的一支才是冠军,也得到最高的认同。所以,文学选本(特别是选诗数量少的选本)比总集更能够说明一个作者被读者具体化认识和接受的情况。在唐人选本中,殷璠《河岳英灵集》选孟诗六首,风格以"清"为主。芮挺章《国秀集》所选诗人各自有大大小小头衔,一点头衔都没有而被选入集中的人极少,孟浩然荣膺其中,且选诗七首,并列第二。该选缘起是不满当时诗坛"务以声折为宏壮,势奔为清逸",因而"披林撷秀"①,以成一书,示人写诗规范,恰如书名所示,其选诗着眼点正在"秀"字,孟浩然诗被认可当然也在于此。韦庄《又玄集》选孟诗三首,其中两首与《河岳英灵集》所选相同,韦庄自述选诗宗趣是"但掇其清词丽句"②。韦縠《才调集》选孟诗二首,因该选"取法晚唐,以秾丽宏敞为宗"③,所以对孟浩然的清秀诗歌不甚重视,然所选孟浩然表现情爱的诗作《春意》(一作《春怨》),能别出眼光。宋人选唐诗影响较大者是署王安石《唐百家诗选》,选孟诗三十三首,此外赵师秀《众妙集》选孟诗四首,两书选诗多寡不一,皆比较关注孟浩然诗歌的"清"风。元人杨士弘《唐音》选孟诗十九首,也主要选"清"风之作而略采绮丽篇什。明人以宗唐为主流,唐诗选本大量增加。高棅《唐诗品汇》分别列孟浩然五律、五绝、五排、七律为"正宗",五古为"名家",七古、七绝为"羽翼",而据高棅解释,"正宗"为诗家"正派"之最高代表,"名家"是诗歌"根本"所系,可见他对孟浩然诗歌品评极高,而这都是着眼其诗歌总体风格"清雅",尤其称赞其五律"兴致清远"④。锺惺、谭元春《唐诗归》选孟诗六十九首,锺惺评道:"浩然诗,当于清浅中寻其静远之趣"⑤。清人唐诗选本选孟浩然诗的情况大致

① 芮挺章《国秀集序》,《唐人选唐诗(十种)》,第126页。

② 韦庄《又玄集序》,《唐人选唐诗(十种)》,第348页。

③ 《四库全书总目》之《才调集》提要,第1691页。

④ 高棅《唐诗品汇·五言古诗叙目》《唐诗品汇总叙》《唐诗品汇·五言律诗叙目》,《唐诗品汇》第47、49、8、506页,上海古籍出版社1982年据明汪宗尼校订本影印。

⑤ 锺惺、谭元春《唐诗归》卷十,明刻本。

类似,不一一举例。以上各朝唐诗选本已经基本反映出评选者对孟浩然诗歌“清”风的集中肯定和赞美,就是说“清”基本代表了读者对孟浩然诗风的共识。

三

隐逸的田园诗人,优雅超脱的精神风度,清淡的诗歌风格,这些互相叠合,孟浩然作为盛唐诗人及其创作特点就这样被文学史主流定格了。而这样一种定格无论是对孟浩然本人,还是对他的诗歌而言,都存在遗漏。其中遗漏掉的精神因素,重要者有二:

(一) 孟浩然及其诗歌中的痛苦精神。文学史对孟浩然的这种主流叙述,略去了他对仕途的向往以及与这一过程相伴随的坎坷遭遇,这实质是对他精神痛苦的忽略。孟浩然在《南归阻雪》诗中咏道:“少年弄文墨,属意在章句。十上耻还家,徘徊守归路。”表面上是写回家途中的畏惧心理,其实是表达诗人多次赴考求仕失败而凝聚起来的耻辱感,也是表达他自尊心遭受伤害的愤怒,这是孟浩然渗入心髓的痛苦。将它与宋之问因离乡久远,担忧亲人安否而产生“近乡情更怯”(《渡汉江》)的心理相比,除一样的敏感之外,更多了一层沉痛的悲愤。孟浩然用一个“耻”字凸显出自己因求仕失败所担负的巨大心理压力及难以忍受的精神折磨,写出对这种感受的刻骨铭心。孟浩然期盼能够得到有力者有效地推荐,“谁能为扬雄,一荐《甘泉赋》”(《田园作》),焦灼地等待却没有结果,其沮丧心情可以想见。友人曾劝他不用再托人求仕自寻烦恼了,王维《送孟六归襄阳》:“杜门不欲出,久与世情疏。以此为长策,劝君归旧庐。醉歌田舍酒,笑读古人书。好是一生事,无劳献《子虚》。”①这首规劝诗也从一个侧面证明孟浩然功名心切以及遭受挫折引起忧伤,他不痛苦,友人何需如此劝慰?这类精神痛苦从孟浩然诗歌多方面流露出来,是他创作的重要心源。他同情屈原、贾谊,笔下常常写到这两个人。《晚入南山》:“贾生曾吊屈,予亦痛斯文。”《自浔阳泛舟经明海》:“观涛壮枚《发》,吊屈痛沅湘。

---

① 《王右丞集笺注》卷十五,第269页。按:此诗题一作《送孟浩然》。又按:或谓张子容作此诗。

魏阙心恒在,金门诏不忘。”他同情屈原矢志不忘朝廷,却结局悲惨,并将自己也视若屈原、贾谊一类人物。对这些悲剧人物的同情,是反映孟浩然自己的不平之心。在他一些田园诗中,同样可以听见这种吞咽之声。《田家元日》:“昨夜斗回北,今朝岁起东。我来已强仕,无禄唯尚农。桑野就耕父,荷锄随牧童。田家占气候,共说此年丰。”第二联“我来已强仕,无禄唯尚农”表情最强烈,由于全诗嵌入了这两句,其他句子流露出的田家乐趣皆显得有点强为欢颜的样子,全诗抒情也因此变得复杂而有所压抑。此诗说明,在孟浩然心中求禄之志与尚农之趣二者是不平衡的,求禄被摆在尚农之上,而不是相反。这对于解读孟浩然田园诗极有启示,如果忽略孟浩然及其作品中的痛苦精神,就容易对他安于田园的“乐趣”作表面化理解而偏离他真实的心态,这又怎么能说恰当理解了他的诗歌?对于孟浩然未能进入仕途所产生的精神痛苦,人们认识不足的原因,可能是孟浩然诗歌这方面的表达看似比较平和,于是就认为他对此并不太介意。其实,人对于一件事情的心理反应是一回事,如何表现心理反应又是一回事,有时两者一致,有时并不一致,优雅大度抑或痛心疾首,有时只表示两人不同的脾性和流露表情的不同方式、习惯,可能还与两人不同的文学趣味有关,而他们对所涉事情的感受和认识可能是一样的。所以由此区别实际的痛苦在这两种人心里的分量有轻重,理由并不充分。

（二）孟浩然诗歌中的浪漫情调。孟浩然写过一些艳情题材的诗篇,充满浪漫的想象和欢悦的情感。这类作品数量虽然不多,却是孟浩然诗歌特色之一,可以看到他精神的另一种色彩。如《山潭》(一作《万山潭》)、《初春汉中漾舟》《耶溪泛舟》《早发渔浦潭》《登安阳城楼》《春意》(一作《春怨》)、《春情》等。孟浩然这些诗,有的用神女馈赠郑交甫珮玉的典故,充满浪漫气息,有的则以白描手法为女性留影写真,或写女性绵绵思情。前者如《山潭》“游女昔解佩,传闻于此山。求之不可得,沿月棹歌还”,将传说故事与自己的想入非非结合在一起,诗意优美。后者如《早发渔浦潭》写诗人自己乘舟早行,一边倾听禽鸟鸣唤、橹桨击波的声音,一边欣赏水乡美人“照影弄流沫”的风情。又《才调集》所选孟浩然《春意》(一作《春怨》):“佳人能画眉,妆罢出帘帷。照水空自爱,折花将遗谁？春情多艳逸，春意倍相思。愁心极杨柳，一动乱如丝。”描摹女子绮艳之态，又表现她喜愁倏忽的转换。孟浩然这类诗歌也曾引起过刘辰翁、锺惺、金圣叹等评点家的注意。刘辰翁评《春怨》：“矜丽婉约。”①锺惺评《早发渔浦潭》：“浩然诗常为浅薄一路人藏拙，当于此等处着眼，看其气韵起止处。”②金圣叹评《春情》“始为真正写女郎妙笔”，又指出孟浩然虽是“学道人”，却也有“才人游戏之事”③。李白称赞孟浩然“风流天下闻”是否也包含对他诗歌这类浪漫情调的肯定？看来无法完全排除这种可能性。不过总的说，孟浩然诗歌接受史上的主流对这一点少有留意，它基本是被忽略掉了。即以注意到孟诗这一特点的批评家而言，对此也有一定修琢。如以上锺惺的评语意在引导读者以雅正的眼光阅读孟浩然诗歌中的艳情内容和浪漫情致，这种归雅化的解读又将孟浩然这类诗歌“俗”的特色给部分地淡化了。

四

文学史主流接受孟浩然隐逸的田园诗人、清淡的诗歌风格这一面，而相对地忽略了他苦苦求仕以及与之密切相联系的精神痛苦，还有他的气质和诗歌中的浪漫色彩。隐逸、清淡固然是孟浩然实际生活和诗歌创作的显著内容和特点，然而文学史对孟浩然主要的接受在此而不及彼，并非仅仅因为此是显著的存在，还因为人们需要以它为环节连缀起诗歌史上的一种传统并使它保持下去，而相对于由此所维系并保持的诗歌传统来说，彼之独立之处的重要性就显得不够突出了。

孟浩然诗歌创作体现了两个方面合一：（一）使谢灵运的山水诗和陶渊明的田园诗高度相融；（二）使唐初人冀望的江左“清音”和河朔“气质”相互调剂④。由于前者，孟浩然被公认为盛唐山水田园诗一大家；由

---

① 《刘辰翁诗话》，吴文治《宋诗话全编》第10册，第9853页，江苏古籍出版社1998年。

② 《唐诗归》卷十。

③ 《贯华堂选批唐才子诗》，《金圣叹全集》（四），第113—114页。

④ 魏徵《隋书·文学传论》提出，希望南北词人“各去所短，合其两长”。见《隋书》第1730页，中华书局1982年。

于后者，他的诗被殷璠称赞为“半遵雅调，全削凡体”①，严羽称他的诗“讽咏之久，有金石宫商之声”②，大致也是这意思。以上两方面又不能割裂，它们实际上反映了这样一个整体观念：孟浩然是合南北之长的盛唐诗歌中的山水田园清淡闲雅风格的代表。而当人们将他与王维并称，共推为该诗派的首领后，这一认识就愈益牢固。许顗《彦周诗话》：“孟浩然、王摩诘诗，自李、杜而下，当为第一。”③前引阙名《雪浪斋日记》一方面说为诗欲清深闲淡当学韦应物、柳宗元、孟浩然、王维、贾岛，同时又说：“欲词格清美，当看鲍照、谢灵运；欲浑成而有正始以来风气，当看渊明……欲气格豪逸，当看退之、李白；欲法度备足，当看杜子美；欲知诗之源流，当看《三百篇》及《楚词》、汉魏等诗。”④以王孟等诗风与诗歌史上代表其他风格和特点的杰出诗人创作形成对照，视其为不同风尚的标杆之一。胡应麟说：“唐初承袭梁、隋，陈子昂独开古雅之源，张子寿首创清澹之派。盛唐继起，孟浩然、王维、储光羲、常建、韦应物本曲江之清澹，而益以风神者也；高适、岑参、王昌龄、李颀、孟云卿本子昂之古雅，而加以气骨者也。”⑤将唐诗分为以陈子昂为开始的古雅派、以张九龄（字子寿，韶州曲江人）为开始的清澹派，以为王维、孟浩然等是后一系的盛唐代表。尽管各家的说法不太相同，但有一点相似，即认为王维、孟浩然等组合的清淡诗风在盛唐诗坛自为一系，形成传统，后人或将他们与李白、杜甫碧海鲸鱼的巨笔相对，或与高适、岑参高壮爽健的边塞诗风相对，都是为了刻画和突出王孟自成一体的诗歌流风。后人也注意到了王维、孟浩然两人诗歌的差别，对其评价也有所低昂。如李东阳认为王维诗丰缛不华靡，孟浩然诗古澹悠远深厚，孟优于王（见前引语）。然而文学批评史上绝大多数人认为，王维成就比孟浩然高。锺惺说：“王孟并称，毕竟王妙于孟。王能

① 殷璠《河岳英灵集》卷中孟浩然评语，《唐人选唐诗（十种）》，第91页。
② 郭绍虞《沧浪诗话校释》，第195页。
③ 《历代诗话》，第384页。
④ 《竹庄诗话》卷一“品题”引，第10页。
⑤ 《诗薮》内编卷二，第35页。

兼孟，孟不能兼王也。”[①]王士禛说：“王维佛语，孟浩然菩萨语。”[②]他编《唐贤三昧集》以倡导“神韵说”，分别以王维、孟浩然为卷上、卷中首席诗人，也是认为两人并尊之中略显高低。尽管有这些具体的区别，批评家在将王孟诗歌视为共同体以示范于诗坛这一点上却没有分歧，人们指出他们的差别，适足以说明两人诗歌形成互补，与李杜、高岑等诗风共同构成盛唐风貌。

如果一个诗人及其创作的某些方面受到读者集中地关注，那么其他侧面就有可能会被疏略或遗漏。当读者对孟浩然的山水田园题材及其诗意表现出高度兴趣，而且形成较为凝固的认识，将这些理所当然地作为孟浩然诗歌唯一的符号来接受之后，他诗歌创作中别的一些元素就难以再聚拢读者的眼光，构不成新的聚焦点，从而渐渐从文学接受史上淡出。更何况，山水田园诗、清淡闲远的风格，与不平牢骚和精神痛苦常常给人留下一种不甚和谐的印象，这也对读者淡忘孟浩然诗歌中其他元素造成了间接影响。

孟浩然及其诗歌的一些内涵元素受到后人重视，而另一些内涵元素被后人忽略，从接受链上脱落下来，未受到读者普遍关注，这种现象在文学史上比比皆是。这可以启发我们对文学史的认识。

文学史不是放置任何对象的储藏室，不是将从前所有的作家作品、一个作家的所有方面汇集在一起的容积体。文学史固然是通过不断累积形成的，然而又并非是简单地堆积，还需要对已有之物进行不断整理，重新摆放，它们的一部分被清除，一部分被展示，通过不断地挪移，有些隐去，有些凸显，有些列在通衢大道，有些则被闲置在不起眼的某个角落。一部文学史是如此，一个作者、一部作品的接受史也是如此。这种整理和挪移过程从不会中断，有时候这一部分受到重视，有时候那一部分受到青睐，甚至有些部分可能一直都得不到人们驻足观赏，造成它们在接受史上的失落。所以也可以这么说，文学史是一个由不断地忽略和遗漏赓续起来

---

① 《唐诗归》卷八，明刻本。
② 《居易录》卷五，《王士禛全集》，第3763页，齐鲁书社2007年。

的过程。求全只对整理作者全集,或某些专门研究来说才有必要,就自然形成的文学史而言,这却不是一种必然的要求,事实上也不可能达到,不存在没有被忽略和遗漏、全盘传承的文学史。

文学史为什么不是接受一个作者的全部而只是接受他的一部分?为什么接受的是这一部分而不是那一部分?这恰好说明文学史是有生命的,它有自己的需要,需要决定它该接受什么。往往一个作者被文学史接受的是他突出的和特异的部分,它们或者可以单独地与其他作者的特点构成互补,或者可以与同类作者的特点连缀而起到强化作用并共同与其他作者的特色相映,使业已存在的某种文学传统得以加强和延续。可见互补是文学史一种很大的需要,也是构成有效文学史的重要原因,借着这种互补作用,文学史显示出自己的丰富多样性。

互补即意味选择,不求重复而求各有特色,所以文学史会更注意掇拾不同作者作品中相异的部分,这与作者个体创作的丰富性形成某种相斥关系。一个作者的思想、精神、个性往往是多方面的,他创作的题材、主题、风格往往也是多方面的,作者们之间这些东西难免会有一定重复性,而对以互补为构成需要的文学史来说,没有贡献、没有超越的那种重复性正是属于它所漠视、剔除的对象。文学史不仅淘汰特色不突出的作者,就是对特色显著、具有个体创作丰富性的作者,也往往只是主要接受他们与别人不同的异质,而忽略同质,通过简约作者的特点使文学史本身的丰富性得到保证而又尽可能不出现重复,这决定作者的丰富性不会被全部纳进文学史,当然文学史的丰富性也并不一定包括作者的丰富性。两者这种不相称性反映了文学史对作家作品存在某种随意取舍。比如诗歌史上“诗圣、诗仙、诗佛”之说,以杜甫为诗圣,李白为诗仙,王维为诗佛,构成互补关系,其实这三位诗人的作品中,“圣、仙、佛”都有一点,甚至还有除三者之外别的成分和特点,不过某方面特点在某位诗人创作中尤其集中、突出罢了。孟浩然以一位单纯的山水田园诗人出现在文学史上,这也是经过了文学史对他简约化选择的结果。如果以这些诗人创作的主要一面代指其全部诗歌,以其主要特色为全部特色,那便是误让文学史的某个侧面蚕食了作者整体创作的丰富性。所以,文学史这种选择和组合的特征给我们启示,作者应当以区别于他人的特异性作为自己创作追求的目标,以自己鲜明的创作个性和成就自立于文学史之林,因为,与别人相同的部分必将被文学史所遮蔽,而流传下去的只能是属于作者个人的与众不同的艺术创造之光。此即所谓“人能自立,后世必有欣赏者”①。

第三节 李白、杜甫

“李声价重生前,杜誉望隆身后。”②这是胡应麟对李白、杜甫诗歌价值的历史浮动情况作出的概括。首先需要明确一点,李、杜作为唐诗最高成就的代表,他们的诗歌经常是人们推崇的对象,在与唐代其他诗人乃至历朝诗人的比较中,李、杜的地位大都是非常突出的,所谓价值浮动主要是指在李、杜二人比较关系中出现的一种评价起落情况。就此而言,胡应麟的概括大致反映了唐、宋两代评价李、杜的变化曲线,而在明代,李白“声价”转呈上扬,杜甫“誉望”略有回落,在新的基础上,李、杜接近于并尊地位。

一

“声价重生前”是李白实录,以下数端颇能说明问题。(一)李白自蜀至长安,秘书监贺知章慕名去拜访,读《蜀道难》未毕,“称叹者数四,号为‘谪仙’”。“又见其《乌栖曲》,叹赏苦吟曰:‘此诗可以泣鬼神矣。’”已有相当知名度的李白再得贺知章评赞,更加“称誉光赫”③。(二)杜甫极称李白诗歌成就:“白也诗无敌,飘然思不群。清新庾开府,俊逸鲍参军。”(《春日忆李白》)“笔落惊风雨,诗成泣鬼神。”(《寄李十二白二十韵》)虽然宋人有杜甫以庾信、鲍照作为比喻是“鄙李白”的说法,但那是服务于其扬杜抑李目的的一种曲解,不足以改变杜甫尊李的本意。(三)李白怀抱“誓欲清幽燕”(《在水军宴赠幕府诸侍郎》)宏愿入永王李

---

① 张维屏《谈艺录》卷上“鲍桂星”,《松心十录》庚集,粤东富文斋刊印。
② 《诗薮》外编卷四,第190页。
③ 孟启《本事诗》“高逸第三”,《历代诗话续编》,第14页。

璘幕,但是李璘聘李白为幕僚,绝不是看中他有什么定鼎的谋算和才干,而主要是倚重他的诗名以扩大自己的影响和势力。这也从一个侧面说明李白生前诗名已是如何卓著。

杜甫生前也有一些朋友推崇他的作品,称他“大名诗独步”(韦迢《潭州留别杜员外院长》),“曹刘俯仰惭大敌,沈谢逡巡称小儿”(任华《杂言寄杜拾遗》),可是像这样的推崇还未被普遍认可。李白:“借问别来太瘦生,总为从前作诗苦。”(《戏赠杜甫》)以略带开玩笑的口吻指出杜甫写诗过于拘束费力。高适《赠杜二拾遗》:“传道招提客,诗书自讨论。”也部分反映出杜甫在当时知音还不多。所以后人感慨道:“杜甫雄鸣于至德、大历间,而诗人或不尚之。呜呼,子美之诗,可谓无声无臭者矣。”①“无声无臭”属夸大之词,但是杜甫生前其诗歌“誉望”不怎么隆显,甚至有些淹抑则是可信的,他在这方面与李白蜚声诗坛的令誉难相媲美。

李白、杜甫死后,一方面出现了李、杜并提并尊,说明杜甫的地位有所提高;另一方面又存在冷落李、杜的倾向。杨凭《赠窦牟》:“直用天才众却瞋,应欺李杜久为尘。”窦牟《奉酬杨侍郎十兄见赠之作》:“翠羽雕虫日日新,翰林工部欲何神?”二人虽是借李、杜誉友和自况,并尊李、杜之意又十分明显;但同时,诗句又逗露出,在诗坛“翠羽雕虫日日新”的风气之下,相当一部分诗人受趋新心理支配,对李、杜抱着淡漠甚或轻视的态度。

元稹、白居易、韩愈对轻视李、杜均致不满,虽然三人对李、杜诗歌本身的看法并不完全一致。

元稹早年作诗云:“李杜诗篇敌。”(《代曲江老人百韵》)他对杜甫评价尤高,称杜诗“浩荡津涯,处处臻到”(《叙诗寄乐天书》)。《唐故工部员外郎杜君墓系铭并序》在高度称赞杜甫之后,又对李、杜诗歌进行了具体比较:

> 时山东人李白,亦以奇文取称,时人谓之李、杜。予观其壮浪纵恣,摆去拘束,模写物象,及乐府歌诗,诚亦差肩于子美矣。至若铺陈

① 王赞《玄英先生诗集序》,方幹《玄英集》卷首,影印文渊阁《四库全书》第1084册,第44页。

> 终始，排比声韵，大或千言，次犹数百，词气豪迈而风调清深，属对律切而脱弃凡近，则李尚不能历其藩翰，况堂奥乎？①

“差肩”意谓差不多，指李白诗歌在“壮浪纵恣，摆去拘束，模写物象”的艺术造诣和乐府诗成就方面，几乎可与杜甫并称。李白不及杜甫的地方，则是在“铺陈终始，排比声韵”的五言长篇排律。可见元稹是在比较有限的范围内调整李、杜的并列关系。

白居易也甚钦佩李、杜诗歌才华。《读李杜诗集因题卷后》曰：“吟咏流千古，声名动四夷。”另外，他又从倡导“为君、为臣、为事而作”的新乐府立场出发，轩轾李、杜，并指出他们的作品与他的创作要求之间存在的距离：

> 又诗之豪者，世称李、杜。李之作，才矣奇矣，人不逮矣，索其风雅比兴，十无一焉。杜诗最多，可传者千馀首，至于贯穿今古，覶缕格律，尽工尽善，又过于李。然撮其《新安》《石壕》《潼关吏》《芦子》《花门》之章，“朱门酒肉臭，路有冻死骨”之句，亦不过三四十。杜尚如此，况不逮杜者乎。②

与元稹的评论不同，白居易《与元九书》将李、杜诗歌思想成就的距离拉得较开，而且，他从思想政治标准出发，对即使被他推为诗坛豪中之豪的杜甫也部分提出了苛责。

韩愈是唐代并尊李、杜最力的一个人，《石鼓歌》《荐士》《醉留东野》《感春》《酬司门卢四兄云夫院长望秋作》诸诗均并提李、杜，表示企仰。《调张籍》诗尤将此意讲得透快：

> 李杜文章在，光焰万丈长。不知群儿愚，那用故谤伤？蚍蜉撼大树，可笑不自量。伊我生其后，举颈遥相望。夜梦多见之，昼思反微

---

① 《元稹集》卷五十六，第691页，中华书局2010年。
② 白居易《与元九书》，《白居易集》卷四十五，第961—962页，中华书局1979年。

茫。徒观斧凿痕，不瞩治水航。想当施手时，巨丸磨天扬。垠崖划崩豁，乾坤摆雷硠。①

对元稹、白居易、韩愈上述评语需作几点说明：（一）刘昫以为元稹之说是"论李、杜之优劣"②，这种看法为不少宋代以后的批评家所沿袭，魏泰《临溪隐居诗话》、周紫芝《竹坡诗话》均是其例；也有认为扬杜抑李是元、白评语的共同内容（如胡应麟《诗薮》内编卷四）。持这些意见的人忽视或抹杀了一个重要的事实，即元、白是在高度尊重李、杜的前提下对二人诗歌成就作低昂评估的（相对来说，元稹对李、杜高低的区别在范围及落差方面要小一些），而失去该前提，将他们对李、杜作先后区别这一点夸大和孤立起来，就会给人造成尊杜贬李的错觉，这与元、白原意相距甚远。（二）元稹、白居易比较李、杜的侧重点不同，元稹偏重于比较二人排律艺术功力的强弱高低，白居易则着重从"风雅比兴"即讽喻性内容的多寡论其上下。宋人尊杜抑李往往喜引元稹评语，那是对他的评语作了片面和宽泛的理解，其实他们的主要理由与白居易批评的一部分内容更为接近，所不同者，白居易在高赞杜甫的同时对他又流露出某种不满，绝大多数宋人则奉杜甫为完美的"诗圣"。（三）由于不顾及元稹比较李、杜的前提，误会了他对李、杜的基本态度，便连锁引起对韩愈《调张籍》抨击对象的错误推断。魏泰以为韩愈此诗针对元稹（见《临溪隐居诗话》），此说为不少宋人所信奉。针对这种说法，周紫芝驳诘道："指稹为'愚儿'，岂退之之意乎？"③持论甚合情理。韩愈这首诗本身有两点可以证明其矛头不是指向元稹。首先，韩愈抨击的对象是既"谤伤"李白也"谤伤"杜甫者（宋毕仲游《上苑尧夫龙图书》："至韩愈时，人或谤甫之诗，愈为作诗讼之。"④认为韩愈此诗针对谤杜者而发，虽不够全面，但指出谤杜者是此诗抨击对象，则是对的）。且不说元稹尊杜尚李，即以他在文章中先杜后李

① 《四部丛刊》影印元刊《朱文公校昌黎先生集》卷五。
② 《旧唐书·杜甫传》，第 5055 页。
③ 《竹坡诗话》，《历代诗话》，第 355 页。
④ 毕仲游《西台集》卷八，乾隆四十二年武英殿聚珍本。

的一段话来说，其极力推尊杜诗与韩愈批判矛头的指向就已很不一致。其次，“群儿”一词说明韩愈攻击的对象是一个复数，而不是单个人。

因此，只有联系当时诗坛“翠羽雕虫日日新”，不少诗人淡漠、轻视乃至“谤伤”李、杜的背景，并且全面检讨元、白、韩对李白、杜甫的评述，才能明白他们三人都是否定李、杜之否定者，在肯定李白、杜甫诗歌成就和维护其在诗坛应有的地位方面其实质并无区别。所不同的是，白居易从提倡新乐府，元稹从排律诗的艺术角度出发，在李、杜之间更偏尚杜甫，韩愈则并尊李、杜，无所倾欹，对二人诗歌“垠崖划崩豁，乾坤摆雷硠”雄伟阔大的笔力和气势无限神往，而对“谤伤”李、杜的“群儿”的抨击也更趋激烈。

在晚唐，李、杜一方面仍是一部分人并尊的对象，“李杜才海翻”（皇甫湜《题浯溪石》），“命代风骚将，谁登李杜坛？少陵鲸海动，翰苑鹤天寒”。（杜牧《雪晴访赵嘏街西所居三韵》），“李杜操持事略齐”（李商隐《漫成五章》其二），“明皇世，章句之风，大得建安体，论者推李翰林、杜工部为之尤”①，“宏思于李、杜极矣”②。有的于李、杜之间又有所偏倚，如皮日休称杜甫“风雅主”③，吴融则说：“国朝能为歌为诗者不少，独李太白为称首。”④但是另一方面，晚唐诗风突出的倾向是转向镵刻苦瘦，幽细婉美，绮艳风流，宁静淡泊，贾岛、姚合、李商隐、温庭筠、韩偓、司空图的作品和诗学观点更受诗人普遍青睐，何况晚唐诗坛的好尚在实际上比这更为纷繁：“百家嚣浮说，诸子率寓篇。……各持天地维，率意东西牵。竞抵元化首，争扼真宰咽。”（同前引皮日休诗）不承认有普遍的诗歌典范，各人都以自己为中心。在这种情势下，李、杜诗歌的高声亮响、恢弘气象较难契入晚唐诗人心灵，所以其实际影响也比较有限。欧阳修：“唐之晚年，诗人无复李、杜豪放之格，然亦务以精意相高。”⑤蔡启谓晚唐诗人大抵皆宗

① 《郢州孟亭记》，《皮子文薮》卷七，第 70 页。

② 司空图《与王驾评诗》，《司空表圣文集》卷二，《四部丛刊》本。

③ 《鲁望昨以五百言见贻过有褒美内揣庸陋弥增愧悚因成一千言上述吾唐文物之盛次叙相得之欢亦迭和之微旨也》，《皮子文薮》附录一，第 133 页。

④ 吴融《禅月集序》，贯休《禅月集》卷首，《四部丛刊》本。

⑤ 欧阳修《六一诗话》，第 9 页，人民文学出版社 1983 年。

贾岛，"与李、杜特不少假借"，甚而有以李诗为"调笑格"，杜诗为"病格"①。就李、杜比较有限的影响而言，杜诗以其雄奇的风格和严整的叙述技巧对晚唐一部分诗人如杜牧、李商隐等人的创作产生较明显作用，而李白恣肆纵横、飘逸飞举的诗风对晚唐的实际影响比杜甫更小。

综上所述，李白豪纵飘逸的风度和诗歌面貌为时人所仰仗，名高于生前，杜甫后来逐渐升值，与李白名望相埒，特别是经过新乐府提倡者元稹、白居易在同尊李、杜的前提下对二人作比较评议，杜诗以其排律体制宏大精严和某些诗篇更加突出的讽喻时事、察政补过的内容受到更多称颂，初步确立了后来先杜后李的名次排列。因此可以说，杜甫名声在唐代超轶李白，后来居上，很大程度上是与新乐府运动的影响相联系的。韩愈论文重道义的表达，论诗主张"不平则鸣"，也重视诗的政治作用，但是他对诗的讽喻功能又不像白居易那样疾声呼吁，将其看得高于一切，而是更加注重追求雄奇纵肆的诗风和宏壮阔大的诗境，在这些方面，李、杜诗歌共同满足了他的审美要求，所以他与元、白着眼点不同，并颂李、杜，毫无轩轾。晚唐以后，诗风趋转涩、婉、淡、艳，气格逐渐弱小，离元稹、白居易和韩愈所推尊的李、杜诗风越来越远，因此，李、杜虽然仍受到少数诗人真诚地尊重，其实际影响（尤其是李白）并不显著。诗歌风尚的衍变和批评者个人观赏趣味的差异，决定了这一时期李白、杜甫身价浮动及其影响效果强弱的更迭移转。

二

宋朝是一个尚义理、崇道学的时代，反映在文学批评中，道义精神和政治功利性受到更加普遍的关注；宋朝也是一个鼓励读书，注重学问的时代，诗歌创作和批评显示出学问化倾向；宋朝诗人又极其讲究诗法，将学习诗法作为揣摩古人作品的重要内容。在这种思想学术、文学风气之下，宋人对李白、杜甫的评价，与唐人相比，在总体上出现了高幅度倾斜。

---

① 蔡启《蔡宽夫诗话》，《宋诗话辑佚》，第410—411页。按：朱绪曾《开有益斋读书志》据《王直方诗话》载蔡宽夫启为太学博士，推断蔡宽夫似名启。郭绍虞认为此说不能成立，蔡宽夫名居厚（参见郭绍虞《宋诗话考》，第135—136页，中华书局1979年）。

左右宋初诗坛的主要是三个诗派：白乐天体、晚唐派（或称贾岛体，包括九僧诗）和西昆体。在这些诗派风行的数十年间，或尚平易通顺，或刻意清寒，或追求丽藻奥典，他们大多与李、杜诗风是隔膜的。虽然尚白乐天体的主要代表王禹偁曾表示过尊李、杜尤其是尊杜之意："子美集开新世界。"①"谁怜所好还同我，韩柳文章李杜诗。"②其他好李、杜的声音在宋初也偶有所闻。但是，当时人们普遍的创作和审美视界还滞留在三派风尚上面，他们的期待视野尚未延及诗歌的现实性、道义性和宽宏高美的境界，至少多数诗人和读者还没有意识到这些内蕴对诗歌创作和鉴赏的构成必要。所以王禹偁等人一些肯定和赞美李、杜的声音，在宋初只是空谷足音，反响寥寥。

随着主要由欧阳修领导的与弘扬儒道紧密联系的古文运动的发生和发展，李、杜渐为宋人普遍推重，杜甫增值尤其迅速。《蔡宽夫诗话》对此有过一段说明："景祐、庆历后，天下知尚古文，于是李太白、韦苏州诸人始杂见于世。杜子美最为晚出，三十年来学诗者，非子美不道，虽武夫女子皆知尊异之，李太白而下殆莫与抗。文章隐显，固自有时哉。"③古文运动兴起的原因，是一部分官员和文人出于对危困现实的忧患和对时尚文风的不满，希冀寻求社会富强，艺术和文学新生的道路。然而，他们信仰的儒道本身不仅带有狭隘性，而且包含不少落后成分；他们追求急近的功利性，又往往引起对文学其他特性或多或少的忽略。因此，随"天下知尚古文"而出现的李、杜增值现象，以及逐渐形成以杜抑李的思维定式，既有其突出诗歌创作的思想内蕴，呼求诗人接近现实生活，开拓诗境的积极意义，又带有过于向儒家伦理道德规范靠拉的倾向，从而在两位伟大诗人之间作出了不恰当的扬抑轩轻。

宋人李、杜优劣的比较首先是对两人作品道义理致的比较，其衡量是非优劣的标准是儒家传统的伦理观和价值观，而比较的本身以及由此生发的议论则侧重于二人的差殊点，所引用的例子和概括的结论都旨在强

---

① 王禹偁《日长简仲咸》，《小畜集》卷九，《四部丛刊》本。
② 《赠朱岩》，《小畜集》卷十。
③ 《宋诗话辑佚》，第 398—399 页。

调杜优于李。王安石对李白诗歌艺术性颇有好评，然而又批评李白“识见污下，十首九说妇人与酒”，不满其作品“近俗”①。他盛赞杜甫虽潦倒，作诗“不废朝廷忧”，“宁令吾庐独破受冻死，不忍四海赤子寒飕飕”②。又称杜诗“悲欢穷泰，发敛抑扬，疾徐纵横，无施不可”，“光掩前人而后来无继”③。他编选《四家诗》，杜甫居首，李白居末，实际上体现了上述观点。与王安石相比，苏轼对李白的好评又有所提高，也更见具体，他称李白、杜甫“以英玮绝世之姿，凌跨百代”④。然而，当涉及伦理性思考时，他又肯定杜甫为众诗人之首：“古今诗人众矣，而杜子美为首，岂非以其流落饥寒，终身不用，而一饭未尝忘君也欤？”⑤王、苏比较李、杜的结论说明，就诗歌的艺术性而言，李、杜作品在天平两端大致接近平衡，而比较二人诗歌的社稷意识、君臣观念、民生思虑这些思想内蕴时，天平即刻出现倾斜，李白处于了劣势位置。

事实上大多数宋人都偏尚对李、杜作品的思想蕴涵作比较，从而使杜优李劣成为难移的定案。引录几段有代表性的评语：

> 李白诗类其人，骏发豪放，华而不实，好事喜名，不知义理之所在也。……唐诗人李、杜称首，今其诗皆在，杜甫有好义之心，白所不及也。⑥
>
> 李太白、王摩诘之诗，如乱云敷空，寒月照水，虽千变万化，而及物之功亦少。……惟杜少陵之诗，出入古今，衣被天下，蔼然有忠义之气，后之作者，未有加焉。⑦
>
> 李、杜号诗人之雄，而白之诗，多在于风月草木之间，神仙虚无之说，亦何补于教化哉？惟杜陵野老负王佐之才，有意当世，而肮脏不

---

① 《钟山语录》引，胡仔《苕溪渔隐丛话前集》卷六，第37页。
② 王安石《杜甫画像》，《王安石全集》卷五十，第410页，上海古籍出版社1999年。
③ 陈正敏《遯斋闲览》引，程毅中《宋人诗话外编》，第332页，国际文化出版公司1996年。
④ 《书黄子思诗集后》，《苏轼全集·文集》卷六十七，第2133页。
⑤ 《王定国诗集叙》，《苏轼全集·文集》卷十，第854页。
⑥ 《诗病五事》，《栾城集》，第1552页。
⑦ 许尹《黄陈诗注序》，《黄庭坚全集》附录三，第2409页。

偶，胸中所蕴，一切写之以诗。①

李太白当王室多难，海宇横溃之日，作为歌诗，不过豪侠使气，狂醉于花月之间耳，社稷苍生，曾不系其心膂，其视杜少陵之忧国忧民，岂可同年语哉。②

这些都说明，正是在“义理”、“及物之功”、“教化”、“忧国忧民”等方面，他们将李白、杜甫诗歌进行了反差强烈的对比，构成他们扬杜抑李的主要理由。黄彻从“心术事业可施廊庙”、“忠义之气”（《蛩溪诗话》卷二、卷一），刘宰从“尊君敬上”（《漫塘语录》，《诗人玉屑》卷十一引）的角度推崇杜甫或轩轾李、杜，也是这种批评倾向的反映。张戒《岁寒堂诗话》卷上称黄庭坚“太白诗与汉魏乐府争衡”是“真知太白者”，并以《诗经》“说妇人者过半”为理由驳诘王安石对李白“识见污下”的论断，认为韩愈并推李、杜，不显优劣是“公论”。这似乎意味着张戒改变了多数宋人比较李、杜的思维习惯，其实不然。《岁寒堂诗话》卷下称元稹评李、杜是鄙论：“铺陈排比，曷足以为李、杜之优劣？”他搬出《论语》“兴观群怨”、“事父”“事君”和《诗大序》“经夫妇，成孝敬，厚人伦，美教化，移风俗”、“化下”“风上”、“主文谲谏”等堂而皇之的垂训，告诉人们杜诗的价值在此，李、杜的优劣也在此：“杜子美、李太白，才气虽不相上下，而子美独得圣人删诗之本旨，与《三百五篇》无异，此则太白所无也。”③这非常典型地反映了宋人比较李、杜的重点所在。张戒终于还是迁就了宋人对李、杜诗所抱的根深蒂固的观念而没能改弦易辙，说明批评家要超越自己所处时代的文学批评标准和风尚何其困难。有时他或许会产生一些摆脱其羁縻的自觉，有时则又会或隐或显地与之合流，从而造成自相矛盾。

其实，李白诗歌何尝没有关心社稷苍生的内容？“《大雅》久不作，吾衰竟谁陈？”（《古风》第一）这种自觉的创作使命感和一些描写、批判社会

---

① 赵次公《草堂记略》，引自仇兆鳌《杜诗详注》第2248页，中华书局1979年。
② 《鹤林玉露》丙编卷六，第341页。
③ 《历代诗话续编》，第469页。

问题的诗篇(尤其是组诗《古风》),都足以证明李白在以瑰玮浓烈的浪漫精神为主体的诗歌世界中,仍然留下了一方空间以供绘述人间实在的世相,在不少方面体现了美刺比兴传统。李阳冰评他:"凡所著述,言多讽兴。"(《草堂集序》)宋朝也有人注意到了这一点,葛立方说:"李之所得在《雅》。"①"李白乐府三卷,于三纲五常之道,数致意焉。"这与宋人对杜诗内容的赞赏是一致的。然而葛立方又说,考究李白行事,与"君臣"、"夫妇"之义实有违反,所以不是"醇儒"②。朱熹说:"李白见永王璘反,便从臾之,诗人没头脑至于如此。杜子美以稷、契自许,未知做得与否,然子美却高,其救房琯亦正。"③从行为方面比较"诗圣"与"驳儒"的差别,是宋人优劣李、杜的一个重要构成,其实这也是宋朝文学批评(此指作家论方面)尚义理、崇道学的反映。在这种眼光观照下,他们对李白某些与杜诗立意内蕴相仿佛的作品只进行了低调的评价,甚而将其搁置一旁,不加论及。

可注意的是,苏轼一方面着眼于伦理方面首推杜甫(见前述),另一方面,他又高度赞美李白傲睨权贵的高尚雄迈的品操,《李太白碑阴记》说:

> 士以气为主。方高力士用事,公卿大夫争事之,而太白使脱靴殿上,固已气盖天下矣。使之得志,必不肯附权幸以取容,其肯从君于昏乎?夏侯湛《赞东方生》云:"开济明豁,包含洪大。陵轹卿相,嘲哂豪杰。笼罩靡前,蹈藉贵势。出不休显,贱不忧戚。戏万乘若僚友,视俦列如草芥。雄节迈伦,高气盖世。可谓拔乎其萃,游方之外者也。"吾于太白亦云。④

这已经探寻到了李白独立人格的重要内蕴,他许多闪放奇彩异光的

---

① 《韵语阳秋》卷三,《历代诗话》,第502页。
② 《韵语阳秋》卷十,《历代诗话》,第557—558页。
③ 《鹤林玉露》丙编卷六引,第341页。
④ 《苏轼文集》,第348页。

诗篇正是这种人格精神的艺术结晶。如果沿着这条思路去发掘李白诗歌的价值和意义，本来是可以而且应该给他在诗歌史上以更高评价的。然而，宋朝能够高度评赏李白高傲个性和以此为内质的那部分诗章的人毕竟太少，人们更关心诗歌符合传统规范的义理、人伦性内容而不是兀傲不驯的个性。因此，苏轼上述对李白的赞美并没有改变宋人尊杜贬李的观念，其实，苏轼本人也并不认为李、杜诗歌具有等同的思想价值。

重学问的倾向和注重诗法的风气，也助长了宋朝扬杜抑李的倾欹之势。宋代文人生活条件比较优厚，读书成才为人所羡慕，而印刷术的进步使刻印图书的品种和数量都有较大增长，使许多典籍广为流传，为读者提供了方便。在这种条件下，当时士人们嗜好读书蔚为风气。其反映在诗歌创作和批评中，形成偏重学问的倾向。欧阳修肯定西昆体诗人"雄文博学，笔力有馀，故无施而不可"①。王安石论诗中用典："若能自出己意，借事以相发明，情态毕出，则用事虽多，亦何所妨。"②黄庭坚对学问更是作了突出的强调，他说："词意高胜，要从学问中来尔。"③他评友人诗"未能从容中玉珮之音，左准绳，右规矩"，原因在于"读书未破万卷，观古人之文章未能尽得其规摹及所总览笼络"④。他要求诗人落笔著语"无一字无来处"⑤。葛立方说："欲下笔，当自读书始。"否则，学问源流不长远，写诗必然变态少，缺乏"汪洋浩渺"之妙⑥。宋人诗话多有总结用事使典方法技巧的内容，这也是重学问的一种反映。宋人往往将杜甫视为诗人而重学问的典范，他"读书破万卷，下笔如有神"的名句一再被黄庭坚引用，成为他提倡学问的口号（见《答徐甥师川》）。宋神宗比较李白、苏轼才学的一段话，反映了宋人对李白学问不够深厚的基本看法：

又上一日与近臣论人材，因曰："轼方古人孰比？"近臣曰："唐李

---

① 《六一诗话》，第13页。
② 见《蔡宽夫诗话》，《宋诗话辑佚》，第419页。
③ 《论作诗文》，《黄庭坚全集》，第1684页。
④ 《跋书柳子厚诗》，《黄庭坚全集》，第656页。
⑤ 《答洪驹父书》，《黄庭坚全集》，第475页。
⑥ 《韵语阳秋》卷一，《历代诗话》，第487页。

白文才颇同。”上曰：“不然，白有轼之才，无轼之学。”①

因此，杜甫、李白学问深浅，在宋人眼里原是有着明显差别的。对于二人的诗歌，宋人也认为杜甫以学力胜，李白以天分胜。吴沆《环溪诗话》“杜甫长于学”，“李白长于才”②。刘克庄《后村诗话》前集：“放翁、学力也，似杜甫；诚斋，天分也，似李白。”③在宋代普遍崇尚学问的风气之下，杜甫地位高于李白是必然的。

宋人作诗注重诗法，揣摩古人诗歌的形式技巧是他们学古的一项重要内容，因此，重诗法与重学问又有着内在的联系。此风至江西诗派而大畅。黄庭坚以“点铁成金”、“脱胎换骨”作为教人作诗的门路。在他的影响下，江西派诗人都注重炼字炼句的功夫，讲求诗歌规矩、法度。黄庭坚特别指示人们要“熟观”杜甫夔州后写的“古律诗”，这主要也是着眼其善于遣使奇字硬句，运用险韵拗体，“句法简易，而大巧出焉”艺术方面的原因④。他评李白诗：“如黄帝张乐于洞庭之野，无首无尾，不主故常，非墨工檗人所可拟议。”⑤杜诗有法度脉理可以依循，因此学杜有着力之处；李诗“无首无尾，不主故常”，即使想拟议也难以入手。黄庭坚对二者都加以肯定，可是作为效仿的对象，他无疑倾侧于杜甫诗歌。无论是他自己作诗，还是教诲他人创作，都以追企杜甫诗法为目标。后人推杜甫为江西诗派之“祖”主要也是着眼于他们诗法方面的渊源关系。吕本中发展了江西派的诗法理论，提倡“规矩备具而能出于规矩之外，变化不测而亦不背于规矩”的“活法”⑥。与此相适应，他除了要求学习杜甫、黄庭坚诗歌的“法度”之外，还要求学习李白、苏轼的作品，作为写诗“一助”⑦。这其实也是说明，学诗应当以杜、黄诗法为主，李、苏作品则是在辅助的意义上才

---

① 引自陈岩肖《庚溪诗话》卷上，《历代诗话续编》，第170页。
② 吴沆《环溪诗话》，清《学海类编》本。
③ 《后村诗话》前集卷二，第33页。
④ 《与王复观书》，《黄庭坚全集》，第471页。
⑤ 《题李白诗草后》，《黄庭坚全集》，第656页。
⑥ 吕本中《夏均父集序》，刘克庄《江西诗派小序》引，《后村先生大全集》卷九十五，《四部丛刊》本。
⑦ 吕本中《与曾吉甫论诗第一帖》，《苕溪渔隐丛话前集》卷四十九引，第332—333页。

成为学习对象，他们之间仍存在主次的区别。所以，就诗法的典范性而言，在江西诗派眼中，李白的作品逊于杜诗。

这样，从义理、学问、诗法三方面比较李、杜诗歌，宋人均认为杜优于李，杜诗更具有实际的示范意义，李、杜诗歌成就不能等量齐观。与元稹以五言排律的造诣和白居易以讽喻诗多寡先杜后李相比，宋人优劣李、杜的角度多且内容广，在总体上对二人评价的落差也比较大，这样，李、杜优劣论才算是真正确立下来。

然而，以上仅足以说明宋人为何认为李白作品不如杜诗，却不足以解释宋人普遍承认李白诗歌的成就在除杜甫之外的众诗人之上。事实上，除少数意见以为韩愈、白居易、欧阳修、苏轼、黄庭坚等诗人的诗歌成就高出李白之外，大多数宋人相信李白在唐宋诗人中的地位居于一人（杜甫）之下，众人之上（也有认为李白成就高于杜甫，持这种看法的人很少）。所以优劣李、杜实际上是李、杜诗歌范围内的一种比较，超出这一范围，说李白“劣”就失去了意义。宋初古文运动先驱田锡，从文与道的关系着眼，认为“经纬大道”之文既可以是“常态”，也应该有“变”态。他从“文之变”的角度高度评价李白诗歌：“若豪气抑扬，逸词飞动，声律不能拘于步骤，鬼神不能秘其幽深，放为狂歌，目为古风，此所谓文之变也。李太白天付俊才，豪侠吾道，观其乐府，得非专变于文欤？”①田锡说的“常”“变”，意思接近“正”“变”。古人早就用“正”与“变”这一对范畴评说文学，肯定以“正”为主，以“变”为辅，“变风”“变雅”的地位很高，也说明人们对“变”的文学的重视。田锡以“文之变”论李白诗并加以推崇，是继承了这种文学批评传统。吴可以杜诗为“正经”，李白等人诗歌为“兼经”②，说明了杜诗为主干李诗为辅翼的关系，人们学习李、杜，可以区别主次，却不应该偏废。苏轼、苏辙除了从义理方面扬杜抑李外，其他时候又并提或高赞李、杜。这些都反映了李白受尊敬的情况。

宋人赏爱李白诗歌哪些特点？从他们一些摘句式的赏评和与杜诗的

---

① 田锡《贻陈季和书》，《咸平集》卷二，影印文渊阁《四库全书》第1085册，第381—382页。

② 见吴可《藏海诗话》，《历代诗话续编》，第333页。

比较中可以了解大端。欧阳修极赏“清风明月不用一钱买，玉山自倒非人推”两句诗，评其“惊动千古”，并认为这类诗表明李白“天才自放，非甫所到”①。王安石说：“诗人各有所得。‘清水出芙蓉，天然去雕饰。’此李白所得也。‘或看翡翠兰苕上，未掣鲸鱼碧海中。’此老杜所得也。”黄庭坚以为李白诗的“妙处”在“请君试问东流水，别意与之谁短长”一类诗。吕本中举李白“晓月出天山，苍茫云海间。长风一万里，吹度玉门关”等诗，评其“气盖一世”②。张戒赏爱李白《庐山谣》，谓：“此乃真太白诗矣。”③杨万里称“问余何事栖碧山，笑而不答心自闲。桃花流水窅然去，别有天地非人间”等句为“李太白体”；称“白摧朽骨龙虎死，黑入太阴雷雨垂”、“指挥能事回天地，训练强兵动鬼神”等句为“杜子美体”④。大约他们喜爱的“太白体”，是指李白诗歌想象丰富，境界开阔，富有宽宏疏朗的时空跨度，语言瑰玮奔放而又流畅飘逸，比喻新奇别致又都平易自然。这些特点与杜甫诗歌精深沉郁、凝练奇健的风格很不相同。葛立方说：“杜诗思苦而语奇，李诗思疾而语豪。”⑤区别二家诗风简而得要。从诗歌鉴赏来说，宋人从李白作品中得到了很大的审美愉悦。刘攽解释欧阳修“甚赏爱”李白诗的原因是，李诗“超�飞扬为感动”⑥。这也是大多数宋人赏爱李诗的原因，而这种很高的审美愉悦是读杜诗所不易获得的。李白的作品以其极高的艺术成就补足了杜诗的不备，满足了宋人多方面的审美需要，这大约是在大多数宋人眼里李白地位次于杜甫而高于其他诗人的原因。宋人所欣赏的“太白体”特点，其实也为历代读者所喜爱。这

① 《李白杜甫诗优劣说》，四部丛刊景元本《欧阳文忠公集》卷一百二十九该文作：“‘落日欲没岘山西，倒着接䍠花下迷。襄阳小儿齐拍手，大家争唱白铜鞮。’此常言也。至于‘清风明月不用一钱买，玉山自倒非人推’，然后见其横放。其所以惊动千古者，固不在此也？杜甫于白得其一节而精强过之，至于天才自放，非甫可到也。”其中“固不在此也”句，华文轩等编《杜甫卷》上编（中华书局1964年）标点为句号，与整篇文意不符。“也”在古汉语中可作疑问词，同“耶”，故此句应为疑问句，表示肯定语气。《苕溪渔隐丛话前集》卷五引作：“所以惊动千古者，固不在此乎？”可以证明其确为疑问句。明安磐《颐山诗话》引作：“所以惊动千古者，固在此也。”改其句型而得其意。

② 以上引文见《苕溪渔隐丛话前集》卷五，第30、27页。

③ 《岁寒堂诗话》卷上，《历代诗话续编》，第462页。

④ 《诚斋集》卷一百十四《诗话》。

⑤ 《韵语阳秋》卷一，《历代诗话》，第486页。

⑥ 刘攽《中山诗话》，《历代诗话》，第288页。

说明,不同时代的读者接受同样的文学作品,既有其差异性,也有其一致性。

对优劣李、杜之说,宋人也有提出异议的。叶集之曰:“硕儒巨公,各有造极处,不可比量高下。”[①]严羽又将这种观点作了发展。《沧浪诗话》反对“以文字为诗,以才学为诗,以议论为诗”,这几乎推翻了宋人优劣李、杜的主要理由。而他自己则着重肯定李、杜各自作出的不同的艺术贡献:“李、杜二公正不当优劣。太白有一二妙处,子美不能道,子美有一二妙处,太白不能作。”“子美不能为太白之飘逸,太白不能为子美之沉郁。太白《梦游天姥吟》《远离别》等,子美不能道;子美《北征》《兵车行》《垂老别》等,太白不能作。论诗以李、杜为准,挟天子以令诸侯也。”因此他希望人们“以李、杜二集枕藉观之,如今人之治经”[②]。这进一步发展了宋人业已存在的爱好李白诗歌的一方面意向,同时其意义更在于表示随着对江西诗派风气和宋人过尚诗歌义理的批评标准的反拨出现在李、杜评价中的一种新变化,意味着李白经过居于杜甫之下约二百年的屈抑期后,身价开始回升。这种侧重于艺术比较和并尊李、杜的意见,启开了后来明人评价李、杜新的思路。

三

李、杜“二公齐名并价,莫可轩轾”[③],李东阳《麓堂诗话》中的这一结论,基本上代表了明人普遍的看法。有时人们品评李、杜也会出现微妙的起伏波动,却不足以变更这一基本评估。这与多数宋人的意见形成鲜明对照。

由宋人评李、杜分上下优劣,到明人基本上视二人“齐名并价”,反映了宋明二朝文学批评风气的某种转移,以及开展李、杜比较角度的较大转换。

第一,宋人侧重于李、杜诗歌创作的题材内容、思想纯驳、社会效果即

① 引自吴可《藏海诗话》,《历代诗话续编》,第339页。
② 以上引文见《沧浪诗话校释》,第26、166、168、1页。
③ 《历代诗话续编》,第1392页。

写什么和为什么而写的比较，并与他们坚持的思想政治标准相结合，确定了杜甫独尊的地位；明人侧重于二人艺术构思、写作手法、体裁擅长、诗歌的风神格调气象等艺术方面即怎样写的比较。而在这些方面，即使不少宋人也承认李白的成就极为突出，明人则进而将这些艺术上的特点作为李、杜比较的主要内容和对象，如明代几部有影响的诗话《麓堂诗话》《升庵诗话》《艺苑卮言》《诗薮》《诗源辨体》等，书中涉及李、杜比较的内容，都是偏重二人作品的艺术性。从艺术性的角度看问题，杜甫独尊的结论显然是非常勉强或者说难以成立的。

第二，宋代江西诗派虽然也强调从艺术上宗杜，但那主要是出于"无一字无来处"和字法、句法、句眼方面的考虑，在这些方面，杜诗无疑比李白作品更有脉理可循。明代诗派中阵容和影响最大的格调派（以前后七子为代表）也注重从艺术上学杜，却走着一条与江西诗派不同的道路，主要规摹杜诗的高格亮调，浑壮气象。王夫之讥"王、李"作诗喜用"万里"、"千山"、"雄风"、"浩气"、"中原"、"白雪"、"黄金"、"紫气"等字①，这虽沦为肤浅，但反映了他们对杜诗格调气象的向往，与好求句眼的江西诗派区别甚明。这表明明人对李、杜诗歌艺术的比较，主要是一种广泛的、整体的艺术风貌的比较，从这一宽阔的艺术视野观赏李、杜诗歌，一般只能说二家各有特点，很难作高低上下的品第。

明人比较李、杜侧重于诗歌艺术性而不是思想内容，侧重于艺术中的整体风貌而不是字法、句法的具体技巧，从而将李白、杜甫并视为诗坛两位巨星，这与严羽着重肯定李、杜各自作出的不同的艺术贡献，反对扬此抑彼是一脉相承的。高棅、王世贞、胡应麟等人都推崇严羽《沧浪诗话》，所以二者之间存在上述的一致本不足为奇。

第三，明人对宋人评价诗歌的思想标准有所调整，这也影响到他们进行李、杜比较得出不同的结论。宋人尚义理、道学，将杜甫看作忠君爱国、思想纯正的诗圣，他的诗歌被当成最能体现《诗经》传统的典范作品，乃至出现千家注杜的空前盛况。正是这种过尚伦常、理致的文学批评标准

---

① 见王夫之《明诗评选》卷六袁宏道《和萃芳馆主人鲁印山韵》。

从根本上导致了杜甫在宋代独尊地位的确立。而恰恰在这一点上，明人与宋人表现出很大区别，并对宋人优劣李杜的理由提出怀疑和反感。宋濂《杜诗举隅序》激烈批评杜诗注释者们："务穿凿者，谓一字皆有所出，泛引经史，巧为傅会，楦酿而丛脞；骋新奇者，称其一饭不忘君，发为言辞，无非忠国爱君之意，至于率尔咏怀之作，亦必迁就而为之说。说者虽多，不出于彼，则入于此，子美之诗不白于世者五百年矣。"李梦阳批评"宋人主理不主调"，好"作理语"，以此"师法杜甫"，诗乏生动①。本来，从伦理纲常的内容去探求杜诗，和从性气理致方面去追摹杜甫，在许多宋人看来是正常不过的事情，可是在明人眼里，这却成了问题。宋人赖以优劣李、杜的最重要的理由，明人也认为并不是无可辩驳的。"右杜者则曰：'李诗不出妇人杯酒，杜诗句句忧国爱君。'此晚宋人语，当时想亦偶有所见，人遂以为的论。假令村中学究，句句说忠君爱国，便可跨谪仙，句句说神仙蓬莱，便可跨少陵耶？可发一笑。"②"宋人抑太白而尊少陵，谓是道学作用，如此将置风人于何地？"③显然，在李、杜优劣说出现消解的背后，反映出明人对片面夸大诗歌"忠君爱国"、"道学作用"等因素的批评标准在一定范围内的修正。当然，明人诗歌批评仍然将物理道义的思想评判摆在重要位置，杜甫诗歌的这方面内容仍受到高度赞美，然而一般来说，他们并不像宋人那样由此简单得出杜优于李的结论。李东阳在《琼台吟稿序》和《题赵子昂书茅屋秋风诗后》二文中，大力肯定杜诗"悉人情，该物理，以极乎政事风俗之大，无所不备"，"为天下苍生计"诸如此类的思想内容④，但他并不因此就认为杜诗高出李诗，更有价值，而是将李、杜诗歌同置于"最优"的"宫声"一档中，莫分上下（见《麓堂诗话》）。由于对诗歌政治和伦理内容期望的适当降低，因此明人即使偏重对李、杜作品思想进行比较，也往往将二人相提并论。朱大启《李杜诗通序》："尝论李、杜两公，自开元、天宝之隆，迄于至德、大历，亲罹兵火丧乱之世。太白流离

① 见李梦阳《缶音序》，《李崆峒先生集》卷二。
② 孙绪《无用闲谈》，《沙溪集》卷十二，康熙四十六年刻本。
③ 《诗镜总论》，《历代诗话续编》，第1416页。
④ 《李东阳集》第二卷，第102、300页。

坎轲，浪迹纵酒，游览行役，怀古之什为多，然百忧万愤，略见升沉之感；子美怀忠仗节，羁旅间关，奔诣行在，慷慨悲惋，一寓于诗。”“李、杜大篇，寄意深婉。”①这些颇能反映明人与宋人比较李、杜的不同特点。

前面谈到苏轼盛赞李白傲睨权贵，“气盖天下”的品操、精神，宋人对此很少产生共鸣。然而苏轼的话在一部分明人中却很有反响。袁宏道称李白“天才英特”，在其“狂迹”之下，透射出卓越的“识趣”，并引苏轼评语以赞美李白其人②。许学夷说：“太白人品与诗，惟东坡识之。”③田艺蘅指出李白在强烈的个性方面胜过杜甫：“太白宁放弃而不作眷恋，宁狂荡而不作规矩之语，子美不能不让此两着。”④对李白诗中饮酒和声色娱乐的内容，人们也不再像张戒那样援引《诗经》比兴传统替他辩护，而是直接肯定它们是“丈夫”失志，难逞雄心的一种寄托。李东阳《跋张汝弼书蒋玉山既醉轩诗卷》称李白“但得醉中趣，勿为醒者传”诗句是“有托”而作⑤。袁中道《殷生当歌集小序》：“丈夫心力强盛时，既无所短长于世，不得已逃之游冶，以消磊块不平之气。古之文人皆然。……谢安石、李太白辈，岂即同酒食店中沉湎恶客，与鬻田宅迷花楼之浪子等哉？云月是同，溪山各异，不可不辨也。”⑥李白自由不拘、纵性任情的心襟和生活态度受到明人尤其是晚明文人的赏识，他们从强烈的个性方面比较李、杜，赞美李白，与多数宋人从“忠君爱国”立场推崇杜甫，微议李白不符“醇儒”标准，相距何其遥远，反映了两个不同历史时期文化背景和文人心态的差异。

一方面“忠君爱国”、“道学作用”不再是评价诗人及作品至高无上的标准，另一方面个性因素受到较高重视，随着这些展开比较的条件发生改变，宋人视李白、杜甫优劣的一些依据，在许多明人看来变得不再有多少实际的意义。李、杜优劣论趋于消解，显然与明人这种对文学批评标准中

① 引自黄宗羲《明文海》卷二百二十七，影印文渊阁《四库全书》第1455册，第538页。
② 见袁宏道《策第五问》，《袁宏道集笺校》，第1520页，上海古籍出版社1981年。
③ 《诗源辨体》卷十八，第207页。
④ 《诗源辨体》卷十八引，第208页。
⑤ 《李东阳集》第二卷，第303页。
⑥ 《珂雪斋集》卷十，第472页。

的思想内容标准的一定调整有相应的关系。

随着明人并尊李、杜观念的基本确立，兼学李、杜的主张也成为明代大多数诗人的一种共识。

明初，尊李和并重李、杜的声音在诗坛响起。张以宁《钓鱼轩诗集序》对"近代诸名人类宗杜氏而学焉，学李者何其甚鲜"的状况甚表不满。文中"近代"指宋、元各朝。这意味着明人对前人优劣李、杜进行反拨的开始。练子宁《黄体方诗序》评李白诗"《风》《骚》之后，卓然鲜丽……自唐及宋，罕有继者"①。他在众多诗人中"嗜太白诗"，并将学李付诸自己的创作实践。稍后，高棅编成《唐诗品汇》，揭开了明代"楷式"盛唐诗歌（林鸿语，该书凡例引）的一页。《唐诗品汇》以诗歌体裁为类别，李白诗歌在各类中均为"正宗"，杜诗多为"大家"，少数为"羽翼"。"正宗"和"大家"是该书对"神秀声律，粲然大备"（林鸿语，该书凡例引）艺术上最成熟完美的诗歌作品的品评术语。二者区别是，"正宗"含纯正的盛唐风调之意，"大家"指集大成并含有较多变调的因素。该书卷首引《历代名公叙论》云："唐陈子昂、李太白、韦应物之诗，犹正者多而变者少，杜子美则正变相半。"高棅列杜甫为五、七律大家，他在五律叙目中说："杜公律法变化尤高……余于欲离欲近而取之。""欲离欲近"是相对于五律的正常格式而言。七律叙目说："少陵七言律法，独异诸家。"②从中可以体味"正宗"、"大家"的含义，略同于传统的"正"与"变"（"正变"除了用于区别艺术风貌外，还经常指作品思想内容的不同，"正宗"、"大家"不含后者意思）。以上说明高棅基本上同尊李、杜，而又以李白诗歌的"神秀声律"冲融、自然为更加纯正的盛唐诗歌风范，这是考虑到杜诗变调影响中、晚唐尤其是宋代诗风而对李、杜作出的略寓上下的区分。尽管如此，高棅并宗李、杜的倾向是很清楚的。

李梦阳、何景明鼓吹"诗必盛唐"，尤尚杜诗。唐元荐："至李、何二子一出，变而学杜。"③这与高棅同中有异。但何景明又批评杜甫七言歌行

① 练子宁《金川玉屑集》卷三，明刻本。
② 以上引文见《唐诗品汇》，第13、507、706页。
③ 《升庵诗话》卷七，《历代诗话续编》，第774页。

“调失流转”,“博涉世故,出于夫妇者常少;致兼雅颂,而风人之义或缺”(《明月篇·序》)。李梦阳论诗也重“比兴杂错,假物而神变”(《缶音序》),而李白诗歌在这些方面胜过杜甫。李梦阳以阮籍为魏诗之冠,又以李白《古风》“祖籍词”(见《刻阮嗣宗诗序》),含有称美之意。他又并称曹植、李白诗“流光耀千古,不与日月陨”(《世不讲曹李诗尚矣内弟会余河上能章章道也惊有此赠》),对李白推崇备至。从李、何对诗的要求和对杜甫的批评来看,李白诗的艺术长处适足弥补杜诗弱点,因此受到推崇。说明他们也是主张学杜而兼学李白的。

以后,并重和兼学李、杜的看法更加普遍。李攀龙创作方面更多取法杜甫,《古今诗删》唐诗部分李、杜诗入选最多,选杜诗 85 首,李诗 58 首,说明他更尚杜甫,但是他盛赞李白“五、七言绝句,实唐三百年一人”①。谢榛说:“暨观太白、少陵长篇,气充格胜,然飘逸、沉郁不同,遂合之为一,入乎浑沦,各塑其像,神存两妙,此亦摄精夺髓之法也。”②他以兼取李、杜之长为诗歌创作的目标。王世贞讥笑谢榛“高自称许”,名不符实,主要针对谢榛实际创作水平离其目标甚远的事实而言,言下之意,对合李、杜之美为一的艺术境界本身持肯定态度。胡应麟《诗薮》:“李才高气逸而调雄,杜体大思精而格浑。超出唐人而不离唐人者,李也;不尽唐调而兼得唐调者,杜也。”“盛唐一味秀丽雄浑。杜则精粗、巨细、巧拙、新陈、险易、浅深、浓淡、肥瘦,靡不毕具,参其格调,实与盛唐大别。其能会萃前人在此,滥觞后世亦在此。”③认为李白诗歌属于盛唐正调,杜诗参有较多唐音别唱,与高棅意见一致。他又说,杜之“沉郁”,李之“逸宕”,“有能总统为一,实宇宙之极观”④。胡应麟明白,这实际上不可能达到,但是,他认为以李、杜为楷模,兼学二人所长,是人们应当有的认识。许学夷《诗源辨体》:“太白以天才胜,子美以人力胜。……今人学子美或相类,而学太白不相类者,盖人力可强,而天才未易及也。”这是唐宋以来人们普遍的看法

① 李攀龙《选唐诗序》,《沧溟先生集》卷十五,明万历刻本。
② 《艺苑卮言》卷七引,《历代诗话续编》,第 1066 页。
③ 《诗薮》内编卷四,第 70 页。
④ 《诗薮》内编卷三,第 50 页。

和诗界创作的情况，尽管如此，许学夷仍认为“李、杜兼法，乃为善学”，要求天才、人力尽量“相济”①，否定了一些前人天才难及而废李白不学的宿命观。

明人并宗兼学李、杜是对宋人优劣李、杜的拨转，在认识上无疑是一次进步。但是，明人诗歌创作的质量因其模拟过甚而受到较大限制。清代人在李、杜评价问题上保持了明人的一些基本观点，多数人认为兼师李、杜，和济为美是必要的，他们的学习方法和态度比较灵活，创作成就比明人高，如果追根溯源的话，明人的李、杜比较论对清人诗论和诗歌创作显然产生了一定的积极影响。

第四节 陈子龙

传记性释义是指本于作者传记解释作品的方法，古人称为“知人论世”，在相关的基础性研究方面有其建树。然而，任何传记都只是传主生活史和精神史的一部分，并且，他者的意愿和思想总会依附在传主身上，二者如形影一般相伴始终。因此人物传记并不意味完全的客观性，而人们使用传记性释义方法开展文学研究和批评也必然地会以各种方式表现出程度不同的随意性。以下通过对陈子龙接受史特别是对近人两部陈子龙传记的分析，对人物传记与文学释义之间普遍存在的随意性关系加以论述。

韦勒克、沃伦《文学理论》说：“从作者的个性和生平方面来解释作品，是一种最古老和最有基础的文学研究方法。”②这种研究方法与孟子提出的、中国文学批评史上普遍沿用的“知人论世”（特别是“知人”）方法相通。它主要是一种本于作者传记对作品进行解释的批评方法，应用的领域不限于文学，但很显然，文学研究对它特别地倚重。长期以来，对作家的研究在中国文学史研究中占了很大比重，原因在此。不知晓作者是

① 《诗源辨体》卷十八，第193—195页。

② 韦勒克、沃伦著，刘象愚、邢培明、陈圣生、李哲明译《文学理论》，第68页，生活·读书·新知三联书店1984年。

谁,或者虽然晓得作者,却不明白一篇作品是他或她在何时何种情况下创作的,读者往往会感到作品的意味晦昧不明,难以理解;而一旦了解这些情况后,作品犹如卷走云翳的天空,一片晴朗。这样的阅读经验多数读者都有过。这使传记性释义方法获得了读者的信赖,反过来又对传记性释义方法的长期流行构成了有力支持。“学《诗》者,必先知诗人生何时,事何君,且感何事而作诗,然后其诗可读也。……不知人、不论世者也,不如不读《诗》之愈也。”①不知作者,焉知其言,焉知其文,这几乎成了文学批评和研究中不言自明的道理。而根据这道理,凭着作者传记对他们的作品作出释义自然也被认为是切实可靠可信的。的确,传记性释义方法曾经为文学批评和研究带来过光芒,使作品某些潜隐的旨趣得以发露,在基础性的文学批评和研究方面有其建树,可以肯定,它还将在这些方面继续发挥重要作用。可是,如果以为传记性释义即代表客观的文学批评和研究,它能够将批评者的主观对文学批评和研究活动的影响排除在外,或都降低到最小,因而就以为它能够保证得出的结论完全符合本来的真实,不免将传记性释义方法过于理想化了,也在一定程度上误解了文学批评和研究的性质。而且,文学不等于作家的个人传记,哪怕自传烙印很深的文学作品也不例外,所以,即使尽可能广泛、清楚地了解了作家的生平,也不等于就能够据此对他们的作品作出最恰当的解释。何况真正了解一个人很不容易,了解一个作者更是极难的事。正因为如此,韦勒克、沃伦一方面肯定“传记式的文学研究法是有用的”,一方面又特别强调:“如果认为它具有特殊的文学批评价值,则似乎是危险的观点。”②他们所谓“特殊的文学批评价值”是指这种方法具有别的批评和研究方法不具备的有效性和科学性。

对陈子龙的传记性释义,为我们思考这种批评和研究方法与释义者主观自由之关系提供了一个可供分析的例子。陈子龙的接受和研究史显示,他的一部分性格、精神、品质和作为经过不同阶段的研究者集中阐释而得到凸显,另一部分性情和行为则被有意无意遗忘而渐渐从大多数人

① 陈启源《毛诗稽古编》卷二十五“小叙”,嘉庆十八年刻本。
② 《文学理论》,第74页。

的视野中消失，结果是，被阐释者凸显的那些特点几乎成了“完全的陈子龙”的一个指代符号。在对陈子龙这种传记性释义中，留下了释义者自由愿望的痕迹，而正是这种释义者的自由愿望塑造了社会和公众“需要的”陈子龙，同时，这又对阅读陈子龙作品产生了极强的暗示作用，成为影响读者理解其作品的无形的“导读”。

现代学者撰写的有关陈子龙传记，有两部作品最值得注意。一部是朱东润先生《陈子龙及其时代》，此书用浓墨刻画和讴歌陈子龙，称赞他是一位“斗士”、“爱国志士”、“民族英雄的榜样”①。另一部是陈寅恪先生《柳如是别传》，该书重要内容之一是写陈、柳姻缘，特别是第三章《河东君与“吴江故相”及“云间孝廉”之关系》约 19 万字，更是以大量篇幅集中地写陈子龙、柳如是二人之间的情缘分合遭遇，这些内容堪称是“陈子龙别传”，它主要叙述陈子龙早期的家庭生活史和个人情感史，侧重于展现陈子龙多情才子、好狭邪之游的性情和行为，写出了一个“情痴”②。朱东润先生《陈子龙及其时代》根据的材料，主要是陈子龙自撰年谱及其诗文作品，王沄续作的年谱，《明史》本传，还有陈子龙友人的一些记载。陈寅恪先生“陈子龙别传”依据的材料，主要是陈子龙、柳如是的唱和之作，陈子龙写的与柳氏有关的一些诗词文，以及他同时代人的有关作品和稍后文人的笔记。两人取用的材料不甚相同，比如朱东润先生主要利用陈子龙言志之作，陈寅恪先生主要利用他言情之作；朱东润先生主要整合长期以来对陈子龙评价的主流意见，陈寅恪先生主要去挖掘被主流评价意见所掩盖甚至否定的另外一些记载。这又决定了两人采用的研究方法也不相同，朱东润先生是叙述的，陈寅恪先生是考辨的。这是因为，朱东润先生多是使用显然的材料，陈寅恪先生多是使用隐匿的材料，对于显然的材料自然不妨直接取来排比叙述，而对于隐匿的材料，不下考辨的功夫是无法把它们拿来当证据的。

应该说，两人所写陈子龙英雄、情痴，都接近于他真实的一面，所以这

---

① 朱东润《朱东润传记作品全集》第三卷《陈子龙及其时代》，第 5、12、7 页，东方出版中心 1999 年。

② 陈寅恪《柳如是别传》，第 72 页，生活 · 读书 · 新知三联书店 2001 年。

两部传记从某种意义上说是一种互补,失去一面都不成其为真实的陈子龙(当然还有其他的方面)。然而,三四百年以来陈子龙接受史的情况却是,接受者一直在按照他们自己的喜好对性情和生活本来都丰富生动、多姿多彩的陈子龙不断地净化,有意无意地把具有多重侧面的陈子龙描绘成单相面的人物,结果使人物出现了割裂的痕迹,并且又常常抛弃其中的一部分,致使"情种"的陈子龙遭到"英雄"的陈子龙的驱逐。陈子龙抗清被捕自尽,这一事件是决定后来对陈子龙阐释定调——崇高的英雄主义——最重要的因素,在这一因素作用下,凡不符合其解释需要的资料便会被人们改变或者遗弃。陈子龙拒绝柳如是爱意的记载就是一个例子。《牧斋遗事》载:"柳尝之松江,以刺投陈卧子。陈性严厉,且视其名帖自称女弟,意滋不悦,竟不之答。柳恚,登门詈陈曰:'风尘中不辨物色,何足为天下名士?'"顾苓《河东君小传》:"河东君者,柳氏也。初名隐雯,继名是。……适云间孝廉为妾。孝廉能文章,工书法,教之作诗写字,婉媚绝伦。顾倜傥好奇,尤放诞。孝廉谢之去。"①以上两条记载,或者否定陈子龙、柳如是曾经存在的一段姻缘,或者编造陈子龙先娶柳如是后又主动割爱的故事,都是为了替陈子龙洗刷掉在他们看来属于道德污点的东西,突出他正面的人格。后人编《陈忠裕公全集》不收录陈子龙为柳如是《戊寅草》(或《鸳鸯楼词》)所作序,可能是又一个为陈子龙打掩护的相似例子②。以上这些可以说是民间舆论对陈子龙的一种阐释。乾隆四十一年(1776),清朝表彰胜国殉节之臣,陈子龙名字被编入《钦定胜朝殉节诸臣录》,追加谥号"忠裕",代表了清朝官方对陈子龙的阐释。这两种舆论在肯定陈子龙英雄主义方面其实是一致的。民间与官方两股舆论汇合以后,对陈子龙的这种阐释定位从此就牢不可移,很少再有变化,于是与这

① 《牧斋遗事》《河东君传》所载的这两段话转引自陈寅恪《柳如是别传》第89、42页。罗振玉、陈寅恪都肯定这位"云间孝廉"就是陈子龙。罗振玉的话见《顾云美书河东君传册跋》,《柳如是别传》第42页引。

② 《柳如是别传》:"又今检《陈忠裕全集》及陈卧子《安雅堂稿》,不见有《戊寅草序》,或《鸳鸯楼词序》。此殆为收辑卧子著作之人,如王沄辈早已删弃不录,遂使此两书皆未载。若今日吾人不得见《戊寅草》者,则卧子此序天壤间竟致失传矣。"(第112页)按:《安雅堂稿》刻于明末,陈子龙在世,不录《戊寅草序》不能排除是他本人的意思。《陈忠裕公全集》编成于嘉庆八年(1803),不收该序文的原因,很可能是编者出于为陈子龙讳饰的考虑。

种定位不相称的前人关于陈子龙的另类记载和传言，其影响越来越小，随着时间推移，它们甚至悄然无声地从陈子龙身上脱离开，渐渐归于消失。即使有人略微提到，也是将它们视为可以原谅的才子放荡不羁的行径而已，这种看法其实表明人们对出现在陈子龙身上的这类事情本身依然是持负面或偏向于负面的评价。对于陈子龙一些言说私情的诗词文章，人们也不再去求证它们究竟是为何而创作，而是将它们当作一般的、含义泛化的作品，甚至当作含有传统的君臣和家国之义的比兴作品去阅读和理解。越到后来这种情况就越显著，比如，清初以来各时期出现的明清诗歌选本，大致的情况是，越是后出的选本，越是注意选录陈子龙表现英雄关怀意识的作品。这说明，经过集体的主流阐释，"英雄的"陈子龙已经在人们心目中日益定型化，这样的接受定势一旦形成，就会对他别的经历和特点产生排异作用，结果是将另一半的陈子龙草草看过，甚至将它们掩蔽起来，令人难识他完整的、真实的面貌。"客观的"陈子龙显然无法出现在这一类传记里。

对陈子龙这样一种接受和阐释，反映了传记性释义中普遍存在的"大节优先"的选择倾向。"大节"观念是前人写人物传记取舍材料的一条重要原则。欧阳修说，能传之于久远的传记，"须纪大而略小"①，宜"举其要者"②。一些醇疵交集的人物被写入传记时，更是普遍地经过了传记作者的过滤，让人物变得"干净"。而正是对人物身上的大小醇疵特点的考虑和处理，导致传主失去了本来的完整性。不完整即意味不真实。任何传记，无论其详略，都只能是一个人的片段，只是长短、疏密不同而已，不可能是完整的，完整也没有必要，这决定了传记的可信总是有其限度的。而且对于一个人的大小醇疵的价值判断，会因时因人而发生改变，一种时代氛围下被过滤掉的人物的瑕疵，在另一个时代的眼光里，可能恰恰是预示未来新意义的标志，是识别当时真实的社会风习和人类自身特征的重要植被。所以，人物传记无论是作为真实的资料还是作为价值的参考，先天都会带着缺陷。数百年以来人们对陈子龙所作的"英雄主义"传记阐释，正是围绕"大节优先"的轴心而不断演绎，不断堆叠，以主流的阐释注销

---

① 《与杜䜣论祁公墓志书》，《欧阳修全集》，第1020页。
② 《论尹师鲁墓志》，《欧阳修全集》，第1045页。

其他可能的解释，以致形成固定化的集体性解读的结果。所以，一部陈子龙传记实际上是对他大节（抗清而死）的因果叙述，传主的整体性被这种比较单一的陈述隐蔽起来，比如遗落陈子龙与柳如是之间发生的爱情，以及他个人色彩斑斓的实际和精神的生活，就是为这种传记性释义付出的代价。

陈寅恪先生一反风气，通过他微妙地考证，再现出陈子龙、柳如是当年的姻缘遭遇，将一个“情痴”的陈子龙介绍给了读者，与长期以来已经定型化的“英雄的”陈子龙形成极大反差，他这种不受前人强大的阐释势力影响的独立研究，难能可贵。他自诩“发三百年未发之覆”，且用“一旦拨云雾而见青天，诚一快事”来形容发现的快乐①，情辞适中其理。陈寅恪先生写陈、柳姻缘，不是要把陈子龙渺小化，这是很显然的事，否则，与他撰《柳如是别传》也着力写传主有主见，表现她暗助抗清复明的大义性情，纠正世俗视她为烟花女子的偏见，是相矛盾的。他写陈子龙“情痴”的一面，是为了让读者看到陈子龙并非只是一个单一的英雄主义者，还是一个性格、感情、生活都异常丰富饱满的人物。针对过去的阐释者以“英雄”的陈子龙消解“情痴”的陈子龙这样的普遍状况，陈寅恪先生指出，“儿女情怀与英雄志略，亦未尝不可相反而相成”，所以“不必拘执此点”，以为陈子龙“病”②。这些认识显然更接近于历史上真实的陈子龙，也对丰富复杂的人性表现了关怀和尊重，冲破了对正面性人物所抱的狭隘概念，在陈子龙的研究中，无论是真实性还是价值观两方面都显示出大的改变，形成新颖的研究理念和风格。借助于陈寅恪先生对陈子龙、柳如是姻缘关系的研究，人们对于陈子龙早期吐露绮怀的一些诗词作品，也有了朴实地阅读和理解的可能，扭转过去一味往高处深处去悬测其意义的偏向。然而，陈子龙经过数百年英雄化的阐释，与这种阐释不相称的其他资料大多已经湮没，保存下来的很少，所以，今人着手做陈子龙被过去的主流阐释屏蔽掉的一面生活史和精神史研究，困难重重，要想完全恢复真实的陈子龙可以说已经不可能。陈寅恪先生尽量穷搜资料，剔发微幽，将陈、柳姻缘的始终过程排比得比较周全，功夫很深。他在资料非常缺乏的前提

---

① 《柳如是别传》，第288页。

② 《柳如是别传》，第468页。

下连接起一条人物的生活链，不得不充分调动想象力，所以他在研究中对主观的依赖很强，不少结论带有猜想性质，著作中屡屡出现“疑”、“颇疑”、“似”、“假说”、“或者”等猜测之词，借助于这些用词，他一方面提出了对所论事端大胆的、主要的判断，另一方面又用以限制他论述中得出的一些结论，留下周旋馀地。这说明当一种主流阐述形成之后再想提出新异的、可靠的说法，很不容易。

下面举几个作者在《柳如是别传》中有关陈、柳姻缘的自由释义例子。作者认为，崇祯八年(1635)春季至初夏是陈子龙、柳如是的同居期。这段时间只有三四个月，比较短促。时间太短促不免给人骤聚速散的印象，从而给“同居期”说法的成立增添麻烦，故作者需要在这段时间内尽量将陈、柳开始同居的日子往前移，所以说他俩的关系立春时就已经很热，而那次立春是崇祯七年十二月十七日，他因此“疑”标志二人关系十分亲密的陈子龙《早春行》诗“为崇祯七年冬季立春之前所作者”①。然而该诗有曰“朝朝芳景变”、“愿为阶下草，莫负艳阳期”，江南立春之际，春气刚萌动，万物待苏，依然是一派冬天景象，出现于诗人笔下的芳景、艳阳，与立春时节实际的自然景物不符。诗又曰“轻衣试还惜”，这与江南立春时，寒意料峭，依旧冷酷的气候也不符合。诗中“韶光去已急”句，此“韶光”指春光，更可以证明此诗题目“早春”不可能是指立春。所以作者定《早春行》写于“立春之前”是缺乏说服力的②。此诗收在陈子龙《平露堂集》，与写于崇祯八年的《清明雨中晏坐忆去岁在河间》相邻编在一起，因此将它当作写于崇祯八年清明之前的作品，最为妥当。陈寅恪先生对此诗写作时间的论证是为他提出陈、柳“同居期”的说法所用，因此不免将个人的主观愿望掺杂在论证中了。再比如，他论证柳如是《清明行》、陈子龙《上巳行》两首诗都写于崇祯十二年，这一年的清明、上巳“同是一日”，他“疑卧子上巳行乃获见河东清明行后，遂作一诗以酬慰其意者”，

---

① 《柳如是别传》，第239—241页。

② 现将陈子龙《早春行》全文引录于下，以便读者体会其诗意：“杨柳烟未生，寒枝几回摘？春心闭深院，随风到南陌。不令晨妆竟，偏采名花掷。香衾卷犹暖，轻衣试还惜。朝朝芳景变，暮暮红颜易。感此当及时，何复尚相思。韶光去已急，道路当应迟。愿为阶下草，莫负艳阳期。”(《柳如是别传》，第240页)

所以两首诗歌的“词意实是一事”①。然而仔细阅读这两首诗，柳如是《清明行》抒一己在春天生起的思绪，陈子龙《上巳行》二十四句，前十二句叙述少年男女结伴春游的欢快情景，后十二句转而写一女子对多年戍边未归人的想念，读不出这两首诗歌有相互酬答的语气，也看不到它们存在互相联属的词意关系。而且陈子龙诗“万里黄龙谁出戍”句，与他的经历也不相符，表明这是一首指向宽泛的诗歌，不专指他自己②。所以，即使这两首诗果然写于同一年的清明节前后，陈、柳也是各人抒各人的情怀，歌咏同一年的节日只是一种巧合。古人遇到清明这样的节日，常常吟诗填词，发生如此的巧合本来也是不稀奇的。又比如，有学者指出陈子龙《江城子·病起春尽》是顺治四年(1647)与云间词人酬唱时写的一首词，陈寅恪先生则将它系于崇祯八年夏初，认为这是柳如是离开之后，陈子龙伤怀致病而作③。在这些例子中，陈寅恪先生对作品本事的说明都明显带有个人主观性，从而使他对陈子龙、柳如是姻缘的论证在某些细节方面显得牵强，带有研究者施加的刻意痕迹。如果细节的失真不仅仅是细节本身的问题，那就需要重新考虑其研究得出的大的结论是否完全妥当，是否需要作出一些调整，一般而言，牵一发而动全身的情况在学术研究中是经常会遇到的。

陈寅恪先生作陈、柳姻缘研究留下诸多细节疑点，一方面固然是因为数百年来对陈子龙的主流阐释有意无意地排斥关于他的另类资料，任其

---

① 《柳如是别传》，第467、471页。

② 现将两首诗歌的全文引录如下，读者可以自行对照。柳如是《清明行》：“春风晓帐樱桃起，绣阁花骢绮香旨。桃枝柳枝偏照人，碧水延娟玉为柱。朱兰入手不禁红，芳草纷匀自然紫。西窈窕双回鸾，蕙带如闻明月气。可怜玉鬓茱萸心，盈盈艳作芙蓉生。明霞自落凤巢里，白蝶初含团扇情。丹珠夜泣柳条曲，梦入莺闺空漾渌。斯时红粉飘高枝，豆蔻香深花不续。青楼日暮心茫茫，柔丝折入黄金床。盘螭玉燕无可寄，空有鸳鸯弃路旁。”(《柳如是别传》，第464页)陈子龙《上巳行》：“春堤十里晓云生，春江一曲暮潮平。红兰绿芷遥相对，油壁青骢次第行。洛水桥边闭春殿，碧山翠霭回芳甸。陌上绮罗人若云，城隅桃李花如霰。少年跃马珊瑚鞭，道逢落花骄不前。已教步障围烟雾，更取东风送管弦。垂柳无人临古渡，娟娟独立寒塘路。公子空贻芍药花，佳人自爱樱桃树。又有青楼大道旁，楼中红粉不成妆。万里黄龙谁出戍？三年紫燕独归梁。晚下珠帘垂玉箸，尽日凝眸芳草处。无限雕鞍逐艳阳，谁识郎从此中去？”(《柳如是别传》，第340页)

③ 姚蓉、王兆鹏《陈子龙与柳如是情缘再探》，载《光明日报》2004年4月28日。按：陈寅恪先生对《江城子·病起春尽》词的论述，见《柳如是别传》第253—254页。

散失，致使真相难现，若原来的资料还比较完整地保留着，后人的研究必可减少类似的疏失。所以，过去对陈子龙主流的传记释义不仅直接造成某些解释失真，同时也将再失真的可能性留给了后来的研究者。陈子龙距我们仅三四百年，情况尚且如此，对于流传下来的更早的文人传记性释义资料，我们的态度就更有保留的必要了。另一方面也说明，后来想超越主流阐释、纠正前人集体释义失真的人，其研究实际上也是置于他们自己的移情作用之下来进行，也难免会将个人的随意性嵌入研究的结论中。由于传记需要将传主的生活和经验片段连缀在一起，形成相对的完整性，而正是这种勉为其难的文体要求和叙述过程使传记释义者不得不借助于想象性的创造。因此也可以说，流传下来越是完整的古人传记，可能其中带有后人赋予的色彩也越浓郁，人们接受和利用这些资料就越应当谨慎。在研究中，传记资料太少则不够用，希望它们完整；太完整又难免经过了他人添加的工序，增加不可信成分，这就是进行文学传记性释义遇到的悖论。

作者撰写人物传记还存在另外一种情况，即从人物的全部生平资料中仅撷取少许事情进行集中描写，以此少许事情概括人物的生平和精神，这是一般传记写作普遍遵循的方法。因此他人通过读传记了解该人物，实际上是经过了传记作者对人物的过滤。像这样的过滤在传记写作中总是难免的，古人称用这种方法写传记其实是造化人物："人而操笔为人作传，不特其人之炉冶，直是其人之造物。"因为"若为其人之炉冶，则其人不过任我之陶铸。今为人作传，则其人直惟我之生成矣，安得非造物耶"①。肯定传记作家相当于用笔创造了一个传主。这说出了传记一个极其重要的特征。当然这样创造出来的传记人物依然可以是真实的，但可以肯定的是，他们不会是完全真实的。

总之，结合作者的生平索求其作品的含义，或者反过来，从作品中去寻找作者的生平事迹，这一类传记释义在文学研究中自有其需要和一定的可能，然而这样的一种寻求，依其实质而言，是研究者对其研究对象一

① 徐枋《居易堂集》卷一《与杨明远书》二，第 17 页，华东师范大学出版社 2009 年。

次新的理解性的建构过程,研究者将自己的意念有意无意地传输到研究对象中,这类情况普遍存在。所以也可以说,传记性释义通常是在向读者叙述一个错落不齐、无法与原型完全重叠的人物故事,后人仅凭前人留下来的传记资料(许多已经过各种各样加工)而想准确无误地写出一个文人的形象、叙述他的一生,这是无法达到的。

方苞《畿辅名宦志序》云:"取诸旧史者,得其实为易,而取诸郡、州、县志者,得其实为难。盖非名实显见,末由登于国史。而史作于异代,其心平,故其事信。若郡、州、县志则并世有司之所为耳,其识之明未必能辨是非之正,而恩怨势利请托又杂出于其间,则虚构疑似之迹,增饰无征之言,以欺人于冥昧者不少矣。"①他认为,朝廷修的史书(所谓国史)比各级地方修的史书(所谓方志)其人物传记要可信,原因是国史确实,而且修史者与列为传记的人物已经相隔有时,而方志往往直接或间接地与当事人存在着利害的纠缠,很难保证公正。他看到有些高风亮节的君子,郡县志故意不为他们列传,于是推测说:"观其所不载,则载者可尽信乎?"②这话是有道理的。汤聘也说:"(各类方志)攘善竞名者往往窜入其中,以愚乡曲之耳目。怀铅握椠之士,又有所瞻顾系恋,而不能立折其非。于是真伪杂糅,贤否同贯,牵连并录,卷帙浩繁,而隐沦之逸德,幽潜之微光,转必有阻于事势而不克自白者,传讹习陋,可胜道哉?"正因为修史时这种"僭滥之失未易屏除",所以他认为,古今"少信史"③。不过,出现在郡县志里的这一类情况同样存在于国史中,所以国史人物传也并不像方苞说的那样可以完全相信。距离远固然有助于公正地记载人物,可是另一方面,作者也可能因此增加更多的想象之词。有时,一个人能否被载入史书列传存在偶然性,与风气和意识也有关系,不完全是由个人的贡献和价值决定的,与历史的公正原则之间存在距离。比如,当有人向万斯同提出,《明史》列传中吴会(东汉时分会稽郡为吴、会稽二郡,合称"吴会"。此指今浙江、江苏)间人多,其他地方尤其是偏远地方的人少,难以显出史书为宇

① 《方苞集》卷四,第90页。
② 《方苞集》,第91页。
③ 汤聘《建昌府志序》,王昶《湖海文传》卷二十六,第252页。

宙公器的精神，恐怕会招致后人非议。对此，万斯同回答："吾非敢然也。吴会之人，尚文藻，重声气，士大夫之终，鲜不具状、志、家传。自开史馆，牵引传致，旬月无虚，重人多为之言。他省远方，百不一二致，惟见列朝实录，人不过一二事，事不过一二语。郡、州、县志皆略举大凡，首尾不具。虽知其名，其行谊事迹不可凿空而构，欲特立一传，无由摭拾成章。故凡事之相连相类者，以附诸大传之后；无可附，则惟据实录所载，散见于诸志。此所谓不可如何者也。"①万斯同说的情况在史书编纂过程中普遍存在，也可以说这是史书的遗憾，从一个侧面说明记载的史书不等于本然的历史，而记载的不公正无论如何是克服不了的。此外，一些作者写人物传记，故意讳饰、诬枉的写作动机，或者求异爱奇的写作态度，也经常会对写作产生影响，以致减弱或者磨灭人物的真实性。即使是作者本人撰写的年谱之类作品，其记载也未必完整和允当。比如陈子龙自撰年谱，记述至弘光元年(1645)三十八岁，包括他一生绝大部分的岁月在内。总的说这一自撰年谱前略后详，且详于记述关系国计民生的所思和所行，略于记述关系个人的私事和私情，后者仅一见于崇祯四年"间以诗酒自娱"，再见于崇祯八年"文史之暇，流连声酒"②，年谱所引用的诗文作品，也都是抒写壮志雄心、忧国忧民的篇章，他与柳如是相爱的经历，以及其他丰富的个人生活内容，这些真事都已经隐去，罕见痕迹。这反映出陈子龙本人更愿意留给后人一个与国共休戚的自我形象，而不是让后人完整地了解自己，后来出现的对他的形象的主流解读与他本人的这种预期是相吻合的。所以作者自撰的年谱或传记也未必完整，可靠性也是有限的。以上这些说明，传记的真实性和客观性是一个需要十分小心对待的问题。既然如此，依赖作者的传记开展文学批评和研究，能在多大程度上保持客观性当然也是很有疑问的。

既然传记性释义很难避免随意性，而文学批评和研究又在一定程度上需要它，离不开它，这样就使研究者面临两难的境地。这至少在今天还是一道无法跨越的沟壑。尽管如此，我们实际上还是可以对传记性释义

---

① 《明史无任丘李少师传》，《方苞集》，第521页。
② 《陈子龙诗集》附录二，第647、648页，上海古籍出版社1983年。

抱有适当的信心，前提是必须了解，传记是人工产品，不是原生材料，它烙有撰者的主观印记，内容并非属于纯然的客观。如果在文学批评和研究中多考虑一点传记性释义的复杂构成，尤其是能够适当地注意其中必然带有叙述者的随意性倾向，那么，我们至少在观念上可以与真实保持更近的距离。

第六章　对文学作品的差异化评价

文学批评史很大部分是由对文学作品的评价构成的，而这种评价充满了差异性，从全部的接受过程来看，这种差异性就更加显豁，清晰地映出不同时代的批评家、读者对文学作品不同的理解和认识。重要批评家的看法，多数读者的接受态度，往往会决定一篇作品在一个时期、甚至在很长时期内的价值，但是这不等于说一切就这样规定下来不再更改。相反，文学作品的阅读史和评价史总是千变万转，一种评价意见形成然后又暗换，引出新的认识，生生不息。在这过程中，某种评价意见可能流行时间长，另一种意见可能流行时间短，不断地滋生新见，不断此消彼长是其根本的性质。当然也有某些意见获得读者长久地认同，即使如此，其具体见解也会不断被丰富。文学作品差异化评价的过程中，可以最具体地感悟到文学批评其实是一种自由释义的活动，同时也可以具体了解自由释义传统存在于中国文学批评史的长河中。

第一节　诗歌释义变化

一、元稹、白居易《连昌宫词》与《长恨歌》

诗歌史上元稹、白居易并称，其诗歌合谓元白体，然就元白接受、评价史总体言，白居易的地位又显然在元稹之上，自晚唐五代两宋以后，这种格局已经形成，近代以降更是如此。唯对于元稹《连昌宫词》、白居易《长恨歌》两首诗的评价不同，于并列论、白优论之外，还长期存在一种元优论。宋人持元优说者很多，似乎成为他们的公论。

《连昌宫词》《长恨歌》是元白体的代表作，长期产生很大影响。“唐人咏明皇、太真事者不可枚举，如元、白《连昌宫词》《长恨歌》二篇，其最著者。”①《连昌宫词》曾受到唐穆宗欣赏，元稹因此而获超常擢升②。《长恨歌》问世后很快深入民间，流传广及于歌妓③，这种现象甚至给唐宣宗也留下了深刻印象：“白居易之死，宣宗以诗吊之，曰：‘……童子解吟《长恨》曲，胡儿能歌《琵琶》篇。文章已满行人耳，一度思卿一怆然。’”④唐人普遍接受这两首诗歌的态度由此可见。当时人们对元白诗也有不满和批评，有些批评还很严厉，如李戡说：“尝痛自元和已来有元白诗者，纤艳不逞，非庄士雅人，多为其所破坏，流于民间，疏于屏壁，子父女母，交口教授，淫言媟语，冬寒夏热，入人肌骨，不可除去。吾无位，不得用法以治之。”⑤李戡自己的创作态度是“外于仁义，一不关笔”⑥，故他亟欲纠正元白“纤艳”诗风并不足奇。李戡的批评还没有明确指出具体是针对元白的什么作品。有些人讥议白诗失之于艳，则是将《长恨歌》视为批评的对象。所以黄滔在为白居易作辩护时说：“然自李飞数贤，多以粉黛为乐天之罪，殊不谓《三百五篇》多乎女子，盖在所指说如何耳。至如《长恨歌》云‘遂令天下父母心，不重生男重生女’，此刺以男女不常，阴阳失伦。其意险而奇，其文平而易，所谓言之者无罪，闻之者足以自戒哉。”⑦这些又说明，唐人虽然主要倾向于乐意接受元白诗，可是人们对元白诗的估价也并不完全一致，在白居易诗歌“粉黛”与“讽喻”之间，人们的取舍态度存

---

① 《香祖笔记》卷十一，《王士禛全集》，第4704页。

② 《旧唐书·元稹传》载：长庆初，荆南监军崔潭峻“归朝，出稹《连昌宫辞》等百馀篇奏御，穆宗大悦，问稹安在，对曰：‘今为南宫散郎。’即日转祠部郎中、知制诰”（第4333页）。沈德潜《唐诗别裁集》卷八：“诗中既有指斥，似可不选。然微之超擢，因中人崔潭峻进此诗，宫中呼为元才子，亦因此诗，又诸家选本与《长恨歌》《琵琶行》并存，所谓元白体也，故已置而仍存之。”可见《连昌宫词》使元稹获得了大诗名。

③ 白居易《与元九书》对此有记载：“及再来长安，又闻有军使高霞寓者，欲娉倡妓，妓大夸曰：‘我诵得白学士《长恨歌》，岂同他妓哉？’由是增价。”“又昨过汉南日，适遇主人集众乐娱他宾，诸妓见仆来，指而相顾曰：‘此是《秦中吟》《长恨歌》主耳。’”（朱金城《白居易集笺校》，第2793页，上海古籍出版社1988年）

④ 尤袤《全唐诗话》卷一，《历代诗话》，第59页。

⑤ 见杜牧《唐故平卢军节度巡官陇西李府君墓志铭》，《杜牧集系年校注》，第744页。按：宋祁、刘克庄皆将李戡对元白诗的批评，误解为是杜牧批评白居易诗歌，见宋祁《新唐书·白居易传赞》、刘克庄《后村诗话》新集卷四。

⑥ 《唐故平卢军节度巡官陇西李府君墓志铭》，《杜牧集系年校注》，第744页。

⑦ 黄滔《答陈磻隐论诗书》，《黄御史集》卷七，崇祯十一年黄鸣乔等刻本。

在差异，元稹诗歌大致的遭遇也当是如此。不仅别人有这样的批评，白居易自己也说：“今仆之诗，人所爱者，悉不过杂律诗与《长恨歌》已下耳。时之所重，仆之所轻。”他希望人们更多地去关注他的讽喻诗①。唐人上述批评与白居易自己的表态有相同之处。

宋初，元白体作为一种重要的诗歌风格依然盛行于诗界，西昆体产生后，其影响力才随之大为减弱②，随后批评《连昌宫词》和《长恨歌》者渐多。他们的批评有两个比较突出的特点：一是将杜甫诗歌作为批评的参照，指出元白诗存在不足，对其表示不满；二是对《连昌宫词》和《长恨歌》进行价值比较，显出两首诗歌有优劣的不同，说明它们无法并列，从而对前人的看法做出调整。

先看以杜诗贬元白诗。宋代牢牢确立杜甫在诗坛的崇高地位，杜诗也因此被当作非常重要的批评参照用之于观照和衡量别的诗人创作成就的高低，以及评判他们的得失是非。杜甫反映“安史之乱”的名篇如《哀江头》《北征》等，与元稹、白居易《连昌宫词》和《长恨歌》题材相同，宋人通过对这些作品进行比较批评，高度肯定杜甫成就，而也是这样的比较，使他们认为元白诗与一代诗圣佳作之间的差距尽显无遗。张戒、车若水对此谈得明白，颇有代表性：

> 杨太真事，唐人吟咏至多，然类皆无礼。太真配至尊，岂可以儿女语黩之耶？惟杜子美则不然，《哀江头》云……其词婉而雅，其意微而有礼，真可谓得诗人之旨者。《长恨歌》在乐天诗中为最下，《连昌宫词》在元微之诗中乃最得意者，二诗工拙虽殊，皆不若子美诗微而婉也。元、白数十百言竭力摹写，不若子美一句，人才高下乃如此。③

> 唐明皇天宝之事，诗人极其形容，如《长恨歌》全是讪笑君父，无

---

① 《与元九书》，《白居易集笺校》，第2795页。

② 《六一诗话》：“陈舍人从易，当时文方盛之际，独以醇儒古学见称，其诗多类白乐天。盖自杨、刘唱和《西昆集》行，后进学者争效之，风雅一变，谓之昆体，由是唐贤诸诗集几废而不行。”（《欧阳修全集》，第1951页）元白体影响明显减少也与此有关。

③ 《岁寒堂诗话》，《历代诗话续编》，第457页。

悲哀恻怛之意。《连昌宫词》差(引者按:“差”原误作“羌”)胜,故东坡喜书之。杜子美《北征》云:“忆昨狼狈初,事与古先别。奸臣竟菹醢,同恶随荡析。不闻夏殷衰,中自诛褒妲。”读之使人感泣,有功名教。①

类似这样的议论也见于苏辙对杜甫、白居易诗歌的比较评论。他一面说喜爱杜甫《哀江头》“词气如百金战马,注坡蓦涧,如履平地,得诗人之遗法”,一面批评白居易诗“拙于纪事,寸步不遗,犹恐失之,此所以望老杜之藩垣而不及也”②。他批评白诗指的就是《长恨歌》等。张戒将《连昌宫词》《长恨歌》与杜甫《哀江头》作比较,部分是受到了苏辙的影响。此外,魏泰、惠洪的诗话、笔记等作品也有类似说法③。尽管唐人和宋初人也有对元白诗说长道短,但由于当时还没有形成以杜诗为参照的诗歌批评气候,大家的意见显得有些游移未定,对《连昌宫词》《长恨歌》的定位也并不怎么明确。张戒、魏泰、惠洪、车若水等借杜诗来确立元白两首作品的等第,一锤定音。由于杜诗在宋代具有特别重大的影响力,借杜诗开展诗歌批评得出的结论无疑具有权威性,这种态势一旦形成,宋人评元白《连昌宫词》《长恨歌》的大结论就没有太多周旋的馀地了。宋人这种借重杜甫《北征》等作品以贬低《连昌宫词》《长恨歌》(宋人贬《长恨歌》尤甚)的做法,遭到后人反驳,如清人汪立名整理《白香山诗集》,于《长恨歌》后写道:“此论为推尊少陵则可,若以此贬乐天则不可。论诗须相题,《长恨歌》本与陈鸿、王质夫话杨妃始终而作,犹虑诗有未详,陈鸿又作《长恨歌传》,所谓‘不特感其事,亦欲惩尤物,窒乱阶,垂于将来也’,自与《北征》诗不同。若讳马嵬事实,则‘长恨’二字便无着落矣。读书全不理会作诗本末,而执片词肆议古人,已属太过,至谓歌咏禄山能使官军

① 车若水《脚气集》,民国影明《宝颜堂秘笈》本。

② 《诗病五事》,《栾城集》,第1553页。

③ 如魏泰《临汉隐居诗话》说,白居易《长恨歌》、刘禹锡《马嵬》“岂特不晓文章体裁,而造语蠢拙,抑已失臣下事君之礼矣。老杜则不然,其《北征》诗曰”云云(《历代诗话》,第324页)。惠洪《冷斋夜话》卷二:“孰谓刘(禹锡)、白(居易)能诗哉,其去老杜何啻九牛毛耶。《北征》诗识君臣之大体,忠义之气与秋色争高,可贵也。”

云云,则尤近乎锻炼矣。宋人多文字吹求之祸,皆酿于此等议论。若唐人作诗,本无所谓忌讳,忠厚之风自可慕也。然陈传中叙贵妃进于寿邸,而白诗讳之,但云'杨家有女初长成,养在深闺人未识。天生丽质难自弃,一朝选在君王侧',安得谓乐天不知文章大体耶?倘有祖其谬以罗织少陵者,必将以少陵《忆昔》诗'张后不乐天子忙'句为失以臣事君之礼,'百官跣足随天王'句为歌咏吐蕃追逼代宗,又岂通论乎?"[①]他认为尊杜诗未必需要贬白诗,更反对在诗歌批评中使用吹求、锻炼的手法对作品作出不合实际的解释,主张要用彼此皆适用的尺度(所谓"通论")对不同诗人进行评论、比较,这样才有批评的公正可言,结论才有说服力。他认为唐宋人对需要忌讳朝廷的什么事情认识不同,唐人以为"忠厚",宋人却以为触犯了忌讳,他以此解释双方评价《长恨歌》意见分歧的原因。这些都有见地。汪立名能够比较公允地看待杜甫、白居易诗歌的成就,摆脱以杜诗抑白诗的束缚,反映了诗歌批评发展到清代已经改变一尊杜诗的格局,在这方面确立了比较健全的评价标准,而具体批评也显得灵活,不再拘滞。

再看宋人优劣《连昌宫词》和《长恨歌》。唐人并提元白,对两人一般不作高低抑扬,对《连昌宫词》《长恨歌》一般也没有明显的优劣倾向。这种情况虽然在宋代也有一定延续,不过又发生显著变化,那就是宋人好对这两首诗歌作出高低抑扬,形成《连昌宫词》优于《长恨歌》的看法。宋初姚铉编《唐文粹》,选入《连昌宫词》,不选《长恨歌》,就反映了这种认识。前面所引张戒"二诗工拙虽殊"的话,结合他大段批评白居易"情意失于太详,景物失于太露,遂成浅近,略无馀蕴",批评《长恨歌》"其实乃乐天少作,虽欲悔而不可追者也。其叙杨妃进见专宠行乐事,皆秽亵之语"来看[②],他这句话真正的意思是说《连昌宫词》远工于《长恨歌》。宋代诗歌批评家普遍持有与张戒相近似的看法,只是对两首诗歌高低程度的判断有所不同。

曾巩说:

---

① 汪立名《白香山诗长庆集》卷十二,康熙四十二年古歙汪氏一隅草堂刻本。

② 《岁寒堂诗话》,《历代诗话续编》,第457—458页。

《津阳门诗》《长恨歌》《连昌宫词》，俱载开元间事。微之之词不独富艳，至"长官清平太守好，拣选皆言由相公"，委任责成，治之所兴也。"禄山宫里养作儿，虢国门前闹如市"，险诐私谒，无所不至，安得不乱。稹之叙事，远过二子。①

张邦基说：

白乐天作《长恨歌》，元微之作《连昌宫词》，皆纪明皇时事也。予以为微之之作过白乐天之歌。白止于荒淫之语，终篇无所规正；元之词乃微而显，其荒纵之意皆可考，卒章乃不忘箴讽为优也。②

曾巩认为《连昌宫词》不仅文词富艳，而且以治乱为重点的叙事成就远在《长恨歌》和郑嵎《津阳门诗》之上，有明显的优劣之别。张邦基也认为元白两首诗有高低之分，理由是《长恨歌》"无所规正"，而《连昌宫词》"微而显"、"不忘箴讽"。

洪迈在《容斋随笔》中多次对《连昌宫词》《长恨歌》作比较、评论，某些思考和论述相比于他人显得周全而仔细，然而大的看法仍然与当时优劣论者相一致。他说：

白乐天《长恨歌》《上阳人》歌，元微之《连昌宫词》，道开元宫禁事最为深切矣。然微之有《行宫》一绝句，云：'寥落古行宫，宫花寂寞红。白头宫女在，闲坐说玄宗。'语少意足，有无穷之味。③

元微之、白乐天在唐元和、长庆间齐名。其赋咏天宝时事，《连昌

① 《苕溪渔隐丛话前集》引《潘子真诗话》，第152页。按：何汶《竹庄诗话》卷十一引《潘子真诗话》没说这是曾巩的话。

② 张邦基《墨庄漫录》卷六。按：胡震亨《唐音癸签》卷十一引《墨庄漫录》："或问《长恨歌》与《连昌宫词》孰胜？余曰：元之词微着其荒纵之迹，而卒章乃不忘箴讽；若白作止叙情语，颠末诵之，虽柔情欲断，何益劝戒乎？"文字详略，微有差异。

③ 《容斋随笔》卷二"古行宫诗"条，第19页。

> 宫词》《长恨歌》皆脍炙人口，使读之者情性荡摇，如身生其时，亲见其事，殆未易以优劣论也。然《长恨歌》不过述明皇追怆贵妃始末，无他激扬，不若《连昌词》有监戒规讽之意。如云："姚崇宋璟作相公，劝谏上皇言语切。……长官清平太守好，拣选皆言由相公。开元之末姚宋死，朝廷渐渐由妃子。禄山宫里养作儿，虢国门前闹如市。弄权宰相不记名，依稀忆得杨与李。庙谟颠倒四海摇，五十年来作疮痏。"其末章及官军讨淮西，乞"庙谟休用兵"之语，盖元和十一二年间所作，殊得风人之旨，非《长恨》比云。①

《连昌宫词》《长恨歌》是长篇之作，诗人采取的是一种几乎穷尽式的写法，洪迈对此不是非常欣赏，他主张诗歌以适当的含蓄为妙，宜尽量避免尽而露。不过就这两首作品本身而言，洪迈肯定其内容"深切"、富有感染力，也给予积极的评价，并以为在这些方面，《连昌宫词》《长恨歌》"未易以优劣论"，这似乎说明他并不完全认同许多宋人的看法。可是他又以《诗经》比兴传统对两首诗歌作比较，认为元氏所作有"监戒规讽之意"，符合"风人之旨"，而白氏之作仅仅是"追怆"一段帝妃的哀伤故事，"无他激扬"，所以他在二者中又更加赞赏元稹《连昌宫词》，强调两首诗歌自有高低之别，不应当并列。所以他最终还是投了优劣论的赞成票，与曾巩、张邦基优劣两诗的态度没有区别，而且他优劣两首诗歌的主要理由也与他们一样。

对于这种优劣说，史绳祖并不同意，他说：

> 洪氏《容斋随笔》谓元稹《连昌宫词》有规讽，胜如白居易《长恨歌》。然余窃谓：前贤歌咏前世之事可以直言，而当代君臣则宜讳国恶。如陈司败问昭公知礼乎？子曰："知礼。"盖为国恶讳也。司败曾不知之，乃云："君取于吴，为同姓，谓之吴孟子。君而知礼，孰不知礼？"何其谬哉。唐明皇纳寿王妃杨氏，本陷新台之恶，而白乐天所赋

① 《容斋随笔》卷十五"《连昌宫词》"条，第198页。

《长恨歌》乃谓:"杨家有女初长成,养在深闺人未识。天生丽质难自弃,一朝选在君王侧。"则深没寿邸一段,盖得孔子答司败之遗意矣。《春秋》为尊者讳,此歌深得之。①

史绳祖与洪迈对《长恨歌》的分析针锋相对,其实也是只谈一点,不及其馀。白居易撰写《长恨歌》以塑造形象为主,对咏唱的历史事件作了高度文学化的艺术处理,不同于直接传意的讽谏诗,风格委婉哀怨,然而读者不能因此就认为《长恨歌》缺乏"规讽"之意,史绳祖以此批评洪迈的评论很有道理。然而不考虑白居易创作《长恨歌》在造像艺术即文学性上的追求,将委婉风格的形成简单归之于诗人受了儒家伦理观念的诲导和作用,所谓"歌咏前世之事可以直言",赋写"当代君臣则宜讳国恶",这也未能将道理说全说透。所以双方得出的具体结论虽然相反,其思考问题的观念、所用的诗歌批评标准却是相同的。史绳祖举《长恨歌》"杨家有女初长成"四句以证明白居易"深得""《春秋》为尊者讳"之意,就这四句诗而言,批评者可能也会同意史绳祖的意见,但是他们依然可以坚持《长恨歌》不如《连昌宫词》的看法,因为有无"规正"、"箴讽"、"监戒",才是持优劣论者真正关注的问题。所以史绳祖反对优劣说却无法真正消去持此论者之所惑。

由此可见,宋人优劣《连昌宫词》《长恨歌》,是他们进一步强化名教伦理意识和政治意识,并将这些意识更多更自觉地施之于文学批评所致,他们由此而开始增加对白居易《长恨歌》的不满,直接导致了《连昌宫词》《长恨歌》长期以来被相提并论状况的终结。两首诗歌并列关系被改变,与宋人极力突出杜诗"有功名教",使元稹、白居易的两首诗相形见绌,特别是借以反衬白居易《长恨歌》体杂语媟不够纯粹,也有关系。如苏辙、魏泰、惠洪等人皆以杜诗形白居易《长恨歌》之不及,而没有提到元稹《连昌宫词》,说明宋人以杜甫抑元白这两首诗,受影响最大的是《长恨歌》。这与宋人普遍优劣《连昌宫词》和《长恨歌》的批评态

① 史绳祖《学斋佔毕》卷一"诗讳国恶"条,弘治刻本。

度是一致的。

受到杜甫"诗史"说的影响,宋人普遍提高了对诗歌描写真实历史内容的要求,这也影响到对《连昌宫词》《长恨歌》的评价。白居易《长恨歌》描写升天入地寻踪逝魂,大力渲染悲情,不是一篇写实之作,元稹《连昌宫词》虽然采用悬拟之笔铺陈故事①,全诗基本的叙实风格还是非常显著,两首诗歌一虚一实,区别一目了然。张邦基以"可考"许《连昌宫词》而未许《长恨歌》,这是有道理的。就局部而言,洪迈批评《连昌宫词》"百官队仗避岐薛,杨氏诸姨车斗风"句有失实之处,而王楙却辩护说元稹述事不误②,这说明宋人对《连昌宫词》描写的真实性有基本一致的认识。《长恨歌》不仅全体虚化明显,而且具体的句子也不可以真实论。沈括《梦溪笔谈》指出:"白乐天《长恨歌》云:'峨嵋山下少人行,旌旗无光日色薄。'峨嵋在嘉州,与幸蜀路全无交涉。"③范温因此提出将"峨嵋山"改成"剑门山"④,就是一个很显然的例子。对于表现历史事件的诗歌,究竟是叙实风格还是虚拟风格更符合读者的阅读趣味,此乃因人而异,可是宋人在重实观念影响下,普遍欣赏叙实风格,因而更愿意接受《连昌宫词》。

二、白居易《琵琶行》

元和十年(815),白居易四十四岁谪官江州司马,次年作《琵琶行》,它与《长恨歌》是元白体的代表作,被称为诗人之"大篇"⑤。虽然白居易本人对自己的两首诗歌总体喜好有无差别,若有差别他更加满意哪一首,

---

① 陈寅恪说,元稹《连昌宫词》"非作者经过其地之作,而为依题悬拟之作"。又说该诗"实深受白乐天、陈鸿《长恨歌》及《传》之影响,合并融化唐代小说之史才、诗笔、议论为一体而成"。见《元白诗笺证稿》第三章《连昌宫词》,第71、61页,古典文学出版社1958年。

② 《容斋续笔》卷三"开元五王"条,《容斋随笔》,第235页。按:王楙《野客丛书》卷二十四"杨妃窃笛"条,则考证元稹《连昌宫词》述事不误。

③ 沈括《元刊梦溪笔谈》卷二十三"讥谑",第2页,文物出版社1975年影印本。

④ 见范温《潜溪诗眼》"《长恨歌》用事之误"条,《宋诗话辑佚》,第334页。按:范温同一条诗话还说:"'七月七日长生殿,夜半无人私语时。'长生殿乃斋戒之所,非私语地也。华清宫自有飞霜殿,乃寝殿也。当改长生为飞霜,则尽矣。"

⑤ 《后村诗话》新集卷六,第240页。

这些都不得而知[①]，但后来读者多以《琵琶行》优于《长恨歌》却是事实。如张戒赞赏《琵琶行》，批评《长恨歌》，以为两诗有高下优劣之分："《长恨歌》元和元年尉盩厔时作，是时年三十五，谪江州十一年，作《琵琶行》，二诗工拙，远不侔矣。如《琵琶行》虽未免于烦悉，然其语意甚当，后来作者未易超越也。"[②]锺惺、谭元春《唐诗归》选《琵琶行》不选《长恨歌》，也反映出选家的一种看法。两首诗歌的题旨有很大不同，《长恨歌》以李杨情爱为内容写开元天宝间重大社会题材，《琵琶行》写诗人"天涯沦落"的个人感伤。按照中国传统的诗论，重大社会题材的诗歌其价值高于表现个人一己忧伤的作品。既然如此，为什么批评家认为《琵琶行》优于《长恨歌》而不是相反？此说明古人固然重视题材，同时又强调处理题材要恰当。不少人认为白居易《长恨歌》渲染李杨情爱的凄哀故事，缺乏规正之意，而且杂有媟语，该讳而未讳，是不恰当的，所以尽管它的题材关系到唐史发生转折性变化的重大事件，也无法就此简单地以为它是一首价值很高的作品。而表现个人忧伤的主题在中国诗歌史上源远流长，佳作也多，容易为读者接受。在成就几乎相当的两首作品中，当其中一篇关系重大题材的诗歌被认为有瑕疵时，另一首抒发个人忧伤的诗作反而相对会得到更多人认同，这种现象并不费理解。在《琵琶行》《长恨歌》接受史上读者往往以为前者高于后者，原因大概在此。

不过，尽管宋人普遍对《琵琶行》的评价高于《长恨歌》，然而他们对《琵琶行》也存在争议，从他们的一些不满和批评可以看到当时的思想特点和价值观念，也可以由此认识读者接受文学作品不会是一致的行为，而常常是呈现为一个复杂的过程。

---

① 《编集拙诗成一十五卷因题卷末戏赠元九李十二》有曰："一篇《长恨》有风情，十首《秦吟》近正声。"（《白居易集笺校》，第1053页）陈寅恪先生认为这首诗作于长庆末年，白居易在诗中"自述其平生得意之诗，首举《长恨歌》而不及《琵琶行》。若据以谓乐天不自以《琵琶行》为佳，固属不可。然乐天心中绝不以《长恨歌》为拙，而《琵琶行》为较工，则断断可知"（《元白诗笺证稿》，第46页）。朱金城先生则根据白居易作于元和十年的《与元九书》谈到，"仆数月来，检讨囊袟中，得新旧诗各以类分，分为卷目……凡为十五卷，约八百首"，认为这即是《编集拙诗成一十五卷因题卷末戏赠元九李十二》所指之自编诗集（见朱金城《白居易集笺校》，第1054页）。朱说言之有据，可依，则白居易作《编集拙诗成一十五卷因题卷末戏赠元九李十二》时，《琵琶行》尚未问世，无法据此判断白居易对两首诗之高低究竟取什么态度。

② 《岁寒堂诗话》卷上，《历代诗话续编》，第458页。

争议之一是,《琵琶行》究竟表现了白居易对弹琵琶妇人的什么态度,他的态度是否合适?

《琵琶行》写作缘起是,白居易秋夜在江边送客,听到带有"京都声"的琵琶曲,很受感动,于是寻到那位弹琵琶的女子,邀请她重新弹曲,尔后又听她讲述由京都转徙于江湖、由欢乐沦为憔悴的身世经历,诗人深受其感染,也激起了同情之心,故写此诗赠与女子。这本身是一则很美的生活故事,也反映出唐代官员士大夫与女性自由交往的风俗。宋代的读者对此产生了不同的解读。一种是将白居易解读为一个风流、多情的人物,对他的这种行为表示理解和肯定。如张耒《题江州琵琶亭》:"司马风流映千古,当日琵琶传乐府。江山寂寞三百年,浔阳风月知谁主。我今单舸犯江潭,往来略已遍东南。可怜千里伤春眠,不待琵琶泪满衫。"①他将白居易邀请女子弹琵琶、写《琵琶行》看成是值得赞许的风流行为,并且以为自己虽然有白居易的羁客身份,却没有他那种令人羡慕的遭遇,是可怜的。又宋代一位女子名叶桂女,字月流,作诗道:"乐天当日最多情,泪滴青衫酒重倾。明月满船无处问,不闻商女琵琶声。"②也是以"多情"赞羡白居易,而且遗憾这种生活已经在现实中消失,不得重温。

然而也有宋人认为,白居易的行为触犯了男女大防,令人无法接受。艾性夫《书琵琶行后》曰:"儿女情怀易得怜,悲伤容或涕涟涟。独疑迁客方沦落,犹着朝衣夜入船。"③"疑"谓感到怪异,也含指责的意思,道出了相当一部分宋人对白居易以及《琵琶行》的态度。还有人善意地替白居易担忧,他这次浔阳江头的经历可能会被别有用心者视为严重的道德污点,成为陷害他的把柄,这也说明《琵琶行》在当时一部分人心目中所留下的印象。如史沆《题琵琶亭》诗云:

坐上骚人虽有泪,江边寡妇不难欺。若使王涯闻此曲,织罗应过

① 《张耒集》,第222—223页,中华书局1990年。
② 见刘攽《中山诗话》,《历代诗话》,第297页。
③ 艾性夫《剩语》卷下,影印文渊阁《四库全书》第1194册,第426页。

赏花诗。①

《旧唐书·白居易传》载:武元衡被杀,白居易在第一时间上疏要求惩办凶手。执政认为白居易不当先谏官而言事,适有平素厌恶白居易者,说白居易母亲因看花坠井而死,而他却作赏花及新井诗,甚伤名教,于是执政奏贬白居易为江表刺史。诏出,中书舍人王涯上疏,论白居易所犯状迹不宜治郡,追诏授江州司马②。这种傅致诗篇以成谗谤的手段,与锻造文字狱相差只在毫厘之间。史沆担心,别人会利用《琵琶行》指控白居易败坏名教,招致的麻烦甚至可能比他咏花、咏井诗更大。

又如李守愚评《琵琶行》:

> 此妇本长安娼女,嫁茶商在外,而居易辄于夜中移船就之,听其琵琶以佐欢,得非奸状显然耶?③

这是对白居易《琵琶行》严厉的、苛刻的道德批评。

针对这类指责和可能受到的责备,洪迈为白居易《琵琶行》作了某种善意的辩护:

> 白乐天《琵琶行》盖在浔阳江上为商人妇所作,而商乃买茶于浮梁。妇对客奏曲,乐天移船,夜登其舟与饮,了无所忌,岂非以其长安故倡女,不以为嫌邪?集中又有一篇题云《夜闻歌者》,时自京城谪浔阳,宿于鄂州,又在《琵琶》之前。其词曰:“夜泊鹦鹉洲,秋江月澄澈。邻船有歌者,发调堪愁绝。歌罢继以泣,泣声通复咽。寻声见其人,有妇颜如雪。独倚帆樯立,娉婷十七八。夜泪似真珠,双双堕明月。借问谁家妇?歌泣何凄切。一问一沾襟,低眉终不说。”陈鸿

① 赵与时《宾退录》卷三引《倦游杂录》,第 36 页,上海古籍出版社 2012 年。

② 《旧唐书》,第 4344—4345 页。

③ 引自曾慥《类说校注》卷二十二“白傅《琵琶行》”条,第 684 页,福建人民出版社 1996 年。

《长恨传》序云:"乐天深于诗,多于情者也。"故所遇必寄之吟咏,非有意于渔色。然鄂州所见,亦一女子独处,夫不在焉,瓜田李下之疑,唐人不讥也。今诗人罕谈此章,聊复表出。[1]

洪迈认为,白居易善诗而且多情,他将自己同情之女子的不幸遭遇寄予咏唱,并非偶尔所为,而是他作为诗人性情的自然流露,谈不上是什么"渔色"。而且,像白居易那样与独处的有夫之妇相见,在唐代并未遭禁止,别人也不会大惊小怪地加以责备。当然,洪迈尽管站在"挺白"的立场上,他也并不是完全认同白居易,对于《琵琶行》《夜闻歌者》叙述男女"了无所忌"的相处方式也有不满,不否定其行为有"瓜田李下之疑"。唐人不讥,不等于宋人不能讥。洪迈反对过苛的讥评,显然又倾向于对此作适当的批评。这与张耒以赞许语气咏唱白居易写《琵琶行》的风流行为,其间差异自不难区分。

洪迈可能认为他对《琵琶行》一方面辩护、一方面又作如此批评无法准确表达自己对这首诗歌的真实态度,在客观上也许会助上苛评它的人一臂之力,而这并不是他对《琵琶行》作某种批评的本意,他其实是真心欣赏这首作品。所以他后来又提出了一个新的看法,以为白居易本人所提供的《琵琶行》写作本事的真实性是值得怀疑的,以此作为他对自己以前批评《琵琶行》的某种纠正。他说:

白乐天《琵琶行》一篇,读者但羡其风致,敬其词章,至形于乐府,咏歌之不足,遂以谓真为长安故倡所作。予窃疑之。唐世法网虽于此为宽,然乐天尝居禁密,且谪官未久,必不肯乘夜入独处妇人船中,相从饮酒,至于极弹丝之乐,中夕方去,岂不虞商人者它日议其后乎? 乐天之意,直欲摅写天涯沦落之恨尔。[2]

---

① 《容斋三笔》卷六"白公夜闻歌者"条,《容斋随笔》,第486—487页。按:此书标点者将"故所遇必寄之吟咏,非有意于渔色"两句,也当作是陈鸿《长恨传》序里的话,误。将宋人《琵琶行》"渔色"说移植为唐人的说法,混淆了唐宋人评价《琵琶行》在对待"色"问题上的极大区别,是极其不应该的。

② 《容斋五笔》卷七"《琵琶行》海棠诗"条,《容斋随笔》,第887—888页。

诗人写作一首诗歌究竟有没有本事的依据,情况各有不同。有些本事固然可以相信,而有些所谓的本事则是后世读者猜测比附的,其实并不可靠,比如《毛诗·小序》、郑玄《诗谱》等对《诗经》作品为何人何事而作一一坐实,其中对许多作品推测的成分就非常大。一般来说,诗人自己讲述的诗歌本事可信性相对比较高,但是也不能排除其中有夸大的成分,甚至加添一些虚构的内容,所以即使真有作品的本事,也往往多为虚实参合,区别只在于虚实比例有所不同。白居易对自己写作《琵琶行》的缘起和本事有明确说明,此既见之于该诗序言,也见之于诗歌中具体叙述。若置诗人这些言之凿凿的话于不顾,坚持认为《琵琶行》叙写的是诗人虚构的一个故事而不是一次真实的经历,似乎难有说服力。然而这又并非是说白居易讲的《琵琶行》本事一定完全可信。陈寅恪先生认为,白居易写《长恨歌》,元稹写《连昌宫词》,受到唐传奇小说创作的影响①。这些诗不避虚构笔墨也就很自然。当白居易写《琵琶行》时,似乎在某些地方还依然保留了这种写作习惯。比如按照诗序的讲法,诗人是先听到传来琵琶音,再听弹琵琶妇人讲述身世,最后才"使快弹数曲",而诗歌却将妇人讲述身世置于弹奏琵琶之间,序与诗对当日事情的叙述不完全一致。又比如,诗歌平衡地处理妇人弹琵琶和讲述身世,篇幅均匀,而度之以当时情景,妇人为白居易弹琵琶应该是主要的活动内容。因此,不能排除白居易关于写作《琵琶行》本事的说明带有某种事后臆增和加工的痕迹。这么说,洪迈怀疑这则写作本事的真实性不能说完全没有道理②。然而,洪迈的怀疑并非出于诗人对诗歌的文学性与真实性作艺术处理的考虑,而是从道德的角度提出问题,认为白居易作为曾经的朝廷官员,又处在贬谪的处境中,"必不肯乘夜入独处妇人船中,相从饮酒",他应该会顾虑"商人者它日议其后"。以此为理由,他将白居易自述的诗歌本事最重要的一部分内容排除掉了,而肯定此诗纯粹是诗人"摅写天涯沦落之恨",读者

---

① 见《元白诗笺证稿》第一章《长恨歌》,第9—11页。

② 怀疑《琵琶行》本事的还有清人查慎行。他在《客船集》序中说:"乐天《琵琶行》自述迁谪之情,托于送客而不著其姓字,未必果有其人也。"(《敬业堂诗集》,第433页,上海古籍出版社1986年)查慎行提出的怀疑点虽然与洪迈不同,但在不认为白居易所叙的事实全部可靠这一点上却相一致。

因此不必将其所叙本事当真。洪迈提出这种质疑只是出于情理的考虑，并没有提供任何支持他怀疑的证据，好比是文献校勘中的理校，况且此理也并非经得起推敲，如陈寅恪先生认为洪迈这段话在对《琵琶行》"文字叙述"和"唐代风俗"两方面的解读皆存在疏误①。前面曾说，宋代存在一种对白居易及《琵琶行》进行严重的、苛刻的道德批评情况。洪迈不愿看到《琵琶行》成为这种批评的牺牲品，为此他先是从同情不幸女子为白居易一贯的写诗态度"所遇必寄之吟咏，非有意于渔色"出发，以此为理由替他说话，与宋人商榷，既而又进一步否认白居易自述写《琵琶行》本事的真实性，更彻底地为诗人道德完全清白作出了辩解。他的用心在此。洪迈所作的辩护尽管不客观，存在对作品的某些误读，但是很真实地反映了他欲使白居易及诗歌从宋人的苛责中解脱出来，使其能为道德色彩浓重的宋人文学批评欣然接纳的护持之情，这其实是以另一种方式表达出宋人诗歌批评的关注所在。他与苛责白居易《琵琶行》的宋人之间的区别，不在于所持的诗歌道德标准有所不同，而在于双方在对这种批评标准所应用的对象情况的判断和认定上存在差异，其实双方都将时代的思想特点和价值观念深深地融进《琵琶行》的解读和评价中，共同反映出宋代尊尚理学氛围的普遍和浓郁，以及文学批评对道德要求程度的显然提高。

争议之二是，《琵琶行》究竟是表现白居易经历困顿挫折之后的超脱达观，还是心有所结，无法解脱？

白居易《琵琶行》序说："予出官二年，恬然自安，感斯人言，是夕始觉有迁谪意。"诗云："我闻琵琶已叹息，又闻此语重唧唧。同是天涯沦落人，相逢何必曾相识。"末两句又曰："座中泣下谁最多？江州司马青衫

① 陈寅恪先生指出：从"文字叙述"看，洪迈解释白居易"入独处妇人船中"是误读，原诗是邀请弹者上"江州司马所送客之船中"；说白居易"中夕方去"，也是洪迈"臆加"，没有根据。因此洪迈所谓"抵触法禁"其实是"本无其事之假设"。从"唐代风俗"看，"吾国社会风习，如关于男女礼法等问题，唐宋两代实有不同"。况且，依唐代当时士大夫风习，此弹琵琶之妇人是"当日社会舆论所视为无足重轻，不必顾忌者"。而唐代自高宗武则天以后，"由文词科举进身之新兴阶级，大抵放荡而不拘守礼法"，白居易"亦此新兴阶级之一人，其所为如此"，不足为异。参看《元白诗笺证稿》第二章《琵琶行》，第50—52页。陈寅恪先生对洪迈质疑的回答固然有说服力，然而《琵琶行》的本事带有一定虚构内容的可能性并不因此而消失，这里所陈诗序与诗歌所叙不完全一致即是一个证明。当然，这与陈寅恪先生商榷洪迈之说不能成立已经没有关系。

湿。”[①]说明白居易写《琵琶行》既是对弹琵琶妇人表示同情，同时也是诗人哀怜自己遭受贬谪的不幸，他在序和诗中处处突出“京都”，以此与江州、江湖形成地理位置更是政治位置上的对照，其原因也在这里。白居易分类编辑自己的诗集，将《琵琶行》归入“感伤诗”，这类诗歌的特点是“事物牵于外，情理动于内，随感遇而形于叹咏者”[②]，这也说明《琵琶行》是白居易创作的诗歌“咏叹调”，抒情而充满忧伤。可见，白居易写《琵琶行》并非是出于达观、超脱，相反，是抒写他因外界触动而撩起的伤愁、不快。透过这些信息，可以看到白居易并没有从贬谪的痛苦中解脱出来，他的心情是脆弱、不舒畅的。

宋人解读《琵琶行》，有的不合白居易本意。如郭明复将《琵琶行》读作是诗人获得解脱、“放怀适意”、“逍遥自得”之作。他在《题琵琶亭》诗的序里说：“白乐天流落湓浦（引者按：原作浦湓），作《琵琶行》，其放怀适意，视忧患、死生、祸福、得丧为何物，非深于道者能之乎？贾傅谪长沙，抑郁致死，陆相窜南宾，屏绝人事，至从狗窦中度食饮。两公犹有累乎世，未能如乐天逍遥自得也。予过九江，维舟琵琶亭下，为赋此章。”其诗曰：

> 香山居士头欲白，秋风吹作湓城客。眼看世事等虚空，云梦胸中无一物。举觞独醉天为家，诗成万象遭梳爬。不管时人皆欲杀，夜深江上听琵琶。贾胡老妇儿女语，泪湿青衫如着雨。此公岂作少狂梦，与世浮沉聊尔汝。我来后公三百年，浔阳至今无管弦（引者按：原注：“公诗有‘浔阳地僻无音乐’之句。”地僻，白居易原作为“小处”）。长安不见遗音寂，依旧匡庐翠扫天。[③]

---

① 《白居易集笺校》，第685、686页。
② 《与元九书》，《白居易集笺校》，第2794页。
③ 《容斋三笔》卷六“琵琶亭诗”条，《容斋随笔》，第488—489页。按：郭明复诗序谈到的陆相，指唐代宰相陆贽，他被贬至忠州，土塞其门，盐菜由狗窦中传进，端坐抄药方，儿侄亦罕与他讲话，所谓阖户避谤。又按：洪迈指出，“贾谊自长沙召还，后为梁王傅乃卒”，郭明复“谪长沙，抑郁致死”云云，有误。

郭明复将白居易与贾谊、陆贽遭贬斥时的表现互相对照，认为贾、陆依然牵挂世事，没有摆脱仕途变故给他们带来的痛苦和忧惧，白居易则不同，精神与道相契，表现潇洒，不受牵挂，他深夜听琵琶曲，听妇人谈身世，听得泪湿青衫，并不是少年轻狂，而是"与世浮沉聊尔汝"，是一颗以世事为虚空，因而也不受世俗羁束的心灵随缘而任意地跳荡。他对《琵琶行》作如此解读与白居易在诗歌中自述的心情明显是不同的。

多数宋人则认为，《琵琶行》是白居易自伤仕途遭遇挫折困顿而不能解脱的忧伤情怀，且认为诗人为此伤感并不值得。宋人很多琵琶亭题诗都表现出这种看法，如夏竦诗道："年光过眼如车毂，职事羁人似马衔。若遇琵琶应大笑，何须涕泣满青山。"[①]詹初在《书白乐天琵琶行后》也说："浔阳夜泊送客船，船上谁人白乐天。坐闻一曲琵琶奏，青衫何用涕泗涟。岂知通穷良有命，君子当之无怨焉，虚使歌行世上传。"[②]他们批评白居易不能以达观的态度看待仕途穷通，不能随顺于命运安排，所以写出的《琵琶行》也气度小了，境界低了，甚至认为他将感情反应弄颠倒了，本来应该是开怀大笑的事反而惹出涕泣涟涟，这种处事的态度对人们应付世间发生的痛苦没有帮助，所以《琵琶行》只堪虚有盛名。

宋人这样批评《琵琶行》时，往往会将它同陶渊明诗歌联系起来加以比较，用陶诗旷达超然反衬《琵琶行》拘形泥迹，患得患失[③]。白居易仿效陶渊明《五柳先生传》作《醉吟先生传》，他与陶渊明存在某种相似，这是毫无疑问的。然而宋人将白居易与陶渊明作比较研究，往往着眼于两人的异点，且主要是落实在对白居易的批评上，表现为以陶抑白。梅挚《题琵琶亭》诗云：

陶令归来为逸赋，乐天谪宦起悲歌。有弦应被无弦笑，何况临弦

---

① 引自刘攽《中山诗话》，《历代诗话》，第297页。

② 詹初《寒松阁集》卷三，影印文渊阁《四库全书》第1179册，第19页。

③ 宋人还有一种将陶渊明、白居易作比较批评的情况，是从诗歌语言、叙述详略等艺术方面分别二者诗格高卑，由此也可以看出宋人诗歌批评的风气。特录张戒一段话："世言白少傅诗格卑，虽诚有之，然亦不可不察也。元、白、张籍诗，皆自陶、阮中出，专以道得人心中事为工，本不应格卑。但其词伤于太烦，其意伤于太尽，遂成冗长卑陋尔。"（引自《岁寒堂诗话》卷上，《历代诗话续编》，第459页）

泣更多。①

戴复古《琵琶行》云：

浔阳江头秋月明，黄芦叶底秋风声。银龙行酒送归客，丈夫不为儿女情。隔船琵琶自愁思，何预江州司马事？为渠感激作歌行，一写六百六十字。白乐天，白乐天，平生多为达者语，到此胡为不释然？弗堪谪宦（原注：一作官）便归去，庐山政接柴桑路。不寻黄菊伴渊明，忍泣青衫对商妇。②

宋人高扬道学精神，对陶渊明诗歌以朴素平淡的语言表现其质任流化、与自然归为一体的心境极为赏识，而且好以陶渊明作品为一重要之诗歌标准抑扬其他诗人创作成就的高低和得失，这一点与杜甫诗歌在宋朝诗歌批评史上所起的作用十分相似，只是杜诗多被用于别裁入世之作，陶诗多被用于别裁出世之作。在以上陶、白诗的比较批评中，梅挚将陶渊明离开官场赋《归去来兮辞》与白居易被贬期间写《琵琶行》两相对照，以为白居易《琵琶行》以有弦之琴抒写被谪放的怨愁，涕泣落泪，如此拘泥于仕途得失，宜为胸襟旷达的陶渊明所嘲笑。当然，嘲笑《琵琶行》的不是陶渊明，而是梅挚，是他在嘲笑白居易时借用了陶渊明，他以此对陶渊明、白居易两篇名作作出了鲜明的褒贬。戴复古则指出，《琵琶行》与白居易多数诗歌表达出来的生活态度是互相矛盾的："平生多为达者语，到此胡为不释然？"这自然带有在总体上为白居易作辩护的用意，然而又恰好表明，戴复古眼里的《琵琶行》作者不能释怀于仕途抑沉的情绪显而易见，而这是一点都不值得的。他说，浔阳江头离陶渊明故居匡庐柴桑很近，白居易你为什么不去寻觅陶门菊花，借以与陶渊明作伴，却要对着商人妇痛

① 引自刘攽《中山诗话》，《历代诗话》，第297页。据说陶渊明"不解音声，而畜素琴一张，无弦，每有酒适，辄抚弄以寄其意"（沈约《宋书·陶潜传》，第2288页）。陶氏的无弦琴在后来成为得道、超脱、不受世俗拘束的代名词。

② 戴复古《石屏诗集》卷二，清刘氏嘉荫簃抄本。

哭流泪？这如何能从痛苦中解脱出来呢？这些确实都不是设身处地替诗人着想的批评文字，然而非常清楚地显示了批评者与被批评者观念上的不同。

《琵琶行》经过宋人道德化和理性化的批评之后，作为一篇优秀的诗歌，虽然并没有失去其感人的魅力，但是在明清人的评论中，特别是在两朝正统的评论中，总是可以看到宋人上述批评的影子。比如宋濂评白居易“不善处患难”①。乾隆帝将自己批评《琵琶行》的话当作“官箴”，告诫官员。他在《题张照书白居易琵琶行卷》中说：“张照此书出入乎董、米，而有过乎董、米，所谓寓端庄于流丽者矣。至其识语，则向于上书房已闻蒋廷锡、蔡珽辈论之，是早有此言，非出于照也。然府倅入民船饮酒，诚有玷官，方登之白简，固宜有以见唐政之弛。而我国朝之政肃，此不可谓煞风景也。岂照之流犹以居易之事为是，而今之法网过密乎？即证以《周官》六计，弊吏亦未尝以此为应为也。题之卷首，用敕官箴。”②白简，古时弹劾官员的奏章。乾隆帝这一表态，对于《琵琶行》在清朝的接受史无疑会产生影响，而这种影响实是延续宋人而来的。

第二节　文章释义变化

造成作者作品扩大或收敛流传范围的原因固然难以一概而论，不过，后人对一个作者及其作品的接受态度往往会对此产生很大影响。从这个意义上可以说，作品流传史实际上是读者接受史。在古文的解释和评价变化过程中，文体、风格、内容被读者认可程度皆可以对一篇作品的流传带来影响。下面以王羲之《兰亭集序》、陶渊明《桃花源记》（并诗）、樊宗师《绛守居园池记》、陆游《南园记》为例，加以分析，它们分别代表了作品的文体、风格、内容导致不同接受曲线的各类情况。

---

① 《题李易安所书琵琶行后》之序，《宋文宪公全集》卷三十二。
② 乾隆帝《御制文》二集卷十八，影印文渊阁《四库全书》第1301册，第397—398页。

一、王羲之《兰亭集序》

确立一种文学批评规范或标准，并施之于具体文学批评中，就往往会在肯定一部分作品的同时，又排斥了另一部分。若作品在各个时期都得不到读者认可，其原因很可能是作品本身欠佳，另当别论。若规范或标准发生改变而作品也随之转劣为优，那么，这就成了值得探究的文学现象。反之亦然，依靠某种规范或标准维持的“佳作”，当原先的准绳一旦失效，“佳作”也随之黯然失色，这种逆向的接受变化所显示的意义与上述正向的接受变化是相同的。在以上情况下得出所谓作品优劣高低的结论，其实主要不是关乎作品本身，而是关乎人们所持有的批评尺度，以及批评者主观对作品的认识。

王羲之《兰亭集序》未被选入《文选》，却被后人公认为古文杰作，就是这样一个例子。

《兰亭集序》与其他著名古文作品明显不同之处是，它集文章与书艺为一体，而对它的评论也主要是在两条线上分别展开的。一条线是书法评论，它受到了历代书论家推崇，而且几乎是众口一词，经久而不改。一条线是文学评论，读者对它的反映时冷时热，评价也时低时高，甚至即使在它得到很高赞誉的情况下，也还有人继续诟病它的局部“瑕疵”。与书法评论相比，对《兰亭集序》的文学评论显得较为曲折。认为《兰亭集序》是书法瑰宝的人未必都承认它是文章绝唱，而对它的文章持高低有别看法的人却都推崇它的书法艺术。这说明，文学作品的精神内涵和美学风格比书法作品更加丰富、复杂，人们在对文学作品进行审美鉴赏时更加容易发生认识分歧，难求一致。

王羲之与同好宴集于兰亭，修禊事，赋诗咏怀，然后编诗歌为一集，王羲之、孙绰分别作前后序，王羲之所作为前序，即《兰亭集序》，又名《临河叙》《三日兰亭诗序》《兰亭三日叙》《兰亭序》《兰亭记》《兰亭帖》等。在王羲之以前，描写三月三日上巳节游郊野修禊事的文章已有，王羲之《兰亭集序》似受到阮瞻《上巳会赋》的启发。《上巳会赋》写道：

临清川而嘉燕，聊假日以游娱。荫朝云而为盖，托茂树以为庐。好修林之蓊郁，乐草莽之扶疏。列四筵而设席，祈吉祥于斯途。酌羽觞而交酬，献遐寿之无疆。同欢情而悦豫，欣斯乐之慨慷。发中怀而弦歌，托情志于宫商。①

此文与《兰亭集序》有两点相关之处：一是“托茂树以为庐”、“好修林之蓊郁”，为《兰亭集序》“茂林修竹”一语之所本；二是“发中怀而弦歌，托情志于宫商”，写以音乐歌声寄寓性情，《兰亭集序》则相反，说此次聚会“无丝竹管弦之盛”，然而在这种意思相反的话语中，似乎可以察觉到两者在写作上的某种对应，这正说明后者与前者存在着“交流”关系。当然，王羲之撰《兰亭集序》所隐含的对话者还可能有班固《汉书·张禹传》。据该传载，张禹“性习知音声，内奢淫，身居大第，后堂理丝竹管弦”②。后人以为王羲之《兰亭集序》“丝竹管弦”一语是用《张禹传》的典故，固然也有道理，不过从文章整体情氛而言，《兰亭集序》与阮瞻《上巳会赋》显然更为融洽一致，所以不妨将《张禹传》和《上巳会赋》看成王羲之《兰亭集序》的双重对话者，而又以《上巳会赋》为直接的对话对象。

《世说新语》记下的《兰亭集序》及其作者被评价情况，是我们迄今所能够看到的关于这篇文章最早的读者反应：

王右军得人以《兰亭集序》方《金谷诗序》，又以己敌石崇，甚有欣色。③

这条记载传递出两方面信息：一是当时的人将王羲之《兰亭集序》比作石崇《金谷诗序》，将王羲之比作石崇；二是王羲之知道(“得”的意思是

① 陈元龙《御制历代赋汇》卷十一，康熙四十五年武英殿刻本。
② 《汉书》，第3349页。
③ 《世说新语》卷下之上《企羡》，第336页。

晓得)别人有这种评价,感到满足①。西晋石崇发起的金谷集会以及他撰写的《金谷诗序》都很著名,江淹《别赋》“送客金谷”,还以《金谷诗序》“时征西大将军祭酒王诩当还长安,余与众贤共送往涧中”作为典故。而石崇乐府诗《王明君辞》、文章《思归引序》被选进《文选》,则是对他文学才能的肯定。所以,别人将《兰亭集序》比作《金谷诗序》,将王羲之比作石崇,这在当时应该都是很高的赞美,王羲之听了之后感到高兴也说明了这一点②。至于人们后来对石崇和金谷集会又产生了很深的负面印象,因而有不同的评价,那是另外一回事③。以上说明王羲之《兰亭集序》从产生之日起就得到了当代人士的肯定和欣赏,享有盛誉。

然而在宋齐梁陈时期,提到《兰亭集序》这篇文章的人很少,刘孝标为《世说新语》作注引录了《兰亭集序》,部分原因是注书体例使然,庾肩吾有《三日侍兰亭曲水宴》诗,这可以说与王羲之兰亭集会和他的这篇文章有一定关系,其他的反响就微乎其微了。刘勰《文心雕龙》没有提及王羲之及《兰亭集序》,锺嵘《诗品》也没有提到王羲之以及修禊诗,萧统《文选》未选《兰亭集序》。这些情况似乎说明,作为文章家和诗人的王羲之以及他的代表作《兰亭集序》在那个时期并未受到重视,它好像是处在文学批评所关注的对象之外。这与王羲之在世时人们对《兰亭集序》的赞赏形成鲜明对照,与南朝人高度推崇王羲之书法也形

① 房玄龄等《晋书·王羲之传》:“或以潘岳《金谷诗序》方其文,羲之比于石崇,闻而甚喜。”(第2099页,中华书局1974年)与《世说新语》所载基本相同。而作者将《金谷诗序》明确为潘岳所作,与一般以为石崇是《金谷诗序》作者的说法不同。按:刘孝标注《世说新语》在《品藻》《容止》两处皆作“石崇《金谷诗叙》”,而潘岳有《金谷集作诗》(选入《文选》),没有《金谷诗序》,《晋书》之说不可取。又按:《四库全书总目》之《晋书》提要说:“取刘义庆《世说新语》与刘孝标所注一一互勘,几于全部收入,是直稗官之体,安得目曰史传乎?”此可帮助理解《晋书》记载《兰亭集序》与《世说新语》基本相同的原因。

② 有的学者认为,组织兰亭宴集本身就含有效仿金谷集会的意图。见逯钦立《〈兰亭序〉是王羲之作的,不是王羲之写的》,《逯钦立文存》,中华书局2010年。

③ 苏轼《东坡题跋·题右军斫鲙图》说:“兰亭之会或以比金谷,而以逸少比季伦,逸少闻之甚喜。金谷之会皆望尘之友也;季伦之于逸少,如鸱鸢之于鸿鹄,尚不堪作奴,而以自比,决是宋晋间妄语。”

成了极大反差①。

《文选》作为一部选录周代至六朝著名的、有代表性的文学作品的总集,它不选《兰亭集序》很引人注意,关于其原因,后人有各种猜测。有一种说法以为:“梁以前古文不在《选》中者至多,何特此叙耶?安可便出议论。”②这种意见将萧统黜落《兰亭集序》与不选别的许多作品看作一回事,当作一种很自然的现象,因而以为没有必要对此作其他的揣测,否则都是属于过度解读,不足以成立。不过有个现象值得注意,《文选》“序”类选了颜延年、王融《三月三日曲水诗序》,这两篇文章都写于王羲之《兰亭集序》之后,而题材和文体形式与王羲之《兰亭集序》相同,在这些可比性很强的作品中进行取舍,对此用“不在《选》中者至多”这种含糊的说法加以解释显然是无法令人满意的。而通过观照这三篇可比性很强的作品,倒是足以说明萧统在选录或者黜落什么作品这个问题上确实是经过斟酌的,鲜明地留下了选者的判断倾向。应该说他不选《兰亭集序》是一种故意的遗落,其中原因值得玩味。

颜延之、王融各自所作的两篇《三月三日曲水诗序》,详略不同,却具有很高的相似性③。将王羲之《兰亭集序》与颜、王之作加以比较,明显不

---

① 王羲之书法一直是南朝人推崇和临摹的对象,虞和《论书表》、梁武帝《与陶隐居论书启》、梁简文帝《答湘东王上王羲之书》等,都有记载和反映。如梁简文帝《答湘东王上王羲之书》说:“试笔成文,临池染墨,疏密俱巧,真草皆得,似望城扉,如瞻星石,不啻云飞之散,何待曲辱之丹。方当奉彼廷中,置之帐里,乍楷铜钩,时悬歆案。戢意之深,良不能已。”可见他对王羲之书法推崇备至。由于《兰亭集序》书法作品为王羲之后裔家藏,直到陈隋间王羲之的七世孙智永才交给僧辩才,后为唐太宗赚得(见唐何延之《兰亭记》,载张彦远《法书要录》卷三)。所以智永之前,它很少为外界所识,资料上没有提到它,也可以理解。

② 宋人韩驹的话,见宋人桑世昌《兰亭考》卷八所引《陵阳室中语》。按:这种说法对后世有一定影响,如清人阎若璩也说:“萧统《文选》偶遗王逸少《兰亭序》,说者遂吹毛求疵,以为昭明意若何。昭明岂真有是意?殆不足一笑。大抵世人爱奇,奇则欲博,博则初无所择,而惟恐遗之也。圣人爱义,义则从约,约则虽有不及,而已无所不包也。呜呼,世之侈言撰述者,其尚有鉴于斯哉。”(《尚书古文疏证》卷五下,乾隆十年阎学林眷西堂刻本)

③ 当时人认为,颜延之、王融所作两篇《三月三日曲水诗序》,王作更胜于颜作,而作这样比较的前提是它们高度相似,具有可比性。《南齐书·王融传》载:“(永明)九年,上幸芳林园,禊宴朝臣,使融为《曲水诗序》,文藻富丽,当世称之。上以融才辩,十一年,使兼主客,接虏使房景高、宋弁。弁见融年少,问:‘主客年几?’融曰:‘五十之年,久逾其半。’因问:‘在朝闻主客作《曲水诗序》。’景高又云:‘在北闻主客此制胜于颜延年,实愿一见。’融乃示之。后日,宋弁于瑶池堂谓融曰:‘昔观相如《封禅》,以知汉武之德;今览王生《诗序》,用见齐王之盛。’融曰:‘皇家盛明,岂直比踪汉武;更惭鄙制,无以远匹相如。’”王融谦称自己所作不及司马相如,不提颜延之,亦隐然以超逸颜作自负。他在为此序所上的奏章中说:“臣之才匹延之,亦牛宫之譬江海。”可见是故意做出来的一种姿态。

同之处是：颜、王两文皆是骈体，内容都体现了朝廷和帝王的某种意识，立意廓大，文藻富丽典雅，王羲之《兰亭集序》则是散体，记事之外，更抒写个人对生命的感兴，意境幽远，思逸神超，语言轻便流媚。此是其一。颜、王二文多用叙述之笔，大段讲述宴集的缘由和描写物色景致，以此显示一代之盛，王羲之《兰亭集序》可以擘为写景、抒怀两个部分，而又统一于良辰美景易逝、欢乐和生命不永、齐一修短生死之念难以企达的多重慨叹主题①，尤其对个体的生命表达出很深的忧虑，而总体上又以平静的态度表现了对生活变化的接受，文章议论化特点很突出。此是其二。将这些放在南朝人的文学观念之下加以检讨，就显出了对《兰亭集序》不利的影响。南朝的文学正宗是骈文，不是散文，尊骈是当时普遍的文学风气，这就在总体上对散体的《兰亭集序》形成了挤压，使它在阅读和评价活动中容易被边缘化，失去受称赞的机会，不可能与骈文作品相等同。再就具体的文体而言，这三篇文章都是序，序是论说文的一种，《文心雕龙·论说》："序者次事。"②根据序体文这一要求，王羲之、颜延之、王融为人们相聚修禊事而吟咏的诗歌集作序，自然应当以记述该修禊活动的缘起、经过、所见，以及对编集的诗歌作介绍为主。颜延之、王融二文与这种要求高度吻合，然而王羲之《兰亭集序》用于记述的篇幅却不够突出，而作者个人抒怀的议论文字显然为全文结穴所在，且极见精彩，它们出现在这篇本应重记述的序文中不免有喧宾夺主之嫌。即使退一步，承认《兰亭集序》的记述文字也很出色，然而在全文叙、议结合的结构中，这部分记述的

---

① 王羲之《兰亭集序》"固知一死生为虚诞，齐彭殇为妄作"两句，被学者认为是王羲之否定庄子思想的证据，如吴楚材、吴调侯说："庄子《齐物论》'予恶乎知夫死者不悔其始之蕲生乎'，此一死生之说也；'莫寿乎殇子而彭祖为夭'，此齐彭殇之说也。言人莫不兴感于死生寿夭，固知是两说为虚诞妄作。"（《古文观止》评语，第287页，中华书局1978年）持相反意见的人则以为这两句话不符合王羲之达观的生活态度，因而断定《兰亭集序》不是王羲之所作，此说最有代表性者为郭沫若（见其《〈兰亭序〉与老庄思想》，《文物》1965年第9期）。还有学者认为这两句话是王羲之的真实思想，因为王羲之内心本来就有"甚深之矛盾"，即"标榜自然而实入世"（见罗宗强《玄学与魏晋士人心态》，第319—320页，浙江人民出版社1991年）。读《兰亭集序》一文，它实由欣赏良辰美景、嗟悼时逝境迁、反思庄子齐一之境实难达致这样三重旨义构成，互相牵掣而形成思想张力，虽然王羲之用了"虚诞"、"妄作"这种词语形容庄子齐一思想，然而这并不表示他否定这种思想，而只是说明这样的境界无法取代人们真实涌起的欢乐和悲切，所以不必一味地由它来支配自己的思想和行为，这与否定说明显不同，也不是思想的"矛盾"二字所能简单作出解释的。

② 《文心雕龙注》，第326页。

文字充其量最多只堪与抒怀部分平分秋色，这依然与序的文体要求有距离。说明从文体的纯粹性看，《兰亭集序》不甚符合序这种文体的要求。《文选》之编纂意在为众多文体提供范文，供文人习摹，故编者特重文体，全书以文体为类别选文定篇，萧统即说："凡次文之体，各以汇聚。诗赋体既不一，又以类分。"①说明文体问题确实受到《文选》编选者的高度关注。宋人林驷将萧统《文选序》注重文体的主张概括为"章表记颂，诗赋书论，亦各有体，苟失其体，虽工弗取"，并认为萧统在强调文体重要性方面"其用工多矣"②，这是符合实际情况的。对文体的这种关注反映了南朝后期文学批评家普遍的文学意识，当时文人普遍认为，文体纯粹性是一篇作品获得读者和批评家认可的基本前提，只有符合文体要求的作品才有可能成为佳作，否则会被拒于门外。如刘勰《文心雕龙》很重视文体论，说："论文叙笔，则囿别区分。"③并且他将"观位体"作为识别文章优劣的"六观"之首④。这正说明辨析文体对于开展文学批评而言极端重要，而文体纯粹与否则是判断作品高低的一项硬指标。以上两点（一）以骈文为正宗和（二）要求文体纯粹，既然都关系着南朝人重要的文学观念，而《兰亭集序》与之皆不相称，在这种情况下期望它被当时文人普遍视为佳作也就不太可能。《文选》不选《兰亭集序》，而选入颜延之、王融分别撰写的《三月三日曲水诗序》，以为王羲之所作的整体成就在颜延之、王融两文之下，也就不再费解了。

现在能见到最早的《兰亭集序》文本，是梁刘孝标注《世说新语》时引录的《临河叙》，内容如下：

永和九年，岁在癸丑，莫春之初，会于会稽山阴之兰亭，修禊事

---

① 萧统《文选序》，李善注《文选》，第2页。

② 林驷《新笺决科古今源流至论前集》卷二"《文选》《文粹》《文鉴》"条，明覆刻本。按：明人也有从《文选》重辞藻、重文体的角度去解释为何不取《兰亭集序》的，如田汝成《汉文选序》说："大抵选例崇葩华而略简澹，执规钲而齐体裁，是以考辞按部，稚若连珠，大篇短章，咸归秾郁，故诗如渊明，文如《兰亭》，非不皎然清逸也，第使掇入集中，揆之诸家，览非一体矣。"（贺复徵《文章辨体汇选》卷二百九十一）也可以参看，以助对这个问题的认识。

③ 《文心雕龙注·序志》，第727页。

④ 《文心雕龙注·知音》，第715页。

也。群贤毕至,少长咸集。此地有崇山峻岭,茂林修竹,又有清流激湍,映带左右,引以为流觞曲水,列坐其次。是日也,天朗气清,惠风和畅,娱目骋怀,信可乐也。虽无丝竹管弦之盛,一觞一咏,亦足以畅叙幽情矣。故列序时人,录其所述。右将军司马太原孙丞公等二十六人赋诗如左,前馀姚令会稽谢胜等十五人不能赋诗,罚酒各三斗。①

刘孝标注是对王羲之原作的节录,不是全文②。而他节录的恰好也是《兰亭集序》叙述此次修禊缘起、赏景、写诗结集的内容,都属于记述和介绍,删去的则是原文的议论。此外,刘孝标还保留了“右将军司马太原孙丞公”以下句子,使叙事更加具体,这些文字在后来流传的《兰亭集序》中被删去,或许是嫌其叙述冗繁吧?按照注书体例,刘孝标注《世说新语》自有其对据以作注释的原始资料加以节录而不是全文征引的自由,然而他于《兰亭集序》删录之间分明地存在重叙述轻议论的倾向,这也可以作为南朝后期文人特别重视序这一文体记事特点的一种佐证,可以帮助我们理解《文选》为何不选《兰亭集序》的原因。

南朝后期文学批评家这种文学观念和批评态度对唐初人也产生了短暂的影响。比如欧阳询《艺文类聚》卷四“岁时部·三月三日”的序文部分引《兰亭集序》,大致与刘孝标注所引相同。该书还引录了孙绰《三日兰亭诗序》、颜延之《三日曲水诗序》、王融《三日曲水诗序》。他对颜延之、王融两篇文章基本上全文选录,保持其首尾完整,删削主要是针对文中繁复描写、叙述的内容,这显然是出于简约篇幅的考虑。他对孙绰《三日兰亭诗序》则删去最后“耀灵纵辔,急景西迈,乐与时去,悲亦系之”十馀句慨时伤逝的议论文字,而将原文叙事、写景的内容悉数保留。孙绰文

① 《世说新语》卷下之上《企羡》,第 336—337 页。

② 郭沫若认为,王羲之原文见于刘孝标注《世说新语》所录的《临河叙》,不是《兰亭集序》,《兰亭集序》是后人在《临河叙》的基础上“加以删改、移易、扩大而成的”(《由王谢墓志的出土论〈兰亭序〉的真伪》,《文物》1965 年第 6 期)。逯钦立则指出,刘孝标注《世说新语》往往采取节录的方式,不能据此得出其引文即是全文的结论(见逯钦立《〈兰亭序〉是王羲之作的,不是王羲之写的》,《逯钦立文存》,第 610—612 页)。

章的大部分内容是叙事写景，抒写胸臆的内容很少，与王羲之《兰亭集序》恰好相反，所以欧阳询对孙绰文删少留多，不像对王羲之文删多留少，然而他对这两篇文章作出删削处理的原则是一致的。这与他删削颜延之、王融两篇《三日曲水诗序》的原因不相同，前者主要是通过删削使其符合序文文体的规格要求，后者则主要是为了减少篇幅，这是两种不同的考虑。这说明，在唐初纵然一部分欣赏《兰亭集序》的人，也主要是欣赏该文对景物的描写，而对其中的议论部分则比较冷淡，这与南朝后期文人的文学观念和欣赏趣味相近[①]。我们由此不难想见，《兰亭集序》一文在唐初依然没有获得普遍推崇。

最早基本全文引录《兰亭集序》的是《晋书·王羲之传》[②]。《晋书》是房玄龄等奉敕所撰，编纂于贞观二十年至二十二年(646—648)，唐太宗本人为书中司马懿、司马炎、陆机、王羲之的纪传撰论，故此书亦称“御撰”。太宗欣赏王羲之，更是十分喜爱王羲之的书法，他在《王羲之传》的论中称：“详察古今，研精篆素，尽善尽美，其惟王逸少乎。”[③]可谓对其书法推崇备至，而他将《兰亭集序》法书视为瑰宝更是广为流传的故事。《晋书》依《汉书》《后汉书》选录重要文章之例，也往往录入晋人政论和思辨之文，然而对文学作品选入很少，《晋书》编纂者基本全文引录《兰亭集序》可算是一个比较特殊的例子，与唐太宗的喜爱显然有很大关系[④]。从此，《兰亭集序》广为唐人所知，而“兰亭”一词也屡见于唐人诗文作品中，恰似一个固定的文化符号被普遍地接受。王勃、杨炯、孟浩然、王维、李白、白居易、柳宗元等皆有诗文咏唱颂赞，有的将“兰亭”作为世间风流雅

---

① 欧阳询《艺文类聚》是唐高祖武德间编纂的一部大型类书，将取“文”、存“事”合二为一，而其取“文”部分又带有某种总集式的选本性质，入选的作品包含某种示范写作的文学批评意义。这一点可以参考钱锺书《管锥编》之《全上古秦汉三国六朝文》“一四五”条(第1219—1220页)；邬国平《从接受文学批评的角度看陶渊明》(《中国诗学》第4辑，南京大学出版社1995年)。

② 之所以说“基本全文引录”，是因为《晋书》王羲之本传在引录《兰亭集序》全文的同时，又删去了刘孝标注《世说新语》所引《临河叙》最后四十字“右将军司马太原孙丞公等二十六人赋诗如左，前馀姚令会稽谢胜等十五人不能赋诗，罚酒各三斗”。这一经过《晋书》作者整理的《兰亭集序》成为后世的定本。

③ 《晋书》卷八十，第2108页。

④ 周必大《跋刘仲威兰亭叙》说：“唐太宗亲传晋史，备载斯文，岂无意耶?”(《文忠集》卷十六)认为这是与《文选》黜落《兰亭集序》针锋相对。

集的典故，有的将它作为江南越中胜景的代名，也有将它作为士人与佛家互相交往的专称。王勃《游冀州韩家园序》："王羲之之兰亭五百馀年，直至今人之赏。"①李白《王右军》："右军本清真，潇洒在风尘。"②柳宗元《邕州柳中丞作马退山茅亭记》："夫美不自美，因人而彰。兰亭也，不遭右军，则清湍修竹，芜没于空山矣。"③这些表明，唐朝确实是《兰亭集序》接受史上划时代的开始。唐人对兰亭的向往，最主要表现为对晋人风雅情趣和生活状态的羡慕，王羲之等人聚会兰亭，吟诗撰文，以此为乐地，自然豁显出飘逸高旷襟怀，没有滞碍，这让唐人心仪不已。正是源于精神上这种遥相应和的共鸣，晋唐风流的无间洽润，为唐人普遍欣喜地接受《兰亭集序》提供了最重要的基础和契机。从此以后，《兰亭集序》得到广泛传播，历代（尤其是宋以后）被收入许多丛书集部，如唐人张彦远《法书要录》，宋人岳珂《宝真斋法书赞》、郑樵《通志》、祝穆《方舆胜览》和《古今事文类聚前集》、潘自牧《记纂渊海》、施宿《会稽志》、谢维新《古今合璧事类备要前集》，元人陈仁子《文选补遗》、陶宗仪《说郛》，明人贺复徵《文章辨体汇选》、冯琦和冯瑗《经济类编》、彭大翼《山堂肆考》，清人《御定渊鉴类函》等。后人的文章选本也往往选入此篇，著名者如金圣叹《天下才子必读书》、林云铭《古文析义》、吴楚材和吴调侯《古文观止》、李兆洛《骈体文钞》等。结果是，王羲之《兰亭集序》在后世读书人中几乎无人不晓，堪谓古代最为普及的名篇之一。这与六朝时谈《兰亭集序》者寥寥，及被《文选》黜落在外的情况形成很大反差。

《文选》黜落《兰亭集序》成为文学批评热议的话题，且遭到人们普遍质疑和批评，是宋代以后的事。这不仅因为唐人对《兰亭集序》的普遍爱赏提高了它的含金量，而且宋朝在韩愈等人提倡古文的基础上，伴随科举考试制度对唯诗赋取士做法的革除，真正实现了古文与骈文主次关系的置换，散体的古文一跃成为文坛主流，骈文地位下降，于是非

---

① 《初唐四杰集》之《王子安集》卷六，同治十二年丛雅居邹氏刻本。

② 《李白全集编年注释》，第86页。

③ 《柳河东集》卷二十七，第454页。按：独孤及《毘陵集》卷十七也收有此文，题为《马退山茅亭记》。

骈文的《兰亭集序》自然赢得了文学批评新眼光更多的青睐。当时人们对萧统《文选》选文不当的批评日益尖锐，章如愚《群书考索续集》记载宋人对萧统编《文选》的批评，说萧统编此书“工者未必选，选者未必工”。其举的例子中，就有选入颜延之、王融二序，而黜落王羲之《兰亭集序》，以为对此不能以“去华摭实，汲长溺短”正是萧统选文原则这种说法为他作辩护①。在文学背景发生大改变的情势之下，宋人普遍感到王羲之《兰亭集序》被《文选》屈抑了。楼钥《跋汪季路所藏修禊序》：“右军草禊序，文采粲日星。《选》文乃见遗，至今恨昭明。”②林之奇《观澜集后序》：“夫《文选》不收《兰亭记》，《文粹》不收《长恨歌》，识者于今以为二书之遗恨。由其所收乎斯文者以为尽于其书，故其所遗者人得而恨之。”③这些都反映出宋人普遍的逆反心理，他们纷纷为《兰亭集序》鸣不平。

在宋人称道王羲之《兰亭集序》的背后，还有一个因素在起作用，即宋人对于“序”这一文体的看法发生了改变。在宋代制科考试中“序”是必考的一种文体④，而且规定必须用古文写作，这无疑提升了序在众多文体中的地位。而宋人对于序的写作要求，则在继续注意其依次说明典籍作品的产生、主旨，以及记述与作品有关的一些事实情况之外，还突出了序的议论功能。也就是说，序由原先“次事”为主，变成了一种“次事”与议论并重，甚至议论超过“次事”的新文体，可谓此序已非完全的彼序。祝尚书说，序“在宋代……也变为以议论说理为主，所谓序篇章之‘所由作’或‘所以作’，已退居到很次要的位置了”。他举苏轼《居士集叙》为例，以为该文“几乎全为议论”。还指出，序文“在宋代议论化，已不是个别作家的问题，而是文体自身发展演化的结果”，这种演化的过程就是：“序由‘正体’嬗变而为‘变体’，随着时间推移，先前的

① 《群书考索续集》卷十八“文章门·文选”之“萧统去取未为尽善”条，元延祐七年圆沙书院刻本。

② 楼钥《攻媿集》卷二，乾隆四十二年武英殿聚珍本。

③ 林之奇《拙斋文集》卷十六，影宋抄本。

④ 制科，又称制举、特科，是朝廷临时设置的考试科目，以选拔特殊的人才，有别于常科。制科在唐朝盛行，宋朝则举行次数较少，其相当一部分功能被贡举所替代，但仍然是一朝之制。

‘正体’逐渐被‘变体’所取代。”①说得相当有道理。宋人对序体文认识的变化，不仅影响到他们用这种文体进行写作，而且也必然会影响到他们对前人序体作品的评价。王羲之《兰亭集序》以议论为重要特色，先于宋人对序文的表达功能作了新的开拓，宋齐梁陈文学批评家不满于它的地方，反而成为宋朝人重视和欣赏它的一个原因，文无定论，岂是一句虚语？

宋人猜测萧统黜落《兰亭集序》的原因，概括起来大致有以下数端：一曰文中“天朗气清”句，是秋天景致，不是春天气象。二曰“丝竹管弦”句，四言两意，语义重复②。这是从文章的描写中去寻找原因。有人承认这些有可能是问题，但是又指出萧统夸大了这些缺点，如周必大径说这是“以微瑕弃玉”③，还有人则根本不认为这些描写有什么不当，谈不上瑕疵④。三曰文中有“乐极悲来嗟悼之意”，萧统“深于内学（引者按：佛学），以羲之不达大观之理，故独遗”⑤。这是从文章旨趣与萧统的思想学说不同去作解释。如前所说，王羲之在文中寓有多重慨叹，而总体上又对生活变化处之以泰，很难说他不达观。而且，有宋人认为王羲之注重悲慨，不湎溺于超脱之中，这本身就是其意识清醒的表现，与萧统思想不相

---

① 祝尚书《宋元文章学》第十四章《宋元文章学论记序文》，第362—363页，中华书局2013年。

② 见林駉《新笺决科古今源流至论前集》卷二“《文选》《文粹》《文鉴》”条、孙奕《示儿编》卷七《文说》“史重复”条、周必大《跋刘仲威兰亭叙》（《文忠集》卷十六）、王得臣《麈史》卷一、赵与时《宾退录》卷三、陈正敏《遯斋闲览》、陈善《扪虱新话》。

③ 周必大《跋刘仲威兰亭叙》（《文忠集》卷十六）。马永卿《懒真子》卷三也为《兰亭集序》作过类似的辩护。

④ 如王楙《野客丛书》卷一“《兰亭》不入《选》”条曰：“‘丝竹管弦’，本出《前汉·张禹传》，而‘三春之季，天气肃清’，见蔡邕《终南山赋》，‘熙春寒往，微雨新晴，六合清朗’，见潘安仁《闲居赋》，‘仲春令月，时和气清’，见张平子《归田赋》，安可谓春间无天朗气清之时？右军此笔，盖直述一时真率之会趣耳。修禊之际，适值天宇澄霁、神高气爽之时，右军亦不可得而隐，非如今人缀缉文词，强为春间华丽之语，以图美观。然则斯文之不入《选》，往往搜罗之不及，非固遗之也。仆后观吴曾《漫录》亦引《张禹传》为证，正与仆意合，但谓右军承《汉书》误，此说为谬耳，《汉书》之语岂误邪？”王观国《学林》卷八“蹈袭”条也曾为《兰亭集序》的写法作过辩护。

⑤ 见桑世昌《兰亭考》卷八引晁氏语，明项德弘刻本。阮阅《诗话总龟》后集卷二十六引《丹阳集》：“当其群贤毕集，游目骋怀之际，而感慨系之，乃有‘一死生为虚诞，齐彭殇为妄作’之语，议者以此咎羲之未达也。”（人民文学出版社1987年，第167页）大致与晁氏说的意思差不多。

违背①,所以这似乎也不可能是萧统不选取《兰亭集序》的原因。以上猜测均难以追寻到《兰亭集序》未被采入《文选》的原因,所以都缺少说服力,不过它们倒是能够从一个侧面真实地反映出少数宋人受到前人影响依然对《兰亭集序》留下了还不够完满的印象②。然而同宋人对《兰亭集序》的好评如潮相比,这些批评是微弱的。苏轼以其一贯爱做翻案文章的态度,指出前人将王羲之比为石崇是比拟不伦,王羲之的成就远非石氏所及:“当年不识此清真,强把先生拟季伦。等是人间一陈迹,聚蚊金谷本何人?”③王十朋《蓬莱阁赋》说:“《兰亭》绝唱,亘古今而莫拟也。”④彭汝砺“文章不敢《兰亭》比”⑤一语更是道出了宋人在王羲之《兰亭集序》面前的某种自我渺小感,恰似崔颢《黄鹤楼》诗让李白涌起“眼前有景道不得”

---

① 陈谦:“近世论《兰亭序》感事兴怀太悲,萧统所不取,与斜川诗纵情忘忧相去远甚,此似未识二人面目。斜川诗与《风》《雅》同趣,固当别论。若逸少论议,于晋人最为根据,观其与商深源、谢安石、会稽王书,可见。举世玄学方盛,谁不能为一死生、齐彭殇之言,顾独以陈迹为感慨,死生为可痛,何也?《诗》三百篇感思忧伤,圣人不废,约之‘止乎礼义’,以不失性情之正,此先王立人纪之大方也。若夫遣情于事外,忘趣于情表,晋以之沦胥矣,尚忍闻之哉……逸少此文,必有能辨之者。”(引自桑世昌《兰亭考》)元人陈栎《书兰亭记后》也有相似的分析,他说:“王逸少,东晋人才之杰出者耶。一时宗尚老庄,清谈无实,独论建识时务,且尝沮桓温请迁都之议,斯人不多见也。此篇以一死生、齐彭殇为诞妄,盖辟庄周,矫流俗,不但文字之工而已。”(《定宇集》卷三)

② 宋朝还有人从强调儒家思想和世用观念出发,对《兰亭集序》提出批评,说此文虽然“脍炙人口”,但这只是“以文论文”,若“以经论文”,与诸葛亮《前出师表》相比尚差一截,所以“前辈”取彼遗此(见林駉《新笺决科古今源流至论前集》卷二“杂体”条)。按:元朝也有人谈到《文选》不录《兰亭集序》的原因,如吾衍《闲居录》说:“王右军《兰亭序》文固自佳,与《文选》并观,则无弘大之气,昭明之不取者此也,非有他说。”近人章太炎认为萧统不选,不是由于骈散文体的问题,而是《兰亭集序》是一挥而就之作,不合萧统“沉思、翰藻”之主张。他说:“骈散之分,实始于唐,古无是也。晋宋两代,骈已盛行。然属对自然,不尚工切。晋人作文,好为迅速。《兰亭序》醉后之作,文不加点,即其例也。昭明《文选》则以沉思翰藻为主,《兰亭》速成,乖于沉思,文采不艳,又异翰藻,是故屏而弗录。然魏晋佳论,譬如渊海,华美精辨,各自擅场。但取华美,而弃精辨,一偏之见,岂为允当,顾《文选》所收对偶之文,犹未极其工切也。”(《文学略说》,第11—12页,《章氏国学讲习会讲演记录》第九期,1936年出版)这些不同说法,于此一并稍作介绍。

③ 苏轼《又书王晋卿画四首·山阴陈迹》,《苏轼诗集》卷三十三,第1773页,中华书局1982年。宋人綦崇礼《代吕颐浩谢赐御书兰亭表》也说:“矧兰亭修禊之游,非金谷望尘之侣。骋怀寄傲,存逸想于胸中;感事临文,发奇资于笔下。斯极当年之美,遂成历世之师。”(《北海集》卷二十五,影印文渊阁《四库全书》第1134册,第683页)或是受到了苏轼影响。

④ 王十朋《梅溪后集》卷一,影印文渊阁《四库全书》第1151册,第317页。

⑤ 彭汝砺《鄱阳集》卷六《次致政张大夫韵二首》之二,影印文渊阁《四库全书》第1101册,第238页。

的无奈心情一样①。

宋人热衷于阅读和传播《兰亭集序》还可以从它被文人改编为当时流行的词曲见其一斑。比如吴潜《哨遍·隐括兰亭记》:"晋在永和,癸丑暮春,初作兰亭会。集众贤,临峻岭崇山,有茂林修竹流水。畅幽情,纵无管弦丝竹,一觞一咏佳天气。于宇宙之中,游心骋目,此娱信可乐只。念人生相与放形骸,或一室晤言襟抱开,静躁虽殊,当其可欣,不知老至。　然倦复何之,情随事改悲相系。俛仰间遗迹,往往俱成陈矣。况约境变迁(原注:"一本作'约境遇变迁'"),终期于尽,修龄短景都能几。谩古换今移,时销物化,痛哉莫大生死。每临文吊往一兴嗟,亦自悼不能喻于怀,算彭殇、妄虚均尔。今之视昔如契,后视今犹昔。故聊叙录时人所述,慨想世殊事异。后之来者览斯文,将悠然、有感于此。"②又如方岳《沁园春·隐括兰亭序》,其序说:"汪强仲大卿禊饮水西,令妓歌《兰亭》,皆不能,乃为以平仄度此曲,俾歌之。"词曰:"岁在永和,癸丑暮春,修禊兰亭。有崇山峻岭,茂林修竹,清流湍激,映带山阴。曲水流觞,群贤毕至,是日风和天气清。亦足以,供一觞一咏,畅叙幽情。　悲夫一世之人,或放浪形骸遇所欣。虽快然自足,终期于尽,老之将至,后视犹今。随事情迁,所之既倦,俯仰之间迹已陈。兴怀也,将后之览者,有感斯文。"③宋朝词体高度发达,作者和读者众多,将《兰亭集序》改编为词,不仅使这篇文章更加普及,而且使它融进新的文学样式而向文学史展现出无穷的魅力和生命。

元代以后,《兰亭集序》受推崇依旧,王义山说:"兰亭一序,古今绝倡。"④一语道尽后世读者敬慕的心情。此外,批评家又更多地转向对这篇作品进行细读和阐释,在蕴义、文字、行文精妙可悦等方面各抒己见。关于《兰亭集序》的主旨和含义,清人李扶九《古文笔法百篇》写过一段评解,说:"玩此文中段,因乐极生悲,感生死事大,见不可不随时行乐之意,

---

① 辛文房《唐才子传笺证》卷一"崔颢":"后游武昌,登黄鹤楼,感慨赋诗。及李白来,曰:'眼前有景道不得,崔颢题诗在上头。'无作而去,为哲匠敛手云。"(第189页,中华书局2010年)

② 吴潜《履斋先生诗馀》(又名《履斋先生遗集》)卷二,嘉惠堂抄本。

③ 方岳《秋崖集》卷十六,影印文渊阁《四库全书》第1182册,第303—304页。

④ 王义山《稼村先生类稿》卷六《武宁汪材夫南埜诗集序》,正德十一年王冠刻本。

乃旷达一流。或以右军非把生死看不破，为当时清谈误国者箴。看来文中原无此意，就文论文，不必深求。夫随时行乐，正是看破死生者也，乐极而悲，正见此会不可多得，乃文章反衬之法。谢立夫曰：'山水青幽，名流雅集，写高旷之怀，吐金石之声，乐事方酣，何至遽为说死说痛？'不知乐至于极，未有不流入于悲者。故文中说生死之痛，说今与昔同感，后之与今同悲，总是写乐之极致耳。"①认为该文是写人生欢乐，悲语在文中是反衬，不同意抬高其意义的忧国说，也不同意既写欢乐又写痛悼的双重主题说。评论者对文章旨趣有独特的会心，不同于众见，可为一家之言。对《兰亭集序》中一些具体描写，清人林云铭《古文析义》的评析颇有见地，兹引录几句，以见其赏读之细致。"群贤毕至，少长咸集"，林云，上句"指谢安、孙绰、郗昙、魏滂辈三十二人"，下句"指王疑（凝）之、涣之、玄之、献之辈九人，以其皆王家子弟，故但称少长，不便自称贤"。草草看过，或会以为这两句是同义反复，只为了丰富音节，一经道出每句各有所指，则作者文心之幽微如见。"是日也，天朗气清，惠风和畅"，林云："二句叙出所会之日，有风景之佳，以为俯仰观察伏脉。昭明以为上句类秋景，摈不入《选》。独不玩'是日'两字原有分晓，以明是日偶如此，不是日日如此也。若云秋景必天明气清，亦何尝无浓云阴曀之日乎？明眼人亦拘泥字句如此，何也？"前面已经说过，"天朗气清"为秋景是宋人猜测《文选》不录《兰亭集序》的原因，并非萧统真的将这作为拒绝的理由，林云铭误信了宋人的说法。尽管如此，他从"时日"二字体会出作者借此表示此景在春天只是偶然如此而已，这样解说句子含义，确实有新意。"或取诸怀抱，晤言一室之内；或因寄所托，放浪形骸之外"，林云，前者"是舍躁趣静一流人"，后者"是舍静趣躁一流人"②。概括明确，有助于读者理解文章的主旨。以上说明，《兰亭集序》在被视作当然的名篇之后，读者在丝丝入扣的细读中，总是在不断地发现它的蕴义和美的地方。

---

① 李扶九原编、黄绂麟纂定《重刻李扶九原选古文笔法百篇》卷十五"感慨格"，光绪八年善化黄氏刻本。

② 以上引自林云铭《古文析义》卷十，康熙五十五年刻本。

二、陶渊明《桃花源记》(并诗)

老子反抗被制度化的世俗,向往"小国寡民"、"鸡犬之声相闻,老死不相往来"的疏散生活状态。"小"、"寡"只是他向往的社会之浅表征状,其理想的实质乃是人与人之间没有被制度强力维系、很少互相牵扯这样的一种自由和简单,他相信历史上存在过这种自然混沌的人世。这后来被陶渊明文学化地描写为"世外桃源",展现为一片生活净土,引起读者对它的无限憧憬,而《桃花源记》也因此成为古代表达理想的著名文学作品之一。

《桃花源记》由一篇散文和一篇五言古诗构成,文与诗的内容各有详略,互为补充。对这种记与诗、散文与韵文结合的形式,有人认为它是受到东汉后译入的梵文佛经先散文后韵文形式(韵文部分称偈颂)的影响。不过我们不能忽略汉赋也有先文后诗的形式,如班固《两都赋》,《桃花源记》与中国本土作品这种形式特点相吻合。且《桃花源记》究竟是文配诗还是诗配文不好遽论,若作者构思中是以诗歌部分为主,则散文部分其实是一篇诗序,这又如同王羲之《兰亭集序》、孙绰《三日兰亭诗序》,与佛经文体就更无关系可言。

《桃花源记》被后世广泛阅读和评论,而文人又不断赋咏,留下了许多同题之作,画家则据以绘制出不少桃花源图,这些都表达出他们对陶渊明这篇作品的理解,也借以寄托自己的精神,构成了《桃花源记》丰富的接受史内容。各人解读和把握这篇作品的旨趣颇有不同,龃龉之处较然可见。清人林云铭《沁园春》:"本是渔郎寻鹿梦,因教太守询人井。古今来疑隐又疑仙,徒争竞。"①"寻鹿梦"典出《列子·周穆王》"薪者梦得鹿,而不知其处",说明桃花源并非一个真实的地方。"询人井"典出《吕氏春秋·慎行论·察传》"丁氏穿井得一人",谓丁氏家打了一口井,因此省下了一个需要到别处去汲水的劳动力,等于多出了一个人,可是这句话被误传为丁氏从井下挖出来一个人,而引起别人好奇地询问,说明关于桃花源

① 《古文析义》卷十,见《桃花源记》篇后评语。

存在的错误传闻让人感到迷惑。林云铭词道出了读者对《桃花源记》的三种不同理解："桃花源"究竟是仙境，隐居者的栖息所，抑或是作者寄托寓意的无何有之乡？这些也正是《桃花源记》阅读理解史上差异和纷争之主要所在。特别是《桃花源记》究竟有没有仙语，是不是表现了仙境，更是所有争论的聚焦点。宋人吴子良说："渊明《桃花源记》初无仙语，盖缘诗中有'奇踪隐五百，一朝敞神界'之句，后人不审，遂多以为仙。"①他接着以唐宋人歌咏桃花源的诗为例子，说明唐人相信仙境说，宋人尽管仍有沿袭这种看法者，却又发生很大转变，开始不相信这种说法。以唐宋为界将《桃花源记》接受史上的仙境说区分为两个相反的阶段，这种判断虽然粗疏、简单了点，大致还是能够成立的。

下面以仙境说的问题为中心对《桃花源记》接受史情况作一梳理，并试图解释阅读理解中何以会发生这种变化的原因。而在作这一梳理和解释之前，先有必要对陶渊明有无神仙思想、《桃花源记》有无"仙语"作出说明。

陶渊明由入仕而归乡隐居，一生前后生活有很大不同，然而无论入仕还是乡居，他意识中的儒家思想始终是主要的，当然他归隐与受到道家自然学说的影响也有关系，但是这与儒家"独善其身"主张本来就有合拍的一面，不存在紧张关系和冲突。神仙家追求长生，幻想修炼成无疆之寿，使生命不灭，这与儒家追求"三不朽"以延续生命②、道家委任自然的思想都不相符合。可见陶渊明思想与神仙家追求长生的观念相隔甚远，他在《与子书》中说："天地赋命，有往必终，自古贤圣，谁能独免。"③也明确谈了生命有尽的看法。逯钦立先生分析陶渊明《形影神》诗的寓意在于肯定形神俱化，指出这不惟与当时释家慧远形尽而神不灭之论相反，而且与东晋炼丹求仙一派道士旨在追求形体长存也不相同，陶渊明"兼就当时之

① 吴子良《荆溪林下偶谈》卷二"桃源"条，《历代文话》第1册，第548页。

② 《左传·襄公二十四年》：范宣子问焉："古人有言曰：死而不朽。何谓也？"穆叔答道："大上有立德，其次有立功，其次有立言，虽久不废，此之谓不朽。"（阮元校刻《十三经注疏》，第1979页）可见提出"三不朽"的前提正是承认人会死亡。这"三不朽"说法成为儒家十分重要的价值信念。

③ 引自沈约《宋书·陶潜传》，第2289页。

佛道两家而一切反之"①。这一分析是有说服力的。

再就《桃花源记》诗文本身来看。主张表现神仙思想或仙境说的人，可以将桃花源的环境和洞中人的生活都理解为具有仙境意味的描写，比如将洞中人当成从避秦之难开始一直活到当时的仙人，将诗句"奇踪隐五百，一朝敞神界"之"神界"读作神仙界，将后来有人沿着作者旧踪去寻找桃花源却徒然而归理解为仙境神秘性的特征，等等。然而这些都可以从不同的角度予以重新解释，得出相反的结论，例如洞中人是指秦世避乱难民的后裔，不是指当年的避难者（苏轼《和桃花源诗》之引就这么认为）；"神界"只是一个形容词，作者借此故神其地，故幻其人，乃是文学写作常用的手法；桃花源不可复寻，正显出作者从侧面说明自己寄托寓意的写作意图，预为以纪实作品视之者作一暗示。还有人对写神仙之说提出这样的质疑："使果神仙，安有不知今为何世而待问渔人者乎？"②凡此种种解释莫不顺理成章。因此，欲从《桃花源记》文本中去寻找仙境说的佐证是徒劳无益的，而结合以上陶渊明对道教神仙学说的态度来看，假如他真在《桃花源记》中表现了为他自己所排斥的长生观念，不免扞格、突兀，是难以令人置信的。

然而，将《桃花源记》当成一篇描写仙境的作品来阅读在唐朝相当普遍，而且这也不是唐朝才突然发生的现象，在此之前这种认识就已经存在了。现存南北朝评论《桃花源记》的资料非常少，不过从那时留下来直接或间接有关系的少量资料里，还是可以看到当时人将《桃花源记》当作神仙题材作品的情况，唐人的仙境说显然是直接沿袭了这种看法。

最足以说明这个问题的是《桃花源记》被收入《搜神后记》。

《搜神后记》仿干宝《搜神记》而作，主要是一部志怪小说，讲述神异鬼怪的奇闻，也有少量神仙故事。此书托名陶渊明著，《四库全书总目》对此有辨证："旧本题晋陶潜撰。中记桃花源事一条，全录本集所载诗序，惟增注'渔人姓黄名道真'七字。又载干宝父婢事，亦全录《晋书》，剽掇

① 逯钦立《〈形影神〉诗与东晋之佛道思想》，原载《历史语言研究所集刊》第十六本；收入《逯钦立文存》，第261—286页。

② 黄震《慈溪黄氏日抄分类》卷六十二"读苏文"，乾隆三十二年新安汪佩锷刻本。

之迹,显然可见……其为伪托固不待辨,然其书文词古雅,非唐以后人所能,《隋书·经籍志》著录已称陶潜,则赝撰嫁名,其来已久。"又说:"题陶潜撰者固妄,要不可谓非六代遗书也。"①寻究《搜神后记》托名陶渊明的原因,或是书中收入了《桃花源记》散文部分的内容,而这篇作品为陶渊明所作在当时广为人知,于是乎《搜神后记》也就被归在了陶渊明名下。《桃花源记》被收入《搜神后记》,而《搜神后记》又被托名为陶渊明著,这不仅是一个在文献学史上常见的伪书现象,而且实际上也表示六朝人对《桃花源记》的一种理解,那就是将它当作神仙题材的作品,而将桃花源当成一个仙境。文献学史上一部书被伪托是某人所撰,往往不会是绝对地无缘无故,为了达到目的,伪书制造者总是会千方百计地利用或拼凑一些对他们有利的、似是而非的因素,寻找相对合适的作者,因为他们在作伪的时候也会尽量地考虑提高读者对其作伪之书的信任度。这类例子很多,譬如《汉书·艺文志》记载农家《神农》二十篇,班固辨之说:"六国时,诸子疾时怠于农业,道耕农事,托之神农。"②神农是著名的农皇,农书被托名是神农所著最符合造伪书的逻辑。反过来,由此而去证明此书的内容,或者别人对这部书的认识,在逻辑上也是能够成立的。

《搜神后记》所收《桃花源记》给原文中的渔人增加了一条注:"渔人姓黄名道真。"这一名字带有浓厚的道教色彩。另外在最后部分,原文被作了两处明显修改。一是将"太守"具体化,称他为"刘歆太守",这一修改文字变化不多,关系也不大。第二处改变就非常不同,不仅文字出入大,而且内容也有很多变化。改编者根据原文"南阳刘子骥,高尚士也,闻之,欣然亲往,未果,寻病终"数语,演化为另一则故事,紧接在《桃花源记》之后。其文曰:

南阳刘驎之,字子骥,好游山水。尝采药至衡山,深入忘反。见

① 《四库全书总目》,第1208页。按:余嘉锡《四库提要辨证》说:"梁释慧皎《高僧传序》云:'陶渊明《搜神录》续出诸僧,皆是附见。'则此书之题作陶潜,自梁已然,远在《隋志》之前。"(第1144页)

② 《汉书》,第1742页。

有一涧水,水南有二石囷,一闭一开,水深广,不得渡,欲还失道。遇伐薪人,问径,仅得还家。或说囷中皆仙方灵药,及诸杂物,骥之欲更寻索,不复知处矣。①

这则刘骥之的故事显然是对陶渊明《桃花源记》结束语的改写,虽然它在《搜神后记》中被列为另一条的内容,但不会改变二者的这一层关系。这说明,改编者的意图确实是想突出和加强陶渊明《桃花源记》的神仙色彩。

在陶渊明《桃花源记》以后,六朝还出现了一些内容相类似的作品。如刘敬叔《异苑》载武溪蛮人射鹿,入石穴,见穴内"豁然开朗,桑果蔚然,行人翱翔",以及蛮人出穴后在路旁"斫树为记,其后茫然,无复仿佛"的故事②。又如任昉《述异记》记述一则传说:秦末丧乱,吴中人逃到武陵源避难,"源上有石洞,洞中有乳水",盛产桃李,故又呼"桃李源","食桃李实者皆得仙"③。无论是石穴,还是武陵源(桃李源),都是桃花源的另称,所以这些故事都是对陶渊明《桃花源记》的仿作,它们都与神仙、仙境有关。这也可以证明南朝确有不少人将《桃花源记》当作一篇神仙题材的故事来阅读,将桃花源当成仙境,并且仿此而想象出更多类似的幻域。

何以反对长生学说的陶渊明,他所撰的《桃花源记》会被南朝人理解为一篇描写神仙、表现仙境、含有追求得仙长生寓意的作品?原因在于当时道教发展,影响扩大,导致读者的阅读眼光发生变化。南北朝时期,儒家思想处在重建过程中,佛教经历进入中国与道教缠夹的初期阶段之后而逐渐获得完全的独立,道教则一方面继续突破道家思想框架寻求自己的定向发展,另一方面也加紧摆脱与佛教时有混合的状况,显示出自己鲜明的宗教特征。在这种儒、佛、道思想相互竞长的历史条件下,神仙信仰随着道教的发展进一步理论化、体系化,也进一步蔓延,葛洪、陆修静、陶弘景先后成为总结和传播神仙长生学说的重要人物。当时记述神仙一类

① 托名陶潜《搜神后记》卷一,明《津逮秘书》本。
② 刘敬叔《异苑》卷一,毛氏汲古阁刻本。
③ 任昉《述异记》卷下,第19页,中华书局1985年影印《丛书集成初编》本。

的书颇为流行,比如葛洪著《神仙传》,裴松之注《三国志》加以引用,说:“葛洪所记,近为惑众,其书文颇行世,故撮举数事,载之篇末。”①这是道教神仙思想影响不断扩大之后,对人们阅读兴趣产生的作用,也是当时人将桃花源理解为仙境的思想基础和接受条件。陶渊明《桃花源记》原先虽然不是记述仙境的作品,然而他对桃花源采用充满想象的描写,又使用了前述的一些虚灵而可以有多重理解的笔法,这很容易与道教的神仙故事结合起来。当读者受道教神仙观念支配阅读这篇作品的时候,就很容易将它与神仙、仙境联系在一起,从字里行间觉察出一股股的仙气来,于是便得出这篇作品是描写神仙生活、表现求仙思想的结论。清人郑文焯《陶集郑批录》说:“且陶公是记,得之武陵渔者所说,亦未尝一字著神仙家言。特唐人慕道,故附会其事,亦仁者见仁之义,奚以辩为?”②这虽然讲的是唐朝人阅读《桃花源记》的情况,用之于六朝人同样恰当。

李唐皇朝以老子为本家始祖,推尊道家,缘此道教在唐代进一步兴盛,神仙思想也获发展。即便不讲这层关系,唐朝基本实施儒佛道三家并尊不黜的政策,也为不同思想的生存创造了宽松的环境,有利于道教和神仙思想生长。因此,神仙信仰在唐朝很普遍,而这一信仰与神仙故事奇幻不凡的意味相结合,对富于好奇心而且迷恋于想象力的文人更容易产生诱惑。唐人对《桃花源记》的解读,延续上述六朝人看法,又将桃花源与道教结合得更加直接,对神仙主题作更多渲染,表达出向往这种人寰外幻魅境地的亲切之意。唐初,李密将桃花源与道士隐居之处相联系,他在《与道士徐鸿客书》中说:“桂树山幽,岁云暮矣。桃花源穴,想见其人。”③这种联想也出现在盛唐诗人中,如孟浩然《山中逢道士云公》:“忽闻荆山子,时出桃花源……何时还清溪,从尔炼丹液。”④这些表明唐人将桃花源与道教看作是一体的关系,对此已经习以为常。唐人将桃花源当作仙地的更多。卢照邻《三月曲水宴得樽字》、王勃《三月曲水宴得烟字》

① 陈寿《三国志·吴书·赵达传》,第1428页,中华书局1982年。

② 转引自《陶渊明资料汇编》下册,第361页。

③ 李昉《文苑英华》卷六百八十八,第3542页,中华书局1982年影印本。按:“源穴”,原注:“一作隐处。”

④ 《孟浩然诗集笺注》,第363页。

二诗，都用陶渊明辞官归田的典故，暗将自然怀抱中供宴享之所比作桃花源，或当成一座仙境，“门开芳杜径，室距桃花源。公子黄金勒，仙人紫气轩”（卢照邻），“列室窥丹洞，分楼瞰紫烟……凤琴调上客，龙辔俨群仙”（王勃）。陶渊明展现的桃花源是与人们实际生存其中、需要负担“王税”、遭受动荡混乱、充满“尘嚣”的历史社会相对照而存在，因而作品具有讥世含蕴，而唐人往往将桃花源这一重对照隐去，使其变成一个纯粹的福地，作品的氛围也因此只有轻盈、欢乐和愉快。王维十九岁所作《桃花源行》对此表现得尤为突出：

> 渔舟逐水爱山春，两岸桃花夹去津。坐看红树不知远，行尽青溪不见人。山口潜行始隈隩，山开旷望旋平陆。遥看一处攒云树，近入千家散花竹。樵客初传汉姓名，居人未改秦衣服。居人共住武陵源，还从物外起田园。月明松下房栊静，日出云中鸡犬喧。惊闻俗客争来集，竞引还家问都邑。平明闾巷扫花开，薄暮渔樵乘水入。初因避地去人间，更闻成仙遂不还。峡里谁知有人事，世中遥望空云山。不疑灵境难闻见，尘心未尽思乡县。出洞无论隔山水，辞家终拟长游衍。自谓经过旧不迷，安知峰壑今来变。当时只记入山深，青溪几度到云林。春来遍是桃花水，不辨仙源何处寻。①

这是用诗歌形式对陶渊明《桃花源记》所作的演述，画面绚丽更胜原作，写出王维对这一片“灵境”、“仙源”的爱慕，裸露出一个没有尝过世事苦味、心灵也没有任何皱折的青年胸襟的纯然清朗。而当王维经历安史之乱后，心绪凝重，他《口号又示裴迪》咏道：“安得舍尘网，拂衣辞世喧。悠然策藜杖，归向桃花源。”②此时，“桃花源”因“尘网”的反衬，而为伤怀色彩所浸润，与他早年的《桃花源行》烂漫风致判若两人所作，后者倒是与陶渊明原作的蕴义相贴近了。

与王维《桃花源行》歌颂仙境主题相合而有所变化的，有刘禹锡写的

① 《王右丞集笺注》，第98页。
② 《王右丞集笺注》，第254页。

《游桃源一百韵》《桃源行》二首,也是同类题材的名篇。《游桃源一百韵》分别写了两个桃花源,一个是仙境的桃花源,是对陶渊明所记桃花源的复述;另一个是他自己慕名"寻幽"所见、似仙境般的桃花源,在那里有仙翁留下的竹杖、王母留下的桃核,还写到那里的一位"近世仙"瞿氏子(道士)的故事,于是"因思人间世,前路何湫窄",他由仙道联想到人世和自己的遭遇,全篇虚实结合,抒发感怅,构思巧妙。他的《桃源行》不同之处在于结尾:"渔人振衣起出户,满庭无路花纷纷。翻然恐迷乡县处,一息不肯桃源住。桃花满溪水似镜,尘心如垢洗不去。仙家一出寻无踪,至今水流山重重。"①这些诗句强调渔人不肯在桃花源住宿停留,急切地要返回自己生活的"乡县"。告别在陶渊明原作中只是被轻轻一笔带过的内容,刘禹锡却故意将它作了渲染,写得浓彩重抹。诗人这么写凡夫俗子不愿迷失在仙界,果断地离开桃花源,其效果不只是显示仙凡相隔的严峻,还在于表现"俗人"对仙境的一种态度。然而其究竟是在肯定世俗值得眷慕,还是在婉讽"尘心如垢洗不去"的渔人没有福分享受仙界的快乐?诗人对此没有明确表示态度,读者自可按照各人的想法去领会,不过从最后两句"仙家一出寻无踪,至今水流山重重"的咏唱中,还是不难体会出几缕遗憾的意绪,这或许也是刘禹锡写这首诗想流露,想告诉读者的一种心情吧。刘禹锡这样的解读,在宋人张方平《桃源二客行》末联"洞门一闭恍如梦,归路古木何荒凉"②,以及薛季宣《武陵行》结尾吟唱"鄙夫何知尚怀土,匆匆须别还中州。尘心已萌淳朴散,桃源咫尺仙凡判。还求不得曰仙乡,宁知死生无少间。相望如隔一世间,到今沅山色苍苍,流水滔滔花泛泛"中③,都可以听到其袅袅馀音。

李白所作桃花源题材的诗文与王维《桃花源行》不同,虽然他也将桃花源描写成仙境,却又强化了它与痛苦社会相互之间的映衬。《古风》三十一:"璧遗镐池君,明年祖龙死。秦人相谓曰:吾属可去矣。一往桃花源,千春隔流水。"《奉饯十七翁二十四翁寻桃花源序》更是直接揭露秦朝

---

① 以上引文见《刘禹锡集》,第210、240—241页,上海人民出版社1975年。
② 张方平《乐全集》卷四,影印文渊阁《四库全书》第1104册,第44页。
③ 薛季宣《艮斋先生薛常州浪语集》卷十二,清抄本。

暴政,“灭古道,严威刑,煎熬生人,若坠大火”,“万象乖度,礼刑将弛”,以为“桃源之避世者,可谓超升先觉”。然后按照陶渊明《桃花源记》的描述对“神仙之境”的美丽进行想象:“问津利往,水引渔者,花藏仙溪,春风不知从来,落英何许流出?石洞来入,晨光尽开。有良田名池,竹果森列,三十六洞,别为一天耶?”①以此写出仙界与凡世天差地别。陶渊明《桃花源记》对秦朝,同时也是对其现实含蓄地批判,在李白那里就变得相当率直了,这是唐人桃花源作品中独特的风格。然而广泛传播于唐人中的桃花源依然是与现实绝缘的仙境,是美丽和幸福的一种纯粹符号。比如后来李翰将渔人入桃花源与刘晨、阮肇入天台遇仙女相提并论,写进儿童读物《蒙求》中,曰:“武陵桃源,刘阮天台。”②可想而知,这种仙境说在当时的普及程度有多高。

陶渊明《桃花源记》在流传过程中逐渐成为画家作画的重要题材,而图画中的桃花源更是充满道气或仙气,宋以后这类绘图更多。韩愈《桃源图》是现存较早的一首题画诗,画者是当时的武陵太守,并已经先有一人为之题画,这个题画的人是南宫先生③,韩愈称赞他们“文工画妙”。韩愈自己的题画诗以“神仙有无何渺茫,桃源之说成荒唐”起篇,中间的内容一是介绍两人所作的桃源图和题辞,二是大段介绍《桃花源记》的故事,最后以“世俗宁知伪与真,至今传者武陵人”作结,照应桃源图诗题。韩愈的《桃源图》在唐人咏桃花源作品中显得相当特异,这是由于起结四句似乎表明他对桃花源仙境传说持怀疑态度,与许多人的看法很不相同。不过,诗歌还是用了很多篇幅讲述桃花源“异境”的种种景象,从中流露出羡慕之意,所以又不能说他否定这一传说。这样就引来后人对韩愈《桃源图》两种截然相反的解读:一种意见以为,韩愈此诗意在肯定神仙描写,与王维《桃花源行》、刘禹锡《游桃源一百韵》《桃源行》的主旨一样。如胡仔指出,苏轼写《和桃花源诗》(并引)“盖辨证唐人以桃源为神仙,如

---

① 以上引文见《李白全集编年注释》,第1027、1903—1904页。

② 李翰《蒙求》卷中,《续修四库全书》第1213册,第158页。

③ 有人疑武陵太守是窦常,见钱仲联《韩昌黎诗系年集释》卷八,第397页,古典文学出版社1957年。南宫先生,“或卢汀,亦未可知”。见方世举《韩昌黎诗集编年笺注》卷六,第366页,中华书局2012年。

王摩诘、刘梦得、韩退之作《桃源行》是也”①。前引吴子良《荆溪林下偶谈》卷二“桃源”条举到“后人”借桃源题材宣扬神仙主题的诗歌，其中也有韩愈《桃源图》。相反的意见则认为，“世有图画桃源者，皆以为仙也，故退之《桃源图》诗诋其说为妄”②。韩愈《桃源图》究竟是肯定还是否定桃花源为仙境之说，颇难下结论，然而，他至少意识到了这里存在“伪与真”、“荒唐”与否的问题，有供人们质疑的可能性，不必只用一种大致相同的态度去接受这一传说，显出独立的思考。这一点非常有意义，标志着陶渊明《桃花源记》开始进入了理性阅读阶段。

宋朝以儒家思想为主融合佛道，对理性精神的推崇成为其时代特色，故宋人好质疑、重反思。这导致阅读史到宋代以后发生明显转折，关于作品的认识和评价出现很多变化，如经学方面对汉唐之学怀疑成风，就是显然的例子。宋人对其他文献也抱如此态度，包括对文学作品的解释。陶渊明作品是宋人的阅读热点，他在文学史上的地位迅速上升，同时伴随着对他的作品作重新理解。《桃花源记》释义也发生了很大转变，六朝到唐朝长期延续的仙境说，虽然已经韩愈初步质疑，宋人才真正动摇并颠覆了这种主流的理解意见，是他们以疑古精神开展文学批评的一个实例。

对宋人关于《桃花源记》的认识加以梳理，可以看出，尽管他们的理解也呈现了多种多样的状态，而倾向于否定仙境说，回到朴素的理解，是其显著特征。主要有以下几种说法：

（一）桃花源实有其地。苏轼《和桃花源诗》引语说：“世传桃源事多过其实，考渊明所记，止言先世避秦乱来此，则渔人所见，似是其子孙，非秦人不死者也。又云‘杀鸡作食’，岂有仙而杀者乎？”他认为，桃花源绝不可能是什么仙乡，也不是世上唯一的，不过如同南阳菊水、蜀地青城山老人村、西南仇池等一样，地处偏远，环境幽僻，人迹罕至，在“天壤间若此者甚众”。他在诗里吟道：“桃源信不远，杖藜可小憩。”③正表示了他对桃

① 《苕溪渔隐丛话前集》卷三，第13页。

② 王十朋《和韩诗》之《和桃源图·序》，《梅溪前集》卷九，影印文渊阁《四库全书》第1151册，第176页。

③ 以上引文见《苏轼诗集》卷四十，第2186—2197页。

花源是真实平凡的地方这一看法的自信。后来这种说法流传很广，一方面固然是苏轼个人的影响力所致，另一方面也与他采取完全逆反式的思维和表达取得震撼效果有关。李纲《桃源行》之序也说："桃源之事，世传以为神仙，非也。以渊明之记考之，特秦人避世者，子孙相传，自成一区，遂与世绝耳。今闽中深山穷谷，人迹所不到，往往有民居，田园水竹，鸡犬之音相闻，礼俗淳古，虽班白未尝识官府者，此与桃源何异？感其事，作诗以见其意。"诗有曰："渊明作记真好事，世人粉饰言神仙。吾观闽境多如此，峻溪绝岭难攀缘。其间往往有居者，自富水竹饶田园。耄倪不复识官府，岂惮黠吏催租钱。养生送死良自得，终岁饱食仍安眠。何须更论神仙事，只此便是桃花源。"[①]史尧弼诗曰："渊明一记故实在，世俗竟作神仙传。"[②]这些是对苏轼以上说法的呼应。不过从总体看，后世接受苏轼桃花源非仙乡看法的很普遍，接受他实有其地之说的人并不多。

（二）桃花源是乌有之乡，仅是作者的寓言，或称想象之词、寄托之词。这种认识正好与苏轼等人的看法相反，与仙境说也截然不同，因为这两种说法都肯定桃花源实有其地（在神仙家和相信神仙家言的人的观念中，仙境真实存在于寰宇），寄托说则根本否认桃花源实有其地。晁迈《纪谈录》："陶渊明所记桃花源，人谓桃花观即是其处，不知公盖寓言也。"[③]按：桃花观即桃花源之说见郑景壁（望）《蒙斋笔谈》："陶渊明所记桃花源，今鼎州桃花观即是其处，余虽不及至，数以问湖湘间人，颇能言其胜事云。"[④]郑景壁说法与苏轼所说实质相近。寓言说对后人影响很深，如明人黄淳耀说："然余意陶公居晋、宋溷浊之间，感愤时事，寓言桃源，以嬴秦况当时，以避秦自况……而非真有所谓桃源者也。"[⑤]吴景旭说："古来三渔父，一出庄子，一出屈子，一出《桃花源记》，皆其洸洋迷幻，感愤胶葛，因托为其辞以寄意焉，岂必真有其人哉？"他对历来将这些作品中的人

---

① 《李纲全集》，第135页，岳麓书社2004年。
② 史尧弼《留题丹经卷后》，《莲峰集》卷一，影印文渊阁《四库全书》第1165册，第669页。
③ 引自《说郛一百二十卷》卷十四，《说郛三种》第3册，第704页。
④ 引自《说郛一百二十卷》卷二十九，《说郛三种》第4册，第1391页。按：这一说法又见于叶梦得《岩下放言》卷中。
⑤ 黄淳耀《陶庵全集》卷二《游横山记序》，乾隆二十六年宝山学刻本。

物、故事“粘作实实地”,当成真实的内容接受,作了讽刺①。雍正年间修《湖广通志》说:“其实秦人、渔父不必有其人,桃花源不必有其地。陶潜高士,寓兴幽遐,仿佛孙绰《游天台赋》,驰神运想,如己再升者也。”②今人相信寓言说的就更多了,几乎已经成为对《桃花源记》首要的认识。

(三)桃花源是隐居地,是失意求自适者的栖息所。以桃园为退隐或闲居之地的别称,这种理解在六朝文人中也有。如庾信《奉报赵王惠酒》“梁王修竹园,冠盖风尘喧。行人忽枉道,直进桃花源”,就是用“桃花源”指自己住地。《拟咏怀二十七首》之二十五:“怀抱独昏昏,平生何所论。由来千种意,并是桃花源。榖皮两书帙,壶卢一酒樽。自知费天下,也复何足言。”③即以桃花源为自得其乐的地方。然而这样的看法长期被仙境说所掩,声响寂寥。宋人则多有从这方面去领会《桃花源记》者,如梅尧臣《桃花源诗》、黄庭坚《题归去来图》之二、孙觌《华山天池记》、吴芾《和陶诗》之《和陶桃花源》等皆是。在此引录孙觌《华山天池记》的一段话以见其概:“东坡先生尝语云龙山人张天骥曰:‘子知隐居之乐乎?虽南面之君未可与易也。’世传桃花源在人境中,渔父所尝游,而武陵太守问途而不获,草堂移文,勤俗士之驾,折轮扫轨,而不得至焉。盖岩穴之胜在天壤间,非若仙山佛国,有弱水流沙,万里之隔,而云物遮藏,鬼神呵护,惟幽栖绝俗,遁世之士之所独得,虽将相王公之贵,金钱可以编马埒,明珠可以照车乘,而一丘一壑,则不可擅而有也。”④作者将桃花源归还给人间,同时认为这是天地馈赠给穷而不达、遁世之士的厚礼,只有他们才能享受,将相王公则无缘接近。这么理解陶渊明的作品,实际上是将桃花源当作“岩穴之胜”和幽静的田园。

(四)突出《桃花源记》对社会的批判。王安石《桃源行》:“望夷宫中鹿为马,秦人半死长城下。避时不独商山翁,亦有桃源种桃者。此来种桃经几春,采花食实枝为薪。儿孙生长与世隔,虽有父子无君臣。渔郎漾舟

---

① 《历代诗话》卷十“渔父”条,第72—73页。

② 《湖广通志》卷十二桃源县,影印文渊阁《四库全书》第531册,第372页。

③ 《庾子山集注》,第286、247页,中华书局1980年。按:《史记·货殖列传》司马贞《索隐》:“榖,木名,皮可为纸。”

④ 孙觌《鸿庆居士集》卷二十三,影印文渊阁《四库全书》第1135册,第239—240页。

迷远近，花间相见因相问。世上那知古有秦，山中岂料今为晋。问道长安吹战尘，春风回首亦沾巾。重华一去宁复得，天下纷纷经几秦。”①王安石诗虽然也复述陶渊明《桃花源记》内容，带有神奇不凡色彩，然而他主要是将桃花源洞内洞外的世界作对照，对动荡不宁、乱象纷呈的历史社会进行揭露和批判，流露诗人对社会的关怀意识，“问道长安吹战尘，春风回首亦沾巾”两句是显示全篇旨意的诗眼。对《桃花源记》作这样解读在薛季宣《武陵行》一诗中愈见突出，该诗用很多篇幅揭露和抨击秦朝虐政，更突出了批判的倾向，以此衬出人们去寻找一种悠游出俗的生活是值得的②。这些都可以看到李白解读《桃花源记》的影响。

以上是宋人对陶渊明《桃花源记》主要的新理解。与六朝、唐朝持仙境说者凭借他们丰富的想象力在文意中畅游，寻求永恒的单纯性相比，宋人对作品的认识平实质朴得多，对其含蕴的挖掘也充分得多，反映了宋人以理性思考代替想象运思之后的阅读结果。当然，四种理解有的也可以互相渗透，比如隐者栖居地之说与寓托说，就常常纠合在一起，而在实有其地和隐居之地两种说法中，又都能读到作者对社会弊端的暗喻和讥议。这些说法比较共同的地方，都是在前人仙境说之外重新去获得作品的意义。当然，仙境说在宋朝还依然存在，即使宋以后这仍旧为一些读者津津乐道。作为幻想的产物，仙境说在某种程度上满足了人们的生活愿望和审美需要，并非理性认识能够将其完全取代得了。此外，还有一种理解是将隐居地与仙居地结合起来，将桃花源写得既像人境，又如仙境。刘商《题水洞》之一：“桃花流出武陵洞，梦想仙家云树春。今看水入洞中去，却是桃花源里人。”之二：“长看岩穴泉流出，忽听悬泉入洞声。莫摘山花抛水上，花浮出洞世人惊。”③桃花溪水，流进流出，究竟是从仙境到了人境，还是从人境到了仙境，诗人自己似乎也眩惑了，他正是采用这种手法

---

① 王安石《王文公文集》卷三十七，第439页，上海人民出版社1974年。按：曾慥《高斋诗话》曰：“荆公《桃源行》云：‘望夷宫中鹿为马，秦人半死长城下。’指鹿为马，乃二世事，而长城之役，乃始皇也。又指鹿事不在望夷宫中。荆公此诗追配古人，惜乎用事失照管，为可恨耳。”（《宋诗话辑佚》，第489页）祝穆《古今事文类聚后集》卷三十一载前引曾慥评语之后，尚有“或曰：概言秦乱而已，读者不以辞害意也”。唯不知这是曾慥的话，抑或是祝穆引他人语辩驳曾慥。

② 见《艮斋先生薛常州浪语集》卷十二。

③ 洪迈《万首唐人绝句》卷二十二，万历三十五年刻本。

写出仙凡之间相隔而又相通，以显示其心中理想之境的迷离可爱。

三、樊宗师《绛守居园池记》

樊宗师是一位多产作者。据韩愈《南阳樊绍述墓志铭》载：他撰有《魁纪公》《樊子》《春秋集传》三部专著共75卷，又有文章521篇（“表、笺、状、策、书、序、传、记、纪、志、说、论、今文、赞铭凡二百九十一篇，道路所遇及器物门里杂铭二百二十，赋十”）、诗歌719首。韩愈因此赞叹道：“多矣哉，古未尝有也。”①这些作品在宋代早期依然有相当一部分存世，《新唐书·艺文志》除了记载上述三部专书外，还载有“《樊宗师集》二百九十一卷”②。不过，当时已经不再流行他的文章，王禹偁《答张扶书》即指出：“然樊（宗师）、薛（逢）之文，不行于世。”③后来情况又发生很大变化，《宋史·艺文志》仅载“《樊宗师集》一卷”④，说明经过宋代以后，樊宗师作品遭大量湮没⑤。本来，宋以后唐人作品大都发生了程度不等的佚失现象，不足为奇，然而像樊宗师作品亡佚得如此严重，可算一个比较极端的例子。至今，樊宗师流传下来的作品仅有4篇，《绛守居园池记》《蜀绵州越王楼诗并序》《樊涚墓志》《樊凑墓志》，其生前撰写的作品与后世流传的作品殊不成比例。

樊宗师年岁略长于韩愈，二人同是元和、长庆新文风代表，他们所写的作品成为当时一些文人竞相仿效的对象，李肇《国史补》说：“元和已

① 韩愈《南阳樊绍述墓志铭》，《韩昌黎文集校注》卷七，第540页，上海古籍出版社1986年。

② 《新唐书》，第1606页。按：宋魏仲举《五百家注昌黎文集》卷三十四引樊汝霖曰：“今以《艺文志》考之，皆有其目，独铭、赋、诗亡焉。所谓表、笺、状、策等文凡二百九十一篇，曰《樊宗师集》二百九十一卷，数同，而以卷为篇，疑志（引者按：指韩愈《南阳樊绍述墓志铭》）之字误也。”认为韩愈将“二百九十一卷”误作“二百九十一篇”。樊汝霖有《唐书文艺补》六十三卷，对此有专门研究，他的意见值得注意。

③ 王禹偁《小畜集》卷十八，《四部丛刊》本。

④ 《宋史》，第5340页。

⑤ 陈振孙《直斋书录解题》卷十六叙录《樊宗师集》一卷、《绛守园池记注》一卷，云：“韩文公为墓志，称《魁纪公》三十卷、《樊子》三十卷、诗文千馀篇，今所存才数篇耳。”可见南宋晚期陈振孙所见樊文就已经极少。许谦撰于元延祐七年（1320）的《绛守居园池记补正》后记说：“近世谓绍述文之存者仅一卷，亦未之见也，惟《绛守居园池记》独传。”又表明《樊宗师集》一卷在元初其实也已经不存了。

后,为文笔则学奇诡于韩愈,学苦涩于樊宗师。"①据宋初孙冲介绍,"宗师与韩退之亲,且相推善"②。樊宗师如何称赞韩愈和他的文章现在已经不得而知。韩愈在《南阳樊绍述墓志铭》中肯定樊氏勤于学而且有天赋,说:"绍述无所不学,于辞于声天得也。"此外他又对樊文的风格特点以及对文坛的意义,作了如下评述:

多矣哉,古未尝有也。然而必出于己,不袭蹈前人一言一句,又何其难也。必出入仁义,其富若生蓄,万物必具,海含地负,放恣纵横,无所统纪,然而不烦于绳削而自合。鸣呼,绍述于斯术,其可谓至于斯极者矣。

惟古于词必己出,降而不能乃剽贼。后皆指前公相袭,从汉迄今用一律。寥寥久哉莫觉属,神徂圣伏道绝塞。既极乃通发绍述,文从字顺各识职,有欲求之此其躅。③

这两段话,(一)肯定樊宗师"词必己出",不剿袭前人,恣肆纵横似无统纪,却皆合于自然而"文从字顺"。(二)称赞樊宗师与"从汉(引者按:实指东汉)迄今"一直沿袭的文风相抵抗,是弊极而启新变的转折,视他为反骈文、兴古文的大功臣。(三)指出樊文"出入仁义",内容丰富,从文道关系肯定他作品的思想价值。(四)强调文人应当向樊宗师学习,像他那样写作古文("躅",意谓足迹,此指走樊氏的写作之路)。韩愈站在他一贯振兴古道古文的立场上,着眼于文章史演变大势来揭示和评价樊宗师写作的特点和意义,将批判矛头指向骈文写作传统及其陈陈相因的弊端,而不是囿于论述一人之文章高低优劣。

樊宗师文章风格未必千篇一律,而其最主要特点则无疑是奇而晦,具体来说就是辞义险僻,文字聱牙棘口,难以句读,李肇将樊宗师文章的风

① 李肇《国史补》卷下,第319页,浙江古籍出版社1986年。
② 孙冲《绛守居园池记序》,见吴师道、许谦补正《绛守居园池记》附录,影印文渊阁《四库全书》第1078册,第575页。
③ 以上引文见《韩昌黎文集校注》卷七,第540、542页。

格概括为“苦涩”是恰当的。韩愈以上评述最不好理解之处，是说樊宗师文章“文从字顺”。如果用行文遣词妥帖通顺解释“文从字顺”，再以这种解释对照樊宗师的作品，不免让人有方凿圆枘之感。这引起后人对韩愈立言之诚意产生怀疑，如《四库全书总目》说：“宗师文故为诡异，本非正轨，韩愈以交游之故，曲以‘文从字顺’许之。”①不过韩愈使用“顺”“从”语，有随人所愿的意思，如《元和圣德诗·序》说：“郊天告庙，神灵欢喜，风雨晦明，无不从顺。”②故“文从字顺”一语中的“顺”“从”，也可以指言以达意，而未必是指与《进学解》所谓“佶屈聱牙”相对的行文风格。韩愈《答刘正夫书》谈到，有人问他写文章应该使用平易的语言还是艰难的语言，他回答：“无难易，惟其是尔。”③“文从字顺”的意思也就是“惟其是尔”，而不是指一种与“难”相对的“易”的语言风格。若这么去理解韩愈所肯定的樊宗师的文章特点，对其意思的理解就不会发生扞格，得出的结论也不会产生疑惑④。

对“文从字顺”后人还有一种理解。钱谦益《答杜苍略论文书》说：“唐文之奇莫奇于樊宗师，韩文公论其文曰‘文从字顺乃其职’，乃知宗师之文如《绛守园池记》，今人聱牙不能句读者，乃文公之所谓文从字顺者也。由是推之，则扬子云诸赋，古文奇字，层见叠出，亦不过文从字顺而已矣。推极古今之文，至于商《盘》周《诰》，固不出于文从字顺。”《再答苍略

① 《四库全书总目》，第1534页。

② 《韩昌黎诗集编年笺注》卷六，第315页。

③ 《韩昌黎文集校注》卷三，第207页。

④ 关于韩愈以“文从字顺”评樊宗师文章风格的讨论，还有一种说法，认为樊宗师文章自有这种特点，韩愈的评语是有根据的。岑仲勉《续贞石证史·樊宗师遗文并纠昌黎集注》指出，樊宗师早年所作《樊涚墓志铭并序》“循规蹈矩，无晦滞语”（《金石论丛》，第237—240页，中华书局2004年）。陈尚君《气贺泽保规〈新版唐代墓志所在总合目录〉出版以来新发表唐代墓志述评》也说：“樊宗师文章怪奇，但韩愈称其‘文从字顺各识职’（《樊绍述墓志铭》），引起后人非议。《千唐志斋藏志》收录其《樊涚墓志》，文风平浅，并不险怪。千唐志斋近年又收得其撰文的《樊凑墓志》（《全唐文补遗·千唐志斋新藏专辑》，第278页），再次让世人看到其为文平易顺畅的一面，证明韩愈的评价确非虚誉。”（邬国平、汪涌豪《金波涌处晓云开——庆祝顾易生教授八十五华诞文集》，第332—333页，复旦大学出版社2010年）这有助于全面认识樊宗师的文章特点。不过晚唐、宋初的批评家都一致认为樊宗师文章艰涩，当时樊宗师作品还没有佚失，他们作出这样的判断应该是有根据的，也是可信的。韩愈《南阳樊绍述墓志铭》论述的是樊宗师一生整体的文章风格，自不宜弃其主要特点而只谈其局部风格，如果人们一般理解的“文从字顺”确是樊宗师文章的主要风格，为何韩愈的认识与当时批评家普遍的认识之间会出现如此大的反差？所以这有说不通的地方。

书》说："昌黎之所谓诘曲聱牙者，未尝不文从字顺。"①以为韩愈说的"文从字顺"其实是将"诘曲聱牙"包含在内，超越了人们一般理解的语言"奇、易"的界限。这说明文学批评史上一种现象，有些文学批评概念如所谓文章"奇、易"其实是因人而异的说法，同样的用语可以指不同的对象，而不同的用语又可以指相同的对象，这就是语言表意的可塑性带给理解的不确定性。且不论钱谦益的理解是否与韩愈使用的"文从字顺"一语词义完全一致，他指出韩愈用这一词语其实也是表达出尚奇的文学批评主张，这大致可以成立。章太炎持与钱谦益相近似的看法，他举《唐阙史》所载唐人将"左军地毛"改易为"东广坤毳"，而"言之者无碍，闻之者立悟"的例子，指出："唐人好以僻字易常名，乃其素习。故樊宗师作《绛守居园池记》，而昌黎称为文从字顺也。今观其文，代东方以丙、西方以庚，亦'东广坤毳'之类。昌黎称之者，以其语语生造，合于己意也。盖造词为当时风尚，而昌黎则其杰出者耳。"②

由上可知，韩愈用"文从字顺"形容樊宗师作品是此词语非通常含义的一个意思，是对樊宗师基本的奇而晦写作风格的认同和肯定，这与韩愈自己所爱好的古文风格有一部分是一致的，所以他并不是用客套语虚与应酬，而是一种真诚的称赞，也是对一种写作主张的提倡。

对于习惯阅读骈体文整齐句式的唐朝人来说，长短不齐的古文相对是难读的文体，而樊宗师"苦涩"体，韩愈"奇诡"体，以及韩愈部分弟子尚奇文风，这类作品对于唐人来说就更加难以接受了。然而，经过前人逐渐酝酿（如萧颖士、独孤及等倡古反骈），这些异而不常的文风毕竟都在中唐文坛集中出现，形成了颇具声势的潮流，后人谓之古文运动。樊宗师奇异而艰涩的文风更以其极端的面貌达到登峰造极的地步，对当时读者来说是很大刺激，使人们产生高度陌生化的阅读体验，他因此而成为长期流行的骈文传统的著名发难者，其作品也成为人们长期养成的阅读习惯重

---

① 以上引文见钱谦益《有学集》，第1307、1310页，上海古籍出版社1996年。按：钱谦益引韩愈文以及樊宗师篇名与一般有所不同，是由于所据本子不同，故不作修改。又按：关于钱谦益引韩愈之说，强调诘曲聱牙也是文从字顺，对这种文学主张，可以参考邬国平、王镇远《清代文学批评史》，第121—122页，上海古籍出版社1995年。

② 章太炎《文学略说》，第25—27页，《章氏国学讲习会讲演记录》第九期，1936年出版。

要的挑战者和破坏者。

以难读著称的古文《绛守居园池记》,就是他的一篇代表作,向被很多读者视为怪奇不经。该文写于唐穆宗长庆三年(823),樊宗师官绛州刺史,记该地的一座著名园林。文章开头一段介绍绛守居园池所在位置(今山西运城新绛县),虽有冷僻拗峭的文字,尚能理解。元人刘埙谈其阅读后的感受:"第一句曰'绛即东雍,为守理所',犹为可晓。第二句曰'禀参实沉分',第三句曰'气蓄两河润',便已作怪。第四句曰'有陶唐冀遗风馀思',才觉平顺,第五句则又曰'晋韩、魏之相剥剖'云云,自此而下,皆层叠怪语矣。"①第二、三句,岑仲勉先生《绛守居园池记集释》读作"禀参实沉分气,蓄两河润"②,是。《绛守居园池记》这几句译成现代汉语是:"绛州即古代雍州,此为太守治所。禀受参星实沉的气体,得到汾河、浍河的润泽。犹有尧首都冀州的遗风馀习,又曾被晋国韩、魏瓜分。"理所,即治所,先因避唐高宗李治讳改"治"为"理",后来相沿为用,文中这一个阅读难点与作者无关。第二、三句及第四句"陶唐冀",皆冷僻,其他尚可。刘埙谈到这篇文章难读,主要是针对该文后面的文字,尤其是从"考其台亭沼池之增"至结束,认为"不知意落何处","徒以诡异险涩难读为工"。其实,末段有些句子的意思也还可以看懂,如"盖豪王才侯袭以奇意相胜,至今过客尚往往有指可创起处。予退常吁,后其能无果有不补建者"云云,大意不过是说,园中楼台池塘不断增加,是古代王侯相继建筑、争出奇异的结果,今人往往还可以指出他们各自大约的一些增创,而作者则希望后人不要再耗费财力对园池进行扩建了。然而行文拗口,气息拥沓,如"尚往往有指可创起处"。"袭"(相继)、"可"(大约)诸字虽然使句子表达的意思更为精确,却也增加了费解的程度;"豪王才侯"、"创起"诸语,则颇为生僻。阅读之后,不免让人产生"苦而不入"(《庄子·天道》语)的感觉,这就是所谓"涩"。稍易理解者尚且如此,整篇文章费解之处比比皆是,无怪乎人们纷纷诧异难懂,容易产生阅读疲劳。

---

① 刘埙《隐居通议》卷十五"文章三·樊宗师文",影印文渊阁《四库全书》第866册,第133页。

② 岑仲勉《绛守居园池记集释》,《历史语言研究所集刊》第十九本。

由于唐中后期一部分人已经置身在古文运动所营造的气场中，相呼相拥，形成了共同的期待和追求，樊宗师的古文作品尽管被称为“难文”①，但也有了读者圈，而激进的人又将这些作品当成一种脱时返古的有效样式加以接受，加以模仿，故出现“学苦涩于樊宗师”的现象。韩愈肯定樊宗师文章对于转变此前相袭的文风具有革新的意义，强调“有欲求之此其躅”，正是对当时文坛这种态势的回应，且起到推波助澜的作用。

然而，即使在古文风盛之际，这种文体尤其是它的奇态也并未获得人们的广泛认同，对此质疑者有之。韩愈在《与冯宿论文书》中谈到，他与别人对于自己文章的优劣感觉正好相反，自己小称意，别人小怪之，自己大称意，别人大怪之②，就是这种情况的写照。韩愈门生沈亚之在《送韩静略序》中也说，有人告诉他：“古人有言，仍旧贯……何必改作。”批评他写的作品“恢漫乎奇态，绌组己思，以自剪裁”，以为这有悖于“曩者之成辙”，不合“因循之道”③。由于当时古文家不为这些非议所动，所以批评没有产生明显效果。可是当柳宗元、樊宗师、韩愈相继去世后，再无有大力者能够撑持局面，情势就出现大变。韩愈谆谆诲人的古道借先前倡振而较为深入人心，且因其关系思想意识之根本，后来依然尚能自立足，别人的一些批评构不成对它的否定，而作为复兴古道辅助手段的古文则声势一落千丈，陷于阒寂，纵然有韩愈弟子仍旧苦心经营，终究寡不敌众，文坛很快又恢复了从前以骈体为主导的格局，阅读和写作的趣味重新归于对雍睦整饬、绮错婉媚风格的欣赏。就以李肇“学奇诡于韩愈，学苦涩于樊宗师”的说法而言，也不只是对文坛现象客观地叙述，其中还包含了他对这种现象的不满和批评。在这种形势下，中唐的古文家若想在文坛站住脚，必须对道的建设有贡献，而单纯依靠古文获得名声则会随波逐流归于没落。樊宗师以古文闻名，尽管韩愈也称他“必出入仁义”，但其实他对中唐重振古道没有产生影响，所以，在中晚唐文风转变过程中就站不住脚了。

---

① 牛希济《文章论》说：“又有训释字义，幽远文意，观之者久而方达，乃制诰雅颂之遗风，即皇甫持正、樊宗师为之，谓之难文。”(《文苑英华》卷七百四十二，第3878页)

② 《韩昌黎文集校注》卷三，第196页。

③ 肖占鹏《沈下贤集校注》，第172页，南开大学出版社2003年。

古文这种窘境延续到宋朝，经过宋人重新提倡古文并与骈文不断相争，终于以西昆体文人影响的消歇而获全胜。然而，以欧阳修为首的古文建设者吸取前人的经验教训，选择了以平易风格作为古文未来发展的方向，所以古文也被宋人称为“平文”①，而对奇怪、艰涩的古文风格则展开广泛的批评，将其视为古文发展道路上的羁绊。孙冲《绛守居园池记序》记载一则故事：

> 后来有学韩愈氏为文者，往往失其旨。尝有人以文投陈尧佐（引者按：北宋初期大臣），陈得之，竟月不能读，即召之，俾篇篇口说，然后识其句读。陈以书谢，且戏曰：“子之道半在文，半在身。”以为其人在，则其文行，盖谓既成之，而须口说之也。②

陈尧佐对尚奇而费解之文的嘲弄代表了宋朝很多人的看法，欧阳修提倡平易古文得到大多数文人支持，而黄庭坚“好作奇语，自是文章一病”之说也被人们普遍接受③。所以，尚奇的古文家并没有因为宋朝古文正宗地位的确立而从中获益，反而被人们视为新文风的落伍者，就像是胜利大军中的新囚徒，更加翻身无望。

在宋人反对奇风的文学批评中，扬雄、樊宗师、石介分别被指为古代、近代和当代尚奇之风的代表，受到主流古文家讨伐。苏轼讥刺扬雄“好为艰深之词，以文浅易之说，若正言之，则人人知之矣，此正所谓雕虫篆刻者”④。欧阳修对樊宗师“怪奇”之文非常不满，认为这是唐朝元和文章中的不正之风。他慨叹：“呜呼，元和之际文章之盛极矣，其怪奇至于如此。”⑤他又在《绛守居园池》诗写道：“异哉樊子怪可吁，心欲独出无古初。穷荒搜幽入有无，一语诘曲百盘纡。孰云己出不剽袭，句断欲学《盘

---

① 《元刊梦溪笔谈》卷十四，第 10 页。

② 见吴师道、许谦补正《绛守居园池记》附录，影印文渊阁《四库全书》第 1078 册，第 575 页。

③ 《与王观复书》，《黄庭坚全集》，第 470 页。

④ 《与谢民师推官书》，《苏轼文集》，第 1418 页。

⑤ 《集古录跋尾》卷九《唐樊宗师绛守居园池记》，《欧阳修全集》，第 2281 页。

庚》书。《方言》《尔雅》不训诂，几欲舌译以象胥……虙氏八卦画河图，禹汤皋陶暨唐虞。岂不古奥万世模，嫉世姣巧习卑污。以奇矫薄骇群愚，用此犹得追韩徒。我思其人为踌躇，作诗聊谑为坐娱。”①梅尧臣《寄题绛守园池》也写道：“黑石镌辞涩如棘，今昔往来人不识。酸睛欲抉无声形，既不可问不可听……樊文韩诗怪若是，径取一二传优伶。”②与欧阳修的嘲讽口吻一致。对于当代文人石介，欧阳修通过贬责他的怪体书法，批评他整体的尚怪倾向（包括文章风格）：“始见之，骇然不可识，徐而视定，辨其点画，乃可渐通。吁，何怪之甚也……是果好异以取高欤？”“凡仆之所陈者，非论书之善不善，但患乎近怪自异以惑后生也。”③张方平更是直接指出：“（石介）因其所好尚而遂成风，以怪诞诋讪为高，以流荡猥烦为赡，逾越规矩，或（引者按：通“惑”）误后学。”④对这种“太学体”进行了清算。

韩愈是宋代古文复兴的精神领袖，他的文章也有奇风。宋古文家一面高举他的旗帜，以继承人自居，一面又对他的文章作选择性发扬，突出其“深厚而雄博”⑤，而刻意淡化其尚奇的倾向。比如欧阳修说：“韩退之与孟郊联句，便似孟郊诗；与樊宗师作志，便似樊文。”⑥又比如邵博说：“樊宗师之文怪矣，退之但取其不相袭而已……不直以为美也。”⑦或者以为韩文之奇是出于因人而异的临文模仿，不表示他自己真的追求奇风⑧，或者以为韩愈对樊宗师只是有限的称赞，并非推崇他文章的成就，不以为其所作是美文。这些说法都不符合韩愈的实际想法，而是站在反奇的立

---

① 《居士集》卷二，《欧阳修全集》，第 26 页。按：“《方言》《尔雅》不训诂，几欲舌译以象胥”二句，据另本补。

② 朱东润《梅尧臣集编年校注》，第 880—881 页，上海古籍出版社 2006 年。

③ 《与石推官第一书》《与石推官第二书》，《欧阳修全集》，第 991—993 页。

④ 《贡院请诫励天下举人文章》，《乐全集》卷二十，第 184 页。

⑤ 《记旧本韩文后》，《欧阳修全集》，第 1056 页。

⑥ 《论尹师鲁墓志》，《欧阳修全集》，第 1046 页。按：南宋李耆卿《文章精义》也说：“退之志樊绍述，其文似绍述；志柳子厚，其文似子厚。春蚕作茧，见物即成性极巧。”

⑦ 邵博《邵氏闻见后录》卷十四，页 5b，上海书店 1990 年影印本。

⑧ 持这种意见的批评家除欧阳修之外，还有洪兴祖，他在《昌黎年谱辨证》中说：“退之《答孟郊》诗：‘规模背时利，文字觑天巧。’此效东野。《酬樊宗师》云：‘梁惟西南屏，山厉水刻屈。’此效宗师。鲁直云子瞻诗妙一世，乃云效庭坚体，盖退之效孟郊、樊宗师之比，以文滑稽尔。”（引自沈炳巽《续唐诗话》卷三十九，杨家骆《历代诗史长编》第 6 种第 6 册，第 2886 页，台湾鼎文书局 1971 年）在后世，欧阳修所谓韩愈文章有效樊宗师者之说影响较大，洪兴祖所谓韩愈诗歌有效樊宗师者之说影响较小。合二说而观韩愈一部分诗文与樊宗师作品的关系，庶得其实。

场上曲为韩愈作掩饰,故意淡化他对奇的肯定。宋人通过这种解读策略,一方面将韩愈及文章作为振兴古文的最重要资源,另一方面又使韩愈与宋人所追求的平易古文风格相谐不悖,并且使韩愈与他们所反对的奇怪之风脱离干系,可谓用心良苦。

奇涩的古文被爱好骈文者拒绝与被追求平易古文者拒绝,是两种不同意义的摈弃,前者是文体之争,后者是风格之争。文体之争只要还未分出胜负,一时屈抑并不表示永远晦暗,轮回机缘犹存,可是当一种文体取得主导地位后内部发生风格之争,某一风格或审美倾向因被认为不合时宜而遭强烈的压制或淘汰,这才真正意味着衰落。所以,在古文取得了全面胜利之后尚奇文风遭到斥逐,这是好奇派在文学批评史上遭遇到的一次最严重失败。明初宋濂历数种种"非文",就提到"枯瘠苦涩,棘喉滞吻,读之不复可句者"①,所指正是这一派文风。这给中国古代文章写作带来深远影响,宋以后的文章史,与平美的风格高度发展相比,奇美的风格显然没有得到充分绽放,其原因正与此密切相关。

扬雄、樊宗师、石介三人中,樊宗师作品的风格又最为怪异,因而遭到的否定也最为彻底。他一生写的作品多而流传下来很少,对于造成这一结果的原因,历代给出的答案大致相同。陈振孙《直斋书录解题》说:"为文而晦涩若此,其湮没弗传也宜哉。"②刘埙《隐居通议》说:"今樊文作意求新,殆近于怪,惟求其不可读,而不望其必可传,其去经也远矣。"③杨维桢《鹿皮子文集序》说:"非其文不传也,言庞义淫,非传世之器也。"④《四库全书总目》说:"宗师文故为诡异,本非正轨,韩愈以交游之故,曲以'文从字顺'许之。然所谓二百九十一卷者,卒以无传,则是非之公,虽愈不能夺也。"⑤他们都认为,樊宗师好奇尚怪,所作钩章棘句,正是这种剑走偏锋的写作爱好使他严重脱离了读者的阅读趣味和古文的发展方向,所以

① 《宋文宪公全集》卷二十六《徐教授文集序》。

② 陈振孙《直斋书录解题》,第480页,上海古籍出版社1987年。

③ 刘埙《隐居通议》卷十五"文章三·樊宗师文",影印文渊阁《四库全书》第866册,第133—134页。

④ 杨维桢《东维子文集》卷六,上海涵芬楼影印本。

⑤ 《四库全书总目》,第1534页。

他自己最终也被读者所抛弃，被文学史所冷落。元人白珽说："布帛之文，菽粟之味，寒者资焉，馁者取焉，至于鲛绡龙鲊，骇人观听，于饥寒何有哉？"[①]他又以日常有用的通顺文章为标准排斥樊宗师怪奇文风，可谓是对樊宗师作品何以被绌汰的原因作最直白和通俗的说明。

然而樊宗师奇涩古文的代表作《绛守居园池记》又偏偏流传至今，没有消失，且古人有为之作注者，有些注本保存到今天[②]，这又该如何解释？一种意见认为，《绛守居园池记》正因为其难读反而激起了一部分读者的好奇心，所谓："以独奇而为志怪者所宝，反得久邪？"[③]"岂真人情好奇，转以奇而得传欤？"[④]还有一种意见认为，《绛守居园池记》之所以能够流传与人们以赏玩古董的心理看待它有相类似之处，说："以其相传既久，如古器铭识，虽不可音释，而不得不谓之旧物，赏鉴家亦存而不弃耳。"[⑤]这些固然可能是《绛守居园池记》得以保存下来的原因，但是不可否认，樊宗师此文奇涩的风格，作者创造性地运用语言的能力和特点，是一部分读者从中感受到它的魅力的重要因素。宋人董逌指出："金玉犀象，人之所宝；梗楠豫章，人之所材。至于大宇之下，常珍满目，故非奇玩怪产，不足以发异观，于是海中腐石以出珊瑚，沟中断木以供牺尊。"他认为樊宗师这篇"奇文"符合人们的审美需要，有其存在的必然性。又说："绍述之知，不顾世俗者，其言虽怪，要不置木立途，望洋而乡（向）若者也。"[⑥]他借用《庄子·逍遥游》拥肿卷曲之樗树"立之途，匠者不顾"，以及《秋水》望洋兴叹两则典故，肯定《绛守居园池记》不是大而无当、也不是从众随俗的作品，认为这正是它的可贵之处。陆以湉则举《绛守居园池记》"涎玉沫

---

① 白珽《湛渊静语》卷一，光绪二十一年钱唐丁氏嘉惠堂刻本。

② 樊宗师自己对《绛守居园池记》中写到的亭台、人名作过简注，刻于石碑之后（见董逌《广川书跋》卷八《园池记别本》）。宋朝的王晟、刘忱注（见宋魏仲举《五百家注昌黎文集》卷三十四引樊汝霖语；陈振孙《直斋书录解题》卷十六），清朝的沈裕注本，已佚。今传世者有元赵仁举、吴师道、许谦，明赵师尹，清胡世安、孙之騄、张庚诸家注本（详见岑仲勉《绛守居园池记句解书目提要》，《绛守居园池记集释》附录，《历史语言研究所集刊》第十九本）。

③ 许谦《绛守居园池记补注》后记，吴师道、许谦补正《绛守居园池记》，影印文渊阁《四库全书》第1078册，第574页。

④ 陆以湉《冷庐杂识》卷一"樊绍述"条，第34页，上海古籍出版社2012年。

⑤ 《四库全书总目》，第1293—1294页。

⑥ 董逌《广川书跋》卷八《绛守居园池记》《园池记别本》，影印文渊阁《四库全书》第813册，第425页。

珠”、“瑶翻碧潋”、“嵬眼澒耳”、“提鹇挈鹭”（引者按：鹇、鹭皆是亭名）、“风日灯火之”（引者按：写园池白天、晚上被日光和灯火照着，被风吹着）、“万力千气”、“苍官青士”（引者按：苍官指松，青士指竹）等句“奇隽可讽”①。此外如“光文切镂”、“文文章章”、“遗风馀思”等句也屡屡为人们所称道。这些句子以雕镵见长，于刻厉琢炼中见物态景候之精光生动，不循恒蹊，能道人所未道。许谦称赞《绛守居园池记》“有精到之语，皆荡涤尘滓，采掇菁华”②，吴师道称其“饰夷以艰，袭昭以幽，易常以异，徐而察之，均可见矣”③，所评都确有见地，也恰如其分。曾巩《墨池记》：“夫人之有一能，而使后人尚之如此，况仁人庄士之遗风馀思被于来世者如何哉。”④瞿佑《剪灯新话序》：“其事皆可喜可悲可惊可怪者。所惜笔路荒芜，词源浅狭，无嵬目鸿耳之论以发扬之耳。”⑤从两人运用“遗风馀思”、“嵬目鸿耳”成语，也可以看到樊宗师对他们产生的实际影响。明人江晖“穿文凿句，辞必自铸”，所撰《令绑》《阐诘》等文“诵之若神经怪牒，盖仿《魁纪公》而作”⑥。孙绪对樊宗师的奇风更是大加褒扬：“万事不厌从平易，独有文章贵神异。文不神异只陈言，饾饤徒以多为累……君不见樊绍述、卢玉川，诗文佶曲不能句，千古休光日丽天。”⑦堪称是樊宗师、卢仝六七百年后的隔世知音。

不过宋朝以后的文学批评史像孙绪这样高度肯定樊宗师文风的毕竟绝无仅有，恐怕他本人也未必一以贯之地坚持自己的这一评价⑧。在平美文风成为古文正宗的时代，樊宗师通常是被当作“惩时人之失而又失之

---

① 《冷庐杂识》卷一“樊绍述”条，第33—34页。

② 许谦《绛守居园池记补注》后记，吴师道、许谦补正《绛守居园池记》，影印文渊阁《四库全书》第1078册，第574页。

③ 吴师道《题樊绍述绛守居园池记后》，《礼部集》卷十六，影印文渊阁《四库全书》第1212册，第219页。

④ 曾巩《曾巩集》，第280页，中华书局1984年。

⑤ 瞿佑《剪灯新话》，第3页，上海古籍出版社1981年。

⑥ 朱彝尊《静志居诗话》卷十一“江晖”条，第292页，人民文学出版社1990年。

⑦ 孙绪《邢秀才魁星图》，《沙溪集》卷十八。

⑧ 孙绪《杂著·无用闲谈》说：“古人诗文亦自有不可解者，或当时偶有所寄，激而为言，今皆不可知。如老杜《桃树》诗、温飞卿《郭处士击瓯歌》、李贺《申胡子觱篥歌》、李义山《锦瑟》歌、樊绍述《绛守居园池记》、公孙龙《白马非马论》等篇，令人必欲解，且谓其高妙，亦随众悲喜而已。”（《沙溪集》卷十四）即以为称《绛守居园池记》为“高妙”之文的人，未必是真有所见，这与他在《邢秀才魁星图》所作的评价已经有一定距离。

者”的一个典型①,难以摆脱被普遍讨伐的命运。批评家们站在总结教训的立场上,指责和否定《绛守居园池记》,将它当作古文写作的一种警示,提醒文人避免重蹈覆辙,以此保证平美的文风,或者扩大一点,包括奇而不失其正的文风畅行无阻,不断延续。所以,樊宗师古文从被仿效到遭受普遍批评,这一沉浮的过程恰是奇涩的古文风格在文学史上所遭遇命运的一个缩影。

四、陆游《南园记》

在陆游及其作品的接受史上,围绕如何评价他《南园记》一文,对立意见长期存在,互不相下,至今人们依然各执一词。然古人与今人对《南园记》的评价情况又存在明显不同,今人普遍是为陆游作辩护,古人恰好相反,对陆游这篇作品以批评为主。批评《南园记》的人主要认为陆游不应该为权势者写这样一篇文章,这集中反映了中国文学批评史上人品与文品的观念对具体文学批评的有力影响。而为陆游作辩护的人则以为陆游这篇文章立意正面而积极,虽为权势者而作,实寓勉励其为国立功之意,不是一篇阿谀之词。陆游应韩侂胄之请撰写《南园记》,而韩侂胄这个人物充满争议性,否定论在从前占绝对主导的地位,这是人们对陆游《南园记》评价殊异的根本原因。陆游作品因与韩侂胄有直接而密切的关系而多遭古人质疑、批评,除《南园记》之外,还有他的《阅古泉记》,后者也是陆游应韩侂胄之请写的记叙园林景色之文,与《南园记》情形相似。《阅古泉记》作于嘉泰三年(1203)四月,在《南园记》之后。两相比较,双方在对《南园记》的评价上分歧意见更加引人注目,也更具有代表性,所以这里主要介绍《南园记》的接受批评情况,而将《阅古泉记》也纳入其中一并略为说明。

关于《南园记》一文有两点情况需要注意:一是全文650馀字,在陆游写的园林庭院楼台记一类文章中篇幅算是相对比较长,他写这类文章每篇大都为四五百字,或者字数更少,这说明《南园记》是作者用心撰写

① 《日知录集释》卷十九“文章繁简”条,第686页。

的一篇文章；二是这篇文章在陆游后裔编《渭南集》时没有被收入，《阅古泉记》同样也没有被收入《渭南集》，两文首先见载于叶绍翁《四朝闻见录》，后来被毛晋作为逸稿补辑进陆游文集。这说明陆游后人对这两篇文章是有所顾忌的。

相对于本章前面论述的各文，读者对陆游《南园记》的了解要少得多，这多少与该文历来富有争议性且以负面评价为主有关。为了更好地了解人们对它的具体看法，现将全文引录如次：

庆元三年二月丙午，慈福有旨，以别园赐今少师、平原郡王韩公。其地实武林之东麓，而西湖之水汇于其下，天造地设，极湖山之美。

公既受命，乃以禄赐之馀，葺为南园，因其自然，辅以雅趣。方公之始至也，前瞻却视，左顾右盼，而规模定，因高就下，通窒去蔽，而物态别。奇葩美木，争效于前，清泉秀石，若顾若揖。于是飞观杰阁，虚堂广厦，上足以陈俎豆，下足以奏金石者，莫不毕备。升而高明显敞，如蜕尘垢；入而窈窕邃深，疑于无穷。

既成，悉取先侍中魏忠献王之诗句而名之。堂最大者曰许闲，上为亲御翰墨，以榜其颜。其射厅曰和容，其台曰寒碧，其门曰藏春，其阁曰凌风，其积石为山曰西湖洞天，其潴水艺稻为囷为场为牧羊牛畜雁鹜之地曰归耕之庄。其他因其实而命之名，堂之名则曰夹芳，曰豁望，曰鲜霞，曰矜春，曰岁寒，曰忘机，曰照香，曰堆锦，曰清芬，曰红香。亭之名则曰远尘，曰幽翠，曰多稼。自绍兴以来，王公将相之园林相望，莫能及南园之仿佛者。然公之志岂在于登临游观之美哉？始曰许闲，终曰归耕，是公之志也。

公之为此名，皆取于忠献王之诗，则公之志，忠献王之志也。与忠献同时，功名富贵略相埒者，岂无其人？今百四五十年，其后往往寂寥无闻，而韩氏子孙功足以铭彝鼎、被弦歌者，独相踵也。迄至于公，勤劳王家，勋在社稷，复如忠献之盛，而又谦恭抑畏，拳拳于忠献之志，不忘如此，公之子孙又将视公之志而不敢忘，则韩氏之昌将与宋无极，虽周之齐、鲁，尚何加焉？或曰："上方倚公，如济大川之舟，公虽欲遂其志,其可得哉?”是不然。上之倚公,公之自处,本自不侔,惟有此志,然后足以当上之倚,而齐忠献之功名。天下知上之倚公而不知公之自处,知公之勋业而不知公之志,此南园之所以不可无述。

游老病谢事,居山阴泽中,公以手书来示曰:“子为我作《南园记》。”游窃伏思公之门,才杰所萃也,而顾以属游者,岂谓其愚且老,又已挂冠而去,则庶几其无谀词、无侈言,而足以道公之志欤?此游所以承公之命而不获辞也。中大夫、直华文阁致仕、赐紫金鱼袋陆游谨记。①

“慈福”,宫名,原名德寿宫,宋高宗吴皇太后所居,宋高宗去世,吴皇太后为纪念他而改名慈福宫,此指吴皇太后,她是韩侂胄姑妈。韩侂胄,魏忠献王韩琦曾孙,封平原郡王,任平章军国事。宋宁宗时,韩侂胄扳倒宰相赵汝愚,权倾一朝。他一面极力排斥异己,一面又千方百计扩大自己势力,委亲信以重任,集大权于一身,还拉拢一些社会名流,以壮声势,所谓“以势利蛊士大夫之心”,结果“群小阿附,势焰熏灼”②,风气变得很坏。

南园是吴皇太后赐给韩侂胄的一处园林。据记载,当年与韩侂胄南园这一写作题材发生关系的文人有杨万里、陆游、郑棫。南园建成后,韩侂胄首先邀请杨万里撰记,遭到拒绝。《宋史·杨万里传》:“(韩侂胄)欲网罗四方知名士相羽翼。尝筑南园,属万里为之记,许以掖垣(翰林学士)。万里曰:‘官可弃,记不可作也。’侂胄恚,改命他人。”③“他人”就是指陆游。郑棫撰《南园记》则并非是出于韩侂胄邀请,而是他自己主动向韩侂胄献文邀宠。叶绍翁《四朝闻见录》乙集“陆放翁”条曰:“又有郑棫者,尝第进士,自作《南园记》,并砻石以献。韩以陆记为重,仆郑石瘗之地。后韩败,郑竟免。”④韩侂胄物色《南园记》作者,分明是带着文章之外的培植羽翼的政治动机,而并非只是单纯为了得到一篇记文,这就决定了

① 叶绍翁《四朝闻见录》戊集,《知不足斋丛书》本。
② 《宋史》,第13774页。
③ 《宋史》,第12870页。
④ 《四朝闻见录》乙集,《知不足斋丛书》本。

《南园记》是一篇不好写的命题作文。而文人在这种情况下,是否为韩侂胄的南园作记,确实是对人格的一场严峻考验。杨万里之拒绝,郑樾之邀宠,代表了当时文人品行两般极端的境地,人们对他们优劣高低的判断比较容易作出。然而对陆游又该作如何评价,则变成了一个复杂而困难的问题。

陆游是韩侂胄想拉拢的对象,这一点应当没有疑问。他受韩侂胄邀请撰写《南园记》是在庆元五年(1199),当时赋闲在家。嘉泰二年,他被起用为提举佑神观,权同修国史、实录院同修撰,次年书成归家,再次年致仕。他这次被朝廷重新起用与韩侂胄应当不会没有关系,与《南园记》也不会没有关系。假设陆游也像杨万里一样拒绝了韩侂胄的邀请,结果就很可能不同,毕竟他当时已经七十五岁,这个年龄要想返回仕途若没有特殊的有力人物相帮是很难想象的。韩侂胄开禧北伐失败,1207 年被朝廷杀害。随着他的倒台,政治局势发生大变,曾与韩侂胄关系密切或得到过他好处的人自然会承受很大压力,成为众人讥议的对象。暮年的陆游因《南园记》《阅古泉记》而遭到舆论批评,为他辩护的人也随之而起。

曾经拒绝为韩侂胄撰写《南园记》的杨万里,在他的一首七律中写道:"君居东浙我江西,镜里新添几缕丝。花落六回疏信息,月明千里两相思。不应李杜翻鲸海,更羡夔龙集凤池。道是樊川轻薄杀,犹将万户比千诗。"①第三联以诗人李白、杜甫与古代的辅弼大臣夔、龙相对,第四联借用杜牧诗句"谁人得似张公子,千首诗轻万户侯"(《登池州九峰楼寄张祜》),表示轻视权位。这两联被人解读为杨万里对陆游的规谏。罗大经说:"(放翁)晚年为韩平原作《南园记》,除从官,杨诚斋寄诗云(略),盖切磋之也。"②杨万里诗针对陆游撰写《南园记》一事,这说法没有根据,因为此诗写于绍熙五年(1194),陆游《南园记》撰于庆元五年,时间对不上。可是即便如此,也并不影响杨万里诗句确实包含善意提醒陆游莫要羡慕权贵的寓意。这样的解读与后人批评陆游撰写《南园记》有内在的一致性。

① 《寄陆务观》,《诚斋集》卷三十六。
② 《鹤林玉露》甲编卷四,第 71 页。

在这个问题上，朱熹表现出与杨万里相同的态度。朱熹是陆游好友，然而他曾对陆游能否不为外界权势利用、保全自己晚节表示过某种担忧。他有一封书信《答巩仲至》写于陆游"挂冠"之后，说："顷尝忧其（引者按：指陆游）迹太近，能太高，或为有力者所牵挽，不得全此晚节。计今决可免矣，此亦非细事也。"①庆元五年，陆游以中大夫致仕，朱熹获悉此消息后在给人的信中说了这番话，本意是为陆游感到高兴，认为陆游离开官场，晚节有了保证，可以无虞了，所以挂冠对于陆游来说未尝不是一件好事。朱熹写这封信时，陆游还没有撰写《南园记》，所以朱熹的信不可能是针对此事而发。但是朱熹的话后来常常被人们用来批评陆游为韩侂胄撰写《南园记》，甚至认为朱熹的话本身就是对陆游《南园记》的批评，后面这种说法显然是对朱熹信的误读。然而，作为陆游的朋友，作为一个具有丰富阅历、充满睿智的思者，朱熹对人如此评说陆游一定有他深刻的感触，敏锐的预感，或是朱熹在与陆游的交往中已经觉察到他身上有易受权势诱惑的弱点，故预先有这样的流露。所以无论怎么说，朱熹的信确实包含着一种先见之明，"迹太近"、"或为有力者所牵挽"云云，都有其所指，与陆游为韩侂胄撰《南园记》一事迹异而神通。《宋史·陆游传》说："游才气超逸，尤长于诗。晚年再出，为韩侂胄撰《南园》《阅古泉记》，见讥清议。朱熹尝言：其能太高，迹太近，恐为有力者所牵挽，不得全其晚节。盖有先见之明焉。"②《宋史》作者把朱熹的话与陆游为韩侂胄写《南园记》明确地联系在一起，以为是陆游晚节不保的一种先兆，被朱熹不幸言中，无疑是一种有见地、巧妙的联想。凭借朱熹的影响力，陆游因撰《南园记》而晚节不保之说在后世颇为人认同。

刘辰翁《金缕曲》下阕写道："当初共道擎天重，奈天教垓下风寒、滹沱兵冻。寂寞放翁《南园记》，带得园柑进奉。怅回首，何人修凤。寄语权门趋炎者，这朝廷不是邦昌宋，真与赝，可能共。"③刘辰翁先在词里写韩侂胄权倾一时，与金人开战失败，然后对陆游撰写《南园记》一事作了

① 《晦庵先生朱文公文集》卷六十四，《朱子全书》第 23 册，第 3096 页。
② 《宋史》，第 12059 页。
③ 刘辰翁《须溪集》卷十，影印文渊阁《四库全书》第 1186 册，第 628 页。

惋叹和挖苦,以此作为对耐不住寂寞的“权门趋炎”者的告诫。

由上可知,批评、讥议陆游《南园记》的人紧紧抓牢陆游写这篇文章的动机说事,认为陆游写了本来不应该写的文章,这样就在关键、根本上错了,沾染了污点,由此就已经足以给这篇文章定性,别的方面不必再谈,所以他们一般不再具体分析《南园记》文本的具体内容。

然而宋、元时期有些人并不这么看问题,他们为陆游《南园记》作辩解,而与批评者态度迥异。辩护者一般都回避文章的写作本事,而是采用就文论文的批评策略,给予这篇文章肯定的评价。《南园记》共分五段:(一)吴皇太后赐韩侂胄南园的时间,南园所在地。(二)韩侂胄修治南园,园中景色。(三)南园各堂、厅等命名。其命名的一部分取自韩琦诗句,一部分因实景而命名。这是全文从记述得园缘起、写景,到议论的过渡。(四)称赞韩侂胄之志即韩琦之志,借韩琦而尊崇、勉励韩侂胄。(五)结语道出应韩侂胄之请撰写此文。辩护者主要是突出文章第三段至第五段的内容,以此为陆游挽回声誉。

《南园记》的重点是歌颂韩侂胄像韩琦一样,功勋卓越,而志存隐退。其实韩侂胄并不是一个甘心隐退的人,事实上他在当时集重权于一身,热衷于事业功名,全然没有一点隐退的迹象。但是,权臣若心存隐退之意,无论是衡之以传统伦理,还是揣之以常人心理,都是一种美德,无疑是可以为该人物加分的。当然,陆游也不是真的希望韩侂胄隐退,而是他深知隐退为美名而美之。文中提到南园堂厅等名取自韩琦诗句,比如许闲,《昼锦堂》:“重禄许安闲,顾已常兢战。庶一视题榜,则念报主眷。”①和容,《答孙植太博后园宴射》:“五善大抵主和容,不止穿杨与穿札。”(《安阳集》卷一)意谓行射礼不在于争胜负,而在于主和容。寒碧,《众春园》:“方塘百亩馀,遥派逗寒碧。”(《安阳集》卷一)藏春,《观王推官园牡丹》:“风养花王接舜薰,始知仙圃别藏春。”(《安阳集》卷二十)又《元日雪》:“同云几刻藏春色,利泽经时洽众芳。”(《安阳集》卷八)凌风,《己酉中元》:“陈编就榻将开懒,危阁凌风欲下难。”(《安阳集》卷十四)西湖洞

① 韩琦《安阳集》卷二,明正德九年张士隆刻本。下文所引皆出此本。

天，《留崔公孺国博》："我縻东府成衰叟，君向西湖即洞天。"（《安阳集》卷十）归耕之庄，《黑砂岭路（平定军西）》："报君殊未效，何暇及归耕。"（《安阳集》卷七）陆游说："始曰许闲，终曰归耕，是公之志也。公之为此名，皆取于忠献王之诗，则公之志，忠献王之志也。"据韩琦《昼锦堂》诗意，"许安闲"的意思实际上是指宋帝允韩琦公馀回乡稍事休养，韩琦表示要更加效忠于宋帝。其全诗曰："古人之富贵，贵归本郡县。譬若衣锦游，白昼自光绚。不则如夜行，虽丽胡由见。事累载方册，今复著俚谚。或纡太守章，或拥使者传。歌樵忘故穷，涤器掩前贱。所得快恩仇，爱恶任骄狷。其志止于此，士固不足羡。兹予来旧邦，意弗在矜衒。以疾而量力，惧莫称方面。抗表纳金节，假守冀乡便。帝曰其汝俞，建纛往临殿。行路不云非，观叹溢郊甸。病躯谐少休，先陇遂完缮。岁时存父老，伏腊洁亲荐。思荣孰与偕，衰劣愧独擅。公馀新此堂，夫岂事饮燕。亦非张美名，轻薄诧绅弁。重禄许安闲，顾已常兢战。庶一视题榜，则念报主眷。汝报能何为？进道确无倦。忠义耸大节，匪石乌可转。虽前有鼎镬，死耳誓不变。丹诚难悉陈，感泣对笔砚。"恩准回乡，并不是令其致仕，诗歌的内容还是在进取和效忠。归耕之庄，据韩琦的诗意，非常明显是表示对归耕的不屑，实际上是说不归耕，要坚持在仕途上好好地作为，为国为皇帝效力。所以陆游这句话，表面上似乎是称赞韩琦、韩侂胄闲散旷达之趣，实际上是肯定他们不断进取的精神。由于文字的意义与实际的内涵存在相反的指向，利用这种写作手法增加了作品似此实彼的隐晦意味，妙在看上去诗意一点都不隐晦，以为就是表达了通常的闲适志趣，诗歌对读者的这种"欺蒙"作用正是诗人希望收到的效果。陆游此文提到这些，其真实意思是勉励韩侂胄在其任上大力作为一番，这一点是每个读者都看得出来的，而为陆游《南园记》作辩护的人也是将这一点作为立论的根据。

肯定陆游《南园记》，或为其作辩护的，宋人有罗大经、叶绍翁，元人有戴表元。罗大经《鹤林玉露》说："然《南园记》唯勉以忠献（韩琦）之事业，无谀辞。"①叶绍翁《四朝闻见录》乙集"陆放翁"条说："先是，慈福赐

① 《鹤林玉露》甲编卷四，第 71 页。

韩以南园,韩求记于公。公记云:‘天下知公之功而不知公之志,知上之倚公而不知公之自处。’公之自处与上之倚公,本自不侔,盖寓微词也。又云:‘游老,谢事山阴泽中。公以手书来,曰:“子为我作《南园记》。”岂取其无谀言、无侈辞,足以导公之志欤?’公已赐丙第,人谓公探孝宗恢复之志,故作为歌诗,以恢复自期。至公之终,犹留诗以示其家,云:‘王师克复中原日,家祭毋忘告老翁。’则公之心方暴白于易箦之时矣。”①叶氏认为,陆游在《南园记》一文中,既寓有规讽韩侂胄的“微词”,又包含启导韩侂胄恢复中原之志的内容。如此就将《南园记》一文与陆游抗击金兵、恢复国土的追求联系起来,从而将文章解读为作者抗金思想的一种隐晦表达。这开了近人以爱国主义思想诠释《南园记》一文的先声。不过叶绍翁将陆游原文中“足以道公之志欤”句中的“道”字改为“导”字,陆游原来的意思是,韩侂胄请自己写《南园记》岂非因为自己能够道出他心好隐退的志向么?而经过叶绍翁修改,这句话的意思则变成了陆游岂不是可以开导韩侂胄,再加上叶绍翁紧接着又谈到恢复之志,引导读者从这方面去联想陆游要对韩侂胄开导的思想。真是一字之差,含义全异。前引罗大经“《南园记》勉以忠献(韩琦)之事业”,似乎也包含这层意思。不过,叶绍翁改文释义,有过度阐释之失,既然如此,其解说也就很难有说服力。戴表元《题陆渭南遗文抄后》云:

> 右《陆渭南遗文》一帙,用王理得本传抄,帙后有庚饶州系谱。饶州端士,惜放翁所作韩氏《南园记》无甚谀语,而子孙讳之,不载于家集。其论厚矣。自饶州以下,又诋其《阅古泉记》及《贺平原二子除秘阁》等启,以为不当作。余蚤闻好事者说,谓放翁晚岁食贫,牵于幼子之累,赖以文字取妍韩氏,遂得近臣恩数,遍官数子。此说既行,而凡异时不乐于放翁之进与忌其文辞者,同为一舌以排之。至于死且百年,同时争名角进之人亦已俱尽,宜有定论,而犹未止,盖其事可伤悲者焉。渡江以来,如放翁可谓问学行义人矣,谂其放既而不伤,

① 《四朝闻见录》乙集,《知不足斋丛书》本。

困窭而能肆,不可谓无君子之守。就令但如常人之见,欲为身谋,为子孙谋,当盛年时,知己如麻,何待七八十岁之后始媚一戚里权幸而为之邪?虽血气既衰,圣人不免于戒,不可谓世之君子必当然也。谓世之君子必当然者,其自待亦不厚矣。然放翁固有不得辞者,穷不能忘仕,为文不能不狥人之求,庞眉皓发,屑屑道途之间,而曰我意非有它也,人谁能谅之哉?此编取饶州之意,于《南园》《阅古》二记存而不去,使世人知放翁不绝于韩氏者,其语止此。其《贺除秘阁》等启,绝不类本作,余于文不敢谓知之,若俗雅四三,人望而能辩其为放翁与否也。并告理得,使删去云。①

尽管戴表元对陆游在出仕、为文的态度方面也有一些批评,但是总体上以为他辩护为主,尤其在陆游与韩侂胄关系的问题上,在《南园记》《阅古泉记》的写作原因上,否定取媚权贵之说,并将这些说法一概视为忌者之谈。此外,他还认为陆游后裔编《渭南集》不收《南园记》《阅古泉记》二文是畏于人言,没有必要。

明人对评论陆游《南园记》似不甚感兴趣,这方面资料较少。然而到了明清之际,这又重新成为人们热议的一个话题。与宋、元人两派对立意见尚能互相抗衡不同,清人对《南园记》几乎呈现一边倒的批评之势。顾炎武、朱鹤龄、徐乾学、王士禛、纪昀、沈德潜、王昶等,都在这个问题上对陆游致以不满。

顾炎武说:"《元史》:姚燧以文就正于许衡,衡戒之曰:'弓矢为物,以待盗也,使盗得之,亦将待人。文章固发闻士子之利器,然先有能一世之名,将何以应人之见役者哉?非其人而与之与非其人而拒之,均罪也,非周身斯世之道也。'吾观前代马融,惩于邓氏,不敢复违忤势家,遂为梁冀草奏。李固又作大将军《西第颂》,以此颇为正直所羞。徐广为祠部郎时,会稽王世子元显录尚书,欲使百僚致敬,台内使广立议,由是内外并执下官礼,广常为愧恨。陆游晚年再出,为韩侂胄撰《南园》《阅古泉记》,见

① 戴表元《剡源戴先生文集》卷十八,四部丛刊影明本。

讥清议，朱文公尝言：‘其能太高，迹太近，恐为有力者所牵挽，不得全其晚节。’是皆非其人而与之者也。夫祸患之来，轻于耻辱，必不得已，与其与也宁拒。至乃俭德含章，其用有先乎此者，则又贵知微之君子矣。”①认为陆游为韩侂胄写《南园记》《阅古泉记》不仅是正人的瑕疵，而且也是不智（不能“知微”）的表现。

朱鹤龄《书渭南集后》说：“班固，良史也，为窦宪作《燕然山铭》，卒至下狱以死；马融，大儒也，为梁冀作《西第颂》，遂为正直所羞。甚哉，文章之不可以媚人也。以韩退之名德之重，而碑铭之作，谀墓得金，未免见薄于刘叉，况乎以文章媚权贵者欤？陆务观诗才丽逸，在杨廷秀（原注：万里）之上，立朝建论，亦谠亮有声。史称其晚年为韩侂胄撰《南园》《阅古泉记》，时议或不平之。考亭尝言：‘其能太高，迹太近，恐为有力者牵挽。’今《渭南集》中此记不载，岂以物议故削而不存耶？史又载，侂胄欲记南园，以属杨廷秀，以掖垣许之，廷秀曰：‘官可弃，记不可作。’侂胄恚，改命他人，殆即务观也。然记成而不闻有掖垣之擢，何欤？务观为人，非苟媚权贵者，特笔墨失于矜慎，遂致牵挽之疑。信乎，文士当知自守，而清议之不可以不畏也。”②朱鹤龄对陆游的批评不失分寸，认为他不是“苟媚权贵者”，教训只在“笔墨失于矜慎”，不能“自守”，对于“清议”失去了应有的敬畏之心。他在文中又借杨万里为陆游做一形击，说明文人为文能否保持尊严将为其带来不同的声价。

徐乾学说：“孝宗始爱（杨）万里才，以问周必大，必大无善语，由此不见用。韩侂胄用事，欲网罗四方知名士。尝筑南园，属万里为之记，许以掖垣。万里曰：‘官可弃，记不可作也。’侂胄恚，改命山阴陆游。万里卧家十五年，闻侂胄用兵，亟呼纸，书曰：‘韩侂胄奸臣，专权无上，动兵残民，谋危社稷。吾头颅如许，报国无路，惟有孤愤。’又书十四言别妻子，笔落而逝。（陆）游为人颓放，不拘小节，人或以此病之，遂自号曰放翁。范成大帅蜀，辟为参议官，游不肯屈节，与为宾主交。以作《南园记》为清议所讥。朱熹尝谓游之才太高，而迹太近，恐为有力者所牵挽，不得全其晚节。

---

① 《日知录集释》卷十九“文非其人”条，第693页。
② 《愚庵小集》卷十三，第641—642页。

人以为先见。”①相比于顾炎武、朱鹤龄，徐乾学对陆游在处理与韩侂胄的关系上，以及对陆游的人品，更突出地强调了其负面的因素，讥评更为显著。

王士禛说：“陆放翁晚年为韩侂胄作《南园记》，为世所讥。然当时文士实不止此。辛稼轩词，用司马昭假黄钺异姓真王故事，高似孙献诗九章，每章用一锡字，皆一时名人。又叶绍翁《四朝闻见录》云：‘莆阳陈谠，文士也，输灵壁石以寿韩，刻金字于石，至称之曰我王。’”②他把陆游撰《南园记》视为韩侂胄执政时期普遍的趋炎附势风气之下的一个例子，不满之意是很显然的。

《四库全书总目》提要反复地提到陆游《南园记》，加以批评。如《诚斋集》提要说：“（陆）游晚年隳节，为韩侂胄作《南园记》，得除从官。万里寄诗规之，有‘不应李杜翻鲸海，更羡夔龙集凤池’句，罗大经《鹤林玉露》尝记其事。以诗品论，万里不及游之锻炼工细，以人品论，则万里倜乎远矣。”又《渭南文集五十卷逸稿二卷》提要说：“《逸稿》二卷，为毛晋所补辑。史称游晚年再出，为韩侂胄撰《南园》《阅古泉记》，见讥清议。今集中凡与侂胄启，皆讳其姓，但称曰丞相，亦不载此二记，惟叶绍翁《四朝闻见录》有其全文，晋为收入《逸稿》，盖非游之本志。然足见愧词曲笔虽自刊除，而流传记载，有求其泯没而不得者，是亦足以为戒矣。”《放翁词一卷》提要说：“叶绍翁《四朝闻见录》载韩侂胄喜游附己，至出所爱四夫人号满头花者索词，有‘飞上锦裀红皱’之句，今集内不载。盖游老而堕节，失身侂胄，为一时清议所讥，游亦自知其误，弃其稿而不存，《南园》《阅古泉记》不编于《渭南集》中，亦此意也，而终不能禁当代之传述，是亦可为炯戒者矣。”③纪昀直将陆游看作“晚年隳节”者，他这些话可谓集前人批评陆游《南园记》《阅古泉记》之大成。

王昶《舟中无事偶作论诗绝句四十六首》之二十：“跃马弯弧志渐衰，归朝且喜近三台。已成太傅生辰颂，更擅南园作记才（原注：陆放翁）。”

---

① 徐乾学《资治通鉴后编》卷一百三十二，影印文渊阁《四库全书》第 344 册，第 560 页。
② 王士禛《池北偶谈》卷十四“辛高陆”条，第 338 页，中华书局 1982 年。
③ 以上分别见《四库全书总目》第 1380—1381、1817 页。

之二十一:"不痛宗臣陨路岐(赵汝愚),不悲伪学苦编羁(朱子)。秦关蜀栈淋漓作,恰值平原北伐时(原注:放翁与徽国、文公友善,而祭徽国文止二十四字,于庆元党禁略无一语及之,可以见其志节矣)。"①第一首讽刺陆游为韩侂胄撰《南园记》是一篇阿谀之作。第二首批评陆游对于自己的友人赵汝愚、朱熹遭受韩侂胄迫害打击,很少表示甚至不表示同情之心,而对于韩侂胄执政时期开展的北伐之役,则不断在诗歌中加以咏唱歌颂,以此表示对陆游志节的鄙视。王昶第二首诗歌显然有失偏颇,因为陆游入蜀以后所作诗歌题材、风格一变而更逞阔大、豪迈,抗击金兵收复国土的内容越显突出,这与韩侂胄执政与否没有多大关系,生硬地将二者联系在一起,以作为攻讦陆游的理由是很不合适的。不过王昶批评陆游扩大化的现象也可以说明,一部分人对陆游为韩侂胄撰写《南园记》的厌憎之情更有增重。

清人固然以批评陆游《南园记》为主,然而也有人为陆游作辩护,袁枚、沈德潜堪称这方面的代表。袁枚对许多问题的看法都与众不同,尤其是与道学立异,为《南园记》作辩护展示出他一贯的思想风格。他在《书陆游传后》说,韩侂胄请陆游撰《南园记》,陆游"为文加规,劝其禔躬活民,毋忘先人之德。在侂胄亲仁,在游劝善,俱无所为非"。他否认陆游写《南园记》"有附权贵希冀倖进之心",认为这与陆游人品不符,《宋史·陆游传》之所以用苛刻的笔墨写这件事情,是因为"《宋史》成于道学之风甚炽之时",撰者以历史人物与朱熹的关系如何为划线根据,并用朱熹的看法评判和褒贬人物②。袁枚为陆游《南园记》作辩护,反映了他反对道学的一个思想侧面。沈德潜与袁枚诗学观点相左,然而在为陆游撰《南园记》辩护方面,二人看法一致。沈德潜在《答某太史书》中说,杨万里拒绝为韩侂胄撰《南园记》,陆游则应允而写了,二人做得都对,相比较而言,陆游的做法比诸杨万里的"自守"用意更周到。他说,陆游在《南园记》每称韩侂胄先世韩琦"之德,以警惕之","于侂胄骄蹇极盛之时,能讽以抑损,劝以退休,勉以公忠,语虽赞颂,实寓箴规,使当日侂胄能从其言,将玉

① 王昶《春融堂集》卷二十二,清嘉庆十二年塾南书舍刻本。
② 袁枚《小仓山房诗文集》,第1812—1813页,上海古籍出版社1988年。

津园之祸可以不作,则务观之作记较诚斋之坚拒,用意尤周且至焉。盖坚拒者止于自洁其身,作记者并欲引人于正也”①。沈德潜对韩侂胄很鄙视,对宋宁宗时期丑陋的政坛也曾给予严厉谴责,这在他《卫文节公奏议序》一文中有非常明确的表示②,但是这并不影响他肯定陆游的《南园记》。袁枚、沈德潜对陆游《南园记》的解读承从前肯定一派的意见而又有发挥,进一步提出“辩诬”的理由,对今人的看法有明显影响。

吴景旭也为陆游作辩护,他在引用了杨万里《寄陆务观》、朱熹《答巩仲至》的说法后,说:“然余观记中曰许闲,曰归耕,其名皆出于忠献之诗,含旨寓托,绝非贡谀之辞,未可深文诛之,致乖其情实也。”③他依然主张从作品的“情实”出发来认识和评价陆游《南园记》,不要加给它其他的文外意图,深文周纳,使陆游在文学史上的形象受到损害。

总之,对于陆游《南园记》,否定者着眼于陆游为之撰文的对象韩侂胄是一个权势人物,而且又认为他是历史罪人,肯定者则认为这篇文章的内容在于正面讲述道理,对韩氏勉励有加。尽管后者一般也认为韩侂胄有问题,但又认为这并不必然要贬斥陆游《南园记》,即使退一步说,陆游在这问题上确有不当,错误也不严重,是可以原谅的。这两种对立的意见在古代相争不断,最终都无法形成一致的结论。今人以陆游为爱国主义诗人,对韩侂胄主持开禧北伐多持肯定态度,逆转了前人的负面评价,这些都决定了对陆游《南园记》的评价以正面为主,很少出现批评的意见,而显然这也只是《南园记》接受史上一个阶段性的现象,并不意味就是定论。没有定论,不断地通往没有尽头的终点,这可能正是接受文学史和文学批评自由释义传统魅力之所在。

---

① 《沈德潜诗文集》,第1375—1376页。

② 沈德潜《卫文节公奏议序》,收于王昶《湖海文传》卷三十,第280—281页。此文没有收入沈氏文集,是一篇佚作,而它实际上是沈德潜的一篇重要文章。它没有被收入文集,当是作者对该文内容有所忌讳。文献史上有些作品成为佚作,往往与此有关,辑佚重要性由此可见一斑。

③ 《历代诗话》卷六十一“南园”条,第626页。

后 记

撰写此书最早可追溯到1984年,当时我正写《锺惺、谭元春文学思想研究》硕士论文,接触到锺惺诗为"活物"的论述,就以《一个新的诗歌观念》为题对此作了阐述。以后,自己一直关注中国文学批评史这方面的资料,保持着研究的兴趣。随着资料收集的扩大和研究的展开,我逐渐形成一种认识,即中国文学批评史上存在一种自由释义的传统,它肯定和尊重因读者主观殊异而引起的释义及评价的历史演进,并努力顺应这种变化。这种传统绵延数千年,广被众多文体。而批评史研究对这一传统却相当忽略,即使涉及也多持消极之态度,于是我萌发了对此做专题研究的念头。

书的主要内容大概是两项:一、诗为"活物"是中国文学批评史上一个经典理论,其意义堪与"诗言志"相比,一者是对诗歌创作的根本认识,一者是对诗歌接受的根本认识。二、自由释义与寻求唯一释义共同构成中国文学批评史的释义传统,若忽略自由释义传统就无法完整认识中国文学批评史。这两项内容又是合二为一的,诗为"活物"理论本身也是自由释义传统的一部分。

本研究曾先后获国家哲学社会科学青年基金(1989年)、教育部人文社会科学重点研究基地重大项目(2007年)立项,课题名称分别为"中国古代阐释理论与接受文学批评"和"中国文学批评自由释义传统研究"。趁此书出版之际,谨表示感谢。本书第二章、第三章、第四章、第五章绝大部分内容,以及第一章部分内容,曾发表于多家杂志刊物,对这些杂志刊物慷慨接纳我的投稿,自己始终心怀感激。2005年,黑龙江人民出版社李智新编辑向我邀稿并出版了我的《中国古代接受文学与理论》一书,之前我与李编辑素不相识,这是特别令我感动的。《中国古代接受文学与理论》是我此项整体研究的阶段性小结,现将其中部分内容撷入本书,并依体例重排序目,有些内容和文字略有修改。

此书得以出版,与复旦大学中文系主任陈引驰,上海古籍出版社副总编奚彤云、文学编辑室主任刘赛的帮助是分不开的,一并致谢。对张卫香责编有益的建议和辛勤付出,也深表谢忱。

窗外,风和空净,春光方逗,然十里河堤,赏春无人。为预防新冠病毒蔓延,大家无奈足不出户,居家求安。此为余平生第一回遭遇。唯祈愿疫情早日结束,人们可以像往日一般,去户外散步,自由呼吸空气,沐浴温暖的阳光。顺便记及之。

邬国平

2020 年 2 月 25 日

于沪上淀浦河畔寓所